契诃夫文集

汝 龙/译

14

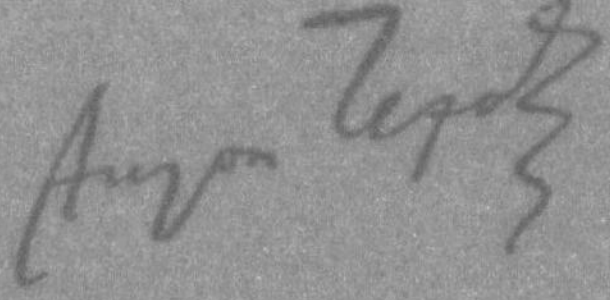

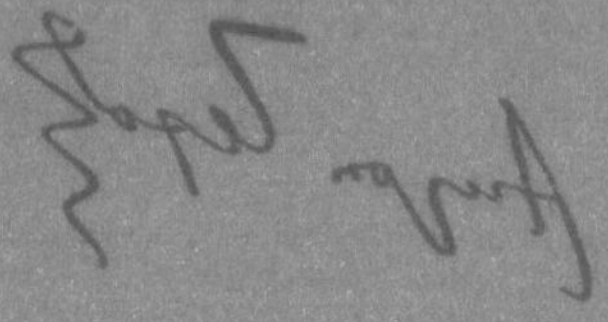

契诃夫像

目　　次

一八七七年

　　一　致米·米·契诃夫 …………………………… *3*

　　二　致米·米·契诃夫 …………………………… *5*

一八七九年

　　三　致米·巴·契诃夫 …………………………… *11*

一八八三年

　　四　致尼·亚·列依金 …………………………… *15*

　　五　致亚·巴·契诃夫 …………………………… *17*

　　六　致尼·亚·列依金 …………………………… *26*

　　七　致亚·尼·卡纳耶夫 ………………………… *28*

　　八　致尼·亚·列依金 …………………………… *31*

　　九　致亚·巴·契诃夫 …………………………… *33*

　　一〇　致尼·亚·列依金 ………………………… *39*

　　一一　致尼·亚·列依金 ………………………… *41*

　　一二　致尼·亚·列依金 ………………………… *43*

　　一三　致尼·亚·列依金 ………………………… *45*

　　一四　致亚·巴·契诃夫 ………………………… *47*

　　一五　致尼·亚·列依金 ………………………… *51*

1

一八八四年

一六　致尼·亚·列依金 …… 57

一七　致尼·亚·列依金 …… 59

一八　致尼·亚·列依金 …… 62

一九　致尼·亚·列依金 …… 66

二○　致尼·亚·列依金 …… 69

二一　致尼·亚·列依金 …… 70

二二　致尼·亚·列依金 …… 73

二三　致尼·亚·列依金 …… 76

二四　致彼·阿·谢尔盖延科 …… 78

一八八五年

二五　致尼·亚·列依金 …… 83

二六　致尼·亚·列依金 …… 86

二七　致尼·亚·列依金 …… 89

二八　致米·巴·契诃夫 …… 91

二九　致巴·格·罗扎诺夫 …… 95

三○　致尼·亚·列依金 …… 96

三一　致尼·亚·列依金 …… 98

三二　致尼·亚·列依金 …… 101

一八八六年

三三　致亚·巴·契诃夫 …… 105

三四　致尼·亚·列依金 …… 108

三五　致尼·亚·列依金 …… 110

三六　致阿·谢·苏沃林 …… 112

三七　致列·尼·特烈佛列夫 …… 114

三八　致尼·亚·列依金 …… 116

三九　致德·瓦·格利果罗维奇 …… 118

四〇	致尼·巴·契诃夫	122
四一	致尼·亚·列依金	127
四二	致亚·巴·契诃夫	129
四三	致米·叶·契诃夫	133
四四	致亚·巴·契诃夫	138
四五	致伊·康·萨哈罗娃	140
四六	致尼·亚·列依金	142
四七	致玛·符·基谢廖娃	145
四八	致玛·符·基谢廖娃	149
四九	致尼·亚·列依金	151
五〇	致尼·亚·列依金	154
五一	致阿·谢·苏沃林	156
五二	致尼·亚·列依金	157

一八八七年

五三	致尼·亚·列依金	161
五四	致玛·符·基谢廖娃	163
五五	致亚·巴·契诃夫	169
五六	致尼·亚·列依金	171
五七	致尼·亚·列依金	173
五八	致德·瓦·格利果罗维奇	175
五九	致费·奥·谢赫捷尔	178
六〇	致玛·符·基谢廖娃	179
六一	致阿·谢·苏沃林	181
六二	致尼·亚·列依金	183
六三	致玛·巴·契诃娃	184
六四	致玛·巴·契诃娃	200
六五	致尼·亚·列依金	201

六六	致玛·巴·契诃娃 ……………………………	203
六七	致亚·巴·契诃夫 ……………………………	207
六八	致伊·阿·别洛乌索夫 ………………………	210
六九	致尼·亚·列依金 ……………………………	211
七〇	致尼·亚·列依金 ……………………………	214
七一	致亚·巴·契诃夫 ……………………………	216
七二	致玛·符·基谢廖娃 …………………………	219
七三	致亚·巴·契诃夫 ……………………………	222
七四	致尼·亚·列依金 ……………………………	223
七五	致亚·巴·契诃夫 ……………………………	225
七六	致符·加·柯罗连科 …………………………	229
七七	致亚·巴·契诃夫 ……………………………	230
七八	致尼·米·叶若夫 ……………………………	233
七九	致亚·巴·契诃夫 ……………………………	235
八〇	致尼·亚·列依金 ……………………………	236
八一	致尼·亚·列依金 ……………………………	239
八二	致亚·巴·契诃夫 ……………………………	241
八三	致亚·巴·契诃夫 ……………………………	243

一八八八年

八四	致伊·列·列昂捷夫(谢格洛夫) …………	249
八五	致符·加·柯罗连科 …………………………	251
八六	致伊·列·列昂捷夫(谢格洛夫) …………	253
八七	致德·瓦·格利果罗维奇 ……………………	255
八八	致亚·彼·波隆斯基 …………………………	259
八九	致阿·尼·普列谢耶夫 ………………………	262
九〇	致伊·列·列昂捷夫(谢格洛夫) …………	263
九一	致阿·尼·普列谢耶夫 ………………………	266

九二	致阿·尼·普列谢耶夫	268
九三	致亚·谢·拉扎烈夫-格鲁津斯基	270
九四	致伊·列·列昂捷夫(谢格洛夫)	271
九五	致阿·尼·普列谢耶夫	273
九六	致德·瓦·格利果罗维奇	275
九七	致亚·尔·谢里瓦诺娃	276
九八	致阿·尼·普列谢耶夫	278
九九	致伊·列·列昂捷夫(谢格洛夫)	281
一〇〇	致尼·阿·赫洛波夫	283
一〇一	致亚·巴·契诃夫	285
一〇二	致伊·列·列昂捷夫(谢格洛夫)	287
一〇三	致亚·彼·波隆斯基	290
一〇四	致阿·尼·普列谢耶夫	292
一〇五	致阿·尼·普列谢耶夫	294
一〇六	致玛·巴·契诃娃	296
一〇七	致亚·彼·波隆斯基	298
一〇八	致玛·符·基谢廖娃	300
一〇九	致卡·斯·巴兰采维奇	302
一一〇	致阿·尼·普列谢耶夫	303
一一一	致阿·谢·苏沃林	306
一一二	致阿·尼·普列谢耶夫	309
一一三	致列·尼·特烈佛列夫	311
一一四	致阿·尼·普列谢耶夫	313
一一五	致卡·斯·巴兰采维奇	316
一一六	致伊·列·列昂捷夫(谢格洛夫)	317
一一七	致尼·亚·列依金	319
一一八	致符·加·柯罗连科	321

一一九	致阿·谢·苏沃林	322
一二〇	致伊·列·列昂捷夫(谢格洛夫)	328
一二一	致阿·尼·普列谢耶夫	330
一二二	致尼·亚·列依金	332
一二三	致阿·尼·普列谢耶夫	334
一二四	致阿·尼·普列谢耶夫	337
一二五	致玛·巴·契诃娃	339
一二六	致伊·列·列昂捷夫(谢格洛夫)	343
一二七	致玛·巴·契诃娃	344
一二八	致阿·谢·苏沃林	347
一二九	致米·巴·契诃夫	348
一三〇	致卡·斯·巴兰采维奇	352
一三一	致阿·尼·普列谢耶夫	355
一三二	致亚·巴·契诃夫	357
一三三	致阿·尼·普列谢耶夫	361
一三四	致亚·巴·契诃夫	365
一三五	致阿·尼·普列谢耶夫	368
一三六	致尼·亚·列依金	369
一三七	致阿·谢·苏沃林	371
一三八	致德·瓦·格利果罗维奇	374
一三九	致阿·尼·普列谢耶夫	378
一四〇	致叶·米·林特瓦烈娃	382
一四一	致阿·谢·苏沃林	384
一四二	致阿·谢·苏沃林	388
一四三	致亚·谢·拉扎烈夫-格鲁津斯基	394
一四四	致阿·谢·苏沃林	396
一四五	致阿·尼·普列谢耶夫	398

一四六	致阿·谢·苏沃林 ······	400
一四七	致叶·米·林特瓦烈娃 ······	405
一四八	致玛·符·基谢廖娃 ······	407
一四九	致阿·谢·苏沃林 ······	409
一五〇	致阿·谢·苏沃林 ······	414
一五一	致阿·尼·普列谢耶夫 ······	417
一五二	致阿·谢·苏沃林 ······	419
一五三	致阿·尼·普列谢耶夫 ······	422
一五四	致阿·谢·苏沃林 ······	424
一五五	致阿·谢·苏沃林 ······	426
一五六	致阿·谢·苏沃林 ······	429
一五七	致亚·巴·连斯基 ······	431
一五八	致阿·谢·苏沃林 ······	432
一五九	致阿·谢·苏沃林 ······	438
一六〇	致阿·谢·苏沃林 ······	442

一八八九年

一六一	致亚·巴·契诃夫 ······	455
一六二	致阿·谢·苏沃林 ······	458
一六三	致费·亚·费多罗夫-尤尔科甫斯基 ······	461
一六四	致阿·尼·普列谢耶夫 ······	462
一六五	致符·阿·季洪诺夫 ······	465
一六六	致玛·符·基谢廖娃 ······	466
一六七	致伊·列·列昂捷夫(谢格洛夫) ······	468
一六八	致亚·巴·契诃夫 ······	470
一六九	致阿·谢·苏沃林 ······	471
一七〇	致符·阿·季洪诺夫 ······	474
一七一	致阿·尼·普列谢耶夫 ······	475

7

一七二	致安·米·叶甫烈伊诺娃 ……………………………	477
一七三	致阿·谢·苏沃林 …………………………………	479
一七四	致阿·谢·苏沃林 …………………………………	482
一七五	致阿·尼·普列谢耶夫 ……………………………	483
一七六	致亚·巴·契诃夫 …………………………………	485
一七七	致伊·列·列昂捷夫(谢格洛夫) ………………	487
一七八	致阿·谢·苏沃林 …………………………………	489
一七九	致阿·谢·苏沃林 …………………………………	490
一八〇	致阿·谢·苏沃林 …………………………………	493
一八一	致阿·谢·苏沃林 …………………………………	497
一八二	致亚·巴·契诃夫 …………………………………	500
一八三	致阿·尼·普列谢耶夫 ……………………………	503
一八四	致阿·谢·苏沃林 …………………………………	506
一八五	致阿·谢·苏沃林 …………………………………	509
一八六	致尼·亚·列依金 …………………………………	512
一八七	致符·阿·季洪诺夫 ………………………………	514
一八八	致阿·尼·普列谢耶夫 ……………………………	516
一八九	致玛·巴·契诃娃 …………………………………	519
一九〇	致阿·尼·普列谢耶夫 ……………………………	521
一九一	致尼·亚·列依金 …………………………………	523
一九二	致安·米·叶甫烈伊诺娃 …………………………	526
一九三	致阿·尼·普列谢耶夫 ……………………………	527
一九四	致阿·尼·普列谢耶夫 ……………………………	530
一九五	致阿·尼·普列谢耶夫 ……………………………	532
一九六	致彼·伊·柴可夫斯基 ……………………………	534
一九七	致阿·谢·苏沃林 …………………………………	535
一九八	致彼·伊·柴可夫斯基 ……………………………	539

一九九	致阿·谢·苏沃林	539
二〇〇	致阿·谢·苏沃林	542
二〇一	致伊·列·列昂捷夫(谢格洛夫)	545
二〇二	致阿·尼·普列谢耶夫	547
二〇三	致阿·谢·苏沃林	550
二〇四	致亚·谢·拉扎烈夫-格鲁津斯基	552
二〇五	致安·米·叶甫烈伊诺娃	554
二〇六	致尼·亚·列依金	556
二〇七	致阿·谢·苏沃林	559
二〇八	致阿·谢·苏沃林	560
二〇九	致阿·谢·苏沃林	562

一八七七年

一

致米·米·契诃夫[①]

亲爱的哥哥米沙[②]：

由于我没有那种再与你见面的幸运，我就用墨水来笔谈了。第一，我在莫斯科盘桓期间叨你的光不少，为此请你容许我向你致以兄弟般的谢意；第二，我们是像知心的朋友和兄弟那样分手的，这使我由衷地高兴，因此我斗胆希望而且相信：尽管一千二百俄里在彼此十分了解而且互通音信的两兄弟之间还会长久存在，然而这在长期维持我们的良好关系方面却是一个微不足道的距离。现在，紧接着，我要提出我的要求了，不过这个要求很小，大概你会照办的：日后如果我托你把我写给我妈妈的信交给她，那么请你费心不要当着大家的面而要背着人交给她；在生活里往往有些事情只能对一个人讲，对忠实可靠的人讲；这种情形也就促使我避开别人的耳目给我的妈妈写信，我的秘密对别人来说是完全没有趣味的，或者更确切些说，是无须知道的（我确实有我所独有的秘密，至于你对这种秘密是不是感兴趣，我就不得而知了。假如你想知道，我

[①] 米哈依尔·米哈依洛维奇·契诃夫是作者的堂兄，在莫斯科商人加甫利洛夫的仓库里工作。——俄文本注
[②] 米哈依尔的爱称。

可以告诉你)①。我的第二个和最后一个要求就比较重大了。请你费心继续安慰我的母亲,她在身体方面和精神方面都弱极了。她不是把你仅仅看作她的侄子,而是看作比侄子重要得多的人。我母亲有这样一种性格:凡是从别的方面来的精神上的支持都会对她起强烈而有益的作用。这是一个极其荒唐的要求,不是吗?不过你了解她,况且我说的是"精神上的",也就是心灵方面的支持。在这个万分险恶的世界上,对我们来说,再也没有什么东西比母亲更宝贵的了,因此你安慰我那奄奄一息的母亲就使得你的忠顺的仆人②感激不尽了。我们此后大概会经常通信。为此我要顺便提到,你不会因为告诉我许多话而后悔;由于你对我的信任,我只会感激你。要知道,哥哥,我是很看重这种信任的。再见,祝你万事如意。问候丽扎③、格利沙④和你的同事们。

你的弟弟安·契诃夫
一八七七年五月十日
于塔甘罗格

---

① 1876年契诃夫父亲的杂货铺破产倒闭,全家从塔甘罗格迁往莫斯科。作者那时是六年级中学生,独自留在塔甘罗格读完中学。1877年4月复活节学校放假,他到莫斯科去探亲,在那儿认识了他的堂兄。——俄文本注
② 即"我",作者自己。
③ 叶丽扎威达·米哈依洛芙娜·契诃娃,米哈依尔的妹妹。
④ 格利果利·米哈依洛维奇·契诃夫,米哈依尔的弟弟。

二

致米·米·契诃夫

亲爱的哥哥米沙：

第一，我庆贺你从卡卢加平安到达莫斯科；第二，庆贺你办完了婚事①。我祝愿我们的姐姐事事顺遂，祝愿她的丈夫获得健康、金钱和各式各样的人间幸福。求主保佑，让这次婚事不是你家的最后一次，也不是倒数第二次，也不是倒数第三次，让所有的婚事都办得比这次婚事还要风光，而这次婚事已经使得所有我们的贤明的契诃夫一代②十分高兴了。多谢叶卡捷琳娜·米哈依洛芙娜，她开了个头，……瞧着吧，不是今天就是明天，上帝保佑，我就会在米沙·契诃夫等的婚宴上大喝一通酒了。我家里的人写信告诉我说你把婚事办得体面极了！我希望，十分希望天下的姐妹们能多有一点像你这样的兄弟。我们全体为一个姐妹③所做的还及不上你一个人为全体姐妹（连堂妹也包括在内）所做的。赞美和光荣归于你！只有一件事惹得我烦恼：我没有参加婚礼，没有跟你一块儿喝酒，像在莫斯科那样。我喜欢各式各样的宴乐场合，结合着舞蹈、跳舞、饮酒的俄罗斯宴乐场合。一句话，我们的兄弟伊萨基跟阿卡基可不一样。我是在一种人人渴望的健康状态下给你写这封信的，希望这封信到你手里的时候，你也健康良好，心绪畅快。

---

① 米哈依尔曾经到卡卢加去为他的姐姐叶卡捷琳娜·米哈依洛芙娜办理婚事。——俄文本注

② 这是作者为下述人们合起的一个绰号：伯父米哈依尔·叶果罗维奇·契诃夫全家，商人加甫利洛夫（米·米·契诃夫在他的仓库里工作），后来又加上作者的父亲。

③ 作者有四个兄弟而只有一个妹妹。

七月十六日的请帖我已经收到,一千次向你的盛情道谢。为什么你不给我写信呀？写吧,老兄！我每天都盼你亲笔写的信。写一写你生活得怎么样,你家里的人生活得怎样,叶丽扎威达·米哈依洛芙娜生活得怎样,我跟她还没有来得及处得很熟。请向格利沙再三致意。你看见我的爸爸,就告诉他说我收到他那封善意的信了,很感激他。对我来说,整个地球上只有我的父亲和母亲两个人才能使我在任何时候为他们不惜牺牲一切。假如日后我出人头地,那就是他们栽培的,他们是极好的人,单是他们对儿女的无限疼爱就使他们超越了一切可能的赞美,掩盖了他们从不好的生活中所得来的一切缺点,并为他们准备了一条像为数不多的人所相信和期望的平稳短捷的道路。你看一看你那些堂兄弟,看一看你伯父和伯母的情形,就会同意我的话。请你告诉我的母亲说我寄过两笔钱①,我由于她没收到而感到惊讶。请问候我们的大学生②,告诉他,我没有给他写信,希望他原谅我。我打算给他写封信谈一谈一夫多妻制,我是以这种制度的辩护士自居的。萨沙③是别具一格的好人;我不知道他为什么认为我是虚无主义者。你告诉柯里亚④,就说罗莎·米哈依洛芙娜和薇拉·米哈依洛芙娜·艾普希捷因到加甫利洛夫的商店去过〔……〕,问候他。你就胡诌一个在某某林荫道上的约会！

务必把你答应过的照片寄给我。我要是照了相,第一个就寄给你。请代我问候你的同事们,特别是阿波隆·伊凡诺维奇,他跟我很熟,甚至答应过跟我通信。尤其是请你代我向叶丽扎威达和

---

① 当时契诃夫一面读书一面做家庭教师糊口,常常把一部分钱寄给他的母亲。
② 指作者的大哥亚历山大·巴甫洛维奇·契诃夫。——俄文本注
③ 亚历山大的爱称。
④ 作者的二哥尼古拉·巴甫洛维奇·契诃夫,当时在莫斯科的绘画雕塑及营造学校学习。——俄文本注

亚历山大·米哈依洛维奇深深鞠躬。请你给我写信,我看重你的信,而且引以为荣。至于请帖,我已写过回信,寄到卡卢加去了。请问候彼得罗夫夫妇①,并祝你万事如意,尊敬你的弟弟安·契诃夫。

啊,万尼亚②怎么样?

一八七七年七月二十九日
于塔甘罗格

---

① 指收信人的妹妹叶卡捷琳娜·米哈依罗芙娜和她的丈夫彼得罗夫。——俄文本注
② 万尼亚是伊凡的爱称,指作者的四弟伊凡·巴甫洛维奇·契诃夫,他在塔甘罗格读书,直到学年结束,1877 年 6 月迁居到莫斯科,与家人住在一起。——俄文本注

一八七九年

三

致米·巴·契诃夫①

亲爱的弟弟米沙：

恰好在我烦闷得要命，站在大门口打哈欠的时候，我接到了你这封信，所以你能够判断，这封长极了的信来得非常及时。你的字写得好，而且我在你的整封信里一个语法上的错误也没找到。只有一点我不喜欢：为什么你称呼你自己是"渺小而微末的小弟弟"呢。你感到自己渺小吗？弟弟，并不是所有的米沙都应当是一个样子。感觉自己渺小，也未尝不可，然而你知道应该在什么地方吗？恐怕只有在上帝面前，在智慧、美、大自然面前，然而不是在人们面前。在人们当中必须感到自己的尊严。你总不是骗子，而是一个诚实的人吧？那就要尊重你这个诚实的人，要知道诚实的人绝不是渺小的。不要把"顺从"和"感到自己渺小"混为一谈。盖奥尔吉②长大了。他是个好孩子。我常跟他一块儿玩羊拐子。你寄来的包裹他收到了。如果你常看书，那你就做对了。要养成看书的习惯。你会逐渐重视这种习惯的。比切尔-斯陀夫人③从你的眼睛里挤出眼泪了吗？我早先看过她的小说，半年前带着研究的目的又看过一遍，看完以后却生出一种人们吃多了葡萄干或者

---

① 米哈依尔·巴甫洛维奇·契诃夫是作者的小弟。——俄文本注
② 作者的堂弟，盖奥尔吉·米特罗方诺维奇·契诃夫。——俄文本注
③ 指美国作家比切尔-斯陀夫人的小说《汤姆叔叔的小屋》。——俄文本注

无核小黑葡萄干以后所常有的极端不愉快的感觉。我答应给你带去的杜巴诺斯①逃走了,它住在什么地方我简直不知道。我要想法子给你带点别的东西去。你该读一遍下列这本书:《堂吉诃德》(全集本,共七或八卷)。那是一部好作品。是塞万提斯的著作,人们几乎把他和莎士比亚相提并论。我要劝我家的弟兄们,如果他们还没读过,最好读一读屠格涅夫的《堂吉诃德与哈姆雷特》②。至于你,弟弟,这本书还读不懂。要是你想看一本不枯燥的游记,那就看冈察洛夫的《战舰巴拉达号》之类的书好了。请你代我向玛霞③特别致意。至于我到得晚④,你也不要难过。不管你嚷着说多么烦闷,光阴却是跑得很快的。我要带一个在我们家里搭伙的房客来,他会每月付给我们二十个卢布,并且处在我们个人的管辖下。我就要到他妈妈那儿去讲价钱了。你们祈祷上帝吧!!不过,假如考虑到莫斯科的昂贵物价和妈妈的性格(她是按公道的价格供应房客伙食的),那么就连二十个卢布也还嫌少。我们的教师每年收费三百五十个卢布,可是他们用些残汤剩菜像喂狗那样喂那些可怜的孩子。

安·契诃夫
一八七九年四月六日至八日
于塔甘罗格

---

① 一条狗的名字。——俄文本注
② 应为《哈姆雷特与堂吉诃德》。
③ 玛霞是玛丽雅的爱称,指作者的妹妹玛丽雅·巴甫洛芙娜·契诃娃。——俄文本注
④ 这年6月,契诃夫在塔甘罗格的中学结束了毕业考试,这以后应当到莫斯科去升入莫斯科大学的医学系。他打算在塔甘罗格逗留一个时期,为取得奖学金而奔走,这种奖学金是由塔甘罗格的市政府所创立,只发给在本地出生的、升入高等院校的一名中学生。后来契诃夫取得了这种奖学金。——俄文本注

一八八三年

四

致尼·亚·列依金①

尼古拉·亚历山德罗维奇先生：

作为对您的亲切的来信的回答，特寄上几篇东西②。稿费收到了，杂志也收到了（每星期二），我一并致谢。多承不弃，约我继续写稿，我也在此致谢。我特别乐意为《花絮》写稿。您的杂志的倾向、外观、经营得法，吸引了不止我一个人，如同它历来就吸引了许多人一样。

我是全力拥护小作品的，要是我出版一种幽默杂志，我就会砍掉一切长文章。在莫斯科各刊物的编辑部里，只有我一个反对冗长（不过这也没有妨碍我偶尔给一个刊物写点长东西……胳膊拗不过大腿啊！），不过同时我也得承认，"从这儿起到那儿止"这么一个框子给我带来不少苦恼。忍受这类限制有时候很不容易。比方说……您不认可超过一百行的文章，这自有您的理由……我呢，有了一个题材，我就坐下来写。可是"一百行"和"别超过"这种念头从我写第一行起就不住地搅扰我。我就极力压缩，过滤，删削；

---

① 尼古拉·亚历山德罗维奇·列依金是彼得堡的幽默杂志《花絮》的发行人和主编；契诃夫从1882年11月起在该杂志上发表作品。——俄文本注

② 契诃夫寄给列依金《唯一的方法（A props 彼得堡银行一案）》《"MANIAGRANDIOSA"病例（请〈医师报〉注意)》和《在黑夜》，发表在1883年《花絮》第4期上。——俄文本注

有的时候(我那作者的感觉告诉我)这既损害题材,也损害形式(主要是形式)。等到压缩和过滤完结,我就数起来……我一数到一百行,一百二十行,一百四十行(我给《花絮》写的东西从没超过这个数字)就害怕了,于是……我就不把它寄出去了。我在小张的信纸上刚刚写到第四页,心里就起疑,于是我……又不把它寄出去了。最常发生的是只好草草收场,把不想寄出去的东西也寄出去了……作为我这种苦恼的例子,我现在寄给您一篇《唯一的方法》。我已经把它压缩过,现在就按压缩到极点的形式寄给您,不过我仍旧觉得对您来说它还是长得厉害,可是话说回来,我觉得要是把它加大一倍,那么其中的精华和内容也就会加大一倍。比较短的作品是有的,只是我为它们担心。有时候我想寄出去算了,可是总下不了决心……

由此就产生了一个要求:请您把我的权利扩大到一百二十行吧……我相信日后我难得使用这种权利,只是心里有了底,知道自己有这种权利,那我就不至于缩手缩脚了。

其次,请相信您的忠实仆人的尊重和忠诚。

安东·契诃夫
一八八三年一月十二日
于莫斯科

附言:在将近新年的时候我本来给您准备好一个装着三洛特①重稿件的信封。《旁观者》的主编来了,从我这儿硬把它拿走了②。把它抢回来是不行的:他是我的朋友。我们这儿的主编们

---

① 洛特是俄国的重量单位,约合 13 克。
② 莫斯科的幽默周刊《旁观者》的主编符·瓦·达维多夫从契诃夫那里拿去的作品计有《感受(心理研究)》《生活的哲学定义》《不得已而为之的骗子(新年的小花招)》《男算命者和女算命者(新年小画面)》,发表在 1883 年《旁观者》第 1 期上。——俄文本注

总是愤慨地指责为彼得堡写稿的莫斯科人。然而彼得堡从他们手里夺去的未必赶得上书报检查官吞掉的那么多。倒霉的《闹钟》①每一期都大约有四百行到八百行被勾掉。他们不知道该怎么办才好。

五

致亚·巴·契诃夫②

我的品质优秀的哥哥亚历山大·巴甫洛维奇：

首先庆贺你，庆贺你妻子分娩顺利，人丁兴旺，庆贺塔甘罗格新添一个女公民。祝新生儿(……你赶快在胸前画十字！)长命百岁，祝她无论是身心的美丽，或是黄金，或是嗓音，或是头脑，都多得不得了（赶快画十字！），祝她日后勇敢地抢到一个丈夫（画十字呀，傻瓜！），而且在这以前迷住塔甘罗格所有的中学生，弄得他们垂头丧气！！！

献过这样的贺词以后，我就要直截了当地开始谈正事了。刚才尼科尔卡③把你的信塞给我，要我读一遍。关于"该读或不该读"的权利问题，由于缺乏时间，我们姑且置之不论。如果这封信仅仅跟尼科尔卡本人有关系，那我就只限于道喜了，可是你的信一下子涉及好几个非常有趣的问题。关于这些问题我也想谈一谈。顺便我也就回答了你上述的宏论。可惜我没有时间像应该做的那样写得很长。为了妥善和慎重起见，我要求助于布局，求助于系

---

① 莫斯科出版的幽默周刊。——俄文本注
② 作者的大哥亚历山大·巴甫洛维奇·契诃夫。——俄文本注
③ 尼科尔卡是尼古拉的爱称，指作者的二哥尼古拉·巴甫洛维奇·契诃夫。——俄文本注

17

统:我要把你的信条分缕析,从头到尾一点不漏。我做批评家,这封信是一个具有小说趣味的作品。我读过它,有权利批评。你像作者那样对待这件事,那就万事大吉了。顺便说一句,我们这些写作的人不妨在批评方面试一试我们微薄的力量。有一点是必须预先申明的:这里只限于讨论上述的问题,我要极力使我的议论尽可能地不带个人意气的性质。

（一）讲到尼科尔卡不对,这简直是不值得讨论的。他不但不答复你的信,就连接洽正事的信他也不答复;在这方面,我还没见过另一个比他更不礼貌的人。他打算给连托夫斯基①写信已经有一年了,这个人在找他;有一个正派人的信在书架上放了半年,空放在那里没有复信,而为了复信只要一写就成了。比我们这位弟兄更吊儿郎当的人,那是很难找到的。最要命的是他这个毛病改不了……你用你那封信来引起他的怜悯,可是我认为他不会找到时间来复你的信。不过问题不在这儿。我要从这封信的格调讲起。我还记得你嘲笑过叔叔的宣言②……你嘲笑的是你自己。你的宣言在肉麻方面跟叔叔不相上下。其中应有尽有:什么"请拥抱我吧"……什么"灵魂的创伤"……你只差哭鼻子了……假如相信叔叔的那些信,那么他,我们的叔叔,早就应当把眼泪流完了。(土气!)你那封信从头到尾眼泪汪汪……其实,在你所有的信里,在你所有的作品里都是这样……人们也许会以为你和叔叔纯粹是由泪腺造成的。我不是在嘲笑,不是在练习说俏皮话……这种眼泪汪汪,这种由于高兴和悲伤而大口喘气,这种灵魂的创伤等等,要不是因为它们那么不合时宜,而且……极其有害,我本来是不想去管它的。尼科尔卡(这你知道得很清楚)游手好闲;一个俄罗斯

---

① 连托夫斯基·米哈依尔·瓦连京诺维奇,演员和导演。——俄文本注
② 指作者的叔父米特罗方·叶果罗维奇·契诃夫的那些信。——俄文本注

18

的、强有力的、优秀的天才正在毁灭,白白地毁灭……再过一两年,我们这位艺术家的歌就要唱完了。他会消失在啤酒馆的人群、下流的亚龙①之流以及其他的废物之中。你看一看他现在的工作吧……他在干什么?他干的全是些庸俗的、没价值的工作……可是另一方面,客厅里却放着一幅开了头的、优秀的画。《俄罗斯戏剧》②请他为陀思妥耶夫斯基的作品画插图……他答应了,却不履行诺言,而这些插图会给他带来名望和面包……可是说这些有什么用呢?半年以前你见过他,我想你还没忘记……现在呢,你非但不用强烈的好话来扶持和鼓励这个有才能的好心人,给他带来尚未看出其价值的好处,反而写些可怜的、忧郁的话。你弄得他伤心半个钟头,垂头丧气,无精打采,此外什么也没有……明天他就会忘了你的信。你是个卓越的修辞家,读过许多作品,也写过许多作品,对作品的理解也同别人一样透彻,给你的弟弟写几句好话在你是毫不费力的……不是写一篇教训的话,不是的!要是你不眼泪汪汪,而是跟他谈一谈绘画,那么他一定就会坐下来画他的画,大概也会复你的信。你知道怎样才能影响他……"你把我忘了……我在写最后一封信"——这都是废话,问题不在这儿……应该强调的不是这个……你这个强有力的、受过教育的、很有修养的人,应该强调富于生活气息的东西,强调永恒的东西,强调那种不是对肤浅的感情,而是对真正的人的感情起作用的东西……在这方面你是擅长的……要知道你机智,你现实,你是个艺术家。你有一封信③,其中描写烧过荒的草地上的祈祷(有哈特勒斯的冰);如果我

---

① 契诃夫指的是低级趣味小报上的撰稿人,特别是马尔克·亚龙。——俄文本注
② 莫斯科的一个出版社。——俄文本注
③ 指亚历山大·巴甫洛维奇·契诃夫在1882年11月23日写给契诃夫的信,发表在《他的长兄亚历山大·契诃夫给安·巴·契诃夫的信》一书中,莫斯科,1939年版。——俄文本注

是上帝,我就会看在这封信的分上宽恕你那些有意的和无意的、言论上的和行动上的一切罪过……(顺便提一句,尼科尔卡看过你的这封信后,非常想画烧过荒的草地)。你就是在作品里也强调那些无聊的东西……可是话说回来,你并非天生就是抱主观态度的末流作家……这不是生来如此,而是后天养成的……丢掉这种后天养成的主观态度就跟喝水一样容易……只要老实一点就行了:完全撇开自己,不要把自己硬塞到小说的主人公身上去,哪怕只把自己丢开半个钟头也好。你有一个短篇小说①,那里的一对新婚夫妇在吃一顿饭的工夫老是接吻啦、哼哼唧唧啦、讲无聊的话啦……一句正经话也没有,一味的**无忧无虑**!你不是为读者写的……你写它,是因为**你**觉得这种扯淡有意思……可是你该这样描写这顿饭:他们怎样吃,吃些什么,厨娘是什么样,你那满足于游手好闲的幸福的男主人公是多么庸俗,你的女主人公是多么庸俗,她爱上这么一个围着餐巾、心满意足、塞得饱饱的蠢鹅是多么可笑。对任何人来说,看见吃得挺饱、心满意足的人总会感到愉快,这是实在的,不过为了描写他们,光说**他们**讲了些什么,吻了多少回,那却是不够的……必须换一种写法:丢开甜蜜的幸福在一切没有恶感的人心上留下的那种个人印象……主观态度是一种可怕的东西。它所以不好,就是因为它把可怜的作者连胳膊带腿都暴露出来了。我敢打赌:所有牧师的女儿和文书的妻子读过你的作品以后,都会爱上你,假如你是德国人,那么你在德国人经营的一切啤酒店里就可以白喝啤酒而不必出钱。如果没有这种主观态度,这种奇梅列夫②的作风,你就会成为一个极有益处的艺术家。你善于痛快地讥笑、挖苦、嘲弄,你有那么优美的文体,你经历过那么

---

① 这篇小说没有发表。——俄文本注
② H.A.奇梅列夫是低级趣味报纸《莫斯科小报》的撰稿人。——俄文本注

多的事,见识又非常广……唉!那些材料都白白糟蹋了。哪怕把它们塞进信里,刺激一下尼科尔卡的幻想,也比糟蹋了好……用你那些材料可以打出铁东西来,而不是写出这样的宣言来。你可以成为一个多么有用的人啊!你试一试吧,给尼科尔卡写一点正经的、诚实的好话,写一次,写两次,要知道你比他聪明一百倍啊!你给他写了以后,就会看到结果怎样……不管他多么懒,他也会回你的信……那些会使人精神萎靡的诉苦话你千万不要写;你不写,他也已经够精神萎靡的了……

"用不着很多的敏感就可以理解,"你后面写道,"我临走时跟我们的家庭断绝了关系,注定要被大家忘掉……"原来你被大家忘掉了。其实你自己也不相信你自己写的话,这一点是不值得讨论的。用不着说假话,朋友。你知道母亲牵肠挂肚的性格,知道尼古拉喝醉了酒就会想起全世界,吻全世界,那你就不能写这种话;要不是泪腺在作祟,你也不会写这种话。

"我等着,而且,当然,等到了……"你是想打动人的心。打动人心是必要的,十分必要,可是用这样的话是不能打动人心的。这种话是从《小妹妹》①里引来的,可是你还有比较像样的作品,你可以成功地从中引用一些话。

(二)"父亲写信给我,说我没有能够证明自己有理",等等。这种话你写过一百次了。我不懂:你要父亲怎么样呢?他是反对吸烟和非法同居的人,你要把他改换成另一样的人吗?对我们的母亲和婶母,这种事倒是办得到的,对我们的父亲可不行。他像打火石那么硬,像分裂派教徒那么顽强,一点也不比他们差,你要说动他的心是办不到的。这也许正是他的力量。不管你写得怎么甜,他却会永远唉声叹气,老是给你写他那一套话,而且最糟的是

---

① 亚历山大·巴甫洛维奇·契诃夫的一个短篇小说,没有发表。——俄文本注

他心里难过……好像这种情形你不知道？这就怪了。对不起,老兄,可是我觉得在这儿有另一根弦子,一根相当坏的弦子,在起非同小可的作用。你用鸡蛋是砸不烂石头的,可是你又似乎在巴结那块石头……这个或者那个分裂派教徒怎样看待你的同居生活①,这关你什么事呢？为什么你爬到他前面去,你要怎么样呢？他爱怎么看待就随他怎么看待好了……这是他这个分裂派教徒的事。你知道你做得对,那么,不管人家给你写什么样的信,不管人家怎样难过,你就该坚持你的做法……生活的全部精华就在于(不巴结的)抗议,朋友。人人都有权利跟自己所喜欢的人一块儿生活,爱怎么生活就怎么生活,这是一个有修养的人的权利,你呢,如果你认为必须暗中派遣辩护人到彼美诺芙娜②和斯塔玛契奇③那儿去,那就可见你不相信这种权利。从你的观点看来,你的同居生活是怎么回事呢？这是你的窝儿,你的温暖,你的悲伤和欢乐,你的诗,可是你带着这首诗东奔西跑,仿佛带着一个偷来的西瓜似的,见着什么人都起疑心(不知道他对这件事怎么看法),对任何人都要讲这件事,发一通牢骚,长吁短叹……如若我是你家里的人。我至少也会生气。你很想知道我怎样想,尼古拉怎样想,我们的父亲怎样想?！可是这些关你什么事呢？人家不了解你,就跟你不了解"六个孩子的父亲"④一样,就跟以前你不了解父亲的感情一样……不管人家站得跟你多么近,人家也还是不了解你,再者也用不着人家来了解,你过你的日子就行了。一个人不可能跟所有的人有同样的感觉,你却希望我们跟你有同样的感觉。你一看到

---

① 指亚历山大·巴甫洛维奇·契诃夫和安·伊·赫鲁晓娃-索科尔尼科娃的自由同居。——俄文本注
② 塔甘罗格的一个女厨师。——俄文本注
③ 斯塔玛契奇·尼古拉,经纪人,他是作者的父亲从前所开的杂货铺里的一个老主顾。——俄文本注
④ 即作者的父亲,他有五个儿子和一个女儿。

我们脸色淡漠,就满腹牢骚。你的事情也真怪,主啊!换了我是你,如果我成了家,我就非但不允许任何人发表自己的意见,甚至不允许任何人生出了解我的私事的愿望。这是我的"我",我的禁地,任何亲爱的姐妹也没有权利(纯粹由于自然的法则)把鼻子伸到我这儿来,哪怕是希望了解我的事,希望受感动!我就连我做父亲的快乐也不会写信告诉人……人家不了解你,人家嘲笑你的宣言,可是人家是对的。你却把安娜·伊凡诺芙娜①也引上了你那条路。先前在莫斯科,她一遇见我们就热泪滚滚,问道:"难道三十岁……就晚了吗?"倒好像我们质问她似的……我们怎样想,那是我们的事,至于向我们解释,那却不是你们的事。我宁可叫自己死,也不会允许我的妻子对我的弟兄们低声下气,不管这些弟兄们的地位多么高!事情就是这样……这倒是一个中篇小说的好题材。要写中篇小说却又没有时间。

(三)"对于我们的妹妹②我没有权利苛求……关于我,她还不能形成纯正的概念。她还不善于了解人的心情……"(了解人的心情……这话难道不使你联想到乡村警察窥测人的心意吗?)你说的对……妹妹喜爱你,不过关于你,她任什么概念也没有……你在信上写到的所谓"布景"只做到了一点:她怕想到你。这十分自然!你回想一下吧,你跟她哪怕像人对人那样谈过一次吗?她已经是个大姑娘,在高等女子学校读书,研究严肃的科学,变得很严肃了,可是你对她说过和写过哪怕一句严肃的话吗?你对尼古拉的情形也是这样。你什么也不说,那就难怪她跟你不熟了。外人为她所做的倒比你这个亲人所做得多……她本来可以从你那儿得到很多东西,可是你吝啬(你没有看见她的爱,因为缺乏好心行

---

① 赫鲁晓娃-索科尔尼科娃,亚历山大·巴甫洛维奇·契诃夫的妻子。——俄文本注
② 指作者的妹妹玛丽雅·巴甫洛芙娜·契诃娃。——俄文本注

动的爱是死的)。如今她在经历一场斗争,而且是一场多么绝望的斗争啊!你会感到惊奇!一切都垮了,有变成生死问题的危险……她现在一点也不比任何屠格涅夫式的女主人公差……我说的并不夸张。这是一块最良好的土壤,你得知道这一点!可是你给她写了许多漂亮话,而且怪她没有给你写信。然而她给你写些什么呢?有一次她坐下来写信,想啊,想啊,写起费多契哈①来了。她本来想再写点什么,可是没有一个人能对她保证说她的信不会被特烈契亚科夫之流②看见。说来歉然,我对家里的人过于急躁。一般来说我是脾气急躁的。我常常粗暴,不公平,可是妹妹对我讲的话为什么不对你们任何人讲呢?这大概是因为我不把她仅仅看作"我热爱的妹妹",如同我也不否定米希卡③是个人,我**应该**跟她好好地谈话一样。要知道,她是个人,皇天在上,确确实实是个人。你跟她开玩笑:你给她借据,借了债来买桌子,借了债来买怀表……这种教育可真妙!到了下一个世界,不是她的父母要为她负责。这不是他们的事……

"关于安东④我就不谈了。现在只剩下你一个人了……"

如果从礼貌的观点来看,那么我也应当不谈,放过去算了。不过在这封信的开头,我说过我要避开个人的东西……在这儿我也要避开它,只抓住"问题"。(问题多极了!)这个世界上有一种糟糕的病,凡是写作的人都不能夸口说没有得过这种病,一个也不能!……〔下面涂掉一段:**他们多,我们少。我们这个阵营人数过少。这个阵营有病。同一个阵营的人不愿意互相了解。**〕我写走

---

① 指俄国小剧院的演员费多托娃。——俄文本注
② 指列奥尼德和伊凡两兄弟,他们是亚历山大·巴甫洛维奇·契诃夫的朋友。——俄文本注
③ 指作者的小弟米哈依尔·巴甫洛维奇·契诃夫。——俄文本注
④ 即作者本人:安东·巴甫洛维奇·契诃夫。

了笔！不得不涂掉……你知道这种病。这是基切耶夫①作风：同一个阵营的人却不愿意互相了解。一种卑鄙的病！我们是志同道合的人，同样地呼吸，同样地思考，在精神上紧密相连，可是另一方面……我们又小里小气地写道："我不谈了！"这是大言不惭！我们人数这么少，必须互相扶持才是……可是呢，vous comprenez②！不管我们在相互关系上多么有罪（而我们却未必有多大的罪！），我们总不能不尊重甚至最小的"近似世界精华的人物"。我们，我，你，特烈契亚科夫兄弟，我们的米希卡，都比成千的人高，也不比那成百的人低……我们有一个共同的、合理的任务：要思考，要在肩膀上有个脑袋……我们之外的人都反对我们。可是我们在互相否定！我们绷起脸，发牢骚，使小性，骂人，唾人的脸！特烈契亚科夫之流往多少人的脸上吐过唾沫呀！他们跟"瓦夏"③一块儿喝酒，要好，而把其余的人一概列入另外一种眼光狭小的人里面去了！我愚蠢，不会擤鼻涕，读书不多，然而我也向你们的上帝祷告，这一点就足以使你们把我看成黄金！斯捷潘诺夫④是傻瓜，然而他是大学生，比谢苗·加甫里洛维奇⑤和瓦夏高明一千倍，他却被人逼着在跳完康康舞⑥以后用额角去撞钢琴的边缘！真不像样子！这样理解人可太好了，这样利用名望可太好了！要是我因为节木布拉托夫⑦对达尔文不熟悉就给他戴上一顶荒唐可笑的尖顶帽子，那我也太好了！他受的是农奴制的教育，却成了农奴制的敌人，我单为这点就爱他！要是我陆续跟某甲、某乙、某丙……绝交，

---

① 彼·依·基切耶夫：低级趣味报刊的一个撰稿人。——俄文本注
② 法语：您明白！
③ 指瓦西里·巴甫洛维奇·马雷谢夫，特烈契亚科夫兄弟的舅舅。——俄文本注
④ 此人不详。——俄文本注
⑤ 同上。
⑥ 法国游艺场中的一种黄色舞蹈表演。
⑦ 瓦西里·伊凡诺维奇·节木布拉托夫，作者的中学和大学同学。——俄文本注

25

跟这个人、那个人、第三个人绝交,那么临了我就会成为孤家寡人!

我们这些报刊工作者有一种病:嫉妒。非但不为你的成就高兴,反而嫉妒你,而且……暗算你!暗算你!可是话说回来,大家都是向同一个上帝祈祷,人人都干同样的工作……小里小气!缺乏某种教养……所有这些事多么毒害生活呀!

该办正事了,所以我就搁笔了。以后找个时候再写吧。我好心好意给你写了些诚实的话;谁也没有忘记你,谁也没有什么要跟你为难的地方,那么……也就没有理由不好心好意地给你写信。

问候安娜·伊凡诺芙娜和唯一的玛①。

你收到《花絮》没有?告诉我。寄上列依金本人的证明文件。

此致

敬礼!

安·契诃夫

一八八三年二月二十日

于莫斯科

你不想要点题材吗?

嘿,我总算写完了!足足可以挣二十个卢布的稿费!其实还要多些呢……

六

致尼·亚·列依金

十分尊敬的尼古拉·亚历山德罗维奇:

来信和稿费均已收到。Merci②。您关于我的写作的预言,大

---

① 亚历山大·巴甫洛维奇·契诃夫的女儿玛丽雅。——俄文本注
② 法语:谢谢。

概会应验:我会写的。有一半工作要拖到夏天以后去;我总是春天挣钱,夏天花钱。

从四月半起我要开始写"别墅的小说"。去年我的这类小说写得很成功。我会写出一大堆来,寄给您,由您挑选;您挑剩下的就交给莫斯科的刊物发表。寄上莫斯科作家阿加福波德·叶季尼曾①的小作品一篇(《烟斗》)。请转交编辑部。

还有一个请求:为了丰富我的藏书,请寄给我一本您的小书。究竟要哪一本,我也不知道。当初我住在内地,是一个您的作品的最热心的读者。

在我的记忆里特别深刻的是一篇描写商人们做完复活节晨祷以后回来的短篇小说。我读这篇小说的时候,气都透不出来。我十分熟悉那些带着复活节大甜面包迟迟回来的小伙子、那东家的女儿、那闲散的"我",还有那晨祷本身……

只是我不记得这是在哪一本书里了②……顺便说一句,那本书里有一句话深深印在我记忆中:"有各式各样的屠格涅夫",这句话是一个照相馆的店员说的。这就是我所要的那本书的两个特征。不过还有第三个特征:它一定是您最初的几本书里的一本。最后,请相信我的深深的敬意。

安·契诃夫

一八八三年三月二日之后

于莫斯科

附言:您的办公室实行了一种新办法,那就是邮票在放进信封里以前,先用一张小纸包起来。这是一种合理化的改革。上一次

---

① 契诃夫的大哥亚历山大·巴甫洛维奇·契诃夫的一个笔名。——俄文本注
② 契诃夫指的是列依金的小说集《浪荡子弟》,1880年出版,其中有他提到的两篇小说:《晨祷以后》("带着复活节大甜面包迟迟回来的小伙子")和《鸟》("有各式各样的屠格涅夫")。

我取邮件的时候是在邮局的院子里拆开信封的,我那些可怜的邮票就被风吹跑了。

七

致亚·尼·卡纳耶夫①

十分尊敬的亚历山大·尼古拉耶维奇：

为了您那回答我的请求的第一封信,我已经在心里向您道谢过一千次了,现在为了您这封新来的信,我再补充道谢一千次。我已经得到将军的住址②,并且送交当事人了。结果怎样,我一点也不知道,过几天我去打听一下。在泥泞的土地上有那么好的太阳照耀,空气里有那么强烈的春天气息,我简直懒得待在房间里,而且也没有力量待下去了,可是,唉! 我的工作却多得要命:考试啦、迫切需要的面包啦……我喜爱春天,然而我又完全享受不到春天。我不会被迫成为诗人的:上帝没有赐给我才能,社会条件又夺去了春天。夏天我要到俄国各地去走一趟。我的文学工作大半是为彼得堡做的。我在挣你们彼得堡的钱。我也想去你们那儿旅行一趟。

柯尔希的事③闹得大极了。一个腥臊的苍蝇可以把整扇墙弄脏,一个小小的卑污行动可以破坏整个事业。这件事起因于一种无聊的东西:金钱。我没有注意这件事的过程,问题的实质我不知

---

① 亚历山大·尼古拉耶维奇·卡纳耶夫:教师和剧作家。
② 卡纳耶夫把佛·戈路包夫的住址告诉契诃夫。至于戈路包夫是个什么样的人,他的住址送交什么人,都未查明。——俄文本注
③ 这说的是柯尔希1882年在莫斯科创办的一家私人剧院。契诃夫所写的是柯尔希和一些演员之间发生的冲突。——俄文本注

道。我把我听到的写下来告诉您。

有些人断然脱离了柯尔希剧院,他们是皮萨烈夫①、格拉玛②、布尔拉克③,也就是剧团的全部精华。报刊工作者(在私人谈话中)断言全部责任在皮萨烈夫之流。凡是在报刊工作的周围和附近活动的人也都这样断言……上述三个人的敌人简直得意扬扬,他们的朋友关于他们却讲了些以前没讲过的话。我不认为在目前这件事当中报刊工作者跟着别人的笛声跳舞,玩弄阴谋……演员们之间有点不大好的东西……总之,有一种那样的东西……至于究竟是什么,暂时我还不愿意表达出来。皮萨烈夫会同格拉玛和布尔拉克到马尔基耶尔④那儿去租他的普希金剧院⑤,可是马尔基耶尔拒绝了。现在他们把脚步往哪儿迈,那就难说了。留在柯尔希剧院里的都有什么人?我不知道。斯沃包津⑥的命运我也不得而知。等我知道了,再写信告诉您。

一般说来事情是那么糟,在社会人士的眼睛里显得很复杂,因此必须听过双方的意见,才能说出一点近似真理的话来。我为俄罗斯戏剧难过,十分难过,我的一个小小的预言竟然应验了:

有一次在绘画展览会上我跟您谈话(您当然记不得了,不过现在去回忆它也大可不必),当时您一味称赞,我却不住诟骂。您称赞一阵以后,也情绪低沉了。我们终于同意:我们的演员先生们样样都有,只缺一样:教养,文化修养,或者如果您允许我这样形容

---

① 莫杰斯特·伊万诺维奇·皮萨烈夫,演员。——俄文本注
② 即格拉玛-美谢尔斯卡雅·亚历山德拉·雅科芙列芙娜,女演员。——俄文本注
③ 即瓦·尼·安德烈耶夫,演员,舞台上的姓是安德烈耶夫-布尔拉克,瓦西里·尼科列维奇。——俄文本注
④⑤ 普希金剧院是莫斯科的第一家私人剧院,由勃连科在1880年建立的,1882年因缺乏资金而倒闭。这个剧院坐落在特维尔大街马尔基耶尔寓所里。——俄文本注
⑥ 帕维尔·马特维耶维奇,演员。——俄文本注。

的话,在良好意义上的君子风度。除了酗酒、士官生作风、对工作的轻慢懈怠、对名望的卑鄙阿谀以外,我和您还断定他们缺乏内在的君子气质,如同《莫斯科小报》①的撰稿人一样!(例外是有的,然而他们人数这么少!)人们正派,然而没有教养,带着酒馆里的气息……我这样骂过以后,就对您说出了我对新剧院的前途的担忧。剧院不是酒馆,也不是鞑靼人的饭馆,它……(下面是剧院的定义)……酒馆的或者财迷的因素一旦混进剧院,它就一定要遭殃,好比大学里有了兵营气息也要遭殃一样……

不过,这些事说来话长了……我为剧院十分气愤,准备为这件事谈上两天,可是不愿意写它。我在等基切耶夫②来找我。我要跟他谈一谈这个使您感兴趣的问题。我要跟所有的人都谈一谈这问题,如果我听到什么有趣的消息,我就写信告诉您。目前,我要用两个头(我的头和尼古拉的头)向您鞠躬,而且请您不要忘记您有一个忠实的仆人。

安·契诃夫

一八八三年三月二十六日

于莫斯科

我们要不要顺路到沃斯克列先斯克去一趟?那地方值得一去……

也许今年夏天我到彼得堡去。

如果您见到亚·达·勃罗德斯基③,请您代我问候他。他是一个**十分**正派的人。

---

① 低级趣味的报纸。——俄文本注
② 指尼古拉·彼得罗维奇·基切耶夫,新闻工作者,《闹钟》杂志的编辑。——俄文本注
③ 小说家。——俄文本注

八

致尼·亚·列依金

十分尊敬的尼古拉·亚历山德罗维奇：

兹寄上几个短篇小说①,并且回答您的来信。

您à propos② 讲到我的《柳树》和《贪污犯》③对《花絮》来说未免有点严肃。也许是这样吧,然而,要不是因为我在寄稿子的时候根据一种考虑,我原不会把这两篇不逗笑的作品寄给您。我认为一个严肃的小作品,短短的,只有一百行左右,是不会十分刺眼的,尤其因为《花絮》的刊头上没有标明"幽默及讽刺"字样,没有规定非幽默不可。一个小作品(不是指我的,而是指一般的)只要相当轻松,合乎杂志的精神,包含一点深意,加上适当的抗议,照我看来,读者仍旧会乐于读一读,也就是说不会枯燥乏味的。再者,顺便说一句,您的刊物上,在极其诙谐的伊·格莱克④的小作品中偶尔也有些力求严肃的小作品,然而写得细腻,优雅,使人干脆用它们来代替饭后的甜食了。这类作品并没显得格格不入,而是刚好相反……再者里奥多尔·伊凡诺维奇⑤也不是永远嘻嘻哈哈,可是话说回来,《花絮》的读者当中恐怕没有一个人会放过他的诗不读的吧。不管作品怎样严肃(我不是说数学和高加索运输情况),

---

① 大约指4月23日《花絮》杂志第17期上发表的几个短篇小说:《空话,空话,空话》《冷荤菜(愉快的回忆)》《二十六(摘自日记)》。——俄文本注
② 法语:顺便。
③ 这两个短篇小说分别发表在1883年4月9日和16日《花絮》杂志的第15期和第16期上。——俄文本注
④ 作家比里宾的笔名。——俄文本注
⑤ 诗人巴尔明,《花絮》的撰稿人。——俄文本注

只要轻松短小,就不会使人读着不轻松……求上帝保佑,千万别写得枯燥乏味,然而在复活节对一个已经做了流放犯的贼说一句温暖的话,也不至于就把幽默扼杀了(再者,老实说,一味追求幽默是困难的!有时人只顾追求幽默,胡乱写出一些东西,连自己看着都觉得恶心。人就不由自主地钻进严肃的领域里去了)。圣灵降临节①前我会给您寄一篇 à la②《柳树》那样碧绿的东西去。我是只到大节期才严肃一下的。

阿〔加福波德〕·叶季尼曾那里我已经写信去了。他是我的哥哥,近年来在莫斯科出版物上工作,如今去做文官了。他当时工作得很有劲,而且成绩不错:靠写作为生。那时候他是一个小小的幽默家,热衷于抒情风格,又热衷于荒诞怪异,因而,似乎……断送了他的写作生涯。他打算避开抒情风格,可是迟了,他陷在里面不能自拔。他的信充满幽默,再也诌不出比它更逗笑的了,可是他一动手为杂志写东西,就糟了,开始力不从心了。要是他年轻一点,他是可能成为一个不平常的工作者的。他是一个不坏的幽默家。这可以从下面这件事里看出来:他到塔甘罗格的海关去担任工作,正当那儿的一切已经被人贪污光了的时候。我已经给他写过信了,他一定会给您寄点作品去的。

最后,我永远乐于为您效劳。

安·契诃夫

一八八三年四月十七日以后

于莫斯科

在复活节第一天我寄给您一篇短篇小说:《万尼亚、妈妈、姑母和秘书》③。您收到了吗?

---

① 圣灵降临节,复活节后第五十天。
② 法语:仿照。
③ 这篇作品发表在1883年5月7日《花絮》杂志第十九期上。

九

致亚·巴·契诃夫

小利钱！我先祝贺你得到最大的利钱,然后答复你的信。首先,我认错,我道歉:由于编辑部不能负责的原因,我很久没给你写信了。有时是没有时间,有时是懒……我没有给你写信,一直受着良心的谴责。你要求我在"雀巢（Nestle）奶粉"方面提点建议,大概你带着可以理解的焦急心情在等待我的建议,可是我一直不声不响,不声不响……我再一次请求你原谅。我问过医师,看过书,思考过,终于相信对这种奶粉我是一个有用的建议也提不出来的。有的人反对它,有的人不置可否。我只能出一个主意:你一发觉肚泻,就别用它（不是指你肚泻,而是指你女儿）。那时就用别的东西,例如冲淡的牛奶来喂你的婴儿。十分可能,到夏天会肚泻。母亲孱弱,你爱喝酒,天气热,营养不良,等等。可是用不着害怕。这种轻微的肚泻任何小医生都治得好。服一点兰根汁或蜀葵汁,外加几滴鸦片。肚子上放一块热压布。不要给她吃粥、面包、葵花子、茶、烈性饮料①。如果她要白酒喝,别给她。自管打她,也别给她。要是肚泻不止,那很快就要得英格兰的……你以为是酒吗？……是病②。不过肚泻也不是用药能止住的,仍旧要注意饮食。过几天我要到沃斯克列先斯克去,从那儿我会寄给你一些指导:该怎么喂东西吃,该怎么给水喝,该怎么敲打,该怎么医治,该怎样预防,哪些重要,哪些不重要,什么时候该断奶,什么时候可以

---

① 指酒。这是在开玩笑（参看下文）。
② 指软骨病。

吃粥,医生的哪些处方该干预,等等。所有这些都是重要的,我不经过仔细的考虑是不敢草率回答的。我要根据科学的最新结论写信告诉你,我想这样就可以使你别去买什么儿童医书、教养指南等书了,而你们这些有儿女的父亲都是爱买这种书的。我一定写信给你。一言为定。为此你该寄给我一百个卢布和尽可能多的邮票才是。

我读过了你对我的信的答复。我有点惊讶。你,老兄,有的地方没有十分理解,有的地方却又理解得过了头。谁也没有要求你从轮船上跳下水去。我既然知道你不善于游泳,而我又没有发疯,那我怎么能给你出这种极有害的主意呢?我的信上讲的是创作,讲的是主观态度。老兄,你不要坚持你叔叔的那种脾气了。卡拉姆辛和茹科夫斯基为每一个字煞费苦心,可是话说回来,他们最少写到他们自己。(顺便说一句,我祝贺你叔叔得了奖章①。万卡②羡慕得要死。)其次,为了知道尼古拉的工作,难道必须拿到《光和影》③吗?要知道你并不是在五年前跟他见面的。你走的时候他手里有几幅画?其次,我写到玛丽雅的时候既不是指菲拉烈托夫的学生说的,也不是指高等女校学生说的④。她就是你所看见的那样的一个人。任何宣传都不必要(你恐怕会被关进监狱去的);我讲的是你忽视了她过去的和现在的人格。关于米希卡我什么也没有说,以为你自己会想起他来。他和玛丽雅同等程度地忍气吞声。不过,接着往下讲吧……我讲到嫉妒心重的报刊工作者的时

---

① 契诃夫的叔叔米特罗方·叶果罗维奇·契诃夫在塔甘罗格担任教堂的主事,由于慈善事业而获得奖章。——俄文本注
② 伊凡的爱称,指作者的弟弟伊凡·巴甫洛维奇·契诃夫。——俄文本注
③ 莫斯科的一种幽默周刊,作者的二哥尼古拉·巴甫洛维奇·契诃夫在那上面发表绘画和漫画。——俄文本注
④ 作者的妹妹玛丽雅·巴甫洛芙娜·契诃娃先在菲拉烈托夫女子神学校读书,后在盖利耶高等女校读书。——俄文本注

候,指的是报刊工作者,可是,请问,你算是哪一号的报刊工作者呢？哥哥,我已经忍了又忍,满腔憎恨,只希望你千万别沾上乌特金娜和基切耶夫①之流所得到的那种名声了。报刊工作者至少也等于是骗子,这是连你自己也不止一次地深信不疑的。我是和他们一伙的,我跟他们一块儿工作,跟他们握手,而且,据说,远远看起来我也变得像是一个骗子了。我伤心,希望迟早也像你那样跟他们断绝关系。你不是报刊工作者,而报刊工作者是这样的一种人,他们当你的面对你微笑,可是为了三十个假银圆就会出卖你的灵魂,由于你比他们高明,比他们有名望,他们就暗地里借别人的手来干掉你——这才是我在给你的信上所写的报刊工作者。你呢,哥哥,却不懂,东闻西嗅,疑神疑鬼……妄自菲薄……以报刊工作者自命。我是报刊工作者,那是因为我写得多,不过这是暂时的……我不会一直到死都做这种人。如果将来我仍旧写作,我就一定到远远的地方,藏在一条小缝里去写……老兄,别嫉妒我！写作除了给我添不少麻烦以外什么也没有给过我。我一个月挣一百个卢布,可是都送进肚子里去了,我没有力量把我这件褪色的、不像样子的上衣换上一件少破旧一点的。我到处去哭,可我仍旧是个 nihil②。我们的家用在五十个卢布以上。我没有钱到沃斯克列先斯克去旅行了。尼古拉也没有钱。不过我至少可以这样安慰自己,那就是我的背后总算还没有债主。四月间我收到列依金寄来的七十个卢布,可是现在只剩下十三个了,我身边连坐车的钱也没有。

如果分居另过③,我就会生活得像阔人一样,可是现在

---

① 契诃夫指的是《闹钟》前任的发行人 Н. Л. 乌特金娜和 П. И. 基切耶夫。——俄文本注
② 拉丁语：零。
③ 当时作者一家七口人,父亲收入微薄,作者须承担大部分家用。

呢……却像是巴比伦河流域的骑手和哭泣者。帕斯图霍夫①带我到捷斯托夫②去吃晚饭，答应每一行付六个戈比的稿费。那我每个月就会在他那儿挣到不少稿费，不是一百，而是二百。可是，你明白，与其为他的刊物工作，不如没有裤子，光着〔……〕出去串门的好。《闹钟》我也不能忍受，如果我同意为它写稿，那我心里一定是很痛苦的。叫它们见鬼去吧！倘使所有的杂志都像《花絮》那样正派，那我就会乘马车了。我的小说不下流，据说在形式和内容方面都比别人的好，那些安德留希卡·德米特利耶夫③之流把我抬举成为一流的幽默小说家，一个优秀的，甚至最优秀的幽默小说家；在文学晚会上人们常朗诵我的小说，不过……与其为挣钱而写些下流作品，写些嘲弄醉醺醺的商人的作品，等等，还不如为〔……〕忙碌的好。叫它们见鬼去吧！我们等一阵再看好了，目前姑且穿着这件褪了颜色的上衣吧。我在钻研医学，医学是我的救星，其实我直到现在也不相信我是医学院学生，而这就无异于说（至少别人是这样说，我倒完全无所谓）……无异于说我没有在一个适合于我的学院里读书。不过，接着往下讲吧……你写道：我往死于肺痨病的特烈契亚科夫身上扔污泥。肺痨病和我谈的事根本没有关系，死亡也没有关系。我在那封信的开头就提了条件：我既不责难伊凡，也不责难彼得，他们跟我毫不相干，我要做的是系统地论证……我是以小说家的身份，像给一个好朋友那样给你写信的……这跟肺痨病和污泥有什么相干呢？我个人对列〔昂尼德〕·符〔拉季米罗维

---

① 帕斯图霍夫·尼古拉·伊万诺维奇：《莫斯科小报》的发行人。——俄文本注
② 莫斯科的捷斯托夫饭店。——俄文本注
③ 安德留希卡是安德烈的卑称；指安德烈·德米特利耶夫，俄国作家和翻译家，《旁观者》杂志的编辑。——俄文本注

奇〕并没有什么反感,而且刚好相反,我一想起他的脸,就感到闷闷不乐;我指的是那种缺点,而那种缺点也不是他所独有,因为不光他一个人是贵族。我过去认为,现在仍旧认为:你和我都不善于写捧场信,那就可以用任意而谈来成功地代替这种捧场信……我原以为你会对我提到的缺点做出这样或那样的评论,把它缩小,为它辩护,写信指出我在哪方面对,在哪方面不对(要知道这是很好的题材),你呢,却谈起什么肺痨病和污泥来……其实,你还不如索性写道:"不要谴责别人!"这才是我那封信的唯一的过失,不过依我看来,这个过失也已经由那封信的文学味道加以弥补了。那就接着往下讲……

你那篇《复活节之夜》已经收入档案馆,到明年我再给你寄这篇东西的稿费。顺便提到,《表示时的动词,金属的叮当声》发表了,钱我也收到了。只是不久以前我才知道这笔钱是混在我的稿费里一起寄来的。稿费是每行五个戈比。现在把应该归你的钱寄给你。《旁观者》杂志已经埋葬,完事大吉。它再也不能复活了。列依金来信说他有二十次打算把你的《烟斗》发表出来,可是总也下不了决心:他无论如何也看不懂这篇作品的结尾。他要求你给他写信。那你就写吧。你会接到回信,会发牢骚,会伤心,不过以后就会渐渐习惯,拿到稿费去买"雀巢奶粉"。钱是有用的,特别是在塔甘罗格,多二十五个卢布比在莫斯科显眼得多。顺便说一句,明年你替我在卡兰钦①租一个别墅,住一个夏天。我会以医师的资格来,跟你们一块儿度过一个夏天。钱会有的,我们总能混过去的。关于我们的南方旅行简直没法说。使我十分伤心的是考试有一半要在假期末尾举行,这就把我的夏天生活弄得大煞风景了。

---

① 塔甘罗格的郊区。——俄文本注

你要舅母①去干什么？这简直荒唐！穷得跑到一千二百俄里以外去摸一摸母鸡有蛋没有！她会因为想念阿历克塞②而唠唠叨叨，把你磨死，并且会悄悄用土豆把你的娃娃撑坏！我们的母亲强烈地要求到你那儿去。如果可能，就把她接去吧。母亲总还活泼些，不像舅母那么沉闷。舅母比较沉默寡言，然而跟她很难相处。她暗地里使坏。我们的父亲见着人就说你得到一个了不起的职位。他喝醉了酒就谈你的官服，权利，等等。请你给他写一封信，描写一下你的官服，渲染一下你怎样在一个假日穿着官服到大教堂里，站在当地的大人物中间。

"嗯，萨沙……现在怎么样？"他喝过第三杯酒以后照例问道，"塔甘罗格的海关是一流的！在那儿工作的人……"等等。

接着往下讲……有一次在节日，我带着几分醉意给你写信，提到一个论性的权威的计划……这个工作可以做，不过先得发小册子。这个题目适合于动物学的硕士论文……你干吧！你写吧，给我寄邮票来。哦，盖尔希卡③怎么样？〔……〕多尔果鲁科夫街上那个窗子里放着的那口小棺材，如今尺寸大了。沉下去吧，萨沙！有的时候人会因为在石头楼梯上走得过久而死掉。《梦游人》④我正在找。我这儿没有。我要问一问杜尔雷京⑤。他大概有。我到了沃斯克列先斯克就给你写信，你写信要寄到莫斯科来。他们有机会就会托人把你的信捎来。

---

① 舅母费·亚·多尔仁科。——俄文本注
② 费·亚·多尔仁科的儿子。——俄文本注
③ 亚·巴·契诃夫的狗的名字。——俄文本注
④ 亚·巴·契诃夫的一个短篇小说，发表在1881年的《闹钟》杂志上。——俄文本注
⑤ 杜尔雷京·雅科夫·普罗科菲耶维奇：画家，尼·巴·契诃夫的朋友。

他们似乎要把娜坚卡·索〔科尔尼科娃〕①送到你们那儿去。加甫利尔卡②是个坏蛋!

安·契诃夫

一八八三年五月十三日

于莫斯科

一〇

致尼·亚·列依金

尊敬的尼古拉·亚历山德罗维奇:

兹寄上几个短篇小说③。要不是因为非常懒散,我就会多寄上几篇,也会写得好一点。一到夏天我就成了大懒汉,虽然整个冬天我都渴望着工作辛勤的夏天。拿我自己毫无办法。

关于您的书和信的命运,您不必担心。您的信已经由方便人捎到,不过您的书我家里的人一定已经收到,而且在阅读了。在莫斯科我的住处是稳定的,和我家里的人在一起。您可以把信寄到那边去,无论什么邮包都可以寄去,我都会收到。不过,假如是贵重的邮件,就得我亲自去取,那也不会迟于六月十日。如果您再写

---

① 安·伊·赫鲁晓娃·索科尔尼科娃和第一个丈夫所生的女儿。——俄文本注

② 指加·亚·赫鲁晓夫-索科尔尼科夫,安娜·伊凡诺芙娜·赫鲁晓娃-索科尔尼科娃的第一个丈夫。——俄文本注

③ 契诃夫寄给列依金的小说如下:《跟爷爷一模一样》《助理会计员日记摘录》《山羊或流氓》,发表在1883年6月18日和7月23日的《花絮》杂志的第25期和第30期上。——俄文本注

信,就请寄到莫斯科去。关于您的书的评论,我正在写①,要是找不到地方发表,那我就把它交给巴尔明,不过顺便提一句,巴尔明别墅的地址我不知道。

我在《蜻蜓》②上发表文章,这已经不是头一次了。我是在那儿开始我的文学活动的③。一八八〇年我在那个刊物上工作了差不多整整一年,那时候您和伊·格莱克也在那上面发表作品。就在这一年,由于您信上所陈述的那些理由,我就不再为它工作了④。您写道:"您会后悔的。"我已经后悔过二十五次了,可是……请您说说看,我有什么办法呢?如果我把有时候在一个良好的、冬天的傍晚所写出来的东西统统寄给《花絮》,我的材料就会够您用一个月的。可是我往往不是写一个傍晚,而是写出整整的一大堆来。那么我把这一大堆寄到哪儿去好呢?我极力躲开莫斯科,尽量少为它工作,而在彼得堡我又只跟两个杂志有来往。Volens-nolens⑤,我只好为我本心不愿意去的地方写作了。这个局面糟透了。您自己就写得很多,您会了解这个局面的。关于这个问题我还要再想一想。

从前我在一个什么刊物上确实用过"荨麻"⑥这个署名。我郑

---

① 5月26日列依金写信通知契诃夫说他已经把他的书《鲫鱼和狗鱼》寄给契诃夫,并且请求契诃夫就这本书"在刊物上稍稍说几句话",8月1日或2日契诃夫写给列依金的回信说:"我已经写好一篇关于您的《鲫鱼和狗鱼》的评论。我拿着这篇文章东奔西走,发现到处都已在议论您这本书……"——俄文本注

② 俄国的一种幽默刊物,自1875年开始在彼得堡印行,每周出版一期。

③ 1880年《蜻蜓》杂志第10期上发表了契诃夫两篇最初的作品:《顿河地主斯捷潘·加甫利洛维奇·某某写给有学问的邻居福利德利赫的一封信》和《在长篇小说、中篇小说等作品里最常遇见的是什么?》。——俄文本注

④ 1880年间《蜻蜓》的《信箱》里发表了几篇关于契诃夫小说的否定的评论,因此契诃夫就不再为这个刊物写稿了。——俄文本注

⑤ 拉丁语:愿意也罢,不愿意也罢。——俄文本注

⑥ 契诃夫用笔名"荨麻"所写的作品没有找到。——俄文本注

重申明:以同一个笔名发表在《蜻蜓》上的东西不是出于我的笔下。

阿加福波德·叶季尼曾给您写过信没有？我差不多已经给您准备好一个(比较)大的短篇小说《六月二十九日以前》,不久就要准备好另一篇《六月二十九日》①。这两篇都是讲猎人的。我写完就给您寄去;目前,我荣幸地永远乐于为您效劳,并且尊敬您。

安·契诃夫
一八八三年六月初
于沃斯克列先斯克

又及:请您吩咐有关人员依照下列地址寄发今年的《花絮》杂志,费用由我承担:"莫斯科省,沃斯克列先斯克城,教堂附属小学教师收。"

———

致尼·亚·列依金

尊敬的尼古拉·亚历山德罗维奇:

兹寄上《莫斯科短记》②一篇,附带有一个小小的声明:这是我

---

① 这两篇小说没有发表。另外两篇小说以《六月二十九日》和《圣彼得节》(加副标题"六月二十九日")为题,曾在1881年和1882年先后发表。——俄文本注

② 1883年6月10日列依金写信给契诃夫,请他每月为《花絮》杂志写两篇短记,总题名是《俄罗斯生活花絮》。契诃夫接受约请,从1883年7月2日起发表这种小品文,直到1885年10月12日止,短记的署名是"鲁威尔",从1884年2月起改为"乌里斯"。在这封信上提到的头一篇小品文里契诃夫写到把价钱抬高的棺材匠,写到莫斯科的建筑师,写到杂志《光和影》的主编普希卡烈夫的新发明(蜡烛),写到莫斯科—库尔斯克铁路在莫斯科附近发生的惨祸。——俄文本注

头一次写幽默的小品文。我没有经验,而且见闻不广。我不会去做演员,也没有开办制粉厂①,然而我不能担保我不会写得干巴巴,缺乏内容,主要的是不幽默。我要尽我的力量。如果合适,那就请您拿去发表,倘使不合适,那就……吹台!我会把这一类小文章寄给您,由您选择,请看在上帝的分上不要客气。上帝赐给您这种权力,凡是不方便的和您怀疑不合适的东西您自管砍掉。我是固执己见的,然而对《花絮》却不是这样,换了是别的编辑部来约我做这种工作,我就会拒绝,或者担任下来而不做这种声明,可是对您的刊物我是服从的,而且说老实话,即使您完全不用我的短记,对我说一声:"不行!"我也会泰然处之。我珍重的不是我的利益,而是《花絮》的利益。我对待《蜻蜓》和《闹钟》是无动于衷的,可是如果我在《花絮》上看到一个败笔,不管是自己的还是别人的,我总要难过,这是一种征象,表明您的事业贴近我的心;据我从传闻和行动方面知道,您是带着精力和信心干您的事业的。

以前《莫〔斯科〕短记》写得并不高明。这类文章与这个刊物的一般格调不同,而有一种纯粹莫斯科式的格调:干燥、琐碎、粗疏。即使不登这类文章,读者的损失也是十分小的。依我看来,在莫斯科**没有人**给您写短记。我要试一试我的微薄的力量,可是……我也没有信心。要知道,我也有莫斯科的格调。我不会过于琐碎,不会痛骂肮脏的餐巾和小演员,不过同时在观察日常的、带点普遍意义的事物的能力方面我却非常贫乏,这对短记是不适宜的。请您决定吧……我很快就会给您寄稿子去。

书收到了,我正在读,谢谢您。您履行了您的诺言,可是这并没有成为我的好榜样:我就没有履行诺言,没有寄给您小说。这一

---

① 列依金请契诃夫主持《莫斯科生活花絮》的时候写道:这一栏目以前本来是由盖尔松主持的,可是他"跑去做演员"了,后来请德米特利耶夫主持,可是他"致力于蒸汽制粉机的生意,拒绝了"。——俄文本注

次我请求您原谅我。

我一直心绪不佳,我的手摇风琴也就随着我而奏不出音乐来了。现在我恢复正常,坐下来工作了。《圣彼得节》(小说)①写得太长。我已经把它誊清,收起来,留到明年再用,目前我不会把它寄到任何地方去。现在我坐下来为您写作。星期六在我是您的日子。大概明天我会把稿子寄出去,可是……您不要相信。……我渐渐变成波德哈里莫夫②,欺骗您已经不止一次了。

最后,请容许我做您的忠实的仆人。

安·契诃夫

一八八三年六月二十五日或二十六日

于莫斯科

一二

致尼·亚·列依金

十分尊敬的尼古拉·亚历山德罗维奇:

目前寄上的稿子都是不能令人满意的作品。短记苍白③,短篇小说没有润色④,十分浅薄。本来有一个好一点的题材,可以写

---

① 这篇小说没有发表。1883年下半年作者编契诃夫小说集《在闲暇时候》(未出版),在《圣彼得节》标题下收入他的旧小说《六月二十九日》。——俄文本注
② 俄国作家萨尔蒂科夫-谢德林的特写《吝啬人和目睹者》的主人公。——俄文本注
③ 契诃夫在这篇《莫斯科生活花絮》里写到在莫斯科隐庐饭店的花园里举行的同英国赛跑者的比赛,写到《美丽的春天》画册的出版,写到莫斯科戏剧季节的开始,写到出版家克兰格。这篇文章发表在1883年8月25日《花絮》杂志第35期上。——俄文本注
④ 指小说《说情》,也发表在1883年《花絮》杂志第35期上。——俄文本注

得长一点,也可以多得些稿费,可是这一次命运同我作对。我是在最恶劣的条件下写的。我面前的工作不是文学工作①,而我的文学工作就无情地敲打我的良心;隔壁的房间里有一个到此地来做客的亲戚②的小孩在吵嚷,在另一个房间里我的父亲在对我的母亲大声朗诵《画出来的天使》③……有人在开留声机,我听见了《美丽的叶莲娜》……我打算逃到别墅里去,可是这时已经是夜里一点钟了。对写作的人来说很难设想还有比这再恶劣的环境了。我的床被那个新来的亲戚占据了,他不时走到我跟前来,跟我谈医学。"我女儿大概肚子里绞痛,所以才不住地吵嚷……"我不幸是一个医学院学生,没有一个人不认为必须跟我"讨论一下"医学。要是谈厌了医学,就又谈起文学来了。

这种环境再糟也没有了。我骂我自己没有逃到别墅里去,在别墅里一定能够睡足觉,能够为您写小说,主要的是医学和文学都可以免得遭殃了。

九月间,如果天气不作梗,我就逃到沃斯克列先斯克去。我十分喜爱您最近的这篇小说④。

那个孩子大哭起来啦！！我暗自起誓:永远也不要有儿女……法国人的孩子少,大概就是因为他们是文人,为《Amusant》⑤写稿。听说,人家在逼他们多有一点孩子,这倒给《Amusant》和《花絮》提供了一个漫画的题材:"法国状况"。一个警官闯进门来,要求人家生孩子。

---

① 当时作者在准备大学考试。——俄文本注
② 指作者的大哥亚历山大·巴甫洛维奇·契诃夫,他带着妻子和女儿一起来的。——俄文本注
③ 俄国作家列斯科夫的短篇小说。——俄文本注
④ 指列依金发表在1883年8月20日《彼得堡报》1883年上的《新的女敌手》,或者发表在8月20日《花絮》杂志上的《不光滑的和光滑的》。——俄文本注
⑤ 法国的一种幽默杂志:《娱乐》。——俄文本注

再见。我正在盘算:应该想个什么办法,到一个什么地方去,才能打着呼噜睡上一大觉。

此致

敬礼!

安·契诃夫

一八八三年八月二十一日至二十四日

于莫斯科

一三

致尼·亚·列依金

十分尊敬的尼古拉·亚历山德罗维奇:

时值冬季。我照冬天的章法工作起来。不过,我又生怕不吉利……

我为您写了非常多的稿子,也为《闹钟》写了一点①,而我的手提箱里还藏着两三篇东西以备万一……兹寄上一篇《在敞篷马车上》②,那里面谈到屠格涅夫,还有一篇《在莫斯科的特鲁巴广场上》③。后一篇小说具有纯粹莫斯科的趣味。我写它,是因为我很久很久没有写过所谓轻松的小场景了。另外还寄给您一点别的东西。短记写得又不对头。……我用很大的篇幅写"绘画学校"④倒

---

① 指短篇小说《在秋天》,发表在1883年《闹钟》杂志第37期上。——俄文本注
② 这篇小说发表在1883年9月24日《花絮》杂志第39期上。——俄文本注
③ 这篇小说被列依金退还契诃夫,理由是它具有"纯粹的民族风俗的性质"。后来这篇作品发表在1883年《闹钟》杂志第43期上。——俄文本注
④ 契诃夫在这篇《莫斯科生活花絮》里写到莫斯科的绘画雕塑及营造学校,联系到这个学校在五十年代创办的情况。——俄文本注

不是没有某些理由的。第一,所有艺术的东西都受书报检查机关的管辖,因为《花絮》本身就是一个艺术性的杂志;第二,莫斯科一切大大小小的造型艺术都跟上述的学校有牵连;第三,每个学生都会买一份杂志,这就成为不小的收入;第四,我们比别人早提到纪念日。我渐渐地不再为我的短记诉苦了。您那些彼得堡的短记里,事实也是很少的。它们大都讲的是有普遍意义的东西,而不是有局部意义的东西……(您那些短记写得精彩……俏皮,轻松,不过似乎是一个法律家写的。)其次,我已经有两次听到我最要好的熟人为我那些短记而骂作者是"混蛋"了,而且安〔德烈〕·米〔哈依洛维奇〕·德米特利耶夫①告诉我,说他知道这个鲁威尔②是什么人。"他就住在彼得堡……材料是从这儿寄给他的……有才气,这个滑头!"

不久以前我受了诱惑。我应布克瓦③的约请,为《蜻蜓丛刊》写了点东西……我受了诱惑,就写了一个篇幅极大的小说,有一个印张之大。这篇小说还行。它的名字是《瑞典火柴》④,内容仿效犯罪小说。结果它成了一篇滑稽小说。我喜欢《蜻蜓》的副刊。

您写道,巴〔尔明〕是个野人。这话有一点对,可是不尽然……他有两次供给我写短记的材料,在同他的谈话中可以看出来他知道许多当前的事情。他的散文有一点极好的生铁般的德国人的味道,不过,说实在的,他是个好人。昨天我家里来了一些个子高大的中学生……他们瞧着桦树〔……〕,却不知道那是什

---

① 俄国作家和翻译家。列依金曾经约他主持《莫斯科生活花絮》,他拒绝了。
② 契诃夫在那些短记上所用的笔名。
③ 《蜻蜓》杂志的主编,小品文作家伊·费·瓦西列夫斯基的笔名。——俄文本注
④ 这篇小说发表在1884年《蜻蜓丛刊》上。——俄文本注

么树。

再见。

此致

敬礼！

安·契诃夫
一八八三年九月十九日
于莫斯科

一四

致亚·巴·契诃夫

我们的哥哥，坏蛋亚历山大·巴甫雷奇：

首先，你别成为毕达哥拉斯的短裤①，你要原谅我那么久没有回答你的信。我沉默倒不是因为我懒，而是因为缺乏空闲时间。一分钟的空闲都没有。就连摆纸牌卦也没工夫。我要应付毕业考试（这违背了你这畜生希望我升入五年级时考试不及格的愿望）；等我考试及格以后，我就取得卡契洛甫斯基②的身份了。俗语说：老鼠的眼泪有猫味；我在过去几年中的懈怠如今也反映到我的身上来了。唉！几乎一切都得从头学起。除了考试（其实这还刚刚开始）以外，给我凑趣的还有解剖尸体的工作、带着必不可缺的病历临诊的工作、查病房……我一面工作，一面感到自己能力不足。死背硬记的能力差了，我老了，再加上懒，文学……我们身上带着酒气，等等。我生怕在某一次考试中垮下来。我想休息，可是……

---

① 学生对毕达哥拉斯定理（勾股定理）的滑稽代用语，因为画出来像短裤。
② 塔甘罗格的一位医师。——俄文本注

夏天还那么遥远！我一想到前面还有整整一个冬天,就毛骨悚然。不过,谈正事吧。

我们这儿有一个新闻。我从下面的一页开始。十月十四日我的好朋友费多尔·费多塞耶维奇·波普多格洛①死了。这在我是一种不能代替的损失。费多塞伊奇并不是一个有才能的作家,虽然《闹钟》上登着他的照片。他是文学界的老人,有良好的文学嗅觉,这样的人对我们这班初学写作的人来说是宝贵的。我常常像夜里的贼那样悄悄到库德利诺去找他,他在我面前无话不谈。他对我有好感。我了解他的整个内心。他死于脑膜炎,虽然他让我这样的名医诊治过。他请二十个医师诊治过,在这二十个当中只有我一个人在他生前猜中了他的真正的病。祝他升到天堂,永久安息！他死于酒精和好朋友,至于这些人是谁,nomina sunt odiosa②。缺乏理智、粗心大意、对自己的和别人的生活漫不经心,因而他只活了三十七年就死了。

第二个新闻。尼·亚·列依金到我这儿来过。他是个大好人,不过为人吝啬。他在莫斯科住了五天,在这几天里他不住央告我,要求你不要再在写给他的信上唱天鹅歌了③。他认为你在为了什么事生气。他喜欢你的小说,有些小说没有发表出来也只是因为"看不懂"和你对《花絮》的不理解。列依金是这样说的:

"他能多么巧妙地写点海关的事,他的材料何其多啊,可是,不！他写得那么难懂,把'海关'说成中国话似的'哈依哥吾安',仿佛害怕什么似的……他应该直截了当地用俄国的名字说出'海关'……书报检查官不会禁止的。"凡是不难懂的地方,又有那种

---

① 俄国小说家和剧作家。
② 拉丁语:姑隐其名。——俄文本注
③ "唱天鹅歌"意为"申明从此不写作了"。

要命的抒情诗。你写吧,早晚总会走上正路的。额外的收入的魅力足以补偿这种最初的挫折。这种挫折算不了什么:你的小说已经在《花絮》上发表了。"

跟列依金同来的还有一个我喜爱的作家,著名的尼·谢·列斯科夫。这个作家常到我们这儿来,带我一块儿到"Salon"①去,到索包列甫斯基的妓院去。他送给我一本作品,并且亲笔题词②。有一天晚上我跟他一块儿坐马车。他半醉半醒地转过脸来对着我,问道:"你知道我是什么人吗?""我知道。""不,你不知道……我是个神秘主义者……""这我也知道……"他就睁大眼睛瞪着我,预言道:"你会比你哥哥死得早。""很可能。""那我就要给你身上涂一点油,像萨穆伊尔给达维德涂油一样……你写吧。"这个人像一个优雅的法国人,同时又像一个免去教职的神父。这是个值得注意的大人物。要是我住在彼得堡,我就会到他家里去做客。我们像朋友那样分手了。

关于鱼和桑托林果酒,你要跟解剖学和法律方面的专家打交道。我呢,老实说,没有钱,而且也没有工夫去挣钱。我纯粹出于利己主义才不为你找工作:我想跟你一块儿在南方度过一个夏天。你不要找别墅了,因为你可能找得不能使人满意。我们一块儿找吧。你那么津津有味地描写你那些红红的和蓝蓝的东西,弄得人很难认出你是个抒情诗人了。哥哥,别吃这种糟糕的东西了!要知道这是脏东西,不干不净。那些蓝色的鱼之所以好,只因为一咬就酥而已,可是经过醋渍就会有一股又腥又酸的臭味(大概很

---

① 法语:沙龙。全名是 Salon de Varieté,莫斯科的一个娱乐场的名字。——俄文本注
② 尼·谢·列斯科夫把自己的著作《图拉的斜眼左撇子和钢跳蚤的故事》送给契诃夫,并且题词:"赠安东·巴甫洛维奇·契诃夫。尼·列斯科夫。1883年10月12日。"——俄文本注

浓)。哥哥,你吃牛肉吧!要是你大吃这种市场上的糟糕东西,你就会在这可恶的塔甘罗格瘦下去。要知道你吃东西不加节制,喝醉了酒连生东西也会大吃一通。你的家庭主妇在管家方面的本领跟我在拔鸭绒方面的本领不相上下,单凭这一点你就得在食品方面小心在意,吃东西要有选择。牛肉和面包。至少在莫谢芙娜①成长的阶段,不要随手拿到什么就给她吃。不要让她知道舅母的菜根、父亲的"线圈状"酱汁、你的"嚼一通"、妈妈的最好的一小块。要给她培养哪怕是胃的美学。顺便谈一下美学。对不起,好哥哥,不要光是在口头上做父母,要用榜样来开导她。干净的衬衣同脏衬衣混在一起、桌上的残羹冷饭、醒龊的抹布、你妻子把皮带露在外面而且脖子上系一根像康托尔斯卡亚街那么脏的带子,所有这些在最初几年里就把一个小姑娘教坏了。对孩子最有影响的是外观,你们对外观却非常马虎。我凭人格赌咒:两个月以前你住到我们这儿来的时候,我认不得你了。难道这人就是从前住过干净房间的你吗?哥哥,要叫卡捷克守规矩!顺便谈到另一种整洁。不要大声骂人。你那些脏字眼既教坏了卡捷克,也玷污了莫谢芙娜的耳鼓膜。换了我是安娜·伊凡诺芙娜,我就要随时随地揍你。向安〔娜〕·伊〔凡诺芙娜〕和侄女问好。在我们这里大家都尊重这个小姑娘。《闹钟》还没有发表你的作品。等到它开始发表,我就通知你。

契诃夫
一八八三年十月十五日至二十日
于莫斯科

---

① 玛丽雅的爱称,指亚历山大·巴甫罗维奇·契诃夫的女儿玛丽雅。

一五

致尼·亚·列依金

尊敬的尼古拉·亚历山德罗维奇:

兹寄上短记一篇①。老实说,这一次的这篇东西写得可怜巴巴,像叫花子那么瘦。材料那么贫乏,写的时候两只手简直使不上劲,像掉下来了似的。我拿起《新时报》②(星期六的)、《俄罗斯新闻》③以及所有莫斯科报纸上的星期日小品文,统统读了一遍,然而从中并没有发现什么新的东西,犹如在去年的戏报上不会发现什么新东西一样。传说和议论也一点都没有。胡说八道的东西我是不想写的,而且也不应该写。

一般说来我的小品文不高明。您不打算取消鲁威尔吗?鲁威尔的文章夺去我许多时间,比《花絮》的小说多,可是我看不出鲁威尔的文章有什么长处。您另请一位小品文作家吧。您找这样一个小品文作家,请他主持吧。如果您请不到人,那您就把内地的短记和莫斯科的短记结合在一起,这样做倒也不坏。我由衷地惋惜我没有能够照应该做的那样,照您所希望的那样完成我的任务。我也惋惜我那些短记每个月带给我的十五个卢布。

我极度疲劳,一肚子怨气,身体又有病。我的科学④和紧急的

---

① 指《莫斯科生活花絮》,在这一篇中讲到律师斯托尔波甫斯基、莫斯科的乞丐、演员亚·巴·连斯基的旅外公演等,发表在1883年12月17日《花絮》杂志第51期上。——俄文本注
② 在彼得堡出版的一种具有反动倾向的日报。——俄文本注
③ 在莫斯科出版的一种具有温和的自由主义倾向的日报。——俄文本注
④ 指医学。当时契诃夫忙于莫斯科大学医学院的毕业考试。

家用忙得我疲劳不堪,最近这个月我得比以往多挣一倍钱才够维持家用,因为我那绘画的哥哥昨天才当兵回来。我不得不为那些只有鬼才知道是什么东西的刊物工作,这就是我何以没有给上一期的《花絮》寄小说去的原因。我写得那么多,身体那么疲劳,不敢给《花絮》写东西了,我知道我在乱写。除了疲劳之外又加上痔疮发作(这是魔鬼在跟我捣乱)。上个星期我病倒,发了三天烧。我以为我从病人那儿感染了伤寒,不过,谢天谢地,这杯苦酒总算喝光了。

尼古拉回来了,这就轻松一点了。

短篇小说《灾难跟着灾难》①请您不要发表。我已经在首先成为首都的城②里为它找到了安身之处。您也不必把稿子寄回。我已经把草稿交出去了。

《莫斯科生活花絮》要不要用合伙的方式来写?让那些愿意承担的人分别寄给您一章一节,然后由您把它们合成一篇小品文。如果有材料的话,我也会给您寄去。

为什么您在过去的短记里删掉了热尔托夫③?热尔托夫在莫斯科是著名的,其名气之大,值得对他严加批评。人人都知道他。再者,一般说来我总是写那些为莫斯科所熟知的人(别梁金④是例外)。

这一次我也没有寄小说给您。十二月十六日和二十日是我的考期。我怕写作。请您别生气。等将来空闲了,我会是您的一个最热心的撰稿人。现在我的头脑里有点两样:根本就没有幽默的

---

① 这一篇名的小说在契诃夫的作品里是没有的,不知是否后来改了篇名。
② 即莫斯科。
③ 莫斯科书商和小出版商;后来,有关这个人的短记契诃夫发表在 1884 年 2 月 18 日的《花絮》杂志上。——俄文本注
④ 俄国各幽默刊物的漫画作者和撰稿人。——俄文本注

味道!

请您原谅,向您问好。

您的忠实的仆人

安·契诃夫

一八八三年十二月十日

于莫斯科

一八八四年

一六

致尼·亚·列依金

尊敬的尼古拉·亚历山德罗维奇:

兹寄上短短的小说一篇①。要多寄几篇,我就办不到了,因为缺乏空闲。为下一期的杂志,我会寄一篇小说去。有两个题材已经准备好了。请您看在上帝的分上,不要因为我没有按照我空闲时所能做的那样为您的刊物工作而生气。医学把我折磨得好苦。我觉得我在粗心大意、草草了事地工作,我有这种感觉是因为事实上也正是这样,不过我是应该得到宽恕的。

最近一期的杂志颇使人开心②。《囚徒日记》《在医师家里》和您的信,每一个到我家里来的人都要读一下(而每天来找我的人总有八个到十个之多),引得他们发笑,而这正是一个幽默杂志所需要达到的效果。我的《年轻人》竟然没有遭到书报检查官的扣留而引起人们的惊讶……这也使得我们莫斯科的书报检查官惊讶!而且也很难不惊讶:在我们这儿"帽徽""医学的将军"……都要删掉。您的前一封信③是一篇很好的作品。总之,我发现您那

---

① 《家庭教师》,发表在 1884 年 2 月 11 日《花絮》杂志第 6 期上。——俄文本注
② 1884 年 2 月 4 日《花絮》杂志第 5 期上刊登了比里宾的《囚徒日记》和《在医师家里》、尼·亚·列依金的《尼·亚·扎特拉甫金(在文献中的短小说)》、契诃夫的小说《年轻人》。——俄文本注
③ 指列依金发表在 1884 年 1 月 28 日《花絮》杂志第 4 期上的小说《萨莫格罗特-扎格烈巴耶夫一家(在文献中的当代短小说)》。——俄文本注

些不吝惜戏剧因素的小说总是写得非常成功。最近一期的杂志之所以好,还在于其中没有议论,小品文很少。至少没有切尔尼果威茨①的小品文。

您因为什么缘故删掉我的小品文里关于"骑自行车的人"那一段②呢?要知道我们这儿确实有这样一个团体……假如您出于经济上的考虑而删掉这一处,那就请您把它插在以后的小品文里,因为我十分缺乏小品文的材料。伊·格莱克③可真是走运!他可以嘲笑奥斯特罗夫斯基的和其他的"一般的"现象,我就不行!一定得拿出事实来,而且是莫斯科的事实!

如果您打算把《生活的苦杯》④留到下一期发表,那您就索性丢掉它吧。那篇讽刺文章写得并不成功,再者我也改变主意了。包·马尔凯维奇一读到对他本人不愉快的文章,照例就会哭哭啼啼,他又哭又发牢骚……尽管你用笔名掩藏起来,他还是要跟他的一些崇拜者和朋友吵架。为这么一点小事惹出麻烦来是不值得的。我给您一段小品文来代替这篇讽刺文章,这段小品文短一点。

巴尔明我有很久没见面了。您对待《波浪》岂不太残忍了吗⑤?关于这个无聊的杂志您说得岂不太多了吗?里〔奥多尔〕·

---

① 指费·符·切尔尼果威茨-维希涅甫斯基,俄国的报刊工作者。
② 指列依金从发表在1884年2月4日《花絮》杂志第5期上契诃夫的小品文《莫斯科生活花絮》中删掉的一段,后来这一段没有在以后的小品文中发表。——俄文本注
③ 契诃夫的大哥亚历山大·巴甫洛维奇的笔名。
④ 剧本《生活的苦杯》是俄国作家包·马尔凯维奇根据自己的长篇小说《深渊》改编成的。1884年1月30日这个戏在连斯基剧院公演以后,契诃夫为这次演出写了一篇讽刺文章,也就是这封信上要求不要发表的那篇文章。后来作者在《莫斯科生活花絮》里写了一段,发表在1884年2月18日的《花絮》杂志第7期上。——俄文本注
⑤ 1884年1月21日《花絮》杂志第3期上刊登一篇诗:《致〈波浪〉杂志》,答复1884年《波浪》第2期上刊登的一篇文章,那篇文章对《花絮》和它的主编列依金做了否定的评论。——俄文本注

伊〔凡诺维奇〕①大概忘了我们在《花絮》里把克兰格骂了个不亦乐乎(我就骂过两次,骂得他死去活来②)。为什么就不能允许它哪怕一次,哪怕糊里糊涂地踢《花絮》一脚呢?里〔奥多尔〕·伊〔凡诺维奇〕拒绝为《波浪》工作,这件事他干得有骑士风度,可是他在《莫斯科小报》上发表一封信③,信上表明拒绝为《波浪》写稿而又不说明原因,这就干得缺乏骑士风度了。鬼才知道人们会怎样想。

安·契诃夫
一八八四年二月五日或六日
于莫斯科

一七

致尼·亚·列依金

尊敬的尼古拉·亚历山德罗维奇:

兹寄上小品文一篇、小说一篇、小东西一篇④……我不知道下面该说什么好了,虽说我是个文学家,可就是凑不出一个完整的句子来。我刚吃完晚饭,坐下来就写,急急忙忙,不料一下子顿住了!不过,这封信我也不想重写了。

---

① 指俄国诗人巴尔明。
② 指契诃夫在《莫斯科生活花絮》中对《波浪》的主编克兰格所做的评论,一次发表在1883年8月13日《花絮》杂志第33期上,另一次发表在同年8月27日该杂志第35期上。——俄文本注
③ 指1884年1月16日里·伊·巴尔明在《莫斯科小报》第15期上发表的信,这封信署名"黑梅花国王",这是他在《波浪》所用的笔名。——俄文本注
④ 即《莫斯科生活花絮》《纯朴的树精(神话)》《呈文》,发表在1884年2月18日《花絮》杂志第7期上。——俄文本注

首先,我寄给您一本以阿历克塞·茹拉甫烈夫的著作①为代表的莫斯科文学书籍。这是我在印刷厂里为您偷来的。它使人联想到以前您在洛斯库特纳亚旅馆里为我和我的哥哥朗诵过的那些诗,这是一本横度很长的小书,似乎是为了加冕礼创作的。

其次,我的小品文可否不署名呢?② 现在大家都已经知道我是鲁威尔了。普希卡烈夫③十分生气,米亚斯尼茨基④生气了……所有的熟人都生气了,闹得我简直要丢下笔不写了! 如果您只发表我的文章而不要署名,我就可以说我已经不写小品文了。不过,要是不用署名是不可能的,那就用字母来署名也行(例如 U.B.)。如果您由于某种缘故而不主张更换笔名,那么这件事就作罢。

关于米亚斯尼茨基的那一段请不要删掉。他的剧本⑤在莫斯科成为当前的一个问题了。关于业余演员⑥也不要删,他们成为莫斯科的红人,大家会读一读的。我写了一个短篇小说……我早就写完了,可是下不了决心寄给您。这篇小说对《花絮》来说未免太长,有三百到三百五十行之多。这篇小说写得很成功,幽默而又讽刺。主要人物是调解法官、医师……有一点点色情,可是不厉

---

① 指阿·茹拉甫烈夫的书《房檐底下的歌手》(莫斯科,1882 年)。契诃夫在随信寄去的小品文里写到这本书。——俄文本注
② 列依金在回信中告诉契诃夫说:"好,您那些评论莫斯科的文章的笔名我改过了。关于您在写评论,我要保守秘密。您自管向各方面开枪,无情地打伤一切敌人吧。"从《花絮》杂志第 7 期起,契诃夫的小品文的笔名改用列依金杜撰出来的"乌里斯"。——俄文本注
③ 普希卡烈夫·尼古拉·卢基奇,俄国诗人和剧作家。——俄文本注
④ 伊凡·伊里奇·巴雷谢夫的笔名,他是俄国幽默杂志的撰稿人。——俄文本注
⑤ 喜剧《商人的老婆》,在莫斯科的柯尔希剧院上演。——俄文本注
⑥ 在契诃夫随信寄去的小品文里嘲笑了这些业余演员和他们的小组。——俄文本注

害。我不会寄给您,怕您因为它长而不高兴。由于这篇东西写得很成功,我就不会交给莫斯科的任何人……我要把它藏在手提箱里。万一您需要篇幅大的小说,缺乏稿子,或者遇上别的什么大灾难,您就给我写一个便条,我会把它誊清,寄给您。

《库斯托吉耶夫斯基》①写得出色。戈尔布诺夫的小说②尽管题材简单,而且早已不新鲜了,可是它的艺术形式好!艺术形式是起很大作用的……

《中国旅行》③与《花絮》格格不入,包格丹诺夫④的画简直不行。我到巴尔明那儿去过。他给我读了一封信,是书商节木斯基写给他的。我要他答应把这封信寄给您。这封信很有特色!信上的最后一句话是:"糟透了,老兄!"文理不通,骂骂咧咧。而这无非是因为巴尔明在写散文!

>您的仆人安·契诃夫
>一八八四年二月十二日或十三日
>于莫斯科

附言:在神话⑤里我提到我们的育婴堂。对它做了一番考察。结果出了它的洋相。上司弄得部下很不好受——问题就在这儿。请您要求伊·格莱克在他的一篇小作品里略微接触一下这个问题,提一提……这可是当代的大问题啊!

---

① 指列依金发表在1884年《花絮》第6期上的小说。——俄文本注
② 《从调解法官那儿出来》,登在同一期《花絮》上。——俄文本注
③ 《一个专门记者到中国去的旅行》,无署名,登在同一期《花絮》上。——俄文本注
④ 俄国画家,经常为《花絮》作画。——俄文本注
⑤ 指契诃夫随信附去的小说《纯朴的树精(神话)》。——俄文本注

一八

致尼·亚·列依金

第一封信

十分尊敬的尼古拉·亚历山德罗维奇:

第一个别墅的饼似乎不好煎①。第一,这篇小说写得不顺手。《文官考试》②作为日常生活的题材来说是一个可爱的题材,而且是我所熟悉的,不过要把它写出来,不能只用一个小时,也不能只用七八十行,而应该多下点功夫……我写的时候却常常删削,生怕铺得太开。我删掉了县主考官提的问题和邮局收信员的回答,而这却是考试的精华。第二,这篇小说不得不经历种种难关,从我的书桌起到一个女朝圣者的衣袋止。事情是这样的:我拿着我的小说到当地的邮局去,大吃一惊,因为听说星期日不送邮件出去,我的信要在星期三才能送到彼得堡。这要了我的命。剩下来只有在两个办法中挑一个:要么听天由命,要么跑到火车站(有二十一俄里远),送到邮车上去。我呢,两个办法都没做,决定把我的信托付给一个到火车站去的人。我没有找到马车夫。我只好拜托一个胖胖的朝圣女人……如果这个朝圣女到火车站赶上了那班邮车,而且把信交到应该交去的地方,我就胜利了;要是上帝没有让她为文学服务,那您就随着这封信收到了小说。现在谈一谈画家的题材。关于这件事我首先得承

---

① 俄谚:"第一个饼不好煎",意谓"凡事开头难"。当时契诃夫刚搬到别墅里去住,觉得在那儿办的事情不顺利,故云。

② 契诃夫的短篇小说,发表在1884年7月14日《花絮》杂志第28期上。——俄文本注

认:讲到构思俏皮的图画解说词,我是很迟钝的。哪怕杀了我,我也没法给您想出什么机智的东西来。以前我给您寄去的那些解说词都不是几分钟的产物,而是我生活过的半辈子的产物。凡是我所有的,不论是好的还是差的,我已经统统寄给您,剩下来什么也没有了。题材是由事件提供的,我的生活里虽然也有不少事件,可是我不善于利用它。然而,不管怎样,我还是想出了下述的一个行动计划,凡是承蒙不弃愿意钻进我脑子里来的东西,我会统统寄给您。解说词的作者和死人是感受不到耻辱的①。即使出了岔子,您也不会使我发窘……

我善于写解说词,然而,是在什么情形下呢?在人群中……带着几分醉意在一个长沙发上随随便便地躺着,跟朋友们闲聊天,可是忽然之间,灵机一动,来了……我也善于发展别人的题材,如果有这样的题材的话。

现在我生活在新耶路撒冷……我生活得很有信心,因为我摸到我的口袋里有一份医师执照②……四周的风景美极了。空旷,完全没有那种住别墅的人。采菌、钓鱼、地方自治局的诊所。修道院饶有诗意。做夜祷的时候,我在走廊和拱顶的昏光下站着,为"甜蜜的声音"构思题材。题材很多,可是简直没有力量写……请问,像您在《美利波美娜故事》③里看到的那种"大"小说我能拿到什么地方去发表呢?在《世界闲话》④吗?再者,我懒了……请您看在上帝的分上原谅我……这封信我是……躺着写的。怎么样?

---

① 俄谚:"死人感受不到耻辱",意谓"一死遮百羞"。
② 契诃夫已经在莫斯科大学医学院毕业。
③ 契诃夫的第一个小说集,1884年5月用笔名"安·契洪捷"出版,内收《他和她》《悲剧演员》《男爵》《报复》《两个乱子》《艺术家的妻子》。——俄文本注
又,美利波美娜是希腊神话中代表悲剧的缪斯。——俄文本注
④ 莫斯科的一个周刊,契诃夫1882年和1883年在这周刊上发表了十篇小说,其中有"大"小说两篇:《活商品》和《迟迟未开的花》。——俄文本注

我把一本书放在肚子上,就这么写。我懒得坐……每个星期日修道院里都做复活节的礼拜,十分气派。……列斯科夫大概知道我们的修道院的这个特点。每天傍晚我都跟一伙人到城郊去散步,这伙人中有男人,有女人,有孩子,都 modes et robes①。傍晚我总要到邮局去找安德烈·叶果雷奇②,取报纸和信件,同时翻那儿的来往信件,带着一个好奇心重的闲人的热心读每个信封上的收信人姓名和地址。短篇小说《文官考试》的题材就是安德烈·叶果雷奇提供的。早晨,一个当地的老住户,酷爱钓鱼的普罗库津老大爷常常来找我。我就穿上一双大皮靴,到拉缅斯科耶村或者鲁勃佐甫斯科耶村那一带去谋害鲈鱼、大头鳉、冬穴鱼的性命。老大爷一坐就一整天,我呢,坐五六小时也就满足了。我总是吃得过饱,喝酒倒是有节制的。我家里的人跟我生活在一起,靠我写作挣来的钱煮果酱、烤面包、煎肉。我们生活得还可以……只有一点糟糕:我懒了,挣的钱很少。如果您要到莫斯科去,那您何不顺路到新耶路撒冷来一趟呢?近得很……在克留科沃车站下车,花两个卢布雇一辆马车,走二十一俄里的路,只有两个小时的行程。尼古拉二哥可以做您的向导。不妨把巴尔明也带来……复活节的礼拜您可以听一听……怎么样?要是您写一封信来,那我也可以到莫斯科去接您……

我在心惊胆战。这个星期我得为《花絮》写出一篇小品文来,可是我这儿连一件事实也没有。从此我要在星期六寄出稿子了……您会在星期一收到的。

我常到调解法官戈洛赫瓦斯托夫的法庭去,他是《罗斯》③的

---

① 法语:装束入时。——俄文本注
② 沃斯克列先斯克城的邮政局长。——俄文本注
③ 俄国的一种斯拉夫派报纸,在莫斯科印行,由阿克萨科夫主办,从 1880 年起到 1886 年止。——俄文本注

一个著名的撰稿人。我知道马尔凯维奇,他凭他的转变和深渊一年之内从卡特科夫那儿拿到五千卢布①。

我毕业了……这件事我好像已经写信告诉过您了。不过,或许没有写过信……他们请我担任兹维尼戈罗德城的地方自治局医师,我拒绝了(如果您来了,您不妨乘车到萨瓦·兹维尼戈罗德斯基②去一趟,这是 à propos③)。其次……似乎已经没有什么可写的了。向您问好,并且把我自己托付给您的神圣的祈祷。永远乐于为您效劳,并且尊敬您的

$\qquad$ 医生和县医师安·契诃夫

$\qquad$ 一八八四年六月二十五日

$\qquad\qquad$ 于沃斯克列先斯克

啊,对了!我借了债,印了那本小书④,债款要在书出版后四个月之内还清。现在我那本小书在莫斯科销得怎么样,我不知道。

现在我要钓鱼去了……糟糕!我接到《闹钟》的约稿信了,不过,由于缺乏精力大概不会照办的……

请参看下一封信。这封信由于在编辑部不负责的情况下放得过久而变得陈旧了。

---

① 马尔凯维奇有两个长篇小说《转变》和《深渊》在卡特科夫主办的反动的《俄罗斯通报》上发表。——俄文本注
② 即萨维诺-斯托罗热夫斯卡亚沙漠修道院。——俄文本注
③ 法语:顺便提到。
④ 指作者小说集《美利波美娜故事》。——俄文本注

一九

致尼·亚·列依金

第二封信

尊敬的尼古拉·亚历山德罗维奇：

　　昨天傍晚收到您的信，并愉快地读过了。在别墅里，读信是一种不小的快乐。昨天在安德烈·叶果雷奇那儿，我连同报纸和《花絮》足足收到六封信，于是就让自己享受阅读的快乐一直到午夜。我统统读了，甚至连报上的广告，连新进的幽默小说家叶-尼①的俏皮文章也读了……您的信昨天我读了，现在就来答复。我刚刚回来，我到一个离沃〔斯克列先斯克〕十俄里远的地方去执行一次法医解剖尸体的任务。我是坐着一辆雄赳赳的三套马的马车去的，同车的是一个衰老的、呼吸都快停止了的、老得什么事也干不来的法院侦查官，这是一个身材矮小、须发皆白、心地十分善良的人，二十五年来一直在巴望法官的位子。我同县里的医师一块儿在旷野上，在乡间土道上，在一棵新生的橡树的绿荫底下解剖尸体……死者"不是本地人"，那些在自己的土地上发现这具尸体的农民眼睛里噙着泪水，嘴里念着主耶稣基督，央求我们不要在他们的村子里解剖尸体……"娘们和娃娃们要吓得睡不着觉了……"起初侦查官害怕下雨，执意不肯，不过后来想到呈文可以先用铅笔打个草稿，又看到我们同意在露天底下解剖尸体，就向农民们的要求让步了。这个惊魂未定的小村子、一些证人、一个戴着铜牌子的甲长、一个站在距离解剖

---

① 俄国作家尼·米·叶若夫的一个笔名。——俄文本注

尸体地点两百步远的地方放声大哭的寡妇、两个站在尸体旁边充当 custodia① 的农民……在那两个沉默的 custodia 旁边,有一小堆篝火灭了……日夜看守着尸体,直到长官来查验为止,这是农民得不到报酬的责任……那具尸体穿一件红色衬衫和一条新长裤,上面盖一张床单……床单上有一块毛巾,包着一个小神像。我们向甲长要水……水是有的,近处就有一个池塘,可是谁也不给我们水桶:怕我们弄脏水桶。农民耍起狡猾手段来了:马涅希诺村的人去偷特鲁希诺村的水桶……别人的水桶就没有什么舍不得了……他们是在什么时候偷来的,怎样偷来的,在哪儿偷来的,都不得而知……他们对自己的丰功伟绩极其满意,笑起来……验尸结果:有二十根肋骨折断,肺部浮肿,胃里有酒精气味。这是暴力造成的死亡,被人闷死的。有个什么重东西压过醉汉的胸膛,多半是农民的结实的膝盖。尸体上有许多抓伤,这是因为农民们想救活他而摇他。马涅希诺村的人发现这具尸体,非常热心地摇了它两个钟头,因此凶手的将来的辩护人就有理由向法医提出一个问题:肋骨的折断不也是摇的结果吗?不过我想这个问题是不会提出来的……不会有辩护人,也不会有被告。那位侦查官老态龙钟,别说是凶手,就是一个有病的臭虫也能避开他那对昏花的眼睛……您已经读厌了,可是我十分想写下去……我再添一个有特色的小特点就打住了。死者是一个工厂工人。他提着一小桶白酒从土赫洛夫的饭铺里走出来。证人波里卡尔波夫是头一个在路旁看到尸体的,他申明他看见死尸旁边有一个小桶。可是过了一个小时走过死尸身旁的时候,这个波里卡尔波夫就没有再看见那个小桶了。Ergo②:土赫洛夫

---

① 拉丁语:看守。——俄文本注
② 拉丁语:由此可见。——俄文本注

饭铺的老板没有权利卖酒,为了消灭罪证就把死人的小桶偷走了。不过到此打住吧。您为检查乳母身体这种事愤慨。……那么检查妓女呢?医生们(当然,指有学问的)在接触到"侮辱"被检查者的"道德感"的时候,谈来谈去,归结到一点:"他们的货物,我们的钱。"如果卫生警察可以检查苹果和火腿而不侮辱货主的人格,那为什么就不能检查乳母和妓女的货物呢?谁怕侮辱人,谁就别买……假如您怕用诊断来侮辱乳母,于是不经诊断就雇用乳母,那她就会给您带来与烂橙子、臭火腿、有毒的腊肠不相上下的货物。您有六百株大丽花……您要这种冷冰冰的、不鼓舞人的花干什么用?这种花有贵族气派,老爷气派,可是什么内容也没有……人总是恨不得用手杖敲掉它那傲慢而乏味的头才好。不过,de gustibas non disputantur①。关于我那本小书②我没有打算在《花絮》上登广告,倒不像您诽谤我的那样是因为我认为这样做没有用处,而仅仅是因为怕让您为难:您的空地方少,而且您不好意思像对别人那样收我的钱……既然您愿意登广告,那我就道谢了。如果可以插一句话"外地人可向《花絮》编辑部函购",那我就加倍道谢了。买主不会很多,这句话不致使您为难。万一有人愿意通过编辑部买书,您也只要顺便在信上告诉我这个幸运的人的地址,此外似乎就没事了……不过,关于出版业务我简直一窍不通……您认为怎么好就怎么做吧……多承费心,我鞠躬道谢。就照您信上所写的那样办理吧。我这封信写得多么长呀!过一天我要到地方自治局的医院去给患者看病。必须天天去,可是我懒得去。我和地方自治局的医师是

---

① 拉丁语:各人的口味是没法争论的。——俄文本注
② 指契诃夫小说集《美利波美娜故事》。——俄文本注

很老很老的朋友了。

Votre① 安·契诃夫

一八八四年六月二十七日

于沃斯克列先斯克

二〇

致尼·亚·列依金

尊敬的尼古拉·亚历山德罗维奇：

目前我住在兹维尼戈罗德城，由于命运的支配而在代理地方自治局医师的职务，这位医师要求我代替他两个星期。我整天忙于给病人看病（一天有三四十名），余下的时间我就休息，或者感到十分寂寞，坐在窗前，眺望阴暗的天空，这儿已经一连三四天不停地下着糟糕的大雨了……我的窗前是一座山，满是松树，右边是县警察局局长的房子，再右边一点就是那个不像样的小城，而当初它却做过京都……左边是一个荒废的要塞的围墙，再左边一点是一个小树林，从中露出萨瓦圣地②……后面是一个门廊，或者更确切些说，是后门，门旁的一个厕所发出臭气，有一头小猪咕噜咕噜叫，瞧着一条河。今天是星期六。为了免得上邮局的当，我要赶紧把急件寄出去。今天傍晚我会赶出一个短篇小说来，明天寄出去。来信请寄沃斯克列先斯克。一切都会从那边转寄到我这儿来，准确不误。我在莫斯科的时候，听说里·伊·巴尔明同他那个老太婆结婚了。

---

① 法语：您的。——俄文本注
② 即萨维诺-斯托罗热夫斯卡亚沙漠修道院。——俄文本注

我见过他,可是这件事他一点也没有告诉我。您不要对他说我把这个关于一个富有诗意的人的散文的①消息告诉您了……也许这在您已经不是什么新闻了吧!

再见。您的

安·契诃夫
一八八四年七月十四日
于兹维尼戈罗德

二一

致尼·亚·列依金

尊敬的尼古拉·亚历山德罗维奇:

我写信给您是为了预先通知您:我寄出小品文的日期不是今天,星期日,而是明天,星期一。那么在这方面您自管放心好了……我的小品文已经差不多写好了,然而太短,我还想再添点什么②。随同小品文,我寄给您两个题材③,另外也许还有一个短篇小说④……小品文糟糕得很。……一点材料也没有,无可奈何,只

---

① "散文的"意谓"没有诗意"的。
② 这篇小品文《莫斯科生活花絮》发表在 1884 年 11 月 10 日《花絮》杂志第 45 期上,讲到法国小歌剧剧团经理库兹涅佐夫和当铺。契诃夫为这篇小品文还写了一个从假面跳舞会上被人拉出去的主持人,但是被列依金删掉了。——俄文本注
③ 指供画家用的题材:《花花公子在十一月招募时期的梦》(发表在 1888 年 11 月 24 日《花絮》杂志第 47 期上),《官员书法,或卡拉木包列夫的签名的变样》(发表在同年 12 月 22 日该杂志第 51 期上)。——俄文本注
④ 这篇小说原名《小小的敲诈》,被列依金改为《有将军做客的婚礼》,发表在 1884 年 12 月 15 日《花絮》杂志第 50 期上。——俄文本注

好写库兹涅佐夫和他的沙龙①了,写得简直叫人恶心。昨天和今天我病了……脑袋痛得要裂开,发烧……这就没法工作了……巴尔明到我家里来过,转告我说您在生我的气。什么缘故呢?您在给他的信上说,我没有寄给您小说……我请上帝作证,只有在我知道您手里存得有我的小说的时候我才不寄给您小说……这话就连对最近那期没有发表我的作品的杂志而论也是公平的。您只能借口说我的某些小说写得不好……不过在这方面我也能用您在一封信上所说的一句话来反驳:同一个烤炉并不总是烤得出同样的面包来的。

后来您抨击我,说我没有给您漫画的题材。要是编造题材像吸烟那么容易,我寄给您的题材就会不计其数了,可是您自己明白,找十个小说题材比找一个像样的漫画解说词容易得多……那么莫非您认为如果我有了题材,我竟会不寄给您吗?倒好像我把它们卖给别的杂志了?在我从事文学工作的全部时间里积聚在我脑子里的一切题材,去年我已经统统倒出来,寄给您了……就连现在我也在构思,有的时候也寄给您一点……我甚至跑遍莫斯科去查访,因此为每一个像样的题材都付了半个卢布的车钱……我们上一次在洛斯库特纳亚旅馆里的谈话中,您添五个卢布的额外报酬,认为我老是说缺乏漫画解说词是多多少少跟额外报酬有关系的……如果我仅仅是为了题材收下这种额外报酬,那我当然白白地收下了……不过这是很容易补救的!只要不再寄给您题材就行了!

后来您又对里〔奥多尔〕·伊〔凡诺维奇〕发牢骚说:我没有经常回复您的信。这倒是实在的,我道歉。事情是这样的:我总是拖

---

① 即《Salon de varieté》,莫斯科的一个娱乐场,它的老板是库兹涅佐夫。——俄文本注

到最迟的期限才寄出我的作品,尽管真心诚意地想给您写信,却来不及。我已经不止一次为这种事道过歉,也不止一次地给您写过很长的信,为的是至少借此弥补我的过错。至于您那些具有洽谈正事性质的信,我总是写回信的……现在,我答复完巴尔明提出的问题以后,继续写我的事……

这个星期我不会给您寄几个短篇小说去,因为我一直生病,而且忙,我正在为剧场写一个小小的荒唐东西①,这个作品写得不能令人满意……每天上午和傍晚我在为医师考试做准备②。

星期二我要到巴尔明那儿去,跟他一块儿考虑一篇文章的题材。尼古拉什么事也没有做,不过从他为最近一期《花絮》所画的漂亮的画③来看,他是应该工作的。吉里亚罗甫斯基④家里生了一个男孩子。

对了!本月二十二日雷科夫一案⑤公审……我要到地方法院去,因为我有票……《彼得堡报》要雷科夫案的小品文吗?如果需要,那就请您推荐一下⑥。我要求的报酬很低:一篇小品文五十个卢布……这个案子要审十二天。它不会不轰动一时。有许多东西可以写……

这封信很短,不过我认为凡是为平息您的怒火而必须说的话,

---

① 在这段时间里契诃夫可能在把他的短篇小说《在秋天》(发表在1883年9月24日《闹钟》杂志第37期上)改编成剧本,1885年5月29日契诃夫把这个以《在大道旁边》为题名的剧本送审。——俄文本注
② 契诃夫在起草一篇由他自己拟定的论文:《俄罗斯的医师工作》。——俄文本注
③ 契诃夫指的是他的二哥尼古拉·巴甫洛维奇·契诃夫的画《我们的娱乐场中的各种人物》,这幅画发表在1884年11月3日《花絮》杂志第44期的封面上。——俄文本注
④ 俄国作家、诗人、报刊工作者,从1884年起与契诃夫通信,到1904年为止。
⑤ 指莫斯科的由雷科夫主办的斯科平银行的侵占财物案。——俄文本注
⑥ 列依金经常在这个报上发表小说,跟此报有联系。

我都说了。我巴望在十二月间能到您那儿去。

　　　　　　　　您的安·契诃夫

　　　　　　　　一八八四年十一月四日

　　　　　　　　于莫斯科

我对您推荐过诗人美〔德威杰夫〕①。他是个矮小猥琐的人。……我怜惜他,所以才推荐他。他要吃饭,可是没有钱……您要为杂志登广告吗?如果要,那就好……换了我是您,我就要为广告花上五千……广告上要有画,有小说,有故事……有彩色……

关于《彼得堡报》的事,拜托您了。您要不要也在《花絮》的小品文里拨一点地方给斯科平银行的案子②呢?这是个大案,要写多少就能写多少。

二二

致尼·亚·列依金

尊敬的尼古拉·亚历山德罗维奇:

　　啊!可是光一个"啊"是不够的……

　　我暗自惊讶:我怎么会不明白您关于胡杰科夫③的那些话呢?您写道,他不要小品文,而要法庭的短消息④,字数限定在一百行

---

① 俄国的幽默杂志撰稿人。——俄文本注
② 契诃夫所写的关于斯科平银行讼案的短记发表在1884年12月8日《花絮》杂志第49期上。——俄文本注
③ 谢尔盖·尼古拉耶维奇·胡杰科夫,《彼得堡报》的发行人。——俄文本注
④ 列依金写信告诉契诃夫,说胡杰科夫不打算要雷科夫一案的小品文,而要"关于法庭的短短的幽默的消息"。这个建议被契诃夫接受了。他的关于法庭的通讯在1884年《彼得堡报》上连载了16期,自11月24日起到12月10日止。——俄文本注

之内……不知什么缘故我以为所谓消息应当理解为短篇小说才对……(如果这些消息不是小品文,那么是什么呢?)谢谢您写了那么多,指点我走上正路……您对我这种古怪的麻利劲儿感到惊讶,您说:在去法院的前一天怎么能写出短篇小说来呢？短篇小说不是消防队,即使在起火以前的半个小时里也可以搞出来。不过问题不在这儿,而在于我打算在寄出的头一篇稿子里描写一下地方法院为雷科夫案所采取的新措施,于是星期一我到那儿去查看了一遍……

这些是值得一写的,然而在开庭的那天却不能写,那时候会有那么多的材料！

第二个"啊"是为《演说和小皮带》①而发的。这个短篇小说在任何地方也没有发表过。它的内容我还想得起来,它的形式却忘记了……我读得很愉快,就像读的不是自己的作品一样……

我不认为我发表在《娱乐》上的那个短篇小说②值得交给《花絮》发表。我没有把它寄给《花絮》,是因为它又长又不好,至少我觉得是这样。每逢您看见我从《花絮》开小差,请您不要生气……我是个有家庭而没有财产的人,需要钱,而《娱乐》③给我的稿费是每行十个戈比。我每个月挣的钱不能少于一百五十到一百八十卢布,否则我就破产了。

关于美德威杰夫我难过。他饥寒交迫。他是大学生。

---

① 列依金通知契诃夫说,他把契诃夫在1882年所写而被书报检查机关禁止发表的一篇旧小说《演说和小皮带》又拿去送审,结果得到批准,可以发表了。它发表在1884年11月24日《花絮》杂志第47期上。——俄文本注
② 《贪图钱财的婚姻或为人类担忧！(长篇小说,分为同样悲惨的两卷)》,发表在1884年11月8日《娱乐》杂志第43期上。——俄文本注
③ 从1884年11月8日起到1885年1月止契诃夫在《娱乐》杂志上一共发表过七个短篇小说。——俄文本注

关于尼古拉①我不想提了。他给您画过一幅很好的画……如果我问他给您寄过画去没有,那他一定会扯谎……假若您十一月里来,那么merci②。我们这儿冬天很快活。不妨到斯特列利纳去一趟……

不久以前我到一个老派的编辑部(《俄罗斯》③)去过,听到一场非常有趣的谈话。有十个到十五个人坐在那儿喝茶,议论《花絮》。他们把《花絮》同《火花》④相比,说它比《火花》好,说它有倾向性,有机智……说出版界对它不大注意,未免卑劣,等等……他们甚至夸奖莫斯科小品文⑤,问我这个"乌里斯"⑥是谁。这已经不是我第一次听见这种关于《花絮》的看法了,每一次"我的娃娃都在子宫里欢跃起来"……您要坚持下去!您得把绘画栏至少提到《蜻蜓》那样的高度,那样会有好处的……

我正在努力,写出一些小东西来;目前,请您不要忘记您有一个永远乐于为您服务的

安·契诃夫

一八八四年十一月十六日

于莫斯科

又及:据说雷科夫一案要拖两三个星期之久……胡杰科夫先

---

① 契诃夫的二哥尼古拉·巴甫洛维奇·契诃夫。——俄文本注
② 法语:谢谢。
③ 俄国的一种周刊,自1883年9月起在莫斯科发行,到1885年4月止。契诃夫在1884年10月13日《花絮》第41期上的《莫斯科生活花絮》里写到过这个杂志的发行人。——俄文本注
④ 俄国的一种讽刺杂志,自1859年起到1873年止,由俄国诗人库罗奇金和讽刺画家斯捷潘诺夫创办和主编。在最初几年由库罗奇金主编的时候,这个杂志是革命民主派的机关刊物,名望很大。从60年代中期库罗奇金被书报检查委员会免职以后,这个杂志的战斗性质逐渐削弱,名望就低落了。——俄文本注
⑤ 指《花絮》上的《莫斯科生活花絮》。——俄文本注
⑥ 契诃夫在《莫斯科生活花絮》上所用的笔名。——俄文本注

生能不能寄给我一份《彼得堡报》的证明文件,一张名片什么的?我明天就把那些小东西寄出去……我倒霉:天天有客人……

二三

致尼·亚·列依金

尊敬的尼古拉·亚历山德罗维奇:

在您的信上您是从波里特科芙斯卡雅①谈起的。那我也从她谈起。她那些小说我没有看,就"原封不动"地寄给您了。我没有时间看,因为她不停地纠缠我,要我马上寄出去……即使我看了那些小说,发现它们不行,我也还是得寄给您……这个婆娘读到您的信后多么高兴啊②!她跑到我这儿来,赌咒说她还会给您寄去很多很多的小说。

我见过尼古拉,把您的要求对他说了。他答应赶紧给您寄稿子去。我不知道他根据什么而说我答应过给他的画写解说词。也许我真应许过他,不过……我记不得了……我正在考虑,如果过几天想出来,那我过几天就寄给您。

现在谈一谈到您那儿去过的娜·亚·戈尔坚③。她是我的好朋友……她是一个聪明、诚实、在一切意义上都算是正派的女人。

---

① 叶卡捷琳娜·亚科芙列芙娜·波里特科芙斯卡雅,俄国女作家。——俄文本注
② 列依金通知契诃夫说,他把寄来的波里特科芙斯卡雅小说退还本人了,而且给她"写了一封亲切的信……应许她会有前途的"。——俄文本注
③ 即娜达里雅·亚历山德罗芙娜·戈尔坚,后来成为契诃夫的大哥亚历山大·巴甫洛维奇·契诃夫的第二个妻子。——俄文本注

她荣幸的是作家兼发明家普希卡烈夫①的小姨。她有点野,这就可以说明她何以会没有脱大衣。普希卡烈夫当着她的面可以骂街。

其次,谈一谈《彼得堡报》。关于雷科夫案我天天在为它赶稿子,大概胡杰科夫还是不满意吧。这是一种我不习惯的工作,而且出乎我的意料,很不容易做。在法院里坐上一整天,然后又像煤气中毒似的不停地写……我不习惯这种急急忙忙的写作。我写得很糟,此外那些校对先生又极力修改我的文章。例如我写着:"本法庭开审了!"应该是这样的,然而他们,那些可爱的先生,却改成:"升堂啦!"如果他们不相信我,那他们就不必跟我打交道。我一点也不反对删改,因为我在记录讼案这个工作上是一个新手,可是我没有授权他们改变意义。

我写道:"这个斯科平银行的乞丐忽然在银行里发表声明,说有一笔存款,二百五十一万六千三百七十八卢布,要交到他这儿来,过两三天就会收到这笔现金的款项……(从这个地方起我记得大意如此),可是名声没有建立起来,因为这个声明是按雷科夫的命令为要弄手段而做出来的……"从"可是"起,后面的话都被删掉了,于是我说的乞丐变成了富人……?!

我渐渐习惯了,最近的通讯比头几篇好一点,短一点了。您不必跟胡杰科夫说什么。我只是对您发一发牢骚而已……而且我也不是在发牢骚,只是把我这种小小的悲痛向您诉说一番罢了。一般来说法庭里的气氛是快活的。这次审讯还要拖两三个星期……

---

① 尼古拉·卢基奇·普希卡烈夫,俄国诗人,剧作家,幽默杂志《光和影》《世界闲话》《欧洲书库》的发行人。——俄文本注

如果您觉得这些斯科平的小画面合口味,那么要不要给您寄一系列新的去?这是一个轰动一时的大问题……这个案子我是理解的,题材很多。要是您同意,就请您快点回信。

我巴望十二月间到彼得堡去……我想躲开那些硬要我参加业余演出的女人。硬要我参加!我是《花絮》的写稿人呀!唉!

这封信的结尾我是从法院里回来,在家里写的。

您的安·契诃夫

一八八四年十一月二十六日

于莫斯科

二四

致彼·阿·谢尔盖延科[1]

亲爱的朋友彼得·阿历克塞耶维奇:

我收到一份报[2],那是一个我所不知道的作者在一份我所不知道的报纸上发表的一篇文章。我向这个"我所不知道的神"致以谢意,这个谢意中的一小部分你不妨据为己有,这与其说是由于那份剪报,不如说是由于多承怀念。我早就打算给你写一封信了,原因是这样的:一个月以前我寄给《蜻蜓》一个短篇小说,献给"不久以前受审的我的一个朋友艾米尔·普普[3]",小说的题名我记不

---

[1] 俄国作家和政治家,契诃夫在塔甘罗格中学里的同学。——俄文本注
[2] 谢尔盖延科寄给契诃夫一份《新俄罗斯电讯报》(1884年12月1日第2931期)的剪报,上面登着他对契诃夫的《美利波美娜故事》一书的评论。——俄文本注
[3] 谢尔盖延科的笔名。——俄文本注

得了……我的记性糟透了,很简单的事也很快就忘记了……似乎是《审判的前夜》①,然而我不敢担保。题名下面有一行斜体字:"我的冒充医生的诊疗的一例。"署名是"舅舅"……

到今天为止《蜻蜓》上发表过这样的作品没有?这份杂志我没有看见,也没有读过;我时而生病,时而很忙,哪儿也没有去过……我不打算写信去问《蜻蜓》……这个短篇小说在书报检查机关那里有点通不过:有自由主义思想倾向,有点色情,等等……如果你要写信到彼得堡去,那就请你打听一下契诃夫小说的命运。不过,这种打听也不是特别重要,即使你忘了,我也损失不大……我写信告诉你这件事是抱着这样一个目的:泄露作者的秘密,我斗胆用你的艾米尔·普普的大名来装点我的小说了。哦,你生活得怎么样?大概,在南方的空旷天地中你文思泉涌,作品很多,写了不少诗吧?走运的人啊!我却在伤心……工作很多,挣钱很少,冬天很糟,我的健康也不行了……我们在唱《福烈烈·扎基……》,这却是你留下来的痕迹。

我希望在节日以前到彼得堡去,可是咯血(不是肺结核性的②)把我拦住了。我读了你的〔下面删掉:在《闹钟》上发表的〕作品,骂我自己太不勤勉:写得太少了!明年夏天我们要不要在一个什么地方见一见面呢?怎么样?你务必写信告诉我!明年夏天我要到南方去……昨天晚上不知什么缘故我梦见了克拉木萨科夫③。我要用他的姓来做我的小品文的笔名……再见……

---

① 这个短篇小说没有发表。经谢尔盖延科打听以后,《蜻蜓》的主编在1885年1月5日通知契诃夫说:"您那个短篇小说在我们办公室里放了一个规定的期限以后,可惜已经销毁了。它的唯一的弱点就是太长。"后来这个短篇小说发表在1886年2月1日《花絮》杂志第5期上。——俄文本注
② 契诃夫长期患肺结核症,最后在四十四岁死于这种病;这是他最早的一次咯血,当时他二十四岁。
③ 塔甘罗格中学的教员。——俄文本注

握你的手,祝你和你的家人万事如意。

　　　　　　　　　　你的安·契洪捷

　　　斯烈千卡,戈洛文第一,叶列茨基医生

　　　　　　一八八四年十二月十七日

　　　　　　　　　　　于莫斯科

一八八五年

二五

致尼·亚·列依金

尊敬的尼古拉·亚历山德罗维奇：

祝贺您过复活节，祝您万事如意，处处成功。为了避免在您过节的心情中注入多余的烦恼起见，我在规定期限以前早就把我的一批稿子寄给您了。小品文暂时空缺，因为材料简直是零。除了自杀、坏马路、装模作样的游艺会以外，莫斯科什么材料也没有。今天我要到莫斯科的百事通吉里亚罗甫斯基那儿去，他近来成了莫斯科记者们的小国王了；我要去向他讨一点材料。如果他有，他就会供应我，我就把这篇评论像往常那样在星期二傍晚寄到您那儿。要是他那儿一点也没有，要是读过明天的报纸以后像读过昨天的报纸那样一无所获，那么这一次就只好没有评论了。也许我可以写一写杜马、马路，写一写叶果罗夫的饭馆……可是这怎么能登在《花絮》上，而且有什么趣味呢？我认为您那些撰稿人会在节前给您寄去许多各式各样的作品，缺了这篇评论也不致逼得您在节日多赶出一篇小说来……再者我寄给您三篇作品[1]了……其中似乎只有一篇可能不合用，另外两篇似乎都合用。同时我又寄去绘画的解说词。我是乐于尽全力效劳的，可是我拿我的笨拙没办

---

[1] 《从怪事的扑满里》《复活节后的第一周》（发表在1885年3月30日《花絮》杂志第13期上），《论四月（语文学的评论）》（发表在1885年4月6日《花絮》杂志第14期上）。——俄文本注

法,我本来在思考解说词,不料想出来一个短篇小说,或者一无所得……要是我住在彼得堡,参加您的编辑部,跟比里宾①一块儿构思,我就会带来益处,因为共同思考比较容易……可是,唉!我做不成彼得堡人……我已经深深地陷在莫斯科的泥沼里,无论您用什么蜜糖饼干也没法把我拉出去了……一大家子人,而且住惯了这个地方……要不是因为这两个缘故,我就不会让您安宁,要求您给我找工作,对您纠缠不休……

绘画题材《药房的限价》②是时髦的。我认为可以用它来做文章……我建议您也利用我们这个时代的惊人的破产现象……在莫斯科,一家家商行在垮台……一家垮台,落进深渊里去,同时也拉着另一家垮台。彼得堡也是这样,哈尔科夫也是这样……对基里尔和梅福季③来说,可以在第九世纪和第十九世纪之间画等号……您不妨画一所干干净净的小木屋,挂着"学校"的招牌。周围是一些穿得暖、吃得饱的农民。这是第九世纪。在它旁边是第十九世纪:还是那所小木屋,可是已经歪斜,长满了杂草……

第九世纪有学校,有医院……第十九世纪有学校,有酒店……总之我脑子里有个什么思想在活动,可是我懒得把它清理出来。这是一种最坏的懒惰——脑力的懒惰……把一个未完成的计划寄给您是不成体统的,不过只好请您原谅了……等到我家里的扫除完毕,我的妹妹不再练琴,我也许会完成这个计划的,现在呢,连上帝也只好原谅我了……巴尔明搬家了……无影无踪了。永久的犹太人!显然,他的天性有些地方不能使人满意。如果这跟他的天

---

① 俄国作家,《花絮》杂志编辑部秘书。
② 契诃夫为画家波尔菲利耶夫的画所作的解说词,发表在1885年4月13日《花絮》杂志第15期上。——俄文本注
③ 他们是两兄弟,斯拉夫启蒙思想家、斯拉夫字母创造者、基督教传教士。1885年4月6日是梅福季逝世一千年纪念日。——俄文本注

性不相干,那么,当然,就该怪他的妻子不好……俗语说得好:娘儿们是"女魔鬼"!

您得提高绘画栏才成。《花絮》杂志样样都好,可是绘画栏甚至在小市民的圈子里也受到批评。那些画几乎可以说是粗俗不堪的。比方说,波〔尔菲利耶夫〕所画的蒸汽机到底算是个什么东西呢?幻想是一丁点儿也没有的。优雅也是这样。无怪乎《蜻蜓》会畅销,取得成功。例如那架自动打人的机器,如果好好地画出来,题材倒是不坏的,可是画得粗俗,就变得渺小,无聊了……所有的画都给人这样一种印象,好像画出来只是为了敷衍了事:一挥而就,马马虎虎。我们这些散文作家,连上帝都会饶恕我们的罪过,可是画家却应该认真工作……画面的美丽可以弥补解说词的不足,社会人士甚至习惯于根据画来判断整个杂志,那么《花絮》上有画吗?有颜料和形状,然而典型、动作、画,却没有……

一般来说,您的绘画栏受到某种轻视。不要像其他杂志所做的那样刊登漫画化的肖像,不要发表讽刺画……刊登瓦里亚诺①的肖像的那一期《小蜜蜂》②在南方卖掉好几千本……《蜻蜓》一定也是这样……登载巴斯土霍夫③肖像的那一期《小蜜蜂》在莫斯科遭到抢购……巴斯土霍夫本人就买了两百本。

要提高那些画家!不幸他们人数那么少,又都被宠坏了,简直没法跟他们共事……

再见。我要为基里尔和梅福季的纪念日写点什么。喀琅施塔得正在闹霍乱,这是真的吗?亚历山大使您满意,我很高兴……他是个勤快人,很有出息……幽默是他天生的本性……要是他走上

---

① 塔甘罗格的一个靠走私起家的百万富翁。——俄文本注
② 80年代在俄国敖德萨出版的一种带讽刺画的周刊。——俄文本注
③ 俄国作家,幽默刊物《莫斯科小报》的发行人。

正路,丢开抒情诗,那他就会获得极大的成就。

您的安·契诃夫
一八八五年三月二十二日
于莫斯科

二六

致尼·亚·列依金

尊敬的尼古拉·亚历山德罗维奇:

难道您那儿只有我的一篇短篇小说吗？四月二十一日,星期日,我挂号寄给您一个篇幅很大的短篇小说《废除了!》①。莫非您没有收到吗？要是您没有收到,那就请您写两三行,告诉我……要么我一时精神恍惚,把地址写错了,要么就是邮局遗失了……再说一遍,我是挂号寄去的……您那儿一共有我的短篇小说两篇:《各有各的爱好》②和《废除了!》。

关于《彼得堡报》的事③,我的回答是同意,而且我要做感恩式祷告来报答您。我会比认真还要认真地按时把短篇小说寄去……在《闹钟》上我不能不写东西……我为了别墅的开支在那儿预支了一百个卢布……在夏季的四个月里我得挣出这笔钱来……不过,话说回来,凡是《花絮》合用的东西我不会寄到那儿去的……是谁的就该归谁……至于《娱乐》,我从新年起就没有为它工

---

① 发表在1885年5月25日《花絮》杂志第21期上。——俄文本注
② 发表在1885年5月18日《花絮》杂志第20期上。——俄文本注
③ 1885年4月26日列依金写信通知契诃夫说,《彼得堡报》主编胡杰科夫约请契诃夫每星期一在这家报纸上发表短篇小说一篇,稿费是每行七个戈比。——俄文本注

作过。

　　您因为我提早搬到别墅去而奇怪吗？您用严寒吓唬我，可是我不怕。第一，在莫斯科，在阴凉的地方气温已经有十五度了……雨天很暖和，已经打雷，田野上发绿了……第二，我要住的是一个地主的庄园，那种地方是冬天也能住的。我的别墅坐落在离沃斯克列先斯克（新耶路撒冷）三俄里远的基谢廖夫的田产上，这人就是在你们彼得堡担任皇室侍从长和其他什么职务的基谢廖夫的弟弟……我要住在去年夏天马尔凯维奇①住过的那些房间里。晚上，他的阴影会在我面前出现！我租住这个别墅，讲明附带家具、蔬菜、牛奶等……这个庄园很美，坐落在一个陡峭的河岸上……下面是一条河，有很多鱼，河对面是一个大树林，河这边也有一个树林……庄园周围有温室、花坛，et caetera②……我喜欢五月初的乡村……眼看草木转绿，夜莺开始歌唱，那是很快活的……庄园周围没有人住，我们将孤零零地住在那边……基谢廖夫和他的妻子③、别吉切夫④、退休的男高音歌唱家符拉季斯拉甫列夫⑤、马尔凯维奇的阴影、我的一家人，这就是消夏客人的全部了……五月里钓鱼是很妙的，特别是钓鲫鱼和冬穴鱼，也就是湖里的鱼，而庄园那儿也确实有个湖……

　　顺便一提：我不能照我所希望的那样在下月一日动身，而是要到六日才去，不过我上封信上的意思仍旧不变。请您把所有信件都寄到沃斯克列先斯克去，只有关于《废除了！》命运的信除外。

---

① 包列斯拉甫·米哈依洛维奇·马尔凯维奇，俄国的反动作家。
② 拉丁语：等等。——俄文本注
③ 指阿列克塞·谢尔盖耶维奇和玛丽雅·符拉基米罗芙娜·基谢廖娃。——俄文本注
④ 别吉切夫·符拉季米尔·彼得罗维奇：莫斯科皇家剧院的乐队指挥，玛·符·基谢廖娃的父亲。——俄文本注
⑤ 原是莫斯科大剧院的歌唱演员。

87

依我看,《彼得堡报》不喜欢味道太浓的小说……在我那次的审判报道里,凡是可疑的地方都被删掉了……是啊,它不喜欢吧?要是约我写稿的事已经做了决定,那么他们能不能费心寄给我一份每天的《彼得堡报》,寄到沃斯克列先斯克(莫斯科省)来呢?我收到的报纸越多,就越快活……我那个画家①简直是个骗子!他对我撒谎,说已经给您寄去一些"画"了!我要带着他到别墅里去,脱掉他的靴子,把他锁在房间里……那样一来他也许就会工作了!绘画的报酬请您寄到沃斯克列先斯克去,要不然他就在莫斯科到隐庐饭店②里喝酒去了……请您给他一两个题材,寄到沃斯克列先斯克去……他在监督之下很快就会交稿的……我担保。

《彼得堡报》的小说要求多少行?

鬼才知道我写起信来多么唠叨!倒好像是一个妻子在给她的丈夫写信,讲她出外采购的经过:怎样打架,怎样买纽扣、带子,然后又是纽扣……

为那本《天蓝色的花》③我已经对您道过谢,现在再道一次谢。我读过了……我特别喜欢《老看门人的田产》。

我为上校和接生婆难过④。

我伤心,因为没有钱了。我像狼那样叫起来。幸好我还没有欠下债……在别墅里生活便宜一点,可是到莫斯科去一趟——简直要命!

那么请您告诉我《废除了!》的下落。目前,再见,请您保重

---

① 指作者的二哥尼古拉·巴甫洛维奇·契诃夫。
② 莫斯科的第一流饭店。——俄文本注
③ 列依金送给契诃夫一本他自己的幽默小说集,它在1885年出版。——俄文本注
④ 1885年4月26日列依金在信中通知契诃夫说,他的那首关于上校和接生婆的诗被书报检查官和委员会禁止发表。——俄文本注

身体。

> 您的安·契诃夫
> 一八八五年四月二十八日
> 于莫斯科

二七

致尼·亚·列依金

尊敬的尼古拉·亚历山德罗维奇：

我从别墅里给您寄去头一批稿子。请您费神在短篇小说《孔雀》①里的空白处填上适当的彼得堡娱乐场所的名字，我不知道那些娱乐场所，就称之为甲和乙了。寄上一篇短短的小品文和几篇小东西②。上个星期我没有给您寄什么东西去，因为我在搬家，忙极了。我在您的信上读到短篇小说《废除了!》的命运③，差点放声大哭。我倒不是为它的优美难过，这在那篇小说里是很少的，我是为失掉这一笔稿费而难过。您能不能把它交给《彼得堡报》发表呢？也许它在那儿倒合用。哦，对了！我没有收到《彼得堡报》，

---

① 《披着乌鸦羽毛的孔雀》(短篇小说)，发表在1885年6月1日《花絮》杂志第22期上。——俄文本注
② 《莫斯科生活花絮》(1885年5月18日《花絮》第20期)和小东西《关于这个，关于那个》(1885年5月18日《花絮》第20期);《威胁》(1885年5月25日《花絮》第21期);《集锦》(1885年6月1日和8日《花絮》第22期和23期)。——俄文本注
③ 1885年5月2日列依金写信通知契诃夫说，他寄去的小说《废除了!》被书报检查官禁止发表。后来这篇小说由出版总署批准，发表在1885年5月25日《花絮》杂志第21期上。——俄文本注

关于我寄到那儿去的两篇小说的下落①我完全蒙在鼓里。要是您能叫他们给我按期寄报来,我就感激不尽了。我要给您大大地道谢,给您大唱赞美诗。此外,我用人格担保,再也没有什么事要麻烦您了……

阿洛艾②写得多起来了,这使得我这颗兄弟的心很高兴。只是他不该给自己选这么一个糟糕的笔名,也不该光是写海关……不光海关是人世,另外还有别的天地……我给您举出莫斯科的腐败的另外一个证据:有一个人离开莫斯科,到彼得堡去了,那儿的情形不一样,他就变好了……

我觉得自己到了仙境,过着神仙的生活:吃啊,喝啊,睡啊,钓鱼啊,还去打过一次猎……今天早晨我用捕鱼具捉到一条鳕鱼,前天我的打猎的同伴打死一只母兔。画家列维丹(不是那一个,而是另一个③——风景画家)跟我住在一起,他是个很厉害的射击手。他还打死一只雄兔。这个可怜的人有点不妙。他得了一种精神病。复活节我原打算跟他一块儿到符拉季米尔省去一趟,陪他散散心(他喜欢我),可是我到约定动身的那一天去找他,人家却告诉我说他到高加索去了……九月末他回来了,然而不是从高加索回来的……他想上吊……我带他到别墅来,现在他在散步。看样子似乎好一点了……

我把捕鱼的篓子放在河里和湖里,常常把它们拉出水来:缺乏耐性……我不打算描写风景了。如果夏天您到莫斯科去,而且到新耶路撒冷来朝圣,那我就敢担保,您准能见到一种在任何地方和

---

① 这两篇小说都发表了:《最后一个莫希干女人》刊登在1885年5月6日《彼得堡报》第122号上;《外交家(一场小戏)》刊登在1885年5月20日《彼得堡报》第135号上。——俄文本注
② 契诃夫的大哥亚历山大·巴甫洛维奇·契诃夫所用的一个笔名。
③ 列依金认为《花絮》绘画的阿多尔甫·伊里奇·列维坦。契诃夫指的是他的兄弟伊萨克·伊里奇·列维丹。——俄文本注

任何时候都没有见到过的风景……风景如画！恨不得一下把它吞到肚子里去才好……

稿费收到了，杂志也收到了。那么《废除了！》能交给《彼得堡报》去发表吗？风景极美，别墅豪华，可是钱却那么少，弄得人简直不好意思看一看衣袋。娶一个阔气的商人女儿怎么样？我要娶一个胖胖的商人的女儿，出版一种厚厚的杂志。再见，请您不要气恼这个最粗疏的

安·契诃夫
一八八五年五月九日
于沃斯克列先斯克

二八

致米·巴·契诃夫

米沙-大黑李子：

现在我总算把高腰套靴脱掉，两只手也没有鱼腥气，我可以写信了。现在是早晨六点钟。我们家里的人在睡觉……非常安静……只有鸟儿不时叫几声，壁纸里有什么东西在爬。我写这一行的时候正坐在我房间里一个四方的大窗子前面。我一边写，一边不时看一看窗外。我的眼前展现一幅异常温暖亲切的风景画：一条小河，远处是一片树林，萨丰契耶沃村，一小块基谢廖夫的房子……为方便起见我分成几点叙述如下：

（一）我们好不容易才到达目的地。在火车站我们雇了两辆马车，赶车的人叫安德烈和巴诺赫捷依（？），每一辆车三个卢布（三套马的驿车要六个卢布一辆）。这两辆马车一路上磨磨蹭蹭，慢得气死人。我们在走到贝布尔教堂以前，不住地打盹儿。在叶

烈美耶沃村他们喂马。从叶〔烈美耶沃〕村到城里走了四个小时,那条路糟透了。我有一大半的路都是步行的。在尼库林郊外,契尼诺村附近,我们渡过一条河。我的车子在前面(已经是夜晚了),我差点淹死,洗了个澡。母亲和玛丽雅只好坐小船过河。你想象得出她们发出多少尖叫声、火车头嘶鸣声以及女人的其他惊叫声!在基谢廖夫的树林里车夫的挽绳断了。大家就等着。如此等等,一句话,等我们走到巴布肯诺①,已经是夜里一点钟了!Sic②!!

(二)别墅的门没有关……我们没有惊动主人家就走进去了;我们点亮了灯,却看见一个超过我们一切期望的画面。房间都很大,家具比需用的多……一切都极其可爱,方便、舒适。火柴架啦、烟灰缸啦、纸烟盒啦、两个脸盆啦,以及……鬼才知道殷勤的主人还有什么东西没有布置。像这样的别墅,又在莫斯科附近,起码也要值五百。你来了就会惊讶的。我搬进去以后就收拾箱子,坐下来吃东西。我喝白酒、葡萄酒,而且……你知道,瞧着窗外的树,瞧着那条河,心里高兴极了……我听见夜莺在歌唱,都不相信我的耳朵了……我还老是觉得我是在莫斯科呢……我睡得酣畅……将近早晨别吉切夫走到窗子跟前来吹喇叭,可是我没听见,睡得像喝醉酒的鞋匠一样。

(三)早晨我正在放一个捕鱼的篓子,却听见了说话声:"鳄鱼!"我一看,列维丹在河对岸……他坐着马车过河来了……喝过咖啡以后,我就同他和另一个猎人(很典型的)伊凡·加甫利洛夫一块儿去打猎。我们闲逛了三个半小时,走了十五俄里,打死一只兔子。那些猎狗不好……

① 契诃夫别墅所在地的村名。——俄文本注
② 拉丁语:就是这样!——俄文本注

(四)现在谈一谈鱼。钓鱼成绩很差。钓到了棘鲈和鲍鱼。不过我还钓到一条大头鲅,可是小得很,它不配煎来吃,只配去上学读书。

(五)用捕鱼具可以捉到鱼。瓦宁①的捕鱼具捉到一条大鳕鱼。现在捕鱼具不用了,因为鱼饵没有了。昨天傍晚有风,没法捕鱼。你带些捕鱼具的钩子来吧,要中等大小的。我这儿一个也没有了。

(六)啊,我那捕鱼的篓子!不料这东西带来是很方便的。它在行李里压不坏,坐车时拴在车后面……有一个捕鱼的篓子放在河里了。它已经捉到过一条斜齿鳊和一条极大的鲈鱼。那条鲈鱼大极了,所以基谢廖夫今天在我们家吃饭。另一个捕鱼的篓子先是放在湖里,可是在那儿什么也没有捉到。如今放在湖那一边的水湾里(换句话说,放在深水里)了,昨天它捉到一条鲈鱼,今天早晨我跟巴巴金②一块儿从那个篓子里掏出**二十九**条鲫鱼!怎么样?今天我们家里有鱼汤,有煎鱼,有鱼冻……因此你带两三个捕鱼的篓子来吧。这可以到莫斯科河桥附近的一家活鱼店里去买。我买的时候每个要三十个戈比,你给二十到二十五好了。你在店里买好以后,当然得坐一辆街头马车运回家去。

(七)玛丽雅·符〔拉季米罗芙娜〕③身体健康。她送给母亲一罐果酱,总之,她客气极了。她提供给我法国杂志(旧的)上的故事……得了稿费就平分。基谢廖夫整天在我们家坐着。昨天他吃馅饼时喝了三大杯酒。别吉切夫光是吃菜,不喝酒……他只能满足于抬起恳求的眼睛瞧着白酒的瓶子。

---

① 指作者弟弟伊凡·巴甫洛维奇·契诃夫学校里的一个学生。——俄文本注
② 即上文的瓦宁,巴巴金是他的姓。——俄文本注
③ 契诃夫的女房东基谢廖娃。——俄文本注

（八）我不喝酒,可是话虽如此,葡萄酒却已经喝光了。葡萄酒好极了,尼古拉和伊凡务必各带一大瓶(像我那样装在皮箱里)。葡萄酒在这儿是必不可少的东西。吃过晚饭以后在露台上喝上一杯葡萄酒,还有什么能比这更愉快呢?你说说看。这种葡萄酒很好喝。我是在米亚斯尼茨卡亚街上买到的,如果从邮局往城里走,就在右边一家格鲁吉亚人的商店里。吉里亚①知道那家商店。这种葡萄酒叫作"阿赫美特",或者"马赫美特",是白葡萄酒……

（九）列维丹住在马克西莫夫卡②。他差不多复原了。他把所有的鱼都叫作鳄鱼,跟别吉切夫很要好,别吉切夫管他叫作列维阿方③。"列维阿方不在,我就闷得慌!"每逢没有鳄鱼,他就叹着气说。

（十）道路现在好走了,过河已经很方便,昨天狄希科④都坐着车来了。你对莉莉雅⑤说,要她到这儿来住一个星期。地方宽绰得很,食物也好得很。你邀她来,给她指明路程,告诉她坐马车要花多少钱,等等。回去的路上可能省一点钱。要住一个星期,不能再少……

（十一）尼古拉怎么样?

（十二）你们要把奥尔迦⑥的身份证带来,给基谢廖夫带一点煮熟的蒜肠来(三四根),再带点桂叶、胡椒、大张的信纸。

---

① 即俄国作家吉里亚罗甫斯基,他的笔名是"吉里亚叔叔"。——俄文本注
② 巴布肯诺附近的一个村名。——俄文本注
③ 《圣经》中一种巨兽的名字。
④ 狄希科·爱德华·伊万诺维奇:契诃夫家熟识的一个军官。——俄文本注
⑤ 伊丽莎白·康斯坦丁诺芙娜·玛尔科娃,契诃夫家的熟人。——俄文本注
⑥ 契诃夫家的女仆奥尔迦·戈罗霍娃。——俄文本注

（十三）你把百科全书上的六月、七月、八月抄下来①。这比把百科全书运到巴布肯诺来容易多了。今天我三点半就起床了。我刚喝过茶,现在要上床睡觉了。我睡到喝咖啡的时候起来,喝过咖啡以后就跟基谢廖夫一块儿去看一看捕鱼的篓子。昨天我写了很多,现在要寄出去了。我在工作。

你的安·契诃夫
一八八五年五月十日
于巴布肯诺

星期天去打猎。过几天符拉季斯拉甫列夫来,他会带来一个大鱼网。这一下可就要痛痛快快地打鱼了!替我向大家问好。

二九

致巴·格·罗扎诺夫②

兹维尼戈罗德县的医师先生：

我荣幸地请求阁下相信我的深深的敬意,而且认定您有愉快的(?)责任到乌斯宾斯基医师那里去取回我留在他那里的一件红色衬衫,有机会时就拿出它来作为我到过兹维尼戈罗德城的物证。我希望在巴布肯诺从您那儿收到它。同时,我将陪玛尔科娃女士来,请您诊断她的血管系统,特别是她的心脏,因为她对我声明这

---

① 契诃夫需要用这些抄下来的材料写他的按期发表的、幽默性的《文学评论》,发表在《花絮》杂志上。《论六月和七月》发表在 1885 年 7 月 27 日《花絮》杂志第 30 期上;《论八月》发表在 1885 年 8 月 24《花絮》杂志第 34 期上。——俄文本注

② 巴威尔·格利果利耶维奇·罗扎诺夫,俄国医师,写过一系列医学论文;1884 年在他担任兹维尼戈罗德县医师的时候,契诃夫与他相识,后来时常通信。——俄文本注

颗心里铭刻着您的形象。请将该形象泡在酒精里,寄交鄙人为盼。

病理学外科医师:安·契诃夫

一八八五年五月

于巴布肯诺

三〇

致尼·亚·列依金

尊敬的尼古拉·亚历山德罗维奇:

您的信以及我那个倒霉的短篇小说①的校样都收到了……书报检查的命运是不可预知的!遵照您的意见,我把这篇被放逐的稿子寄到《彼得堡报》去了。

兹寄上:一、《莫斯科生活花絮》②。不管怎样,哪怕是勉勉强强,我也一定要继续写这类文章,而且大概一个月不止一篇。事情是这样的:这类文章有人读,而且有人转载。在我的这类文章里,凡是《闹钟》和《娱乐》所略而不提的或者不能刊登的东西总是受到赞扬,因而由于我的评论,又由于《花絮》的一半订户是纯正的莫斯科人,《花絮》像是莫斯科的杂志了。假如莫斯科有一位幽默画家给您画莫〔斯科〕的生活,那就更好了。有一次您对我说《花絮》在莫斯科的零售额停止不动了。也许是这样吧,

---

① 指契诃夫的短篇小说《编制外的警士》,被书报检查官禁止在《花絮》杂志上发表,经列依金退还作者。后来这篇小说改名《寻是生非的人(一场小戏)》,发表在1885年10月5日《彼得堡报》第273号上,契诃夫后期将它收入他的全集,改名为《普利希别耶夫军士》。——俄文本注

② 它发表在1885年10月12日《花絮》杂志第41期上,其中六项评论只发表了一项,其余五项经书报检查官禁止发表。这是契诃夫所写的《莫斯科生活花絮》的最后一篇。——俄文本注

不过话说回来,《花絮》在莫斯科销售的比《闹钟》和《娱乐》多!二、一个短篇小说①。三、吉里亚罗甫斯基的诗。您信上所写的那件不愉快的事②,当然,是个误会。吉〔里亚罗甫斯基〕是个正派人,受过《俄罗斯新闻》的严格训练,生活有保障。他每月的收入有将近三百个卢布,未必会为了贪钱而做假!这是实在的。我了解他。至于他寄给您一篇胡说八道的东西,那也是可以理解的:他白天晚上地忙,而又想为《花絮》工作。一般来说,他是个有用的写稿人,如果不是现在也是将来。四、莫斯科有个青年,叫罗季昂·缅杰列维奇,是个穷途潦倒的人,挨着饿,身份不明,无法确定:不知是药剂师,还是裁缝工人……莫斯科的那些无聊作品我是统统要读的,于是碰上了他的诗,他的诗跟同类的形形色色的诗迥然不同:又新鲜,又流畅,又短小……我还读到他的一些诗,简直可以谱成歌曲……我记起您的告诫,要为《花絮》物色写稿人,所以一到莫斯科,就找到这个罗季昂,请他寄一点作品到您那儿去试一试……他高兴极了,简直呆住了,一天之内就写出差不多十篇,送到我这里来了。他写得太急,所以(依我看来)大部分都是不适用的。不过有两三首小诗无疑地适用。请您不要凭头一批稿件评断他。

关于九月(我早先已经写信告诉过您了)我要同十月一并写。至于绘画解说词,唉,我脑子里没有!政治题材只有在它涉及俄罗斯本身和它的错误的时候才不乏味,才不枯燥。为什么您在社论

---

① 《在异乡》,发表在 1885 年 10 月 12 日《花絮》杂志第 41 期上。——俄文本注
② 1885 年 9 月 26 日列依金在信上告诉契诃夫说,吉里亚罗甫斯基"把一篇鬼才知道的东西寄到《花絮》来了,甚至把一首已经在《娱乐》上发表过的诗也寄来了"。——俄文本注

里不想利用米罗诺维奇一案①呢？为什么不嘲笑法院鉴定人,那些盘问证人和为了哗众取宠而要求验尸的花花公子,为什么不嘲笑辩护人和他的主张(例如潜水员)等等呢？如果我想出了什么,那我就不会等下星期一,而在这个星期当中就寄出去了。目前,祝您健康。

您的安·契诃夫

一八八五年九月三十日,星期五

于莫斯科

我现在一个钱也没有。《闹钟》那边我还欠着债,《花絮》的稿费还远得很,至于《彼得堡报》那里,虽然我寄去一个极详细的账单,却毫无消息。初秋,在我,是永远不愉快的。

我大概要住到亚基曼卡去,然而不会在十月十日以前搬家。那边在油漆地板。

三一

致尼·亚·列依金

敬爱的尼古拉·亚历山德罗维奇:

您的信我是在新住宅里收到的。我的住宅在莫斯科河的对岸,这儿是真正的内地:清洁、安静、便宜,而且……有点愚蠢。

---

① 这是1883年至1885年间在彼得堡公审的一个讼案:退休的警察局长和高利贷者米罗诺维奇谋杀在他家里工作的姑娘萨拉·别凯尔。1885年10月7日《彼得堡报》上发表了契诃夫关于这个讼案的短篇小说《变态心理(一场小戏)》。——俄文本注

《花絮》遭到的屠杀①震动了我,好比晴天打了个霹雳。我一方面为我那些作品难过,一方面觉得憋闷,毛骨悚然……当然,您说得对:与其让杂志去冒以卵击石的危险,还不如缩小篇幅,啃树皮的好。也只好等待,忍耐了……不过我想这种缩小篇幅不会有尽头。今天得到批准的东西明天就不得不到委员会②里去听候发落,过不了多久就连"商人"这个品位也会成为禁果。是的,文学给人吃的是一小块不牢靠的面包,您真聪明,生得比我早,那时候③不论呼吸和写作都轻松得多……

这个星期我本来不打算寄给您什么东西了。您那儿已经有我的三篇东西,我认为休息一下是合法的,特别因为搬家④把我累坏了。现在得到您的信,知道我那三篇东西的命运⑤以后,我寄给您一个短篇小说⑥,这不是专为《花絮》写的,而是为"一般"写的,哪儿适用就寄给哪儿。这个短篇小说长了一点,不过它写的是演员,由于戏剧季节正在开始而非常合乎时令,而且,依我看来,它是幽默的。明天我要坐下来写《九月和十月和十一月》⑦,当然,这是说如果没有别的事,例如诊病等来打搅的话。

---

① 1885年10月10日列依金写信告诉契诃夫说:"灾难临头了……简直是大屠杀。书报检查官勾掉了一切:有您的《野兽》……也有《莫斯科生活〔花絮〕》。连杂志本身也岌岌可危。今天早晨我奉命到书报检查委员会去,主席对我申明,说如果我不改变思想倾向,杂志就要查禁……"——俄文本注
② 指"书报检查委员会"。
③ 指60年代。
④ 这时候契诃夫一家刚搬到一个新住处。——俄文本注
⑤ 这三部作品都被书报检查官禁止发表,其中有两部短篇小说:《野兽》和《在异乡》,有一篇小品文《莫斯科生活花絮》,在这篇小品文中只有不大的一个片段得到准许可以发表。——俄文本注
⑥ 《挨打的名人,或治疗酒狂症的单方(取自演员生活)》,这个短篇小说发表在《花絮》1885年10月26日第43期上。——俄文本注
⑦ 这部作品没有写出来。——俄文本注

99

您劝我到彼得堡去同胡杰科夫①商谈一下,您说彼得堡并不是中国……我自己也知道那儿不是中国,而且您也知道我早就感到这趟旅行的必要了,可是有什么办法呢?由于我要养活一大家子人,我的手里从来也没有过一张留着不用的十卢布钞票,而这趟旅行,就以最不方便的、最寒酸的来说,也需要 mini mum② 五十个卢布。我上哪儿去弄到这笔钱呢?从家里挤出这笔钱来,我却没有那种本事,而且我认为也挤不出来……如果我把两道菜减成一道菜,那我就要因为良心痛苦而憔悴了。以前我指望可以从《彼得堡报》的稿费里弄到这笔路费,可是现在事实证明,自从我为《彼得堡报》工作以来,我挣的钱一点也不比从前多,因为凡是以前我交给《闹钟》《娱乐》等杂志发表的东西现在统统都交给这家报纸了。只有安拉③才知道要保持收支平衡在我是多么困难,要收支脱节而失去均衡在我是多么容易。要是我在下一个月少挣二三十个卢布,平衡就会完蛋,我就会陷入绝境……在金钱方面我是非常害怕的,大概也就是由于这种金钱方面的、完全不是商业性质的胆怯,我才避免借债和预支……我不是那种犹豫不决的人。要是我有钱,我就会跑遍各城市和各乡村,没完没了呢。

《彼得堡报》的稿费是我在寄去账单以后过了两个星期才收到的。

要是十月间您到莫斯科来,我就会好歹收拾一下行李,跟您一块儿走。到彼〔得堡〕去的路费是有的,至于回来的路费,我就要在胡杰科夫那儿去取了(已经挣到的稿费)。

要我写得比现在还多,这在我是办不到的,因为行医不同于当律师:不工作就会生疏的。可见我的文学收入是一个常数。缩小

---

① 《彼得堡报》的主编。
② 拉丁语:至少。
③ 伊斯兰教所信仰的神的名称。

它倒可以,加大就不行了。

星期二我要等着按新地址寄来的《花絮》。很久以来我都没有按期收到这个杂志了。

祝贺您新买了这么一个东西。凡是在俄罗斯称之为庄园的那种东西我是非常喜爱的。这个词还没有失去它那饶有诗意的色彩。那么明年夏天您可以逍遥自在了……

我们这儿已是严寒的天气了,可是还没有下雪。

巴尔明到我这儿来过,星期二还要来。每逢星期二我家里总有晚会,有许多姑娘参加,有音乐、歌唱、文学。我想把这个诗人引到社交界里来,因为目前他萎靡不振。

您的安·契诃夫
一八八五年十月十二日
于莫斯科

三二

致尼·亚·列依金

尊敬的尼古拉·亚历山德罗维奇:

您的信收到了,答复如下:

(一)那张画已交给尼古拉去画了。

(二)多承应许送给我那本书①,谨致谢意。我定做了书架,要搞出一个图书室来。如果可能的话,请您不要按包裹而按挂号印刷品寄来那本书。这样比较容易收到。顺便提一句,求圣母保佑,

---

① 列依金应许把他将在1886年出版的书《失运症患者。交易所主管人(场面和速写)》送给契诃夫。——俄文本注

您千万不要忘记您还答应送给我一八八四年的《花絮》一套。如果您忘了,我就没有任何人可找了。

(三)不能因为我写得少就断定我是懒汉。我终日忙碌,以致整个秋天也没到剧院去过一次。留心科学和为它工作是有很大差别的①。稿子我没有誊清。我大都是寄出原稿,只为《花絮》誊清过,而且那也是偶尔为之,例如觉得小说的开头太长,或者在写作当中忽然起意 in corpore② 改动一下,等等。莫斯科生活③倒是素来誊清的,因为我总是写得太紧张。像目前寄给您的这种作品④我照例是一挥而就的。

如果您把行期推迟到十一月末,那就是说您将在十二月间到达此地。

在征求下一年订户以前召集《花絮》所有的写稿人到一起来开一个 consilium⑤,您知道,那倒不坏。有许多事应当共同讨论一下。

我们要帮巴尔明而没有帮上。星期二他没有到我家里来。

您的安·契诃夫

一八八五年十月二十日

于莫斯科

---

① 当时契诃夫在写他的学术论文《俄罗斯的医师工作》。——俄文本注
② 拉丁语:整个地。——俄文本注
③ 也就是契诃夫在《花絮》上连载的《莫斯科生活花絮》小品文。——俄文本注
④ 大概是指《为有意结婚者所写的指南(密件)》,发表在 1885 年 11 月 2 日《花絮》杂志第 44 期上。——俄文本注
⑤ 拉丁语:会议。——俄文本注

一八八六年

三三

致亚·巴·契诃夫

检疫站和海关的萨沙①：

祝贺你和你的整个山谷②过新年，得到新的幸福，得到新的娃娃……求上帝保佑你万事如意！你大概在生气，怪我没有给你写信……我也在为同一种理由生气……畜生！裤子！净生孩子的文官！为什么你不写信来？难道你的信失去了原来的魔力和力量吗？难道你不再认为我是你的弟弟吗？既是这样，难道你还不是猪猡吗？你得写，写一千次！写了还得写……我们这儿平安无事，也许只有父亲除外，他又买了许多灯。他有搜集灯的嗜好。顺便一提，如果我在桌子抽屉里找得到的话，我就随信附上一件珍品，请你读完后寄还。

我到彼得堡去过一趟，住在列依金家里，吃了不少苦头，关于这种苦头《圣经》里说："使人忍无可忍"……他给我准备的饭食倒是挺好的，可是，畜生，他那种虚伪几乎把我折磨死……我同《彼得堡报》的编辑们相识了，他们像招待波斯国王那样招待我。大概你将来会为这家报纸工作的，然而不会在今年夏天以前。你不

---

① 萨沙是亚历山大的爱称，当时契诃夫的大哥亚历山大·巴甫洛维奇·契诃夫正在故乡塔甘罗格任职。
② 米希卡作为诗人，认为山谷是指某种东西……——契诃夫注（"山谷"意谓"家庭"。）——译者注

要指望列依金。他千方百计给我使坏,不让我为《彼得堡报》写稿。他也给你使坏。一月份《彼得堡报》的主笔胡杰科夫要到我家里来。我要跟他谈一谈。

可是请你看在安拉的分上!你做做好事,把你那些受压迫的十四品文官①丢开吧!难道你用鼻子嗅不出来这种题材已经过时,现在只能惹人打哈欠了吗?你究竟在你那个亚细亚洲②的什么地方发现过你那些小说里的小官所遭受的痛苦?老实跟你说吧:读起来简直叫人浑身起鸡皮疙瘩!短篇小说《新衣》③的构思倒不错,然而……又是文官!如果你用一个性情温和的平民去代替那个文官,不要去管他的上司和同僚,那么你的《新衣》就会成为以前艾拉基达饱餐过的那种鲜美的龙虾④了。你也不要容许别人来删削和大改你的作品……要知道,如果从每一行文字里都可以看出列依金的手笔,那就太不像话了……不让人家改动是困难的;比较容易的是使用一种很便当的方法,那就是自己把自己的作品删削到 nec plus ultra⑤,自己动手大改一番。你自己越是删削得多,你的作品被发表的机会也就会越多……不过最要紧的是要尽量清醒,抱定宗旨,埋头苦干,把每篇小说都改写五次,等等,心里记住全彼得堡都在注意契诃夫弟兄的工作。彼得堡人接待我的态度使我感到震惊。苏沃林、格利果罗维奇⑥、布烈宁⑦……所有的

---

① 在俄国,十四品文官是最低一级的文官。
② 借喻"谁也没有到过的地方"。
③ 亚·巴·契诃夫的一个短篇小说,发表在 1885 年《花絮》第 51 期上。——俄文本注
④ 艾拉基达是契诃夫故乡塔甘罗格的一个希腊籍掮客;有一次他到契诃夫父亲的商店里去,吃了很多龙虾。——俄文本注
⑤ 拉丁语:极点。——俄文本注
⑥ 当时俄国著名的批判现实主义作家。
⑦ 维克托·彼得罗维奇·布烈宁,反动的批评家,《新时报》的撰稿人。——俄文本注

人都约我写稿,赞扬我……我一想到我写得漫不经心,马马虎虎,就觉得害怕。说实在的,要是我知道人家这样注意地读我的作品,我就不会照这样写按期交货的文章了……那么要记住,人家在注意地读你的作品。还有,不要在你的小说里使用你的熟人的姓名。这不正经,太随便了,而且……你的熟人会对你发表出来的东西失去敬意……我跟比里宾认识了。他是个十分正派的人,在必要的时候可以**充分**信任他。两三年后他在彼得堡报界会成为一个有名的角色。最后他会成为《新闻报》①或《新时报》的编辑人员。所以他是个有用的人……

　　再一次请你看在安拉的分上!你什么时候居然学会了弄得自己……这样战战兢兢?你打算用你这种胆怯去使得什么人惊讶?对别人是危险的事,对一个读过大学的人来说可能只是一个笑柄,而且是一个令人鄙夷的笑柄,可是你却一本正经地要变成一个胆小鬼!见了有编辑部印章的信封何必这么害怕?即使人家知道你是个写文章的人,他们又能把你怎么样?你自管朝这些人吐唾沫,随他们去知道好了!反正这又不是挨打,上绞架,驱逐出境……顺便提到,列依金在一个信用社里遇到你们那个机关的长官,就说到你为写作所遭受的迫害,对他大加责备……那位长官窘了,开始赌咒……比里宾在写作,可是同时又在邮电局极其认真地工作。列文斯基②出版一种幽默杂志,而且担任着十六种职务。军官职务是再严格也没有了,可是就连在那边也不妨公开写作。藏起来是必要的,然而掩饰自己却大可不必!不,萨沙,那些被驱逐的特约记者现在应该连同那些受压迫的十四品文官一齐束之高阁才是!目前,更切合实际的倒

---

①　在彼得堡印行的一种具有自由主义倾向的报纸。——俄文本注
②　符拉季米尔·德米特利耶维奇·列文斯基,《闹钟》杂志的主编兼发行人。——俄文本注

是描写那些十四品文官闹得他们的长官大人活不下去,描写那些记者毒害别人的生活……如此等等。你不要为这种教训生气。我给你写这些是因为我为你难过,烦恼……你是个好作家,可以多挣一倍稿费,可是……由于你脑子里的一种错误想法……你却在吃野蜂蜜和蝗虫①……

我还没有结婚,没有子女。生活颇不容易。多半夏天就会有钱了。啊,但愿如此!

写信来,写信来!我常常想到你,由于感觉到有你在而高兴……你不要当裤子,也不要忘了

你的安·契诃夫
一八八六年一月四日
于莫斯科

尼古拉拖拖拉拉。伊凡仍旧是真正的伊凡。妹妹十分兴奋,因为有了爱慕者、交响乐音会、大住宅……

三四

致尼·亚·列依金

最善良的尼古拉·亚历山德罗维奇:

稿费和您的信我都收到了。稿费来得正是时候,关于您的信我答复如下:

(一)我在书上的署名不是安·契诃夫,而是安·契洪捷。

(二)起一个什么书名好呢?我跟巴尔明一块儿给我的书想名字,却什么也没有想出来。我决定这样:

---

① 意谓"生活很苦"。

《形形色色的故事》

安·契洪捷

速写、短篇小说、素描等

要是这个书名不合适,那就用您想出来的书名,也就是《安·契洪捷。短篇小说和速写》。请您跟伊·格莱克①一块儿就这两个书名中选定一个以后,赶紧通知我,免得耽误设计封面的人②。

(三)我放弃看清样的想法③。

(四)如果要我来选择铅字,我就决定采用您的《天蓝色的花》所用的那种。

兹寄上短篇小说一篇④……其中涉及大学生,然而非自由主义的思想内容是一点也没有的。再者应该丢开繁琐手续,该怎么写就怎么写……

顺便提到:情书竞赛怎么样了⑤?有什么结果吗?如果原来登两期征文启事就好了。莫斯科天气好极了。出外可以坐马车了。

我要赶一班特别快车,因此请您不要因为这封信写得短而生气。

问候您和您的全家大小,直到阿彼尔和罗古尔卡⑥为止。

---

① 俄国作家比里宾的笔名,他是《花絮》杂志编辑部的秘书。——俄文本注
② 指福·奥·谢赫捷尔,俄国建筑学家,科学院院士。——俄文本注
③ 契诃夫本来要求列依金把他的书的清样寄来,列依金回信说:"这是完全不可能的。那样一来这本书就要在萧条的夏季出版,销路就要不行了。"——俄文本注
④ 《安纽达》,发表在1886年2月22日《花絮》杂志第8期上。——俄文本注
⑤ 契诃夫曾向列依金建议在《花絮》上举行情书竞赛,但是杂志发出征文启事后应征者寥寥。——俄文本注
⑥ 列依金家里的两条狗的名字。——俄文本注

我家里的人为您的问候道谢,而且同样热烈地问候您。

您的安·契诃夫

一八八六年二月三日

于莫斯科

三五

致尼·亚·列依金

敬爱的尼古拉·亚历山德罗维奇:

您的来信、校样、我的书的一个印张①,都收到了,多谢您的张罗。《安纽达》的涂改地方确实不重要②。谢谢您拯救了我这个短篇小说,要知道这毕竟是一笔财产啊!

那本书的铅字我很满意。大小也满意。大概清样还没印出来,因为错误很多……顺便要提到,有的错误如果没有我来帮忙,那位女校对员未必会改正,因为这类错误不容易看出来。附上我写给那位女校对员的一封短信,请费神转交。谢赫捷尔原本答应为画封面的事到我家来,可是没有来。我又不能亲自去找他,因为我坐在这儿没有穿鞋:我右脚的脚背上生了一个脓疮,非开刀不可。整个书房里满是碘酒的气味。

关于书名似乎您和我已经商量妥当了。我不认为这是一件还没有解决的事情,所以我才没有急着给您写信。我和您都同意这

---

① 指《形形色色的故事》。——俄文本注
② 列依金在1880年2月13—14日给契诃夫的信中通知说,书报检查委员会通过了短篇小说和涂改的地方,那些涂改的地方在他看来并没损坏小说。——俄文本注

样一个书名:《安·契洪捷。形形色色的故事》。狗的雕像①我还没有收到。我给吉里亚科甫斯基写了一封信,要他给我送来,可是没有得到回信。我不能到他那儿去,原因上面讲过了。我穿一双软鞋,最远走到厕所为止。我的桌子上已经放着一条狗了——塞特猎狗〔……〕

阿加佛波德②渺无信息……我开始不安了。就连重要的信他也不回……莫非他生病了?

这封信明天随邮车寄出。至于那个已经写好一半的短篇小说③则随特别快车寄出……目前我没法写完它,因为身体衰弱,想躺到床上去……再者,现在是夜间一点多钟……我的脑子不肯工作,早晨和昨天傍晚我都没法工作……

请您把《俄罗斯新闻》星期六副刊(二月十五日)上的谢德林的故事④读一遍。这是一篇精彩的作品。您会读得满意,惊讶得摊开手来;就大胆来说,这个故事完全是从前才有、现在已经绝迹的作品了!

要是您那儿找不到这份报纸,您就写信来,我寄给您……我到巴尔明家里去过两次。他住的那个地方,夏天是一片难以通过的淤泥,人行道上生着杂草……如果他没做诗人,那他倒会做滑稽演员呢。

请您对比里宾说,我给他写过一封信……您的秘书笔不停地挥……他从哪儿弄来了这么多题材和诙谐?他在小作品的作家当

---

① 列依金送给契诃夫一个小小的狗雕像,托作家吉里亚科甫斯基带去。——俄文本注
② 契诃夫的大哥亚历山大·巴甫洛维奇·契诃夫的一个笔名。——俄文本注
③ 《大人物》,发表在 1886 年 3 月 1 日《花絮》杂志第 9 期上。——俄文本注
④ 《空谈》,发表在 1886 年《俄罗斯新闻》第 45 号上。——俄文本注

中是唯一不文思枯竭的人。其余所有的人与红脚隼①相比都相形见绌……将来他会成为一个很好的小品文作家……

我渴望春天或者初夏到彼得堡去。我们这儿天气严寒，然而晴朗。白天有太阳，晚上有月亮……不该写小说，而该谈情说爱……

问候您全家……您那个长沙发比我这个床垫软和得多，再者您那儿也不像我这儿那么冷……哎—呀—呀！……

您的安·契诃夫
一八八六年二月二十六日
于莫斯科

我的医疗业务渐渐多起来了。

三六

致阿·谢·苏沃林

阿历克塞·谢尔盖耶维奇②先生：

您的信我收到了。多承您夸奖我的作品，并且迅速发表我的短篇小说③，谨致谢意。您能想得到，以您这样一个有经验、有才能的人而对我如此殷切关注，这会对我的写作生活起多么振奋以至鼓舞的作用……

我同意您关于那个短篇小说的结尾应该删掉的意见，并且为

---

① 幽默作家A.A.比尔施泰特发表在《花絮》上的文章的笔名"红脚隼"。——俄文本注
② 阿历克塞·谢尔盖耶维奇·苏沃林，《新时报》的发行人。——俄文本注
③ 指短篇小说《安灵祭》，它在《新时报》上发表以前契诃夫根据苏沃林的意见把原来的小说结尾删掉了。——俄文本注

您的有益的指示致谢。我工作已经六年了,然而您是第一个不嫌麻烦而给予指示并且举出理由的人。

笔名安·契洪捷大概又古怪又造作。不过这个名字是远在我那迷蒙的青年时代的初期杜撰出来的①,我习惯了这个名字,所以才没有注意到它的古怪……

我写得比较少:一个星期不超过两三个小小的短篇小说。为《新时报》写作的时间是有的,不过我还是很高兴,因为您没有把按期交稿定为我写稿的条件。一有规定的期限,就会有赶工的情形,有沉重的负担的感觉,而这两点都是妨碍写作的……对我个人来说,按期交稿尤其不便,因为我是医生,在做医疗工作……我不能担保明天是不是会整天离开书桌……这就有不能按期写完,经常误期的危险。

您所规定的稿费目前对我来说完全够了。如果您能再吩咐一下,叫他们给我寄一份报来(我很少看到这个报纸),我就十分感激您了。

这一次寄上短篇小说一篇②,它比以前那一篇长一倍,而且……我生怕它也坏一倍。……

此致

敬礼

安·契诃夫

亚尼曼卡,克里缅科夫寓所

一八八六年二月二十一日

于莫斯科

---

① "安托沙·契洪捷"是塔甘罗格中学校的神学教员波克罗甫斯基用来称呼契诃夫的。远在1879年,契诃夫就用安托沙·契洪捷做笔名,把他的小说《寂寞的慈善家》寄到《闹钟》杂志去,但是这篇小说没有发表。——俄文本注

② 《巫婆》,发表在1886年3月8日《新时报》第3600号上。——俄文本注

113

三七

致列·尼·特烈佛列夫①

尊敬的列昂尼德·尼古拉耶维奇：②

我没有写"先生"，因为在您寄来那封可爱的信以后，我就认为我们的结交已经确定了。每逢两列火车相遇，照例总要交换汽笛声。您拉过汽笛了，那么现在就请容许我来拉汽笛。在您面前的是安·契洪捷、"没有脾的人"、鲁威尔③等，并且是您的才能的崇拜者的长队中的一分子。我对您的诗才敬佩到什么程度，可以从下列事实看出来：我这儿有一些出乎您的手笔而为我喜爱的作品，您答应把列·尼·特烈佛列夫的诗集寄给我，这对我所起的作用不亚于在零下三十五度的严寒中坐着驿车旅行十个钟头之后喝到一杯白酒。

讲到我们通信的目标④，我全力为您效劳。我要极力赶写，写完，寄上。关于这个集子，我最先是从列依金和我的好朋友巴尔明那儿知道的。按照我的理解，按照我记得偶尔见过的一些国外的集子来判断，那么由于这种集子的独特性，我们就要写得短，写得特别动人。根据这样的理解，我就给自己规定一个限度：不超过五十行……如果我理解得不对，请您赶紧来信说明。

在您写给巴尔明的信上，您表达了一种恐惧：如果参与者光写

---

① 俄国诗人。
② 请原谅我的无礼：我像教授那样精神恍惚了！（契诃夫注）（契诃夫写名字的时候先写为伊凡诺维奇，后改成尼古拉耶维奇。）——俄文本注
③ 都是契诃夫的笔名。——俄文本注
④ 特烈佛列夫写信给契诃夫，请求他参加一个刊登作家的作品和画家的绘画的集子，它是为"贫苦儿童保护协会"的利益出版的。后来这个集子在1887年出版，契诃夫未参加。——俄文本注

儿童和贫民,那么这个集子就会变得偏颇了。这种恐惧是有充分根据的,不过请您小心,您不要因为担心偏颇而陷入另一个极端,那就是剥夺了这个集子的特性和面貌。

关于那些答应给您寄作品去的名人,我只能引一句人人都知道的话:"不要指望公爵,人类的儿子",所以您得向他们催稿,不容他们有片刻的休息。

还有一件事……您不要等到凑齐了整整五十篇才登广告。您自管登广告,这个集子会引起纷纷的议论,于是作品就会纷纷寄到您那儿去,像天上掉下来的一样。太急是不行的,必须等着,以便从寄来的稿件中做出选择。

除了写稿以外,我能不能在别的方面帮一下您的忙呢?这个集子预定在莫斯科出版,而我出版过自己的书,零卖,也是在莫斯科。要我执行某些委托的任务是不困难的。您为这个集子需要画封面的、绘画的画家吗?莫斯科所有绘画的、崭露头角的青年我都认识和交好。通过这些青年不难接近那些名家。

您答应到莫斯科的时候来看我,我记在心上了。请您不要忘记一定来。五月上半月我似乎要改变住处。如果发生了这件事,您就可以到《闹钟》或者任何药房里去了解我的地址。

您不要以为我的地址在药房里算是一种药。事情是这样的:药房里有一张单子,写着医师的姓名和地址,我呢,您再也想不到,是个医师。巴尔明每次从前堂走进我的书房里来,总要叫我保证不给他治病。如果所有的诗人都这样多疑,爱惜生命,那么我就要赶紧让您放心:我不会给您治病的。

最后,再见。

您的安·契诃夫
一八八六年三月一日
于莫斯科

三八

致尼·亚·列依金

尊敬的尼古拉·亚历山德罗维奇：

我写完昨天寄给您的那个短篇小说①，把它读了一遍以后，就搔了搔我的耳朵，拧起眉毛，嗓子里干咳了一声，凡是写完一个又长又沉闷的作品的作者总会有这种举动的……早晨我动手写那个短篇小说；构思倒不坏，而且开头写得也将就，然而倒霉的是我不得不写一阵停一阵。刚写完头一页，安·米·德米特利耶夫②的妻子来了，要一个医疗证件；写完第二页我收到谢赫捷尔打来的电报：他病了！那就得坐车去给他看病……写完第三页，吃午饭了，等等。可是写一阵停一阵却跟脉搏间歇一样。

我到达维多夫的锌版制造厂去问过封面画③。封面画已经做好了。我没有把那块锌版取回来，因为我身边没有多余的钱；等我收到《花絮》或者《彼得堡报》的稿费，我就会付给达维多夫九个卢布八十四个戈比，立刻把那块锌版寄上。所以在这方面请您放心，等着好了……

刚才我收到阿加佛波德的一封信。原来我的信在路上走了十六天。在这种邮政条件下，我会急死的……事情一牵涉到通信，我总是急得不得了，其实……我是懒得写信的。

---

① 《毒》，发表在1886年3月8日《花絮》第10期上。——俄文本注
② 幽默杂志《旁观者》编辑部的一个成员。——俄文本注
③ 为小说集《形形色色的故事》画的封面。——俄文本注

您要求我率直地谈一谈您的短篇小说(《教师信札》①)。按照我的看法,这个题材很好,也容易写好;对《花絮》来说这样的题材很合宜。您的写法我也满意,不过我也保持着一种见解,认为用书信体叙事已经是一种陈旧的方法了。如果全部精华都包含在书信本身里面(例如县警察局长的公函、情书),这种体裁倒是合宜的,不过作为文学形式,它却在许多方面不合宜:它把作者嵌进一个框框里去了,而这是主要的一点……要是您用这个题材写一个短篇小说,那就会好得多……

哦,您在苏沃林那儿吃的那顿晚餐怎么样?根据电讯和描写来判断,那个纪念会②是热闹的……哪一天《花絮》也来搞一个纪念会!说不定我和比里宾会得到金质奖章呢。到那时,我就给您发一封五十个词的电报去。我在接到您的信的一个小时以前,给苏沃林发去一个电报。

你们这些彼得堡人竟然把各式各样的颠茄、甲基吗啡、铋粉吃进肚里去,这究竟是什么风气啊?你们即使不为自己的肚子害怕,也该害怕上帝嘛。这是彼得堡的那些医师把你们教会的……在我们莫斯科,你们在药房里可不能这么乱吃药。

布依洛夫③答应每月三十一日寄稿费来。人可以隐约感到这一回的诺言不会准确履行。……

我仍旧认为那本书会比较快地印出来。莫斯科的印工并不慢。不过,时间和这件事都不必着急。

我收到特烈佛列夫的一封信,信上赞扬我一番,而且约我写稿。您知道吗?我觉得特烈佛列夫是个很好的人,然而他的集子

---

① 列依金的短篇小说,发表在1886年2月15日《花絮》杂志第7期上。——俄文本注
② 指由苏沃林发行的《新时报》的十周年纪念。——俄文本注
③ 《彼得堡报》办公室的会计员。——俄文本注

却搞不成……自己住在雅罗斯拉夫尔,而在莫斯科出版这个集子,"这是不行的;约一些写文章的人写稿,他们既不知道这个集子的特性,也不知道它的外表,更不知道它的大小,这也是不行的……"话说回来,他要出版的究竟是什么东西,连他自己也没有一个清楚的概念!而这是不行的……我写信把我的考虑告诉他了……您也该给他写点类似考虑或意见的东西才对。莫斯科可不是巴黎……我们的石印技术和制版技术会把作者的墨迹弄成一团团墨斑,弄得您认不清字母,也看不懂……

不知什么人拉了一下门铃……不要有人来找我才好!

我们这儿完全是春天了。我非常想写点春天的题材。

问候您全家,握您的手。

您的安·契诃夫
一八八六年三月四日
于莫斯科

三九

致德·瓦·格利果罗维奇[①]

我热爱的、善良的报喜使者,您的信像闪电那样震动了我。我差点哭出来,满心激动,而且现在感觉到您的信在我的灵魂里留下了深深的印记。如同您爱抚我的青春一样,求上帝也安慰您的老年;至于我自己,却找不出一句话来,也想不出该做什么事来报答您。您知道普通人用什么样的眼光看待像您这

---

① 德米特利·瓦西里耶维奇·格利果罗维奇,俄国批判现实主义作家,在当时是一个成名的老作家。——俄文本注

样优秀的人;因此您可以判断您的信对我的自尊心起着什么样的作用。这封信高于任何奖状,对于新作家来说无异于一种对现在和将来的酬劳。我好比笼罩在迷雾中。我没有力量判断我自己是否配得上这种崇高的奖赏。我只能再说一遍,这种奖赏震动了我。

如果我确实具有应该予以尊重的才能,那么,我要在您的纯洁心灵面前招认:我至今没有尊重过它。我觉得才能我是有的,然而我一向认为它微不足道。对一个人来说,单是那些纯粹外部性质的原因,就足以使他对自己不公平,极端怀疑和极端不信任……而这类原因,据我现在回想,在我是十分多的。所有我的亲友一向都用宽容的态度对待我的写作生活,不断地出于好意劝我不要用这种糟蹋纸张的事来代替正经的工作。我在莫斯科有好几百个熟人,其中写文章的人有二十来个,可是我记不起有哪一个人肯读我的作品或者把我看作艺术家。莫斯科有一个所谓的"文学小组",那些有才能的和平庸的作家老老少少,形形色色,每个星期在一个饭馆的雅座里聚会一次,闲谈一阵。假如我到那儿去,哪怕只把您的信念一小段,他们也会对着我的脸哈哈大笑。五年以来,我在报刊上写作的时期里,我已经满脑子装着这种认为我在文学方面微不足道的普遍看法,很快就习惯于用宽容的态度对待自己的工作,糊里糊涂地写下来了!这是第一个理由……第二,我是医师,医疗工作忙得不可开交,因此再也没有一个人像我似的深受"两只兔子"那句谚语①的害,弄得睡眠都不足。

我写这些只是为了在您面前至少稍稍开脱我的大罪。到现在为止我对我的文学工作一直极其轻率,漫不经心,马马虎虎。我记不得我有**哪一个**短篇小说是用一天以上的时间写成的,您所喜欢

---

① 俄谚:"同时捉两只兔子,就一只也捉不到。"

的《猎人》①我是在浴室里写的！我写我那些短篇小说就像新闻记者写火灾消息：信手写去，心不在焉，一点也没有顾到读者，一点也没有顾到自己……我一面写，一面千方百计地极力把我所珍爱的形象和画面不用在我的短篇小说里，却爱惜它们，把它们小心地收藏起来，上帝才知道这是为什么。

头一回推动我进行自我批评的是苏沃林写来的一封很殷勤的而且依我看来也很诚恳的信②。我开始准备写一点扎实的东西，可是我自己能不能在文学上做出扎实的成绩，我对这一点仍旧缺乏信心。

可是现在，出人意料，您的信突然在我面前出现了。请您原谅我的比喻，它对我的影响不亚于总督的一道命令："限二十四小时以内离开这个城！"也就是说，我忽然感到迫切的需要想加紧工作，想从原来陷进去的地方赶快跳出来……

我同意您的一切看法。您对我指出的鄙俗的描写，我自己在读到发表出来的《巫婆》③时也已经感觉到了。如果我不是用一天而是用三四天的工夫写成这个短篇小说，就不会有这些毛病了……

我要摆脱这种按期交稿的工作，不过一时还办不到……目前我不可能从我陷进的车辙里挣扎出来。我倒不怕挨饿，以前我就挨过饿，可是问题不在我身上……我写作只能用闲暇的工夫，白天两三个钟头，再加上夜晚一点点时间，也就是说，这点时间只适宜于写小东西。到夏天我的闲工夫多一点，家用也会少一点，那我就

---

① 契诃夫的短篇小说，发表在1885年7月18日的《彼得堡报》上。——俄文本注
② 所有苏沃林写给契诃夫的信都没有保存下来。——俄文本注
③ 契诃夫的短篇小说，发表在1886年3月8日的《新时报》第3600号上。——俄文本注

可以做严肃的工作了。

在我那本小书上印上我的真姓名①已经办不到,因为时间已经太迟,封面设计已经做好,书也印好了。还在您来信以前,许多彼得堡人就已经劝我不要用我的笔名来糟蹋那本书了,可是我没听他们的话,大概是出于虚荣心吧。我很不喜欢我那本小书。那是一锅大杂烩,是一个大学生的习作的七拼八凑,而且被书报检查官和幽默刊物的编辑们拔光了毛。我相信许多人读完它以后会失望。要是我早知道我的书有人读,而且您在注意我,我就不会出版这本书了。

所有的希望都寄托在将来。我才二十六岁。虽然光阴跑得快,也许我还来得及做出一点什么来。

请您原谅这封信那么长,不要怪罪这个写信的人,这还是他生平头一回敢于让自己享受给格利果罗维奇写信的快乐呢。

如果可能的话,请您寄给我一张您的照片。我受到您的爱抚这么多,又激动得这么深,因此我觉得我好像不是用一张张的纸在给您写信,而是用整令的纸在写似的。求上帝赐给您幸福和健康,请您相信我真诚地深深尊敬您,感激您。②

安·契诃夫

一八八六年三月二十八日

于莫斯科

---

① 指契诃夫的短篇小说集《形形色色的故事》。后来,在这本书的书名页上有作者的笔名和真姓名。——俄文本注
② 契诃夫的这封信是答复 1886 年 3 月 25 日格利果罗维奇的来信。那封来信指出契诃夫有"真正的才能",认为他"远远地超出了新一代的文学工作者的范围……"格利果罗维奇劝契诃夫尊重自己的才能,丢开按期交稿的工作,珍惜自己的印象,"用来写那种经过深思、做过润色、并非一挥而就的作品……""我相信您有能力写出几篇精彩的真正的艺术作品。如果您辜负这种期望,您就犯了精神方面的大罪"。——俄文本注

四〇

致尼·巴·契诃夫①

小扎别林②！有人转告我,说我和谢赫捷尔嘲笑你,你感到受了侮辱……感到自己受了侮辱的能力,是只有灵魂高尚的人才会有的财富,不过话说回来,假如可以嘲笑伊凡年科③,可以嘲笑我,可以嘲笑米希卡④,可以嘲笑涅丽⑤,那么为什么就不可以嘲笑你呢？这是不公平的……不过,如果你不是说着玩,而是认真感到自己受了侮辱,那我就赶紧道歉。

人们只嘲笑那些可笑的或者不理解的人……在这两种人当中你任选一种吧。

第二种人当然比较光彩,可是,呜呼！就我个人来说,你并不是一个谜。要了解一个跟我共同享受过鞑靼的帽子、伏契纳⑥、拉丁文、最后还有莫斯科生活的人,那是不困难的。再者你的生活是一种在心理方面毫不复杂的东西,就连没有进过宗教学校的人都可以理解。出于对你的尊重,我要坦率地谈一谈。你生气,你感到受了侮辱……可是问题不在于嘲笑,不在于好意地饶舌的多尔果

---

① 尼古拉·巴甫洛维奇·契诃夫,作者的二哥,俄国画家。——俄文本注
② 兹维尼戈罗德的一个地主的姓,这人是一个酒鬼。——俄文本注
③ 亚历山大·伊格纳季耶维奇·伊凡年科：一个吹长笛的音乐家,契诃夫家的朋友。——俄文本注
④ 米哈依尔的爱称,指作者的小弟米哈依尔·巴甫洛维奇·契诃夫。——俄文本注
⑤ 叶连娜·康斯坦丁诺芙娜·马尔科娃,契诃夫家的朋友。——俄文本注
⑥ 塔甘罗格的希腊语学校的教师。契诃夫和他的二哥在这个学校里读过书,一直到进中学为止。——俄文本注

夫①……问题在于你自己作为一个正派人感到自己站在一个虚伪的立足点上;谁怀疑自己有错,谁就总是从外面找理由;酒徒以痛苦为借口,普嘉达②以书报检查官为借口,为了放荡而从亚基曼卡③逃跑的人就以客厅里太冷,受嘲笑等等为借口……要是我现在丢开一家人不管,我就会极力推说我母亲性格不好,我咯血,等等。这是自然的,可以原谅的。这是人类的天性。至于你感到自己站在一个虚伪的立足点上,这也是实在的,否则我就不会说你是一个正派的人了。正派消失,那就是另一回事了:你就会得过且过,不再感到虚伪了……

讲到你在我心目中并不是一个谜,有的时候非常可笑,这也是实在的。要知道你是个普通人,我们这些俗人只有在愚蠢的时候才变得像个谜,而且一年之中倒有四十八个星期是可笑的……不是吗?

你常常对我抱怨说人家"不了解"你!! 就连歌德和牛顿都没有发出过这种抱怨……抱怨的只有基督一个人,而他讲的不是他自己的"我",却是他的学说……人家是十分了解你的……要是你自己不了解你自己,那就不能怪别人了……

我向你保证,我作为你的弟弟,作为一个接近你的人,是了解你的,而且对你有满腔的同情……你的一切优良品质我了如指掌,重视它们,对它们存着最深刻的尊敬。如果你乐意的话,我甚至可以把这些品质一一列举出来,借以证明我了解你。依我看来,你善良到了软弱的程度,你宽宏大量,不是利己主义者,连最后一文钱也肯给予人,你诚恳,你同依赖和憎恨绝缘,你心地单纯,你怜悯人和动物,你不贪财,不念旧恶,容易信任人……上帝赐给你一种别

---

① 尼·瓦·多尔果夫,俄国钢琴家,契诃夫家的朋友。——俄文本注
② 俄国报刊工作者和翻译工作者。——俄文本注
③ 契诃夫家的住址。——俄文本注

人没有的东西：你有才能。这种才能使你高于几百万人，因为世界上每二百万人中只有一个艺术家……才能把你放在一种独特的地位上，即使你是癞蛤蟆或者毒蜘蛛，人家也会尊重你，因为看在才能的分上一切都得到了原谅。

至于你的缺点，只有一个。不论你的虚伪的立足点也好，你的痛苦也好，你的肠炎也好，都来自这种缺点。那就是你极其缺乏教养。请你原谅我，可是 veritas magis amicitiae①……问题在于生活有它的条件……为了在知识界中感到心情舒畅，为了在那儿不感到隔膜，也不使它感到是累赘，那就得有一定程度的教养……才能把你带到知识界里来，你是属于这一界的，然而……你一心想脱离它，你不得不在有文化的社会人士和 vis-àvis② 的人之间保持平衡。在你身上正在表现出小市民的化身，这是在酒馆的熏陶中靠乞讨来的施舍成长起来的。要战胜它是很难的，非常难的。

有教养的人，按照我的看法，必须符合下列条件：

（一）他们尊重人的个性，因此永远宽厚、温和、殷勤、肯让步……他们不为一个小锤子或者一块失掉的橡皮而打架；他们跟别人在一起生活的时候，不是因此就认为在给人一种恩典，而在分手的时候也不说：没法跟您一块儿生活！不管嘈杂也好，寒冷也好，煎焦了的牛肉也好，尖刻的话也好，他们的屋子里有外人在座也好，他们都加以原谅……

（二）他们不仅仅怜悯乞丐和猫。他们甚至为普通的眼睛看不到的事情而心里难过。比方说，如果彼得知道他的父母忧愁得头发变白，夜里睡不着觉是因为他们很少见到彼得（即使见到，他也是醉醺醺的），那么他就会赶紧到他的父母那儿去，而且丢开酒

---

① 拉丁语：真理高于友谊。——俄文本注
② 法语：对立面。——俄文本注

不喝了。他们晚上不睡觉,为的是帮助波利瓦耶夫①,替大学的同学缴学费,给母亲添制衣服。

(三)他们尊重别人的财产,所以有债必还。

(四)他们胸怀坦白,怕虚伪如同怕火一样。他们哪怕在小事情上也不说谎。说谎对听者是侮辱,而且使得自己在听者的心目中变得庸俗了。他们不卖弄自己的长处,到了街上一举一动如同在家里一样,不蒙哄年纪小的弟弟……他们不饶舌;人家没有问他们,他们就不唠唠叨叨地说出自己心里的话来纠缠人家……由于尊重别人的耳朵,他们常常保持沉默。

(五)他们不糟蹋自己来达到博得别人同情的目的。他们不去拨弄别人的心弦,使他们用叹息来回答自己,顺自己的心意。他们不说:"人家不了解我!"或者:"我把精力都耗费在挣几个小钱上了!我〔……〕!……"因为这些都是为了取得廉价的效果,庸俗、陈旧、虚伪……

(六)他们不好虚荣。他们对那些假钻石不感兴趣,例如同名人相识、跟喝醉酒的普列瓦科②握手,在 Salon 里遇见熟人而高兴,在啤酒馆里出名……他们嘲笑这句话:"我是舆论界的代表!!"这种话只适合于罗德泽维奇和列文别尔格③。如果他们做事挣来的钱很少,他们就不拿着一根值一百卢布的手杖跑来跑去,也不吹牛说他们能去别人不能去的地方……真正有才能的人总是坐在暗处,混在人群里,跟招摇过市离得很远……连克雷洛夫④都说过:空桶比满桶响……

(七)如果他们有才能,他们就尊重它。他们为它牺牲安乐、

---

① 彼得·波利瓦耶夫,契诃夫和他的二哥的朋友。——俄文本注
② 莫斯科的一个律师。——俄文本注
③ 两个浅薄的报刊工作者。——俄文本注
④ 克雷洛夫(1768—1844),俄国寓言诗作家。

女人、酒、浮华……他们为自己的才能而自豪。所以他们不跟市民学校的督察和斯科沃尔佐夫的客人一块儿酗酒,他们领会到他们的天职不是跟他们一块儿生活,而是对他们起教育的作用。再者他们守身如玉……

（八）他们有美学的修养。他们不能够穿着衣服睡觉,不能够看着墙上有裂缝,裂缝里藏着臭虫而不管,不能够呼吸污浊的空气,不能够在吐满痰的地板上走来走去,不能够用煤油炉烧饭吃。他们尽量克制性的本能,使它变得高尚……〔……〕隐忍它的逻辑,一步也不离开它,所有这些都是为了什么！可是有教养的人在这方面不是那么粗鄙。他们需要于女人的不是床,不是马汗,〔……〕不是表现为善于用假怀孕骗人、一刻不停地说谎话的智慧……他们,特别是其中的艺术家,需要的是朝气、优雅、仁慈,不是做〔……〕而是做母亲的能力……他们不一面走动一面喝酒,不用鼻子去闻食器柜,因为他们知道他们不是猪。他们只有在空闲的时候,在有机会的时候才喝酒……因为他们需要 mens sana in corpore sano①。

如此等等。有教养的人就是这样……为了使自己有教养,不至于在自己所属的那个圈子的水平以下,光读匹克威克②,背诵《浮士德》的独白是不够的。坐上一辆街头马车,跑到亚基曼卡来而过上一个星期,又从那儿逃走,也是不够的。

这儿需要的是不间断的、日以继夜的工作,经常的阅读,钻研,毅力……这儿每一个小时都是宝贵的……

到亚基曼卡来一趟,然后又走掉,那是无济于事的。应当鼓起勇气丢开一切,猛然往前一冲……你到我们这儿来,砸掉酒瓶,躺

---

① 拉丁语:健康的精神寓于健康的身体。——俄文本注
② 指英国作家狄更斯的长篇小说《匹克威克外传》中的主人公。——俄文本注

下去读书吧……哪怕读一读屠格涅夫的作品也是好的,他的作品你没有读过……

〔……〕应该丢开虚面子,因为你不小了……快三十岁了!是时候了!

我等着……我们大家都等着……

你的安·契诃夫
一八八六年三月
于莫斯科

四一

致尼·亚·列依金

最善良的尼古拉·亚历山德罗维奇:

我急急忙忙把那本书的文稿①寄给您了。我选了一些,贴好,而且把那篇发表在《彼得堡报》上的独白《论烟草的害处》也收进去了。

《横祸》和《愚蠢的法国人》请您放弃吧。《安纽达》倒行②。《恶梦》您也不要收在那本小书里了,因为《恶梦》的格调、篇幅等都不适宜;它会破坏全书的格局。在那些发表在《新时报》上的短篇小说当中,可以收进这本小书的连一篇也没有。要是材料显得太少,就请您赶紧通知:我还会寄去的……不管怎样,我还要在信里给您寄去……

现在谈一谈封面设计……难道它有那么坏吗?我想,印一些字母进去不大妥当,再者画家要生气的……如果想一个办法,既能让狼吃饱,又能留下羊的命,也就是一千本印封面设计,一千本不

---

① 指补充契诃夫的正在印刷的小说集《形形色色的故事》的小说。——俄文本注
② 即请您收进那本小书里(契诃夫注)。——俄文本注

印,那岂不更好?凡是在车站和码头发售的,都不印封面设计,订购的就有封面设计……印封面设计的书也可以不是一千本,而是五百本。不管怎样,字母总是不合适的……

我在害病。咯血,衰弱……我没有写东西……要是明天我不能坐下来写,那就请您原谅,复活节前不会给您寄小说去了……应当到南方去旅行一趟才对,可是又没有钱。

关于到彼得堡去一趟,这应当考虑一下。如果不缺钱或者疾病不来作梗,我大概会去的……

莫斯科的天气不错。再好也没有了。

您信上的话我已经抄了寄给尼古拉了。

好,现在容许我为您寄来的照片道谢。我应该也寄给您一张我的照片才对,可是目前我这儿没有照片。等我照了,一定奉送。

我怕找我的同事来给我诊病……说不定他们会发现什么呼气太长或者迟钝的毛病!……我觉得我的毛病好像不是出在肺上,而是出在喉咙上……我不发烧。

请您对比里宾说,他是胆小鬼。他怕耗子!他不怕青蛙吗?

明天我要去给吉里亚①治病。这个大个子在火灾中烧伤了,遍体是伤,腿也断了。至少他是这么写的。从他的信的口气来判断,他不是说谎。应当今天就去他那儿才是,可是我不能去,只好请他原谅了。问候普拉斯科维雅·尼基佛罗芙娜②和费佳③。胡杰科夫来过吗?

您的安·契诃夫

一八八六年四月六日

于莫斯科

---

① 指俄国作家吉里亚罗甫斯基。——俄文本注
② 列依金的妻子。——俄文本注
③ 列依金的养子。——俄文本注

关于夏天、别墅等的计划我要专门写一封信告诉您。

我接到阿加佛波德写来的一封信。他生活得不好。

我渴望在四月十三日以前给《新时报》写一个复活节的短篇小说。那题材值得一写,不过我未必会写成。

我寄给您的《瑞典火柴》①原是在《蜻蜓丛刊》上发表的。请您盼咐把它印在那本书的结尾。

四二

致亚·巴·契诃夫

哎,算了吧,海关和检疫站的人员,何必用这些强烈的形容词呢?"过去的人的影子"——这话从何谈起呢?由于什么缘故你会在镜子里认不得你自己了呢?

(一)达维多夫会把钱寄给你的,如果他至今没有寄,那就是因为他自己也没有裤子穿了。

(二)在《蟋蟀》那边你有稿费可拿,在《闹钟》那边也一样。明天米希卡要把你所有的零星稿费收集在一起,后天寄给你。一般来说,关于稿费的事情请与米希卡接洽。他是一个好律师。《蟋蟀》的稿酬很高,付给你的稿费按一行字八个戈比计算。

(三)你是学自然科学的,可是话虽如此,你的处境的自然性你却不理解。你写道,你遭到人家的"火烧、刀割、脚踩、嘴咬"。换句话说,这是人家在向你讨债吧?我亲爱的,话说回来,欠了债是必须还的啊!这无论如何也是**必须**的,哪怕你是亚美尼亚人也好,哪怕你要付出挨饿的代价也好……假如读过大学的人和写文

---

① 契诃夫在1883年发表的一篇小说。——俄文本注

章的人把还债看作痛苦,那么其余的人又该怎样呢?我不知道,不过全部的问题在于原则……再者,为什么要举债呢?请你原谅这个饱汉的问题,不过,苍天在上,这并不是训斥。要知道,不举债是容易办到的。我是根据我的经验来判断的,而我的脖子上套着一家人,比你那一家人多得多,莫斯科的伙食费也比你们那儿贵十倍。你出的房租费只抵得上我这儿的钢琴的租费,我穿得并不比你好……全部问题都在于一些你没有权利购买的东西和用度上,这类开支你早就应该取消了,例如雀巢奶粉、多余的女仆,等等。夫妻两个人没有钱的时候,就不雇仆人,这是通常的规矩……

(四)可是欠下了债而来讨论举债的根源是无益的……剩下来谈谈的是还债的问题。……对你来说一两千个卢布的债务是可怕的,不过你大概只欠下三五百个卢布,而这是不值得说什么"精神上的痛苦"的。你迟早会还清的,特别因为有一个良好的办法:从薪金里扣除。只要你自己打定主意,官方就能了清你的债务。扣薪金当然会带来不便,可是那有什么办法呢!这种不便是暂时的,特别是你除了薪金以外另有收入的来源……

调解法官判处我付清你和尼古拉在小铺老板谢苗诺夫那儿欠下的一百零五个卢布。在裁缝那儿我为自己和为我所担保的人欠下了一百卢布以上的债务……然而我并不提出这样的问题:"往后可怎么办呢?"我相信一切都会还清,熬过去,到时候自会消失得无影无踪。至于住别墅,我要想法俭省一下,跟家里的人在一起每月花五十个卢布,就不会有债务了……

(五)为什么你写得这么少?多么不像话!《蜻蜓》和《闹钟》上,稿子缺得很,你却坐在那儿,揣着手,像盖尔希卡那样,在睡熟了而有跳蚤咬他的时候光是拉着长声哭。为什么你懒于为《花絮》写稿呢?所有那些你寄来托我转交列依金的短篇小说都冒出浓重的懒惰气息。你是用一天的时间把它们写成的吧?从这一大堆稿子里我只选得出一篇出色的、有才气的小说,余下的都只够得上塔甘罗格的席甫契克①的手笔……题材简直不像话……要知道,只有懒汉才会在一个由书报检查官审查的杂志上写一个神父给婴儿在盆里施洗礼!这是一种不动脑筋、一挥而就、马马虎虎的懒惰……你在哪儿见过一对夫妇像在你小说里那样一边吃饭一边大谈论文?再说天下哪有那样的论文?看在基督分上,你要尊重你自己,在脑子犯懒的时候不要让两手放肆!每个星期至多只能写两个短篇小说,然后把它们删削、加工,为的是让作品像个作品。不要胡诌自己没有经历过的痛苦,不要画自己没有见过的画面,因为扯谎在小说里比在谈话里还要乏味得多……

时时刻刻要记住你的笔和你的才能到将来比在现在更加需要,千万不要滥用它们……你得写,而且每一行都得小心,免得出毛病……

你用不止一个傍晚的工夫写过哪怕一篇作品吗?只有《梦游者》一篇吧。……我问你啊,你这鬼东西,你写过吗?当然没有!一定没有!文学在你是不成其为劳动的,然而要知道,这确实是劳动!如果你是个正派人,为一个短篇小说(一百五十行到二百行)下五天到七天的工夫,那会写出一个多么好的作品来啊!那你就会在你的文章里认不得自己,如同现在你在镜子里认不得自己一样……你要知道,你手边没有堆满按期交稿的工作,因而可以为一个小作品忙几个傍晚……这样做划算吗?那你算一算吧……在十分细心的情况下,你一个月写出五个到七个短篇小说,可以挣到一百个卢布左右,而现在,你写得多,却连五十也拿不到……我要用前几天接到的格利果罗维奇的信上的一段话来结束这篇说教:

---

① 契诃夫这样称呼塔甘罗格警察局里的官员阿·瓦·彼得罗夫。——俄文本注

"为了这个缘故就必须尊重上帝难得赐予的才能,您要爱惜您的印象,把它留给那种深思熟虑、精雕细琢而不是一挥而就的作品用……您会立刻得到报酬,先是在敏感的人们的心目中,然后在全体读者的心目中取得显著的地位……"

另一个伟大的权威,他姓苏沃林,写信给我说:"在写得很多的时候,决不会所有的作品都写得一样好。"

第三个伟大的人,我们的伊·格莱克(比里宾),在写给我的信上怪我写得太多,破口大骂。你瞧吧,萨沙!

目前我在为《新时报》写稿,我得到的稿费是按每行字十二个戈比计算。我把吉里亚①也拉到彼得堡的出版界去了,这个人修养不高,然而有才气。对你岂不是也可以这样做吗?特别是因为你在修养和才能方面比那些在《事业》②和《观察者》③上写稿的蠢材高明一千倍。工作吧,好哥哥!要小心在意,埋头苦干,不要在那些浮华的东西上乱花钱!不要把你自己和你的作品弄成雀巢奶粉……一开头你最好在《彼得堡报》上写稿,从那儿你很快就会转到《新时报》去。你对这两种报纸都一无所知。它们需要什么作品,你不知道……你能在你们的诺〔沃罗西斯克〕找到这两种报纸,并熟悉一下吗?《新时报》在诺〔沃罗西斯克〕一定收得到。注意一下星期六副刊……列依金已经过时了,他的位子由我占据了。目前在彼得堡我的作品大为流行,我有心让你也不落在后面……

难道你要离开诺〔沃罗西斯克〕吗?你不能等到秋天再走吗?要是你不走,那我**用人格担保**,今年夏天一定到你那儿去。〔……〕欠债。死人和才子都是不管耻辱的④。柯尔卡欠下三千卢

---

① 即俄国作家吉里亚罗甫斯基。
② 彼得堡的一种月刊,发行于 1886 至 1888 年。——俄文本注
③ 彼得堡的一种具有反动倾向的月刊,于 1882 至 1902 年出版。——俄文本注
④ 俄谚:"死人不管耻辱",意谓"人既死了,不咎既往"。

布的债,却并没有怎么样!如果我能跟你一块儿生活一阵,那就好了!你要离开那儿,这使我很不满意,特别是因为我相信彼得堡除了新债务以外,什么也不会给你……你等到秋天吧!我要到彼得堡去一趟,在格利果罗维奇和其他人面前给你托个人情;谁知道呢?格利果罗维奇是个四品文官和勋章获得者啊……他会很快给你找到工作的,比你自己找快得多……所有的大臣都认识他……那么要记住:要认真而仔细地写短篇小说。我是凭我的经验判断的。写吧。给母亲来信。把怎样到你那儿去的路线告诉我。我问候你们。

           你的安·契诃夫
           一八八六年四月六日
           于莫斯科

四三

致米·叶·契诃夫

我亲爱的叔叔:

  我是在复活节前的星期五,星期六的前夕,给您写信的;可是由于您会在本月十三日以后接到这封信,我就有充分的权利在远处吻您三次,得到您的回答:"真的复活了",而且,如果您允许的话,我还要送给您一枚十戈比银币。那么,基督复活了!请您把这个欢呼也带给我的婶母、兄弟、姊妹,我祝贺他们,吻他们。祝他们大家幸福、安宁、和睦。至于对您个人,那么,我亲爱的,我要用一个深深尊敬和满腔忠诚的人所能祝愿的一切来祝愿您。

  请您原谅我那么久没有给您写信。您自己写得很多,所以您会了解一个从早到晚写个不停的人:没有工夫啊!每逢有了一点空闲,也总是极力用来读书或者做别的事了。是的,老实说,有一种情形我是不了解的,那就是给宝贵的、亲近的人们写起信来只是出于尽一种责任的心情,而不是在心情畅快、不怕说出诚恳的话,也不怕写得长的时候写。

现在我们就来畅谈吧。先从您的启程说起。自从您、婶母、萨霞①、阿纳尼神父坐上雇来的马车走掉以后,我们就觉得我们的房间里空荡荡的。后来我们就走来走去,走了很久,要习惯这种空虚。对我们说来您是个十分宝贵的客人,跟您分手是不好受的。您要记住,您是我们**唯一**的亲人,像您这样亲近的亲戚另外的我们从来也没有过,以后也未必会有。问题不在于您是亲叔叔,而在于我们想不起来有哪些时候您不是我们的朋友……您永远原谅我们的弱点,永远诚恳、热心,而这对青年是有巨大影响的!您自己并不觉得,却成了我们的导师,给我们做了经常精神旺盛、待人宽厚、心地善良的榜样……我诚恳地握您的手,向您致谢。求主保佑,十年或者十五年后我写我的传记准备发表的时候,我要在全体读者面前向您道谢;现在呢,我只有握您的手了。

刚才教堂打钟,要做晨祷了。大家还在睡觉。妈妈忙着弄火腿和过节用的甜奶渣糕,累得很,现在就是任什么炮声也惊不醒她了。

您走后,萨霞也走了。我们至今还记得她,而且没有丧失希望,她总还会不止一次住到莫斯科来,大家都很喜欢她,不过我相信她的病没有得到正确的医疗。要是她仍旧有病,那就照我的意见行事吧。也不妨让盖奥尔吉或沃洛佳②领她到医师那儿去看一

---

① 米·叶·契诃夫的女儿亚历山德拉·米特罗方诺芙娜·契诃娃。——俄文本注

② 米·叶·契诃夫的两个儿子:盖奥尔吉·米特罗方诺维奇·契诃夫和符拉季米尔·米特罗方诺维奇·契诃夫。——俄文本注

看。石梯附近住着一位医师叶烈美耶夫,他是普萨尔契①的女婿。如果你们领她到他那儿去,那就做对了。附上我的名片一张以备万一,这张名片可以给萨霞当护照用。我推荐的医疗方法请你们告诉叶烈美耶夫。

您走后,圣诞节前,有一个彼得堡的主编②来到了莫斯科,并把我带到彼得堡去了。我坐特别快车的头等车厢,这使得那位主编破费不少。在彼得堡大家那么热烈地接待我,事后有两个月那种一片赞扬的热闹空气还弄得我头晕。我在那儿的住处很漂亮,有一辆两套马的雪橇,有一张出色的桌子,各剧院送来免费的戏票。我一生中从来也没有生活得像在彼得堡那样美好。大家纷纷夸奖我,想方设法地款待我,还送给我三百个卢布,打发我坐头等车厢回来……这就表明我在彼得堡的名气远比在莫斯科大。

我的医术略有长进。我们家的人却沾光了:就连费多霞·亚科甫烈芙娜也到我这儿来看病;不久以前我把伊凡的病治好了。自己家里有个医生,真是方便极了!

我的写作是我的附带工作,正在按部就班地开展。我已经在彼得堡最大的一家报纸《新时报》上发表作品了,它付给我的稿费是每一行十二个戈比。昨天我收到在这家报纸上分三次发表的三个不大的短篇小说的稿费,共二百三十二个卢布。奇迹啊!我简直不相信我的眼睛了。而小小的《彼得堡报》每月发表我的四个短篇小说,才给我一百卢布。

不过这并不像下述那件事重要。俄罗斯有个大作家德·瓦·格利果罗维奇,您在您那本《当代活动家》里可以找到他的照片。我跟他素不相识,可是不久以前,突然间,我接到他写来的一封信,

---

① 契诃夫的在塔甘罗格的一个熟人。——俄文本注
② 指《花絮》的主编列依金。——俄文本注

有一页半长。格利果罗维奇是一个非常受人尊敬、享有盛名的人,所以您想象得到我那种愉快的惊奇是什么样子!我给您引一段他信上的话①:"……您有**真正**的才能,这种才能使您远远超出新一代的文学工作者的圈子……我已经满六十五岁了,不过我对文学仍然怀着那么多的热爱,抱着那么热烈的心情注意它的成就,碰到文学界出现生气蓬勃的、有才华的作品总是那么高兴,因此,就与您现在看见的一样,我忍不住向您伸出了双手……如果您有机会到彼得堡来,我希望能够跟您见面,拥抱您,就跟现在我在心里拥抱您一样!!"

这封信很长,我没有工夫抄录全文了;等我们日后见面,我会给您念一遍。这封信很动人。博物馆尚且重视这样的人的信,那我怎么能不重视呢?我在回信上这样说:"我珍贵的、热爱的报喜使者,求上帝安慰您的老年,就跟您爱抚我的青春一样!"

我的回信感动了老人。我接到他的另一封长信和一张照片。他的第二封信写得好极了。

在复活节过后的那个星期里我要到彼得堡去,那边有人请我去。如今我在那里成了一个红人。五月间我们要搬到基谢廖夫家的别墅去,我想约您也到那儿去;到仲夏季节我要去找您。**大概**夏天我们会见面,会尽兴畅谈的……夏天我有事要到南方去一趟。

妈妈有一件喜事:伊凡在莫斯科接管了一个公立学校,他在那个学校里可以独立自主了。他的住处有五个房间,是公家的。仆人、木柴、灯火也是公家的。爸爸也有一件喜事:这个伊凡给自己买了一顶有帽徽的制帽,定做了一身有亮扣子的教师制服。

尼古拉现在工作勤奋,可是眼睛害病了。

---

① 契诃夫引用了1886年3月25日格利果罗维奇的信;但是最后一句话是引自1886年4月2日格利果罗维奇写给契诃夫的第二封信。——俄文本注

今天我买了一身衣服,看样子完全像个花花公子了。

今天谢赫捷尔到我这儿来过,找我看病,付给我五个卢布的诊费。他要在我们这儿开斋①。可惜您不跟我们一块儿过复活节!开斋是一件大事。那我们就会一块儿唱歌,我们做完晨祷回来是要唱歌的。

现在救世主基督的殿堂里打钟了。

我等您来信(请寄亚基曼卡,克里敏科夫住宅)。如果我在彼得堡有一点空闲,我就在那儿给您写信。目前,再见,请您不要忘记热爱您和尊敬您的

安·契诃夫

一八八六年四月十一日

于莫斯科

由于我们的信是朋友之间私下里的谈话,那么,我亲爱的,除了您家里的人以外,请您不要把信拿给外人看。

您的耳朵好了吗?

问候伊莉努希卡,如果她还没有忘记我的话。

米沙同费拉朋托夫②交涉的事③没有办妥。

关于在报纸上发表有关那个宗教协会的文章这件事,您没有完全正确地了解我的意思。我们见面时再谈吧,现在我只想说明:在报纸上发表有关那个宗教协会的文章应当在八月间宗教协会的周年纪念日后立刻实行……不过,为了让报纸发表文章,那个宗教协会不妨养成一种有益的习惯:每年把年度报告寄到编辑部去。他们会高高兴兴地写文章的,因为谁都不反对赞扬好事。我把地

---

① 按基督教习俗,复活节之前持斋四十日,到复活节开斋。
② 莫斯科的一个出售书籍和出版书籍的商人。——俄文本注
③ 米哈依尔·巴甫洛维奇·契诃夫打算通过费拉朋托夫为他叔叔米·叶·契诃夫出版有关阿丰宗教协会的某些材料。——俄文本注

址给您寄去,您按这地址寄报告好了。

四四

致亚·巴·契诃夫

最亲爱的亚历山大·巴甫洛维奇·契诃夫先生:

如果你还没有决定跟我断绝通信,那么今后你按下列地址寄信:"沃斯克列先斯克城(莫斯科省),安·巴医师先生。"

我刚从彼得堡回来,在那儿盘桓了两个星期。我在那儿过得很好。我同苏沃林和格利果罗维奇相处得亲密极了。事情太多,在信上说不完,所以到见面的时候再告诉你吧。你阅读《新时报》吗?

《未来的城市》[1]不论就它的新颖来说,或者就它的趣味来说,都是一个很好的题材。我认为,要是你不懒惰,你就会写得不错,可是话说回来,鬼才知道你是个什么样的懒汉!《未来的城市》一定要符合下列条件才能成为艺术品:(一)不要那种具有政治、社会、经济性质的、冗长的高谈阔论;(二)彻底的客观态度;(三)人物和事物的描写的真实;(四)加倍的简练;(五)大胆和独创精神;避免陈腔滥调;(六)诚恳。

依照我的意见,风景描写应当非常简练,具有 à propos[2] 的性质。俗套头是这样的:"落日浸沉在发黑的海浪里,海面上洋溢着紫红的金光",等等。诸如"燕子在水面上飞翔,快活地啾啾叫"这

---

[1] 这是亚·巴·契诃夫的文学构思。1886 年 4 月 25 日他在写给契诃夫的信上说:"我在写《未来的城市》,描摹新罗西斯克,叙述我在高加索汲取的观察和印象。"——俄文本注

[2] 法语:偶然,顺便。——俄文本注

类俗套头应当丢开。在风景描写中应当抓住琐碎的细节,把它们组织起来,让人看完以后,一闭上眼睛,就可以看见那个画面。比方说,要是你这样写:在磨房的堤坝上有一个破瓶子的碎片闪闪发光,一只狗或者一条狼的黑影像球似的滚过去,等等,那你就写出了月夜。要是你不嫌弃,肯于使用自然现象和人类行动的对比,等等,那么景物就会生动地出现。

在心理描写的范围里也要注意细节。求上帝保佑,千万不要用俗套头。最好是避免描写人物的精神状态;应当极力使得人物的精神状态能够从他的行动中看明白……不必追求人物的众多。重心应当有两个:他和她……

我以一个具有明确的文学趣味的读者的身份给你写了这些话。我写这些话还为了使你在写作的时候不致感到孤独。创作活动中的孤独感是一种沉重的东西。不好的批评也总比一无批评好……不是这样吗?

你把你的小说的开端寄给我。我在收到的当天读完,第二天连同我的意见寄还你。你不必急于写完,因为在九月中旬以前没有一个彼得堡人会读你的手稿,有的到国外去,有的到别墅去了……

我很高兴,因为你开始做严肃的工作了。人到三十岁应该奋发有为,有个性了。我还是个无经验的年轻人,我写点乱七八糟的东西是可原谅的。然而,我凭在《新时报》上发表的五个短篇小说[1]却在彼得堡引起了一番轰动,闹得我昏昏沉沉,像是煤气中毒。

《蟋蟀》和《闹钟》[2]的稿费,米希卡已经分两批寄给你了。

---

[1]　指《安灵祭》《巫婆》《阿加菲雅》《恶梦》《复活节之夜》,分别发表在1886年2月15日、3月8日、15日、29日、4月13日的《新时报》上。——俄文本注

[2]　两种在莫斯科出版的滑稽杂志。——俄文本注

最后,祝你健康,不要忘记你的

安·契诃夫

一八八六年五月十日

于莫斯科

天气不好,刮风。

四五

致伊·康·萨哈罗娃①

我为您拍手,可敬的伊丽莎白·康斯坦丁诺芙娜,拍得我手心上的老茧都痛了。您的婚礼就是您以前演过的一出最好的戏……我祝贺您,紧紧地握您的手,凭我清白的心友好地祝愿您万事如意。尽管您身材很矮小,您却比**其他任何人**都高大,配得上真正美好的幸福。

我惋惜命运没有容许我做您的傧相。如果我做了您的傧相,那么我们的良好的(要是您允许这样说的话)友谊关系就会更加圆满,永远牢不可破了。

我刚从兹维尼戈罗德回来,当然,我在那儿见到了您的姑母柳〔德米拉〕·瓦〔西里耶芙娜〕②。我跟她谈了些什么,您知道,而且也猜得出来,因为您姑母的话题是永远存在而且不断的,如同自然规律一样……她用最鲜明、浓重、刺目的色彩渲染您的幸福(她狡猾地注意我面部的表情,意思是说:你看不见她啦,好朋友!)。由于她,我才知道您幸福得不知该怎么办才好,而且知道您的新郎

---

① (娘家姓马尔科娃)伊丽莎白·康斯坦丁诺芙娜。参看第二八封信的注。——俄文本注
② 姓加木布尔采娃,在兹维尼戈罗德拥有别墅。——俄文本注

的面貌像基督。

柳德米洛琪卡常唱歌。我同麦尼劳斯①,一位将军,相识了。

我生活得很乏味。我挣很多的钱,可是手头仍旧没有钱。列维丹②跟我住在一起,他从克里米亚带回许多(五十件上下)出色的(内行的看法)画稿。他的才能不是在一天一天地而是在一个小时一个小时地增长。尼古拉工作得很少。我的妹妹活得挺健康。米沙在讲恋爱,大谈哲学,等等,等等……

十之八九我要到克里米亚去,不是今年就是明年。要是您把您在塞瓦斯托波尔的住址告诉我,那么为了跟您见面,我愿意顺路到塞瓦斯托波尔去一趟。

再见……祝您的生活像您的新姓③一样甜。请您不要忘记您有一个关心您和崇拜您的人

安·契诃夫

一八八六年七月二十八日

于巴布肯诺

为了稳妥,我把我的固定地址告诉您:莫斯科,特维尔大街,《闹钟》编辑部。

如果日后有我迁移到彼得堡去的说法,请您写信给苏沃林。

您记得以前您、我和列维丹一同到树林里去打山鹬吗?

五年或十年以后,如果我还活着,我就要描写马尔科夫一家人。我要极力不和您失掉联系。

您记得您在彼烈尔甫哭过一场吗?

---

① 希腊神话中的斯巴达国王,特洛伊人巴里斯诱拐他的妻子海伦,因而发生特洛伊战争。在这里麦尼劳斯契诃夫指的是柳德米拉·瓦西里耶芙娜·加木布尔采娃的丈夫加木布尔采夫。——俄文本注
② 俄国风景画家。
③ 她原姓马尔科娃,婚后改姓萨哈罗娃,这个姓在俄文里的原意是"糖"。

我的身体差得很！哎！

谢谢您惦记我。您的信感动了我。

A propos①：我的书②出版了。所有的报纸和杂志都在议论它。骂得最凶的是尼·米哈依洛夫斯基六月份在《北方通报》(《新书》栏内)发表的那篇文章③。

四六

致尼·亚·列依金

谢谢您的来信，最善良的尼古拉·亚历山德罗维奇！谢谢您，因为这封信不像我预料的那样把我骂一顿……

经过三个星期的间隔以后，前天我给您寄去一个短篇小说④。我认为这次的间隔已经结束了，因为一场落在我头上的灾难如今只剩下一点痕迹了。我的灾难是这样的：

(一)牙痛得厉害……痛了三天三夜……最后，一天晚上我坐着马车跑遍莫斯科，一次拔掉两颗牙。拔牙手术做得又重又慢，痛得要命，于是我的头也大痛起来，痛了两天。(二)我从莫斯科回

---

① 法语：顺便提到。
② 契诃夫的短篇小说集《形形色色的故事》。——俄文本注
③ 6月份《北方通报》上的那篇评论不像契诃夫所想的那样是尼·米哈依洛夫斯基写的，而是斯卡比切夫斯基写的。这篇评论说契诃夫"身上挂满小丑的那些叮当响的小饰物"……"把自己的才能浪费在无聊的事物上，脑子里想起什么就写什么，不多费工夫去考虑他的小说的内容"，"一般说来契诃夫的书虽然读起来快活，却是一幅年轻的才能在自杀的异常可悲的凄惨景象，这种人在用报纸王国中的慢性死亡断送自己"。这篇评论描绘"报纸作家"的命运说，这类人的下场通常是"像榨干的柠檬那样"，"终于被人完全忘光，倒在一个什么地方的墙根底下，死掉了事"。契诃夫成为著名的作家以后，屡次提到这个评论(见高尔基、布宁等人的回忆录)。——俄文本注
④ 《税务官》，发表在1886年8月9日《花絮》第32期上。——俄文本注

来以后,大为惊恐,因为我发觉我既不能坐着,也不能走路:我生了痔疮,发得非常厉害,到今天也没好。我想躺着写东西,可是这个巧计没有成功,特别是因为痔疮旁边的一般情况也很糟。五天以前我坐车到兹维尼戈罗德去,短时期接替我的同学,一个地方自治局医师的职务,在那儿忙得不得了,害病了。事情就是这样……现在我要回答:为什么我没有写信告诉您我不寄小说了呢?我没有写信是因为我每个小时都没有丧失我能坐下来写小说的希望……沃斯克列先斯克又没有电报……

我至今都在生病。我的心绪很坏,因为没有钱了(七月份我没有为报刊写作),家庭环境也不能使人高兴。天气坏透了。

您的信,我只接到过一封,在那封信上您写到季莫费依①和我的书。至于那封您问起到巴布基诺来的路线的信,我没有收到,要不然您早就知道到我这儿来的行程了。为了稳妥,我把到这儿来的行程告诉您:尼古拉耶夫铁路,克留科沃车站;从这儿坐马车到沃斯克列先斯克(新耶路撒冷),或者直接到巴勃基诺来找我。在沃斯克列先斯克,可以到小铺、邮局、教士、区警察局长、调解法官那儿去打听我的住址。我家里的人见到您会很高兴,我也可以借此愉快地略为报答您以往的款待。

现在谈一谈我的书。我在莫斯科的时候,在任何一个书店里都没有看到它。在瓦西里耶夫书店里没有这本书("早先有过,现在没有了"),在尼古拉耶夫车站也是从前有,现在没有,等等。如果按照您的看法我的书要在秋天出版,我就等一等再在《俄罗斯报》上登广告。

关于我的书,大杂志在议论纷纷。《荒地》骂了一顿,说我的

---

① 列依金的马车夫。——俄文本注

书是疯子的胡话①。《俄罗斯思想》赞扬一番②,《北方通报》描绘我未来的可悲的命运③,不过也赞扬几句……

昨天我收到《俄罗斯思想》的约稿信④。秋天我要给它写点东西。您不该问我什么时候到莫斯科去。我自己也不知道我什么时候到那儿去。请您把委托书按别墅的地址寄来;如果您早先寄来,那么您委托的事早就已经办好了。

八月初我妹妹到莫斯科去找房子。我要在九月间搬去。

天气糟极了。整个夏天都在下雨,而且还要无休止地下下去。我们的河水像春天一样从两岸泛滥出来了,像是春汛,所以今天我们用网捕鱼了。粮食在烂掉,收成完蛋了。夏天也完蛋了。

阿加福波德在莫斯科。尼古拉在我这儿。

普拉斯科维雅·尼基福罗芙娜身体可好?关于费嘉的那场枢密院的纠纷⑤了结了吗?向她们两位致敬,祝她们万事如意……

有什么新消息吗?现在我想躺下睡了。再见,祝您健康。

向阿彼尔·阿彼里奇⑥深深鞠躬。

您的安·契诃夫
一八八六年七月三十日
于巴布肯诺

---

① 1866年《荒地》杂志第11期上登载一篇关于《形形色色的故事》的评论,作者是兹米耶夫(布尔加科夫的笔名)。——俄文本注
② 7月份《俄罗斯思想》上发表一篇关于《形形色色的故事》的评论,未署名。——俄文本注
③ 见上一封信的注。——俄文本注
④ 指莫斯科报刊工作者亚·德·库烈平对契诃夫转达《俄罗斯思想》约稿的意图。不久,1886年8月9日,契诃夫收到《俄罗斯思想》编辑部成员米·尼·烈美左夫的约稿信,他写道:"我利用我们旧日的友情斗胆向您提出一个建议:请您通过我交给《俄罗斯思想》编辑部一篇您的小说,或者不是一篇而是几篇……我认为目前正是您应该转到大文学方面去的时候,在这方面您无疑能够占一个明显的地位……"——俄文本注
⑤ 指列依金夫妇收养费嘉这个男孩作为义子的事。——俄文本注
⑥ 列依金的一条狗的名字。——俄文本注

四七

致玛·符·基谢廖娃①

为了有权利坐在自己的房间里,而不去陪客人,我就赶紧坐下来写信。这一回轮到给您写信了,非常尊敬的、善良的玛丽雅·符拉季米罗芙娜。您想一想吧,雅宪卡和雅简卡②来了!如果您在这封信里发现有笔迹潦草的地方,您就知道这是雅宪卡在捣乱,叫她梦见美尔里同③才好!

首先,多谢您抄录《俄罗斯思想》寄给我④,我一面读一面想:"谢谢你,上帝啊,俄国伟大的作家总算还没有绝种啊!"是的,我们的祖国并不贫乏……从您写给我妹妹的信里我看出来,您也开始要在名望方面竞争一下了⑤……(我说的是彼得堡和神话故事的典范。)那有什么关系,上帝保佑吧!文学又不是棘鲈,所以我并不嫉妒……

话说回来,当一个伟大的作家可不大美妙。第一,生活乏味……从早到晚工作不停,可是写不出什么好东西……钱总是不够用……我不知道左拉家里和谢德林家里怎么样,可是我家里总

---

① 玛丽雅·符拉季米罗芙娜·基谢廖娃,巴布肯诺的女庄园主(参看第二六封信)。——俄文本注
② 契诃夫家的熟人,玛丽雅·谢尔盖耶芙娜和娜杰日达·谢尔盖耶芙娜,姓亚诺夫。——俄文本注
③ 1886年夏天契诃夫为基谢廖娃的孩子们所写的一篇游戏小说《胡说八道》中的一个人物。——俄文本注
④ 玛·符·基谢廖娃寄给契诃夫她从1886年《俄罗斯思想》第7卷上抄录的关于《形形色色的故事》的评论。——俄文本注
⑤ 玛·符·基谢廖娃的短篇小说发表在儿童杂志《儿童园地》和《泉源》上。——俄文本注

是有一股煤气,冷冰冰……烟卷仍旧只有在假日才给我吸。那些烟卷坏得无可再坏!那是一种又紧又潮、形状像香肠的东西。在吸这种烟卷以前,我总是先点上油灯,把烟卷放在油灯上烘干了再吸,于是油灯冒烟,经这么一熏,烟卷就噼啪地响,变黑,我的手指头也烫痛了……简直恨不得开一枪打死自己算了!

钱,我再说一遍,比诗才少。稿费一直要到十月一日才能拿到,目前我只好到教堂门口去讨饭,借债……讲到我的工作,用谢尔盖①的话来说,我干得可带劲了,说真的,我干得可多了!我在给柯尔希剧院写一个剧本(嗯!),给《俄罗斯思想》写一个中篇小说②,给《新时报》《彼得堡报》《花絮》《闹钟》和其他刊物写短篇小说。我写得很多,时间也用得多,可是我乱忙一阵,像煤气中毒一样,一篇还没写完,就开始写另一篇……我的医师招牌直到现在我也不准挂出去③,可是仍旧有人来看病!哎……

我怕伤寒!

我不断生病,渐渐骨瘦如柴了。如果我死得比您早,那么请您费神把那个柜子交给我的直接继承人④,让他们把自己的牙放到它的空格上。

我走来走去像个寿星老,可是按《闹钟》的一个女办事员投到我身上来的批判的眼光来看,我装束得还不够时髦,衣服也不是新

---

① 谢尔盖·基谢廖夫,玛·符·基谢廖娃的儿子。——俄文本注
② 这里所提到的一个剧本和一个中篇小说,是否写成,不得而知。契诃夫给过柯尔希剧院一个剧本,名叫《天鹅歌》,可是这个剧本直到1887年1月才写成。1892年以前,契诃夫没有给《俄罗斯思想》寄过作品。——俄文本注
③ 1886年1月,契诃夫的两个病人,画家亚诺夫的母亲和妹妹,因伤寒病去世。她们的死亡给契诃夫留下十分沉重的印象,因此他决定停止医疗业务。米·巴·契诃夫在回忆录中说:"在这件事的极强烈的印象下,他取下了招牌,从此再也没有挂出去。"——俄文本注
④ 基谢廖娃在开玩笑的时候答应死后把她很喜欢的一个柜子传给契诃夫。——俄文本注

做的。我出门不是雇马车,而是坐公共马车。

不过,做一个作家也自有它好的一面。第一,根据最近的消息,我的书销路不坏;第二,十月三日我就有钱了;第三,我已经开始略微收到荣誉的效果了:我一走进餐厅,大家就对我指指点点,对我有点讨好的意思,请我吃面包夹火腿。柯尔希在自己的剧院里碰到我,头一件事就是送给我一张全季的免票……裁缝工人别洛乌索夫买了我的书,在家里朗诵,预告我有光明的前途。同行的医师们遇到我,总不免长吁短叹,把话题转到文学上,口口声声说他们厌恶医学了,等等。

您向我妹妹提出一个问题:我结婚了吗?我来回答吧:没有,而且引以自豪。我才不结婚呢!寡妇赫鲁多娃①(她不在乎人家的指摘)到莫斯科来了。救一救我吧,啊,天使!

现在讲一讲我们双方熟识的人……我的父母都活着,很健康。亚历山大住在莫斯科。柯科沙②仍旧在去巴布肯诺以前所住的那个地方。伊凡在自己的学校里享福。玛·巴③常同鼻子挺长的艾甫罗斯④见面,在乳品店⑤教书,每一堂课挣七个戈比,同时又向包盖木斯基⑥学地理,包盖木斯基也居然敢教课。上帝啊,为什么我不教中国语言呢?我的婶母给她做媒,对象是一个姓彼烈希甫金的男人,每月收入一百二十五个卢布。她呢,这个小傻瓜,却不同意……包盖木斯基这个家伙,画书头书尾的小花饰,每一张挣三

---

① 契诃夫的朋友向他开玩笑说:著名的富翁赫鲁多夫留下的寡妇正好做契诃夫的新娘。——俄文本注
② 契诃夫的二哥尼古拉·巴甫洛维奇·契诃夫。——俄文本注
③ 契诃夫的妹妹玛丽雅·巴甫洛芙娜·契诃娃。——俄文本注
④ 玛丽雅·巴甫洛芙娜·契诃娃在盖利耶高等女校的一个同学。——俄文本注
⑤ 这是契诃夫对尔热甫斯基中学的戏称,因为尔热甫斯基的亲戚拥有乳品场和乳品店。——俄文本注
⑥ 契诃夫的小弟米哈依尔·巴甫洛维奇·契诃夫的笔名。——俄文本注

个卢布。他有点追求雅简卡的意思,常到留德米洛琪卡①家里去,大谈哲学,惹得大家都厌烦了;他正在为《儿童园地》胡乱赶出另一个短篇小说来。A propos 您交往的人都是多么差劲啊!波丽特科甫斯卡雅②啦、包盖木斯基啦……换了是我,就开枪自杀了。列维丹忙得团团转,奥尔迦③懊悔没有嫁给马特威④等等。涅丽来了,她在挨饿。男爵夫人⑤生孩子了。我为那位父亲高兴……关于萨哈罗娃夫人,听说她幸福得无边无际……啊,不幸的女人!

前几天我到隐庐饭店去了,生平第一次吃牡蛎⑥……不怎么好吃。如果不搭着沙勃利白葡萄酒和柠檬一起吃,那就简直叫人恶心。这封信差不多写完了。再见,问候阿历克塞·谢尔盖耶维奇⑦、瓦西丽萨⑧、谢尔盖、叶丽札威达·亚历山德罗芙娜⑨。再过六七个月就是春天了!目前要准备鱼钩和捕鱼的篓子了。再见,请您相信安·契诃夫说他整个的心忠实于您的全家的时候,他是在口是心非。

我刚写完信,门铃就响了,于是……我见到了天才的列维丹。骗子式的帽子、花花公子式的服装、筋疲力尽的模样……他到"阿依达"去过两次,到"鲁撒尔卡"去过一次,他定制画框,几乎把画稿卖掉了……他诉说他烦闷、烦闷、烦闷……

"只要能在巴布肯诺住上两天,上帝才知道我什么不愿意牺

---

① 即在兹维尼戈罗德拥有别墅的加木布尔采娃。——俄文本注
② 俄国女作家和歌唱家。——俄文本注
③ 契诃夫家的女仆。——俄文本注
④ 基谢廖娃家的马车夫。——俄文本注
⑤ 即 M.K.斯片格列尔,娘家姓马尔科娃依·K.和依丽兹·K.马尔科夫的姐姐。——俄文本注
⑥ 牡蛎是俄国一种名贵的菜。
⑦ 阿历克塞·谢尔盖耶维奇·基谢廖夫,基谢廖娃的丈夫。——俄文本注
⑧ 即基谢廖娃的女儿萨霞,契诃夫戏称之为瓦西丽萨。——俄文本注
⑨ 基谢廖娃的孩子们的家庭教师。——俄文本注

牲!"他叹道,大概他忘了在最后那几天他多么无精打采。

一八八六年九月二十一日
于莫斯科

四八

致玛·符·基谢廖娃

昨天我收到阿〔历克塞〕·谢〔尔盖耶维奇〕交来的您的《雨鞋》,可敬的玛丽雅·符拉季米罗芙娜。我一收到这篇稿子,就马上幸灾乐祸地微笑、眨眼睛、狡猾地搓手,开始读下去……

关于《雨鞋》的答复,您将会收到的。目前我要说,这个短篇小说写得有文学味、活泼、简练,大体说来就是这样。我想日后的答复会使您觉得中听的。

笔名"夹鼻眼镜"挺好。

当然,用不着向您保证,我是很高兴做您的文学稿酬的中介人和向导的。这个职责迎合我的虚荣心,而且执行这个任务并不困难,犹如往常您钓鱼回来的时候我提着桶子跟在您身后走一样。如果您一定要知道我的条件,那我就竭诚奉告:

(一)请您尽量多写!!请您写,写,写……写到手指头断了为止。(人生大事就是写得干净漂亮嘛!)您得多写,不但要顾到群众在精神方面的发展,还要考虑到这样一种情形,那就是由于您不习惯"小刊物",您的小文章在起初一段时期里要有一大半退回来。稿子一旦退回,我决不会蒙哄您,不会假充好人,不会支吾搪塞,这是我敢担保的。希望退稿也不致使您发窘才好。就算有一大半稿子退回来,那也比在《儿童-包盖木斯基园地》①上发表作品有益。至于面子问题……我不知道您会怎么样,我却是早已习惯了……

(二)您要写各式各样的题材,可笑的和可悲的,好的和坏的。写短篇小说、小东西、轶事、俏皮话、双关语,等等。

(三)根据外国作品改写,是一件完全合法的事,只是有一个条件,那就是违犯"第八诫"②的罪行可别干得太显眼……(过了一月二十二日③您会为《雨鞋》入地狱的!)您要避免那些大家都知道的题材。不管我们的编辑先生们多么糊涂,可是要利用他们对巴黎文学的无知,特别是对莫泊桑的无知,那还不是一件容易事。

(四)请您写东西的时候一次写完,对自己的笔要有充分的信心。我不是假惺惺而是老老实实跟您说,"小刊物"的作家跟您相比,十个倒有八个只能算是皮匠和野豌豆④。

(五)在小刊物上,短小被认为是头一项优点。最好的尺子就是信纸(就是现在我给您写信用的这种信纸)。只要写满八页到十页就赶紧打住!况且用信纸写出去也方便些……所有的条件都在这儿了。

在听完一个像我这样卖弄聪明的天才的指导以后,现在请您接受我在最诚恳的忠实方面的保证。这种保证,阿历克塞·谢尔盖耶维奇、瓦西丽萨、谢尔盖,如果他们愿意的话,也可以凭收条接受。

---

① 这是契诃夫对儿童刊物《儿童园地》的戏称,他的小弟米哈依尔·巴甫洛维奇·契诃夫常用笔名包盖木斯基在这刊物上发表作品。——俄文本注
② 指基督教"十诫"中的第八诫:不可偷盗(见《旧约·出埃及记》)。
③ 基谢廖娃的命名日。——俄文本注
④ 野豌豆是一种喂牲畜的饲料,在巴布肯诺的居民中用它来称呼失意者。——俄文本注

我同寡妇赫鲁多娃①还没有见面。我常到剧院去。一个漂亮的姑娘也没有……都是些怪模怪样的丑八怪。简直叫人觉得毛骨悚然……

再见,问候大家。

对您怀着敬意的安·契诃夫
一八八六年九月二十九日
于莫斯科

生活本身也在渐渐变成十足的丑八怪。生活乏味,幸福的人简直看不见。

尼古拉在我这儿。他病得很重(胃出血,这使他衰弱到极点)。昨天他使我大为惊慌,今天轻了一点,我已经允许他每隔半小时喝一汤匙牛奶了。他躺在那儿,清醒、温和、苍白……

大家都生活得很糟。每逢我心情严肃,我总是觉得人们对死亡心存厌恶是不合逻辑的。依我对世道的理解,生活纯粹是由灾祸、纠纷、庸俗构成的,它们混在一起,互相更替……不过,我写起《新时报》的小说来了。对不起。

玛·巴健康。钱却没有。

四九

致尼·亚·列依金

今天收到您的来信,可敬的尼古拉·亚历山德罗维奇,我没有拖延,马上就坐下来写回信。

《彼得堡报》的稿费还没有收到,而且也没有收到的希望。我

---

① 参看本书第四七封信的注。——俄文本注

不收到稿费就不再给它写东西。也许我同《彼得堡报》的合作关系也要停止了,因为我给胡杰科夫写了一封信,要求增加稿费……关于增加稿费请您替我说几句好话;要知道,您也会同意,一直到老为止总是挣七个戈比的稿费未免太叫人难堪!胡〔杰科夫〕就不能照《花絮》的榜样多加一点吗?不过,我什么条件都同意,甚至一次发给一笔很少的补助金也成,只要不再为七个戈比写作就行。

生活乏味。我自己就很糟,而四周围的人我也没有看见有幸福的。阿加福波德同他的一家人住在莫斯科,肚子都吃不饱。尼古拉病得很重,很危险,昨天已经是第三天了。他突然大量地吐血,止都止不住。他瘦下去,像是得了伤寒病。这些日子我伤透了脑筋,而且又没有钱!

这局面临了大概会弄到这样的下场:我吐口痰,摇一摇手,干脆到地方自治局去工作了事。

我的身体好一点了。必须彻底改变生活才行,而这是不容易的。我的良心上有三种罪恶,它们使我心神不安:(一)我吸烟,(二)有时我喝酒;(三)我不懂外国语。为了健康,第一点和第二点早就是到了应该戒掉的时候了。

巴尔明到我这儿来过。您那些关于男神和女神的话[1]说得对。我跟他谈了一阵。您知道,他本人就使人联想到某一个神。他不是像人那样生活着,而是沉迷于神仙世界,不愿意了解人间。他的衣服上污迹斑斑,裤子老是不系纽扣,领结歪到脑后去了……

---

[1] 列依金在写给契诃夫的信上谈起诗人巴尔明寄给《花絮》的诗,说:"巴尔明沉迷于天上的世界,描写天神……他老是吹一个笛子……他不可能改掉他的习惯,直到老死都会沉迷在天上的世界中那些男神和女神中间。"——俄文本注

他是带着两条狗到我这儿来的,那些狗在各房间里跑来跑去,哀声地叫。最近几天我要到他那儿去。跟他一块儿消磨一个傍晚是很愉快的……

今天吉里亚①到我这儿来了。这个大个子正在等他的妻子临盆。他说:"又〔……〕了!好吧,就自行繁殖吧!"

比里宾身体好吗?他一点音信也没有,倒好像死了,或者关在堡垒里似的。

关于在《闹钟》和《蟋蟀》上登广告②,我要努力。《闹钟》上已经登过了。《俄罗斯报》上,等我有了钱就登。至于《小报》③……叫它见鬼去吧!最好在《敖德萨通报》和《南方》(哈尔科夫)④上登广告。

请您听我的话,为舞台写点什么吧!这在您是有益的,再者变一变花样也是愉快的。

此外似乎没有可写的了。天气还可以。有些天我后悔离开别墅了。问候您的全家。

用不着受凉就会得百日咳。这种病是传染性的,或者像人们认为的那样是起源于神经的。

您的安·契诃夫
一八八六年九月三十日
于莫斯科

---

① 俄国作家吉里亚罗甫斯基的笔名,他为小刊物写稿。——俄文本注
② 指为契诃夫的书《形形色色的故事》登广告。——俄文本注
③ 全名是《莫斯科小报》,一种低级的幽默刊物。——俄文本注
④ 《敖德萨通报》在敖德萨出版,《南方》在哈尔科夫出版。——俄文本注

五〇

致尼·亚·列依金

最善良的尼古拉·亚历山德罗维奇：

头一件事是关于巴尔明。我到他那儿去过,跟他谈到天神、月亮,谈到一切同我们这阴暗的时代不相适合的东西。我们谈了很久,这中间他们请我吃了一顿饭,费费拉①不住打嗝,最后我就得出一个牢不可破的结论,认为里奥多尔·伊凡诺维奇②是一个 sui generis③ 的诗人,他只可能是巴尔明……要他改变宗旨,叫他写别的题材,那就跟叫他胖起来一样难。天神已经钻进他的血和肉,他跟它们结下不解之缘,爱它们,认为其他的一切东西都庸俗,配不上他的笔。依他看来他是对的,劝他改变主张是一件徒劳无益的事。

再者,依我看来,也无须把巴尔明改变成为另一个人。他是一个独树一帜的诗人,尽管他的作品单调,可是他远比几十个专写世俗生活问题的诗人站得高得多,他的作品也更使人爱读。

根据比里宾的来信判断,我的稿费引起了误会(会计处方面的)。我赶紧报告:我收到稿费了。

胡杰科夫那边一点消息也没有④。显然,我和《彼得堡报》的合作关系已经完结了。那就随它去吧。

---

① 契诃夫这样称呼巴尔明的妻子彼拉盖雅·叶甫多基罗芙娜。——俄文本注
② 俄国诗人巴尔明的名字。
③ 拉丁语:自成一类的。——俄文本注
④ 参看第四九封信。——俄文本注

我接到《世界画报》①的约稿信。我要为它写点东西。您知道这个杂志和它的章法吗？他们提出的稿费是每一行十个戈比。

我的身体好一点了,可是我的衣袋仍旧空空如也……

往后您听到消息说格利果罗维奇从国外回来的时候,请费心通知我一声。

在彼得堡出版《廉价丛书》的费多罗夫写给我一封信,约我寄一点作品去。这个费多罗夫是个什么人？我能给他寄点什么去呢？您比我有经验,请您教导我应该怎样回信……

十月底我们等您来。巴尔明几乎同我比邻而居,所以您不必跑很长的路。从我这儿出去,到什么地方都很近。

我已寄给您一个短篇小说《妖怪》②,不过似乎写得不行,至少比您的《节日的》③差得多,您这篇小说可写得成功极了。那是一个很好的短篇小说。只是其中有一句话损害总的调子,那是一个警察说的："你把政府人员引入魔道了。"这话使人觉得牵强和捏造。那个庄稼汉写得逼真,我想得出他那模样。

阿加福波德问候您。尼古拉身体健康。向您全家问好。

您的安·契诃夫

一八八六年十月二十三日。可是唉！

直到二十七日才寄出！

于莫斯科

---

① 契诃夫没有寄给《世界画报》和下文提到的《廉价丛书》任何作品,这可能是因为列依金在回信里批评《世界画报》是一种"可疑的"刊物；他还警告契诃夫不要参与《廉价丛书》,他说："《廉价丛书》是胡吹瞎扯,所以您不要上当。"——俄文本注

② 发表在1886年10月25日《花絮》杂志第43期上。——俄文本注

③ 这是列依金的一个短篇小说,发表在1886年10月18日《花絮》杂志第42期上。——俄文本注

列文斯基①生气了,因为您发表了一篇针对《闹钟》的诗,他说:

"我跟他认识,谈过报刊之间的敌意,他同意我的话,可是他自己……"②

五一

致阿·谢·苏沃林

尊敬的阿历克塞·谢尔盖耶维奇:

圣诞节小说③我在两个星期以前就开笔了,可是无论如何也没有能够结束。魔鬼作怪,推着我去写一个我还驾驭不了的题材。用了两个星期的工夫我才算习惯了这个题材,习惯了这个短篇小说,现在我却不知道哪些地方写得好,哪些地方写得坏。简直是要命!我希望明天我会结束这个短篇小说,并寄给您。二十四日白天两点多钟您会收到这篇小说。

要是您看一下这个短篇小说,您就会理解我写它的时候费了多大的力,您就会原谅我推迟交稿,没有遵守以前的诺言。

祝贺您和您的全家过好这个临近的节日,祝您万事如意。

真诚忠顺的
安·契诃夫
一八八六年十二月二十一日
于莫斯科

---

① 幽默刊物《闹钟》的主编。——俄文本注
② 1886年10月11日《花絮》杂志第41期上发表了一首诗:《写给第四家杂志商号:"闹钟"》,署名"火神";这首诗推荐《闹钟》是一种最好的催眠剂。——俄文本注
③ 指《在路上》,发表在1886年12月25日《新时报》第3839号上。——俄文本注

附言:我非常喜欢别热茨基①。以前我只凭《手套》和旅行随笔②而对他有个概念,可是现在您把他的书③送给我,我读了他的《军人》以后,简直不明白他为什么没有出名。他的《被枪杀的》远比屠格涅夫的《犹太人》好。凭他其余的小说来判断,他,如果有心的话,就会成为我们俄罗斯所缺乏的那种作家,也就是军事作家。他的一切非军事的小说,除了《穆罕默德的天堂》以外,都写得差。他有趣,引人入胜,用女人的话来说,他可爱。

五二

致尼·亚·列依金

首先,按照基督徒的习惯,最善良的尼古拉·亚历山德罗维奇,祝贺您和您的家人过节好,随后是新年新禧。随同庆贺,奉上无数的祝愿。祝您有钱,有肥火鸡,有良种的小狗,有缩小的肚子,祝您成为文字俏皮的散文作家,内行的诗人。

整个十二月里我给您寄过三个短篇小说④和三封信。您收到了吗?一般来说,彼得堡人是极不认真的人,总是不回信。你们不妨学一学莫斯科人的榜样。

目前,我成了一个傻头傻脑、筋疲力尽的人。用三个星期的工夫从我脑子里榨出一篇给《新时报》的圣诞节小说⑤;我开笔五次,也勾

---

① 俄国作家马斯洛夫的笔名。——俄文本注
② 1888年这些作品收在作品集《在路上》内,由苏沃林出版。——俄文本注
③ 指1885年由苏沃林出版的别热茨基小说集《战争中的军人》。契诃夫在下文提到的《被枪杀的》和《穆罕默德的天堂》都收在这个集子里。——俄文本注
④ 指《艺术品》《怪谁?》《就是她!(圣诞节故事)》,发表在1886年12月13日、20日、27日《花絮》杂志第50、51、52期上。——俄文本注
⑤ 参看第五一封信的注。——俄文本注

掉五次,我唾痰、发脾气、骂人,结果误了交稿日期,把一种类似糟糕的牛奶软糖的东西寄给苏沃林,多半会给他扔掉了事。我写得累极了,就是给一千卢布的稿费也嫌少呢……今天我母亲过生日,我休息一下,而且心里还回不过味儿来,不相信自己在休息……

我读了新的写稿人库拉科夫的一个短篇小说①。我觉得他能够写作,而且已经写得相当不错。我不喜欢他的是,他头一篇作品就描写酗酒。请您写信告诉他说,为了写醉话而描写酗酒是一种冷酷无耻的行为。再也没有比利用醉汉取胜更容易的事了……

您见到阿加福波德了吗?

为什么您在底下的一栏,在小品文栏里发表我的作品呢?这在我倒是受宠若惊的,不过另一方面……往年这样的荣誉每一次都使我损失两三个卢布,因为维克托·维克托罗维奇不知什么缘故总是把小品文性质的短篇小说的稿费算成每一行七个戈比。

顺便提到,请您做一次恩人,下一个命令,让我收到稿费的日期**不要迟于十二月三十一日**。我凭人格担保,现在我成了一个叫花子。整个十二月我没有在苏沃林那边发表作品,现在我不知道该把我的受屈的感觉放到哪儿去才好。请您原谅我触犯了您的会计处的章程,不过……有什么办法呢?

您收到尼古拉的画了吗?

我们这儿的天气简直是胡闹,像是害了黏液漏,气温是三度。雪橇路不成其为雪橇路了。

再见,祝您健康。

您的安·契诃夫

一八八六年十二月二十四日

于莫斯科

---

① 《他想办报(选自外省生活)》,发表在1886年12月20日《花絮》杂志第51期上。——俄文本注

一八八七年

五三

致尼·亚·列依金

最善良的尼古拉·亚历山德罗维奇：

请您在惩戒我以前容我申诉。我有三个星期没有给您写信了，原本指望着随同一批稿子给您寄一封信去，可是，唉！现在我看出来只能单独寄一封信，像寡妇一样，孤零零的……我又没有给您寄小说去……这究竟是怎么回事，我自己也不知道……我的脑子简直不服调遣，拒绝写作了。在全部假期里我一直努力，绞脑汁、呼呼地喘、哼哧哼哧、坐着写过一百次，可是从我的"活泼的"笔底下流出来的要么是冗长的东西，要么是酸溜溜的东西，要么是惹人恶心的东西，这些东西在《花絮》是不合用的，而且写得那么糟，我也不敢寄给您，免得玷污我的名声。

我一篇小说也没有寄给《新时报》，至于《彼得堡报》，我好歹凑了两个短篇小说寄去了①；上帝才知道二月间我靠什么来生活……大体说来您是个怀疑主义者，不相信人有时候会无能为力，可是我用最诚实的话向您保证，昨天我从早到晚忙了一整天，给《花絮》写一个短篇小说，白费许多时间，临到上床睡觉也没有写出一页来……至于懒惰或者不愿意写，这是根本谈不到的……如

---

① 指《香槟（无赖汉的故事）》和《严寒》，分别发表在1887年10月5日和12日的《彼得堡报》第4和第11期上。——俄文本注

果您要生气,骂人,那您就不对了。我有罪,可是应当宽大处理!

我已经对您祝贺过新年了。您有什么新消息吗?订户的情况怎么样?

多神教的神①从十二月起我就没有见到。

为什么苏沃林不发表他的诗,我简直不明白。我读过那些诗,很满意。对不起,刚才我弄了一个墨点;我的墨水瓶里繁殖着各式各样的细菌,它们在那儿搭了一个大巢……

节日在莫斯科过得很热闹。至少我没有过到一天太平的日子:客人啦、医师会议啦、长谈啦,等等……我的书房随时遭到冲击,我也可以用这个理由部分地解释我在文学领域里的挫折。

除了其他的人以外,亚·格鲁津斯基②也到我这儿来过。显然他是个十分正派的人。他沉默寡言像维克托·维克托罗维奇一样,不过就是在沉默中有时也能看清一个人。

如果您见到布依洛夫,请您不要忘记告诉他,请他给我寄《彼得堡报》来,从今年第一天起。我没有收到。

《花絮》不该回答《观察者》。③ 恐怕这种回答只能有广告的价值,不过袒护和申辩是不大妥当的。

现在来谈一个微妙的问题。算清账目是不会损害友谊的,所以我斗胆写出下列的话来。由于对《花絮》来说我开始失去经常的、按时的、不误的写稿人的价值,由于我甚至在文学精力旺盛的

---

① 指诗人巴尔明,他在诗里常描写神仙世界(参看第四九封信的注)。——俄文本注
② 即俄国作家亚·谢·拉扎列夫-格鲁津斯基。1886年12月31日他到契诃夫家中拜访,从此他们开始结交。——俄文本注
③ 1886年《观察者》杂志第12期的"新书栏"内发表一篇未署名的文章,对契诃夫的书《形形色色的故事》做了否定的批评。伊·格莱克(比里宾)就在1886年12月27日《花絮》杂志第52期的《彼得堡生活花絮》里嘲笑这种批评。——俄文本注

时期也几乎不得不每个月都空过一两期去,那么取消我的稿酬的补助费才是公平的。不是这样吗?您会同意我的话,做出适当的安排。我要照先前那样工作,极力不放过一个星期,然而我不能保证这种头脑不灵的情形不会重演。如果只留下按行计算的稿酬,那就可以既喂饱了狼,又成全了羊。要是这项稿酬加以调整,那么我就不会受到损失了……

等候您和普拉斯科维雅·尼基福罗芙娜①十七日光临。请您记住,十七日中午一点钟我家里备有馅饼。

最后,祝您健康。

握您的手。

您的安·契诃夫
一八八七年一月十二日
达吉雅娜节
于莫斯科

附言:为了节省,我把我发出的电报上的那句话"无小说"改成一个字:"无"。因此,如果您收到电报"无,契诃夫",那就是说小说没有写成。请常来信。

五四

致玛·符·基谢廖娃

您的《拉尔卡》很可爱,可敬的玛丽雅·符拉季米罗芙娜;粗糙的地方是有的,不过描写的简练和男子般的笔法弥补了一切。我不愿做您的产儿的唯一审判官,就把它寄给苏沃林去看一遍,他

---

① 列依金的妻子。——俄文本注

是一个理解力很强的人。到时我自会把他的意见通知您……现在呢,请您容许我对您的批评回敬几句……就连您对我的《在路上》的称赞也没有缓和我作为作家的愤怒,我急着要为《泥潭》①报仇了。请您留神,为了免得昏倒,请您扶住椅背,抓得紧一点。好,我开始了……

每一篇批评文章,即使是骂不绝口,很不公平,通常也只会遇到沉默的鞠躬,这原是文学界的礼节……这种批评照例得不到回答,凡是回答批评的人都受到公正的责难,说他们太爱面子。然而您的批评带有"黄昏时分在巴布肯诺的厢房的门廊上或者正房的阳台上闲谈,并且有玛·巴、造假钱的②、列维丹在场"的性质,而且这种批评放过小说的文学的一面,把问题移到一般的基础上,因此如果我容许自己把我们这种谈话继续下去,那我就不能算是违背礼节了。

(一)我也跟您一样不喜欢您对我谈到的这个流派的文学。作为读者和平民,我情愿躲开它,不过假如您问起我对这个现象的率直真诚的意见,那我也要说,这个流派的文学的生存权利的问题至今还是悬案,谁也没有解决,虽然奥尔迦·安德烈耶芙娜③自以为已经把它解决了。不管我也好,您也好,全世界的批评家也好,都缺乏任何确凿的证据足以使人有权利来否定这种文学。我不知道究竟是谁对,是荷马、莎士比亚、洛普·德·维加④,总之,是那

---

① 《泥潭》是契诃夫的一个短篇小说,发表在1886年10月29日的《新时报》第3832号上。基谢廖娃在写给契诃夫的信上尖锐地否定了《泥潭》的主题。依她看来契诃夫不该写生活的阴暗面。"这世界上充斥着肮脏、坏男子和坏女人,"基谢廖娃下结论说,"他们产生的印象并不新鲜。然而另一方面,如果有一个作家在领着您穿过粪堆的那股臭气的时候,在那儿拣出一颗珍珠来,那么人们对他会多么感激啊!"——俄文本注
② 基谢廖娃的一条狗的名字。——俄文本注
③ 俄国女作家戈洛赫瓦斯托娃。——俄文本注
④ 即洛普·德·维加·卡尔皮奥,17世纪西班牙的卓越的剧作家。

些不怕挖掘"粪堆"、然而在道德方面远比我们靠得住的古人呢，还是那些在纸上道貌岸然而在灵魂里和生活里却冷酷无耻的现代作家。我不知道究竟是谁的趣味低劣，是那些毫不羞惭地按照爱情在美丽的自然界中实际存在的那样来歌颂爱情的希腊人呢，还是加博里奥①、马尔里特②、彼尔·包包③的读者们。这个问题类似勿抗恶和意志自由等问题一样，只有到将来才会解决。我们只能想起它，至于要解决它，那就无异于要我们走出我们能力的范围。您引证屠格涅夫和托尔斯泰，说他们避开"粪堆"，那也不能澄清这个问题。他们的嫌恶什么也不能证明，要知道在他们前一代的作家不但认为"坏男人和坏女人"是污秽，甚至认为描写农民和九品以下的文官也肮脏呢。再者一个时代不论怎样繁荣，也没有给我们做出有利于这一流派或者那一流派文学的结论。引证上述流派的腐化影响也不能解决问题。人间万物都是相对的，近似的。有些人，就连儿童文学也能使他们腐化，他们带着特殊的乐趣阅读《诗篇》和《箴言》④里那些挑动人心的章节。不过也有另一种人，他们越是熟悉生活中的污垢，反而变得越纯洁。政论家、司法人员、医师等，摸透人类罪恶的全部秘密，却并不以不道德闻名；现实主义作家常常比修道院的方丈更有道德。再者，说到底，任何文学不论写出多么丑恶的事，总不可能胜过实际的生活；对那些已经喝下一整桶酒的人，您用一杯酒是灌不醉他的。

（二）讲到世界上"充斥着坏男人和坏女人"，这话是对的。人性并不完美，因此在人世间只看见正人君子，反倒奇怪了。认为文学的责任就在于从坏人堆里挖出"珍珠"来，那就无异于否定文学

---

① 加博里奥·埃米尔，19世纪法国的一个侦探小说作家。——俄文本注
② 19世纪德国的一个流行女作家。——俄文本注
③ 对当时俄国作家包包雷金的戏称。——俄文本注
④ 均载于基督教的《圣经》。

本身。文学所以叫作艺术，就是因为它按生活的本来面目描写生活。它的任务是无条件的、直率的真实。把文学的职能缩小成为搜罗"珍珠"之类的专门工作，那在它是致命的打击，犹如您叫列维丹画一棵树，却又吩咐他不要画上泥污的树皮和枯黄的树叶一样。我同意"珍珠"是好东西，可是话说回来，文学家不是糖果贩子，不是化装师，不是给人消愁解闷的，他是一个负着责任的人，受自己的责任感和良心的约束；他既然套上了轭索，就不应该说自己不够强壮，不管他觉得怎样难受，他还是得克服自己的嫌恶，用生活的肮脏来玷污自己的想象……他类似任何一个普通的新闻记者。如果新闻记者出于洁癖，出于给读者凑趣的愿望，专门描写廉洁的市长、高尚的太太、品行端正的铁路人员，那您会怎么说呢？

对化学家来说，人世间根本就没有不干净的东西。文学家应该像化学家那样客观；他应该抛弃生活的主观态度，知道粪堆在风景画里占着很可敬的地位，知道邪恶的感情如同善良的感情一样也是生活里本来就有的。

（三）文学家是自己的时代的儿子，因此应当像其他一切社会人士那样受社会生活的外部条件的节制。如此，比方说，他们应当绝对正派。我们有权利向现实主义作家要求的也只有这一点。不过，关于《泥潭》的写作手法和形式，您一句反对的话也没有说……可见我是正派的。

（四）我，说来歉然，在写作的时候很少跟自己的良心交谈。这要用我的习惯和我的工作的渺小来解释。因此，在我陈述文学方面这样那样的意见的时候，我没有考虑到自己。

（五）您写道："如果我是主编，我就会为您的利益而把这篇小品文退还您。"那么您何不更进一步呢？何不索性责成发表这种小说的主编本人负责？何不严厉申斥出版总局没有封禁不道德的报纸？

假如文学的命运,不论大文学或小文学的命运,听凭个人意见来任意处理,那就可悲了。这是一。第二,没有一种警察会认为自己在文学工作方面内行。我同意,不用嚼子和棍棒是不行的,因为就连文学界也有骗子混进来,可是不管您怎么想,您也想不出对文学来说还有比批评家和作家自己的良心更好的警察。要知道自从开天辟地以来大家都在想,可是更好的办法一个也没有想出来⋯⋯

是啊,您巴不得我损失一百十五个卢布的收入才好,巴不得主编把我羞辱一场才好。另外却有些人,连您的父亲也包括在内,对这个短篇小说入了迷。此外还有些人给苏沃林寄去谩骂的信,极力辱骂报纸和我,等等。到底谁对?谁才是真正的审判官呢?

(六)您接着又写道:"请您把这类东西让给各式各样精神低下、时运不济的末流作家去写吧,例如奥克列依茨①、夹鼻眼镜②、阿洛艾⋯⋯"假如您写这几行是出于真心,那就求上帝饶恕您吧!只因为小人物小,就用鄙夷轻蔑的口气奚落他们,那是不会给人的心灵添上什么光彩的。在文学界如同在军队里一样,低微的品级是不可缺少的,这是头脑说的话,至于心呢,那就应该说得更多一点了⋯⋯

嘿!我这一篇近似牛奶软糖的东西可把您看得累坏了⋯⋯要是我早知道这篇批评有这么长,我就不会写它了⋯⋯请您务必原谅才好!

我们会去的。我们原想五日动身,可是⋯⋯医师会议作梗,随后是达吉雅娜节作梗,这一天我们家里有晚会:"他"过生日啊!辉煌的舞会〔⋯⋯〕,雄火鸡,雅宪卡③。过了十七日我们就要定出

---

① 俄国当时一个反动的文艺评论家。
② 玛·符·基谢廖娃的笔名。——俄文本注
③ 俄国画家亚诺夫的妹妹玛丽雅·斯捷潘诺芙娜·亚诺娃。——俄文本注

到巴布肯诺去的日子了。

您读了我的《在路上》……那么,您觉得我的胆量怎么样?我在写"高深"的东西了,我不怕。这篇小说在彼得堡引起很大的轰动。前不久我讨论了"勿抗恶"①,也引起读者的惊奇。各报的新年号纷纷赞扬我,在经常发表列夫·托尔斯泰作品的《俄罗斯财富》的十二月号上有一篇奥包连斯基的文章(有两个印张长),题目是《契诃夫和柯罗连科》。这个人对我大为赞叹,证明我比柯罗连科更是一个艺术家……多半他是在信口开河,不过我仍旧渐渐感到我有一项功劳了:我,也只有我,一向没有在大杂志上发表作品,只写些报屁股文章,却引起了两耳垂肩的批评家的注意,这样的例子以前还没有过……《观察者》骂过我②,因此它大倒其霉!在一八八六年的末尾我觉得自己成了丢给许多条狗的一根骨头了……

符拉〔季米尔〕·彼得罗维奇的剧本③发表在《戏剧丛刊》上,它会散布到所有的大城市去。

我用四张四开纸写了一个戏④。这个戏用十五到二十分钟就可以演完。这是全世界最小的一个戏。如今在柯尔希剧院里工作的名演员达维多夫,将来要在这个戏里表演。剧本要在《季节》上发表,因此会流传到各处去。总之,写小作品比写大作品好得多:矫揉造作少,又能获得成功……此外还需要什么呢?我用一个小时零五分钟就把这个剧本写成了。我就开始写另一个,可是没有写完,因为没有工夫。

---

① 指契诃夫发表在 1886 年 12 月 22 日《新时报》第 3856 号上的短篇小说《妹妹》,后来改名为《好人》。——俄文本注
② 参看第五三封信的注。——俄文本注
③ 指俄国剧作家符·彼·别吉切夫的剧本《火鸟》,发表在《戏剧丛刊》上。——俄文本注
④ 指《天鹅歌》,最初发表在 1887 年的《季节》丛刊上。——俄文本注

等阿历克塞·谢尔盖耶维奇从沃洛科拉木斯克回来,我再给他写信……向大家深深地鞠躬。您,当然,会原谅我写这么长的信。我的手止不住了……

祝萨霞和谢尔盖新年好。

谢辽查收到《在世界周围》了吗?

对您忠实而尊敬的
安·契诃夫
一八八七年一月十四日
于莫斯科

五五

致亚·巴·契诃夫

纯洁的大人:

多承你费神汇款,但是为了向你道谢,却得有叔叔米特〔罗方〕·叶果〔罗维奇〕那样的文笔才成。谢谢!要不是因为你出力,这笔钱就会来迟一个星期。我谅解你的操心,如果你同意收下万分之一的手续费,那我很高兴。

我祝贺我的侄儿和他的父母,首先祝贺他的命名日,其次祝贺过命名日的人。祝他万事如意,万事如意!!!

我带着愁闷的心绪等列依金光临。他又惹得我厌烦了。我跟这个卡西莫多①意见分歧。我拒绝稿酬的补助费和按时交稿的写作,他就写给我一封将军口吻的泪汪汪的信,把杂志订户减少的责

---

① 法国作家雨果的小说《巴黎圣母院》的男主人公,他是个面貌极丑而心地善良的人。

任推在我的身上,怪我忘恩负义,怪我口是心非,等等。他胡说什么他接到订户的来信,质问为什么契诃夫不写了。他生你的气,因为你不给他写东西……我要提出要求,把稿费提到每一行十二个戈比。

我情愿根本不给《花絮》写稿,因为我讨厌写小东西了。我想写比较大一点的东西,要不然就索性搁笔不写。达吉雅娜节过得很好。晚上我这儿有晚会。你来吧。

你见到苏沃林了吗?你在写东西吗?写什么?苏沃林约你写稿了吗?总之,你得拼死拼活,跑到前头去才成。戈里凯①是个很好的德国人。我却无论如何也下不了决心给他写信。比里宾也挺好,不过对于不熟悉他的人来说,他所发生的影响却像是一个不断转动的灰色圆圈:软弱、苍白、乏味。不过,如果你跟他处熟了,那你是不会懊悔的。

三个卢布,婶母收到了。

由于一月末我又要没有钱了,那么为了避免家里人唉声叹气,避免借债(借债往往使我很难受),我又要麻烦你汇款了。帮一帮忙吧,为此我寄给你一个药方。

多么荒唐的局面啊!我收到了汇款二百二十个卢布,而且同一天又收到《闹钟》的二十,现在却只剩下三十个卢布了,就连这笔钱也要在一月二十二日花光。请你说说看,我的老兄,什么时候我才能活得像个人样子啊,也就是说,又工作又不穷?如今我是又工作又穷,不得不拼命赶工来败坏我的名誉。

你看见苏沃林的太太②了吗?过年时她妹妹的丈夫来拜访我。我只好回拜,因而认识了她的妹妹和母亲。

---

① 《花絮》创办人和印刷厂厂主罗曼·罗曼诺维奇·戈里凯。——俄文本注
② 指苏沃林的第二个妻子安娜·伊凡诺芙娜·苏沃林娜。——俄文本注

你在《新时报》的工作到底是干什么？有创作的性质吗？

务必要给我写信。由于你景况困苦，而且为了不增添贫民，以后你不要再生孩子了。这是马尔萨斯①和巴威尔·契诃夫②的要求。

祝你健康，问候大家。代我祝福科科沙和托托沙③；让他们工作，爸爸妈妈要吃饭嘛……彼得堡是爱钱的。

敬祈赐予祝福。热爱你的弟弟和妹妹

安东尼·契诃夫和美吉齐娜④·契诃娃
一八八七年一月十七日
于莫斯科

我除了医学是我的妻子以外，还有文学是我的情妇，不过我没有提起她，因为不合法的姘居是无法无天，要倒霉的。

五六

致尼·亚·列依金

最善良的尼古拉·亚历山德罗维奇：

今天收到您的来信，立刻回信。首先，像学者常说的那样，我确认我不健康这一事实。我觉得周身酸痛，四肢无力，已经有整整一个星期了；刚才我去听扎哈林⑤的演讲（论心脏的梅毒症），站了不过一个半小时就累得很，倒好像步行到基辅去了一趟似的。我

---

① 英国的社会学家。
② 指契诃夫的父亲巴威尔·叶果罗维奇·契诃夫。——俄文本注
③ 亚·巴·契诃夫的儿子尼古拉和安东。——俄文本注
④ 这个名字原意是"医学"。
⑤ 扎哈林（1829—1897），俄罗斯内科学家，莫斯科大学教授。——俄文本注

必须工作,可是工作得一无成绩,凡是写出来的一概很差。这就是我为什么没有给您寄小说去的原因。星期一比里宾收到了我的信,我为了避免花电报费而在那封信上要求他立刻通知您,说小说没有写成。

关于文学基金①,我欣然从命。如果我当选,那我就用以后二月间的稿费而不是一月间的稿费来缴费,因为现在我一个小钱也没有。千真万确:一个小钱也没有! 我还没学会借债,那是一种极大的麻烦事!

关于在大斋的第二个星期到彼得堡去这件事②,我不知道该对您说什么才好。我很愿意出力效劳,可是,您想一想吧,我家里的人口口声声说我朗诵得很糟,再者我自己也每一次都觉得念过四五十行以后就开始声调嘶哑,声带发干。还是不要白跑一趟,闹出笑话来的好! 您考虑一下吧……

亚历〔山大〕·巴甫〔洛维奇〕写信给我,说起他不再在《航船》③工作了。从他的信看来,他生活得不坏,很满意。

我们这儿的天气也很坏。昨天解冻,今天严寒,明天要下雨。显然,大自然开始给小刊物写作了。要不然它这种行为就不可理解了。

您写道,维克托·维克托罗维奇在短篇小说和中篇小说方面有独特的要求。任何独特的要求我都喜欢,特别是一个人长久坚持的那种独特要求。维克托·维克托罗维奇就他来说是对的。

---

① 尼·亚·列依金建议契诃夫当选为文学基金的委员,这笔基金是为了帮助穷苦的文学工作者和学者的。在1887年2月2日的大会上契诃夫当选为文学基金的委员。——俄文本注
② 列依金写信给契诃夫,约他到彼得堡去参加一个文学晚会为文学基金筹款。这次朗诵没有实现。——俄文本注
③ 指彼得堡出版的月刊《俄国工商业在河流湖泊海洋上的航船》,亚·巴·契诃夫原在该杂志编辑部担任秘书。——俄文本注

为什么彼得堡的文学界同行们不为纳德松①做一回安魂祭？纳德松是一个比当代所有诗人加在一起（连众神附体的里〔奥多尔〕·伊〔凡诺维奇〕也算在内）都大得多的诗人。在我亲眼看见开始写作的所有青年当中只有三个人可以提一提：迦尔洵、柯罗连科、纳德松。最后，问候您家里的人。

您的安·契诃夫
关于十一个戈比②，merci③！
一八八七年一月二十六日
于莫斯科

五七

致尼·亚·列依金

好，随信附上短篇小说一篇④，最善良的尼古拉·亚历山德罗维奇。今天一整天有各种事情妨碍我写这篇东西，可是我到底把它写成了。一般说来，我感到我开始走入正轨，工作比一月间正规一点了。

基金会的来信和收据⑤都收到了，可是那个全年合订本却出了一点小事故。今天早晨，我还在睡觉，杰维亚特金⑥派一个人给

---

① 俄国诗人纳德松于1887年1月19日在雅尔塔去世，2月4日在彼得堡下葬。——俄文本注
② 列依金把契诃夫的稿酬从每行八个戈比提高到十一个戈比。——俄文本注
③ 法语：谢谢。
④ 《疏忽》，发表在1887年2月21日《花絮》杂志第8期上。——俄文本注
⑤ 来信指文学基金关于契诃夫当选为委员的通知，收据指文学基金收到他的会费的收据。——俄文本注
⑥ 尼古拉耶夫铁路的一个职员，他派人给契诃夫送去《花絮》的合订本。——俄文本注

我送合订本来,索取一枚半卢布银币作为送达费;我家里的人没有半卢布银币,于是那个合订本又带回去了。一两天内我会派人去取。

是的,纳德松也许被夸大了,不过这也是应该的,第一,我倒不是要侮辱里〔奥多尔〕·伊〔凡诺维奇〕,纳德松确实是当代最好的诗人;第二,他受到诽谤①,那就只能用夸大的推崇来向这种诽谤抗议。

关于那些在教堂里举止不成体统的高等女校学生,我完全同意您的意见。在我们莫斯科这儿为普希金举行的安魂祭上,有些出席的女文学家的举止也不成体统。有什么办法呢,老兄!教育程度不是永远和教养程度一致的,在谈吐方面尤其如此……顺便说人几句坏话吧:文学爱好者协会的秘书在安魂祭上俨然就是协会的化身,在安魂祭前后始终高谈阔论,为了什么事争辩;安魂祭本身,从"人民"的观点看来不像样子(这安魂祭就是为他们举行的):有些没有报酬的歌手唱歌,只有一个司祭主持礼拜,枝形大吊灯也没有点亮……这一切都是小事,然而从那些对事情重视外表的人看来却太刺目了,而这样的人在我们这儿毕竟占大多数……

天气有春意了。您不久就要到托斯纳去了,至于我会在哪儿过夏天,我也不得而知。

我要去睡了。问候您家里的人,祝他们万事如意。我有一个医治肥胖和大肚子的绝妙的医疗方法,那是扎哈林教给我的。

您的安·契诃夫

一八八七年二月八日

于莫斯科

---

① 在纳德松一生的最后几个月中,反动批评家布烈宁在1886年11月7日《新时报》第3855号和1887年1月16日第3909号上接连发表两篇《批评随笔》,对病重的诗人进行了诽谤性的攻击。——俄文本注

五八

致德·瓦·格利果罗维奇

我刚刚读完《卡烈林的梦》①,现在有一个问题强烈地引起我的注意:您所描写的梦真实到什么程度?依我看来,一个睡熟的人的思维活动和一般感觉被您表达得在艺术性方面很出色,就生理方面来说也正确。当然,梦是主观现象,梦的内在的一面只能由做梦的人自己来考察,不过所有的人做梦的过程都一致,因此我认为每一个读者都可能用自己的尺度来衡量卡烈林,每一个批评家不得不主观。我也就根据我常做的梦来做出判断了。

首先,您所表达的寒冷感觉准确得很。夜间被子从我身上掉下去,我就开始梦见黏滑的大石头、秋天的冰冷的河水、光秃的河岸,所有这些都不清楚,蒙在雾里,天空没有一块蔚蓝的地方;我沮丧,愁闷,仿佛迷了路,或者被人们抛弃了似的,我瞧着石头,不知什么缘故感到非渡过这条水深的河不可;同时我看见一些小拖轮拖着大木船、浮在水上的原木、木筏等。一切都无限严峻、沮丧、灰色。我从河边跑开,一路上就遇见墓园的坍下来的门、出殡的行列、我的中学教师……同时我周身浸透一种奇特的、非常难受的寒冷,那是在醒着的时候难于想象而只有睡着的人才能感觉到的。我读到《卡烈林》的前几页,特别是第五页上半页说到坟墓般的寒冷和孤独的地方,那种梦中的寒冷就很清

---

① 《卡烈林的梦(长篇小说《过去时代的彼得堡》的片断)》,发表在1887年《俄罗斯思想》杂志第1期上;这个长篇小说未完成。——俄文本注

楚地浮上我的心头……

我觉得如果我生在彼得堡,而且经常在那儿生活,我就一定会梦见涅瓦河岸、枢密院广场、大基石……

每一次我在梦中感到寒冷,总会看到人。我偶尔读到《彼得堡新闻》上的一篇批评文章①,怪您不该写一个"近乎大臣的高官",因为他破坏了小说的总的庄严调子。我不同意他的看法。破坏调子的不是人物,而是人物的性格描写,这种描写在好几个地方打断了梦景的画面……梦里总要看见人,而且一定是惹人讨厌的人。比方说,我觉得冷的时候,老是梦见在我小时候侮辱过我母亲的那个仪表堂堂而很有学问的大司祭,梦见我在醒着的时候从没见过的坏人、铁石心肠的人、阴险的人、幸灾乐祸地冷笑的人。火车车厢里的哄笑正是卡烈林的噩梦的富于特色的征象。每逢人在梦里感到恶势力的压迫,不可避免地要在这种恶势力下灭亡,他总会看到像这种哄笑之类的东西……我也梦见我喜爱的人,可是他们一出现,照例总是跟我一块儿受苦……

等到我的身体习惯了寒冷,或者我家里有人给我盖好了被子,那么寒冷、孤独、恶势力压在头上的感觉就渐渐消散。随着温暖,我就开始感到自己仿佛在柔软的地毯上或者青草地上走动,看见太阳、女人、孩子……画面逐步更换,而且比醒着的时候换得急,所以醒来以后很难想起一个画面怎样过渡到另一个画面……这种转换的奇突在您的小说里表现得极好,加强了梦的印象。

还有一种被您注意到的自然现象也强有力地扑进人的眼帘,那就是做梦的人在表现自己的心理活动的时候总是感情冲动、形

---

① 评论家彼捷尔森以拉多日斯基为笔名在1887年2月6日《彼得堡新闻》上发表一篇《批评札记》,评论《卡烈林的梦》。——俄文本注

式尖锐,像孩子一样。这非常真实!做梦的人远比醒着的人爱笑,爱喊叫。

请您原谅,德米特利·瓦西列维奇,我十分喜欢您的小说,简直准备给您写满一打白纸了,虽然我自己也清楚地知道我不能够对您说出什么又新又好又有道理的话。我担心您会看得厌烦,又担心自己说出荒唐的话,就制止自己,不再说下去了。我只想说您的小说依我看来很精彩。读者认为它"模模糊糊",可是对品味每一行文字的写作者来说,这种模糊却比施洗礼的水还要透明。我费尽力气也只能在这篇小说里找到两个不重要的小毛病,而且就连这也不免是牵强附会:(一)人物的性格描写打断了梦景,而且给人一种印象,像是花园里树木上钉着的说明牌子,那是由博学的园丁钉上去的,可是破坏了风景;(二)小说开头的寒冷感觉由于屡次用"冷"这个字而使读者变得有点麻木,见惯不惊了。

此外我再也找不出什么来了。我意识到在我的文学生活里感到经常需要面目一新的形象的时候,《卡烈林的梦》正是一个光辉的现象。正因为这个缘故我才忍不住,斗胆向您表达了我的一点点印象和思想。

请您原谅这封信太长,请您接受我希望您万事如意的诚恳祝愿。我是忠实于您的

安·契诃夫
一八八七年二月十二日
于莫斯科

五九

致费·奥·谢赫捷尔①

全世界最有才能的建筑师：

您当然已经知道有些具有最糟糕最琐碎性质的情况突如其来地把我赶到北方来了②。总之我太走运了……

目前我坐在一个最乏味的旅馆房间里，准备誊清一篇已经写完的短篇小说③。我烦闷无聊。由于感觉到缺钱用而且局面不定，这种烦闷就更强烈了。什么时候离开此地，我也不知道……我的神经乱得厉害，弄得我的脉搏也跳动不匀了。我写这封诉苦的信决不是为了要弄得您心绪凄凉，也不是要向您借钱，而是为了让您不要因为我没有准时去拜访达丽雅·卡尔洛芙娜④而生我的气。

不过，我也有一个要求：请您不要忘了给我张罗一张到塔甘罗格去的往返免票。请您做到在回程的免票上不要填明日期。不管怎样，哪怕发生地震，我也要去，因为我的神经受不住了。

我打算至迟不过三十一日到南方去。我哪怕只有一个卢布也要动身。

彼得堡天气很好，然而我缺钱，我的春大衣又被我们共同认识的一个熟人无限期地借去，这就破坏了整个幻象。〔此处删去大

---

① 费奥多尔·奥西波维奇·谢赫捷尔（弗朗茨），俄国画家、建筑师，契诃夫和他二哥尼古拉的朋友。——俄文本注
② 契诃夫在3月9日到达彼得堡。——俄文本注
③ 大概指他的短篇小说《太早了!》，发表在1887年3月16日《彼得堡报》上。——俄文本注
④ 谢赫捷尔的母亲。——俄文本注

约五行。〕

我到处都遇见尊重,可是谁也没有领悟到送给我一两千个卢布……

科学院的展览不好,可是巡回展览在丰富方面依我看来是出色的……

要是您乐意的话,请您给我写两三行。地址:《花絮》杂志编辑部。

我完全属于您,包括我的皮靴、雨鞋、牙齿、坎肩等。

安·契诃夫

一八八七年三月十一日至十四日

于彼得堡,旅馆房间七十八号

六〇

致玛·符·基谢廖娃

极其令人尊敬的玛丽雅·符拉季米罗芙娜:

我希望您现在会相信我的话,而不怪我说谎了:我没有到巴布肯诺去,因为我哥哥打电报来,把我叫到彼得堡去了。详情您已经从我妹妹那儿知道了。我即使到谢肉节①也不能到巴布肯诺去,理由一样,只是规模小一点:我的母亲害病了,我不敢撇下她没有医师看病。不过,这都是琐碎的小事。

不管我最近这次到彼得堡去的旅行多么愁闷,可是也自有它的好处,就像古语所说的,"塞翁失马,焉知非福"。第一,我有机会同彼得堡教科书厂的主管人谈起您的出版问题;您可以凭我的

---

① 基督教节日,大斋前的一个星期。

信去委托他。顺便问一句:您的书什么时候开始付印？越早越好。一般来说,书不是一下子销光,而是细水长流,慢吞吞的,所以越早越好。第二,我打劫了苏沃林,在他那儿预支了一大笔稿费;第三,苏沃林把我在《新时报》上发表的小说印成单行本出版。我那些薇罗琪卡、巫婆、阿加菲雅①等明天要寄到彼得堡去,过两天,三天,四天就要付排。出版条件非常有利。成功,当然是毫无疑问的,因为目前在彼得堡只承认一个作家,那就是我！您看得明白,我甚至在我自己面前也在假充好人了。

彼得堡给我留下一座死城的印象。我带着战战兢兢的幻想坐着马车走进这座城,路上遇见两口棺材,在我哥哥家里发现了伤寒。为躲开伤寒,我就坐车到列侬金家里,听说列侬金的看门人因患肠伤寒而"刚才"在走路时死掉了。我从列侬金家里出来,到戈里凯②家里去,不料这个人的大儿子得了白喉,不是用喉咙呼吸,而是用一根小管呼吸;他的父母都在哭……我到展览会去,仿佛故意捣乱似的,看到所有的太太都穿着丧服。*

不过这些都是小事。您听我说下去。我坐车到格利果罗维奇家里。这个可爱的老人吻我的额头,拥抱我,感动得哭起来,他一激动不要紧,接着就发作了极厉害的心绞痛症。他痛苦得受不了,在床上翻来覆去,哼哼唧唧,我呢,在他旁边坐了一个半小时,拼命地骂我的无能为力的医学。幸好别尔千松③来了,我才能跑掉。老人病得很重,多半不久就要死了。对我来说这是无可代替的损失。他正开始给我写信④,我就拿着他的信走了,他在信上详细地

---

① 契诃夫的三个短篇小说的名字及其主人公。——俄文本注
② 《花絮》杂志的创办人,印刷厂厂主。
* 契诃夫自注:我到此地的第二天就给《花絮》杂志的一个女办事员的母亲看病,她得肺结核,就要死了。
③ 彼得堡的一位医师。
④ 这信是答复契诃夫对《卡烈林的梦》的评论,参看第五八封信。——俄文本注

描写他的病,等等。

这些印象怎么样?真的,大可以就着酒喝了。不过,据说,对小说的作者来说一切都是有益的。

可是我的信又讨厌又乏味。我打住我的胡闹,而且仍旧是尊敬您和诚恳地忠实于您的

安·契诃夫

一八八七年三月十七日

于莫斯科

瓦西丽萨和谢辽查,我向你们致敬!

六一

致阿·谢·苏沃林

尊敬的阿历克塞·谢尔盖耶维奇:

今天我为我未来的那本书选出十六个短篇小说,寄给您。请您费神安排一下,让印刷厂计算一下我的材料,如果材料不够,请他们通知我(库德林斯卡亚-萨多瓦亚,柯尔涅耶夫寓所),或者通知我的哥哥亚历山大,他会马上叫我知道的。*

这本书该起一个什么名字,我想不出来①。叫《我的小说》,或者简单地叫《小说》吧,至于我脑子里想起来的其他名字,要么装腔作势,要么陈旧,要么不聪明。

我打算把这本书献给德·瓦·格利果罗维奇。

我临行之前到德〔米特利〕·瓦〔西里耶维奇〕家里去过,观察了

---

* 契诃夫自注:书的大小仿照《不平常的故事》。
① 这本书以《在昏暗中》的名字出版。——俄文本注

他的心绞痛症。他的痛苦很难熬,时间长,加上对死亡的恐惧就更强烈,而他的死期大概近了。心绞痛症本身并不是什么了不起的病,然而在德〔米特利〕·瓦〔西里耶维奇〕身上,它却有人们称之为动脉粥样病变的症状,而这却是老年人的不治之症。关于这种病,如果您想象一根普通的细胶皮管经过长久使用而失去弹性、收缩性、坚固性,变得又硬又脆,那您就得到了清楚的概念。动脉之所以变成这样是因为它的管壁天长日久渐渐增厚或者钙化。只要用力拉紧一下,血管就会破裂。由于血管是心脏的延续,因而通常心脏本身也会发生病变。有了这种病就会营养不良。心脏本身吸收营养很少,因而其中的神经节得不到营养,就会发病,于是心绞痛症发作了。

不管医师们怎样恐吓,可是德〔米特利〕·瓦〔西里耶维奇〕还可以活很久,虽然明天也可能去世;究竟在什么时候,在哪一天,哪个小时,这根绷紧的弦会断裂,朽烂的房顶会塌下来,那是很难说的。我父亲跟德〔米特利〕·瓦〔西里耶维奇〕同岁,动脉病变已经有十年了。我们的矿物学教授①也有这样的动脉和心绞痛症,可是继续讲课。一切都要看每个病例的个别情况。

我三月三十一日动身②。为了避免麻烦您,关于书的事我会写信给我的哥哥(当然,这是说如果有必要的话)。

复活节小说我要努力写出,给您寄去。

祝您和您的一家过一个不是多雨的美好夏天,身体健康,生活安宁。我是忠实于您的

安·契诃夫
一八八七年三月十八日
于莫斯科

---

① 指莫斯科大学教授 M.A.托尔斯托皮亚托夫。——俄文本注
② 契诃夫准备到故乡塔甘罗格去。——俄文本注

六二

致尼·亚·列依金

基督复活了①,最可爱的尼古拉·亚历山德罗维奇:

您的信昨天收到了。这封信是一个邮递员给我送来的,他穿一件褪色的大衣,脸相忠厚;他交完信,就把他的邮袋放在一条长凳上的水盆旁边,坐在厨房里喝茶,一点也不为那些收信人操心。完全是亚细亚②!四周围是十足的亚细亚,我简直不相信我的眼睛了。六万个居民不干别的,专门吃啊,喝啊,生儿养女啊,别的方面的兴趣却一点也没有。不管你到哪儿去,到处都是复活节甜面包、鸡蛋、桑托林果酒、怀抱的婴儿,可是哪儿都没有报纸,没有书……这座城的地势在各方面都好,天气绝佳,当地的出产非常多,可是居民们疲沓得要命……人人都有音乐才能,有幻想和说俏皮话的天赋,神经质,感情丰富,可是这些都白白糟蹋了……一个爱国者也没有,一个善于做生意的人也没有,一个诗人也没有,甚至一个像样的面包房老板也没有。

星期六我要到诺沃契尔卡斯克去,在一个阔绰的哥萨克女人③家里做傧相。我大喝一通顿河的酒以后就回到塔甘罗格,十四日到顿涅茨去。您以后仍旧写信到塔甘罗格来吧。

有一个小小的要求:请您尽快地向您那位黑胡子的按摩专家打听一下,哪一本**实用**的按摩教程被认为是最好的一本?劳驾把他的答复写在一张明信片的空白地方,按下列地址寄出:塔甘罗格

---

① 基督教复活节的祝辞。
② 旧俄时代骂人的话,指落后粗野的人。
③ 伊·瓦·叶烈美耶夫医师的妹妹。——俄文本注

城,伊凡·瓦西里耶维奇·叶烈美耶夫医师收。您因此会使我感激不尽,因为我和我的 collega① 五月间要为一个胖子进行按摩。劳驾,请您不要忘记。

唉,此地的女人都是什么样子啊!

昨天我坐车去看海。好!只有一件倒霉的事:我因为改换饮水和食物而害了肠胃炎。我不时跑开……此地的厕所是露天的,而且远得不得了……在我跑到以前,总要遭到许多不愉快的麻烦事。

我给《〔彼得堡〕报》写了一个短篇小说②,现在要连同这封信一齐送到火车站去。

请您来信。问候普拉斯科维雅·尼基福罗芙娜和费嘉。再见。

您的安·契诃夫

一八八七年四月七日

于塔甘罗格

六三

致玛·巴·契诃娃

知音的读者和虔诚的听者:

我按照日期的先后顺序继续写下去,心里突突地跳。

四月二日。从莫斯科到谢尔普霍夫,一路上很乏味。旅伴们

---

① 拉丁语:同行。
② 《哥萨克》,发表在1887年4月13日《彼得堡报》第99期上。——俄文本注

都是些注重实际而且个性很强的人①,他们始终只谈面粉价钱。七点钟到达谢尔普霍夫。奥卡河又干净又好。有轮船开到卡希拉和卡卢加去。将来有工夫倒不妨去一趟。

十一点钟火车到达图拉,整个城市昏暗。在火车上我认识了一个军官,姓沃尔仁斯基,他给我一张名片,约我到塞瓦斯托波尔后去找他。他从莫斯科来,他哥哥是一个医师,从一个县里到莫斯科去参加医师会议,得了斑疹伤寒,死了,留下一个寡妇。在图拉,我喝了当地的烧酒,微微有点醉意,昏昏沉沉。我睡了,把身子蜷得很厉害,像费多尔·季莫费依奇那个样子,鼻子挨近靴尖。火车开到奥勒尔,我醒过来,在那儿寄一张明信片到莫斯科。天气很好。难得看到雪。

十二点钟到达库尔斯克。停车一个小时,我喝了一杯白酒,到盥洗室去洗了个脸,喝了一盘白菜汤。换一次车。车厢里坐满了乘客。过了库尔斯克以后我立刻认识了一些人,一个像亚沙·柯尔涅耶夫②那么嘻嘻哈哈的哈尔科夫地主,一位到彼得堡去动过手术的太太,一个契木县的警察局长,一个小俄罗斯籍的军官,一个穿军法官制服的将军。我们就解决社会问题,将军的见解正确、简短、开明;县警察局长是一个苍老憔悴的放荡的骠骑兵的典型,想念风流事,像省长那样装腔作势;他说话之前,先把嘴张开很久,一说话就像狗似的咆哮:呜—呜—呜—呜……;那位太太往自己身上注射吗啡,打发男人到火车站去买冰……在别尔戈罗德我喝了一盆白菜汤。我们在九点钟到达哈尔科夫。我同警察局长、将军和其他人非常动人地告别。车厢里差不多空了。我和沃尔仁斯基

---

① 契诃夫的叔叔米·叶·契诃夫谈到契诃夫的弟弟伊凡·巴甫洛维奇·契诃夫的时候说他是个"注重实际而且个性很强"的人。——俄文本注
② 指莫斯科医师柯尔涅耶夫,在莫斯科的萨多瓦亚—库德林斯卡亚街有一所房子,自1888年起到1889年止契诃夫一家就住在这所房子里。——俄文本注

各占一个长沙发,我没有用妈妈的瓶子来帮忙,很快就睡着了。夜里三点钟我醒过来,因为那个军官收拾行李,要下车了。洛佐瓦亚车站。我们告别,答应日后(?!)互相拜访。我再睡觉,火车开了。我在斯拉维扬斯克醒过来,在那儿寄出一张明信片。在这儿认识一些新朋友:一个貌似伊洛瓦依斯基的地主,一个铁路查票员。我们批评铁路。查票员讲起洛佐沃—塞瓦斯托波尔铁路从亚速斯卡亚铁路那儿偷来三百个车皮,漆成自己的颜色。

哈尔齐斯克。白天十二点钟。天气好极了。有草原的气息,传来鸟鸣声。我看见了老朋友:在草原上空飞翔的鸢鹰……

古墓、水塔、建筑物,这都是我所熟悉,我所记得的。在小餐厅里我吃了一份非常可口的、油腻的绿色白菜汤。后来我就在月台上散步。有些小姐。在火车站二层楼尽头上一个敞开的窗子里坐着一位小姐(也许是一位太太,鬼才知道),穿一件白色短上装,慵懒而美丽。我瞧着她,她瞧着我……我戴上夹鼻眼镜,她也戴上夹鼻眼镜……啊,一幅美景!我开始心脏发炎,往前走去。天气好得不得了,好得要命。那些小俄罗斯人、阉牛、鸢鹰、白色的农舍、南方的小河、顿涅茨铁路的支路以及孤零零的一根电报线,地主和佃户的女儿、深棕色的狗、一片碧绿,像梦似的闪过去……天气炎热。查票员唠叨得使人厌烦。肉饼和馅饼有一半没吃,开始有点馊味了……我就把它们连同剩下的白酒一起塞在别人的座位底下。

四点多钟。海出现了。然后是罗斯托夫铁路线美丽地蜿蜒前进,然后是监狱、养老院、小伙子、货车……别洛夫旅馆、米哈依洛夫教堂和它那粗糙的建筑样式……我到了塔甘罗格。叶果鲁希卡[①]来迎接我,他是个身材魁梧的青年,装束得像阔少爷一样:帽子、值一个半卢布的手套、手杖等等。我没有认出他,可是他认出

---

① 契诃夫的堂弟盖奥尔吉·米特罗方诺维奇·契诃夫。——俄文本注

186

了我。他雇了一辆马车,我们就坐上马车走了。此地给人一种赫库兰尼姆和庞贝①的印象:没有人,代替干尸的是带着睡意的小伙子②和一个个甜瓜般的脑袋。所有的房子都像是压扁了,很久没有粉刷过,铁房顶没有油漆过,百叶窗放下来……从警察街起就是一路烂泥,然而正在变干,所以黏糊糊,坑坑洼洼,马车只能走得很慢,而且就连这样也有危险。我们的马车一步步走到了……

"这,这,这是……安东希契卡呀!……"

"心肝宝贝啊!"

这所房子附近有一个小铺,形状像是一个装香皂的盒子。房子的门廊处在气息奄奄濒临死亡的状态,客房只保留着一个特点,那就是干净得出奇。叔叔还是老样子,不过头发明显地变白了。他仍旧亲切、温柔、诚恳。留〔德米拉〕·巴〔甫洛芙娜〕③一"高兴"就忘了放贵重的茶叶;一般说来,她认为在不必要的时候赔礼道歉和漫骂顶撞都是必要的。她怀疑地瞧着我,看我挑不挑眼。不过尽管这样,她还是乐于款待我,爱抚我。叶果鲁希卡是个好人,按塔甘罗格的标准来说是正派人。他讲究穿着,爱照镜子。他花二十五个卢布买了一个女式怀表,跟小姐们一块儿散步。他熟识玛玛卡,熟识戈罗希卡,熟识巴基契卡以及其他的小姐,这些小姐生到世上来是专门为了把一些甜瓜样的脑袋填满未来的空白的。符拉季米尔契克④外貌很像那个在我们家里住过的又瘦又伛偻的米宪科,他为人温和、沉默寡言;显然,他性情很好。他准备成为教堂的巨星。他考进一个宗教学校,巴望日后飞黄腾达,成为总

---

① 意大利的两个古城,公元79年维苏威火山大喷发时,为火山灰所埋,19世纪开始发掘出来;在此借喻"死城"。
② 粗野的小伙子(塔甘罗格的土话)。——俄文本注
③ 米·叶·契诃夫的妻子,契诃夫的婶母。——俄文本注
④ 契诃夫的堂弟符拉季米尔·米特罗方诺维奇·契诃夫。——俄文本注

主教。那么，叔叔家里不但有直觉知神派，甚至还会有自己的总主教了。萨霞①仍旧跟从前一样。列丽雅②跟萨霞差不多。最惹人瞩目的是孩子们对待父母和他们相互之间的那种亲热。伊莉娜③发胖了。房间里仍旧是老样子：那些肖像画糟得很，柯阿特斯同克拉尔克④挂得到处都是。人的鼻子强烈地闻到一股力求奢华和优雅的气息，然而鉴赏力之差，及不上一只女用的不透水的靴子。拥挤，炎热，桌子不够，一点舒适也说不上。伊莉娜、沃洛嘉和列丽雅同睡一个房间；叔叔、留〔德米拉〕·巴〔甫洛芙娜〕和萨霞同睡另一个房间；叶果尔睡在前堂里一口箱子上；他们大概故意不吃晚饭，要不然他们的房子早就挤碎了。热气从厨房里传过来，而且从火炉里传过来；尽管天气暖和，火炉却还生着。厕所远极了，在围墙旁边；常有些小偷藏在厕所里，因此夜间去解手大有生命危险，远比吃毒药厉害。桌子没有，如果不把那张呢面牌桌和那些纯粹为摆设用的圆桌计算在内的话。一个痰盂也没有，一个像样的脸盆也没有……桌布颜色灰白，伊莉努希卡皮肉松弛，不文雅……也就是说简直想开枪自杀，糟透了！我不喜欢塔甘罗格的趣味，我受不了，恨不能躲开他们，跑到很远很远的地方去。

谢里瓦诺夫的房子⑤空着，荒废了。那所房子看着就乏味，不论要我出多低的价钱把它买下来，我也不干。我心里纳闷：我们怎么会在这所房子里住过？！顺便说一句，谢里瓦诺夫住在自己的庄

---

① 契诃夫的堂妹亚历山德拉·米特罗方诺芙娜·契诃娃。——俄文本注
② 契诃夫的堂妹叶列娜·米特罗方诺芙娜·契诃娃。——俄文本注
③ 米·叶·契诃夫家里的乳母。——俄文本注
④ 粗劣的彩色画，英国工厂卖线时的赠品。——俄文本注
⑤ 这所房子原是契诃夫的父亲巴·叶·契诃夫的，在叶利扎韦京大街上，他们一家在塔甘罗格生活的时候本来住在这所房子里，后来契诃夫的父亲的杂货铺倒闭，全家迁往莫斯科，这所房子就转让给谢里瓦诺夫了。——俄文本注

园里,他的萨霞①放逐出去了……

我喝足了茶,就同叶果尔一块儿到大街上去。天色黑下来。那条街很不错,马路比莫斯科的好。有欧洲的味道。街道的左边是贵族散步的地方,右边是平民散步的地方。小姐多极了:有淡黄头发的,有脸皮发黑的,有希腊人,有俄罗斯人,有波兰人……时兴的装束:橄榄色的连衣裙和短上装。不但贵族们(也就是讨厌的希腊人),就连整个诺沃斯特罗延卡也都穿这种颜色的衣服。撑腰架②都不大。只有希腊女人才敢于用撑腰架,其余的人在这方面就勇气不足了。

傍晚我在家。叔叔穿上教堂看守人③的制服。我帮他戴上一枚他以前一次也没戴过的大奖章。大家都笑。我们到米海洛夫教堂去。外面挺黑。没有出租的马车。街上闪过小伙子的身影,他们到各处教堂里去逛荡。许多人提着灯。米特罗方涅耶夫教堂灯火很亮,从下到上都是十字架。洛包达④家的房子特别触目,在黑夜里他家的窗子特别明亮。

我们走到了教堂。那儿灰色,很小,乏味。窗台上插着些小蜡烛,这是为照明用的;叔叔的脸上洋溢着极幸福的笑容,这种笑容不下于一盏电的太阳灯。教堂的陈设毫不惊人,使人联想到星期日教堂。我们卖蜡烛。叶果尔是大少爷,又是自由思想者,不卖蜡烛,站在一边冷眼旁观。另一方面,符拉季米尔契克却干得很起劲……

宗教行列。两个傻瓜在前面走,摇着五彩焰火,烟雾腾腾,把火星撒在人群身上。人们很满意。教堂的门廊上站着这个教堂的

---

① 谢里瓦诺夫的侄女亚历山德拉·利沃芙娜·谢列瓦诺娃。——俄文本注
② 女性用来放在裙子里,撑开裙子使姿态美观的饰物。
③ "看守人"大概是"主事"之误。——俄文本注
④ 伊凡·伊凡诺维奇·洛包达是契诃夫家的亲戚。——俄文本注

189

创办人、慈善家、尊崇者,由叔叔带头,手里捧着神像,等宗教行列回来……符拉季米尔契克坐在一口柜子上,往火盆里撒神香。烟雾弥漫,人都没法呼吸。可是后来教士们和举神幡的人走到门廊上来了。随后就是庄严的沉静。大家的眼光都转到瓦西里神父身上……

"爸爸,还要撒神香吗?"忽然从柜子顶上传来符拉季米尔契克的声音。

晨祷开始了。我拉着叶果尔,跟他一块儿到大教堂去。没有出租马车,我们无可奈何,只好步行。大教堂里很像样子,规规矩矩,庄严肃穆。唱诗班歌手唱得好。他们声音洪亮,不过纪律很差。波克罗甫斯基①头发花白了;他声音发闷,没有力气。助祭维克托尔我们认不出来了。格利果罗维奇②像是一具死尸。

我在大教堂里遇见伊·伊·洛包达,我凭他那发红的、长满了肉的后脑勺就把他认出来了。我们一直谈到礼拜结束。

我们从大教堂出来,步行回家。我的腿酸痛,发僵。到了家里,我们在伊莉努希卡的房间里开斋:挺好的甜面包、难吃的腊肠、灰色的桌布、闷热、孩子的被子的气味。叔叔在瓦西里神父家里开斋。他酒足饭饱地回来,躺下去,在"这个……这个……这个……"的声音中昏昏睡去。

早晨教士们和歌手们纷纷来访。我到阿加里③家里去。波丽娜·伊凡诺芙娜很高兴。丽波琪卡没有出来见我,因为她那嫉妒的丈夫不放她出来。尼古拉·阿加里是个健康的糊涂人,到处去考试,总也考不中,梦想进苏黎世大学。他愚蠢。从阿加里家里出

---

① 塔甘罗格的一个司祭,当地中学的宗教课教师;他给契诃夫起过一个诨名,叫"安托沙·契洪捷"。——俄文本注
② 执事,一个教堂下级职员。——俄文本注。
③ 契诃夫家在塔甘罗格的邻居。——俄文本注

来,我到萨威里耶娃①太太家里去,她住在康托尔斯卡亚街上一所房顶生了锈的、歪歪斜斜的厢房里。那儿有两个极小的房间,放着两个姑娘的床和一个摇篮。有些亚科甫·安德烈伊奇②在床底下天真而自在地往外张望。叶〔甫盖尼雅〕·雅索诺芙娜跟她的丈夫分居另过。有两个孩子。她变得非常丑陋憔悴了。从种种迹象看来,她处境凄凉。她的米嘉③在高加索一个哥萨克的镇上工作,在那边过单身汉的生活。总之这个人坏透了。

我坐车到叶烈美耶夫家去,碰上他不在家,就留下一张字条。我从那儿到节木布拉托娃太太④家里去。我穿过新商场去找她,这才相信塔甘罗格是多么泥泞、空洞、懒散、无知无识、乏味。文字准确的招牌一个也没有,甚至有这样一个招牌:"俄罗斯饭铺";街道荒凉;市民们脸上现出满足的神情;纨绔子弟穿着长大衣,戴着便帽;诺沃斯特罗延卡满是橄榄色的连衣裙;有不少的小姐和男朋友;墙上的泥灰斑斑驳驳;有一种普遍的懒惰现象:大家都有一种满足于几个小钱和不明确的前途的本领——所有这些,看在眼里都非常可憎,莫斯科以及它的泥泞和斑疹伤寒在我心目中倒显得可爱了。

我在节木布拉托娃家里喝酒,闲扯。从她那儿出来,我就回叔叔家里去了。午饭:菜汤和烤鸡(节日可不能没有家禽啊,孩子!干什么不让自己奢侈一下呢?)吃饭时坎木布烈诺克⑤坐车来了,这个人生着黑头发,剃光了胡子,穿一件白色的坎肩;他已经灌饱了酒,出来四处拜访。他在银行里工作,他哥哥〔……〕在华沙,也

---

① 叶·雅·萨威里耶娃,契诃夫的中学时代和大学时代的同学萨威里耶夫医师的妻子。——俄文本注
② 指尿壶。
③ 指德米特利·萨威里耶夫。——俄文本注
④ 契诃夫的同学泽姆布拉托夫医师的妻子。——俄文本注
⑤ 即坎木布罗夫,契诃夫家的熟人。——俄文本注

在银行里工作。

"皇天在上,务必到我家去!"他讲起来,"我老是读你那些发表在报纸星期六副刊上的作品。我父亲可是个小说中的人物!你去观察一下吧。哎,你都忘记我成了家了!我已经有一个女儿,真的……而且你的样子大变了!"等等。

饭后(那顿饭吃的是加硬米粒的菜汤和鸡),我坐车到霍达科甫斯基①家去。这位先生日子过得不坏,不过从前我们知道的那种豪华,现在却没有了。他那生着淡黄色头发的玛尼雅长得挺胖,像是一块煎透了的肉,侧面看上去还漂亮,可是 enface② 不中看。她眼睛底下赘着小肉囊,皮脂腺在加强活动。显然,她是个有胆量的女人。后来我才听说,在上一个季节她几乎跟一个演员私奔,甚至卖了她的戒指、耳环等。当然,这是严守秘密的……一般说来塔甘罗格有一种跟演员逃跑的风气。许多人丧失了自己的妻子和女儿。

我从这位先生家里出来,就到洛包达家里去。洛包达一家人都老得厉害。阿诺沙③头顶秃得像月亮,达宪卡④发胖了,瓦连卡⑤苍老了,又瘦又干;她一笑,鼻子就瘪下去,下巴就皱起来,往鼻子那边凑过去。玛尔法·伊〔凡诺芙娜〕⑥也老了。她头发白花花的。她见到我很高兴,答应跟我一块儿到莫斯科去。

我在洛包达家里看到长生不死的查连科⑦,他嬉皮笑脸,说话

---

① 契诃夫家在塔甘罗格的熟人。——俄文本注
② 法语:正面(看上去)。——俄文本注
③ 洛包达的妹妹。——俄文本注
④ 洛包达的妹妹。——俄文本注
⑤ 洛包达的弟弟。——俄文本注
⑥ 姓莫罗左娃,娘家姓洛包达,契诃夫的舅母。——俄文本注
⑦ 塔甘罗格的一个军队中的文官。——俄文本注

很多,思想开明。彼得·扎哈雷奇①很活泼;他看到我很高兴,关心我们全家……他说话发出一种嗄哑的、极其刺耳的声音,因此听他说话而要不笑是根本不可能的:他结了婚,可是同他的妻子离婚了。我从洛包达家里出来回家去,遇见萨威里耶夫太太和她的女儿。那女儿完全像他的父亲,爱笑,善于说话。我帮她穿上从脚上掉下来的雨鞋,她为了表示感激而娇滴滴地看我一眼,说:

"您到我们那儿去住吧。"

我回到家里,碰见约翰·亚基莫甫斯基神父,他是个满身脂肪、肥头肥脑的教士,多承他关心,对我的医学发生了兴趣,而且使得叔叔大为满意的是多承他厚爱,说了这样一句话:

"我为您的父母高兴,因为他们有这样好的孩子。"

助祭神父也对我发生兴趣,并且说他们的米哈依洛夫唱诗班(由一个醉醺醺的指挥领导的一伙饿狼)被人们认为是全城第一名。我同意,其实我知道约翰神父和助祭神父一点也不懂歌唱。一个教堂下级职员毕恭毕敬地坐得远远的,饥渴地碰一碰教士和助祭享用的果酱和葡萄酒。

傍晚八点钟,叔叔、他的家人、伊莉娜、狗、住在堆房里的老鼠、家兔,都睡着,入了梦乡。不管愿意不愿意,我自己也得睡了。我睡在客堂里一张长沙发上。那张长沙发还没有长大,像从前那么短,所以我一躺下去就得不像样子地把腿缩上来,要不然就得把两只脚放到地板上,我想起了普罗克鲁斯特②和他的床。我盖一条用线绗过而又硬又热的被子,到夜间那个经伊莉娜烧旺的火炉一发威风,这条被子就讨厌得叫人受不了。亚科甫·安德烈伊奇是只有在梦想和幻想中才能使用的。这种奢侈品在塔甘罗格只有两

---

① 塔甘罗格的一个运水工人。——俄文本注
② 希腊神话中的强盗,他强迫过路人躺在他的一张床上,比床长的就砍掉这人的脚,比床短的就把这人拉长。

个人敢于享用:市长和阿尔费拉基①;其余的人要么就得尿床,要么就得旅行到很远很远的地方去。

四月六日。我五点钟醒来。天空阴霾。外面刮着不愉快的冷风,使人想起莫斯科。乏味得很。我等到大教堂敲钟,就去做晚弥撒。大教堂很可爱,很像样,不乏味。歌手们唱得好,不庸俗,做礼拜的人全是小姐,穿着橄榄色的连衣裙和巧克力色的短上装。漂亮的姑娘很多,多极了,弄得我都遗憾自己不是米希卡了,他倒是十分想望漂亮姑娘的……本地的大部分姑娘都身材匀称,侧影好看,不反对搞点恋爱。此地却根本没有男伴,如果不算上那些希腊籍的经纪人和那些不像样的坎木布烈诺克之流的话;所以军官和外来的人在此地很吃香。

我从大教堂出来就到叶烈美耶夫家去。我在他家里见到他的妻子,她是一位很可爱的年轻太太。叶〔烈美耶夫〕把他的家布置得很不坏,有莫斯科的气派。我看着他的大住宅,不相信亚历山德拉的话了,他说在塔甘罗格是没法安家的。来客很多,是当地的贵族,其实都是些渺小而不足道的人,不过从中也还可以选出些不错的人。我认识了一个军官德热巴利德杰,他是本地的名流,进行过决斗。我见到一些医师:法米里扬特、罗木勃罗、姚尔达诺夫等。三点钟叶〔烈美耶夫〕自己回家来了,已经喝得大醉。他为我的到来十分高兴,对我口口声声说永久的友谊;我同他相交很浅,可是他赌咒说他在世界上只有两个真正的朋友:我和柯罗包夫。我们坐下来吃午饭,大喝烧酒。菜很体面:没有硬米粒的好汤和子鸡。尽管刮着冷风,饭后我们还是到卡兰钦去了。这儿,在卡兰钦,有许多别墅,又便宜又舒适,来年可以租一所,可是别墅太多又使我心里别扭;别墅一多,人就多,就嘈杂。康木巴涅依斯基磨坊里有

---

① 塔甘罗格的一个富商。——俄文本注

一所别墅,可是我不喜欢那个地方。许多人劝我到距塔甘罗格七俄里以外的米乌萨去,那儿也有别墅。等我去过后就写信告诉你。米乌萨的别墅卖价很便宜。花五百到一千个卢布就可以买到一所还不错的别墅,外带小花园和河岸。比菌子还便宜呢。

四月七、八、九、十日。最乏味的几天。天气阴冷。我整天"让鬼迷了心窍"。我白天晚上地跑来跑去。晚上活受罪:天黑,风大,门,吱吱嘎嘎响,很难关紧,在漆黑的院子里逛荡,四下里寂静得可疑,缺乏报纸……我买了美洲烟草,可是此地的美洲烟草是无耻地仿制的,有艾草的苦味。我每天晚上都要懊悔,骂自己自愿吃苦,离开莫斯科,跑到这个仿制美洲烟草、天黑、厕所远在围墙旁边的地区来。经常有一种过野营生活的不舒适感觉,此外还有"这个……这个……这个……你吃得太少了,你倒是多吃点呀……我忘了放那种好茶叶了"……只有一个安慰:叶烈美耶夫夫妇和他那舒适的住宅……命运还算怜惜我:我没看见阿尼西木·瓦西里奇①,总算还不必勉强谈政治。要是我遇见阿尼西木·瓦西里奇,那就只好往我脑袋上开一枪了。

我"让鬼迷了心窍",所以很少走出家门。一走了事是不行的,因为天冷,再者我也想看一看送别的场面。十九日和二十日我要到新切尔卡斯克去参加婚宴,当傧相,或早或晚要到克拉甫佐夫②家里去一趟,那儿生活虽不舒适,却比塔甘罗格的舒适还要舒适一千倍。

四月十一日。我在叶〔烈美耶夫〕家里喝醉了,后来我们一伙人到墓园里去,到卡兰钦去。我到公园里走了一趟。那儿在演奏

---

① 姓彼得罗夫,是塔甘罗格的一个警官。——俄文本注
② 彼·加·克拉甫佐夫,地主的儿子;契诃夫做过他的家庭教师。这一次契诃夫到顿涅茨地区他父亲的庄园里访问他。——俄文本注

音乐。花园挺好看。有太太们的香气,而不像索科尔尼吉①那样充满茶炊的烟气。圆场上挤满了人。

我天天认识好些姑娘,也就是说好些姑娘到叶〔烈美耶夫〕家里来看一看这个"写文章"的契诃夫是个什么样的人。她们大多数不丑,也不愚蠢,可是我冷冷淡淡,因为我害着肠炎,它扑灭了一切感情。

现在谈一谈当前的事情。去世的有希烈木普夫医师、西拉·玛琳倩科②、玛尔法·彼得罗芙娜③……我见到了玛丽雅·尼基福罗芙娜④,她叫我"兄弟"。叶果鲁希卡在俄罗斯轮船公司工作。他早晨五点钟出门去上班,午饭时回来,下午五点又去上班,到九点钟从经理处出来,又累又饿,到公园里去陪小姐们散步。他是个工作勤恳、为人正派的小伙子。他瞒着父亲吸烟;留〔德米拉〕·巴〔甫洛芙娜〕掩盖她儿子的这种罪行,深怕米特罗法沙⑤嗅出歪门邪道来。叶果鲁希卡既不到小铺里去,也不到教堂里去,因为没有时间。他每天去上班,连大节期也不例外。他得到允许,可以夜深回家,可以谈女人;符拉季米尔契克瞧着他的生活眼红。

消防队的瞭望台漆成红色了。阿·福·吉亚科诺夫仍旧像蝮蛇那么细,穿着布裤子,头上戴着的与其说是一顶便帽,不如说是一口煎锅。恰康活着,不过我还没有见到他。库尔德特和法伊斯特⑥不准备死掉。

我看见了出丧的行列。看见开着盖的棺材,看见死人的头在棺材里颠动,那是不愉快的。墓园很美,可是被人打劫一空了。卡

---

① 莫斯科的一个公园。
② 未查明。——俄文本注
③ 未查明。——俄文本注
④ 塔甘罗格的一个无定居处的厨娘,她是阿丰宗教协会的会员。——俄文本注
⑤ 即米特罗方·叶果罗维奇,契诃夫的叔叔。——俄文本注
⑥ 塔甘罗格的两个钟表匠。——俄文本注

达普里①的墓碑被人糟蹋得很厉害。巴威尔神父仍旧不怀好意,装束讲究,毫不泄气:到处去告密,骂人。他逛商场,看到玛尔福契卡坐在自己的小铺旁边。

"妈的,您干什么坐在这儿?"他对她说,"鬼才知道天多么冷,您却不待在屋里,关上门! 这么冷的天气,您撞上鬼啦!"

叔叔跟稽查员一块儿出巡。稽查员是税务督察官,却成了个大人物,留〔德米拉〕•巴〔甫洛芙娜〕一看见他就发抖;这人请玛尔福契卡做他孩子的教母,她一高兴,差点把她的撑腰架染成黄色。显然他是个大滑头,善于利用他的地位。他冒充将军,而叔叔和洛包达一家却都相信他有这个品位。

波克罗甫斯基做了监督司祭。他在他那个小天地里是个人人恐惧和尊崇的人。他一举一动像个主教。他母亲打牌爱作弊,而且输了不给钱。

四月十四日。哎呀! 这杯苦酒没有放过我:昨天活泼而唠叨的警官阿尼西木•瓦西里奇来了。他一进门就用坎本布烈诺克的那种腔调讲起来,不过嗓门响极了,尖极了,连一百个坎木布烈诺克也比不上:

"我呀,主,叶丽②说,我活得好好的,可您为什么不来看我一趟啊? 我的菲尔斯③都哭了。那么尼古拉•巴甫雷奇画完《美莎琳娜》④了吗? 他的画拿到画展上去没有? 那么您怎么样啊?"

他讲到警察局长要他保证日后不再为报纸写文章,这个警察局的头头约定如果他胆敢哪怕再写一行,就在二十四小时内把他驱逐到乌拉尔去,等等。接着他又讲起天气,讲起社会主义者,讲

---

① 塔甘罗格的一个地主。——俄文本注
② 应是叶丽雅。——俄文本注
③ 阿•瓦•彼得罗夫的儿子,海员。——俄文本注
④ 罗马皇帝克劳第的第三个妻子,以荒淫著名。

起意大利,讲起道德败坏,讲起黄鼠,滔滔不绝,抑扬顿挫,不停地感叹,而且声音那么响,我差点晕过去。于是我带着他走到院子里去。他一直坐到傍晚;为了摆脱他,我就到公园里去,他跟着我走;我从公园里出来,跑到叶烈美耶夫家去,他又跟着我走。我到了那儿没有见到叶烈美耶夫,就走回家去,这个警察局的僵尸又跟着我走,等等。他约好今天跟着我走,陪我到墓园里去。

今天接到伊凡的信。我分两批寄给你们十六页日记,你们还没收到,我感到惊讶。

我的肠炎仍旧弄得我常从房间里跑到厕所去,再跑回来。伤风过去了,可是有一种新的病来代替它,那就是左面小腿上的静脉发炎。有一俄寸长的静脉硬得像石笔一样,很痛。我的病数不完!《圣经》上的一句话应在我的身上了,那就是人在病中生儿育女……不过我的儿女不是叶果尔,不是符拉季米尔契克,而是短篇小说和中篇小说,不过关于小说我现在连想也不能想……写作变得可憎了。

《〔彼得堡〕报》登了我的两个短篇小说,也就是六十五到七十个卢布。四月间我又寄去一篇;这样,你们四月间从《〔彼得堡〕报》可以拿到一百个卢布。关于《新时报》,目前什么也谈不上。

噢,瓦西里神父病重了。

刚才有个使者来对我说,伊罗季阿达·叶果罗芙娜①,或者伊拉伊达,想跟我见一见面。她埋葬了她的母亲和丈夫,现在带着悲痛第二次出嫁了。我们这儿的天气很好,可是有风。

随信附上塔甘罗格的幽默的一个例子。请你代为保存。

洛包达的生意萧条,叔叔的买卖一天只有几个五戈比的辅币,

---

① 即伊拉伊达·叶果罗芙娜·萨维奇,在70年代初期萨维奇一家曾经住在契诃夫家里。——俄文本注

就连这一点也很费劲。不知什么缘故,那些在他这儿领薪水的歌手和工人必得在他的小铺里赊买货物。

宫里没有做礼拜。小礼拜堂锁上门,生锈了。

星期二我去参加墓园的送别场面。这个送别场面新奇之至,应该专门描写一下,所以现在我不谈,留到另一次再写。星期三必须再往前走,可是腿上的静脉不容我走路。从星期三到星期六我在公园里、俱乐部里逛荡,到小姐们家里去。不管塔甘罗格的生活多么乏味,叫人难受,可是它又明显地把人吸引进去;要习惯它是不难的。在我逗留塔甘罗格的整个时期里我只能对下列的事物说句公道话:市上那种异常好吃的面包圈、桑托林酒、粒状鱼子酱、出色的街头马车、叔叔的毫不做作的亲切。其余的都不好,不值得羡慕。诚然,此地的小姐们不难看,可是跟她们相处却需要习惯。她们动作急、对男人的态度漫不经心、常常脱离父母而跟演员一块儿跑掉、喜欢扬声大笑、容易钟情、打着呼哨招呼狗、喝葡萄酒,等等。她们当中甚至有喜欢冷嘲热讽的人,例如淡黄色头发的玛尼雅·霍达科甫斯卡雅就是这样。这个女人不但触犯活人,甚至也触犯死人。有一次我同她在墓园里散步,她一直嘲笑死人和他们的墓志铭,嘲笑教士、助祭等。

塔甘罗格最惹人讨厌的东西就是永远关着的百叶窗。不过早晨,每逢打开百叶窗,一大片亮光闯进房间里来的时候,心里就会觉得畅快。

星期六我往前走。在海滨火车站,空气好得出奇,粒状鱼子酱只要七十个戈比一磅。在罗斯托夫停车两小时。在诺沃切尔卡斯克停车二十小时。我在熟人家里过夜。总之,鬼才知道还有什么地方我没有睡过:我睡过有臭虫的床,睡过普通的长沙发,睡过短小的长沙发,睡过箱子盖……上一夜我在一个又长又窄的客厅里过夜,睡在一个长沙发上,挨着一面镜子;亚科甫·安德烈伊奇像是一个大海碗,外面涂了些不必要的浅颜色。现在我在新切尔卡斯克。我刚吃过早饭:鱼子酱、肉、齐姆良斯克①香槟酒、味美的加青葱的肉饼。

我要去为一位小姐做傧相,不过她把婚期推延到星期五了。星期四我又要到新切尔卡斯克来,可是今天四点钟我得往前走。在兹维烈沃得停车九小时。现在,再见。

安·契诃夫

一八八七年四月七日至十九日

于塔甘罗格

明天早晨我再往前走。

六四

致玛·巴·契诃娃

现在是夜间三点钟。我又坐在兹维烈沃,准备到新切尔卡斯克去参加婚礼。我在计算一分一秒,心里苦闷,想起了莫斯科的床。我在计算一分一秒,慢吞吞地喝茶,跟乘客们攀谈,读医师日历,可是这样做似乎时间也没有缩短。

星期六我又要到克拉甫佐夫②庄园里去,又得在兹维烈沃等车九小时。哎!!!

关于克拉甫佐夫的住处,我日后要冗长地描写一下。他那儿生活得不错:树林、辽阔的草原、大鸨、傻瓜、酸牛奶、一天吃八顿饭。在克拉甫佐夫家里住着,可以医好十五次肺结核病和二十二

---

① 顿河地区的一个城市。
② 参看上一封信。——俄文本注

次风湿病。不过,痔疮却不肯退让。问大家好。小扎别林①在干些什么事?

安·契诃夫

一八八七年四月二十三日

于兹维烈沃

六五

致尼·亚·列依金

最善良的尼古拉·亚历山德罗维奇,昨天我坐着邮车到伊万诺夫卡(有二十三俄里远)去,在那儿收到您的两封信,一封是您寄到克烈斯特纳亚去的,一封是从塔甘罗格转来的。在这儿,邮务被认为是一种奢侈品,因此邮政机关不多,就连已有的邮政机关也没事做,闲坐着……为了收到信或者报纸,就得等机会,这儿的人谁也不特意坐车去取信。要是您常白白地坐车去,也就是去取信,您就要冒险,被大家认为是闲人、自由思想者、社会主义者。

您不该为我的沉默生气。我倒乐意写信,可是没处寄。而且我给您寄过的信也不像您所说的那样是一封,而是两封:一封是寄到彼得堡去的,一封是寄到伊万诺沃村去的。

现在我坐车到斯拉维扬斯克去,从那儿到圣山去,在那儿住三四天,持斋、祷告。然后我再从圣山到塔甘罗格去……

真可怕,我只有五十三个卢布了。我只好剪掉自己的翅膀,在

---

① 兹维尼戈罗德的一个地主,是酒徒;在此指契诃夫的二哥尼古拉·巴甫洛维奇·契诃夫。参看第四○封信的注。——俄文本注

应该吃东西的时候舔嘴唇。现在我在坐三等车,等到我的衣袋里只剩下二十个卢布,我就马上回莫斯科去,免得沿街乞讨。

啊,要是我多有二三百个卢布,我就会拿点颜色出来给人看看!我就会周游全世界!《彼得堡报》的稿费寄到莫斯科我家里去了。我对《花絮》的稿费寄予很大的希望,请维〔克托〕·维〔克托罗维奇〕①把这笔稿费寄到塔甘罗格去。

我最近一段时期住在顿河的瑞士,住在所谓顿涅茨丘陵的中心:山峦、小山脉、小树林、小河和草原、草原、草原……我住在一个退休的哥萨克少尉家里,这个人远离人群而住在自己的地段上。他给我吃鹅肉汤,要我睡木板床,一清早就放枪而把我惊醒(此地不兴宰鸡宰鹅,而是开枪打死),受到惩罚的狗发出尖叫声,不过我仍旧生活得挺好。印象很多。要是维〔克托〕·维〔克托罗维奇〕跟我一块儿生活一天,那他要么就逃之夭夭,要么以为自己住在新加坡或者巴西了。一般说来我对这次旅行是满意的。不愉快的只有缺钱用。说来叫人难以相信,然而这是实在的:我是带着一百五十个卢布离开莫斯科的。

再见。马车来了。关于痔疮,以后再谈。今天我赶路一直到深夜。

向您一家人致敬。

       您的安·契诃夫
       一八八七年五月五日
       于拉果齐纳·巴尔卡

---

① 俄国作家,《花絮》杂志编辑部秘书比里宾。——俄文本注

六六

致玛·巴·契诃娃

我带着悸跳的心继续写下去。我从克拉甫佐夫家里出来,到圣山去。必须先沿着顿涅茨铁路从克烈斯特纳亚到克拉马托罗夫卡,才能到达亚速斯卡亚铁路。而顿涅茨铁路的形状如下图:

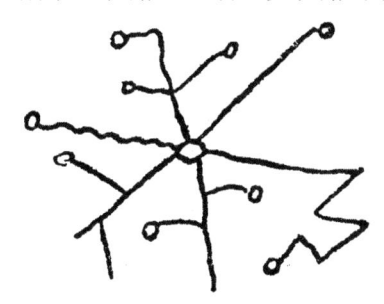

中央的圆圈就是圣杰巴利采沃。其余的圆圈是各式各样的巴赫穆特、伊久姆、利西昌斯克、卢甘斯克和别的乱七八糟的地方。所有的支路彼此十分相像,就跟坎木布烈诺克之流一样,所以到杰巴利采沃去的路上从自己的列车混到别的列车里去是很容易的,犹如在黑地里错把威斯达①看作造假钱的②一样。却原来我是个十分精明机灵的人,居然没有弄错列车,傍晚七点钟顺利到达克拉马托罗夫卡。此地闷热、有煤味,〔……〕停车一个半小时。从克拉马〔托罗夫卡〕,我沿着亚速斯卡亚铁路到达斯拉维扬斯克。暮色昏暗。赶马车的拒绝夜间到圣山去,劝我在斯拉维扬斯克过夜,我非常情愿地照办了,因为我感到筋疲力尽,腿疼得一瘸一瘸的,

---

① 列维丹的狗。——俄文本注
② 俄国女作家基谢廖娃的狗。——俄文本注

像吊着四万个列依金一样。从火车站到城里有四俄里远,坐敞篷马车要三十个戈比。这个城有点像果戈理的米尔哥罗德;有理发馆和钟表店,因此可以期望一千年后斯拉维扬斯克会有电话。屋里的墙上和屋外的院墙上贴满了动物园展览的海报,围墙旁边有粪便和牛蒡草,在尘土飞扬和绿树成荫的街道上小猪、小母牛和别的家畜在散步。房屋看样子殷勤而亲切,像好心肠的老婆婆;街道宽阔,路面松软,空中有丁香花和金合欢的香气;远处传来夜莺的歌唱声、青蛙的呱呱声、狗叫声、手风琴的响声、一个女人的尖叫声……我在库里科夫旅馆下榻,花七十五个戈比住了一个客房。自从常在木板床上睡觉,用洗衣盆洗脸以后,看见铺着褥垫的床、洗脸盆就心里发甜;啊,慷慨的命运!还有一个最可爱的亚科甫·安德烈伊奇①。(我周游世界,得出一个结论,那就是亚科甫·安德烈伊奇远比亚科甫·阿历克塞伊奇、亚科甫·谢尔盖伊奇·奥尔洛甫斯基②,甚至亚宪卡·玛有益和愉快得多!)绿色的树枝闯进敞开的窗口,微风吹拂……我像猫似的伸懒腰,眯眼睛,然后要求开饭;我只花三十个戈比,他们就送来一份煎牛里脊,块头极大,比最大的发髻还要大,人有同等的权利既可以把它叫作煎牛里脊,又可以把它叫作拍软的煎牛排,或者焖牛肉、小肉枕头,要不是因为我饿得像狗和打猎的列维丹一样,我就一定把它垫在腰底下了。

早晨天气晴朗。由于这天是节日(五月六日),当地的大教堂里钟声当当。这是做完弥撒,放人出来了。我看见警察局分局长、调解法官、军事长官和其他品级的显贵陆续走出教堂。我买了两个戈比的葵花子,花了六个卢布租下一辆带弹簧的马车,到圣山去一趟,然后(过两天)再回来。我穿过许多小巷走出城去,那些小

---

① 指尿壶。
② 契诃夫认识的一个文官。——俄文本注

巷完全淹没在碧绿的樱桃树、杏树、苹果树里。鸟雀无休无止地歌唱。路上遇见的小俄罗斯人大概以为我是屠格涅夫,都脱帽鞠躬,我的车夫格利果利·波列尼奇卡屡次从车座上跳下来整理马具,或者用鞭子抽打追逐马车的顽童……朝山拜圣的香客在大道上络绎不绝。到处是白色的山冈和高丘,地平线是淡紫色,黑麦长得挺高,常常遇到橡树林,所缺的只有鳄鱼和响尾蛇了。

我在十二点钟到达圣山。那是个异常美丽别致的地方:修道院坐落在顿涅茨河岸上,一块白色大峭壁的山脚下,小花园、橡树、古松层层叠叠,挤在一起,一棵压着一棵。似乎峭壁上的树太密了,有一种什么力量把它们尽量往上推,往上堆……那些松树简直就悬在半空中,眼看就要倒下来了。杜鹃和夜莺白天黑夜不停嘴地唱……

那些修士是十分可爱的人,却给我一个十分不可爱的、像薄饼形状的客房。我在修道院里住了两夜,带走了无数的印象。在我逗留的期间,正遇上尼古拉节,因而聚集了将近一万五千个香客,其中九分之八是老太婆。这以前我一直不知道世界上有那么多的老太婆,要不然我老早就开枪自杀了……关于那些修士、我同他们的相识,关于我怎样给修士和老太婆看病,我要在《新时报》上报道一下①,等我们见面时再详谈。礼拜式是没完没了的:夜里十二点钟打钟做晨祷,五点钟做早弥撒,九点钟做晚弥撒,下午三点钟唱赞美诗,五点钟做晚祷,六点钟做特别礼拜。每次礼拜以前,过道里就响起铃铛的哭声,奔跑的修士用债主要求债务人每个卢布至少还五个戈比的口气喊道:

"主耶〔稣基督〕,怜恤我!请您去做晨祷吧!"

---

① 契诃夫把他在圣山的居留情况描写在他的短篇小说《风滚草(旅途素描)》里。这篇小说发表在1887年7月14日《新时报》第1887号上。——俄文本注

留在客房里不去是不妥当的,因此只好站起来,走出去……我在顿涅茨河的岸上选中一个小地方,坐在那儿把所有的礼拜应付过去。

我给舅母费〔多霞〕·亚〔科甫列芙娜〕买了一个神像。

修道院的饭食免费供应一万五千个人:白菜汤加干鲍鱼和稀粥。这两样吃食跟黑面包同样好吃。

钟声好听。歌手不好。我参加了乘船的宗教游行。

我不再描写圣山了,因为一言难尽,这只是潦草地写几句罢了。

在回去的路上我在火车站等了六个小时。闷极了。在一列火车上我看到了索齐雅·霍达科甫斯卡雅①,她涂脂抹粉,五颜六色,穿得也非常花哨。

我通宵坐在一列死气沉沉、极其糟糕、又很长的客货混合列车的三等车上。我疲乏得不得了。

现在我在塔甘罗格。又是"这个……这个……这个……",又是短小的长沙发、柯阿特斯②、脸盆里的臭水……我常到杜勃基去,到卡兰青去,在公园里散步。有许多的乐队,有无数个姑娘。昨天我同一个姑娘,当地的贵族,在阿尔费拉金公园里坐着;她指给我看一个老太婆,并且说:

"这个人坏透了!您瞧:连她的步子都是一派坏样儿!"

姑娘之中常有长得俊俏的,可是我决定不对雅宪卡③变心。

我在研究当地的生活。我去过邮局,去过浴棚,去过卡斯彼罗甫卡……有一个新发现:塔甘罗格有一条卖肉街。

---

① 契诃夫家认识的一个塔甘罗格熟人。——俄文本注
② 塔甘罗格的一个钟表匠。——俄文本注
③ 指玛丽雅·斯捷潘诺芙娜·亚诺娃,画家亚诺夫的妹妹,契诃夫的熟人。——俄文本注

有一条大街上挂着一块招牌:"出售人共果子露"。大概这个家伙听见过"人工"两个字,可是没有听清楚,就写了个"人共"。

如果我打一个电报到你们的别墅去,说:"星期二近郊阿历克塞",那就是说我星期二坐近郊列车到达,请你们派阿历克塞①到火车站来。当然,我不一定在星期二到达,因为我也不知道究竟在哪一天,哪个钟头回到家,坐下来工作。

我一写东西就恶心。我身边没有钱了,要不是我有靠别人生活的本领,那我就不知道该怎么办了。

这儿有金合欢的香气了。留德米拉·巴甫洛芙娜胖得厉害,很像〔……〕。任什么样的智慧也不能理解她的智慧的全部奥妙。我听她讲话的时候,总是茫然失措地想到不可知的命运,它有时竟能创造出这样稀有的杰作。

不可理解的女人啊!我还没有忘记解剖学,可是我瞧着她的颅骨,开始不相信那种通称为脑子的物质的存在了。

叔叔可爱,几乎比全城所有的人都好。

安·契诃夫
一八八七年五月十一日
于塔甘罗格

我收到玛〔丽雅〕·符〔拉季米罗芙娜〕寄来的一封信。

六七

致亚·巴·契诃夫

谁能料到从厕所里会走出这样一个天才来?你最近的那个短

---

① 别墅所在地巴布肯诺的一个工人。

篇小说《在灯塔上》①真好,真妙。多半你是从哪个大作家那儿偷来的吧。我自己读了一遍,后来又吩咐米希卡朗诵一遍,然后又叫玛丽雅读一遍,在这许多次里我深深相信你凭这篇灯塔的故事超过了你以前的成就。在蒙昧的黑暗里终于冒出了耀眼的火花!在过了三十年糊涂岁月以后终于出现了聪明的语言!我高兴极了,因此才给你写信,要不然你不会这么快就等到我的信的……(我懒!)那个鞑靼人精彩,那个爸爸写得好,那个邮政局长只用三行文字就已经写得很生动,题材太可爱了,形式也不是你的,而是别人的,又新又好。要是把小说的开头插在小说中间的什么地方,分散一下,那么这个开头就不会显得这么陈规旧套了;奥丽雅也差,犹如你笔下的一切女人一样。你简直不懂女人!老兄,不能老是绕着一种女人的类型打转转啊!你在什么地方,什么时候(我不是说你的中学时代)见过这样的奥丽雅?如果在那个鞑靼人和爸爸这样美妙的人物身旁放上一个可爱而生动的真女人(而不是洋娃娃),那岂不聪明些,有才气些?你的奥丽雅对灯塔这样壮丽的画面来说是个侮辱。姑且不提她是洋娃娃,单就这个形象本身来说,她也模糊,没有光彩,使人生出这样的印象:她在别的人物当中像是一双不发光的湿靴子夹在许多双擦得亮晃晃的靴子当中一样。你得敬畏上帝才成,你的小说没有一篇有真正的活女人,她们都像是跳动的胶状果冻之类的东西,用轻松喜剧里撒娇的天真少女的腔调讲话。

我认为这个灯塔在《新时报》编辑人员的心目中把你抬高了三俄丈。可惜当时他们没有劝你在小说上署上你的全名。看在上帝分上,你本着这种精神继续写吧。好好润色你的作品,不看到你

---

① 亚·巴·契诃夫的短篇小说,发表在1887年8月1日《新时报》第4120号上,署名"亚·契"。——俄文本注

的人物活起来,不看到你没有胡扯得违背现实,就不要把你的作品拿出来发表(在《新时报》上)。在《笑话的扑满》①上倒还可以胡扯;在那儿,你笔下的村长竟然变成了统计学家(!),而文书员居然熟知刑法(!!),可是《新时报》的星期六副刊给你金钱和名望,你要小心在意……不要再描写那种受审的音乐师,谁也没有像他那样受审过。再者,顺便要提到,那些慈善团体也不必再写,那种题材已经陈旧,在你所有的小说里只有一样东西是新的:穿花布连衣裙的省长夫人。

你把《灯塔》收藏起来吧。要是你再写出十个像这样的短篇小说,那就可以出版一个集子了。

刚才我收到谢赫捷尔②的信,讲到尼古拉病了。咯血。大概情形并不严重,因为前几天尼〔古拉〕到巴布肯诺来,在我这儿盘桓一阵的时候,十分健康。

随信附上明信片一张,是一个热烈崇拜苏沃林的人写的。由于这封信表达了许多莫斯科人的希望和渴想,我就认为我没有权利不把这封信拿给苏沃林看,不过我也相信苏沃林未必会听从这封信上的话。你可以通过某一个人(马斯洛夫、柯洛明③等)把这封信的内容告诉苏沃林,或者把这封信直接寄给他而又保持一种适当的有分寸的态度。结果如何,请通知我。苏沃林的住址我不知道。

我的书④完蛋了吗?

我在焦急地等待稿费。我已经把账单寄给你了。如果这个账

---

① 《花絮》杂志上的一个专栏,亚·巴·契诃夫常在上面发表短文。——俄文本注
② 俄国建筑工程师,契诃夫的朋友。——俄文本注
③ 苏沃林的女婿,律师。——俄文本注
④ 指契诃夫的小说集《在昏暗中》,在苏沃林的印刷厂刊印。——俄文本注

单遗失,那你就不拿账单去领稿费,赶快汇给我:我在受罪呢!!

问你全家好,可是不问你好。你不是天才,我们之间一点共同的地方也没有。

契诃夫先生
一八八七年八月二日至五日
于巴布肯诺

六八

致伊·阿·别洛乌索夫①

我向您,最善良的伊凡·阿历克塞耶维奇,致最诚恳的谢意!多谢您寄给我您那本可爱的小书②。您的殷勤使我有机会更密切地认识您的才能,也使我可以避开平常的客套话,带着信心证明您有权利取得诗人的称号。您的诗充满活泼的诗意;您热情,有灵感,善于驾驭形式,而且无疑地有文学味。单是您选中谢甫琴科,就证明您的诗才;译笔相当恳切。我坦白告诉您,您这本小书虽然小得很,却比当前最新的任何一本诗集更像我们称之为"作品"的东西。

当然,您会挨骂的。这本小书的主要缺点就是篇幅不大。诗人如果有才华,就不仅凭质量抓住读者,而且凭数量;可是凭您的诗集却难以对您和谢甫琴科的面貌形成概念。借口您还年轻,您还是"新手",那却不能为您辩解:您既然决定出书,就得叫读者了解作者的面貌。

---

① 伊凡·阿历克塞耶维奇·别洛乌索夫,俄国诗人。——俄文本注
② 伊·阿·别洛乌索夫寄给契诃夫一本他自己的译文:《民间歌手谢甫琴科选集》(乌克兰的曲调)(1887年在基辅出版)。——俄文本注

诗句有些粗糙的地方。例如：

"Иль один от скуки ради…"（第二十七页）。

这里有两个前置词：от 和 ради。

又如："Беседуют два часовых."（第三十二页）。

如果换成 Толкуют двое часовых，那就响亮多了，文学味也浓多了。又如：

"城外流河"（第二十六页）和"走红""老子"之类的字眼。

这就不能算是谨严的翻译了，等等。

我认为精彩的是诗篇《寡妇》，第二十页，第二十三页，《乌克兰之夜》。我是个很差的批评家，因此，请您原谅，不能对您的小书做出应有的评价。我作为我们书市间偶尔出现的一切可爱的作品的喜爱者和崇拜者，只能衷心祝愿您充分发展您的才能、信心、力量、成就；只要您不慌不忙，按部就班地做下去，您就会达到您的目的，这是我深信不疑，而且预先为您高兴的。我握您的手，我是欠您的情的人。

安·契诃夫

一八八七年八月三日

于巴布肯诺

六九

致尼·亚·列依金

最善良的尼古拉·亚历山德罗维奇，格鲁津斯基到我这儿来过一趟，我认为给他读两行您写给我的信（不是读您写到他的全文）是有好处的。他很惊讶，说他根本无意给您写什么发脾气的话，因为他一点也没有对您反感而值得闹一场的地方，不过他像所有为《花絮》写稿的诗人一样,对您把诗篇删掉一半的习惯(把十二行删成六行)却是生气的,此外他就再也没有对编辑部反感的地方了。关于他说的那句话,似乎他为《花絮》写稿纯粹是为了比为莫斯科刊物写稿多挣一点钱,他说您没有理解那句话,那句话是别有用意的。

上帝啊,最近一期《花絮》①的画像什么样子!尤尔根松(?)②的那幅糟糕的画放在最显著的地位,酒馆里的画加上酒馆里的诗!这一期的杂志简直超过了克兰格③和《娱乐》④。在艾尔别尔⑤那幅画中占中心地位的那个袒露脖子和肩膀的女人,非常不优雅,下贱,简直应该把编辑和画家送去坐禁闭室才对。至于列别杰夫⑥的画我就不再提了,他画一个姑娘钓鱼,她却穿着袒露脖子和肩膀的衣服,戴着手套,穿着便鞋,这种事如果可能,那么穿着礼服,戴着高顶大礼服就也可能了。

近些天来我们这儿的天气好极了。菌子不计其数。夜间月光明亮。

我的新书出版了,可是我至今没有得到这本书的任何消息。

我每天都在等您,不过我在脑子的深处也感到您懒得来。可是,我再说一遍,天气真好,我们不会十分枯燥地消磨我们的时光的,特别因为您在最近的一封信上似乎并不拒绝跟 creatum simplex⑦ 相识。

好,在这封信的结尾我要提出一些要求来麻烦您。第一,请您

---

① 指1887年8月15日《花絮》杂志第33期。——俄文本注
② 希契里茨绘画学校的学生。——俄文本注
③ 伊凡·伊凡诺维奇·克兰格,俄国插图画家。——俄文本注
④ 莫斯科出版的一种滑稽杂志。——俄文本注
⑤ C. H. 艾尔别尔,俄国插图画家。——俄文本注
⑥ 亚·伊·列别杰夫,俄国漫画家。——俄文本注
⑦ 拉丁语:普通人。——俄文本注

费心(如果您认为可以这样做的话)在《花絮》上为我的书登一个广告:

新时报书店出售安·巴·契诃夫新书
《在昏暗中》
小说与随笔
定价一卢布,连寄费一卢布二十戈比。

第二,请您把您的写稿人从灾难里救出来吧。我将完蛋,将有丧失好名誉的危险。事情是这样的:至迟不过九月一日我得离开此地,到莫斯科去过冬,可是我没有钱付别墅费和伙食费。我正在零零碎碎地从各编辑部里凑钱。我请求您预支稿费六十个卢布,其中三分之一我已经凭发表过的作品抵偿了。我不会骗取您这笔钱,这一点苍天可以在您面前保证!!我认为必须补充的是,如果这笔预支的稿费迟于九月一日汇到沃斯克列先斯克来,它就失去任何价值了。最晚的汇款我将在八月二十八日,星期五收到,请您按这个日期汇到才好。

我没有把我的新书寄给您,因为我自己也没有这本书。请您不要认为这是无礼。

我知道您已经在为我的行为生气了:我没有在这封信的开头写上日期①。那我就补上:八月二十一日。

问候您的全家和编辑部全体人员。祝您健康。

您的安·契诃夫
一八八七年八月二十一日
于巴布肯诺

---

① 按照俄国的习惯,写信日期是写在一封信的开头的。

您在星期三把我预支的稿费交邮局汇出,我就会在星期五收到。

七〇
致尼·亚·列依金

最善良的尼古拉·亚历山德罗维奇,今天我搬到莫斯科来了。仍旧是去年的地址:库德林斯卡亚-萨多瓦亚,柯尔涅耶夫寓所。

我收到那笔钱正是时候,为此随信附上 merci①。

列别杰夫②的画我不理解,这我同意,可是关于艾尔别尔的胖女人③,请您允许我不同意。对《花絮》这样的杂志来说,现实主义应当以画的解说词为限,画本身却应当尽量优美;就是这样的,先生。此外,丑一点也不比美现实;再有,不但在夜酒店里,就是在廉价的花天酒地的地方也没有像艾尔别尔所画的那样粗大肥胖的魁梧身材;还有,不瞒您说,优雅的妓女比下流的妓女更容易在读者心中唤起同情和怜悯……总之,我不知道有哪一条理由足以使得一定要按最恶劣的形式表现现实变为有益而适当;要知道《花絮》毕竟是个轻松读物啊!

对于新生力量的第一个作品应当欢呼,给予种种支持和让步,这是我的由来已久的意见,就连现在我也要强调这一点:不过,您会同意,即使尤尔根松的画④不占据刊物的主要地位,不上色,他这第一个作品也不会有什么损失;关于勃鲁诺夫⑤的画也应该这么说。第二,按照我的看法,编辑部对年轻的力量最初

---

① 法语:谢谢。
②③④ 参看上一封信。
⑤ 当时的一个刚开笔的画家。——俄文本注

应当在小作品方面使用他们。就我的理解来说,艾尔别尔开始创作是正常的,也就是说从小作品开始的,切莫达诺夫①是从画谜开始的……

关于文学工作人员的革新和朝气蓬勃等问题,早先我们已经面谈过,在来往的信上也谈过。现在您写道,我们这些老撰稿人总是翻陈货。不,我们仍旧跟先前一样,因为我们没法改变我们的文学面貌,所以才显得我们在翻陈货。我们写得太勤,这倒没有惹得读者厌烦,读者是常常更换的,然而这却使得我们自己厌烦了;再过五年,我们的作品就会惹人恶心,不过也只是惹得自己恶心而已。我认为由于新生力量的涌现,读者是沾不着多少光的,而我们自己倒会沾很大的光;我们就可以取得权利按我们本心所想的那样去写,写出来的东西也会比现在这种天天打杂的东西更像文学作品,我们对自己也会比现在满意多了。

我个人愿意每个月为《花絮》写一两篇东西,而且准定是幽默的;由于格鲁津斯基和叶若夫显然已经开始渐渐代替我,我才这样办。

老撰稿人必须管束自己,小心在意,这也为的是"不要诱惑任何一个新生力量"。老撰稿人的每天打杂、胡乱写成的东西明显地腐蚀青年作家和新手,因为,您知道,年轻人过于喜欢模仿。

不过,这个题目是谈不完的,而且面谈比笔谈更适宜些。再见。我的家人感谢您的问候。

您的安·契诃夫
一八八七年九月二日
于莫斯科

---

① 米·米·切莫达诺夫,牙科医师和漫画家。——俄文本注

七一

致亚·巴·契诃夫

Merci来信，古塞夫①！只是有一方面我不能道谢：你何必对我道歉，而且因为我的书②似乎出版迟了而有所辩白呢？你这样写，倒好像我花了成千的卢布雇你办事，倒好像你欠着我许多的情似的……不，酒鬼，讲到这本书，应该道歉的是我而不是你。我十分感激你的张罗和奔走，在奔走期间你甚至害了腹泻病，我简直不知道该怎样适当地向你表示谢意才好了。要是我有勇气，我就会起意付给你一笔报答你的辛劳的费用，可是我没有这种勇气，我在等待时间：也许时间会给我指出表示感激的方法……

我开始走上正轨了③。钱现在还是没有。要我到彼得堡去长住是不能想象的……可能办到的只有到彼得堡去住几个月，这倒是会实现的。

---

① 这个姓在俄文里原意是"鹅"，"鹅"又作"蠢人"解。这是取笑。
② 指契诃夫的小说集《在昏暗中》。——俄文本注
③ 契诃夫在写给亚·巴·契诃夫的上一封信里讲起自己的孤独和郁闷的心情（这封信没有保存下来）。亚·巴·契诃夫在回信上说："你写道，你孤独，没有人可以谈一谈，也没有人可以写一写信……你信上有一些话我不理解：你哭诉说你老是听到和读到谎话，那些谎话虽然渺小，却连绵不断。我不理解的就是它使你感到侮辱，以至于因为庸俗过多而使你发生精神上的呕吐症……你说你没法写作，这我是相信的……你写道，如果命运不大发慈悲，你就受不了了……要是我同意你那句话：'青春完蛋了'，那我就要骂我自己是最卑鄙的悲观主义者了。"——俄文本注

可惜你同《新时报》编辑部人员断绝了来往①。他们虽然是苏鲁人②,然而是聪明的苏鲁人,在他们那儿可以学到很多东西。可是,你听我说,莫非校对工作就这么要紧,非干不可吗?难道它能带你走进名望之宫吗?对不起,我觉得你似乎胆怯。你是个多疑的人,把苍蝇看成大辅祭③了。我没干过校对工作,不过我认为换了是我,我就会在编辑部里给自己找到地位,跟他们来往。你不是给星期六副刊④写过东西吗?你不是写过小作品吗?那么此外你还需要什么呢?

在我最近一次到彼得堡去的旅行中,我有机会观察你对编辑部人员的态度以及反过来他们对你的态度。就我所了解的来说,布烈宁和艾尔彼⑤对你有好感,马斯洛夫和上校⑥跟你不熟,苏沃林对你完全不熟悉。要是你真愿意跟人家相处,那就不要妨碍他们了解你。你不妨跟苏沃林讨论戏剧和文学,跟马斯洛夫讨论军队工作的艰苦,这并不是什么大难事,而他们就会了解你不是孤僻的人,对他们一点反感也没有。要是你在跟他们交往的时候极力保持平等的态度,尊重自己,那就更好了……

对《新时报》来说你这种人是需要的。假如你不向苏沃林隐

---

① 亚·巴·契诃夫在写给契诃夫的信上说:"柯洛明取消了我傍晚的工作,说我一干校对工作,就弄得那些正式的校对员闲着纳福了;他劝我把我的精力留到冬天用,到那时会更需要我。我的薪金照发,可是我遭到的侮辱太大了……他们只给我留下了采访工作。我就此失去参加全编辑部的谈话的可能,我不再是它的成员了……我往往一连几个星期不到编辑部去,谁也不理我。"——俄文本注
② 苏鲁人是南非的一个民族。此处借喻"不学无术的人"。
③ 俄谚:把苍蝇看成大象,意谓"小题大做";这里略加更动,意在取笑。
④ 指《新时报》登文艺作品的副刊。——俄文本注
⑤ 拉·康·波波夫的笔名,主持《新时报》的"学术小品"专栏。——俄文本注
⑥ 指符·卡·彼捷尔森,军事工程师,新闻撰稿人,以H.拉多日斯基为笔名在《新时报》上发表文章。——俄文本注

瞒而说出《新时报》有许多东西使你不满意,你就会变得更加需要了。他们那儿需要一个反对派,一个年轻的、朝气蓬勃的、独立自主的反对派;戈特别尔格和普罗科菲耶夫①之流却把苏沃林看成加甫利洛夫②,为了捞到奖金而对他崇拜得五体投地,这种人是没有出息,没有益处的。我认为要是编辑部里有两三个朝气蓬勃的人,听到胡说八道就能高声指出这是胡说八道,艾尔彼先生就不敢抹煞达尔文,布烈宁也不敢骂纳德松③了。我每次同苏沃林会面,总是跟他率直地谈话,我认为这种率直不是没有益处的。"我不喜欢!"单是这一句话就足以表明我的独立精神以及由此而产生的有益作用了。你不妨坐在编辑部里,主张《新时报》编辑人员应当对待科学更有礼貌些,主张他们不该诽谤文化;要知道,不能只因为太太们用撑腰架,喜欢小歌剧就否定文化。如果你天天唠叨,你这种唠叨对苏沃林先生之流就会成为必要,发挥作用;要紧的是不要显得唯唯诺诺。这是主要的。不过,这一点我们以后再谈吧。

关于苏沃林的明信片④以及《莫斯科报》的命运,你一个字也没有向我提到。

你不要忘记告诉我你听说我那本书销得怎么样。给《新闻报》送去一本了吗?

你要提醒布烈宁一声,他答应过写一篇文章谈一谈我的书的。

问候你那个杂乱无章的家以及那些大大小小的孩子。要紧的是你别喝酒了。

---

① 都是《新时报》的记者。——俄文本注
② 莫斯科的商人,契诃夫的父亲曾在他的仓库里工作;在此借喻"大老板"(参看第二封信的注)。——俄文本注
③ 纳德松是俄国诗人,生前受到布烈宁的抨击。——俄文本注
④ 参看第六七封信。——俄文本注

再见。

安·契诃夫
一八八七年九月七日或八日
于莫斯科

七二

致玛·符·基谢廖娃

十分尊敬的玛丽雅·符拉季米罗芙娜,我家里有了一盏新灯,其余的一切就都烦闷、乏味、陈旧,像叶卡捷琳娜·瓦西里耶芙娜①的插话一样。我倒乐于给您解一解闷,可是,唉,无能为力啊。新的思想没有,旧的思想呢,在我的头脑里乱成一团,好比一些蛆,装在一个绿盒子里,在太阳底下晒了五天。那么我有什么可写的呢?写我缺钱、烦闷吗?这您已经知道了……

好,我来给您描写一下我的恶劣的品行吧。生活走上正轨了。七点钟吃午饭,晚上两点钟睡觉。我没有注意到,也没有感觉到天气情况。我在写作,读评论。评论是很多的,其中有《北方通报》的一篇。我读啊读,却无论如何也弄不懂它究竟是在称赞我呢,还是在悲叹我的灭亡的灵魂。"这是天才!天才,可是另一方面,主啊,让他的灵魂安息吧!"这篇评论的含义就是这样。《在昏暗中》销得不坏。

我到柯尔希剧院去过两次,柯尔希两次恳切地要求我给他写剧本。我回答说:遵命。演员们口口声声说我会把剧本写得很好,

---

① 契诃夫在沃斯克列先斯克认识的上校马耶夫斯基的孩子们的女家庭教师。——俄文本注

因为我善于刺激人的神经。我回答说：merci。当然，我没有写剧本。让戈洛赫沃斯契科娃①去写吧，我坚决跟戏剧，跟人类不发生任何关系……叫它们见鬼去吧！

前几天我把我的一小块灵魂出卖给名叫生意的魔鬼了。乌鸦总是聚集在死了的动物身上，出版商总是聚集在天才身上。威尔涅尔②，这个用法国咖啡馆方式出版书籍的狗皮领子，到我家里来了，要求我理出十篇比较滑稽的短篇小说。我就翻我的手提包，选出十二篇我年轻时候的罪恶③，交给他④。他给了我一百五十个卢布就走了。我们约定，这些小说只印一版*，第二版要另付稿费……要不是我缺钱，这个狗皮领子准会碰钉子，可是，唉！我比您的驴还穷。您要不要买一点我的小说？对您，我愿意让步，一个卢布一百篇。我这儿的小说比海滨浴场的幼鱼还要多。

昨天迪谢奇卡⑤到我们家来了，没戴帽子，从午饭起一直坐到深夜；今天，在我们搬回来以后第一次，艾尔福斯⑥带着她的长鼻子来了，头上戴一顶新帽子。雅宪卡姐妹⑦还没来过。不用撑腰架的齐诺琪卡天天来。苏饶特小姐我还没有见到，不过她的模样一刻也不肯离开我。

---

① 即奥·安·戈洛赫瓦斯托娃，俄国女作家、剧作家。——俄文本注
② 威尔涅尔两兄弟是莫斯科幽默杂志《蟋蟀》的发行人。
③ "罪恶"指"作品"或"拙作"。
④ 威尔涅尔兄弟出版了契诃夫的短篇小说集：《无伤大雅的话语。安·契洪捷（安·巴·契诃夫）》，1887年莫斯科《蟋蟀》杂志出版。——俄文本注
* 契诃夫自注：共印一千二百册，约定半年之内售完。
⑤ 即艾·伊·迪希科，契诃夫认识的一个兹维尼戈罗德城的熟人。——俄文本注
⑥ 即叶甫多基雅·伊萨科芙娜·艾尔福斯，契诃夫家的熟人。——俄文本注
⑦ 画家亚诺夫的两个妹妹玛丽雅·斯捷潘诺芙娜和娜杰日达·斯捷潘诺芙娜。——俄文本注

她的后背耸起来,显出柔和的圆圆的线条,这线条渐渐同大理石般的脖子的柔软纤细的轮廓混在一起,那脖子现出一种美妙的不透明的白色,被蓬松鬈起的丝绸一般的浅灰色头发衬托得越发洁白了。①

关于我那些破碎的洋娃娃的其他情形,请您允许保持沉默。

那条被我们的柯尔涅耶夫②称之为"地狱"的没有脊梁的狗还健在。那只猫费多尔·季莫费伊奇偶尔回家里来吃饭,其余的时间总是在房顶上散步,呆呆地望着天空。显然,它终于醒悟它的生活毫无内容了。今天我同最可爱的玛·巴出去照相:我是为了把我的照片卖给崇拜我的才能的人,她是为了散发给那些追求她的青年男子。我的小书您一定会收到……附上一个卢布,请交给阿历克塞·谢〔尔盖耶维奇〕,因为我不幸欠着他这笔债。您那些故事要等到我不再欠列依金的债的时候立刻寄给他,要不然他就要用您那些故事来抵偿我的债务了。

萨多瓦亚街的绿树使我想起了巴布肯诺,我在那儿像隐士似的不知不觉度过了三年(如果一个人很少写作,每天傍晚喝酒,害着神经上的哈欠症也可以叫作隐士的话)。

问候大家:阿历克塞·谢尔盖耶维奇、瓦西里萨和她那枚五法郎的金币、谢尔盖和他的玩偶、叶丽扎威达·亚历山德罗芙娜。多承叶卡捷琳娜·瓦西里耶芙娜送我一吻,merci,我要把这一吻贴到人家的脸上去,用来代替发泡膏。我们全家都健康。烦闷使人闷闷不乐。索性结婚吧?

---

① 这一段是契诃夫从报纸上剪下来贴在信纸上的。——俄文本注
② 契诃夫家的房东,医师。

好,祝您健康,求所有的天神保佑您!尊敬您和忠实于您的

安·契诃夫

一八八七年九月十三日

不吉利的日子

于莫斯科

七三

致亚·巴·契诃夫

最可爱的古塞夫:

信和钱都收到了。

请你告诉布烈宁,就说我为他那篇评论①特意托你向他转达我的诚恳的谢意,我把那篇评论保存下来预备留传给子孙。请你转告他,说我是同柯罗连科一块儿读那篇评论的,柯罗连科完全同意他的看法。那篇评论很精彩,可是布烈宁先生不应该把一桶煤黑油倒在一勺蜜里②,也就是说不该在称赞我的时候去讥笑逝世的纳德松。

我们全家都健康。尼古拉常来,坐一坐就走。

请你代为要求费多罗夫③或者别热茨基在戏剧新闻栏里发一条消息④:"安·巴·契诃夫写成一个四幕喜剧《伊凡诺夫》⑤。这个剧本在莫斯科的一个文学小组(或者这一类的机构)上朗诵过,

---

① 指布烈宁对契诃夫的书《在昏暗中》所做的评论:《批评随笔。契诃夫先生的短篇小说》,发表在1887年9月25日《新时报》第4157号上。——俄文本注
② 俄谚:把一勺煤黑油倒在一桶蜜里,意谓"一条鱼腥一锅汤"。
③ М. П. 费多罗夫,《新时报》官方的编辑。——俄文本注
④ 在《新时报》上。——俄文本注
⑤ 参看第七五封信。——俄文本注

产生了极强烈的印象。题材新颖,人物性格突出,等等。"

这是商业性的消息。我的剧本写得很轻松,像是一片小小的羽毛,没有一点冗长的地方。这题材还没有人写过。我大概把它交给柯尔希去上演(如果柯尔希不吝啬的话)。

所有的话都讲完了。关于发消息的事请你努一把力。它会抬高剧本的声价。消息里不必吹嘘,只限于一些俗套头就行了。请你代为问候你家里的人,把你的新住址告诉我。

不要受凉。

Tuus[①] 安·契诃夫

一八八七年十月六日至八日

于莫斯科

请你告诉布烈宁和苏沃林,说柯罗连科到我这儿来过。我跟他长谈了三个小时,认为他是一个有才能的、极好的人。告诉他们说,据我看来,可以对他抱很大的期望。

七四

致尼·亚·列依金

最善良的尼古拉·亚历山德罗维奇,首先庆贺您的新居,我心里给您送上一块甜面包和盐。我衷心祝愿您的新居的房子好,烤出来的馅饼也好。

您一定生气了,因为我没有给您寄短篇小说去。唉,短篇小说我哪儿也没寄去!我时而生病,时而心境忧郁,时间白白荒废,钱却没有。总之局面不妙。

---

① 拉丁语:你的。——俄文本注

您信上写着,要我到《闹钟》去为我的书①张罗一个广告。请您原谅,我不能听从您的话。《闹钟》的人都是我的朋友,可是要我去求他们的情,我不愿意,我做不到。有一种人,他们的盛情倒比无礼更糟。在您那儿,在比里宾那儿,我想要求什么就提出什么,而且不会感到别扭,可是要我去请求列文斯基②,却好比拿刀杀我一样。是啊,要登广告,我就花钱去登。在圣诞节以前我要在莫斯科各报上登出广告来。

讲到《闹钟》的人对我不客气(日食)③,我知道。这些先生,要么由于平庸无才,要么由于莫斯科式的任性胡为,总之他们认为拿读者和撰稿人耍笑一番是极其俏皮的事。这个杂志没有一期不触犯读者、撰稿人或者演员的……杂技团里的小丑为观众所喜爱,愚蠢而胡闹,他们就喜欢搞这一套……

您提高杂志的定价,这不是什么了不得的事,可是何必用大号铅字登出来呢?越不显眼才越好,您却挂了一个大招牌。

给订户出的题目④我正在想,可是……还没想出来。

您的《艾瓦佐夫斯基》⑤我很喜欢,因此我送给我的房东⑥去

---

① 契诃夫的新出版的小说集《在昏暗中》。
② 符拉季米尔·德米特利耶维奇·列文斯基,《闹钟》杂志的主编。
③ 1887年8月9日《闹钟》杂志第31期上登载一篇文章《类似社论》,署名"闹钟",讲到当时大家都注意的日食这个题目。这篇文章里有这样几行:"安·契洪捷盼附他的厨师(皇天在上,他真有厨师!)开出这样一顿饭来:'带配菜的太阳、由星星制成的蛋黄酱、洋姜月亮。''可是做些什么热菜呢?'厨师纳闷地说。'用不着!我自己就是一个热乎乎的人!'那位幽默作家俏皮地回答说。"——俄文本注
④ 列依金在写给契诃夫的信上重提他的要求,要契诃夫"想出一个竞赛得奖的题目或者这一类的东西,以便吸引读者"。这个题目没有在《花絮》杂志上出现。——俄文本注
⑤ 尼·亚·列依金的《小剧本》,发表在1887年9月24日《彼得堡报》第262号上。——俄文本注
⑥ 柯尔涅耶夫,医师。

看,那位房东喜欢看快乐的故事,结果他把这个小剧本带到医院里去,在那儿朗诵了一遍。

批评:在您的《打猎》①里,猎人在树林里开枪打鹬鸪。鹬鸪总是在树林的边缘上,绝不会在树林里的树上。

您什么时候到莫斯科来?

唉!在那些缺钱而发愁的时刻,正当我垂头丧气,坐在我的书房里,眼望着通风口发呆的时候,我的朋友威尔涅尔②兄弟来看我,向我要十五篇短小的、已经发表过的小说。我理出这些小说来,他们就付给我一百五十个卢布,走了。他们现在搞起出版工作来了。

叶若夫常到我这儿来。他是个好青年。

问候您的全家。请来信,我也会给您写信的。再见。

您的安·契诃夫

一八八七年十月七日

于莫斯科

七五

致亚·巴·契诃夫

雁形目③:

你的信收到了;为了免得躺在床上,对天花板吐唾沫,我就在桌子旁边坐下,写回信。

---

① 尼·亚·列依金的《小剧本》,发表在1887年9月23日《彼得堡报》第261号上。——俄文本注
② 莫斯科幽默刊物《蟋蟀》的发行人。
③ 动物学的学名,鹅就属于雁形目,而鹅又含有蠢人的意思。

妹妹健康,平安无事。她对文学发生兴趣,而且常到艾福罗斯①家去。不久以前她照了相。如果你想要她的照片,你就写信向她要吧。

母亲不但答应给你补衬衫,甚至愿意给你补一补肝脏呢。你寄来吧。修补的费用不必要,因为我们这儿零头布很多。母亲抱怨你不给她写信。

我又生病,又心境忧郁,简直不像话。钢笔从我手里掉下去,我根本没法写作。我预料最近的将来会破产。要是那个剧本②不来救我,那我正当壮年就要完蛋了。那个剧本可能给我带来六百到一千个卢布,可是最早也要在十一月中旬,至于在十一月中旬以前怎么过日子,我不知道。我**没法**写作了,我现在写出来的统统见不得人。精力完了!这好比 alle Juden aus Parisfuit!③ 题材倒有,可是其余的太少了。

我在给星期六副刊④写东西⑤,可是写得勉勉强强,题材我也不喜欢。写得很不好,可是我仍旧会把它寄出去。

《俄罗斯新闻》⑥给我的稿酬是每行十五个戈比。《北方》⑦约我写稿,并且应许道:"您要多少就拿多少。"《俄罗斯思想》⑧和《北方通报》⑨也约我。如果苏沃林给我增加稿费,那他就做了一

---

① 契诃夫家的熟人。——俄文本注
② 指《伊凡诺夫》。——俄文本注
③ 德语:全体犹太人都从巴黎赶走!——俄文本注
④ 指《新时报》的文艺副刊。
⑤ 短篇小说《冷血》,发表在1887年10月31日《新时报》第4193号上。——俄文本注
⑥ 莫斯科的一家日报。
⑦ 彼得堡的一个文艺周刊。
⑧ 莫斯科的一个文艺科学的月刊。
⑨ 彼得堡的一个文艺、科学、政治的月刊。

件不坏的事①。既然柯切托夫②一个月挣三百,阿塔瓦③除了薪金之外,每行挣二十个戈比,那么我在文思没有枯竭以前像大家一样拿稿费而不是挣小钱,就不算罪过了。我给报纸写作是在耗费我的精力。我那篇《逃亡者》④挣到四十个卢布,可是在大杂志上人家就会给半个印张的稿费……不过,这都是小事。

那个剧本我是偶然写出来的,那是在跟柯尔希⑤谈过一次话以后。我上床睡觉,想出一个题材,就写出来了。我是用两个星期把它写成的,或者说得精确点,是用十天,因为在这两个星期里有几天我没有写,或者写别的东西。这个剧本有什么优点,我不能判断。它短得可疑。大家都喜欢它。柯尔希在这个剧本里连一个违背舞台条件的错误和过失都没有发现,这证明我的审判官们多么高明,多么敏感。我是初次写戏,ergo⑥,错误是一定有的。情节复杂而不愚蠢。我结束每一幕跟结束一个短篇小说一样:我让所有各幕都安稳平静地进行,到结局才打了观众一记耳光。我的全部精力用在不多几个确实强烈鲜明的地方,至于联结这些地方的桥梁,却毫无价值,软弱无力,陈腔滥调。不过我仍旧高兴;不管这个剧本怎么坏,可是我创造了一个有文学意义的典型,我写出了一个只有达维多夫⑦那样有才华的人才能担任表演的角色,在这个角色上演员是可以施展和显示他的才能的……可惜我不能对你念一遍我的剧本。你是个思想轻浮、孤陋寡闻的人,然而你的智慧远比

---

① 《新时报》付给契诃夫的稿费是每行十二个戈比。——俄文本注
② 《新时报》的撰稿人。
③ 俄国作家捷尔皮果烈夫的笔名。——俄文本注
④ 契诃夫的短篇小说,发表在1887年9月28日《彼得堡报》第266号上。——俄文本注
⑤ 柯尔希剧院的负责人。
⑥ 拉丁语:自然。
⑦ 莫斯科柯尔希剧院的演员伊凡·尼古拉耶维奇·戈烈洛夫的化名。

莫斯科所有的称赞我的人和诽谤我的人清醒而细致。你不在,对我是个不小的损失。

这个剧本里有十四个人物,其中有五个是女人。我觉得我这些女人,除了其中的一个以外,都加工不够。

过十五日以后,你向会计处打听一下《昏暗》①的销售情形。魔鬼什么花招不耍呀?② 说不定我会交一点财运呢……

你问一问苏沃林或者布烈宁:他们愿意发表一千五百行的作品吗?如果愿意,我就寄去,其实我自己是反对在报纸上发表冗长的东西,留一条尾巴在下一期上续登的。我有一个一千五百行的长篇小说③,内容不枯燥,可是不宜于在大杂志上发表,因为其中有地方军事法庭的审判长和成员出场,也就是说有非自由主义思想的人出场。请你问一声,赶紧回信。等你回信以后,我就把草稿誊清,寄出去。

桑科威茨卡雅④是个令人拍案叫绝的力量!苏沃林说得对。只是她还没有尽量发挥她的特长。如果布烈宁因为你而碰了钉子,那并不是坏事,使你的舌头活动的并不是惯性,而是至高无上的手⑤……有时候人不妨说出真理来。请代问候你家里的人。

安·契诃夫

一八八七年十月十日至十二日

于莫斯科

---

① 即契诃夫的短篇小说集《在昏暗中》,由《新时报》书店出版。他的大哥亚历山大·巴甫洛维奇·契诃夫在《新时报》工作。

② 意思是"什么事都可能发生"。

③ 1887年10月13日,亚·巴·契诃夫回信给契诃夫说:"你不应当打听能不能把一千五百行的长篇小说寄来。你就是寄六千行来也照样会发表,谁也不敢挑剔。"这个长篇小说没有发表,它的底稿也没有保存下来。——俄文本注

④ 乌克兰话剧女演员,玛·康·桑科威茨卡雅1886年在彼得堡演出。1887年在莫斯科演出,都获得巨大的成功。——俄文本注

⑤ 指"神"。

七六

致符·加·柯罗连科[1]

我十分尊敬的符拉季米尔·加拉克契昂诺维奇,我收到了您寄来的书[2],谨向您致以巨大的谢意;目前我正在重读它。由于我的书您已经有了,我就不得不只限于向您道谢了。

为了让这封信不致太短,我要顺便告诉您:我能够跟您相识,非常高兴。我说这话是诚恳的,而且出自一颗清白的心。第一,我深深尊重而且喜爱您的才能;我有许多理由觉得您的才能珍贵。第二,我觉得,如果我和您在这个世界上再活十年到二十年,那么我和您将来不会不发现有共同一致的地方。在当前顺利写作着的俄罗斯人里面我是最轻浮而不严肃的一个;我受到了批评;用诗人的语言来说,我爱我那纯洁的诗神,可是我没有尊重她,辜负了她,不止一次把她带到她不该去的地方。可是您严肃,坚定,忠诚。您看得出来我们之间的区别是很大的,可是另一方面,我读您的作品的时候,现在我又跟您相识之后,我认为我们彼此并不生疏。我这想法对不对,我不知道,可是有这样的想法在我是愉快的。

顺便附上《新时报》的剪报一份[3]。您从这份剪报上可以看出托罗是一个什么样的作家,以后我会把这作品继续剪下来,为您保存好。第一章使人抱很大的希望,那里面有思想,有生气,新奇,可

---

[1] 符拉季米尔·加拉克契昂诺维奇,柯罗连科,作家。——俄文本注
[2] 柯罗连科的《随笔和短篇小说》,1887年由《俄罗斯思想》杂志出版。——俄文本注
[3] 美国作家亨利·达维德·托罗的书《在树林中》的两章,发表在1887年10月15日《新时报》第4177号上。——俄文本注

是很难读下去。布局和结构太糟。种种思想,美的和丑的,轻松的和沉闷的,叠床架屋,拥挤不堪,彼此压得冒出了油,随时都要夹痛得尖叫起来。

等您到莫斯科来的时候,我会把这个托罗的剪报交给您;眼下,再会,祝您健康。

我的剧本①大概会在柯尔希剧院上演。如果是这样,我就会把上演的日期通知您。说不定这个日子正是您到莫斯科来的日子。那就请您去看戏。

您的安·契诃夫
一八八七年十月十七日
于莫斯科

七七

致亚·巴·契诃夫

拿笔杆的强盗和卖身投靠的报界人物:

你那封附着借据的、糟糕的信我收到了,读了一遍,暗自为你那种莫名其妙的智慧惊讶。你这条要命的裤子,难道我在我的信上为那个评比②责备你,骂你,说了难听的话吗?我只是对你说出了我的见解罢了,我这种见解你也可以根据你的见解接受或者不接受,不管我的书送不送去评比……对于你和老头子③的奔忙,我

---

① 指《伊凡诺夫》。——俄文本注
② 1887年10月18日亚·巴·契诃夫写信给契诃夫说:俄国诗人波隆斯基带着俄国科学院院长亚·卡·格罗特的话来通知苏沃林说,俄国科学院的普希金奖金已经事先决定发给契诃夫的书《在昏暗中》了。为此契诃夫应当立刻把这本书送去进行评比。——俄文本注
③ 指阿·谢·苏沃林。——俄文本注

只能道谢,深深地鞠躬,可是,如果我再讲一遍,说万一奖金给了我,我会遭到不少的麻烦,你有什么可抱屈的呢?我只是好意地发几句牢骚,如此而已……

从你寄来的剪报可以看出,你、我、苏沃林都不妨定下心来,评比的决议要到明年十月才做出!这还远得很,简直不能设想呢……在那个期限以前很可能又产生了新的天才。

讲到你的安努希卡和坦卡①是小偷,这我早已知道。她们把我们的女仆偷了个精光。

潮湿对孩子是有害的,就跟饥饿一样。你要牢牢记住,选择干燥一点的住处。要常生火炉,并且在房间里挂上一个温度计;等我有了孩子,我一定要添置这个东西。

你邀我到你的家里去住……当然啦!人人都乐意给天才一个住处!好吧,我会赏你脸的……只是有个条件:要为我烧菜根汤,这种汤你家烧得特别好吃;而且请我喝酒不要早于晚上十一点钟。孩子的歌声我不怕。

我接到苏沃林的一封信,字迹几乎认不清。真是不懂:排字工人怎么看得清他的稿子呢?他在信上对我谈到他的剧本:"我为我的喜剧写了又写,可是这些年来我仔细看一下俄国的现实生活,就把它丢开了。"哪能不出汗!当代的剧作家们一开始写剧本,就专写天使、恶棍、小丑,可是你走遍全俄国去找一找这种人吧!你找来找去会找着的,然而他们的面貌绝不像剧作家们所需要的那么极端。人就不能不从脑子里硬挤出这样一个人物,出上一身大汗,然后丢掉了事……我要与众不同:不描写一个坏蛋,也不描写一个天使(不过我舍不得丢掉小丑),不斥责什么人,也不袒护什

---

① 大约是亚·巴·契诃夫家的女仆。——俄文本注

么人……在这方面我究竟办到没有,我不知道……这出戏①一定演得开,柯尔希②和演员们这么相信。可是我不相信。演员们不理解这出戏,说废话,他们肯担任的角色却不是他们应该担任的角色;我呢,跟他们力争,相信如果这出戏不照我的办法分配角色而上演,那么这出戏就会演垮。要是他们不按我的意思办,那么为了避免出丑,我就不得不收回剧本。总之这是一件棘手的、极不愉快的事。要是我早知道会这样,我就不干这种事了。

在这封信的结尾仍旧要托你办一件事。请你穿上雨鞋,到《彼得堡报》去一趟③。

第二百八十七号——三百六十一行

第二百九十四号——?④

这一号明天*出版。你问一问星期一的那一号,算一算行数,加起来,等等。然后把钱汇来。虽然我在等着你被我的纠缠磨得厌烦,拿我的稿费去买一把手枪,对我开一枪,不过我还是没有灰心。我委托你办种种事情,弄得你疲于奔命,不过我转念想到散步于你有益,你也以某种方式参与了供养我的野兽,我就得到安慰了。

长篇小说⑤还没有誊清,不过我在为星期六副刊⑥写东西⑦,在星期六以前寄到。我很想跟你谈一谈天,好使我的精神振作一

---

① 指《伊凡诺夫》。
② 柯尔希剧院负责人,剧本在这个剧院上演。
③ 指去取稿费。
④ 指契诃夫分别发表在这两号《彼得堡报》上的短篇小说《问题》和《旧房》的稿费;由于稿费是按行数算的,这里就列出了若干行。——俄文本注
* 契诃夫注:10月26日。
⑤ 契诃夫曾经告诉亚·巴·契诃夫说,他正在写一个共约一千五百行的长篇小说。但这个计划未完成。参看第七五封信。——俄文本注
⑥ 《新时报》的文艺副刊。参看第七五封信的注。——俄文本注
⑦ 短篇小说《冷血》,发表在1887年10月31日《新时报》上。——俄文本注

下。我的脑子里聚集了许多各式各样的胡思乱想。

我很想知道：(一)出版《昏暗》花了多少钱；(二)一共印了多少册。我希望你不要跟书商串通一气，利用我的名望大发横财。

补你的内衣用不着钱。你的内衣糟透了，弄得母亲不知道该从哪儿补起。玛丽雅①给你的娃娃找了一条裤子、一双袜子和一些别的东西。这是她的秘密，可是我偷看到了。母亲为安〔娜〕·伊〔凡诺芙娜〕的来信道谢。接到信，在母亲是一宗大事。再见。

对你不怀好意的人

一八八七年十月二十四日

于莫斯科

七八

致尼·米·叶若夫

最善良的尼古拉·米哈依洛维奇！您的信收到了。由于您的左眼和薪金问题现在可以算是结束了，那就不谈这些，转过来谈一谈日常的事务吧。

您是我的《伊凡诺夫》的傧相②，那么我认为把下列情形向您报告一下就不是多余的事了。《伊凡诺夫》准定在十一月底或十二月初上演。同柯尔希剧院的合同已经签订了。伊凡诺夫由达维多夫扮演，使我大为满意的是他很喜欢这个剧本，热烈地着手工作，恰好按我的本意那样了解我的伊凡诺夫。我昨天在他那儿坐到深夜三点钟，相信他确实是一个极伟大的艺术家。

---

① 亚·巴·契诃夫的妻子。——俄文本注
② 契诃夫写完《伊凡诺夫》的时候，尼·米·叶若夫作为原先的好朗诵者，按照契诃夫的请求，给他朗诵了该剧。——俄文本注

如果像达维多夫这样的审判官是可以相信的话,那我就是善于写剧本的了……却原来我凭本能,凭敏感,连自己也没注意到就写成了一个十分完善的作品,**连一个**违背舞台条件的错误也没有犯。从这一点倒得出了一个教训:"年轻人,不要胆怯啊!"

当然,您犯懒,写得少,是不好的。您是名副其实的"新手",在任何情形下都不应当忘记现在的每一行文字都是将来的资本。如果现在您不肯让自己的手和脑子习惯于纪律和急行军,如果您不肯加紧地干,约束自己,那么再过三四年就迟了。我认为您和格鲁津斯基应当在一个很长的时期里天天训练自己。你们两位都写得少。应当用尽气力鞭策自己才对。我怎么也没有说服格鲁津斯基为《星期六副刊》写东西!至于您老先生,我也没法劝得您答应务必给每一期《花絮》寄一个短篇小说去。你们两位在等什么,我简直不懂。在稀少、迟疑、胆怯的工作下,你们只会等着倒霉,也就是说,没写出什么就文思枯竭了。*……

一句话,应当把你们两位打一顿才对,可是又不行:你们两位都是有官衔的人啊……

我们全家人都健康,向您致意。请您圣诞节光临;目前,祝您健康,请您不要忘记

您的安·契诃夫

一八八七年十月二十七日

于莫斯科

---

* 契诃夫注:举例来说,我的哥哥阿加福波德(即亚·巴·契诃夫)写得极少,可是已经文思枯竭了。……您知道,谁写得少,谁懒,谁就很早开始犯 impotentia 症。这是我根据科学对您说的。
[impotentia,拉丁语,阳痿症。]

七九

致亚·巴·契诃夫

古塞夫！有一件事要拜托你，你立刻到瓦西里耶夫斯基岛四十二号，第三户人家……不过，你别害怕。这是我在开玩笑，吓唬你的……

新闻。不太久以前，有一次我正坐在家里因为没钱而发愁，威尔涅尔兄弟来了，利用我穷，花一百五十个卢布买了我的十五个短篇小说。目前我在报上读到他们出了一本小书：《无伤大雅的话语，安·巴·契诃夫》。版本精美，不过那些小说太坏，太庸俗，尽管你缺乏才能，你却有权利打我的后脑勺。威尔涅尔兄弟当然会把这本新书寄到《新时报》去，希望《新时报》会因为我是撰稿人而对这本书写出好评；我呢，却希望《新时报》原谅我把一部分灵魂出卖给魔鬼，不要在报上提到这本书。我把沉默看作极大的好意。这是可以理解的。

我庆贺您的新居。

由于苏沃林关心我的剧本的命运，那么请你转告他：达维多夫热烈而入迷地着手研究这个剧本了。我写出来的那个角色使他很满意，他就把我拉到他的家里去，把我留到深夜三点钟才放我走；他时时刻刻用热爱的眼光看着我的脸，口口声声说他生平从没扯过谎，他说我的戏从 Α 到 ω（这不是俄语字母 ж……，而是欧米加①）②都细致，准确，纯正，高尚。他口口声声说我的剧本里有**五**

---

① 希腊语的末一个字母。
② 意谓"从头到尾"。

个精彩的角色,所以柯尔希剧院一定会演垮,因为简直没有人能演。

瞧!你却老是说这个剧本写得怎么样,我在哪儿学来的……

同柯尔希(骗子!)的合同①已经签字了。我从戏票总收入中抽百分之八,也就是每一幕抽百分之二。

关于尼科尔卡②,我们见面再谈吧。

要是你看见御医包特金,就对他说我走上了他的路,到贵族家里去看病了。例如现在我就要到凯列尔伯爵夫人家里去给……她的厨师治病,到沃耶依柯娃家里去给她的女仆治病。

问候安娜·伊凡诺芙娜。告诉她说我感激她。因为什么缘故吗?这不干你的事。你的内衣在缝补。

再见。

安

一八八七年十月二十九日

于莫斯科

八〇

致尼·亚·列依金

请您原谅,最善良的尼古拉·亚历山德罗维奇,我许久没有答复您的来信。我的剧本(该死的东西!)出乎意料,弄得我筋疲力尽,疲惫不堪,以致我晕头转向,失去常态,多半不久就要变成疯子

---

① 指契诃夫的剧本《伊凡诺夫》在柯尔希剧院上演的合同,于1887年10月26日签订。——俄文本注
② 亚·巴·契诃夫给契诃夫的信中建议让二弟尼古拉·巴甫洛维奇搬到彼得堡,在那儿可以为他创造最好的条件。——俄文本注

了。写这个剧本倒不困难,可是上演却不仅要求我付出车马费和时间,而且要求我做大量的消耗神经的工作。您自己来判断吧:

(一)莫斯科没有一个诚恳的、肯说实话的人。

(二)演员们任性,爱面子,其中有一半没受过教育,自以为是;他们彼此之间不能容忍,某甲为了使他的同事某乙得不到好角色而不惜把灵魂出卖给魔鬼。

(三)柯尔希是个商人,他需要的不是演员和剧本的成功,而是剧院满座。

(四)他的剧团里没有女人,我那两个精彩的女角色白白地糟蹋了。

(五)男角色当中只有达维多夫和基谢列甫斯基[①]演得恰到好处,其余的都没有光彩。

(六)跟柯尔希签订合同以后,我才知道小剧院(皇家的)愿意接受我的剧本。

(七)根据我相信的达维多夫的意见,我的剧本比当前这个季节内写成的一切剧本都好,然而由于柯尔希剧团的贫乏,这出戏一定会演砸。

(八)昨天我想收回我的剧本,可是柯尔希手脚乱颤……

此外再写二十项都写得出来,不过有这八项也就够了。现在您可以判断这个平白无故爬上别人的雪橇而干起不是本行工作的"新剧作家"的局面是什么样子了。

只有一件事我能够引以自慰,那就是达维多夫和基谢列甫斯基会演得出色。达维多夫兴冲冲地着手研究他的角色了。

我从柯尔希那儿得到的,不是像您出的主意那样每演一次五

[①] 柯尔希剧院的两个演员,前者演主角伊凡诺夫,后者演沙别尔斯基。——俄文本注

十个卢布,而是多一点:从剧院戏票总收入中取得百分之八,也就是每幕取得百分之二。合同就是这样规定的。

讲到《花絮》的赠品①,《花絮》的读者收到一本书会比收到一张廉价的彩色画片愉快得多。您分发的书恰好是以前我劝您分发的那本。不过问题在于赠书比赠送画片容易出丑。如果那本书用的是廉价的纸张和那种二十卢布的印刷用的油墨,再加上恶劣的插图和不精致的封面,那么《花絮》和您本人就都不会有好结果。

你可以把书印得薄一点,然而要精致一点。

如今的读者讲究版本,开始理解了……就因为这个缘故,威尔涅尔兄弟才按法国气派精致地出版他们的小书,因而不出两个月就销售一空。这我不是夸大其词……

我相信,要是由我按我的想法来出版您的一本小说集,那么销售起来就会比所有的威尔涅尔之流快得多……

我的剧本要在十二月十九日和二十七日之间首次上演。那么我就要在十二月初才能到彼得堡去,跟您详谈。

请您不要把书交给普烈斯诺夫去销售。这是一个最不受欢迎的、乏味的书商。读者不知道那些专卖教科书的斯图平、普烈斯诺夫、萨拉耶夫。他们(我说的是知识分子和一般的读者群众)只知道苏沃林、格拉祖诺夫、沃尔夫、瓦西里耶夫、马蒙托夫、卡尔巴斯尼诺夫,此外也略微知道一点斯米尔诺夫。

彼得堡有什么新闻吗?我收到比里宾的一封信,从这封信上知道他目前身体健康。从种种迹象看来他害着肌肉风湿病(只有一边 lumbago②)。他常感冒。往后您看见他穿得不对头(不对头的意思是不暖和),就要不客气地责备他,要是他咳嗽,就劝他回

---

① 尼·亚·列依金在写给契诃夫的信上说到1888年《花絮》的订户得到的赠品将是列依金的一本带插图的新小说集。——俄文本注

② 拉丁语:腰痛。——俄文本注

家去坐着。他的 habitus① 不可靠。只要稍稍着一点凉就会垮下来。

问候普拉斯科维雅·尼基佛罗芙娜和端庄沉默的圣徒费多尔。再见。

您的安·契诃夫
一八八七年十一月四日
于莫斯科

八一

致尼·亚·列依金

请您原谅,最善良的尼古拉·亚历山德罗维奇,这一次我又没有寄给您小说。请您等一等,我的剧本星期四上演②,这以后我就会又在桌子旁边坐下来,准定赶写出来。您那几行关于剧本排演的话使得我大惑不解。您写道:"作者只会妨碍排演,使演员感到拘束,而且在大多数情形下只会做出愚蠢的指示。"关于这一点,我要简短地回答您:(一)作者是剧本的主人,演员不是主人;(二)分配角色的事到处都是由作者负责,如果作者在当地的话;(三)到目前为止我的**一切**指导都有了益处,一切都是照我的指示办的;(四)演员们本人也要求指导;(五)在小院剧里有一个希巴仁斯基的新剧本③跟我的剧本同时排演,他三次更换家具,逼得国库三次花钱做布景。诸如此类。如果把作者的参与取消,鬼才知道会变成什么样子……您总该记得果戈理在

---

① 拉丁语:体质。——俄文本注
② 契诃夫的剧本《伊凡诺夫》1887 年 11 月 19 日在莫斯科柯尔希剧院首次上演。——俄文本注
③ 《库拉金娜公爵夫人》,1887 年 11 月 15 日在小剧院首次上演。——俄文本注

自己的戏排演的时候怎样暴跳如雷①!

难道他不对吗?

您写道,苏沃林同意您的看法。我感到惊讶。不久以前苏沃林写信给我说:"您对演员们要严格要求",而且关于如何严格要求还出了主意。

不管怎样,我还是感激您提出了这个问题;我要写信给苏沃林,提出作者的权限的问题。

您还写道:"您把您的剧本丢给魔鬼的母亲吧!"……那我就以眼还眼:您把您的银行丢给〔……〕吧! 要我丢开剧本就无异于丢开发一笔财的希望。

不过,我的唠叨惹得您厌烦了,那么我们就转过来谈一谈当前的别的问题吧。

《无伤大雅的话语》都是用同一种纸张印的。

我十一月底到彼得堡去。

我们有许多事情要谈。

关于您对达维多夫的看法②,我不知道该怎样回答您才好。或许您说的对。我与其说是凭个人的印象判断他,不如说是凭苏沃林的推荐,他写信给我说:"请您相信达维多夫吧。"

问候普拉斯科维雅·尼基佛罗芙娜和圣徒费多尔。我的全家每一次都要我向您致意,可是请您原谅,我总是忘了写。

我们什么时候会在捷斯托夫吃饭呢? 请您来吧。

您的安·契诃夫

一八八七年十一月十五日

于莫斯科

---

① 指1836年莫斯科小剧院排演果戈理的《钦差大臣》。——俄文本注
② 1887年11月12日尼·亚·列依金在写给契诃夫的信上批评达维多夫是一个"最狡猾的人"。——俄文本注

八二

致亚·巴·契诃夫

好,戏演过了……我要按着次序来写。首先,柯尔希答应我排演十次,可是只排演了四次;其中只有两次可以叫作排演,因为其余的两次无异于打架,演员先生们一味地顶嘴和骂街。记得台词的只有达维多夫和格拉玛①,其余的靠人提词,靠内心的信念②。

第一幕。我待在后台的一个类似牢房的包厢里。家里的人坐在第一层厢座的一个包厢里,提心吊胆。出乎意外,我倒挺冷静,没有感到激动。演员们兴奋、紧张,在胸前画十字。幕拉开。捧场演出的演员③出场。演员没把握,记不得台词,一个花圈送到舞台上来,所有这些都使得我从头一句起就认不得我的戏了。我本来对基谢列甫斯基抱着很大的希望,可是他一句话也没有说准确。实实在在,**一句话**也没有说准确。他尽说他自己的话。尽管这样,再加上导演的失败,可是第一幕仍旧取得了巨大的成功。叫幕许多次。

第二幕。舞台上有许多人。客人。他们记不得台词,弄乱了,尽说些废话。每一句话都像刺在我背上的一把刀。可是,啊,诗神!连这一幕也取得了成功。所有的演员都被叫出去谢幕,我也给叫出去两次。人们纷纷庆贺成功。

第三幕。演得不坏。成功是巨大的。我给叫出去三次,在谢

---

① 柯尔希剧院的演员,演萨拉。——俄文本注
② 意思是"靠临时胡诌"。
③ 借某一演员生日等机会,举行演出,使该演员多得收入。

幕的时候达维多夫使劲握我的手,格拉玛学玛尼洛夫①的派头把我的另一只手按在她的胸口上。才能和美德的胜利啊。

第四幕。第一场。进行得不坏。叫幕。随后是极长的、令人厌倦的休息。观众不习惯在两场之间站起来,到饮食部去,因而抱怨起来。幕拉开。很美:从一道拱门望出去,可以看见晚饭的桌子(婚宴)。乐队不停地奏迎宾乐。傧相们出场;他们喝醉了,所以,你明白,就得打打闹闹,做怪相。这种粗俗下流的表演弄得我心惊胆战。随后基谢列甫斯基出场,这是一个引人入胜而富于诗意的地方,可是我那基谢列甫斯基记不得台词,喝得大醉,把一段短短的而又富于诗意的独白变成了一种又沉闷又糟糕的东西。观众莫名其妙。在这个剧的结尾,男主角因为受不了人家的侮辱而死了。观众已经变得冷淡,十分疲倦,不了解这种死亡(我的演员们主张这样的死亡,我却另有不同的看法)。演员们和我屡次被叫出去谢幕。在谢幕的时候,有一次响起了公开的嘘嘘声,被鼓掌声和顿脚声盖过去了。

大体说来,我感到疲倦,而且有一种烦恼的感觉。我满心憎恶,虽然这出戏获得了相当大的成功(基切耶夫②之流却否认这一点)。

剧院的常客们说,他们在剧院里从没见过这样的骚动,这样普遍的鼓掌声和嘘嘘声,他们另外没有一次听到过像这次我的剧本公演的时候所耳闻目睹的那么多的争论。在柯尔希剧院也没有过作者在第二幕演完后被叫出来谢幕的先例。

这个剧本在本月二十三日第二次公演,我要加以改动,取消那

---

① 果戈理的《死魂灵》中的一个自作多情的地主。
② 1887年11月20日《俄罗斯小报》第325号上,评论家 II.基切耶夫发表了一篇关于《伊凡诺夫》上演的恶意的评论,他说这个剧本"深深地不道德","恬不知耻地混淆种种观念"。——俄文本注

些傧相。

详情等见面时再谈。

你的安·契诃夫
一八八七年十一月二十日
于莫斯科

请你告诉布烈宁,就说这出戏上演以后我已经走上常轨,为《星期六副刊》写东西①了。

八三

致亚·巴·契诃夫

好,最亲爱的古塞夫,一切终于平静下来,烟消云散,我像从前那样在桌子旁边坐下来,心平气和地写小说了。你再也想象不到原来的那种情形!像我这种意义不大的渺小的剧本(我已经寄一本给马斯洛夫了),竟然发生了鬼才知道什么名堂的事。我已经给你写过首次公演的时候在观众中,在后台,发生过一场骚动,而这样的骚动是那个在剧场里工作过三十二年的提词员有生以来从没见过的。大家吵吵嚷嚷、哇哇乱叫、鼓掌、发出嘘嘘声;饮食部里,人们差点打起架来,在最便宜的楼座上的大学生们打算赶走一个什么人,警察押走了两个人。骚动是普遍的。妹妹几乎昏厥过去。久科甫斯基②心跳起来,跑掉了;基谢廖夫无缘无故地抱住头,很真诚地大叫起来:"现在我可怎么办呀?"

演员们神经紧张。以前我在写给你和写给马斯洛夫的信上谈

---

① 大概指短篇小说《吻》,后来契诃夫在彼得堡才写完这篇小说。——俄文本注
② 莫斯科市民学校的学监,契诃夫家亲近的熟人。——俄文本注

到他们的表演和他们对工作的态度的那些话,当然,不要向外张扬。有许多情形必须加以辩护和解释……原来那个演主角的女演员是在她女儿要死的时候登台表演的,那么她有心思顾到表演吗?库烈平做得对,他赞扬那些演员①。

公演以后,第二天,《俄罗斯小报》上出现一篇彼得·基切耶夫②的评论,说我的剧本是恬不知耻的、不道德的满篇胡说。《莫斯科新闻》却表扬这出戏③。

第二次公演进行得不坏,不过也有出人意料的地方。那个女儿正在生病的女演员由另一个女演员代替(她没有名望)。第三幕演完以后又被叫出去谢幕两次,第四幕演完以后也叫幕,不过已经没有嘘嘘声了。

事情就是这样。星期三我的《伊凡诺夫》又上演。现在是一切都平静下来,走上了常轨。我们记下十一月十九日④这一天,将来每年到这一天都要喝一通酒来纪念它,因为这一天在我们家里的人是会长久记得的。

关于这个戏我不想再给你写什么别的了。如果你打算对它有一个概念,那你就去向马斯洛夫要来那个抄本,看一遍吧。阅读这个剧本并不足以向你解释为什么会发生上述那种骚动;你不会在其中发现什么蹩脚的地方。尼古拉、谢赫捷尔、列维丹(也就是画家们)反复说,这个戏在舞台上十分别致,看着都古怪。可是在读剧本的时候这一点却是看不出来的。

如果你发现有人打算在《新时报》上骂那些参加我这个戏的

---

① 指 1887 年 11 月 22 日《新时报》第 4215 号上库烈平发表的一篇关于《伊凡诺夫》的成功的评论。——俄文本注
② 参看第八二封信的注。——俄文本注
③ 指 1887 年 11 月 23 日在《莫斯科新闻》第 323 号上发表的瓦西里耶夫的评论。——俄文本注
④ 《伊凡诺夫》首次公演的日子。

演员们,请你们要求他们不要辱骂。第二次公演的时候他们都演得很精彩。

好,过几天我就到彼得堡去了。我要努力在十二月一日以前赶到。无论如何你的大娃娃的命名日我们会在一起庆祝……不过你预先告诉他,大蛋糕是不会有的。

庆贺你升官。如果你真的做了秘书,那你就发一条消息,说"十一月二十三日柯尔希剧院第二次公演《伊凡诺夫》。演员们,特别是达维多夫、基谢列甫斯基、格拉多夫-索科洛夫、柯谢娃①,被叫幕许多次。作者在第三幕以后和第四幕以后被叫出来谢幕"。总之,大致如此的一条消息。由于这条消息,我的戏就会多演一次,我就会多得五十到一百个卢布。要是你认为发这样一条消息不方便,那就不必这么办了。

安娜·伊凡诺芙娜怎么样?求上帝保佑她!彼得堡的天气对她不适宜。

那四十个卢布我收到了,谢谢。

我唠叨得惹你厌烦了吧?我觉得整个十二月里我成了疯子。

吉里亚今天到彼得堡去了。

祝你健康,原谅我这么疯疯癫癫。以后我不再这样了。今天我就正常了……

附上一封感谢打电报来的信,请交给马斯洛夫。

你的席勒·莎士比亚维奇·歌德
一八八七年十一月二十四日
于莫斯科

---

① 他们在《伊凡诺夫》中分别扮演主角、沙别尔斯基、柯绥赫、巴巴金娜。——俄文本注

一八八八年

八四

致伊·列·列昂捷夫(谢格洛夫)①

亲爱的阿尔巴②！我这样称呼您是因为您的可悲的笔迹无异于宗教裁判所的最新成就。读您信的时候,我的眼珠都要跳出眼眶来了。

祝贺您过新年。祝您健康,祝您在爱情和文学方面都走运,祝您低三个音阶发笑,求上帝保佑您不致遭到西伯利亚的舅舅的袭击!

现在我来答复您的信。在《花絮》上署名"谢格洛夫"是不行的。您要为小作品想出一个常用的笔名,例如《住别墅的丈夫》③。要是列依金硬不答应,您就调皮地提出我来,问道:

"先生,那么契诃夫为什么不署他的真姓名呢?"

请您跟比里宾和戈里凯④结交才好。他们两个都是可爱的人。

---

① 俄国小说家,剧作家,笔名是伊凡·谢格洛夫。——俄文本注
② 歌德的悲剧《艾格蒙特》中的一个人物,这个悲剧于1887年的戏剧季节在亚历山大剧院公演。参看第九一封信的注。——俄文本注
③ 《住别墅的丈夫,他的奇遇、观察和失望》,谢格洛夫的一篇幽默的随笔。——俄文本注
④ 《花絮》杂志的创办人,印刷厂厂主和出版商。

《明奥娜》①真可爱。好哇！再来一个！谢格洛夫,您大有才气！大家都在读您的作品！您写吧！

不过,要是您学一学马克西姆·别林斯基②,那您还会更棒。

请您转告最善良的阿·尼·普列谢耶夫③,说我开始为《北方通报》(这个文学界的"寡妇收容所")写东西④了。什么时候写完,我不知道。一想到我在为大杂志写作,想到大家在格外严肃地看待我的拙劣作品,这种想法就拉扯我的胳膊肘,好比魔鬼拉扯修士的胳膊肘一样。我在写一篇草原的小说。我在写,可是我感到没有干草的香气。

比比科夫⑤没有把他的长篇小说寄给我。我再也忘不了他的诺言！他无缘无故地吓唬人……

我家里的人非常喜欢您那本小书。人们闻得出味道来。

我见过达维多夫,他没有跟基谢列甫斯基打招呼,总之他认为这样做是不可能的。再见,祝您健康。

您的安·契诃夫

一八八八年一月一日

于莫斯科

请写信来。您的信那么可爱,我甚至原谅您的笔迹的可悲了。有什么新闻吗？

您写话剧吧。根据《明奥娜》来判断,您是能够写出很好的话剧的。

请您尽量读一下彼得堡各报的新年号。如果您发现有的文章

---

① 谢格洛夫的短篇小说,发表在 1887 年 12 月 25 日《新时报》第 4248 号上。——俄文本注
② 俄国作家叶·叶·亚辛斯基的笔名。——俄文本注
③ 俄国诗人,《北方通报》主编。——俄文本注
④ 中篇小说《草原》。——俄文本注
⑤ 俄国作家。——俄文本注

涉及我或者柯罗连科,那就请您剪下来,寄给我。

您到科学院去过吗?

八五

致符·加·柯罗连科

我无意中欺骗了您,最善良的符拉季米尔·加拉克乔诺维奇,我没有能够留下一册我的剧本的打印本;等日后它印出来,我再给您寄一本,或者到见面的时候交给您;不过目前请您不要生气。

我一时心血来潮,把我昨天收到的老人格利果罗维奇的来信①抄了一份,寄给您。我有许多理由把这封信看得像黄金那么珍贵;我不敢把这封信再读一遍,怕的是失去最初的印象。从这封信里您可以看出来文学方面的名望和丰厚的稿费一点也不能使人避免像疾病、寒冷、孤独之类的庸俗的散文;这个老人正在结束他的生命。从这封信里您还可以知道不光是您一个人出于清白的心指引我走上正路;您明白我是多么羞愧。

当初我读格利果罗维奇的来信的时候,我想起了您,不由得害臊了。我开始清楚地看出来我不对。我把这话单独写给您,这是因为在我周围没有人需要我的诚恳,而且也没有人有权利要求我诚恳;至于您,我也没有问您一声就在心里跟您结成知己了。

我听从您的友好的劝告而开始为《北方通报》写一个短短的

---

① 指格利果罗维奇在1887年12月30日写来的信;他在信上写到自己的病,写到契诃夫的书《在昏暗中》,对它做了高度的评价;他劝契诃夫"赶快干脆地丢开短小的小说,特别是发表在报纸上的小说的写作"。参看第八七封信的注。——俄文本注

中篇小说①。我初次为大杂志写稿,写的是草原、草原上的人和我在草原上经历过的事。题材好,写得也畅快,然而不幸,由于我不习惯写得长,由于担心写出多余的文字,我就落到另一个极端里去了:每一页都写得紧凑,像一篇小小说;画面堆砌起来,挤在一起,互相遮挡,破坏了总的印象。结果它就不成其为画面,因为在画面上所有的细节如同天上的繁星一样是汇合成一个总的东西的;这篇小说却成为一个提纲,一个干巴巴的印象记录了。一个写作的人,例如您,就会了解我,可是读者却会读得烦起来,吐口唾沫不看了……

我在彼得堡住了两个半星期,见识了很多。总的说来,我带走的印象可以归结为一段文字:"不要信任公爵,人类的儿子……"好人我见到很多,可是缺少审判官。不过,也许这倒好些。

我在等二月份的《北方通报》,为的是读您的《在道路上》。普列谢耶夫说书报检查官把您的作品大加删削。新年新禧!祝您健康和幸福。诚恳地忠实于您的

安·契诃夫

一八八八年一月九日

于莫斯科

附言:您的《索科里涅茨》我认为是最近一段时期里最杰出的一个作品。它写得像一个艺术家根据本能所提示的种种规则写成的一篇优秀的乐曲。总之在您的书②里,您是一个那么健康的艺术家,一个那么巨大的力量,甚至您的最大的缺点,换了在别的艺术家那里就会刺眼,而在您的书里却引不起注意就放过去了。例如,在您的全书里根本没有女人,这是我不久以前才嗅出来的。

---

① 中篇小说《草原》。——俄文本注
② 指《随笔和短篇小说》,1887年《俄罗斯思想》杂志出版。——俄文本注

八六

致伊·列·列昂捷夫(谢格洛夫)

亲爱的阿尔巴!虽然我用放大镜看您的信,却仍旧一个字也认不清。唉,这种字迹呀!

随信附还戈尔连科①的信,并且深致谢意。这封信挺好,可是其中有一个很大的缺点:您所需要的与其说是对您写得好的夸奖,不如说是对您写得**少**的斥骂和羞辱。在那篇挺好的《明奥娜》里我发现几处败笔,这是只能用您写得少来解释的。把自己燃烧起来吧!要知道您很容易起火!"对作家来说,写得少是有害的,犹如医生缺乏诊病机会一样"(《苏格拉底》,第十章第五节)。

如果可能的话,请您把第一期《周报》②上的那篇文章③寄来。我这儿没有,也没处找得到。

我在为**大**杂志写一个中篇小说④。我不久就要写完,寄出去了。万岁!!!

日后您在阿〔历克塞〕·尼〔古拉耶维奇〕·普列谢耶夫家里吃晚饭的时候,请您代我为他贵体安泰干一杯白酒。

请您容许我对您的缺乏教养提出一点小小的意见。我寄给您一张照片,没有说什么,以为您自己会想到送还我一张。可是您用

---

① 俄国批评家,反动报刊《新时报》和《俄罗斯评论》的撰稿人。——俄文本注
② 在彼得堡出版的一份具有自由主义倾向的报纸。——俄文本注
③ 指评论家季斯捷尔洛的论文《论青年作家的无政府状态(新年遐想)》。谢格洛夫在写给契诃夫的信上谈到这篇论文,说:"……这篇文章论到青年作家,很有道理,不过也会引起争论。文章里评论到您,把您看作第一个人。"——俄文本注
④ 契诃夫在为《北方通报》写《草原》。——俄文本注

忘恩负义来报答我。限您在二十四小时之内立即把您的照片寄来，否则我要通过警察索还我的照片。

前天达维多夫到我家里来，坐了一个通宵，朗诵了托尔斯泰的《黑暗的势力》①里的几段，很不坏。他该扮演其中的阿基木。

祝您无比健康和幸福。握您的手，我是衷心忠实于您的

安·契诃夫

一八八八年一月十日

于莫斯科

为什么您不给《星期六副刊》写东西了，坏蛋？

您看怎么样？今年夏天咱们各自写一个长篇小说吧！咱们挣上很多钱，就出外去乱跑一通。

一月十二日。我喝醉了，这天是达吉雅娜节。

一月十七日。我又喝醉了，我过生日。

总之，醉醺醺的。

请您写出十篇像《明奥娜》那样可爱的作品，出版一个集子吧。

三月间我要到库班去。在那儿：

"Amare et non morire②……"

人们是怎样称呼卡齐米尔·巴兰采维奇③老先生的？我收到一本他寄来的《奴隶》④。我打算写封信去向他道谢。

---

① 托尔斯泰的一个剧本。
② 法语：爱，而且不死。从谢格洛夫的短篇小说《明奥娜》里引来的明奥娜的一句歌词"爱，死"。——俄文本注
③ 当时俄国的一个老作家。
④ 巴兰采维奇的一个长篇小说，1888年出版。——俄文本注

八七

致德·瓦·格利果罗维奇

我不打算向您解释,尊敬的德米特利·瓦西里耶维奇,您最近这封精彩的信①在我是多么宝贵,而且是多么有意义。对不起,我压抑不住我的印象,把这封信抄了一份,寄给柯罗连科去了;顺便要提到,他是一个很好的人。我读这封信的时候没有感到特别羞愧,因为这封信寄来时,我正巧在为大杂志写作。这儿我回答您信里的一个重要部分:我正着手写一个大东西。我已经写了两个印张多一点,大概还要写三个印张。我在大杂志发表的头一篇作品写的是草原,这个题材已经很久没有人写了。我描写平原、淡紫色的远方、牧羊人、犹太人、教士、夜晚的雷雨、客栈、运货的车队、草原上的鸟,等等。每一章各自成为一个短篇小说,各章根据近亲关系联系起来,像是卡德里尔舞②的五个舞式。我极力让这些章节里有一种总的气氛,总的调子;为了能够比较容易地把这一点做到,我就让一个人物在各章里出现。我觉得我已经克服许多困难,有些段落已经有干草的香气了,不过总的来说我这篇东西却成了一种古怪的和过于别致的东西。由于不习惯写得长,又因为习惯于经常担心写出多余的文字来,我就落到另一个极端里去了。每一页我都写得紧凑,仿佛经过压缩一样;种种印象挤在一起,堆砌起来,互相压榨;那些画面,或者用您起的名字来说,那些"闪光的

---

① 1887年12月30日格利果罗维奇从法国疗养地尼斯来信,写到自己的病,写到契诃夫的书《在昏暗中》,对它做出高度的评价,劝契诃夫"赶快干脆地丢开短小的小说,特别是发表在报纸上的小说的写作"。——俄文本注

② 一种由四人分成两对而进行的舞蹈。

东西",彼此挤得紧紧的,穿成一根连绵不断的链条,因而使人读得厌倦。总的来说这不成其为画面,而成了干巴巴的、详细的印象记录,一种近似大纲的东西;我没有对草原做出艺术的、完整的描写,却把一本"草原百科全书"献给读者了。这真是开张不利。不过我并不畏缩。就是百科全书或许也有点用处。说不定它会打开我的同辈人的眼睛,让他们看见有什么样的财富,什么样的美的宝藏,还没经人碰过,俄国艺术家的路子还不能算窄。如果我这短短的中篇小说使我的同行们想起了这个被人们忘记了的草原,如果在那些被我干巴巴地胡乱涂成的题材里哪怕有一个地方能给某个诗人带来一个深思的机会,那我就要为此道谢了。我知道您会了解我的草原,因此会原谅我在无意中犯下的罪。我也真是在无意中犯下了罪,因为现在才看出来我还**不会**写大东西。

那个中断的长篇小说①今年夏天我要继续写下去。这个长篇小说包括了整整一个县(贵族和地方自治局),几个家庭的私生活。《草原》多多少少是一种例外的、专门性的题材;如果不是顺便描写它,却是专为描写它而描写它,它就会因为单调,因为老是一派乡村风光而使人厌烦;可是在那长篇小说里所写的却是平凡而有知识的人,女人、爱情、婚姻、孩子,于是人就会感到像在自己家里一样自在,不会厌倦了。

一个十七岁男孩的自杀②,是一个很容易讨好的、诱人的题

---

① 还在1887年契诃夫就起意写长篇小说。这个长篇小说,后来在写作过程中起名为《我的朋友们的生活故事》,却一直没有完成,而且它的草稿也没有保存下来。——俄文本注

② 格利果罗维奇在1887年12月30日写给契诃夫的信上说:"如果我年轻一点,天分强一点,我就一定要描写一个家庭以及其中的一个十七岁的青年,后来他爬到阁楼上去,在那儿开枪自杀了。他的整个环境、导致他自杀的全部理由,在我的心目中远比那些促使维特(歌德的小说《少年维特之烦恼》的主人公)自杀的理由重要而深刻。这样的题材包含着当代的问题;您该拿过它来,不要放过涉及迫切的社会创伤的机会;巨大的成功从这样的书头一天出版起就在等着您。"——俄文本注

材,不过要知道,动手写它却是可怕的。对于一切恼人的问题也应当做出使人痛苦的强烈回答,可是我们这辈人有足够的内在力量吗?没有。您预言这个题材会获得成功是凭您自己下断语的,可是要知道,您那一代人除了有才能以外,还有博学、阅历、磷、铁,而当代的有才能的人却没有这类东西;老实说,他们不碰严肃的问题倒是应当高兴的事。要是您把您这个男孩给他们,那我相信某甲就会出于清白的心,连自己也不觉得便进行诽谤、胡说、诬蔑;某乙乘机摆出他那浅薄苍白的思想倾向;某丙用精神病来解释自杀。您那个男孩具有纯洁可爱的天性,他寻求上帝,他有一颗充满热爱的、敏感的心,受过深刻的侮辱。为了占有这样的人物,自己就得能够痛苦才成,而当代的歌手却只善于唉声叹气,哭哭啼啼。至于我,那么除了上述的一切以外,还有疲沓和懒惰。

前几天符·尼·达维多夫到我家里来过。他在我的《伊凡诺夫》里表演过,由于这个机缘我跟他成了朋友。他听说我准备给您写信,就打起精神,在桌旁坐下来,写了一封信,我现在把这封信附给您。

您读过柯罗连科和谢格洛夫的作品吗?关于谢格洛夫,大家议论纷纷。依我看来,他有才能,独创一格。柯罗连科仍旧是读者和批评家的宠儿;他的书销得很畅。在诗人里,福法诺夫开始崭露头角了。他确实有才能,而别的诗人作为艺术家来说就一文不值了。散文作家还行,诗人却糟得很。这些人没有教养,没有知识,没有世界观。普拉索尔·柯尔佐夫虽然不善于写得通顺,可是比当代所有的青年诗人加在一起还要完整得多,聪明得多,有教养得多。

我的《草原》将在《北方通报》上发表。我已经写信给普列谢耶夫[①],请他吩咐人给您留下一份单印本。

[①] 《北方通报》的主编。

我很高兴,您不觉得痛了。这种痛就是您的病的实质,别的都不那么重要。咳嗽并没有什么严重的性质,跟您的病也无关。咳嗽无疑地起因于感冒,会随着寒冷一同消失。今天我得喝很多酒,为那些教我解剖尸体和开药方的人干杯。多半也得为您干杯,因为我们没有一个纪念会不赞扬屠格涅夫、托尔斯泰、您而且为你们干杯的。文学家们为车尔尼雪夫斯基、萨尔蒂科夫、格·乌斯宾斯基干杯,可是公众(大学生、医师、数学家等)却仍旧守着老一辈的作家,不愿意背弃那些亲切的名字①,我作为医生,也属于这些公众。我深深地相信只要在俄罗斯还有森林、悬崖、夏夜,只要凤头麦鸡还叫,田凫还啼鸣,大家就不会忘记您,不会忘记屠格涅夫,不会忘记托尔斯泰,就跟大家不会忘记果戈理一样。您描写过的人会死掉,被人忘记,可是您仍旧平安无恙。您的力量就有这么大,这是说您的幸福就有这么大。

请您原谅,我用这封长信惹得您疲倦了,不过,有什么办法呢,我的手止不住,我有心跟您多谈一会儿。

我希望这封信寄到时,您那儿天气暖和,您活泼而健康。今年夏天您回到俄国来吧,据说在克里米亚也跟在尼斯一样的好。

再一次为您的信道谢,祝您万事如意;我是诚恳地、由衷地忠实于您的

安·契诃夫

一八八八年一月十二日。达吉雅娜节。大学纪念日。

于莫斯科

---

① 指上述的屠格涅夫等。

八八

致亚·彼·波隆斯基[1]

十分尊敬的亚科甫·彼得罗维奇,有好几天我在考虑怎样才能更好地答复您的信[2],可是一点有道理的、恰当的话也没有想出来,于是得出结论:像您这样优美宝贵的信,我还不善于答复。这封信在我是一种意外的新年礼物;如果您想起您的过去,想起您是个新手的时候,您就会明白这封信在我有什么样的价值了。

我想到这一次不是我首先给您写信,就觉得羞愧。老实说,我早就想给您写信了,然而总是腼腆,胆怯。我认为我们的谈话[3]尽管使我跟您亲近了,却还没有给我权利能够享受跟您通信的荣幸。请您原谅我的懦弱和肤浅。

您的书和照片我都收到了。

您的照片已经挂在我的桌子上边的墙上了,至于您的散文,我们全家都在读。为什么您说您的散文长满了青苔,披上了霜呢?如果这只是因为现代的公众除了报纸以外什么也不读,那也还不足以下这种真正冷酷的、像秋天一般的判决。我是带着一种信念或者带着一种成见(这样说更确切些)来读您的散文的。事情是这样的:当初我学习文学史的时候,就已经知道一种现象,而且我

---

[1] 亚科甫·彼得罗维奇·波隆斯基:俄国诗人。——俄文本注
[2] 1888年1月8日波隆斯基写信给契诃夫,讲到他从契诃夫发表在《新时报》上的短篇小说《卡希坦卡》和《童话》(后改名《无题》)所得到的印象:"这两个短篇小说的结尾不但出人意外,而且也出色;这是主要的。语言的调子充分适合地点、时间、您的人物。"——俄文本注
[3] 契诃夫是在1887年12月间在彼得堡盘桓时期跟波隆斯基相识的。——俄文本注

差不多把它提高到规律的地位上来了:俄罗斯的一切大诗人都能很好地驾驭散文。您就是用钉子也不能把这个成见从我的头脑里剜出去;甚至在我读您的散文的那个傍晚,这个成见也没有离开我。也许我的看法不对,然而姑且不提别的诗人的散文,只说莱蒙托夫的《塔曼》和普希金的《上尉的女儿》,就都直接证明俄罗斯的响亮诗歌和优美散文有密切的血统关系。

至于您有意把您的诗①献给我,我只能用鞠躬和请求来回答:请您允许我将来把一个我带着特别的热爱写成的中篇小说②献给您。您的深情感动了我,我永远也不会忘记。除了这种深情的温暖和作者的呈献所包含的内在魅力以外,您的《在门旁》在我还有一种特殊的价值:它配得上权威人士来写一篇赞不绝口的评论文章,因为多亏它,我才在公众和同行的心目中足足长高了一俄丈。

关于在报纸和插图的刊物上写稿,我完全同意您的见解。夜莺在大树上或者在灌木里歌唱,不都是一样吗?要求有才能的人**仅仅**在大杂志上写稿,那是浅薄之见,颇带点官气,而且有害,如同一切偏见一样。这种偏见愚蠢而可笑。在从前,这种看法倒还是有意义的,那时候报刊的领袖是一些具有清楚的面貌的人,例如别林斯基、赫尔岑等,他们不但付给作者稿费,而且诱导他们,教育他们,培养他们,可是现在居刊物首脑地位的不是文人,却是一批不学无术之徒和穿狗皮领子的人,那么对大刊物的偏爱就经不起批评了,最厚的杂志和便宜的小报之间的差别仅仅是数量上的差别,也就是说从艺术家的观点看来不应该受到任何尊重和注意。其所以不可以拒绝在大杂志上写稿,也只是因为那有一种方便:长作品

---

① 《在门旁》,稍后发表在 1888 年 3 月 8 日《北方》杂志第 13 期上。——俄文本注
② 契诃夫献给波隆斯基的是 1888 年苏沃林出版的契诃夫《故事集》里的小说《幸福》。——俄文本注

不致被割裂而可以一次登全。我写了大东西就把它送到大杂志上去,至于小东西,那就任凭风把它吹到哪儿去,随我的意了。

顺便提到,我正在写一个大东西,大概会在《北方通报》上发表。在这个不大的中篇小说里我描写草原、草原上的人、鸟、夜、雷雨等。我写得很畅快,不过总是担心:由于不习惯写得长,我一再离开总的调子,变得厌倦,不能畅所欲言,不够严肃。有许多地方,批评家也好,读者也好,都不会了解;他们会觉得这些地方没什么道理,不值得注意;不过我现在也预先高兴,因为总会有两三个文学方面的美食家了解而且重视这些地方,这在我也就够了。大体说来这个短短的中篇小说不能使我满意。我觉得它笨重,枯燥,过于专门。对当代的读书的公众来说,像草原以及草原上的风景和人物之类的题材显得专门,而且没有多大意义。

我大概三月初到彼得堡去,以便同我那些善良的朋友们告别,再动身到库班去。四月和五月我将要在库班和黑海附近生活,夏天到斯拉维扬斯克或者伏尔加河去。夏天我不能坐在一个地方不动。请您允许我再一次为您来信和您献给我的一首诗而向您道谢。这两件事我都配不上。祝您健康,幸福,请您相信我对您的真诚的尊敬和热爱,我是忠实于您的

安·契诃夫

一八八八年一月十八日

于莫斯科

附言:前几天我刚从乡间回来。乡村就连在冬天也挺好。但愿您能看见那白得耀眼的原野和树林,太阳灿烂地照着! 人的眼睛都给刺痛了。我是去解剖一头暴亡的奶牛的。虽然我不是兽医,而是一个普通的医师,可是由于缺少专家,有时候就不得不干兽医的工作了。

八九

致阿·尼·普列谢耶夫

亲爱的阿历克塞·尼古拉耶维奇：

新年新禧！祝您长寿。让我这种祝愿的诚恳和我对您的忠诚作为减轻我的罪行的情况吧，您务必原谅我迟迟拜年才好。

我有一件事要请求您。前几天我收到文学工作者尼古拉·阿波洛诺维奇·普佳达的一封信，他是莫斯科各报的撰稿人，做过以前存在过的杂志《光和影》《尘世闲话》《欧洲丛刊》的实际上的主编，出版过几本小书，等等。他诉说他的走投无路的处境，眼泪汪汪地请求我能否给彼得堡的熟人写一封信，替他申请文学基金的补助。我很愿意照他的请求办理，因为我给他医病的时候，看到他穷途潦倒，而且相信他的病已经医不好了。他害着肺痨病。他在《莫斯科新闻》做记者，可是因为有病而不得不工作得很少，并且吃力，大概不久就会被辞退。

他已经**两次**受到文学基金的帮助。他的地址:《莫斯科新闻》印刷厂。

现在谈一点我自己。我身体健康，正在工作，感到寂寞。目前我正在为大杂志写一个小小的中篇小说，一写完就寄给您，求您帮忙把我这篇作品拿到《北方通报》上去发表。我在写**草原**。题材颇有诗意；要是我始终不脱离小说开头的那种调子，那我就会写出一种"与众不同"的东西来了。我觉得在这个短短的中篇小说里有些地方会令您喜欢，我的亲爱的诗人；不过总的说来，我恐怕不会使您满意……我已经写了四五个印张，其中有两个印张满是风景和地点的描写，枯燥得很！

啊,我多么希望寄给您在三月号上发表啊!要知道,一月间我专心写草原,别的什么也没干,所以穷得不得了。要是《草原》迟到三月以后发表,我就要像狼似的嗥起来。我要在二月一日以前把这个作品寄给您。要是您事先看出来三月号上没有空地方,那么,我亲爱的,请您通知我;我就不赶写《草原》,为了挣稿费而给《新时报》和《彼得堡报》随便写点东西了。

写大东西很乏味,而且比写小东西困难得多。将来您读过以后,就会明白我这个没经验的脑子吃过多少苦。

再见,祝您幸福。向您的殷勤的全家人致敬。如果许可的话,我就要拥抱您,始终不渝地、诚恳地忠实于您的

契诃夫

一八八八年一月十九日

于莫斯科

莫斯科,库德林斯卡亚-萨多瓦亚,柯尔涅耶夫寓所

九〇

致伊·列·列昂捷夫(谢格洛夫)

亲爱的阿尔巴!您的信、您的尊容①、《周报》都收到了。为这一切,为这一切,向您道谢!《周报》上那篇文章②确实不坏。关于那位客气的作者称之为无政府状态的我们的那种软弱无力,我自己也想到过。在我们的才能里,磷很多,铁却没有。我们也许是美丽的鸟,唱得挺好,然而我们不是鹰。

---

① 指照片。
② 参看第八六封信的注。——俄文本注

不过,这都是闲扯。关于这一点,等我们见了面,在巴尔金[①]那儿 riquiqui[②] 的时候再细谈,目前我们姑且用《周报》那篇论文的信念安慰自己,认为我们是技巧高超的能手吧……不错,我们是技巧高超的能手,然而只表演我们自己的那一套。我们在于我们力所能及的事情;如果我们的服务不能使人类满意,那就叫他们见鬼去吧!

您,啊,信心不坚的人,想知道我在您的《明奥娜》里发现了什么样的败笔……在指出这些败笔之前,我要预先申明:与其说它们具有文学批评方面的趣味,还不如说只有"悲剧性的"趣殊。只有写作的人才看得出它们,读者是无论如何也看不出来的。好,我就来说这些败笔吧……我觉得,您是一个多疑的、信心不坚的作家,担心人物和性格不够鲜明,就把太大的地方拨给仔细详尽的描写了。因此就出现了过分的庞杂,对总的印象起了不好的作用。您担心读者不相信您,您为了证明有时音乐能发生多么强烈的影响就热衷地致力于描写您的青年军官的心理;在心理描写方面您倒是成功了,不过另一方面,在"amare, morire[③]"这类重要因素和开枪射击之间,那间隔就显得太长,读者还没有读到自杀就忘掉"amare, morire"所引起的痛苦而定下心来了。可是让他定下心来是不行的;应当让他保持紧张。如果《明奥娜》是一个很长的中篇小说,这种指点就用不着。又大又厚的作品自有它的目标,它要求最细致的描写,不管总的印象会怎样。可是在短小的短篇小说里多说不如少说,因为……因为……我也不知道因为什么! 不管怎样,您要记住您的败笔只有我一个人认为是败笔(而且是非常不重要的,"悲剧性的"),

---

① 彼得堡的一家著名饭馆的老板。——俄文本注
② 法语:喝一杯酒。谢格洛夫的小说《明奥娜》里用过这个词。——俄文本注
③ 拉丁语:爱,死。列昂捷夫的小说《明奥娜》里的歌词有这两个字。

而且我常常出错。说不定您对而我不对……应当申明,我是常出错的,从前说过的话往往跟现在所想的不同。因此我的批评没有什么价值。

啊,我多么想到彼得堡去啊!

今天我接到阿·尼·普列谢耶夫的一封很可爱的、"老爷爷"的信。他抱怨您很少跟他见面。我正在结束我为《北方通报》所写的一篇稿子①。真难写啊。

代我问候巴兰采维奇。

春天我要到库班去,夏天跟我家里的人到斯拉维扬斯克去住。您愿意跟我们一块儿住吗?在斯拉维扬斯克生活费用比在彼得堡便宜三分之二。那儿也不会使人烦闷无聊。

我的中篇小说要在《北〔方〕通〔报〕》上登出来。这篇小说有点古怪,不过有些地方我还满意。使我生气的是小说里没有恋爱情节。中篇小说缺少女人,就跟火车头缺少蒸汽一样。不过,我这篇小说里,女人倒是有的,然而不是妻子,也不是情妇。我不能没有女人啊!!!

请您给我写长一点的信,我也会写长信回复您。再见,阿尔巴。求上帝赐给您健康!

您的安·契诃夫

一八八八年一月二十二日

于莫斯科

---

① 中篇小说《草原》。——俄文本注

九一

致阿·尼·普列谢耶夫

亲爱的和尊贵的阿历克塞·尼古拉耶维奇,多承您写来一封和善亲切的信,谨向您致以巨大的谢意。多么可惜,这封信没有早来三个小时!您猜怎么着,这封信寄到时正赶上我在为《彼得堡报》写一篇不好的小说①……由于快要到下月一日,因而就要有种种开支,我心里害怕,坐下来写一篇限期完成的作品。不过这也不要紧。这篇小说只需要半天的工夫,现在我就能继续写《草原》了。您在信上对我的中篇小说说了那么多好话,弄得我都害怕了……您期望我写出一篇特别的好作品,可是这会引起多大的失望啊!我怵怵惕惕,深怕我的《草原》不成样子。我不慌不忙地写着,好比美食家吃鸫:带着感情,带着兴味,细嚼慢咽。老实说,我是在把它硬挤出来,我使劲,我打气,不过总的说来仍旧不能使我满意,虽然其中有些地方也可以算是"散文诗"。我还不习惯写得长,再者我又懒。短小的作品已经把我惯坏了。

我结束《草原》大约在二月一日和五日之间,不会更早,也不会再迟。我一定直接寄给您,因为这是我在大杂志上初次露面,我想请您做我的教父②。您不必坐车到邮局去,在邮局的通知单上签字,因为我把邮包寄给您是"已付送达费"的。您只要再付一枚二十五戈比的辅币就行了,这是我欠您的债。看在上帝分上请您

---

① 指短篇小说《困》,它很快就刊载在 1888 年 1 月 25 日《彼得堡报》第 24 期上。——俄文本注
② 意谓"请您帮助和指导"。

原谅我打搅您！您已经有那么多的事要忙,我却还要用我这些小事来麻烦您,而且要您破费二十五个戈比……

奥斯特洛夫斯基①,我是非常非常喜欢的。跟他在一块儿不但不烦闷,甚至很快活……是的,他适宜于做批评工作。他有好的嗅觉,读过许多书,显然很喜爱文学,有独特的见解。我听到他随口说出一些定义,而这类定义是可以全部印在《文学理论》教科书上的。我一写完《草原》,准定跑去找他。我跟他谈到我的流产的《伊凡诺夫》以后,我就认清这样的人对我们这班人具有什么样的价值了。

列昂捷夫怎么样？他是个可爱的人,招人喜欢,热情,有才能,然而喜欢灰心泄气,愁眉不展。需要经常从外部刺激他,像钟表那样上紧发条……我们常通信。他在信上不知什么缘故叫我艾格蒙特,我呢,为了不欠他的债,也就叫他阿尔巴②。

在春天以前我要到彼得堡去一趟,到春天我要到一个暖和的地方去。我们一块儿去吧！

在我们所有的大杂志里都有一种小团体的、派别性的沉闷空气主宰着。真叫人气闷！为此我不喜欢大杂志,为大杂志写作对我并没有什么诱惑力。派别性,特别是如果它平庸,枯燥乏味的话,是不喜爱自由,不喜爱广阔的规模的。

再见,我亲爱的。再一次向您道谢。问候您的全家和我们共同认识的熟人,请您来过谢肉节。我们一块儿吃薄饼……您带着谢格洛夫一块儿来吧。

---

① 指俄国剧作家奥斯特洛夫斯基的弟弟彼得·尼古拉耶维奇,业余批评家。——俄文本注
② 艾格蒙特和阿尔巴都是历史人物,歌德的悲剧《艾格蒙特》中的人物,这个悲剧在1887年和1888年在亚历山大剧院公演。1887年12月22日谢格洛夫写信给契诃夫说:"我称呼您艾格蒙特,是因为列诺契卡·普列谢耶夫认为您的照片像他,而且他喜欢这张照片……"——俄文本注

祝您健康和幸福。

您的安·契诃夫

一八八八年一月二十三日

于莫斯科

九二

致阿·尼·普列谢耶夫

您好,亲爱的阿历克塞·尼古拉耶维奇!《草原》已经写完,而且寄出去了。我本来觉得它一钱不值,现在忽然又觉得它还值几文钱。我本来想写两三个印张,不料写了足足五个印张。我累了,因为不习惯写得长而筋疲力尽,我写得颇为紧张,而且觉得写了不少废话。

求您大度包涵!!

《草原》的题材没什么道理;要是日后它获得哪怕一点点的成功,那我就要把它作为一个极大的中篇小说的基础①,接着写下去。您会发觉其中没有一个人物值得注意,值得扩大描写的。

我写的时候,感到四周弥漫着夏天和草原的香气。到那边去走一趟才好!

看在上帝分上,我亲爱的,请您不要客气,写信告诉我说我的中篇小说相当糟,而且平庸,如果它真是这样的话。我非常想知道赤裸裸的真理。

要是编辑部认为这个作品对《北〔方〕通〔报〕》还合用,那我

---

① 《草原》取得了巨大的成功,可是契诃夫没有实现继续写它的意图。关于继续写《草原》的意图,也请参看第九六和九八封信。——俄文本注

很高兴有为它和它的读者服务的机会。请您张罗一下,让我的《草原》一期登完,因为割裂它是不行的,等您读过以后,您自己就会相信这一点。请您给我留几份校样。我想寄给格利果罗维奇、奥斯特洛夫斯基……关于预支稿费,我们已经谈过了。现在我只想说一点,那就是我收到得越早越好,因为我在憔悴,像是魏恩贝格的故事①里的那个跳蚤。如果女发行人②问到稿费的数目,那么请您对她说我随她的意,不过在我的灵魂深处,我这个有罪的人巴望每一个印张二百个卢布。

请您原谅我麻烦您。说不定,如果我们能活下去的话,命运会给我一个幸运的机会报答您的好心帮助!

《草原》是用单篇的四开纸写成的。请您收到邮包时裁开书页。

再见,祝您幸福。

我在休息。明天我要跑到奥斯特洛夫斯基那儿去。问候您的全家和谢格洛夫。

由衷地忠实于您的初次在大杂志上发表作品的人
安·契诃夫
一八八八年二月三日
于莫斯科

我的《草原》不像中篇小说,而像草原的百科全书。

---

① 指俄国说书人巴威尔·伊萨耶维奇·魏恩贝格的一个节目。——俄文本注
② 《北方通报》发行人阿·符·萨巴希尼科娃。——俄文本注

九三

致亚·谢·拉扎烈夫-格鲁津斯基

谢谢您的信,最善良的亚历山大·谢苗诺维奇。我也健康地活着。《草原》昨天已经写完,寄到《北方通报》去了。我这个作品似乎有五个多印张。

200×5=1000卢布

必须是很伟大的作家才能在一个月里挣一千卢布。难道不是这样吗?

我在我的《草原》上耗费了许多的心血、精力、磷,写得紧张,费劲,极力压榨自己,累得不成样子。这篇小说写得成功不成功我不知道,不过无论如何它是我的力作,比这再好的作品我也写不出来了;就因为这个缘故,您那句安慰的话"有的时候作品会不走运"就不能安慰我(万一作品失败)。这是我第一次在大杂志上试笔,用了大量的精力、紧张、好题材等,在这种情形下您那个"有的时候"恐怕使不上。要是在这样的条件下我尚且写得坏,那么在更不顺心的条件下我就会写得更糟……

是啊,老兄!您还有前途(两三年),我却在经历危机了。要是现在我得不着奖,那我就开始走下坡路了。您却用那个副词"有的时候"来安慰我!等您日后临终时,我就写信给您说:"有的时候人会死的";等到您耗尽您原有的一切,将要在哪方面初次露头角的时候,我就写信对您说:"有的时候初露头角的人会倒霉的。"于是您得到了安慰。

从列依金和比里宾那边传来坟墓般的沉默。列依金的沉默带有不祥的性质。猫头鹰的叫声我看得比精明的外交家的沉默轻得多。我在战战兢兢地等着一种什么大蠢事或者毁谤。祝您健康。

您的安·契诃夫
一八八八年二月四日
于莫斯科

九四

致伊·列·列昂捷夫(谢格洛夫)

亲爱的上尉！请您原谅,我那么久没有回复您的悲观的信。我忙得要命,累得不得了。

现在我来回答您。是的,不错,有的时候生活可憎而可恶;可是您开枪打的不是地方。问题不在于布烈宁,不在于别热茨基,不在于《明奥娜》,不在于给《星期六副刊》写的稿子退回来。全部的不幸在于您总是处在个别现象和个别人的经常影响下。您是个好作家,可是完全不善于或者不愿意分析概括和客观地看待事情。神经,神经,再一个神经！

别热茨基不喜欢您的《明奥娜》。这是自然的。作家像鸽子一样嫉妒心重。如果有人写商人的生活,列依金就不高兴,列斯科夫不喜欢读那些不是他写的关于教士生活的小说,别热茨基绝不会称赞您的军事随笔①,因为他认为只有他自己才是军事方面的专家。要知道您也不喜欢他那本精彩的《战争中的军人》②！大家

---

① 指列昂捷夫·谢格洛夫1887年出版的小说集,收《初战》《失意的英雄》《中尉波斯彼洛夫》《烤钉子》《田园诗》。——俄文本注
② 别热茨基在1887年出版的军事小说集。

都神经质,嫉妒心重。

您写道,布烈宁有点跟您过不去。这不对。由于那种凡是写作的人都有的习气,他背地里很少说人的好话,不过要是有人问他谁好一些:是您呢,还是他称赞的萨里阿斯①,他就会觉得这个问题可笑而笑起来。如果您给《星期六副刊》写的稿子退还给您,那么它一定真是太长了。

既然它太长,退还给您,那么您何不把它寄给乐于发表您的作品的《俄罗斯思想》呢?您何不把它寄给《北方通报》,寄给《北方》等杂志呢?

是的,您开枪打的不是地方……要是您善于客观地看待生活,您就不会发牢骚了。您是当代最幸运的作家之一。人们读您的作品,喜欢您,称赞您,选您当"委员";您的剧本有地方上演,有人看,那么您对诗神还有什么要求呢?在文学方面您至少已经是中校(有精良的武器),这样的官品完全足以使您不致仅仅因为有跳蚤咬您或者窗外有狗汪汪地叫便吓得魂不附体,对前途失去希望。可惜,这些话说起来太长,信上容不下。只好推延到见面的时候再详谈,再继续谈,目前我只想说:您不对,阿尔巴!我知道作家当中巴望能有您这样命运的,不下于二十个呢……

对,我活着,健康。我已经结束我的《三月的果实》②,寄给阿·尼·普列谢耶夫了。您不要期望那是一个特别好的或者大体好的作品。您会对安土昂③失望,因为安土昂,我现在相信,完全没有能力写长作品。

---

① 叶·安·萨里阿斯,作家,历史小说的作者。——俄文本注
② 指中篇小说《草原》。谢格洛夫在写给契诃夫的信上说:"我十分焦急地等待您3月的果实。"——俄文本注
③ 契诃夫的名字安东的错误的读音。

亚辛斯基先生①在《新时报》上的出现是文学界的大丑事②。不过他的《火灾》③倒是一个精彩的作品。

我在读您的《田园诗》。怪人,您为什么不写篇幅大的长篇小说呢?您有种种条件写长篇小说的。再见。请您来信。

您的安土昂·契诃夫
一八八八年二月四日
于莫斯科

九五

致阿·尼·普列谢耶夫

多谢多谢,亲爱的阿历克塞·尼古拉耶维奇!昨天我收到并且送交普佳达④七十五个卢布。这笔钱来得正是时候,因为普佳达虽然躺在床上,可是正在迅速地大踏步地走向坟墓。

您收到我的《草原》了吗?这个作品是报废了呢,还是落进《北方通报》的怀抱了?我是昨天把它寄给您的,然而不是像以前我打算的那样按邮包寄出,而是按挂号印刷品寄出的,这样可以快一点寄到。我误了没有?

我急着想看柯罗连科的中篇小说⑤。他是当代作家中我所喜

---

① 俄国作家,报刊工作者,笔名马克西姆·别林斯基。
② 1888年2月15日至17日,契诃夫写信给他的大哥亚·巴·契诃夫说,亚辛斯基在《新时报》上的出现是"他对自己的脸吐一口唾沫",因为"全世界没有一只猫对老鼠的嘲弄及得上布烈宁(《新时报》的反动的评论家)对亚辛斯基的嘲弄"。——俄文本注
③ 叶·叶·亚辛斯基的短篇小说,登在《新时报》1月27日和30日上。——俄文本注
④ 参看第八九封信。——俄文本注
⑤ 《在道路上(圣诞节的故事)》,发表在《北方通报》第2期上。——俄文本注

欢的一个。他的颜料鲜明而浓重；语言无可指摘，不过有些地方未免雕琢，形象高尚。列昂捷夫也好……他不及柯罗连科那么大胆，那么美，然而比他热情；他温和，秀气……只是，求上帝保佑！为什么他俩各走一门啊？柯罗连科不肯跟他那些囚犯分手，列昂捷夫呢，光用尉官来款待读者……我承认艺术中的专门化，如世态画、风景画、历史画，我理解演员的定型①、音乐家的流派，然而不能容忍像囚犯、军官、教士之类的专门化……这已经不是专门，而是偏爱了。在你们的彼得堡，大家不喜欢柯罗连科；在我们这儿大家不读谢格洛夫的作品，然而我强烈地相信他俩的前途。唉，要是我们有像样的批评家就好了！

谢肉节快到了。您差不多已经答应过到此地来，我等着您。

今天是达维多夫的纪念演出。他演《贵族中的小市民》②。剧场里会闷热、拥挤、热闹。看过戏以后，我会咳嗽一夜。我已经不习惯到剧院去了。

如果我的《草原》不算废品，那么遇到机会请您说句好话，把它送到《北方通报》去发表。我很想看柯罗连科的《在道路上》。

我总是用长信惹您厌烦。

再见。向您的全家致敬。

         对您满腔热忱的安·契诃夫
         一八八八年二月五日
         于莫斯科

---

① 指专演风流小生或反派角色等。
② 法国剧作家莫里哀的一个喜剧。——俄文本注

九六

致德·瓦·格利果罗维奇

亲爱的德米特利·瓦西里耶维奇：

前天我写完了我的《草原》，把它寄给《北方通报》了；关于这篇东西我已经写信告诉过您了。我写了将近五个印张，也许还多一点。如果它不被认为是废品，它就要在三月号上发表。我会给您寄去一份校样，我已经写信通知编辑部了。

我知道果戈理正在另一个世界里生我的气。在我们的文学里他是草原的皇帝。我是带着好意溜进他的国土的，可是写了不少废话。这个中篇小说我有四分之三没有写好。

一月十日左右我给您寄过两封信，一封信是我自己的，一封信是符·尼·达维多夫的。您收到了吗？我在自己的信上顺便提到您的那个题材：一个十七岁男孩的自杀。我做了一点拙劣的尝试来利用这个题材。我让一个九岁的男孩穿过我那《草原》的前后八章，他将来在彼得堡或者莫斯科落户以后，结局一定很坏。如果《草原》获得哪怕一点点的成功，那我就要继续把它写下去。我故意把它写成目前这个样子，好给人留下一个印象：这是一个还没完工的作品。您会看出来，它像是一个篇幅很大的中篇小说的第一卷。至于那个小男孩我为什么把他写成这样而不写成另一个样子，等您看完《草原》以后我再告诉您。

我不知道我了解了您的意思没有。您那个俄罗斯青年的自杀是一种欧洲人所不熟悉的专门现象。艺术家的全部精力应当用到两种力量上：人和自然。一方面是身体虚弱、神经质、春情发动期提前、热烈地渴求生活和真理、巴望草原那样广阔的活动、心神不宁地进行分析、知识的贫乏和思想的奔放同时并存;另一方面是辽阔的平原、寒冷的气候、无知、冷酷的人民以及他们的沉重而平淡的历史、暴力统治、官僚制度、贫穷、愚昧、京城的潮湿、斯拉夫人的冷漠等。俄罗斯生活把俄罗斯人砸得粉身碎骨,如同一块一千普特重的石头砸下来一样。在西欧,人们灭亡是因为生活又挤又闷,可是在我们这儿却是因为地方太广阔而活不下去……空间那么大,弄得小人物没有力量确定方向了……

这就是我对俄罗斯的自杀事件的看法……

我把您的意思理解得正确吗?不过,在信上谈这种事是不行的,因为地方太窄。这倒是谈天的好题目。可惜您不在俄罗斯[①]!

您那边现在天气暖和而干燥,我相信您已经不咳嗽了。您得吸淡一点的烟草,不过主要的是您该买好一点的卷烟纸。往往卷烟纸的毒倒比烟草的毒多得多。再见!祝您健康,快活,幸福。

真诚地忠实于您的

安东·契诃夫

一八八八年二月五日

于莫斯科

九七

致亚·尔·谢里瓦诺娃[②]

最善良的女同乡!我有一个人口众多的家庭,现在有一件事要拜托您。我们一家人打算无论如何今年夏天住在您的附近,也

[①] 当时格利果罗维奇在法国尼斯养病。
[②] 亚历山德拉·利沃芙娜·谢里瓦诺娃,契诃夫家的朋友;她的叔父在契诃夫的父亲破产的时候买下了契诃夫家在塔甘罗格的房子。——俄文本注

就是住在南方。在家庭会议上我们选定斯拉维扬斯克城作为今年夏天我们的居住地。

我记得当初在斯拉维扬斯克您在我的心上留下的印象(那时我恨不得扑到火车底下去)。所以您对斯拉维扬斯克是或多或少地熟悉的。您能向您的熟人、爱慕者、崇拜者(那些经理、督察官、田产经营人以及这个世界的其他大人物)打听一下在斯拉维扬斯克或者它的附近有适合我家住的房子吗?我们需要一所房子或者一个庄园,要尽量便宜一点,尽量带家具,而且务必要靠近水边,有树木。亲爱的,要是您四处去打听,查访,探问,您就会使得一切住别墅的丈夫幸福了。如果在斯拉维扬斯克没有合适的住处,我就准备在它的附近居住,不过务必要有树荫,一定要靠近火车站。在钱方面我不会吝啬,不过请您不要对全世界去张扬,说我是个百万富翁;假如您有意帮助我,那就请您打听那些首先是不贵的城堡和别墅。希望您尽快回信。

您的贺电[①]我是在**凌晨四点钟**收到的。您这个坏蛋!这封贺电把我惊醒了,而且请原谅我用粗俗的字眼,我只好光着脚在冰凉的地板上跳到桌子那边去签字。可是话说回来,我衷心地感谢您的怀念,紧紧地握您的手。

真的,您有那么多的爱慕者,因此您不难打听出来我们能不能在斯拉维扬斯克有个住处。对我们来说有四五个房间就足够了。

要是我们将到南方来住,那我就希望您不要来找我们,要不然我们会喝得大醉。怜惜我们吧!

您来过以后,也就是说您走后,我们家里有三天使人感到空荡荡的。

祝您健康,幸福,在金钱方面和爱慕者方面都丰富。

---

① 大概是为了庆贺契诃夫的命名日(1月19日)。——俄文本注

请您允许我永远是

一个温顺的住别墅的丈夫

安·契诃夫

一八八八年二月六日

于莫斯科

九八

致阿·尼·普列谢耶夫

今天容克尔办公处派人给我送来五百个卢布,亲爱的阿历克塞·尼古拉耶维奇!显然这是《北方通报》给我的,因为别处不会寄给我钱。Merci!

您的最后一封信①使我无限高兴,精神大振。我会同意一辈子不喝酒,不吸烟,只求能够收到这样的信。在我写倒数第二封信回答您的电报的时候,我却是垂头丧气的。我觉得尴尬和羞愧,因为我逼着您谈稿费。我很需要钱,然而谈钱,而且是跟好人谈钱,我却受不了。叫它们见鬼去吧!我遗憾我在我的信上说到关于钱的事情我随女发行人的意,我盼望得到二百的时候,我的意思没有

---

① 1888年2月8日阿·尼·普列谢耶夫写信给契诃夫,讲到他阅读中篇小说《草原》以后的印象:"我如饥似渴地把它读完。一读开头就放不下。柯罗连科也是这样……这是一个那么可爱的作品,充满无限的诗意……这是个引人入胜的作品,我要向您预告您的远大而又远大的前途。什么样的无与伦比的风景描写,什么样的突出而又可爱的人物啊……根据捣蛋鬼迪莫夫(《草原》中的人物)我不知道能写出什么样的戏剧来。看在基督分上您继续写叶果鲁希卡的历史吧。我深深相信巨大的成功正在等着这个作品……它包含着永不枯竭的源泉。诗人以及具有诗的感觉的艺术家一定简直会神魂颠倒。作品里点缀着多少极其细致的心理描写啊。一句话,我很久没有带着这么巨大的乐趣读作品了。"——俄文本注

让您理解得十分清楚。在我这方面,我根本没有提出过什么要求或者务须照办的条件,更不要说什么最后通牒了。如果我顺带提到二百卢布,那也是因为我完全不熟悉大杂志的价钱,而且我认为二百这个数目不算太大。我是按《新时报》的尺度来衡量的,也就是说我在估计《草原》的价钱的时候极力让我收到的稿费不比苏沃林付给我的多,也不比它少(每行十五个戈比),不过我想都没有想到过提出什么最后通牒。人家给我多少,我总是收下多少。《北方通报》给我每个印张五百,我收下,给我五十呢,我也收下。

您答应把《草原》一次登完,而且寄杂志来,那我就应许今年夏天我们到伏尔加流域去①的时候请您喝最上等的顿河酒来回报您。不幸柯罗连科不喝酒;在路上,每当月光普照,河水里露出鳄鱼的时候,不会喝酒是不方便的,就跟不会读书一样。酒和音乐对我来说永远是最好的螺旋拔塞器。以前每逢在路上我心里或者脑子里堵上一个软木塞,只要喝上一杯酒就足以使我感到像是生了翅膀,软木塞便消失了。

那么明天柯罗连科就要到我这儿来了②。他是一个好人。可惜书报检查官把他的《在道路上》删削了一通。这是艺术的、然而又是显然光秃秃的东西(不是指书报检查官,而是指《在道路上》)。为什么他把它送到一个必须受书报检查官审查的杂志去呢?再者,为什么他把它称为"圣诞节故事"呢?

我正在赶紧坐下来写小东西,不过我自己热切地巴望着再写一个大东西。啊,要是您知道我的脑袋里有一个多么好的题材就

---

① 1888年2月4日普列谢耶夫写信给契诃夫说:"今天我和柯罗连科商量今年夏天跟您一块儿到伏尔加流域去旅行。如果这个计划能实现,那我会多么满意啊。"一块儿到伏尔加流域去旅行虽然在通信中提到过好几次,以后也提到,却始终没有实现。——俄文本注

② 普列谢耶夫在信上告诉契诃夫说,柯罗连科要到莫斯科去四天,而且要去访问契诃夫。——俄文本注

好了!多么美妙的女人!什么样的葬礼,什么样的婚礼啊!要是有钱的话,我就跑到克里米亚去,坐在那边的柏树下面,不出一两个月就会写成一个长篇小说。您想想看,我已经准备好三个印张了!不过,我说的是假话:我手里真要是有钱,我就会忙这忙那,所有的长篇小说就都完蛋了。

等我写好这个长篇小说的第一卷,如果承蒙您许可,我就把它寄给您看一遍,然而不要送到《北方通报》去,因为我的长篇小说不宜于交给在书报检查官审查下的刊物发表。我贪心重,喜欢在自己的作品里写很多的人物,因此我的长篇小说就会变长。再者,我所描写的那些人对我来说是宝贵而可爱的,我对那些可爱的人是愿意多下功夫的。

至于叶果鲁希卡①,我要继续写它,然而不是现在。有点愚蠢的赫利斯托福尔神父②已经死了。德兰尼茨卡雅(布兰尼茨卡雅)小姐③生活得很糟。瓦尔拉莫夫④仍旧在转来转去。您在信上写道,作为素材来说,您很喜欢迪莫夫⑤……像捣蛋鬼迪莫夫这样的人,生活把他创造出来不是为了做分裂派⑥,不是为了四处流浪,不是为了过定居的生活,而是干脆为了干革命……在俄罗斯,永远也不会有革命,迪莫夫的下场就不外乎酗酒或者关进监狱了事。这是一个多余的人。

一八八七年我在旅途上,有一次害了腹膜炎,在莫伊塞·莫伊塞伊奇⑦的客栈里过了痛苦的一夜。这个犹太人通宵给我敷芥末膏,换湿布。

您以前见过大道⑧吗?嘿,真长,它会把我们引到哪儿去啊!十字架至今完整无恙,然而大道已经不那么宽了;附近有一条铁路

---

①②③④⑤⑦ 《草原》中的人物。
⑥ 基督教的一个宗派。
⑧ 《草原》中描写过这种大道。

通过,现在大道上几乎没有车马了;它渐渐生出杂草,再过十年就会完全消失或者从一个庞然大物变成一条平常的通道。

您最好带着谢格洛夫一齐来。他十分气馁,隔着烟熏的玻璃看他的文学的命运。他必须吸一点新鲜空气,见一见新人。

明天我要到一个裁缝工人①那儿去参加婚宴,他的诗写得不坏,并且出于对我的才能的尊敬(honoris causa②)为我修补上衣。我拿我这些小事惹得您厌烦了,因此我要结束这封信了。祝您健康。我衷心希望您的债主都下地狱才好……这种人比蚊子还要缠人。

对您满腔热忱的
安·契诃夫
一八八八年二月九日
于莫斯科

《北方通报》有把校样寄给作者的惯例吗?

九九

致伊·列·列昂捷夫(谢格洛夫)

上尉!大概您不是把您的钢笔伸进墨水瓶里去蘸墨水,而是伸到魔鬼的胡椒瓶里去了。您的信里满是胃气痛,弄得我每次读完您的信都得吃一点苏打。您那些弯弯曲曲的肠子③、您对"上流社会的拖拖拉拉"的牢骚、您有意在"火精"公司④里谋一个职位

---

① 俄国诗人伊·阿·别洛乌索夫。——俄文本注
② 拉丁语:出于尊敬。——俄文本注
③ 指难认的笔迹
④ 一家保险公司。——俄文本注

的渴望,总之,您的信的调子惹得作为您的朋友和读者的我生气。是啊,现在所差的只有让伊凡·谢格洛夫穿上公共马车查票员的制服,或者腋下夹着一个皮包在涅瓦大街上散步了。

我不久就要到彼得堡去,可是不会早于二月二十日。当然,我会骂您一顿。

如果二月十二日您到普列谢耶夫家里去,那么请您用我的名义为他的健康干一杯。

今天我在等着柯罗连科到我家里来。我们会谈到阿尔巴上尉①。

前几天我遇到一个规模很大的学校的校长,就责成他为学校图书馆买下您的全部作品,他就照办了。您给我多少手续费啊,您这条鳄鱼?

昨天我收到《北方通报》的五百卢布的预支稿费,可是今天我就把这笔钱散出去,随着风吹光了。呜呼,哀哉!

再见,亲爱的。您把您那种阴郁的心境丢到魔鬼那儿去吧,您得一天到晚地工作,到那时候您就不会为"上流社会的拖拖拉拉"大惊小怪了。普列谢耶夫在信上写道,他的列诺琪卡②要到莫斯科来,在我家里住一阵。

假如您的妻子许可,那就请您代我问候她。祝您健康。

您的 Antoine③
一八八八年二月十日
于莫斯科

---

① 即收信人谢格洛夫。
② 伊·列·普列谢耶夫的女儿。——俄文本注
③ 法语:安东。

一〇〇

致尼·阿·赫洛波夫

尊敬的尼古拉·阿法纳西耶维奇①：

我看完您的短篇小说②了；它不错，大概会登出来的，因此我认为向您尽早而且尽快地说明下述意见就不是多余的事了。如果您把这篇小说看作严肃的大事，用它作为走进文学界的第一篇东西，那么在这个意义上，依我看来，它不会取得成功的。原因不在题材上，也不在描写手法上，而在一些可以改正的小地方上，总之您在作品的加工上和某些细节上表现了纯粹莫斯科式的疏忽，这些地方固然不重要，可是看上去刺眼。

首先，常常可以遇见一些像石头那么重的句子。例如第二页上有一句话："他在半个小时这一段时间里到我这儿来过两次。"或者："在姚纳的嘴唇上闪出长久的、略带困惑的微笑。"人不能说："继续不断的雨下着"，因此您会同意"闪出长久的微笑"这句话不妥当。不过，这都是小事……然而有的地方却完全不是小事：您在什么地方见过**教堂监督**西多尔金？不错，教堂主事或者施主是有的，可是任何主事或者监督，即使是最有势力的商人，也没有权利和权柄把一个教堂下级职员从一个地方调到另一个地方去……这是主教所管的事情……如果您的姚纳单纯因为酗酒而从城里调到乡下去，那就更接近真实了。

---

① 尼古拉·阿法纳西耶维奇·赫洛波夫，俄国小说家和剧作家。——俄文本注
② 指《第十一》。——俄文本注

有一个地方描写姚纳为两俄亩地忙碌得就跟蜘蛛忙着捉苍蝇一样,是写得精彩的,可是您为什么毁坏这地方的魅力而去描写一种不可能的、难以叫人相信的事:他拿着木犁摆弄不停?难道这是必要的吗?您知道,凡是生平头一回耕地的人总是挪不动犁头的,这是一;对教堂下级职员来说,把自己的土地租给外人去种要有利些,这是二;无论拿什么样的面包也没法把麻雀从村子里引诱到旷野上去,这是三……

"我骑在连接农舍和堆房的梁木上"(第十六页)。哪儿有这样的梁木呢?文书员穿着短小的上衣、头发上粘着草屑的那种外形是一种陈腔滥调的描写,而且是滑稽刊物捏造出来的。文书员比一般人所想象的聪明得多,也不幸得多,等等。

在小说结尾教堂下级职员唱道(这是很动人、很恰当的):"我的灵魂,求主保佑,让它快活……"这样的祷告是没有的。有这样的祷告:"我的灵魂,求主保佑,求您的神圣的名字保佑我内里的一切……"

最后说一句:标点符号是阅读时的音符,在您的小说里却多得像是果戈理的市长制服上的纽扣。虚点太多,句点却缺少。

这些小事,依我看来,破坏了作品的像音符一样的和谐。如果没有这些,这篇小说就会被人看作模范的作品。当然,您不会因为这种"教训"而生我的气,您明白我是以受您委托的人的资格写的,而且有个目的:由于上述的种种,您不觉得需要把这个短篇小说修改一下吗?润饰一下,重抄一遍,需用两个小时,不会多;然而另一方面,这个短篇小说就不会失败了。

我再说一遍:就是不修改,姚纳也挺好,会登出来的,不过要是您有心严肃地把它作为您的第一篇作品拿去发表,那么按照我对彼得堡的那些审判官的理解来说,它是不会获得成功的。

我等待您的回答,请您原谅我这种唐突的干预。

祝您健康。

> 您的安·契诃夫
> 一八八八年二月十三日
> 于莫斯科

——○——

致亚·巴·契诃夫

古西阿吉：

我有那么久没有给您写信了，因为懒惰在作怪，我不想写，而只想直挺挺地躺着，往天花板上吐唾沫。

我在休息。不久以前我写好一个篇幅大的（有五个印张的）中篇小说；要是你有意看一下，那就请你翻阅《北方通报》的三月号。我收到定金五百卢布。这个中篇小说名叫《草原》。

一般来说，我感到像狗一般的苍老。我未必会回到报纸上去了![1] 我偶尔会给苏沃林写一点，至于其他的报纸，我大概不会再写稿了。

你真的在为《公民》写稿吗[2]？

我对不起安娜·伊凡诺芙娜，没有答复她的信。我要等她痊愈以后再回答她，因为我认为跟一个有病的人冗长地谈她的病是有害的。叫她不要为"梅毒瘤"激动。碘药水不是仅仅治梅毒的，

---

① 自1888年年底起，契诃夫停止为《彼得堡报》经常写稿，1892年年底为《新时报》写最后一个作品。——俄文本注
② 《公民》是彼得堡的一家极反动的报纸。亚·巴·契诃夫在回信上说："难道你不知道为黄色的下流报刊写稿也比为这家报纸受人尊敬吗？所以你得赔礼道歉，从此不要再怀疑清白的人会干卑鄙下流的勾当。"——俄文本注

而且有各种不同的"梅毒瘤"。

不管怎样,我很高兴,因为她在复原,克诺赫①和斯留宁②之流出丑了。我很高兴,因为你照我劝告你的那样去找高明的人看病;我很高兴,因为你不相信肺结核、肝肿大、动手术、胆道发炎等。我本来就觉得我比克诺赫之流高明,现在我还相信这一点。这是很愉快的,不过另一方面我也为我的"自命不凡"感到遗憾。

我那个新的独幕剧③十九日上演。《伊凡诺夫》正在俄国各地公演,在哈尔科夫已经演出不止一次了。

马·别林斯基④是一个合适的撰稿人。不过(你可以不必把我这个见解瞒住布烈宁),他在《新时报》上的出现无异于他对自己的脸吐一口唾沫。全世界没有一只猫对老鼠的嘲弄及得上布烈宁对亚辛斯基的嘲弄,可是结果……结果怎样呢?对一切不成体统的事应当针锋相对地对待,所以,换了我处在亚辛斯基的地位上,我非但不会把我的鼻子拱到《新时报》去,甚至不会拱到小意大利街⑤去。

今天我要写信给苏沃林。这个严肃而有才能的老人不该大发谬论,谈那些女演员、不好的戏⑥……

尼古拉就你那封信向我嘀咕了一些话,可是我一点也没听懂,而且忘掉了。这都是小节。去它的!

我们全家今年夏天要到南方去住。

请你用我的名义要求彼捷尔森⑦和布烈宁三月间读一读我那

---

① ② 彼得堡的医师。
③ 《天鹅歌》,在莫斯科的柯尔希剧院公演。——俄文本注
④ 俄国作家亚辛斯基的笔名。
⑤ 《新时报》的所在地。
⑥ 契诃夫大概指的是苏沃林发表在1888年2月5日至14日《新时报》上关于戏剧公演问题的评论。——俄文本注
⑦ 《新时报》的撰稿人和工作人员。

个中篇小说。要知道,我写大东西,他们也要负一部分责任!让他们也来应付一下吧。

祝你健康。请你问安娜·伊凡诺芙娜好,并且把孩子们打一顿。尼科尔卡会说话了吗?

你的"三十三个马上"

一八八八年二月十五日至十七日

于莫斯科

谢谢你的来信,谢谢你为我的马马虎虎的健康操心。

一〇二

致伊·列·列昂捷夫(谢格洛夫)

亲爱的上尉!您所有的书我都看完了,这以前我只是断断续续读过一些。如果您需要我的批评,那就请听吧。首先我觉得不能照您的一切评论者那样拿您跟果戈理,跟托尔斯泰,跟陀思妥耶夫斯基相比。您是一个 sui generis① 作家,独立不羁,好比天空中的鹰。如果一定要比一比谁,那我宁可拿您同波米亚洛甫斯基相比,因为他和您同是小市民作家。我说您是小市民作家,倒不是因为在您所有的书里对副官和参加晚会的人们透露了纯粹小市民式的憎恨,而是因为您跟波米亚洛甫斯基同有一种倾向,要把愚昧的小市民阶层和他们的幸福加以美化。崔波琪卡的好吃的西葫芦、戈利奇对娜嘉的爱、士兵的报纸、作者透彻理解的上述那个阶层的口语,其次还有在描写"ma tante"②家里的舞会时所流露的显著紧

---

① 拉丁语:自成一格的。——俄文本注
② 法语:姑妈。——俄文本注

张和主观态度,所有这些加在一起,支持了我认为您有小市民气息的看法。

要是您愿意,那我也许还可以拿您和都德相比。您那些可爱的、很好的"马迷",您只略略勾勒了一下,可是他们落到我眼帘里来的时候,我老是觉得我在读都德。

一般地说,将谁比谁,是应当小心谨慎的;尽管这种比拟没有恶意,可总是不免在无意中引起怀疑和责难,仿佛某个作家在模仿和伪造。看在造物主的面上,请您不要相信那些对您的责难,您自管照原来那样继续工作下去。您的语言、风格、人物性格、长段的描写、小小的画面都显出您自己的别致而优美的特色。

您的最好的孩子是《不可解的谜》①。这是个了不起的作品。多少人物,多么丰富的情节啊!旅馆生活、舒拉克一家人、因为喝啤酒而脸庞浮肿的戈洛沙波娃、雨、列尔卡、她的妓院、戈利奇的梦,特别是俱乐部里化装舞会的描写,所有这些都是精彩的。在这个长篇小说里您不是木匠而是旋工。

按成绩来说,排在《谜》后面的应当是《波斯彼洛夫》②。人物新颖,构思别致。在整个这篇小说里,人感到了屠格涅夫式的风味;我不知道为什么批评家忽略了这一点而没有责难您模仿屠格涅夫;波斯彼洛夫是动人的;他是个有理想的人,是个英雄。不过可惜,您主观极了。您不应当描写您自己。真的,要是您在他的道路上摆上一个女人,把您的感情放在她身上,那就会好得多……

我把《田园诗》放在您所有作品的末尾,虽然我也知道您喜欢它。开头和结尾都精彩,一气呵成,严谨而熟练,可是中间部分却

---

① 谢格洛夫的长篇小说,1887年在彼得堡出版。——俄文本注
② 短篇小说《波斯彼洛夫中尉。摘自一个青年军官的札记簿》和《田园诗》收在1887年出版的谢格洛夫的军事随笔和短篇小说集内(参看第九四封信的注)。——俄文本注

使人感到很大的松懈。首先,您用方言破坏了作品的整个音乐,那些方言散布在整个中间部分。大酒缸啦、打开门儿啦、话说啦等等,大俄罗斯人是不会因为这些而向您道谢的……语言大量地受到损害,包木包奇卡常常出现,阿吉谢夫颇为苍白……最好的地方是玛祖卡舞的描写……

总之,读完您所有的书,人就得到一种十分明确的印象,这印象强有力地说明您的前途极有希望。现在,如果在您的这些书以外再加上您的剧本、《住别墅的丈夫》《明奥娜》《响尾蛇》①,此外再注意到您的"上流社会的拖拖拉拉"以及您对研究工作的爱好(《俄罗斯的思想家》)②,那就不能不得出结论:您是个大人物。姑且不谈您的才能,总之您是向多方面发展的,好比一个老派的演员,不论在悲剧里也好,在轻松喜剧里也好,在小歌剧里也好,一律表演得精彩。这种变化是阿尔包夫③所没有的,巴兰采维奇也没有,亚辛斯基④也没有,就连柯罗连科也没有;这却不像有些批评家所认为的那样是轻狂的征象,而是内心丰富的征象。我衷心向您致敬。

现在有一件事要拜托您办一下。有一个莫斯科的文学工作者⑤得肺结核而死了。他穷得一文不名。他有一个阔绰的妹妹住在彼得堡。她的住址却不得而知。您,亲爱的,能到居民住址查询处去查清楚吗?她名叫医师的妻子奥尔迦·阿波洛诺芙娜·米特罗方诺娃。她的丈夫叫德米特利·瓦西里耶维奇。她活着吗?请

---

① 《住别墅的丈夫》《明奥娜》《响尾蛇》是谢格洛夫的短篇小说。
② 《从果戈理的著作、他的书信和关于他的回忆中选出的思想和片断。伊凡·谢格洛夫收集》。1887年出版。——俄文本注
③④ 当时的俄国作家。
⑤ 指普佳达;请参看1888年1月19日契诃夫写给普列谢耶夫的信。——俄文本注

您去打听一下,做一次亲爹吧①。

我什么事也没有干。由于闲得慌,我写了一个轻松喜剧《蠢货》。再见,祝您健康。请您原谅我的批评。

您的安·契诃夫
一八八八年二月二十二日
于莫斯科

一〇三

致亚·彼·波隆斯基

谢谢您的信,尊敬的亚科甫·彼得罗维奇,谢谢您的诗《在门旁》②。信和诗都收到了,已经读过,并且收进家庭档案,留传给我希望我以后会有的子孙③了……《在门旁》寄到的时候,您所知道的演员符·尼·达维多夫正巧坐在我的家里。因此我就得到机会倾听一首优美的诗的优美朗诵。我和我的全家都十分喜欢这首诗;不过太太和小姐们抗议那一句"楼梯上有一股臭味"。我再一次道谢,并且请您相信我永远也不会忘记您这种使我感到光彩和受到鼓舞的盛情。

您在信上问起我目前在写什么。写完《草原》以后,我几乎什么都没干。我给一个阴沉的、大有阿尔包夫④味道的短篇小说⑤开了个头,写了将近半个印张(不太坏),就丢下了,留到三

---

① 意谓"做一次他们的恩人吧"。
② 这首诗后来发表在 1888 年 3 月 8 日《北方》杂志第 13 期上,写明献给契诃夫。参看第八八封信的注。——俄文本注
③ 当时契诃夫还没有结婚。
④ 俄国作家。
⑤ 指《灯光》。——俄文本注

月间再写。由于闲得慌,我写了一个朴素的、有法国味道的轻松喜剧①,名叫《蠢货》,为一篇供《新时报》刊载的小小说②开了一个头,此外就什么也没干。整个二月就白白地晃过去了。我从这个墙角走到那个墙角,或者读我的医学书。在《草原》上消耗了我那么多的心血和精力,因此我还会有很久的时间写不了什么严肃的东西。

唉,要是《北方通报》知道我在写轻松喜剧,那我准会挨他们一顿骂!可是有什么办法呢,我的手发痒,想写点轻松的东西啊!尽管我极力要严肃,可是我什么也写不出来,在我的身上严肃的东西老是跟庸俗的东西交替出现。大概我命该如此吧。严肃地说,很可能这种"命运"是一种征象,说明我永远也不会成为一个严肃认真的工作者。

我一定会在三月初或三月中旬到彼得堡去,一定会利用您的殷勤的邀请,到您家里去拜访。请容许我祝愿您万事如意,身体极健康,钱极多;我是衷心忠实于您和尊敬您的

安·契诃夫

一八八八年二月二十二日

于莫斯科

---

① 根据谢格洛夫(列昂捷夫)的回忆,契诃夫的《蠢货》的构思发生于他在柯尔希剧院看过萨莫依洛夫的独幕喜剧《胜者为强(从法国剧本借来的题材)》之后。——俄文本注
② 可能指短篇小说《生活琐事》;这篇小说在1888年5月间完成,刊载在同年6月3日和7日的《新时报》第4404和第4408号上。——俄文本注

一○四

致阿·尼·普列谢耶夫

您怎么了,尊贵的阿历克塞·尼古拉耶维奇?您真的是生病了吗?Quod licet bovi,non licet Iovi①……凡是只配我们这班长吁短叹、瘦得像鬼的文学工作者发生的情形,您这个肩膀很宽的人却不该有……亚·彼·波隆斯基写信给我说,您有支气管炎,一到傍晚就感到衰弱。大概您感冒了,而且无疑地疲乏了。您得至少躲开彼得堡人一个月,丢下一切,逃之夭夭。到伏尔加河去旅行一下是一个很好的、有益于健康的想法。新鲜的空气、风景的丰富多彩、躲开堆着女人手稿的桌子,这一切比杜佛氏散②见效得快,而且灵验。这种旅行是很便宜的,比菌子还便宜;轮船上的伙食不十分坏;潮湿和迷雾*不会使我们受罪,因为我们会穿得暖和;再者您身旁老是有一个医师③,虽然医道差,您却不必花钱。说真的,您该好好想一想,向自己约定:不要拒绝原定的旅行计划。柯罗连科相信您会去的……

我到奥斯特洛夫斯基④家里去过。他正焦急地等待《草原》的打印本。我在他那儿坐了大约两个小时,可惜我太啰唆,我讲的远比他讲得多,可是您会同意,对我来说他的话远比我自己的话有

---

① 拉丁语:凡是公牛可以有的情形,朱比特〔古罗马最高的神〕却不应该有。但是这个拉丁语的谚语应是"凡是朱比特可以有的情形,公牛却不应该有",契诃夫开玩笑地做了改动。——俄文本注
② 一种治疗咳嗽的药。
* 契诃夫自注:这在早春天气是难免的。
③ 指契诃夫自己。
④ 指俄国剧作家奥斯特洛夫斯基的弟弟彼得·尼古拉耶维奇。

益……

　　随信附上的手稿①出自莫斯科一个文学工作者尼·阿·赫洛波夫的手笔,他写过几个剧本(《在大自然的怀抱中》等)。他是一个有才能的、胆怯的好人,被莫斯科的淡漠的水封锁得不能发展。他热切地打算跳出来,就要求我在彼得堡为他帮一下忙。您觉得可以在《北方通报》上发表他这个小小说吗？这个短篇小说挺短,不矫揉做作,写得十分有才气。他的字迹不像样子,看着叫人恶心,不过这不重要。万一您认为这个短篇小说对《北〔方〕通〔报〕》不合用,那就请您费心,在见到谢格洛夫时把这篇小说交给他,托他转交《新时报》的布烈宁,用我的名义请求他不要把它往字纸篓里一丢,而要读一遍……

　　我在等待关于您的健康的最好消息。希望您病体好转,到莫斯科来吃薄饼。

　　昨天我去看连斯基②的《奥赛罗》。一张戏票要六个卢布二十个戈比,可是他的表演连一个卢布也不值。演出的情况很好,表演也认真,可是主要的东西,嫉妒,却没有。

　　祝您健康。

　　　　　　　　　　　　　　　　完全属于您的
　　　　　　　　　　　　　　　　安·契诃夫
　　　　　　　　　　　　　　　　一八八八年二月二十三日
　　　　　　　　　　　　　　　　于莫斯科

　　向您的全家致敬。

---

① 指赫洛波夫的短篇小说《第十一》。参看第一〇〇封信。——俄文本注
② 莫斯科小剧院的演员,在莎士比亚的剧中扮演奥赛罗。——俄文本注

一〇五

致阿·尼·普列谢耶夫

亲爱的阿历克塞·尼古拉耶维奇,今天我读到两篇关于我的《草原》的评论:布烈宁的杂感①和彼·尼·奥斯特洛夫斯基的信②。那封信极动人,极亲切,极有道理。除了构成那封信的实质和目标的热烈关切以外,那封信有许多甚至纯粹属于外部性质的优点:(一)如果把这封信看作一篇批评文章,那么它写得有感情,有条理,有风趣,好比一篇优秀认真的报告;在这评论中我没有找到一句废话,因而跟平常的批评文章迥然不同,那类文章总是布满兜圈子的话和废话,如同荒废的池塘里长满水藻一样;(二)这封信极容易看懂,一下子就可以看出他的心意来;(三)这封信没有卖弄隔世遗传、引古证今之类的深奥学问,朴素冷静地阐明基本的事物像是一本优良的教科书,极力要求准确,等等,等等,举不胜举……我把彼〔得〕·尼〔古拉耶维奇〕的这封信读了三遍,现在我才惋惜他不该躲开公众而深藏不露。在为刊物写作的人们中间他会成为一个很有用的人。重要的倒不在于他有明确的见解、信念、世界观(在现代,这些东西是每个人都有的),重要的在于他有**方法**;对于从事分析工作的人来说,如果他是学者或者批评家,方法就是才能的一半。

---

① 《批评随笔》,发表在1888年3月4日《新时报》第4316号上。——俄文本注
② 指1888年3月4日彼·尼·奥斯特洛夫斯基写给契诃夫的信。他在评论《草原》的时候承认这个中篇小说有种种巨大的优点,同时又认为在《草原》里"有极其大量的才能",而技巧不足。他指出在结构上和在语言上的某些方面的粗疏,作品结尾的草率。——俄文本注

明天我要到彼〔得〕·尼〔古拉耶维奇〕那儿去,对他提一件事。我要叫他回忆一八一二年和游击战争①,那时任何一个不穿军装的有心人都可以打法国人;说不定他会喜欢我这个想法,认为在我们这个时代当文学被两万种伪学说所俘虏的时候,游击式的、非正规的批评绝不是多余的东西。他是不是愿意在杂志和报纸经过他面前的时候从埋伏地点跳出来,像哥萨克那样来一下突然袭击呢? 如果想到小册子的方式,那么这就是完全可行的了。小册子现在正当令;它不贵,又容易读。教士们懂得这一点,每天都用他们那些伪善的陈腔滥调轰击社会人士。彼〔得〕·尼〔古拉耶维奇〕不会蚀本的。

现在我要问一声:您的健康怎么样了? 您常出去透空气吗? 要是根据布烈宁那篇关于美烈日科甫斯基②的评论来判断,那么您那边现在是零下十五度到二十度……这真是冷得要命,可是话说回来,可怜的鸟已经飞到俄国来了! 它们对故土的怀念和对祖国的热爱,把它们赶回来了。如果诗人们知道有多少只鸟成为它们对故乡的怀念和热爱的牺牲品,它们有多少在路上冻死,它们在三月间和四月初在故乡经历多少痛苦,那他们早就会歌颂它们了……请您设身处地替长脚秧鸡想一想吧,它们一路上不是飞翔,而是步行;或者请您替野鹅想一想吧,它们活活地把自己交到人的手里,只为了免得冻死……在这个世界上生活可真艰难啊!

我要在大斋初期到彼得堡去,也就是在收到《北〔方〕通〔报〕》的稿费两三天之后。如果星期二您到编辑部去,那么您在走过女办事员身旁的时候,请您向她提到我的存在,提到我缺钱的情形。

---

① 指俄国抵抗法国侵略的卫国战争。
② 俄国的反动作家。

整个二月我没有发表一行文字,因此我感到我的预算大乱了。

我希望您没有忘记伏尔加之行。

祝您健康,祝您胃口好,睡眠好,钱多。

再见。

您的安·契诃夫

一八八八年三月六日

于莫斯科

一〇六

致玛·巴·契诃娃

我是在《新时报》的编辑部里写这封信的。列斯科夫刚刚走进来。如果他不打搅,这封信就会写完了。

我顺利到达此地,可是一路上很糟,因为列依金唠唠叨叨。他妨碍我看书、吃饭、睡觉……他,这个坏蛋,老是称赞我,而且不住地问这问那。我刚开始昏睡,他就碰一碰我的脚,问道:

"您知道我的《基督的新娘》①译成意大利文了吗?"

我原在莫斯科旅馆下榻,可是今天搬到《新时报》编辑部里来了,苏沃林太太拨给我两个房间,里面有一架钢琴,有一个有腰垫的沙发床。我在苏沃林这儿住着,使我受到不少的拘束。

糖交给亚历山大了。他一家人身体健康,吃得饱,穿得整齐。他不拼命灌酒了,这使我吃惊不小。

天在下雪。很冷。不管我走到哪儿,到处都在议论我的《草原》。我已经到普列谢耶夫、谢格洛夫等人的家里去过,今天傍晚

---

① 列依金的长篇小说。——俄文本注

我要到波隆斯基家里去。

我搬到新的住处来了。一架钢琴、一架管风琴、一个有腰垫的沙发床、听差瓦西里、一张床、一个壁炉、一个漂亮的写字台,这些就是我的舒适设备。至于不方便的地方,那是不胜枚举的。首先,我不便于带着酒意回家,不便于同外人一块儿回来……

午饭之前是跟苏沃林太太的长谈,她说到她多么痛恨人类,说到她今天花一百二十个卢布买了一件短上衣。

午饭时是谈偏头痛,同时孩子们的眼睛一刻也不放松我,他们等着我说出什么非常聪明的话来。照他们的看法,我是个天才,因为我写了那个关于卡希坦卡的中篇小说①。苏沃林家里有一条狗叫费多尔·季莫菲伊奇②,另一条狗叫"姑姑"③,第三条叫伊凡·伊凡内奇④。

从午饭后到喝茶时只是在苏沃林的书房里从这个墙角走到那个墙角,高谈阔论;他的太太常在谈话中插嘴,可是文不对题,她说话的声音像男低音,或者像狗叫。

喝茶。喝茶时是谈医学。最后我总算自由了,在我的书房里坐下,听不见说话声了。明天我要跑一整天,到普列谢耶夫家里去,到萨巴希尼科娃的通报⑤那儿去,到波隆斯基家里去,到巴尔金⑥那儿去,夜深才能筋疲力尽地回到家里来。顺便提到,我有一个单独使用的厕所和一个单独使用的门口,要是没有这些,那可就要命了。我的瓦西里穿得比我考究,仪表堂堂,我看见他在我身旁毕恭毕敬地踮起脚尖走路,极力揣摩我的心思,就暗暗觉得奇怪。

---

① 指《卡希坦卡》;卡希坦卡是一条狗的名字。
② 《卡希坦卡》里的一只猫的名字。
③ 卡希坦卡那条狗的另一个名字。
④ 《卡希坦卡》里的一只鹅的名字。
⑤ 萨巴希尼科娃是《北方通报》的发行人。——俄文本注
⑥ 指彼得堡的巴尔金饭店。

297

大体来说,做个文学工作者是不舒服的。

我想睡觉,可是我的主人们三点钟才上床。这儿是不开晚饭的,可是我又懒得到巴尔金去。

我荣幸地问候你。问大家好。

我懒得写东西,再者环境也不容我写。

Votre à tous① 安·契诃夫
一八八八年三月十五日
于彼得堡

夜间。传来打台球的声音:这是盖依②和我的瓦西里在打台球。我走到我的床边,发现一杯牛奶和一块面包;我饿了。我躺上床,读《蜻蜓》的可以撕下的日历。

这就是我到达圣彼得堡后来得及做的一切聪明而伟大的事。

一〇七

致亚·彼·波隆斯基

请您容许我在您面前认罪,尊敬的亚科甫·彼得罗维奇,请您宽恕我的罪恶。第一,我对不起您,没有遵守诺言,没有到您那儿去参加星期五晚会③。我已经受到惩罚了,因为我这个罪行本身就包含着惩罚;我丧失了欣赏您的星期五晚会和认识我早就知道而且尊敬的您的全家的快乐,也就是我没有得到我去彼得堡的时候本想得到的东西。星期五一整天我在闹病,坐在家里;苏沃林夫

---

① 法语:完全属于您的。——俄文本注
② 《新时报》撰稿人盖依曼的笔名。——俄文本注
③ 多年来每逢星期五在波隆斯基家里举行的文学工作者的聚会。——俄文本注

妇,要是您问他们的话,可以向您证明这一点……第二,我还有一件事对不起您,我做了土匪和强盗。我干了一件白昼行劫的事:我利用您的字条在迦尔洵的商店里取走了您的**全部**著作。您只答应我取走我所缺的您的散文著作,我却把您的散文和诗一股脑儿取走了。这多多少少也要怪叶·斯·迦尔洵娜①本人(我在她那儿坐了整整一个小时,却原来我们是同乡)。她没有看明白您的字条;除了《高陡的小山》②和短小的短篇小说以外,她把您的全部作品都包上了,因此由我给您造成的损失我一直到回家以后才发现。这样,您明白,我成了您的债户。

认罪以后我要提出一个请求。我就要出版一个我的短篇小说的新集子了。在这个集子里要收入短篇小说《幸福》,我认为这是我所有的短篇小说里最好的一篇。请您赏脸,允许我把它献给您。您这样做会使我的诗神感恩不尽。这个短篇小说里插写的是草原:平原、夜晚、东方发白的黎明、羊群、三个在谈论幸福的人影。我等候您的许可。

我在苏梅城普肖尔河边租了一个别墅。那是一个饶有诗意的地方,天气暖和,有树林,有小乌克兰人,盛产鱼虾。离别墅不远就是波尔塔瓦、阿赫台尔卡和小乌克兰的其他著名的地方。不消说,我情愿付出昂贵的代价,只求能够邀请您带着您的诗神和颜料到南方去,跟您一块儿游遍霍赫兰吉,从顿河起到第聂伯河止。

您路过莫斯科的时候,请您给我一个跟您见面的机会。目前,请您允许我祝愿您有很多的钱,健康而幸福。请您相信我的真诚

---

① 俄国作家迦尔洵的母亲。——俄文本注
② 波隆斯基的长篇小说,分上下两卷,上卷1885年在彼得堡出版,下卷1886年出版;作者题了献词:"献给安东·巴甫洛维奇·契诃夫。才能的崇拜者波隆斯基。1887年12月8日。"——俄文本注

和忠实，我是尊敬您的

安·契诃夫
一八八八年三月二十五日
于莫斯科

我忘了问您一下冬天我们谈过的您那个喜剧的命运了。

一〇八

致玛·符·基谢廖娃

十分尊敬的玛丽雅·符拉季米罗芙娜，首先让我庆贺您的即将到来的命名日。求上帝保佑您长寿！祝您再活八十七年，再看八十七次您所喜爱的椋鸟和云雀的飞来。

我看了您写给米沙的信；为了回答您有心得到我的《草原》的愿望，我应许您在不远的将来我那本收入《草原》的新书出版的时候准定奉送一本。

前几天我刚从彼得堡回来。在那边，我沉浸在荣誉里，闻到烧香敬神的气味。我住在苏沃林家里，跟他的一家人处熟了，今年春天要到克里米亚去找他。我凭借伟大的作家的权利在彼得堡一直坐敞篷马车，喝香槟酒。总之我觉得自己像个坏蛋。

我没有到绥索伊哈①家里去，可是另一方面，我却到《北方通报》的女编辑叶甫烈伊诺娃家里去过三次，甚至吃过午饭；她是个很可爱、很聪明的老处女，有"法学博士"的学位，从侧面看上去像是一只烤熟的椋鸟。一般来说，彼得堡有很多聪明的太太和姑娘，我很高兴，幸亏我的身旁没有您那两只刺探的眼睛。今天《泉源》

---

① 即绥索耶娃，儿童杂志《泉源》的女发行人。——俄文本注

的主编阿尔美津根到我家里来,他是参谋本部的军官,您那甜言蜜语的绥索伊哈的外甥。明天他还要到我这儿来。我跟他谈起了您。他赞扬您,我呢,说:"哼……"

《在昏暗中》印第二版了。

第一版的钱我已收到。今年的开头我挣了一千五百卢布,全花掉了。钱像魔鬼见了神香一样消散得无影无踪了……

请问候老爷①、瓦西丽萨、柯克留沙,祝叶丽扎威达·亚历山德罗芙娜赢得二十万。请您开枪打死叶卡捷琳娜·瓦西里耶芙娜②和戈洛赫瓦斯托娃③。

老爷什么时候到莫斯科来呢?我好久没有见到他了。啊,要是这时我能在巴布肯诺住着,那多么愉快啊!我非常盼望春天。我住在彼得堡时,那边的天气好得很。

祝您健康,钱多。

今天我给凯列尔伯爵夫人家里的乳母看病,荣幸地跟这位夫人谈过话。我收到三个卢布。

不知什么缘故,在彼得堡人们叫我波将金④,虽然我身边根本没有叶卡特琳娜。显然,他们认为我是诗神的红人。

我工作得不好。我有心谈恋爱,或者结婚,或者坐着气球飞上天去。

我们一家人都健康,正准备到南方去。

再见。由衷地忠实于您而且毫不虚伪地尊敬您的

安·契诃夫
一八八八年三月二十五日
于莫斯科

---

① 指基谢廖娃的丈夫,基谢廖夫。——俄文本注
② 马耶夫斯基上校的孩子的家庭女教师。
③ 俄国女作家,剧作家。
④ 波将金是18世纪俄国女皇叶卡特琳娜二世的宠臣。

我要单独给老爷写信。请他原谅我的沉默。

一〇九

致卡·斯·巴兰采维奇①

最善良的卡齐米尔·斯坦尼斯拉沃维奇：

您的来信的回信已经寄出去了，而您至今还没有收到，我很惊讶。您委托的事情②已经照办。今天我又到威尔涅尔兄弟那儿去过一趟，他们告诉我说钱已经汇给您了。

讲到《迦尔洵纪念》文集③，我只能握您的手，向您道谢。您的想法单凭一点就值得同情和敬仰，那就是这类想法除了它的直接目标以外，对于为数不多然而分散生活、彼此隔离的写作同行来说还成为一种把他们联系起来的水泥。我们越是互相团结，互相支持，我们就会越快地学会互相尊重，互相重视，我们的相互关系也才会有越多的真理。将来，不见得我们大家都等得到幸福。也不一定要是预言家才能说烦恼和痛苦会比安乐和金钱多。正是因为这个缘故，我们才需要互相支持，也正是因为这个缘故，我才觉得您的想法和您最近的这封信动人，在这封信上，您对迦尔洵充满了热爱。

我一定会给这个文集寄一点东西去。您只要费神写封信给

---

① 俄国作家。——俄文本注
② 巴兰采维奇请求契诃夫到威尔涅尔兄弟那儿去"催促"他们把他发表在《儿童的朋友》杂志上的短篇小说《第一笔薪金》的稿费汇给他。——俄文本注
③ 俄国作家迦尔洵于1888年3月24日自杀。1888年3月29日巴兰采维奇写信给契诃夫说："阿尔包夫、我、里哈切夫起意出版一本《迦尔洵纪念》文集，有论述他的文章和艺术作品（诗和散文）。"这个文集的收入是用来作为建造墓碑的。后来，这个文集《红花》在1888年年底出版。——俄文本注

我,说明我得在哪一天以前把作品寄去,已经发表过的东西能不能收进那个文集里去①。关于第二点,我希望得到肯定的答复,因为现在我力不从心,已经失掉写小东西的能力了(我不知道这情形会不会延续很久)。我也许会写一个不大的短篇小说,不过我要预先申明(这绝不是谦虚),那篇东西会写得又坏又空洞。一种古怪的心情来到了我的心头……

如果这个文集可以收进已经发表过的东西,那它是不会失败的:每个作家都会选一篇最好的东西。

祝您健康。祝您成功。

您的安·契诃夫

一八八八年三月三十日

于莫斯科

十个到十五个印张未免太少。您印二十个印张吧。您写信给柯罗连科了吗?如果没有,就请通知我,我会给他写信。

一一〇

致阿·尼·普列谢耶夫

亲爱的阿历克塞·尼古拉耶维奇!外面正在下雨,我的房间里阴暗,我心里愁闷,懒得工作,总之我脱离常轨,觉得心绪不佳。可是话虽如此,这封信却不应当愁闷。在我写这封信的时候,正有一种快活的想法使我激动,那就是再过三十天到三十五天我就远远地离开莫斯科了。我已经在苏梅县普肖尔河(第聂伯河的一条

---

① 1888年4月3日巴兰采维奇在写给契诃夫的回信上说:"不管您给什么,已经发表过的也好,没有发表过的也好,统统都会收进这个文集里去。"后来契诃夫把短篇小说《逃亡者》寄去,可是这个文集没有把它收进去。——俄文本注

支流)旁边一家庄园里租了一个别墅,那边离波尔塔瓦以及往昔诺兹德列夫逞凶、伊凡·伊凡内奇和伊凡·尼基〔福罗维奇〕吵架的那些舒服而有点肮脏的小城不远。前天我把定钱汇去了。普肖尔河深而且宽,盛产鱼虾。此外我的别墅还有一个池塘,养着鲫鱼,这池塘是用一条坝跟河分开的。别墅坐落在山脚下,山上是花园。四周是树林。小姐们多得很。

您这样迟疑不决地谈起伏尔加①,那么我们的旅行不会实现,这一点恐怕是毫无异议的了。如果您不到伏尔加去,那就到普肖尔去找我吧!从莫斯科到那儿是一昼夜的路程,三等客车的车票是十个卢布三十个戈比。我向您担保,那地方妙极了。在那儿

> 一切安安静静……月光晶莹,
> 杨树立在沉睡的河边像是幽灵……
> 隔河传来歌声,
> 灯火闪烁不定。②

我向您保证:我们要**一点**事也不做,无牵无挂,这对您的健康是十分有益的。我们要吃、喝、早起、早睡、钓鱼、赶集、弹琴,别的什么也不干。由于这样的生活方式,您的肚子会缩小,皮肤会晒黑,心情会快活;您会经历到这样一段时间:

> 心灵沉睡,头脑休息……

到了那边我四周的人一概是青年,而凡是青年活动的地方,有您在场,就有一种特别的魅力,这是您不止一次经历过的。

> 火焰般的青春
> 紧紧围住一个白发老人……

---

① 普列谢耶夫先前约契诃夫一起到伏尔加河去旅行。——俄文本注
② 这封信里所有的诗句都摘自普列谢耶夫的诗。——俄文本注

五月底或者六月初（总之随您的意），请您收拾好皮箱，只带上路费，储备一点在南方也许买不到的雪茄烟，跟美兰赫里切斯卡雅·曼多琳娜①告别一个月，然后

前进！不要畏惧，不要彷徨……

请您带着谢格洛夫一道来。您的儿子尼〔古拉·阿〔历克塞耶维奇〕②也允许过到那儿去，不过，当然，他是不会去的，因为他有公事，走不开。

至于路上怎样走，什么时候走，我会在五月间写信告诉您。

我在为《北〔方〕通〔报〕》写一个短短的中篇小说③，觉得这篇东西写得很差。今天我在《俄罗斯新闻》上读到阿利斯塔尔霍夫的文章④。他碰到大人物的名字时，表现出什么样的奴颜婢膝，而问题一牵涉到新作家，又摆出多么老气横秋的架子唠唠叨叨呀！所有这些批评家又是马屁精又是胆小鬼：他们既不敢称赞，又不敢斥骂，只在一个可怜的灰色的中心点上转来转去。主要的是他们不相信自己……《活数字》⑤是胡说八道，叫人读不下去，也难于理解。阿利斯塔尔霍夫读得吃力，而且读不懂，可是难道他有足够的勇气承认这一点吗？我的《草原》使他看得厌倦，然而如果别人喊道："天才！天才！"难道他还能承认这一点吗？不过，叫他们见鬼去吧！

请您转告尼古拉·阿历克塞耶维奇，说我见到了伊〔凡〕·马

---

① 当时的文学界用这个名字称呼《北方通报》。——俄文本注
② 普列谢耶夫的大儿子，他是军官。——俄文本注
③ 《灯光》。——俄文本注
④ 阿利斯塔尔霍夫是批评家阿·伊·符温坚斯基的笔名；他写了一篇论《北方通报》3月号的文章，题名是《杂志的回音》，发表在1888年3月31日《俄罗斯新闻》第89期上。——俄文本注
⑤ 当时的成名作家乌斯宾斯基的随笔，《活数字（摘自一个农村居民的札记）》发表在1888年《北方通报》第1至第3期上。——俄文本注

305

〔克西莫维奇〕·康德拉契耶夫(剧协负责人)①,这个人已经按照他答应过的那样在三月二十六日把稿费汇给亚历山大·阿〔历克塞耶维奇〕②,稿费是全部汇出的,没有扣除汇费。

好,祝您健康。问候您一家人和安·米·叶甫烈伊诺娃③。前几天我接到亚·彼·波隆斯基的一封热情的信。再见。

整个心灵属于您的

安·契诃夫

一八八八年三月三十一日

于莫斯科

———

致阿·谢·苏沃林

尊敬的阿历克塞·谢尔盖耶维奇!按照您对我哥哥④说的以及我哥哥写信告诉我的看来,我那本小书⑤由于用最好的纸张而几乎要贵一倍。如果我相信我这本集子不会滞销,那么这样做也没有什么关系,然而这样的信心我却没有,那就只好仍旧按老办法做,也就是用便宜的纸张印刷了。这件事并不重要。不过,如果需要把这本书印得厚一点,我倒还可以寄一点文章去,反正我这儿文章多的是。我把精美版本的希望完全放在《卡

---

① 俄罗斯剧作家和歌剧作曲家协会的秘书。
② 普列谢耶夫的另一个儿子,新闻工作者、剧作家。——俄文本注
③ 《北方通报》杂志的主编。
④ 指契诃夫的大哥亚历山大·巴甫洛维奇·契诃夫,当时他在《新时报》工作。
⑤ 指契诃夫的短篇小说集《在昏暗中》,当时正在苏沃林的印刷厂中付印。——俄文本注

希坦卡》①上面了;要是插图好②,版本精美,那我就连遭到损失也不会后悔。

谢谢您送给我的那本关于克拉姆斯科依③的书④,我目前正在读它。这是一个什么样的聪明人啊!假如他是作家,他就一定会写得长、别致、诚恳;我真惋惜他不是作家。我们的小说家和剧作家喜欢在作品里描写画家;现在读了克拉姆斯科依,我才看出来他们和社会人士对俄罗斯画家理解得多么少,多么差。我不认为克拉姆斯科依是独一无二的;大概,在列宾和巴卡洛维奇⑤的世界里有不少出色的人。

在这本书里,依我看来,"附录"一栏有缺漏,而所缺的在很多人都似乎很要紧;这儿缺少谢〔尔盖〕·彼〔得罗维奇〕·包特金⑥在医学协会上宣读的关于克拉姆斯科依的病情和死亡的介绍,或者更确切地说,是报告。

我要为那篇关于迦尔洵的小品文向维克托·彼得罗维奇道谢⑦。据说迦尔洵渴望写一个历史长篇小说,多半已经写开头了。有一件事很有意思,那就是他在去世的一个星期以前已经知道他会跳到楼梯中间的空隙里去,准备着这样的下场了⑧。不堪忍受

---

① 契诃夫的一个中篇小说,儿童文学作品,描写的主要是动物的生活。
② 为《卡希坦卡》出单行本画插图的是俄国画家斯捷潘诺夫。——俄文本注
③ 当时已经去世的一个俄国画家。
④ 指由斯塔索夫编纂、由苏沃林在1888年出版的书:《伊凡·尼古拉耶维奇·克拉姆斯科依。他的传记、书信、艺术批评论文》。——俄文本注
⑤ 俄国画家。——俄文本注
⑥ 俄国著名的医学家,临床学派奠基人。
⑦ 指俄国反动的批评家维·彼·布烈宁的小品文《批评随笔》,发表在1888年4月1日《新时报》第4343号上。——俄文本注
⑧ 俄国作家迦尔洵于1888年3月24日自杀:他从楼顶上跳进盘旋的楼梯中央的空隙而跌死。

的生活啊！而且那楼梯很可怕。我见过它，又黑又脏①……

在晚近的作家们当中，对我来说有价值的只有迦尔洵、柯罗连科、谢格洛夫、马斯洛夫。这些作家都是很好而又不狭隘的人。亚辛斯基的作品难于看懂（他要么是个勤恳的扫垃圾人，要么是个聪明的滑头），阿尔包夫和巴兰采维奇从排水管的阴暗和潮湿中观察生活，其余的作家都庸庸碌碌，他们钻进文学里来只是因为文学是一个可以进行谄媚、容易挣钱、能够偷懒的广大场所罢了。

请您转告我的岳母安娜•伊凡诺芙娜②，就说我们一块儿在柯罗文商店买来的那段蓝色衣料我妹妹很满意，十分满意。问娜斯嘉和包利亚好。我一定会到费奥多西亚去。我在普肖尔河（第聂伯河的支流）旁边的一个庄园里租了一个别墅。从乌克兰到克里米亚很近。您不要委托我替您买一套渔具吗？钓鱼迷都有这样一种体会：渔具越便宜，越差，钓起鱼来反倒越好。我照例买来原材料，自己动手做出必要的工具。

我那些好意的批评家③正在为我"脱离"了《新时报》而高兴。因此我必须趁他们的高兴还没凉下来就赶紧在《新时报》上发表一点东西才对。不过我没有力量写作。那个短短的中篇小说④（一个工程师在棚子里的讲话）无论如何也没法完工；它捆住了我的手脚。

请您原谅这封信写得这么长，请您允许我为您的款待和盛情

---

① 1888年3月31日契诃夫在写给普列谢耶夫的信上说："我到迦尔洵家里去过两次，可是两次都没见到他。我只看见了那座楼梯……可惜我始终没有熟悉这个人。只有一次我有机会跟他谈话，然而就是这一次也没谈上几句就过去了。"
② 安娜•伊凡诺芙娜是苏沃林的妻子，她曾经表示希望契诃夫娶她的女儿娜斯嘉，所以契诃夫为了开玩笑而这样称呼她。——俄文本注
③ 契诃夫大概指的是俄国民粹派批评家米哈依洛夫斯基，他在写给契诃夫的谈论《草原》的信上尖锐地反对契诃夫为反动的《新时报》写稿。——俄文本注
④ 《灯光》。——俄文本注

再一次道谢。真的,我不愿意离开你们。祝您万事如意。诚恳地忠实于您的

安·契诃夫

一八八八年四月三日

于莫斯科

一一二

致阿·尼·普列谢耶夫

亲爱的阿历克塞·尼古拉耶维奇,我昨天收到您的亚历〔山大〕·阿〔历克塞耶维奇〕的一封信,他抄了您写给他的信上的几段话。他写到萨尔蒂科夫①,写到您希望尽快收到我为《北〔方〕通〔报〕》所写的中篇小说。他所说的第一点在我是极其光彩的,关于第二点我答复如下。我早已(从四月中起②)坐下来为《北〔方〕通〔报〕》写一个不大的(一个到一个半印张的)中篇小说③,早已该到完工的时候了,可是,唉!我觉得在五月以前恐怕不能完工。使我伤心的是我这篇东西不顺手,也就是不能使我满意,我决定在没有制服它以前不把它寄给您。今天我把已经写好和誊清的读了一遍,想了一想,决定从头写起。就算写出来的还是不好,可是我总算知道我认真地对待它,不是白拿钱的了。

我这个短短的中篇小说乏味,好比海上的微波;我删削它,润

---

① 1888年4月8日亚·阿·普列谢耶夫写信给契诃夫说:"我父亲到萨尔蒂科夫家里去过,萨尔蒂科夫非常喜欢《草原》。'这篇东西很精彩。'他对我父亲说。一般说来他对您抱着极大的希望。我父亲说他很少称赞任何一个新作家,可是他十分喜欢您。"——俄文本注
② 原文中的笔误,应是"从3月中起"。——俄文本注
③ 《灯光》。——俄文本注

色它,耍花招;它,这个坏东西,弄得我腻味透了,所以我暗自决定五月前非把它完工不可,要不然我就把它丢到魔鬼那儿去。

不管怎样,请您转告安娜·米哈依洛芙娜,说我没有急着履行我的诺言只是因为我不满意自己的作品。等到我觉得满意了或者差不多满意了,我就把它寄给您。不管怎样,《北〔方〕通〔报〕》可以认为在六月号或者至多七月号上发表我的小说是**有保证**的。更准确地说是在六月号上……我想现在就寄给您,可是我认为太急是没有益处的。我胆怯而多疑;我害怕太急,一般说来我害怕发表作品。我老是觉得我不久就要惹得大家厌烦,变成一个供应废物的人,亚辛斯基、马明①、巴仁②等就已经变成这样的人了,我这个"给人很大的希望"的人也会这样。我早就发表作品了,发表过的小说有五普特重,可是到现在为止我还不知道我的力量在哪儿,我的弱点在哪儿。

现在谈一谈预支稿费。关于这件事您不止一次在写给我的信上谈起过,甚至柯罗连科也谈起过这件事。如果需要的话,我会利用编辑部的盛情而不会感到别扭,因为我是不会欠债不还的。目前我暂时还不需要钱。大概到四月底我就需要了。要是我发现非预支稿费不可,我就写信告诉您。

讲到符威坚斯基③,那么我觉得他对我的要求④是出乎意外的,至少也是奇怪的。第一,要我去访问他,我办不到,因为我不熟

---

① 即俄国作家马明-西比利亚克。——俄文本注
② 俄国小说家和批评家。——俄文本注
③ 俄国批评家,笔名是阿利斯塔尔霍夫;请参看1888年3月31日契诃夫在写给普列谢耶夫的信上对他所作的批评。——俄文本注
④ 1888年4月1日阿·尼·普列谢耶夫在写给契诃夫的信上说:"谢格洛夫告诉我,他(符威坚斯基)在迦尔洵的葬礼上(这些人就连在那种场合也不肯丢开他们在文学界的小口角)说:他要因为您的不恭敬而骂您。这大概指的是您没有去拜访过他,而比他地位低的人的家里您却去过。……他是认真说这话的。他在一个什么地方表白过他在这方面的要求……"——俄文本注

识他。第二,我不到我所冷淡的人家里去,犹如我不参加那些我没读过其作品的作家的纪念性宴会一样。第三,我还没有到赴麦加①朝圣的那种时候……

奥斯特洛夫斯基到我家里来过。我们一块儿坐车到特烈恰科夫斯基绘画陈列馆去了一趟。他在我这儿认识了柯罗连科。

我准备起誓,柯罗连科是个**很好的**人。不但跟这个人并排走路是一件快活事,就是跟在他的后面走也是一件快活事。

假如您不到乌克兰去,那就会使我大大地伤心。我该向您应许些什么才能使您动身离开彼得堡呢?

天气好极了。我根本不想写东西。问候您的全家和编辑部。

祝您健康,祝您在生活中每一分钟都感觉到春天。

您的安·契诃夫

一八八八年四月九日

于莫斯科

我把这封信读了一遍,发现我写得很缺少文学气味。

一一三

致列·尼·特烈佛列夫②

尊敬的列昂尼德·尼古拉耶维奇:

过几天会有一个形迹可疑的人拿着我的名片来找您……这人是德米特利·伊凡诺夫,十二岁的农民、识字、孤儿、没有身份证,等等,等等,等等。按他说来,他是同他母亲一块儿从雅罗斯

---

① 伊斯兰教的圣地。
② 俄国诗人。

311

拉夫尔到莫斯科来的;他母亲死了,于是他无依无靠了。他住在莫斯科的"阿尔查诺甫斯基堡垒"①,做施舍品的工作。这种职业,就像您自己也会发现的一样,对他产生了强烈的影响:他身体精瘦,脸色苍白,说许多谎话,瞎编说他有病,等等。我问他愿意不愿意回家乡,也就是回到雅罗斯拉夫尔去,他回答说他同意。我妹妹就为他募集了一点钱和一点衣服,明天我们的厨娘就送他到火车站去。

这个男孩说他在雅罗斯拉夫尔有一个姑姑。她的住址他不知道。如果你们雅罗斯拉夫尔没有居民住址查询处,那么您是否可以对这男孩指出他可以在城里找到他的姑姑和姑父的方法?他该到哪儿去找?到警察局去找吗?到市民管理局去吗?他能够没有身份证而在雅罗斯拉夫尔住下吗?如果不能,那么他该到哪儿去领身份证?他识字,一再说他想工作。假如他不是说谎,那么能够在一个什么地方给他找一个工作吗?比方说,在印刷厂?

一个规模很大的市民学校的学监②,我的一个很熟的朋友,动用公款捐助这个男孩下列物品:一双皮靴、一套灰色料子的衣服、一件长袍、一套帆布衣服、两条衬裤和两件衬衫。等到这个孩子来找您,您就对他声明,说您什么都知道了,说他有这样这样的一些衣物,说您有极大的权柄,说如果他卖掉或者失掉衣服,或者把裤子换了蜜糖饼干吃,那就要按照法律对他严加惩处。您直截了当地对他说,如果他卖掉什么东西,俾斯麦③就要为他在国会发表演说,沙第·卡诺④就要去拜访弗烈辛⑤了。

---

① 商人齐明家在莫斯科开办的一个小客栈。——俄文本注
② 指莫斯科的市民学校学监米·米·玖科甫斯基,契诃夫家的朋友。——俄文本注
③ 德国首相。
④ 1887年至1894年任法兰西共和国总统。——俄文本注
⑤ 法国数学家和政治活动家。——俄文本注

倘使他不来找您,那就不能不使人伤心地得出结论:他已经回到莫斯科,卖掉衣服和车票,那就是说他在骗人了。

请您看在上帝分上原谅我这个跟您不太熟识的人斗胆用种种请求和委托麻烦您。在这方面我是没有任何权利的。不过,有一种希望使我得到安慰,那就是您会了解促使我打搅您的动机,将来您会允许我用服务来报答您的服务。

我没有收到您答应送给我的照片。也许您不打算寄给我了,不过我仍旧在等着。

如果您在五月前答复这封信,那么我的地址是这样的:莫斯科库德林斯卡亚-萨多瓦亚,柯尔涅耶夫寓所;如果您在五月以后回信,那就请您寄到下列地址:哈尔科夫省苏梅县亚·瓦·林特瓦烈娃庄园。

不久以前我到彼得堡去了一趟。那是个很好的、认真办事的城。莫斯科却在昏睡,无精打采。我们所有的人都停滞不前,好比果子冻。有些人同巴尔明发生了争论,不过后来又和解了。

祝您健康,原谅我的打搅。尊敬您的

安·契诃夫

一八八八年四月十四日

于莫斯科

一一四

致阿·尼·普列谢耶夫

亲爱的阿历克塞·尼古拉耶维奇:我赶紧来回您的信。我在五月五日离开莫斯科去苏梅,因而在六日夜间到达庄园。在这个日期以后,您每天从早晨九点钟到第二天早晨九点钟,每天都可以在庄园里碰到我。欢迎您来!路线是这样的:您坐车到库尔斯克,从那儿坐车到沃罗日巴,再从那儿坐车到苏梅。假如您今天离开莫斯科,那么明天夜间十二点钟就到苏梅了。您坐车离开库尔斯克之前,或者更好一点,在库尔斯克吃午饭的时候,您不要忘记打这样一个电报:"苏梅,林特瓦烈娃。请告知契诃夫:我来了。普列谢耶夫。"我会到火车站去迎接您。

您怕惹得我家里的人不方便吗?哎,我还怕我们惹得您不方便呢,也就是说怕我们不能给您提供那种跟您的品位相称的舒适生活;我们真的很害怕,因为我们还不知道我们庄园里的房间是什么样,家具是什么样,等等。我们是碰巧租下这个别墅的。很可能我们原要找宫殿,结果却找到一个猪圈。明天我的小弟弟要动身去进行勘察。不管怎样,我们要用尽九牛二虎之力极力把您的生活安排得尽量舒适,留您多住些日子而不只是两个星期。您尽管放心,您不会惹得我们不方便,因为您是熟悉我四周的人的。

现在来谈一谈这个中篇小说。您警告我不要过分润色我的作品,深怕我过分辛苦反而会变得冷漠,灰心。这个理由固然是个大理由,可是问题在于先前我信上所谈的与润色根本无关。我已经把这个中篇小说的**整个**架子重新搭过,所剩下的只有基石没有动。我不喜欢的是**整个**小说,而不是一枝一节。那么我原定写一个月,现在就不得不坐下来写整整三个月了。总的说来这个中篇小说还不算写得太糟,批评家只能尖起鼻子嗅一阵,却嗅不出什么坏味道来。在这方面我不假意谦虚。这个中篇小说的优点是简练,有点新颖……那么,万一您不在,我就把这个中篇小说寄给安娜·米哈依洛芙娜。我要请求她预支稿费。

我觉得,关于柯罗连科的那些话您说的不对①。从我们谈到您的那些话里我只发现一点,那就是他强烈而真诚地尊敬您。您怀疑他对您有那么一种看法,可是,我用人格担保,他跟我谈话时连一点暗示也没有。他常到米哈依洛夫斯基②那儿去,将来还会去,因为他像我一样是个外省人,也就是一个离编辑中心很远、不那么关心所有编辑事件的人。彼得堡的火灾只烧伤彼得堡人,而莫斯科人和下城人只从书信和报纸上知道这些火灾,也就是说,抽象地知道这些火灾。不过,我似乎在胡说八道了。住嘴吧,诗神!

关于迦尔洵的纪念集,我们夏天在苏梅再详谈吧。

我约请谢格洛夫在我的别墅旁边租一个别墅,向他担保说这是值得一干的,而且用人世间的种种好处引诱他(只有女人除外,他作为一个已婚的人应当把女人置之度外),可是他拒绝了,借口什么"亲属的拖累"。他那些亲属似乎被肠虫折磨得很苦。真是个懦弱的人!

问候您的全家,祝您健康。天气很好,使人想外出散步。

您的安·契诃夫

一八八八年四月十七日

于莫斯科

钱没有了!真要命啊!我一到苏梅,就立刻坐下来写小东西。

我打算要求安娜·米哈依洛芙娜预支稿费五百(现在二百五十,六月间二百五十)。她肯吗?……

从莫斯科到库尔斯克有一班午后三点钟的邮车。您就坐这班

---

① 普列谢耶夫在写给契诃夫的信上谈起柯罗连科,说:"我对他了解得不够,不知道他心里对我怎么样。不知什么缘故我有一种印象,觉得一般说来他把我看作一个残废人,由于这个残废人对某种思想倾向的长期忠诚而把他留在编辑部里养老,然而实际上早就应该把他丢出船外,抛进大海里去了。"——俄文本注

② 俄国民粹派批评家。

车吧。

一一五

致卡·斯·巴兰采维奇

亲爱的卡齐米尔·斯坦尼斯拉沃维奇：基督复活了！昨天我收到您的信和一批别人的信，现在我先来回您的信。您不忙着出版那个集子①，这可不好。应当在两条路中选一条：要么趁印象还新鲜，马上就出版；要么推延到秋后再出版……至于这个集子会在俄国文学史上落一笔，那却不是什么值得安慰的事，因为这个文学史是由阿利斯塔尔霍夫和斯卡比切夫斯基②先生们写的，而他们总是写些坏评论……其次，青年作家的团结也不会仅仅因为他们的姓名同印在一个目录上而产生……要团结，必须有些别的东西；这里所需要的如果不是相互间的爱，至少也是相互间的尊重，相互间的信任，相互关系的绝对正直，也就是说在我临死的时候，我得相信我死后比比科夫③先生不会在《世界画报》上发表关于我的荒谬回忆录，同行们也不会许可列曼先生在我的坟墓上用青年作家们的名义发表演说，其实列曼先生没有权利厕身于青年作家之列，因为他不是一个作家，只是一个玩台球的好手罢了④；我生前必须不嫉妒，不怀恨，不造谣中伤，而且我得相信同行们也会这样回报

---

① 巴兰采维奇写信给契诃夫说：纪念迦尔洵的文集《红花》最近不打算出版。——俄文本注
② 契诃夫对这两个批评家抱有极大的反感，请参看 1888 年 3 月 31 日契诃夫写给普列谢耶夫的信和 1886 年 7 月 28 日契诃夫写给萨哈罗娃的信。——俄文本注
③ 俄国作家。
④ 列曼既要写小说，又写过一本玩台球的指南。——俄文本注

我,我们得原谅彼此的缺点,等等,等等。可是一个集子是不能起这种作用的!

我首先把这个集子了解为一种认真而有益的商业性事业,以筹集尽量多的钱为目标①,这个集子的主要任务就在这儿。

我的别墅东倒西歪,缺乏任何舒适的设备,不过倒有地方招待客人。别人写信告诉我说,那儿的风景好得很。**请您来吧**。我夏天的地址:苏梅城,林特瓦烈娃的庄园。

从五月十五日到六月二、三日,阿·尼·普列谢耶夫到我的别墅里来做客。六月四日我到克里米亚去,在圣彼得节②之前回来。那么,我在五月间,七月间,八月间等您……我们要钓鱼和捕虾。

再见。祝您健康。

您的安·契诃夫

一八八八年四月二十五日

于莫斯科

一一六

致伊·列·列昂捷夫(谢格洛夫)

上尉!我已经不是文学工作者,也不是艾格蒙特了。我坐在一个敞开的窗子跟前,听夜莺、杜鹃、戴胜在古老而荒芜的花园里叫。我听见乌克兰小伙子骑着马走过我们的门外,到河边去,那些小马在嘶鸣。阳光在烤人……

我马上就要到城里去买食物,上邮局。从城里回来以后,我就

---

① 这个集子的收入预定用来为迦尔洵建造墓碑。
② 东正教节日,俄历六月二十九日。

到河边去钓鱼。那条河又宽又深,有岛……一边的河岸又高又陡,长满橡树和柳树,另一边河岸不陡,点缀着白色的农舍和果园。河面上小木船川流不息。昨天正逢尼古拉节,乌克兰人坐着船在河里漂游,拉提琴。青蛙和各式各样的鸟不住聒噪。在芦苇里有一种神秘的鸟不停地叫,却很难看到,此地人管它叫"牛鸟"。它叫起来像是一头关在棚里的母牛,或者像是一个能够惊醒死人的喇叭。白天黑夜都能听见它的叫声。乌克兰小伙子拿着钓竿梢在岸上走来走去。

小木船很多。我们天天坐车到磨坊去。那是个美妙的地方。说真的,一定要是一条大鳄鱼才会像您那样至今还在城里混。您听我说,为什么您不愿意来呢?要是您有七十个卢布,这笔钱就完全够您来一趟,舒舒服服生活一阵,再顺利地回去。如果您没有这笔钱,就该去借,去偷,不过务必要来。您花掉七十个卢布,却会换回七百个。您在此地会发现不少的题材,储备五个中篇小说的配菜。而且这儿有多少于您合用的舞台布景啊!

您来吧。这儿的空地方很多,什么人来都装得下。我在认真地邀请您,所以您也认真地考虑一下吧。

请您给我写信。报纸和书信在乡间是很有趣味的。祝您健康,求上帝保佑您。

附言:〔……〕

您的安·契诃夫
一八八八年五月十日
于哈尔科夫省,苏梅,亚·瓦·
林特瓦烈娃庄园

一一七

致尼·亚·列依金

您好,最善良的尼古拉·亚历山德罗维奇!我是在暖和而碧绿的远方给您写信,我已经同我的一家人搬到此地来了。我住在苏梅附近普肖尔河(第聂伯河的支流)的高岸上的一个庄园里。这条河又宽又深;河里的鱼可真多,要是把您那个生着大胡子的季莫费依①送到这儿来,他就会乐得发疯,忘了以前他在斯特罗加诺夫伯爵家里工作过。

四下里,那些白色的农舍里住着乌克兰人。所有的老百姓都吃得饱饱的,神情快活,喜欢讲话,谈吐俏皮。这儿的农民不卖牛油,不卖牛奶,不卖鸡蛋,都留着自己吃,这是个好征象。乞丐是没有的。醉汉我还没看见,骂娘的话也很少听见,就是我听见的那一点点也采取了多多少少是艺术性的形式。我在一些地主和经营田产的人家里吃过饭,他们都是快活的好人。

我很惋惜,因为您几乎整个夏天孤身一人。孤单地住在别墅里有点乏味,特别是如果周围没有招人喜欢的熟人。〔……〕

您划过小船吗?这是一种挺好的体操。我每天都划船,而且每划一次就增加一份信心,认为划桨的动作锻炼胳膊和身体的肌肉,腿和脖子也多多少少得到锻炼,因此这种体操接近于全身体操。

《森林神和山林水泽女神》②在我这儿出了一个恼人的变故。

---

① 列依金的马车夫。
② 列依金的长篇小说《森林神和山林水泽女神,或特利丰·伊凡诺维奇和阿库丽娜·斯捷潘诺芙娜的奇遇》,1888年在彼得堡出版。——俄文本注

还在您到达莫斯科以前,一个装订工人从我这儿把书拿去了(他是给我弟弟的学校做工的);他拿去以后只顾喝酒,直到福玛周①才给我送来。我没有来得及看完,虽然我很想把您批评一下。我原是在报纸上读这个长篇小说的,我还记得那商人、阿库丽娜、女魔鬼卡捷丽娜、律师、潘捷列,我记得小说的开端和结局;可是我对小说的人物和内容了解得不够,因此不敢下断语。这个长篇小说的人物是生动的,可是要知道这在长篇小说是不够的。人还得知道您是怎样布局的。总之我对您那些大作品很感兴趣,带着很大的好奇心读它们。《斯土金和赫鲁斯达尔尼科夫》②依我看来是一个很好的作品,远比那些娘们儿气的玛奇捷特③之流烤出来的货色强。《斯土金》比巴兰采维奇的《奴隶》④好。……您的大作品的主要优点是不矫揉造作,谈话的语言精彩。主要缺点是您喜欢重复,在每一个大作品里那些潘捷列和那些卡捷丽娜总是把同样一些话说得太多,使得读者有点疲倦。其次,还有一个优点:情节越简单越好,而您的情节就简单,有生活气息,不花哨。如果我处在您的地位上,我就会按照奥斯特洛夫斯基的风格写些短小的关于商人生活的长篇小说;我就会描写平常的爱情和家庭生活,不要天使和坏蛋,不要律师和女魔鬼;我就会采用平稳和安静的普通生活题材,照它原来的面目写出来;我就会描写"商人的幸福",如同波米亚洛甫斯基描写小市民的幸福⑤一样。俄罗斯的商人生活比阿尔包夫⑥、巴兰采维

---

① 基督教节日,复活节后的头一个星期。
② 列依金的长篇小说,1886年在彼得堡出版。——俄文本注
③ 俄国作家。
④ 俄国作家巴兰采维奇的长篇小说。
⑤ 指俄国作家波米亚洛甫斯基的中篇小说《小市民的幸福》。
⑥ 俄国作家。

奇、穆拉甫林①等所描写的那些垂头丧气的人和妄自尊大的人的生活更完整,更有益,更聪明,更典型。不过,我说的太多了。祝您健康。问候您家里的人……请您来信。

您的安·契诃夫
一八八八年五月十一日
于哈尔科夫省,苏梅,亚·瓦·
林特瓦烈娃庄园

一一八

致符·加·柯罗连科

我把我的小书②寄给您,亲爱的符拉季米尔·加拉克乔诺维奇,顺便向您提起您答应到普肖尔河来的诺言。我十分畅快,畅快极了,简直没法形容!景色壮丽,到处都美,非常空旷,人好,气候暖和,情调也温暖柔和。傍晚并不潮湿,夜间温暖……一句话,假如您来了,您是不会后悔的。我在七月底或者八月间等您来,希望您不要拒绝我跟您一块儿去赶索罗琴斯克的集市。

阿·尼·普列谢耶夫正在我这儿做客,他"十二万分地"(他的话)问候您。我们一家也问您好。祝您健康,求天使保佑您。

您的安·契诃夫
一八八八年五月下旬
于苏梅,亚·瓦·林特瓦烈娃庄园

---

① 俄国作家戈里曾的笔名。
② 指契诃夫的《故事集》,1888年出版。——俄文本注

一一九

致阿·谢·苏沃林

尊敬的阿历克塞·谢尔盖耶维奇：

我现在来答复您的信，这封信我昨天才收到；信封已经撕破、揉皱、弄脏，我的房东和家人给这件事涂上了浓重的政治色彩①。

我住在普肖尔河岸上一个古老的地主庄园的厢房里。我租这个别墅时并没见到这个庄园，是碰运气的，目前我也没有因此后悔。这条河又宽又深，有很多岛屿，盛产鱼虾，河岸美丽，一片苍翠……主要的是这儿空旷极了，我觉得我仿佛花一百个卢布而取得了居住在广漠无垠的空间里的权利。这儿的风景和生活建立在目前已经完全过时、编辑部认为不值得一写的那种古老的格调上；姑且不谈那些日以继夜地歌唱的夜莺，从远处传来的狗叫声，古老而荒芜的花园，钉死门窗、由美丽的女人的灵魂居住着的、饶有诗意的、忧郁的正房，也姑且不谈那些苍老的、奄奄一息的、农奴出身的仆役，那些渴望最平常的爱情的处女，就说离我不远的地方吧，那儿甚至有一个像水磨坊（有十六个轮子）这样毫不新奇的古老建筑，其中住着一个磨坊工人和他的女儿，那个姑娘老是坐在窗前，分明在等着什么。凡是我现在看到的和听到的，似乎我早已在古老的小说和童话里熟悉了。使我感到新奇的只有一种神秘的鸟，名叫"水牛"，它们在远处的芦苇里藏身，昼夜发出一种叫声，有点像敲空桶的声音，又有点像关在棚里的乳牛的叫声。每一个

---

① 林特瓦烈娃一家具有自由主义思想，因而受到警察局的"怀疑"。——俄文本注

乌克兰人都在自己的一生中见过这种鸟,可是讲起它的形状,大家的说法又各不相同,可见谁也没有见过这种鸟。另一种新奇的东西倒也是有的,然而那是外来的东西,因此也就不大新奇了。

我每天坐小船到磨坊去,傍晚就跟哈利托年科工厂的那些钓鱼迷一块儿到岛上去钓鱼。谈话是很有趣的。三一节①的前夜,所有的钓鱼迷都要到岛上去过夜,通宵捕鱼;我也要去。其中有些出色的人。

我的房东们却原来是些十分可爱的、待客殷勤的人。这一家人值得研究。它由六个成员组成。老母亲是个很善良的、虚弱的、饱经忧患的女人;她读叔本华的著作,到教堂里去唱赞美歌;她认真研究每一期的《欧洲通报》和《北方通报》,知道一些我连做梦也没见过的散文作家;她对于她的厢房里以前住过画家马科甫斯基,如今住着一个年轻的文学工作者这件事赋予极大的意义;她跟普列谢耶夫谈话时,周身感到神秘的战栗,每一分钟都高兴,因为她"有幸"见到了伟大的诗人。

她的大女儿是一个医师,她是全家的骄傲;依照农民们对她的说法,她是神圣的;她自己也确实是个不同寻常的女人。她脑子里生了一个肿瘤,由于这个缘故她的眼睛完全瞎了,她害了癫痫病,经常头痛。她知道什么东西在前面等着她,可是她谈到近在眼前的死亡时却毫无惧色,冷静得惊人。我常给人看病,因而对于快要死的人已经看惯了,每逢那些命在旦夕的人在我面前谈话,微笑或者哭泣,我总觉得有点古怪;可是在此地,每逢我在露台上看到这个瞎眼的女人欢笑,说笑话,或者听别人给她念《昏暗》②,我固然也觉得古怪,然而这不是因为这位女大夫就要死了,却是因为我们

---

① 基督教节日,复活节后的第五十天。
② 指契诃夫的小说集《在昏暗中》。

没有感到自己的死亡,而在写什么《昏暗》,仿佛永远也不会死似的。

第二个女儿也是医师,她是个老处女;这个女人文静、腼腆、无比善良、爱所有的人,相貌不美。病人在她是纯粹的磨难,她给他们看病总是举棋不定,以致到了病态的地步。在会诊的时候我们老是意见不同;在她看见死亡的地方,我却往往是报喜使者;她下的药量,我总要加一倍。凡是死亡已经变得明显而且必不可免的地方,这位女大夫总会产生完全不是医生该有的感触。有一次我跟她一块儿在医士诊疗所门诊,来了一个年轻的乌克兰女人,脖子上和后脑勺上生了恶性腺瘤。她已经病入膏肓,任何治疗都不能设想了。由于这个女人目前没有感到痛苦,可是半年以后会在可怕的痛苦中死掉,这个女大夫就深感惭愧地望着她,倒好像为自己的健康赔罪,因为医学无能为力而过意不去似的。她热心家务,了解它的一切细节。她甚至懂得马。比如拉边套的马不肯拉车或者开始烦躁不安,她就知道该怎样消解这种灾难,于是指导马车夫。她十分喜爱家庭生活,而命运却不肯满足她。她似乎在渴望家庭生活。傍晚人们在大房子里弹琴唱歌,她总是到幽暗的林荫道上去神经质地快步走来走去,像是一头关起来的野兽。我想她任何时候对任何人都没有做过坏事,我觉得她从来也没有幸福过,以后一分钟也不会幸福的。

第三个女儿在别斯图热夫卡读完高等女校,是个具有男性体格的青年姑娘,身体强壮,骨骼粗大像鳊鱼一样,肌肉发达,肤色黝黑,嗓门很大……她一扬声大笑,一俄里以外都可以听见。这是个热情的乌克兰姑娘。她自己出钱在自己的庄园里办了一个学校,教乌克兰小孩读译成小俄罗斯语言的克雷洛夫寓言。她坐车到谢甫琴科的坟地去,如同土耳其人到麦加去一样。她没有剪短头发,穿紧身,戴腰垫,管家务,喜欢唱歌和大笑,虽然读过马克思的《资本论》，却不拒绝极平常的爱情，不过未必嫁得出去，因为她相貌不美。

大儿子是个斯文、谦虚、聪明、没有才华、劳动勤恳的年轻人，不妄自尊大，显然满足于生活给予他的东西。他在大学四年级被开除出来，可是他并不借此吹嘘自己。他说话很少。他喜欢管理家务和土地，同乌克兰人相处和睦。

第二个儿子是个青年，疯狂地迷恋柴可夫斯基，认为他是天才。他是个钢琴家。他渴望托尔斯泰那样的生活方式。

这就是我现在置身于其中的那些人的简略描写。讲到乌克兰人，那么女人们都使我想起桑科威茨卡雅①，所有的男人都使我想起巴纳斯·萨多甫斯基②。客人很多。

阿·尼·普列谢耶夫在我这儿做客。大家看他就像看一个半人半神；如果他赏脸喝了人家的酸牛奶，人家就认为是幸福；人们给他送花束来；各处都请他去，等等。对他特别殷勤的是瓦达姑娘，波尔塔瓦的贵族女子中学学生，目前在房东家里做客。他"听着，吃着"，吸他的雪茄烟，那种烟味熏得他的女崇拜者头痛得厉害。他行动困难，老得犯懒，可是这并不妨碍那些女性给他划船，带着他到邻居家里去参加命名日宴会，对他唱抒情歌曲。他在这儿如同在彼得堡一样，也就是说他好比一个圣像，大家因为它老，因为早先它同创造奇迹的圣像并排挂着而向它祷告。至于我个人，我除了看出他是一个很好的、热情的、诚恳的人以外，还认为他是一个容器，里面装满传统、有趣的回忆、优美的共同之处。

我写了一个短篇小说③，寄到《新时报》去了。

---

① 乌克兰话剧女演员。
② 乌克兰话剧男演员。
③ 《生活琐事》，发表在1888年6月3日《新时报》第4404号上。——俄文本注

您所写的关于《灯光》的那些话,完全公正。"尼古拉和玛霞"①像一条红线那样贯穿着《灯光》,然而这有什么办法呢?我不习惯写得长,因此总是心里起疑;每逢我写它,我总是认为我的中篇小说长得出了格,就害怕,极力把它写得尽量的短。工程师和基索琪卡的结局依我看来是个不重要的细节,徒然塞得这个中篇小说发胀,所以我就把它丢掉,不由自主地用"尼古拉和玛霞"代替了它。

您写道,不论是关于悲观主义的谈话也好,基索琪卡的故事也好,都丝毫也没有动摇和解决悲观主义问题。我觉得不该由小说家来解决像上帝、悲观主义等问题。小说家的任务只在于描写什么样的人,在什么样的情况下,怎样说到或者想到上帝或者悲观主义。艺术家不应当做自己的人物和他们所说的话的审判官,而只应当做不偏不倚的见证人。我听见两个俄罗斯人针对悲观主义说了许多杂乱的、什么也没有解决的话,那我就应当把他们的谈话按照我本来听见的那种样子传达给读者,让陪审员,也就是读者来评判它。我的任务仅仅在于我得有才能,也就是说我得善于区别重要的供词和不重要的供词,善于把人物写活,用他们的语言来说话。谢格洛夫-列昂捷夫责难我不该用这样一句话来结束这篇小说:"这个世界上什么事也弄不明白!"依他看来,艺术家兼心理学家**应当**把事情弄明白,他正是在这一点上才称得上是心理学家。可是我不同意他的看法。写作的人,特别是艺术家,现在总该承认这个世界上是什么也弄不明白的,就跟从前苏格拉底这样承认过,伏尔泰也这样承认过一样。人们自以为什么都知道,什么都了解;他们越愚蠢,他们的眼界倒好像越开阔。如果一个为人们所相信

---

① 由于阿·谢·苏沃林的信没有保存下来,这句话便无从解释。大概这指的是某个作品里的人物,因为中篇小说《灯光》里没有这样两个人物。——俄文本注

的艺术家敢于申明他对他所看见的事情什么也不理解,那么单是这个申明就成为思想领域里的巨大的认识和向前跨出的一大步。

至于您的剧本①,那您不该骂它。它的缺点不在于您的才能和观察力不足,而在于您的创作能力的性质。您比较倾向于严谨的创作手法,这是由于您常读古典的典范作品并且热爱它们而培养出来的。请您想象一下,如果您的《达吉雅娜》是用诗体写成的,那您就会看出来它的缺点换成另一种面目了。假如它是用诗体写成的,那就谁也看不出来所有的人物用同一种语言说话,谁也不会责备您的人物不是在说话,而是在谈哲理,做文章,所有这些在古典的诗体里就融合成为一色的背景,如同烟雾和空气一样,于是人就不会注意到剧本里缺乏俗常的话语和俗常的琐碎动作,这类话语和动作在现代的话剧和喜剧里必须很丰富,而在您的《达吉雅娜》里却根本没有。如果给您的人物换上拉丁语的姓名,穿上古罗马的宽上衣,那也会产生同样的效果……您的剧本的缺陷是无法补救的,因为这种缺陷带有根本性质。您应当安慰自己,因为这类缺陷在您那里是您的优良的素质的产品,假如您把这类缺陷送给别的剧作家,如克雷洛夫②或者季洪诺夫③,那么他们的剧本倒会有趣得多,高深得多了。

现在谈一谈将来。六月底或者七月初我要到基辅去,顺第聂伯河而下,到叶卡捷琳诺斯拉夫,然后到亚历山德罗夫斯克去,就这样一直到黑海为止。我要到费奥多西亚去。如果您真要到君士坦丁堡去,我能跟您同路去吗?我们到巴伊西神父家里去过,他对我们证明托尔斯泰的学说是从魔鬼那里来的。整个六月我要写东西,所以我大概有足够的路费。我要从克里米亚到波季,从波季到

---

① 《达吉雅娜·列宾娜》。——俄文本注
② 俄国剧作家亚历山德罗夫的笔名。
③ 俄国作家。

梯弗里斯，从梯弗里斯到顿河，从顿河到普肖尔河……在克里米亚我要开笔写一个抒情的剧本。

嘿，我给您写了一封什么样的信啊！应当打住了。问候安娜·伊凡诺芙娜、娜斯嘉、包利亚。阿历克塞·尼古拉耶维奇向您致意。他今天有点病：呼吸困难，脉搏不正常，像列依金。我要给他医治。再见，祝您健康，求上帝保佑您万事如意。真诚地忠实于您的

安·契诃夫
一八八八年五月三十日
于苏梅，林特瓦烈娃庄园

一二〇

致伊·列·列昂捷夫（谢格洛夫）

问候您，我亲爱的剧作家，阿·尼·普列谢耶夫老爷爷也问候您，他在我这儿做客已经有一个月了。我们俩在读报，注意着您的成功①。我高兴而羡慕，不过同时我又恨您，因为您的成功妨碍您到普肖尔河来找我了。当然，各人有各人的口味，这是无可争论的，不过按我的口味，住在普肖尔，什么事也不干，却远比工作和获得成功更能使灵魂得救。同诗神交媾，只有在冬天才有味。

无疑地，您是一个有才能的人，有文学气质，经历过战争的风暴，富于机智，没有受到先入之见和思想体系的压制，因此您可以放心，您那剧本的烤炉里会出好货色的。我用两只手祝福您，送上

---

① 谢格洛夫的剧本《在高加索山中》和《剧院的麻雀》在彼得堡的克烈斯托甫斯基剧院公演而获得成功。——俄文本注

一千个热诚的祝愿。您打算把自己整个献给舞台,这很好,这很值得一干,不过……您有足够的力量吗? 必须有很大的神经力量和坚韧精神才能挑起俄罗斯剧作家的担子。我担心您没到四十岁就泄气了。要知道,每个剧作家(您想做的职业剧作家)写十个剧本总有八个要失败,人人都得经历失败,这失败有时一拖好几年,那么您有足够的力量承受这种失败吗? 您由于您的神经质而倾向于把每件小事都看得很大,一点点挫折就会惹得您难过,这在剧作家是不适宜的。其次,我担心您会变成彼得堡剧作家,而不是俄罗斯剧作家。为舞台写作而且在全俄罗斯获得成功的只可能是间或到彼得堡去做客而不是在土契科夫桥①上观察生活的人。您应当离开彼得堡才是,不过您恐怕下不了决心最终脱离冻土带和男爵夫人②。您写出《在高加索山中》③,是因为您在高加索住过;您写过军事生活的剧本,是由于您在俄罗斯漫游过。彼得堡呢,只给了您《住别墅的丈夫》……要是您说《不可解的谜》是观察彼得堡的产物,那我不会相信您的话。我写这些话还存着险恶的私心,那就是引诱您上我这儿来,哪怕来一会儿也是好的。您来吧! 我担保您准能收集到十来个题材和一百个人物。

关于我的《灯光》的结尾④,对不起,我不能同意您的看法。心

---

① 彼得堡的地名。
② 谢格洛夫的祖母。——俄文本注
③ 谢格洛夫在回忆契诃夫的文章里写道:"契诃夫承认他在柯尔希剧院里看过我的《在高加索山中》以后,才头一次对我有好感,起意跟我结识;不过他绝不认为那出戏是喜剧,而认为它仅仅是'俄罗斯独创一格的轻松喜剧的圆满例证'。"——俄文本注
④ 谢格洛夫在《灯光》还没在杂志上发表的时候就读过原稿,然后在 1888 年 5 月 29 日写信给契诃夫说:"您最近的中篇小说《灯光》我不完全满意。我一口气就把它读完了,这是不消说的,因为所有您写出来的东西真实性使人感到津津有味,读起来是又容易又愉快的,可是结尾的那一句'这个世界上什么事情也弄不明白……'却支离破碎,因为作家的任务恰好就在于弄明白,特别是弄明白您的人物的心灵,否则他的心理状态就不清楚了。"——俄文本注

理学家的任务不在于理解任何人都不理解的东西。再者,心理学家的任务更不在于装出理解任何人都不理解的东西的样子。我不会骗人,因此直截了当地声明这个世界上什么事也弄不明白。只有傻瓜和骗子才什么都知道,什么都懂。不过,祝您健康和幸福。请您来信,亲爱的,别懒得写。我开始习惯您的字迹,已经能认得很清楚了。

您的艾格蒙特
一八八八年六月九日
于苏梅,林特瓦烈娃庄园

我的小书①出版了。如果我的哥哥②没有送给您一本,那么请您在遇见他的时候提醒他一声。

请您不要嫌弃通俗喜剧。写它几十出吧。轻松喜剧是好东西。目前全部内地的人都用它来做精神食粮。

— 二 —

致阿·尼·普列谢耶夫

第一,亲爱的和宝贵的阿历克塞·尼古拉耶维奇,由于您在我这儿住了一阵,谨致巨大的、由衷的谢意;我要诚恳地对您说:我在路卡有您这样一个无可替代的挚友陪着度过的三个星期,是我的传记中最好最有趣的一页。第二,您不能想象您走后我多么烦恼,我们把您送上火车的时候,大家心里多么难过、郁闷。那些小姐几乎忍不住流下泪来,我心中暗自对天发誓:明年我一定要极力拉您

---

① 指契诃夫的《故事集》,1888 年在彼得堡由苏沃林出版。——俄文本注
② 指契诃夫的大哥亚历山大·巴甫洛维奇·契诃夫。

到这块福地来。

您刚走,我们就回到火车站,又喝下一罐克吕尚酒①,为您的健康干杯。我们喝完酒以后就给您打了一个电报,这以后一直过了两三个小时大家才想起它来,也就是那个电报,会惊扰您。我想它会把您从睡乡里吵醒的。

我们从沃罗日巴回来,坐的是三等客车:大家说说笑笑,听火车里的乌克兰人唱歌。到了家,我们又为您的健康喝酒,临睡时愁闷地想到明天我们再也看不到您了。连书报检查官②也喝了点酒,这可是非同小可啊!

今天苏梅城有集市。我买了两个哨子、八个谁也不需要的茶匙、四个有油漆味的茶杯、一副值十戈比的耳环(我把它送给尊敬的同事③了)。此外我还花十五个戈比买了一个雕着少女的烟盒。

我雇了一辆四匹马拉的马车,为的是明天去拜访斯玛京④家,到索罗钦崔去。到了斯玛京家我要给您写信。

契诃夫全家和林特瓦烈娃全家向您致意。招人喜欢的茹克⑤、好心肠的巴尔包斯⑥、大少爷气派的普尔卡⑦、ingenue⑧、罗兹卡⑨都健康,照旧抓猪的耳朵,在饭厅里凑到我们跟前来。

阿尔捷敏科⑩今天钓到一条狗鱼,我用一个袋网捕到六条鲫鱼。

明天我们要坐那辆极大的老式四轮马车,就是林特瓦烈娃家

---

① 一种混合果香酒。
② 林特瓦烈娃家的一个熟人的诨名。——俄文本注
③ 林特瓦烈娃的二女儿叶连娜·米海洛芙娜,医师。——俄文本注
④ 林特瓦烈娃家的亲戚。——俄文本注
⑤⑥⑦⑨ 狗名。
⑧ 狗名,法语:扮演天真少女的女演员。
⑩ 契诃夫在苏梅城的熟人。

从伊凡·费多雷奇·希朋科的姑母那儿继承下来的那辆马车。

好,祝您健康、安乐、幸福,不要忘了我们这些罪孽深重的人。

向您的全家致敬。

我要上床睡觉了。

这是个美妙的夜晚。天上一点云也没有,月光四射。

您的安·契诃夫

三一节

一八八八年六月十二日

于苏梅

一二二

致尼·亚·列依金

最善良的尼古拉·亚历山德罗维奇,您的第二封信我是在昨天从波尔塔瓦省回来以后收到的。您的头一封信在我动身以前不久就收到了。我去过列别金,去过加佳奇,去过索罗钦崔,去过许多因果戈理而扬名的地方。那是些什么样的地方啊!我简直给迷住了。说来也是我走运,天气始终很好,很暖和,我坐着一辆很稳的、有弹簧的四轮马车,到波尔塔瓦省时正赶上那儿刚开始割草。我坐着那辆四轮马车走了四百俄里的路,在十来个地方过夜……凡是我眼睛看到的和耳朵听到的都是那么新奇、美好、健康。以致一路上有一个迷人的想法一时一刻也不肯离开我,那就是索性丢开已经使我厌烦的文学,在普肖尔河岸上的某个村子里落户,干医疗工作吧。假如我是一个单身汉,我就会在波尔塔瓦省住下来,因为并没有什么好感把我和莫斯科联系在一起。夏天我会住在乌克兰,冬天我就到最可爱的彼得堡去……在乌克兰,除了风景以外,再也没有比普遍的满足、人民的健康、当地农民的高度发展更使我震惊的了,当地的农民又聪明,又信教,又有音乐才能,而且不酗酒,有道德,老是快活而富足。地主和农民之间的对立是简直谈不到的。

至于拉扎烈夫和叶若夫的婚事,我已经听说了。我祝贺编辑部①,它的撰稿人合法地结婚了,我祝他们儿孙满堂,白头到老。让他们结婚吧!这是好事。坏的婚姻也比好的独身生活强。我自己也愿意套上许门②的绳套,可是,唉!环境支配着我,而不是我支配着环境。

我喜欢您的……《初夜》③。它写得很好;只是题名有点不合适,它会引起读者的好奇心,使他期望鬼才知道的那些事。我在读《花絮》。我喜欢卡克土斯④的那篇献词。它很合时,写得也漂亮。达尔凯维奇的画纯粹只能满足中等理发师的时髦画。

我哥哥亚历山大带着孩子回彼得堡去了。他带孩子来,只为的是让大家看一看这些孩子。

我们这儿的天气暖和。大地的果实快成熟了。七月初我要到费奥多西亚去找苏沃林。您有什么要托我办的事吗?

您那些书是我不在家时由拉扎烈夫收下的,我家里的人还托他通知您说收到了书,为您的盛情道谢。我对您欠着情呢。

如果您要给拉扎烈夫和叶若夫写信,那么请您用我的名义向

---

① 指列依金主编的《花絮》杂志的编辑部。
② 希腊神话中的婚姻之神。
③ 大概指列依金发表在1888年6月份《彼得堡报》上的一些短篇小说;其中头一篇是《新婚夫妇的早晨》,契诃夫误为《初夜》,发表在6月2日第150号上,此后又发表一系列续篇。——俄文本注
④ 即彼·库·马尔恰诺夫的笔名。指的是他在《花絮》杂志上发表的一篇题为《摘自俄国活动家辞典》的文章,用诗体简略而幽默地描述一些作家、学者等。——俄文本注

他们道喜。我本来想自己给他们写信道喜,可是我没有他们的地址。请您写上:我祝他们万事如意,特别是获得文学方面的成功;由于他们的正派,由于他们的勤劳,他们是有充分的权利获得成功的,尤其是因为这两个人,特别是拉扎烈夫,是有才能的。

好,祝您健康。我马上要坐下来为糊口而写东西了。

我写信告诉过您阿·尼·普列谢耶夫到我这儿来做过客吗?他在我这儿住了三个星期。

您的安·契诃夫
一八八八年六月二十一日
于苏梅

在各火车站里,只有彼得堡的火车站上的书柜里才有您的书。

一二三

致阿·尼·普列谢耶夫

您好,我亲爱的房客①阿历克塞·尼古拉耶维奇!您的信是昨天收到的,可是关于"无可代替的"这个词②的责备,我却不能接受,因而原封退还,因为在路卡您确实是一个无可代替的人。缺了您就没有那些活动,没有冰激凌,没有文学晚会,主要的是没有您和您的在场来鼓舞瓦达③和您的其他女崇拜者了……有您在场,她们连唱歌和弹琴都是另一个样子。

我们到波尔塔瓦省去了一趟。我们到斯玛京家里去过,也到索罗钦崔去过。我们坐一辆祖传的、很舒服的四轮马车,由四匹马

---

① 普列谢耶夫曾到契诃夫在苏梅县的别墅里做客。
② 请参看契诃夫在 1888 年 6 月 12 日写给普列谢耶夫的信。
③ 林特瓦烈娃家的女亲戚。——俄文本注。

拉着。哄笑啦、事故啦、误会啦、投宿啦、萍水相逢啦,多得不得了。美妙的、使人心醉神迷的风景画和风俗画随时都可以迎面碰到,像那样的画面只有在长篇小说或者中篇小说里才能加以描写,在短短的信上是无论如何也办不到的。啊,要是您跟我们一块儿去旅行,看见我们那气愤的、使人看着不能不发笑的马车夫罗曼,要是您看见我们过夜的地方,看见我们路过的那些八俄里长和十俄里长的村子,要是您跟我们一块儿喝那种糟糕的、弄得人像喝了矿泉水一样反胃的白酒,那多好啊!我们在路上遇见什么样的婚礼,在傍晚的寂静中听到多么美妙的音乐,那些新鲜的麦秸发出多么浓烈的清香啊!那就是说,人不妨把灵魂交给魔鬼,只求能够看一看傍晚的温暖的天空,看一看映着慵倦而忧郁的夕阳的小溪和水塘……可惜您不在!您坐在那辆四轮马车上会觉得像坐在床上一样。我们每过半个钟头就要吃一次,喝一通,尽情欢乐,笑到肚子痛了为止……

我们夜间到达斯玛京的家。这次会晤是伴随着肢体的损伤的。谢尔盖·斯玛京听到我们的声音以后,从正房里跳出来,飞奔到大门外,在黑地里撞在一条长凳上,直挺挺地摔倒在地。亚历山大也从正房里跳出来,在黑地里一头撞在一棵老栗树上,这以后有三四天他的脑门上鼓起一个红包;瓦达擦伤了脸。经过这样热诚欢畅的会晤以后,大家又无缘无故地大笑了一阵,而且后来每天傍晚这种大笑都要准确地重复一次。

在这种无端的大笑方面特别出类拔萃的是娜达丽雅·米哈依洛芙娜①和亚历山大·斯玛京。

斯玛京家的庄园广大而富饶,然而古老,荒芜,死气沉沉,像旧年的蛛网似的。正房下沉,房门关不上,火炉上的瓷砖互相排挤,

---

① 林特瓦烈娃的第三个女儿。

形成一个个棱角；地板的缝里钻出樱桃树和李树的细嫩的幼芽。我住的那个房间里,夜莺在窗子和护窗板之间搭了一个巢,我住在那儿的时候有些夜莺的蛋里已经孵出了小小的、没毛的夜莺,像是些脱光衣服的犹太小娃娃。粮食棚的顶上住着些庄严的鹳。养蜂场上住着一位老爷爷,使人想起戈罗赫沙皇和埃及的克娄巴特拉①。

一切都古老而衰朽,然而另一方面又极其富于诗意、忧郁、美丽。

斯玛京家的姐姐是一个出色的、从前生得很漂亮的、极其善良温和的女人,梳着一条挺粗的黑发辫,脸上带着六年到八年以前多半很迷人的神情,而现在这种神情却只能引起忧郁的思想了。她像她的弟弟们一样好,她那些弟弟简直迷住了我,特别是谢尔盖。

我们在斯玛京家里逗留了五天才走,临行约定今年我们还要再到他们家里去一趟,明年会去一百趟。他们家里的杨树美得惊人。

盖奥尔吉②动身到斯拉维扬斯克去了,瓦达到库皮扬斯克去了,彼得罗甫斯基③到契尔尼戈夫去了。半人半神的沃龙佐夫④是个很有学问的政治经济学家,脸上带着希波革拉第⑤那样的神情,永远沉默不语,思考如何拯救俄罗斯;巴兰采维奇到我这儿做客来了。

八月间我要到波尔塔瓦省去。我极力要在十五日之前赶到费

---

① 克娄巴特拉(前69—前30),埃及末代女王(前51年起)。
② 林特瓦烈娃的第二个儿子。
③ 在林特瓦烈娃家里做客的一个大学生。——俄文本注
④ 俄国民粹派的经济学家和政论家。——俄文本注
⑤ 古希腊的医生和自然科学家。

奥多西亚。好,祝您健康、幸福、安宁。问候您的全家。

Antonio

一八八八年六月二十八日

于苏梅

我们全家向您致意。

一二四

致阿·尼·普列谢耶夫

我给您写这封信的时候,亲爱的阿历克塞·尼古拉耶维奇,正巧整个路卡闹翻了天,乌烟瘴气,吵吵嚷嚷,哼哼唧唧:原来巴威尔·米〔哈依洛维奇〕①的妻子安托尼达·费多罗芙娜生孩子了。我不得不屡次跑到 vis-a-vis② 厢房里去,因为那儿住着新做父母的夫妇。分娩不困难,然而时间长。

七月十日我要到费奥多西亚去。我的地址如下:费奥多西亚,苏沃林转交契诃夫。请您写信来,如果我没有被灼人的暑热弄得晕头转向,那我也要给您写信。

我为吉里亚罗甫斯基高兴③。他是一个好人,颇有才能,不过缺乏文学素养。他非常喜好滥调、可怜的字眼、夸大的描写,相信缺了这些装饰就不行。他能感觉到别人作品里的美,知道短篇小说的首要魅力就是朴素和诚恳,然而他在自己的短篇小说里却不能做到诚恳和朴素,他勇气不足。他好比宗教信徒,不敢用俄罗斯

---

① 林特瓦烈娃的大儿子。
② 法语:对面的。
③ 1888年7月2日普列谢耶夫写信告诉契诃夫说:吉里亚罗甫斯基的短篇小说就要在《北方通报》上发表了。——俄文本注

语言向上帝祷告,而用古斯拉夫语言①,其实他们自己也感到俄罗斯语言既接近真实又接近人心。

他那本小书远在去年十一月就被没收了②,因为那里面的人物,退伍的军人,都讨饭,而且饿死了。那本小书总的调子阴郁而暗淡,如同有癞蛤蟆和土鳖住着的井底一样。

您有一件衬衫丢在我们这儿,忘记拿走了。这无异于说您还会不止一次地住到我们这儿来。我是乐于相信这种娘儿们的迷信的,我要坚持让这个兆头实现。

斯玛京家收到您的信了。那首诗③至今还在米尔戈罗德县产生强烈的印象。大家纷纷传抄,没完没了。

沃龙佐夫(В.В.)④渐渐来了兴致,甚至——啊,真是可怕!——跳华尔兹舞了。这个人被枯燥乏味的脑力活动压得透不过气,那些外来的思想弄得他发霉发臭了,不过从种种迹象看来这个人是善良的,不幸的,在他的意图方面是纯洁的。您揣测他有意把《时代》⑤套到林特瓦烈娃一家人的头上⑥,这却未必有根据。他作为林特瓦烈娃家的老相识,很清楚地知道他们根本没有钱。

天在下雨。招人喜欢的茹克因为罗兹卡跟好心肠的巴尔包斯

---

① 俄罗斯东正教的教会和《圣经》用古斯拉夫语言。
② 普列谢耶夫在写给契诃夫的信中讲到吉里亚罗甫斯基的书《贫民窟的人们》:"书报检查官认为他所描写的各种欺诈行为能够'把骗术教会'那些在这方面还不精通的人。"——俄文本注
③ 普列谢耶夫住在契诃夫的别墅所在地路卡的时候,写过一首诗:《献给安东·巴甫洛维奇·契诃夫——我可以在那儿摆脱愁闷得以休息的、百花盛开的、恬静的小角落……》。普列谢耶夫还把这首诗寄给住在米尔戈罗德县的斯玛京家。发表在1905年普列谢耶夫诗歌全集上。——俄文本注
④ 俄国民粹派经济学家和政论家沃龙佐夫的笔名是В.В.。
⑤ 这个杂志在1888年创刊,只出了一期即停刊。
⑥ 1888年7月2日普列谢耶夫写信给契诃夫说:依他看来,"沃龙佐夫到路卡去不是没有用意的。我听说,他打算纠合一伙跟他同样'脑力的'著作家办一个双周的杂志,大概他在为这件事找钱"。——俄文本注

338

要好而吃醋,咬起架来了。

我们全家向您致意,希望您天天心情开朗。祝您健康,幸福,求天上的力量保佑您长寿。

问候您的全家。我为尼古拉·阿历克塞耶维奇的问候道谢。请您提醒他,他答应过到我这儿来的。

您的安·契诃夫

一八八八年七月五日或六日

于苏梅

一二五

致玛·巴·契诃娃

妹妹小姐:

天气又热又闷,所以不能写得太久,只好写得短一点。首先,我活着,健康,一切顺利,钱呢,目前也有……我的肺没有发出嘶嘶声①,可是我的良心发出嘶嘶声了,因为我什么事也不做,游手好闲。从苏梅到哈尔科夫的路上枯燥极了。从哈尔科夫到洛佐瓦亚,从洛佐瓦亚到辛菲罗波尔,这两段路简直能把人活活闷死。达甫利切斯卡亚草原冷清,单调,看不见远方,缺乏光彩,像伊瓦年科②的短篇小说一样,一般说来像是冻土带。我坐车穿过克里米亚,瞧着它,心里就想:"我,萨沙,看不出这有什么好的地

---

① 肺结核的症状。
② 吹长笛的乐师,契诃夫家的熟人;他用笔名"小尤斯"发表过几个短篇小说。——俄文本注

方……"①凭草原,凭它的居民,凭它缺乏别的草原所有的那种可爱而迷人的东西来判断,克里米亚半岛是没有灿烂前途的,也不可能有。从辛菲罗波尔起就山连着山,而有了山也就有了美。山沟,山,山沟,山;山沟里露出杨树,山上是黑乎乎的葡萄园;所有这些都浸沉在月光里,荒野而新奇,使得人的想象力带上果戈理的《可怕的地方》的调子。特别离奇的是山涧和山洞的交替,人时而看见充满月光的山涧,时而看见伸手不见五指的、凶险的漆黑……这有点叫人毛骨悚然,不过也叫人感到愉快。这有一些非俄罗斯的异域情调。我是在夜间到达塞瓦斯托波尔的。这个城本来就美,由于坐落在极其美妙的海洋旁边就更美了。海洋的最好的东西是它的颜色,而那种颜色是难以描写的。它像蓝矾。讲到轮船和军舰,海湾和码头,那么首先扑进人的眼帘的是俄国人的贫穷。除了外貌像莫斯科商人老婆的"波波夫契"②以外,除了两三条还不错的轮船以外,港口上什么像样的东西也没有;我对我们的米谢尔舰长③感到惊讶,他居然在塞瓦斯托波尔不仅看到不存在的舰队,而且看到根本没有的东西。我同波尔塔瓦省的地主克利沃包克一块儿住在旅馆里,我同他是在路上相识的。

晚饭我们吃了烧得太烂的鲻鱼和子鸡,喝了许多葡萄酒,就上床睡了。早晨烦闷得要命。天热,灰尘大,口渴……港口上,船缆发出臭味,一些红得像砖一样的脸闪来闪去,可以听见雌天鹅的叫声、泔水的泼溅声、鞑靼人的说话声以及种种没有趣味的乱七八糟的声音。你走到轮船前头去,就会看见许多人穿着破衣烂衫,满身

---

① 据玛·巴·契诃娃说,沙皇政府的大臣米·尼·奥斯特洛夫斯基不止一次对他的弟弟,剧作家亚·尼·奥斯特洛夫斯基说过这句话。——俄文本注
② 海军军事法庭,按照俄国海军中将波波夫的设计建成,建成后事实证明完全不合用。——俄文本注
③ 这是契诃夫对他的小弟米哈依尔·巴甫洛维奇·契诃夫的戏称,因为他喜欢制作军舰的小模型。——俄文本注

大汗,被太阳晒得半死不活,昏头昏脑,衣服的肩膀上和背上满是窟窿,正在从轮船上卸下波特兰水泥;你站一阵,看一阵,整个画面就开始变得像是一种异域的、遥远的情景,你就感到乏味得不得了,一点好奇心也没有了。坐上轮船,看轮船起锚,开走,是有趣的,可是坐着船走,跟人们谈话却有点乏味,那些人统统是已经惹人厌烦的、落伍的家伙。海也单调,光秃的海岸只在最初的几个小时里才美丽,不久你就看惯了;你就不由自主地走到舱房里去喝酒了。海岸并不显得美……它的美被夸大了。所有那些被诗歌方面的美食家称颂的鞑靼田庄、城镇、雪松等,从轮船上看过去像是些瘦小的灌木、荨麻,因此它们的美只能猜测,也许只有用倍数大的望远镜才能看到。普肖尔河旁的山沟以及萨雷和拉谢甫卡,在内容和色彩上远比它丰富多彩。我从轮船上看着海岸,这才明白它何以至今没有引起过任何一个诗人的灵感,没有给任何一个正派的散文艺术家提供过题材。它是由医师们和贵妇们吹嘘出来的,它的全部力量就在这儿。雅尔达是一种欧洲的、使人想起尼斯风光的东西和一种小市民的集市的东西的混合物。那些形状像筐子、肺结核病人在其中奄奄一息的旅馆,那些厚颜无耻的鞑靼人的嘴脸,那些带着很露骨的、极下流的意味的撑腰架,那些游手好闲、渴望廉价的艳遇的阔佬的丑脸,那种代替了雪松和海洋的气味的浮华气味,那个寒伧肮脏的码头,那些在海洋远处的、凄凉的灯火,那些纷纷到此地来欣赏风景而实际上什么也不懂的小姐们和她们的男伴们的唠唠叨叨,所有这些总起来合成一种郁闷的印象,而且这种印象强大有力,弄得你渐渐责难自己的成见和偏心了。

我睡得很好,我住在头等舱房里,睡在床上。我早晨五点钟到达费奥多西亚,那是个灰褐色的、冷清的、外表看来枯燥乏味的小城。这儿没有青草,树木也一副可怜相,地上是大粒的砂土,贫瘠得令人绝望。一切都被太阳晒枯了,唯独海洋在微笑,它是不理睬这个小小的城和游客的。游泳实在畅快,我一沉进水里就会无缘无故地笑起来。苏沃林夫妇住在这儿一个最好的别墅里,见到我很高兴;原来,供我用的房间早已准备下,他们早就在等我,准备去游览了。我到达以后过了一个小时,他们就带我到一个鞑靼人穆尔扎那儿去吃早饭。在那儿聚了一大群人:有苏沃林夫妇,有海军军事法庭总检察长①,他的妻子,有当地的要人,有艾瓦佐夫斯基②……一餐饭有大约八道鞑靼菜,很可口,很油腻。这顿早饭吃到下午五点钟,喝得大醉。穆尔扎和检察官(一个还不老的彼得堡的生意人)答应带我到鞑靼的农村去,让我见识一下阔佬的成群的妻妾。当然,我要去的。

天太闷热,没法写东西。我想我不会在这种炎热中待得太久。虽然苏沃林夫妇答应留我到九月,可是我不久就要回去。

我同苏沃林的谈话是没完没了的。苏沃林太太每个钟头换一件新连衣裙,带着感情唱抒情歌曲,骂人,啰唆个没完。这是个心神不定的、轻浮的女人,多幻想,极特别。跟她相处倒不乏味。

我要进城去了。再见。问候大家。我会写信的。日历和钱在手提箱里。

你的安·契诃夫
一八八八年七月十四日
星期四
于费奥多西亚

我要把钱寄出去了。

---

① 即康·费·维诺格拉多夫。——俄文本注
② 俄国画家。——俄文本注

一二六

致伊·列·列昂捷夫(谢格洛夫)

亲爱的上尉,我是从黑海边上给您写信的。目前我住在费奥多西亚城苏沃林将军的家里。天气闷热得不得了,风又干又硬,好比硬书皮,简直弄得人要喊救命。树木和青草在费奥多西亚是没有的,人要躲也没处躲。剩下来只有一件事可做,那就是游泳。我就游泳。海洋是美妙的,蓝色、温柔,如同天真的少女的头发。在海边上可以住一千年而不觉得乏味。

整个白天都是在谈话中度过的。夜间也一样。于是我渐渐变成一架说话的机器了。我们已经解决了所有的问题,拟定了还没有人谈起的无数新问题。我们谈呀,谈呀,谈呀,临了多半会由于舌头和声带发炎而死掉。跟苏沃林相处而不谈话,那是不容易的,犹如在巴尔金坐着而不喝酒一样。确实,苏沃林本人就是敏感的化身。他是个了不起的人。在艺术方面他不下于追捕田鹩的塞特猎狗,那就是说他凭着非常敏锐的嗅觉工作,永远被热情燃烧着。他是个很差的理论家,没有学过科学,有很多东西都不懂,他在一切方面都是自修者,由此就产生了他那像狗一样的纯正和完整,因而形成了他的见解的独特。他由于理论贫乏而不由自主地发展了他身上那种由大自然丰富地赋予他的东西,他把他的本能发展到大才大智的地步。跟他谈话是愉快的。等到你了解他的谈话方法、他那种为大多数谈话的人所缺乏的诚恳,跟他聊天就差不多变成享乐了。您的苏沃林德国佬我是清楚地了解的。

请您把《剧院的麻雀》①寄给我。如果您真是写了喜剧,那您可是好样的,太妙了。您使足力气写吧,而且现在您想写什么就写什么好了。您想写悲剧就写悲剧,想写荒唐的轻松喜剧就写荒唐的轻松喜剧。您缺乏那种使您能够顺应别人的见解和判决的天性。您应当遵循自己的内心感觉,这在神经质的、敏感的人是最好的晴雨计。您越是多写剧本就越好。哎,我又在教训人了!请您原谅,我的亲人……这不是教训,而是跟您谈话。我给您写信时就看见了您的脸。

我要进城,到邮局去了。再见。

求上帝保佑您。

您的安·契诃夫
一八八八年七月十四日
于费奥多西亚

一二七

致玛·巴·契诃娃

亲爱的家人们!我要通知你们,明天我就离开费奥多西亚了。把我赶出克里米亚的是我的懒散。我一行文字也没有写成,一个小钱也没有挣到;要是我这种可恶的清闲再延续一两个星期,那我就会一个小钱也没有,契诃夫一家人就只好在路卡过冬了。我本想在克里米亚写出一个剧本和两三个短篇小说,可是事实证明在南方的天空下,活着飞上天去远比写出哪怕一行文字来容易。我十一点钟起床,夜里三点钟躺下,整天吃啊,喝啊,谈啊,谈啊,谈个

---

① 谢格洛夫的两幕喜剧,1887年在彼得堡出版。——俄文本注

没完。我变成一架讲话的机器了。苏沃林也是什么都不干,我跟他把所有的问题统统解决了。这是一种饱足的、像酒杯那么满的、绷紧的生活……在海边上的清闲、沙尔特廖斯甜酒①、克吕尚酒②、花束、游泳、快活的晚餐、旅行、抒情歌曲,所有这些使得白昼变短,不大觉得就过去了;光阴似箭,头脑在海水的响声中昏昏沉沉,不想工作……

昨天我到离费奥多西亚二十五俄里远的艾瓦佐夫斯基庄园"沙赫-玛玛依"去了。那个庄园豪华,有点童话的味道;这样的庄园大概在波斯可以看到。艾瓦佐夫斯基本人是个生气勃勃的七十五岁的老人,他是好心肠的亚美尼亚人和养尊处优的主教的混合物,充满个人的尊严,生着两只软绵绵的手,跟人握手时大有将军的气派。他智力不发达,然而性格复杂,值得注意。他一个人又是将军,又是主教,又是画家,又是亚美尼亚人,又是天真的爷爷,又是奥塞罗。他娶了一个年轻漂亮的妻子,把她管得很紧。他认识许多苏丹③、沙赫④、艾米尔⑤。他和格林卡⑥一起编写过《鲁斯兰和留德米拉》⑦。他是普希金的朋友,可是普希金的诗他没有读过。他一辈子一本书也没有读过。遇到人家要他读书,他就说:"既然我有我的见解,我何必再读书呢?"我在他那儿待了一整天,吃了午饭。那顿午饭很长,拖了很久,不断干杯。在饭桌上我顺便认识了一位女医生达尔诺夫斯卡雅,她是一个著名的教授的妻子。

---

① 一种葡萄酒。
② 一种混合酒,即葡萄酒加甜酒。
③ 某些伊斯兰国家的君主。
④ 波斯文,意思是"国王"。
⑤ 某些伊斯兰国家的统治者。
⑥ 俄国作曲家。
⑦ 艾瓦佐夫斯基告诉格林卡三个鞑靼的小曲,那位作曲家就用其中的两个编成列兹金卡舞曲,把第三个用在三幕歌剧《鲁斯兰和留德米拉》里。——俄文本注

她是个又粗又胖的肉滚子。要是把她脱光衣服,叫她赤身露体,再给她涂上一层绿色,那她就成了沼泽地带的一只癞蛤蟆。我跟她谈过话以后,暗自把她的名字从医师名单上勾掉了……

我见到许多女人;其中最好的一个是苏沃林太太。她跟她的丈夫一样的与众不同,她的思想不像女人。她说许多废话,不过,如果她想严肃地谈话,她就会谈得聪明,有独立的见解。她满心喜爱托尔斯泰,因此完全不能容忍现代的文学。跟她谈文学时,你就会觉得柯罗连科、别热茨基、我和其他人都是她的大敌。她有一种不同寻常的才能,能够不停嘴地聊天,聊得又有才气又有趣味,因此人能听她讲一整天而不觉得厌烦,如同听金丝雀歌唱一样。一般说来她是个有趣的、聪明的好人。她每到傍晚就坐在海边的沙滩上哭,每到早晨就扬声大笑,唱茨冈的抒情歌曲……

两个办法当中必须选一个:我要么干脆回家,要么远走高飞。如果按第一个办法去做,那么过一个星期你们就等我回去;如果按第二个办法去做,那么过一个星期你们就不要等我回去。

问候亚历山德拉·瓦西里耶芙娜、齐娜伊达·米哈依洛芙娜、尊敬的同事、娜达丽雅·米哈依洛芙娜、巴威尔和盖奥尔吉·米哈依洛维奇以及所有的东正教教徒。也问候安托尼达·费多罗芙娜和她的娃娃。

眼下苏沃林正坐在我的房间里,哀叫道:"把这封信拿给我看一遍吧!"他又是哀叫又是骂街。我马上就要进城去了。

过几天我就把钱汇出去。

买一个农庄的钱要两千卢布。苏沃林送给我两条小木船和一辆敞篷马车。据说那两条船很好。我要极力把它们送到普肖尔去。这些船是在彼〔得堡〕的游艇俱乐部里买来的。有一条船上挂着帆。

吻母亲的手。希望大家都衣食饱暖,有烟草,等等。不要舍不得钱。更不要因钱没有了就舍不得。

吻大家。

安·契诃夫

一八八八年七月二十二日

于费奥多西亚

一二八

致阿·谢·苏沃林

我到阿布哈兹了！夜晚我是在新阿丰修道院里度过的，可是今天从早晨起我就在苏呼米①坐着了。风景美妙到发疯和绝望的地步。一切都新奇，像是仙境，僻静而富于诗意。桉树、茶树、柏树、雪松、棕榈树、驴子、天鹅、水牛、蓝色的仙鹤，不过主要的是山、山、山，没有尽头，无边无沿……目前我坐在阳台上，那些身穿化装跳舞会上嘉布遣②修士服装的阿布哈兹人懒洋洋地走过去；马路对面是一条林荫道，栽着橄榄树、雪松、柏树，过了林荫道就是深蓝色的海洋。

天气热得叫人受不了！我的身体泡在自己的汗水里。我的衬衫上的红带子给汗水泡软，流出红汤来了。衬衫也好，额头也好，腋下也好，简直能拧出一汪汪水来。我好歹用游泳来拯救自己……天黑下来……不久我就要坐轮船走了。您再也不会相信，好朋友，这儿的桃子好吃到什么程度！它有大苹果那么大，滑溜溜的，一包汁水……一边吃，一边就觉得五脏六腑简直扩散到手指头上去了。

我是坐"约诺"号离开费奥多西亚的，今天我坐的是"吉尔"

---

① 苏联阿布哈兹苏维埃社会主义自治共和国首都。
② 即嘉布遣小兄弟会，一译"卡普秦修会"。天主教方济各会的一支，穿带尖顶风帽的会服。

号,明天要坐"祖母"号……我已经坐轮船很多次了,可是还一次也没有呕吐过。

在阿丰①我认识了主教盖尼阿季依,他是苏呼米的主教,骑着马巡游他的教区。这是一个有趣的人。我给母亲买了一个圣像,我要把它带回去。

要是我在阿布哈兹哪怕只住一个月,那么我想,我就会写出五十个迷人的童话。从每一丛灌木里,从山峦的所有的黑影和阴影里,从海洋里,从天空中,有成千的题材探出头来。我简直糟透了,因为我不会绘画。

好,祝您活着而健康。求天使保佑您。

问候大家。

您的安·契诃夫
一八八八年七月二十五日
于苏呼米

您不要以为我会到波斯去。

一二九

致米·巴·契诃夫

漫游黑海、生活之海②、里海

(献给自备轮船③的船长米·巴·契诃夫)

一条难看的货船"吉尔"号开足马力(每小时八节④)飞快地

---

① 指上述的"新阿丰修道院"。
② 即尘世,或多事的人生。
③ 米·巴·契诃夫喜欢做轮船小模型。
④ 节是航行速度单位,等于每小时1海里。

从苏呼米航行到波提去。那是夜间十二点钟……这条轮船只有一个小小的舱房,外貌像是一个厕所,这个舱房里又热又闷,叫人受不了。空中弥漫着焦煳的气味、船缆的臭味、鱼的腥味和海洋的气味……可以听见机器的工作声:"隆,隆,隆。"……头顶上和地板底下,恶魔发出吱扭吱扭的响声……在这小舱房中,黑暗摇来晃去,床铺时而升上来,时而降下去……肠胃的全部注意力对准了床,它仿佛在进行水平测量似的,一会儿把我喝下去的矿泉水推到嗓子眼上,一会儿又把它送到脚后跟去……我为了免得在黑暗中呕吐而把衣服吐脏,就赶紧穿上外衣,走出去……四周一片漆黑……我脚底下绊着一些肉眼看不见的铁枕木,绊着船缆;不管往哪儿走,到处都是木桶、麻袋、破布……我的脚心踩着煤渣子……在黑地里我撞在一个像棚栏一样的东西上;那是一个笼子,里面装着几头狍,我白天看见过它们;它们没有睡觉,惊恐不安地听着船身的颠簸……那个笼子旁边坐着两个土耳其人,他们也没有睡觉……我摸索着爬上一道楼梯,走进船长室……这儿挺暖和,可是讨厌的大风要刮掉我脑袋上的帽子……船身不住摇晃……船长室前边的桅杆均匀地摇摆,不慌不忙,像是一个节奏器;我极力让我的眼睛离开它,可是我的眼睛不听支配,跟肠胃一起专门注意活动的东西……海洋和天空漆黑,海岸看不见,甲板像是一块黑斑……一点灯火也没有……

我身后有一个窗子……我看着窗外,看见一个人,容貌颇像巴威尔·米哈依洛维奇……他注意地瞧着一个什么东西,手里转动一个轮子,他那样子仿佛在演奏《第九交响乐》①……矮胖的船长就站在他的身旁,穿一双黄皮鞋,身材和面容很像柯尔涅里·普希

---

① 德国作曲家贝多芬的作品。

卡烈夫①……他跟我谈起高加索的移民,谈起闷热,谈起冬天的风暴,同时他紧张地注视着黑暗的远方,注视着旁边的海岸……

"你好像又往左开了!"在谈话中他对另一个什么人说;或者说:"这儿应当看得见灯光……你看见了吗?"

"没有!"有人在黑暗里回答。

"那你爬到上面的平台上去看一下!"

一个黑人影就在船长室里出现,不慌不忙地爬到上面的一个什么地方去了……过一分钟传来了说话声:

"有!"

我凝神往左看,灯塔的亮光应当就在那边;然后我拿起船长的望远镜,却什么也没看见……半个小时,一个小时过去了……桅杆均匀地摇摆,恶魔吱吱地叫,风抢夺我的帽子……我倒没有呕吐,可是毛骨悚然……

忽然间,船长从原地走开,嘴里骂了一句:"妈的!"就跑到后面什么地方去了。

"往左开啊!"他扯大嗓门惊恐地叫道,"往左……往左啊!啊……哇……哇!"

他那难懂的命令声传过来,这条轮船震颤了一下,恶魔尖声打起呼哨来了……"啊哇—哇!"船长嚷道;有人在敲钟,那钟似乎就在我的鼻子跟前;乌黑的甲板上人们不住奔跑,跺脚,惊恐地喊叫……"吉尔"号又震颤一下,紧张地喘气,似乎要开倒车了……

"怎么回事?"我问道,感到好像出了一点小小的灾祸似的。没有回答声。

"它要撞上来,妈的!"上尉的绝叫声响起来……"往—左—左—啊!"

---

① 俄国剧作家尼·路·普希卡烈夫的兄弟。——俄文本注

我的鼻子跟前出现了一些红色的灯火,在嘈杂声中忽然响起汽笛声,这不是"吉尔"号发出来的,而是另外一条轮船发出来的……现在我才明白:我们两条轮船撞上了!"吉尔"号呼哧呼哧地喘气,索索地抖,仿佛动弹不得,静等着沉到海底去……(这时我出了个小岔子,持续不过半分钟,可是给我不少的痛苦……我在这半分钟里深信我把轮船毁掉了①。关于这个误会,我们见面时再谈;写起来太长,我也没有力量写了。)

可是后来,正当我认为一切已经完蛋的时候,左边却现出红色的灯火,一条轮船的轮廓露出来了……一个又长又黑的船身在我眼前游过去,负疚地眨着红色的眼睛,负疚地响起汽笛声……

"哎呀!这是哪条轮船啊?"我问船长。

船长用望远镜观察那条轮船的轮廓,说:

"这是'特维吉'号。"

沉默一阵以后,我们谈起"维斯达"②号,它跟两条轮船相撞,沉没了。在这种谈话的影响下,海洋、夜晚、大风开始显得可憎,似乎是为了毁灭人而创造出来的;我望着胖胖的船长,生出了怜悯心……不知一个什么东西凑着我的耳边说:这个可怜的人早晚也会沉到海底,灌饱咸水的……

我就走回我的小舱房去……那儿闷热,有厨房的臭气……我的旅伴小苏沃林③已经睡着了……我就脱光衣服,赤身露体躺上

---

① 关于这件事米·巴·契诃夫这样回忆道:"我哥哥回来后,对我讲起究竟为了什么缘故他认为自己是'吉尔'号和'特维吉'号可能相撞的祸首。在黑暗中,他那条轮船不住摇晃,他脚步踉跄,站不稳了,为了免得跌倒,就抓住一个什么东西,那个东西也滑到一旁去了。原来那是一架电报机。我哥哥打算把它放回原位,可是办不到。我哥哥关于船长的预言多多少少得到了证实:那年秋天'吉尔'号在阿卢普卡岸边沉没了。"——俄文注
② 古罗马司畜群并保护食物和炉灶的女神。
③ 苏沃林的大儿子阿·阿·苏沃林。——俄文注

床去……黑暗摇摇晃晃,床仿佛在呼吸……隆,隆,隆……我大汗淋漓,呼呼地喘气,由于船身摇动而感到周身发重,我就问自己:"为什么我跑到这儿来?"

我睡了一觉,醒过来了……天色已经不黑……我周身湿漉漉的,嘴里有一股苦味,穿上衣服,走出去……一切东西都沾着露水。那些狗隔着栅栏格子像人那样向外张望,似乎也想问一句:为什么我们跑到这儿来了?船长照旧站在那儿一动也不动,凝神望着远方……

左边是多山的海岸……厄尔布鲁士峰从群山之中露出来,像这样:

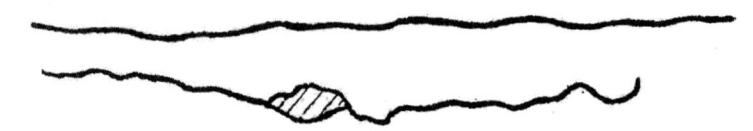

昏蒙蒙的太阳升上来……可以看见绿色的里奥尼河谷,旁边就是波季的港口……

(待续)①

一八八八年七月二十八日
于"吉尔"号

一三〇

致卡·斯·巴兰采维奇

您好,亲爱的库兹玛·普罗塔佩奇②!我远行归来,发现我的

---

① 契诃夫没有续写,因为他的旅行中断,他回家去了。请参看1888年8月13日契诃夫写给阿·尼·普列谢耶夫的信(第一三一封信)。——俄文本注
② 巴兰采维奇的名字应是卡齐米尔·斯坦尼斯拉沃维奇。

桌子上有您的两封信。对这两封信的答复，我要留到这封信的末尾再写；目前呢，我要报告您我到什么地方去了，并且看到一些什么。我去过克里米亚，去过新阿丰，去过苏呼米、巴统、梯弗里斯①、巴库……我看到千奇百怪的奇迹……我的印象十分新颖奇突，因此种种经历在我心目中活像梦景，我都不相信我自己了。我看到无限广阔的海洋、高加索海岸、山、山、山、桉树、茶树、瀑布、生着又长又尖的脸的猪、被藤蔓缠绕着像是蒙着一层面纱的树木、晚上在巨大的峭壁的怀抱里过夜的浮云、石油的喷泉、地下火、拜火教徒的教堂、山、山、山……我见识过格鲁吉亚的军事大道。那不是一条路，而是一首诗，一篇美妙离奇的小说，由魔鬼写成，献给塔玛拉②的……请您设想一下八千英尺的高度……您想得出来吗？现在请您在想象中走到这个深渊的边上，往下看一眼；在很深很深的地方您看见一个狭长的底，在这个底部蜿蜒着一条白色的细带，那就是银色的、潺潺的阿拉格瓦河；一路上，迎着您的目光的是浮云、小林、悬崖、山岩。现在请您略略抬起眼睛，看一看您的前面：那儿是山、山、山，山上有些虫子，其实是奶牛和人……您抬头往上看，那是深得吓人的天空。空中刮着清新的山风……

请您设想两堵高墙，两堵墙之间是一条长而又长的过道；上边是天，下边是捷列克的底；在这个底部蜿蜒着一条浅灰色的蛇。有一堵墙上放着一块搁板，在这块搁板上有一辆四轮马车在急驰，而您就坐在这辆四轮马车里……像这样：

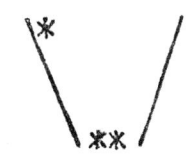

---

① 梯比里斯的旧名。
② 12世纪末格鲁吉亚的女王。

353

＊就是您。＊＊就是那条蛇。

蛇在生气、咆哮、头竖起来。马跑得飞快,像魔鬼一样……那些墙很高,天空更高……有些枝叶茂密的树从墙顶上好奇地往下看……人的脑袋都晕了！这是达里亚尔山沟,或者用莱蒙托夫的语言来说,就是达里亚尔峡谷。

当地的老爷们都是猪。一个诗人也没有,一个歌手也没有。住在加达乌尔或者达里亚尔而不写童话,这简直是猪才干得出来的事！

您对未来的阴暗看法我不同意。只有上帝才知道将来会怎样,不会怎样。只有他才知道谁对,谁不对……至于我们,我们的批评家,编辑老爷们,却未必敢于有自己的判断……人们太缺少智慧和良心,因而不能理解今天,猜测明天会怎样,而且又太缺少冷静,因而不能评断自己和别人……您生活在笼罩着迷雾的冻土带,描写灰色的、患伤寒病的生活,为了那些小鹅①而到公共马车公司去工作,不肯舍掉排水管的潮湿而奔赴达里亚尔峡谷；我呢,过漫游的生活,躲开死板的机关工作,描写风景和满足的人,胆怯地避开迷雾和伤寒……我们两个人是谁对,谁更好些呢？阿利斯塔尔霍夫②会回答这个问题,斯卡比切夫斯基③也会回答,然而我和您却不回答,好好地干。我们的审判官的意见只在冠冕堂皇,影响书刊的零售额方面有价值,而我们自己对自己的意见以及相互之间的意见或许也是有价值的,可是这类意见那么模糊,谁也不会认真接受；对这类意见是做不出鉴定的,鉴定的机关在天上……

您有多少力量就写多少,这就行了；至于以后会怎么样,只有主才知道。看来,我要买一个农庄,那就是说,不是买,而是承担一

---

① 指巴兰采维奇的儿女。——俄文本注
②③ 契诃夫所轻视的当时的两个批评家。

个农庄主的债务。我要给文学界同行们建立一个气象站。那是一个又好又可笑的地方:波尔塔瓦省米尔哥罗德县。有多少虾呀!要是您不来,那我们就成了仇人。下一次您要慎重一点:为了免得旅途寂寞,您就把一只小鹅带在身边吧。

问候阿尔包夫和我们共同的熟人。祝您健康。

您的安·契诃夫

一八八八年八月十二日

于苏梅

我把我的裤子丢在普肖尔河里了。它漂到谁那儿去,谁就会走运。

一三一

致阿·尼·普列谢耶夫

您好,亲爱的阿历克塞·尼古拉耶维奇!我回家来了。我去过克里米亚,去过新阿丰,去过苏呼米,去过巴统,去过梯弗里斯,去过巴库;我本想到布哈拉去,到波斯去,可是命运偏要拨转我的马头,叫我回来。印象是新奇而突出的,而且突出极了,以致现在看来我那种种经历简直像是梦景。在旅途中给您写信却办不到,因为天气热得不得了;我觉得自己像是一匹被调马索套着而跑圆圈道的马;印象多得很,我简直呆住,不知从何写起。在费奥多西亚我接到了您的信;当时我的头脑被克里米亚弄得昏昏沉沉,那些冗长的谈话又弄得我口干舌燥,种种印象混合成一锅杂拌汤,在这样的情形下要我有条有理,详详细细地回信是困难的。

关于我的旅行,我要到彼得堡后再对您讲。我要跟您讲两个小时光景;我不想在纸上叙述,因为这种叙述会简短而苍白。

眼下我坐在窗前写信,眼睛看着窗外那些浸沉在阳光里的绿油油的树木,灰心丧气地预先体会着莫斯科生活的枯燥。啊,我多么不想离开此地啊!普肖尔河,这个坏蛋,仿佛故意要气我似的,一天天地变得越来越美了,天气真好啊;人们正在从田野里运粮食回去……莫斯科以及它的寒冷、糟糕的戏、饮食部、俄国的思想,威胁着我的想象……我恨不得躲开它远远地度过这个冬天才好。

过六个月就是春天了。过五个月我就要开始给您发出一封我的信,约您到我这儿来。大概明年夏天我还要住在这条普肖尔河旁边。

您五月间来,在这儿住两个月吧。

我打算带您去见识一下波尔塔瓦省。

今天法庭里在进行审讯。我母亲想给司法部大臣递一个状子:调解法官妨碍她做饭①!先前您每到早晨总要去看望的那个小小的"马纳塞因"②,如今平安无恙。

我那个长篇小说到达了冰点③。它不会更长了……为了不致穷得一文不名,我就赶紧写各式各样无聊的东西。我要在十一月间或者十二月间给《北〔方〕通〔报〕》一个短短的中篇小说④,不过那个长篇小说未必会登在它的篇页上⑤。我已经做出决定,这个

---

① 契诃夫家的厨房设在一个小屋里,这个小屋暂时做了调解法官的法庭。——俄文本注
② 契诃夫所指的是调解法官杰科诺尔。马纳塞因是当时司法部大臣的姓。——俄文本注
③ 意思是"毫无进展"。关于那个长篇小说请参看1888年2月9日契诃夫写给普列谢耶夫的信(第九八封信)。——俄文本注
④ 《命名日》。
⑤ 这是契诃夫在答复普列谢耶夫的要求,普列谢耶夫在信上说《北方通报》编辑部重又为该杂志不再事先送书报检查官审查而奔走,而且说:"如果这一点得到批准,那么我们希望您的长篇小说会使《北方通报》的篇页增光。"——俄文本注

长篇小说要过三四年才完工。

苏沃林,当我在他家里做客的时候,倒是健康而快活的。可是现在,他的儿子死了,凭我有机会读到的他的电报来判断,他灰心绝望了。一种不祥的东西笼罩在他的家庭上面。

迦尔洵的集子①出版没有,什么时候出版呢?

巴兰采维奇的那个工作②似乎拖下去了。

乔治③在弹琴。他想进音乐院。

好,祝您幸福,健康,求上苍保佑您!我们大概会在十一月间见面。我有很多的计划,嘿,多极了!其中有一个计划④多多少少也牵涉到您,关于这个计划我过一个星期再告诉您。

向您的全家深深地鞠躬。请您不要忘记用我的名义问候您的儿子们。

您的安·契诃夫
一八八八年八月十三日
于苏梅

一三二

致亚·巴·契诃夫

满不在乎的敲诈者,拿笔杆的强盗,出版界的骗子!! 我来逐条回答你那封极坏的、应当挨一通骂的信:

---

① 指《纪念迦尔洵》文集,由阿勃拉莫夫、莫罗佐夫、普列谢耶夫编纂。迦尔洵在1888年3月自杀去世。——俄文本注
② 指纪念迦尔洵文集《红花》,请参看1888年4月25日契诃夫写给巴兰采维奇的信(第一一五封信)。——俄文本注
③ 林特瓦烈娃的儿子盖奥尔吉·米哈依洛维奇·林特瓦烈夫。——俄文本注
④ 指契诃夫打算买一个农庄,使作家们能够在其中得到休息。——俄文本注

(一)首先要谈到《昏暗》①……如果在丘赫洛马和库皮扬斯克这些城里有些地方的书架子上放着没有卖掉的这本书,那么由此却不能得出结论,说两个京城②、罗斯托夫、哈尔科夫也一定丧失了购买我的书的快乐。第二,书的主人不是商店,而是你。该发议论的不是它,而是你。商店应当顺应你的口味和愿望,特别因为你是一个接近苏沃林的人,希望他好,因而不能忍受书店的混乱!你务必要有点独立自主的精神才是!如果你听了书店老板娘的话,那你就会一本书也卖不出去。奇怪的是为什么没有广告?为什么不给我的书和别热茨基的书发广告呢?

(二)这本书的收入由于数目太少,你不必去领,留在出纳科好了。等到凑成相当大的一笔钱,比如二三百个卢布(这不会很快发生),你再去取吧。

(三)现在要谈到你的婚姻。圣徒保罗不主张谈这些无聊的事,我个人则抱着这样的见解:在恋爱的、傧相的、离婚的事情方面第三者以及他们的主张无异于医学上所说的异物。不过,如果你死乞白赖要知道我的意见,那也不妨说一说。首先,你是一个八十四开的伪善者③。你写道:"我需要家庭、音乐、爱抚、好话,在我辛苦工作以后感到劳乏的时候,我需要感觉到当我去跑火灾消息的时候……"等等。第一,谁也没有叫你去跑火灾消息。在这方面自有戈特别尔格④之流去干,至于你,却是个重要而有学识的人,可以做一些比较重大的、值得一干的事情;《新时报》巨大而丰富,可是内部没有制度;如果有学识的工作人员都去跑火灾消息,看校

---

① 指契诃夫的小说集《在昏暗中》,这书是由苏沃林出版的。
② 指彼得堡和莫斯科。
③ 意思是"彻头彻尾的伪善者"。
④ 《新时报》的记者。亚·巴·契诃夫在《新时报》担任编辑部秘书。——俄文本注

样,那么谁来管制度呢?第二,你并不是巧诃夫①,你清楚地知道家庭、爱抚、好话,不是随便跟一个初见面的人结婚就可以得到,而要通过**爱情**才能得到的。如果没有爱情,那么爱抚从何谈起呢?而且这件事就是没有爱情,也不可能有,因为你对叶连娜·米〔哈依洛芙娜〕的了解比月球的居民还差。第三,你不是村妇,你清楚地知道你的第二个妻子会是她自己的孩子的母亲;对你那些娃娃来说她会是母亲的代用品,也就是后妈,而要求后妈抱着温柔的关切和热爱去对待别人的孩子,那就无异于把她放在别扭透了的虚假地位上。第四,我不敢设想你只是因为需要一个保姆和护士才起意跟一个自由的女人结婚的;我觉得你的青春(三十三岁正是好年纪)和你的并非巧诃夫式的,也不是米罗诺夫②式的灵魂同那些积极有为而有个性的人③所固有的利己主义是格格不入的,那种人总是认为他们一结婚就不但使得他们的妻子得到幸福,而且使得她们的亲属一直到第十代都得到了幸福。讲到叶〔连娜〕·米〔哈依洛芙娜〕,那么她是医师,有家产,自由,独立,受过教育,对世事有她的见解。她衣食饱暖,根本不想依赖别人。当然,她可能下决心出嫁,因为她是个女人,可是如果没有**爱情**(她那方面的),那么即使给她几百万,她也不会出嫁。你自己想想看,假如没有自然的动机,也就是爱情,她凭什么离开温暖的家乡,到冻土带去,跟一个她完全不熟悉的人生活?要知道,她不是心目中只有家庭小圈子的女人,不是一个追求官能享受和情场艳事的女人;我再说一遍,她是个自由的、有头脑的女人,知道自己的身份,绝对正

---

① 莫斯科商人加甫里洛夫(契诃夫的父亲在他的仓库里工作过)给契诃夫的叔叔一家人所起的诨名。参看第二封信的注。——俄文本注
② 塔甘罗格的一个包工头。——俄文本注
③ 契诃夫的叔叔米·叶·契诃夫曾经说契诃夫的弟弟伊凡·巴甫洛维奇·契诃夫是"积极有为而有个性的人"。——俄文本注

直。她嫁人只能够出于爱情，为了她自己和她未来的子女，而决不会出于原则和慈善。她不是一个甜瓜脑袋①，不是一个德国女人，也不是什么退休的九品文官。你凭你的自传和痛哭流涕是打不动她的心的；凭你那些娃娃也打不动她的心，因为她是一回事，你的娃娃又是一回事……

你们两个人目前所处的局面可以简单地说明如下：你对她并没有什么严肃的感情，只有死乞白赖要结婚，硬要她做你那些娃娃的保姆的愿望；她也不爱你……你们两个人互不相干，好比钟声同一小块肥皂……由此可见，你**不当着她的面**向她求婚，诉说实际不存在的爱情，其荒谬是不下于格利果利·契诃夫打发媒人去找一个姑娘提亲，而他却没见过这个姑娘，只听到过许多关于她的好话。您想象一下叶连娜·米哈依洛芙娜读你的信的时候的面容吧！你想象过没有？

没有什么东西能阻挠你到我的别墅里来住上一两个月，也没有什么东西能阻挠你在圣诞节或者来年夏天到路卡来做客……在一两个月当中，既可以了解别人，也可以表现自己。叶〔连娜〕·米〔哈依洛芙娜〕喜欢你，觉得你是一个不同寻常的人；那么，不但你自己能够爱上她（她是一个很好的人），你还能够激发她的爱情。你会运用人类的方式，像人类那样结婚，可是如果你遵循巧诃夫或者尼古拉的那套办法，那你就不是人，嫁给你的女人就是十足的糊涂虫。

如果你要在今年冬天或者明年夏天住到路卡来，那我会想尽办法帮助你，甚至给你结婚礼物（二十个戈比），至于目前，对不起，我要闭紧嘴巴，用尽力量不把像叶〔连娜〕·米〔哈依洛芙娜〕和你这样的好人放在尴尬的地位上。你们两个人比起巧诃夫之流

---

① 契诃夫通常用"甜瓜脑袋"来称呼不很聪明的女人。——俄文本注

和这个玩意儿①来远远值得更好的关切。我要沉默,沉默,沉默,劝妹妹也沉默,我担心母亲会给你帮倒忙。

请你把这封信收藏好,说不定日后你真的会和叶〔连娜〕·米〔哈依洛芙娜〕结婚的(我真心地希望如此),那你就给你的太太念一遍这封信,问一问她我说的对不对。如果我说的不对,那么你们两个人就是一钱不值,〔……〕破罐子,你们两个人就是活该,关于你们两个人我就要说你们不是人,而是苏鲁人,亵渎了婚姻、爱情、人类相互关系中的人道主义……

我会对林特瓦烈娃一家人说你今年冬天可能到他们这儿来休养。他们会高兴的。我要在苏沃林那儿疏通一下,替你请假。目前,祝你健康,可是不要思想健全,要按上帝的旨意好好念书②。

大家都健康。

你的安土昂
一八八八年八月二十八日
于苏梅

我九月五日到莫斯科。地址和去年的一样。

一三三

致阿·尼·普列谢耶夫

亲爱的阿历克塞·尼古拉耶维奇,您别惩罚,先容我申诉一下

---

① 这是在契诃夫家里使用的说法,比如在契诃夫父亲工作的商人加甫里洛夫的仓库里的日常生活中。在加甫里洛夫的仓库里的人,伸出紧攥成拳头的手,并对人说:"他在我这个玩意儿下面出不去。"(谢·米·契诃夫报道)——俄文本注

② 这两句话是从前契诃夫父亲的小铺里的学徒米沙·切烈米斯写信给住在莫斯科的亚历山大和尼古拉·契诃夫的时候说的(米·巴·契诃夫报道)。——俄文本注

吧！现在我才看出来我向您应许说我给十月号①一个短篇小说的时候，数学在我的脑子里乱了套。那时我决定到莫斯科以后，在九月间为《北〔方〕通〔报〕》写一个短篇小说，到十月一日或者二日完工，至迟在十月五日寄出去……喏，这个丢脸的"十月"在我的脑子里就这样跟"十月号"弄混了。我九月初才开始写，无论如何也赶不上在九月付印的十月号！为此恳请您和安娜·米哈依洛芙娜原谅我精神恍惚。我的短篇小说②会登在十一月号上，这是没有任何疑问的(如果您不认为它是废品的话)。我在不慌不忙地写这篇小说，可是它在我的笔下却变得怒气冲冲，因为我自己就非常愤怒……

讲到迦尔洵的集子，我不知道该跟您说什么好。不给这个集子一个短篇小说，那是我不愿意的。第一，像去世的迦尔洵这样的人，我是用整个灵魂热爱，而且认为自己有责任公开承认我对他的同情的；第二，迦尔洵在他一生的最后那些日子里对我个人发生很大的兴趣③，这是我忘不了的；第三，拒绝参加这个集子，就无异于做不义气的事，也就是说只有蠢猪才会这样做。所有这些我都是

---

① 指《北方通报》10月号。
② 《命名日》发表在1888年11月《北方通报》第11号上。——俄文本注
③ 普列谢耶夫写信告诉契诃夫，说迦尔洵给《草原》"迷住"了。"他一连读了两遍。在某人的家里他叫我朗诵《草原》里的一个插曲，就是那个热爱自己妻子的农民诉说自己结婚经过的那一段。不过，也有些先生不赞成这篇小说……迦尔洵就讲起这样一位先生，他深深地愤慨……因为这个人分明是出于嫉妒。这是一个青年作家，一个极其卑劣的人。"比比科夫在回忆迦尔洵的文章里也写到迦尔洵很喜欢《草原》，说这篇小说使他"耳目一新"，并且凭记忆念了这篇小说中的几段(这篇回忆录发表在1888年4月23日《世界画报》第17期上)。俄国画家列宾回忆说，有一次迦尔洵在画家玛雷谢夫的住处对聚集在那儿的客人们朗诵契诃夫的《草原》。大多数听者都抨击契诃夫以及他那种在当时还是新的、专写"没有题材"和"没有内容"的作品的写作手法……"这算什么呢？这里头既没有首尾一贯的严整，也没有什么思想。"我们批评契诃夫道。迦尔洵维护契诃夫的美，含着眼泪，用他那好听的声调说：像这样的语言、生活、直率的珍品，在俄罗斯文学里还没有过。——俄文本注

痛切感到的,然而请您想一想我的荒谬处境吧!适用于这个集子的东西我简直一点也没有啊。

当前我所有的东西要么太庸俗,要么太快活,要么太长……我本来有一个小小的、不重大的题材,可是就连这个我也已经用过,写成一个篇幅不大的随笔①,寄给《新时报》了,因为我对那家报纸欠下了很大的债……不过,我另外还有一个题材②:一个不平凡的青年,具有迦尔洵那样的气质,为人正直,非常敏感,生平头一回走进妓院里。对严肃的事应当严肃地谈论,因此在这个短篇小说里所有的东西都得以它们的真正的名字相称。说不定我能够把它写得合乎我的愿望,产生一种使人感到气闷的印象;说不定这篇小说会写得挺好,对那个集子合用,不过,亲爱的,您能担保书报检查官,乃至编辑部,不会把其中我认为重要的地方删掉吗?要知道这个集子附有插图,因而要送书报检查官审阅。要是您能担保**一个字**也不会删掉,那我就用两个傍晚的工夫写成它;要是您不能担保,那就请您再等一个星期,我再给您最后的回答:也许我会想出一个题材来!

祝福写过很多东西的谢德林和莎士比亚!当然,工作得多总比什么也不干强,您对青年作家的责备是完全应该的。不过另一方面,多写并不适合于每个作家。比方拿我来说吧。在过去的一年里我写了《草原》《灯光》、一个剧本、两个通俗喜剧、一大堆短小的短篇小说,给一个长篇小说开了头……不过结果怎么样呢?要是在一百普特③的这类沙子里淘金,那就只能淘到五个左洛特尼

---

① 《美人》,发表在1888年9月21日《新时报》第4513号上。——俄文本注
② 契诃夫使用这个题材写成短篇小说《精神错乱》,后来收进1889年在彼得堡出版的《纪念迦尔洵》文集中。——俄文本注
③ 俄国重量单位,等于16.38公斤。

克①的黄金(如果不把稿费计算在内的话)。

我在下一个季节却仍旧不能避免多写。我要用尽力量多挣一点钱,以便再过一个什么事也不做的夏天……啊,莫斯科多么惹我厌烦! 秋天还刚开始,我就已经为明年春天打主意了。

买农庄的事我要推迟到十二月再办。您担心我会被银行的链子捆住。这恐怕不可能。问题在于我买的是个不值钱的农庄,我必须付给银行的不会超过我每年的别墅的租金,也就是一百或一百五十或二百卢布,这笔钱我是付得起的。银行的贷款在正常收入的情况下两三年内就可以还清。如果我起意造房,那么最贵的房屋,六七个高大的房间加上地板,也不会超过一千卢布,这笔钱明年夏天我可以在三个地方预支稿费,或者干脆在夏天以前挣出来。房顶最初可以用干草铺(这在波尔塔瓦省是铺得很好的),地板和窗子由我们自己上油漆(米沙擅长上油漆),许多事都可以由我们自己做,因为我们从小就学会了。主要的是家具和设备。如果没有一点舒适的设备,那就连最好的房子也成了鬼才知道的废物。可是我又没有家具。唉!

要是关于柯罗连科的推测②是真实的,那就很可惜了。柯罗连科是没有人可以代替的。读者喜爱他,读他的作品,再者他也是个很好的人。坦白地说,我很难过,因为连米哈依洛夫斯基也不再为《北方通报》写稿了。他有才能,有学识,只是近来的文章枯燥

---

① 旧俄重量单位,约合 4.26 克。
② 1888 年 9 月 8 日普列谢耶夫写信告诉契诃夫说:"柯罗连科到这儿来过。他一直在为《俄罗斯思想》奔忙,不过也答应在 11 月前给我们一篇东西。看起来,既然他是那个杂志的编辑部成员,他的东西就首先应当给那个杂志了。显然,在这方面是米哈依洛夫斯基在起作用;不久以前我听到他那个圈子里的人说起《北方通报》:'喏,我们要把他们的柯罗连科拉过来。'要是米海洛夫斯基把他的杂志办成了(这是他极力谋求的),那么也就可以确切地说:柯罗连科就此脱离我们这个杂志,一去不回。他是极其崇拜米海洛夫斯基的权威的。"——俄文本注

一点;用普罗托波波夫①或者Impacatus②来替换他,就跟用蜡烛替换月亮一样地难。

大概明年夏天,至多到七月,我们又会在林特瓦烈娃家里住着了。我不会劝您到克里米亚去;如果您真想欣赏风景,看得发呆,甚至失声大叫,那就请您到高加索去。您经过基斯洛沃茨克之类的疗养胜地,顺着格鲁吉亚军事大道到达梯弗里斯,从那儿到博尔若米,再从博尔若米穿过苏拉米山口到巴统。这比住在〔……〕雅尔塔便宜。

柔日席克③似乎进了音乐学院。

问候您的全家和列昂捷夫。

祝您幸福。

您的安·契诃夫
一八八八年九月十五日
于莫斯科

我在十一月间到彼得堡。

一三四

致亚·巴·契诃夫

亚历山大神父:

刚才苏沃林到我这儿来了一趟,带着他固有的神经过敏的气质,从这个墙角走到那个墙角,从眼镜框上面向外张望,向我眼泪汪汪地认罪,说是他干了一件"不可原谅的、尴尬的蠢事",他永远

---

① 俄国批评家和政论家。
② 《北方通报》的一个撰稿人的笔名,他的真姓名不详。——俄文本注
③ 盖奥尔吉的爱称,指林特瓦烈娃的儿子盖奥尔吉·米哈依洛维奇。

也不能原谅自己干出这种事。他告诉我说,在辛菲罗波尔附近,他正坐在火车里,被沉重的思想和他的小儿子的白喉症弄得满心郁闷,凑巧读到你的短篇小说《信》①(一个很不坏的短篇小说),觉得不满意,就立刻给你写了一封粗暴的信,说了些这样的话:"坏小说自管写,自管发表,可是窃取别人的名字②不行。"等等……他写这封信纯粹是由于想把一肚子的闷气朝他遇到的头一个人发泄一通。你正好是头一个,于是你就挨了一顿骂。

苏沃林到彼得堡后会向你道歉。在我这方面,我认为有必要向你做如下的声明。关于窃取别人的名字弄虚作假,这是根本谈不到的,因为:

(一)每一个俄罗斯的国民都有权利爱写什么就写什么,爱署什么名就署什么名,特别是署自己的真姓名。

(二)关于"亚·契诃夫"的署名并没有使我感到不方便,也没有使我吃什么亏,丢什么脸,这些话我和你已经谈过,在这方面我们已经说妥了。至于"这个人写得好些,那个人写得坏些",这种论据也使不上,因为时代变化不定,眼光和口味是各不相同的。今天写得好的人明天就可能变得平庸无才,反之亦然。讲到我已经出版过四本书,这也丝毫不足以损害你,损害你的权利。过三五年后你可能出版了十本书,那么难道我也得请你准许我署名安东而不是安契普·契诃夫?

(三)先前小苏沃林用编辑部的名义问过我是否反对"亚·契诃夫"这个署名,我做了否定的回答,他就说:

"这是您的事。至于我们,那么契诃夫这个名字常在报纸上

---

① 契诃夫大哥的短篇小说,发表在 1888 年 9 月 10 日《新时报》第 4502 号上。——俄文本注
② 亚历山大在小说上的署名是亚·契诃夫,契诃夫署名安·契诃夫,这两个署名相近。

出现,反倒更好。"

苏沃林在道歉的时候可能引证他跟阿尔方斯·都德①的谈话来为自己辩白,在那次谈话中都德向他抱怨自己的弟弟艾尔涅斯特·都德②。这次谈话不但表明阿·都德不谦虚,公然自认为比他弟弟好,另外还表明艾尔涅斯特被阿尔方斯弄得没法好好生活,而阿尔方斯还要**抱怨**。

到现在为止我没有抱怨,也没有做原告,那就谁也没有权利把你拉到大会③上去。

死亡的时辰是不会放过我们的,我们还能活着的日子是不长久的,所以不管我的文学也好,我的名望也好,我的文学上的错误也好,我都不赋予严重的意义。我劝你也要这样。我们越是简单地看待苏沃林引起的这类微妙的问题,我们的生活和我们的关系就会越平稳。

安·契诃夫和亚·契诃夫不都是一样吗?

让这种事去使得布烈宁和其他的下流坯发生兴趣吧,我和你退到一旁去好了。

我为苏沃林难过。他是真心在发愁。

我们大家都健康。

你的安·契诃夫
一八八八年九月二十四日
于莫斯科

---

① 都德(1840—1897),法国批判现实主义作家。
② 法国作家。
③ 指古犹太的长老会议,具有最高的宗教、行政、司法职权。

一三五

致阿·尼·普列谢耶夫

亲爱的阿历克塞·尼古拉耶维奇,我刚把写给您的信发出去,就收到了您的信,并且知道了那个会使斯威特洛夫很不高兴的消息①。我会把您的答复立刻通知他,我会死乞白赖地推荐《坏人》②。

要是您的信迟来两个小时,我的短篇小说就会寄给您了③,而现在它却已经在路上,寄到巴斯科夫巷④去了。

我会很高兴地读一遍美烈日科甫斯基所写的东西⑤。目前,再见。请您看过我的短篇小说以后来一封信。您不会喜欢它,不过您和安娜·米海洛芙娜⑥我是不怕的。我怕那些在字里行间寻找思想倾向的人,怕那些硬要把我看作自由主义者或者保守主义者的人。我不是自由主义者,不是保守主义者,不是渐进主义者,不是修士,不是冷淡主义者。我打算做一个自由的艺术家,仅此而

---

① 莫斯科柯尔希剧院的演员斯威特洛夫打算公演一个由普列谢耶夫译成俄文的艾米尔·奥热的剧本《笨头笨脑》,作为他的纪念演出。契诃夫按照斯威特洛夫的请求对普列谢耶夫提出这个要求,可是普列谢耶夫回信说,他是按皇家剧院的导演的嘱托翻译这个剧本的,根据他同皇家剧院所订的合同,他不能把这个剧本给"任何私人的和内地的剧院"。——俄文本注
② 普列谢耶夫在信上劝告斯威特洛夫上演尤·罗逊的喜剧《坏人》,这个喜剧是普列谢耶夫从德文翻译过来的。——俄文本注
③ 1888年10月2日普列谢耶夫写信给契诃夫,要求他不要把短篇小说《命名日》寄给编辑部而寄交他本人。又,"迟来"是"早来"之误。——俄文本注
④ 《北方通报》编辑部的地址。——俄文本注
⑤ 普列谢耶夫在信上告诉契诃夫说,美烈日科甫斯基写了一篇论契诃夫的"好文章",交《北方通报》发表(参看第一四九封信的注)。——俄文本注
⑥ 《北方通报》主编叶甫烈伊诺娃。

已;我惋惜上帝没有给我力量,使我能够成为一个这样的艺术家。我痛恨一切形式的虚伪和暴力;不管宗教法庭的秘书也好,诺拉维奇①和格拉多夫斯基②也好,我一概厌恶。伪善、麻木、专横,并不是仅仅在商人家庭里和监狱里盛行;我在科学界,文学界,青年中间也看得见它们……因此对宪兵也罢,屠夫也罢,学者也罢,作家也罢,青年也罢,我一概不抱特殊的偏爱。招牌和商标我认为是偏见。我心目中至高无上的东西是人的身体、健康、智慧、才能、灵感、爱情、最最绝对的自由——免于暴力和虚伪的自由,不管暴力和虚伪用什么方式表现出来。如果我是大艺术家,这就是我要遵循的纲领。

不过,我说得太多了。祝您健康。

您的安·契诃夫
一八八八年十月四日
于莫斯科

一三六

致尼·亚·列依金

您好,最善良的尼古拉·亚历山德罗维奇! 昨天我写完了一个给《北方通报》的中篇小说③,我为它忙了整整一个九月,今天我要在信上谈一谈心了。您在哪儿啊? 在城里呢,还是在托斯诺? 我是照您城里的地址给您寄这封信的。

---

① 俄国新闻工作者,《新闻报》发行人。
② 俄国政论家。
③ 《命名日》。——俄文本注

首先我要为那本《绒毛和羽翼》①道谢。版本好，插图很不错，而且忠实。那些短篇小说选得恰到好处。在您的作品中我最喜欢的恰好就是这类短篇小说。在这些作品里有朴素，有幽默，有真实，有分寸……有一个短篇小说我特别喜欢，那里面有两个店员坐车到东家的别墅里来做客，东家就对他们说："你们呼吸吧！为什么你们不呼吸啊？"这是一篇出色的短篇小说。

顺便提一提。似乎我还没有把我对《森林神和山川水泽女神》的看法写信告诉您。要是您愿意知道我的看法，那么首先，《森林神和山川水泽女神》比《斯土金和赫鲁斯达尔尼科夫》差得远。《森林神》是一个纯粹地方性的、彼得堡的长篇小说，它抓住的是一块狭窄的而且早就经人研究过的地区。所有这些扎科洛夫、阿库丽娜、潘捷烈、狄钦金（也许阿库丽娜·丹尼拉的丈夫应当除外），都没有什么新颖的地方。这些都是大家所熟悉的；他们的恋爱也是老一套，卡捷琳娜的阴谋也不新鲜。这个长篇小说读起来轻松快活，常常引人发笑，结局变得有点忧郁，此外就什么也没有了。可是《斯土金》呢，虽然批评家一点也没有注意到它，它却是一个全新的作品，描绘了至今还没有一个作家描绘过的东西。《斯土金》有严肃的意义，有很大的价值（根据我的看法），而且大概会成为我们这个时代银行丑恶情况的唯一纪念碑；再者，出场的人物也不是阿库丽娜，也不是卡捷琳娜，而是地位高得多的家伙。如果《森林神》里有些细节好，那么《斯土金》整个来说好。请您原谅这种拉拉杂杂的批评。我不善于批评。

我在哈尔科夫—尼古拉耶夫铁路上旅行的时候看见这样的一幅画面。火车里坐着一个人，这个人生着蒂罗尔州②人的相貌，戴

---

① 列依金的短篇小说集，1888年在彼得堡出版，由列别杰夫插图。——俄文本注
② 奥地利的一个州。

着匈牙利人的帽子。他面前立着一个"理化仪器",上边顶着一个玻璃的高礼帽,在这高礼帽里有些"海洋的居民"在游水。每一个愿意的人都可以花五个戈比而得到一张照片和一份由上述的居民所画的"我的命运"。那个仪器上陈列着四张照片供人参观:苏沃洛夫①、尤·萨玛陵②、巴蒂③、您。这对您的作家的心一定是愉快的。

前几天尼古拉画了一张画,很不坏。我劝他把它寄到《花絮》去。您收到了吗?尼古拉住在我这儿,目前很安稳。他在工作。请您给他寄题材来,然而必须通过我的手。有我出头干预,他的工作就会进行得快些。顺便说一句:如果您给他寄稿费来,那么请您不要寄给他,也不要寄给我(我没有工夫到邮局去),而要寄给我的弟弟,大学生米哈依尔·契诃夫。如果有包裹的话,也请您寄给我的弟弟。

问候普拉斯科维雅·尼基福罗芙娜和费佳,以及比里宾。

祝您健康。

您的安·契诃夫
一八八八年十月五日
于莫斯科

一三七

致阿·谢·苏沃林

您好,阿历克塞·谢尔盖耶维奇! 等我见到柯尔希,我就会

---

① 18世纪俄国的一个元帅。
② 俄国的一个斯拉夫派政论家。——俄文本注
③ 意大利的女歌唱家。——俄文本注

安慰他①。不过,假使您有多余的钱,您还是不要买剧院吧。在京城有一家剧院,应付那些男演员、女演员、作者,揣度观众的口味,在自己的剧院里老是看见那些要免票的而且不知给什么报刊写文章的记者的**嘴脸**,这都不能说是刺激神经,而是困扰神经;再者,剧院业主的地位使得人过于招摇。换了我是您,我就会把"神经活动中枢"整个搬到南方去。那边有海洋,有新人。在那边可以指导《新时报》这条轮船,可以建造合乎自己口味的教堂、剧院,以至饮食部,所有这些都会有好处。在自己的剧院里可以上演自己的戏。

让·谢格洛夫②还在谈《住别墅的丈夫》③,谈柯尔希,谈格拉玛④,谈索洛甫佐夫⑤……我们不听他讲,他就去找我的房客,一个中学生⑥,对他大讲特讲起来。亏他是个男子汉,而且是个剧作家呢!他会到您那儿去的。请您安慰他吧,不过这倒不是一件容易事呢。

请您转告马斯洛夫,叶甫烈伊诺娃和《北方通报》的其他女士没有罪。那篇关于他的书的评论⑦是在那些女士不知道的情况下由某个聪明的男人写成和发表的。今年夏天我跟叶甫烈伊诺娃一

---

① 指有人向苏沃林建议,要他买下柯尔希剧院。——俄文本注
② "让"是法国的人名,相当于俄国的伊凡;即剧作家伊凡·列昂捷夫。
③ 谢格洛夫的喜剧,1888年在莫斯科的柯尔希剧院上演,结果失败,谢格洛夫不停地抱怨。关于契诃夫对这个喜剧的批评,请参看《契诃夫论文学》第94至96页。——俄文本注
④ 柯尔希剧院的女演员。——俄文本注
⑤ 柯尔希剧院的男演员。——俄文本注
⑥ 俄国女作家基谢廖娃的儿子谢辽查,在莫斯科中学读书,寄住在契诃夫家。——俄文本注
⑦ 1888年《北方通报》第10期上"新书"栏内发表一篇未署名的评论,批评别热茨基(马斯洛夫)1888年在彼得堡出版的《在道路上。短篇小说和随笔》。这篇评论的作者认为在别热茨基的短篇小说当中只有描写狗的那几篇才是成功的。——俄文本注

块儿到南方去(她不用撑腰架,乘客们不停地拿她取笑),一路上她一心想在杂志上办一个散文栏,约请"年轻的力量"写稿,其中也包括马斯洛夫。这篇评论没什么了不得,我挨骂的次数多得多,也尖刻得多;把它看得非同小可是不应该的;要是马斯洛夫给叶甫烈伊诺娃寄一个中篇小说去,那他就做了一件不坏的事。他需要结婚,喝酒,不丢开军队中的工作,想写什么就写什么……要知道,他打算写中篇小说啊！讲到《俄〔罗斯〕思〔想〕》①,那么在那边坐着的不是文学家,而是熏鲑鱼,他们对文学的理解不亚于猪对橙子的理解②。此外,那边的书报评介栏由一位女士主持。如果在天空飞翔的野鸭可以看不起在畜粪和水洼里寻找吃食而且认为这样很好的家鸭,那么艺术家和诗人同样应当看不起那些熏鲑鱼的智慧。我实在愤恨《俄〔罗斯〕思〔想〕》以及所有莫斯科的文学！

维克托·彼得罗维奇③有关节风湿病。得了这种病,有时心脏会发炎,医师永远应当谨慎对待。心脏病的起因,最常见的就是风湿病。可是维〔克托〕·彼〔得罗维奇〕为什么从家里出来了呢？他不能出来,不能工作,不能洗澡……我这样认为:过一个月他就会恢复健康。叫他不要读《伊凡·伊里奇》④了:关节风湿病是不会死人的。

我把《伊凡诺夫》的第二幕和第四幕彻底改写过了⑤。伊凡诺夫发表长篇的独白,萨霞遭到了修补,等等。如果现在人家还不了

---

① 1888年《俄罗斯思想》第9期上书报评介栏内也发表了一篇未署名的评论,对别热茨基的书《在道路上》做了否定的评价。——俄文本注
② 1888年《俄罗斯思想》4月号上还发表过一篇未署名的评论,对契诃夫的中篇小说《草原》做了一笔抹煞的评价。这篇评论的作者批评《草原》是"一个白费笔墨而且毫无内容的作品",认为其中"没有思想,没有鲜明的形象,没有心理描写,没有情节,甚至没有民族风俗的趣味……"——俄文本注
③ 《新时报》的反动批评家布烈宁。——俄文本注
④ 列夫·托尔斯泰的中篇小说《伊凡·伊里奇之死》。——俄文本注
⑤ 这是为了在亚历山大剧院上演。——俄文本注

解我的《伊凡诺夫》,那我就把它扔到炉子里去,写一个中篇小说《够了!》。我没有更改题名。这不妥当。要是这个剧本一次也不再上演,那就是另外一回事了。

我的全家问候您。

谢格洛夫看过萨尔文尼①的戏六次,说连斯基演的奥赛罗好。我想写一篇短短的评论,可是我又不知道从何说起……问候安娜·伊凡诺芙娜、娜斯嘉、拜伦②。希望葡萄园管理人很快痊愈。

您的安·契诃夫
一八八八年十月四日至六日
于莫斯科

由于冬天您很忙,我要极力给您写那种不需要回答的信。阿历克塞·阿历克塞耶维奇至今没有来!

一三八

致德·瓦·格利果罗维奇

我真高兴,亲爱的德米特利·瓦西里耶维奇,因为您终于恢复健康,回到俄国来了。据那些见过您的人写信告诉我说,您已经完全复原,跟生病前那样生气勃勃,甚至朗诵您的新的中篇小说③了,又说您现在留了一把大胡子。

如果您的胸口痛已经过去,那么它大概就不会再发了,不过支

---

① 意大利的悲剧演员,曾到俄国旅行演出。
② 苏沃林的儿子包利斯。——俄文本注
③ 《不是因为好看而可爱,而是因为可爱而好看》,这是契诃夫从普列谢耶夫的来信知道的。——俄文本注

气管炎恐怕不会让您消停;要是夏天它停了,那么冬天只要有一点点疏忽,它就会重发,而且加重。支气管炎本身倒没有什么危险,可是它妨碍睡眠,使人疲乏,难受。您得少吸烟,不要喝克瓦斯①和啤酒,不要到烟馆里去,遇上潮湿的天气要穿得暖和一点,不要大声朗诵,走路不要像您往常那样快。这些琐细的预防措施使人拘束和难受不下于支气管炎,可是有什么办法呢?

另一件事也使我高兴,那就是收到了您的信。您的信简短,像是一篇好诗;我跟您很少见面,不过我觉得,而且甚至几乎相信:如果没有您和苏沃林在彼得堡,我就会失去平衡,瞎说瞎写起来了。

当然,对我来说奖金②是幸福;如果我说它并没有使我激动,那我就是说谎了。我觉得自己除了以前在中学和大学毕过业以外,如今好像又在第三个什么地方毕业了。昨天和今天我从这个房角走到那个房角,像是一个在恋爱中的人,没有写作,光是在思索。

当然,这是没有任何疑问的:我不应当把获得奖金这件事归功于自己。有些青年作家比我好,更为社会所需要,如柯罗连科,他就是一个很不坏的作家,一个高尚的人,要是他把他的书送去,就会得到这笔奖金。奖金的念头是亚·彼·波隆斯基想起来的,苏

---

① 俄国的一种带酸味的清凉饮料。
② 俄国科学院为1888年在彼得堡出版的契诃夫短篇小说集《在昏暗中》决定以普希金奖金的一半,即五百卢布,授予契诃夫。10月8日格利果罗维奇写信告诉契诃夫说:"……昨天科学院开会,决定以普希金奖金授予'因高度艺术成就而出众的优秀文学作品',我从科学院出来以后,就派人到阿·谢·苏沃林那儿去,通知他一个喜讯,说大家一致通过,授予您五百卢布的奖金。他立刻给您打去一个电报。现在我赶紧告诉您这件喜事,不过与此同时我认为有责任补充下面的一些话:大家一方面一致通过授予您奖金,一方面也表示了真诚的惋惜,认为您不大重视您的才能,给小刊物写稿,常硬逼自己写出赶工的作品。"——俄文本注

沃林赞成这个想法，把我的书送到科学院去了。您呢，本来就在科学院，为我出了不少的力。

您会同意，要不是仗着你们三位，我像不会看见这笔奖金，就像不会看见自己的耳朵一样。我不想故作谦虚，一味对您说，你们三位偏袒我，我不配得这笔奖金等。这种话陈腐了，乏味了；我只想说我不应当把我的幸福归功于自己。我向您道谢一千次，而且会一生一世感激您。

从新年起我就已经不给小刊物写东西了。我把我那些小小的短篇小说发表在《新时报》上，把大一点的交给《北方通报》，在那边他们付给我一个印张一百五十卢布的稿费。我没有脱离《新时报》，因为我跟苏沃林相好，再者，要知道《新时报》也不是小刊物。关于未来，我没有明确的计划。我想写长篇小说，也有美妙的题材，有时候生出热烈的愿望，想坐下来专门写它，可是显然力量不够。我已经写开头了，不敢往下写。我决定要不慌不忙地写，专挑精神好的时候写，仔细修改，慢慢推敲；我要为它花上几年的工夫；要我一口气在一年当中写完它，那我的勇气不足，我怕自己缺乏力量，再说也没有必要赶工。我有一种本领，到了今年就会不喜欢去年写的东西；我觉得来年我会比现在更有力量，这就是为什么现在我不忙着冒险，不跨出决定性的一步的缘故。要知道，如果这个长篇小说写得不好，我的事业就永远断送了。

在我的脑子里聚积起来供长篇小说用的那些思想、女人、男人、风景的画面，至今都完整无恙。我不会把它们浪费在小作品上，这是我要向您担保的。我这个长篇小说包括几个家庭，整个县以及县里的树林、河流、渡船、铁路。在这个县的中心有两个主要人物，一男一女，在他们周围聚集着别的棋子。政治方面、宗教方面、哲学方面的世界观，我还没有；我每个月都在改换这类世界观，因此我不得不只限于描写我的人物怎样相爱,结婚,生孩子,死掉,以及他们怎样说话。

趁现在还不是写长篇小说的时候,我要继续写我所喜爱的东西,也就是小小的短篇小说,占一个到一个半印张,或者还要少一点。把不重大的题材往大里拉,铺在大画布上,这虽然有利可图,却是乏味的。至于使用大题材,把我所珍贵的形象浪费在赶着做的短工上,那却可惜。我要等到比较合适的时候再用。

禁止我的哥哥在作品上用自己的姓来署名①,我没有这种权利。他在开始使用这个署名以前,问过我的意见,我对他说我一点也没有理由反对。

今年夏天我过得挺好。我在哈尔科夫省住过,在波尔塔瓦省住过;我去过克里米亚,去过巴统,去过巴库,见识过格鲁吉亚军事大道。印象是很多的。要是我在高加索住下,我就会在那儿写童话。那是个惊人的地方啊!

我至早也要在十一月间到彼得堡去,不过,我在到达的当天就去看您;目前,我再一次衷心向您道谢,祝您健康和幸福。

热诚地忠实于您的
安·契诃夫
一八八八年十月九日
于莫斯科,库德林斯卡亚-萨多瓦亚,
柯尔涅耶夫寓所

---

① 1888年10月8日格利果罗维奇在写给契诃夫的信上说:"我很不满意您的哥哥写的短篇小说也用自己的姓名发表,这弄得读者莫名其妙,把不该算作您的作品也认为是您的作品了。应当设法把这个问题解决一下才是。"——俄文本注

一三九

致阿·尼·普列谢耶夫

对不起,亲爱的阿历克塞·尼古拉耶维奇,我用普通的纸张给您写信了;信纸已经一张不剩,至于等家里的人从店里去买来,我又不愿意,而且也没有时间再等了。

我十分感激您,因为您读了我那个短篇小说①,还因为您最近写来了这封信。我重视您的意见。我在莫斯科没有一个可以谈谈的人,我庆幸我在彼得堡有些好人,他们觉得跟我通信并不乏味。是的,亲爱的批评家,您说得对!② 我那篇小说中间部分枯燥,乏味,单调。我写它的时候懒洋洋的,漫不经心。我写惯了篇幅很小、只包括开头和结局的短篇小说,我感到在写中间那部分的时候,就烦闷起来,写得啰里啰唆了。还有一件事您也做得对,那就是您不心软,您直截了当地说出您的怀疑:我不怕被人看作自由主义者吗?这就给了我一个机会,让我检查一下我的内心。我觉得人家尽可以责难我贪吃,责难我酗酒,责难我轻率,责难我冷心肠,爱责难什么就可以责难什么,可是单单不能责难我有意露出或者不露出我的本心……我从来也不藏头露尾。如果我喜欢您,或者喜欢苏沃林,或者喜欢米哈依洛夫斯基,那我从来也不掩盖这一点。要是我同情我的女主人公,有自由主义思想的、念过高等女校的奥尔迦·米哈依洛芙娜,那我在这个短篇小说里就没有掩盖这一点,而且这一点似乎十分明显。我也没有掩饰我对我所喜爱的

---

① 《命名日》。
② 1888年10月6日普列谢耶夫在写给契诃夫的信上对《命名日》做出评论,以下是契诃夫的答复。——俄文本注

地方自治局的尊敬,对陪审裁判制度的尊敬。不错,人们可以怀疑我在我的短篇小说里力图把正面的东西和反面的东西加以平衡。然而话说回来,我所要平衡的并不是保守主义和自由主义。这些在我都不成其为主要的问题;我所要平衡的是这些主人公的虚伪和他们的真情。彼得·德米特利奇虚伪,在法庭上装模作样,他使人难于相处,毫无希望,可是我不能掩盖这样的一点:按天性来说他是一个可爱而温柔的人。奥尔迦·米哈依洛芙娜步步作假,然而也无须掩盖这样的一点:这种虚伪使得她痛苦。那个乌克兰民族主义者不能成为罪证。我所指的并不是巴威尔·林特瓦烈夫。求基督与您同在!① 巴威尔·米哈依洛维奇是一个聪明、谦虚、深藏不露的人,从不把自己的思想强加于任何人。林特瓦烈夫之类的人的乌克兰民族主义是对温暖的天气,对民族服装,对民族语言,对故土的热爱! 这是令人感到亲切的,动人的。我所指的是那些思想深刻的白痴,他们因为果戈理没有用乌克兰语言写作而骂他,他们分明是呆笨、平庸、苍白的懒汉,脑子里和心灵里什么也没有,却极力表现得高于一般水平,神气活现,为了这个缘故在自己的额头上贴上商标。讲到那个六十年代的人,我在描写他的时候极力小心、简略,实则他是值得通盘描绘一番的。我怜惜他。这是一种暗淡无光、缺乏活动的庸才,打着六十年代的旗号吓唬人;这种人在中学五年级读书的时候抓住五六个外来的思想,就在这些思想上僵化了,从此顽固地数说它们,唠唠叨叨一直到死。这不是骗子,而是蠢货,他相信自己唠叨的那些话,然而不大懂或者完全不懂自己唠叨的是些什么。他愚蠢、糊涂、没有心肝。您会听见他用他不了解的六十年代的名义鄙薄他没有看见的现在;他骂大学生,骂中学生,骂妇女,骂作家,骂一切当代的东西,认为这就是六

---

① 意思是"请您不要误解!"

十年代的人的主要本质。他像一个深坑那样的乏味,对那些相信他的人来说又像黄鼠那么有害。六十年代是神圣的时代,允许愚蠢的黄鼠打着它的旗号吓唬人就无异于把它庸俗化。不行,我不删掉那个乌克兰民族主义者,也不删掉那个惹得我腻味的蠢鹅!①远在中学的时候,这类人就惹得我腻味,现在也仍旧惹得我腻味。我描写这类人或者讲到他们的时候,我所想的并不是什么保守主义,也不是什么自由主义,而是他们的愚蠢和狂妄。

现在来谈一谈小问题。当军医学院的学生被人问到在读什么系的时候,他总是简单地回答:医学。至于学院和大学的区别,只有对这感到兴趣而不觉得乏味的大学生才会用普通的口语来向人解释一番。您说得对:跟怀孕的村妇的那段谈话有点托尔斯泰的味道。我现在也看出来了。不过这段谈话没有什么意义,我把它像楔子那样嵌进去,只是为了让流产不致显得 exabrupto② 罢了。我是医师,所以为了免得丢脸起见,应当在小说里为医疗事故写出理由来。关于后脑壳③,您说的也对。我在写的时候也感觉到这一点,可是要我放弃我观察过的这个后脑壳却又勇气不足:我舍

---

① 普列谢耶夫劝契诃夫抽掉短篇小说《命名日》中的乌克兰民族主义者和60年代的人:"……在您的短篇小说里您嘲笑'希望把小俄罗斯从俄罗斯的桎梏下解放出来'的乌克兰民族主义者,嘲笑在60年代思想上僵化了的60年代的人,这究竟是因为什么缘故呢?您自己也补充说他是诚恳的,他没有说过什么不好的话……假如他并不相信那些思想的正确而又用那些思想装潢自己,或者假如他借60年代的名义干坏事,那就会是另一回事了。那样的人确实应当加以抨击。我特别主张抽掉那个乌克兰民族主义者。"契诃夫晚年为了出版由马克思印行的著作集而修改短篇小说《命名日》的时候,把小说里的60年代的人抽掉了。——俄文本注
② 拉丁语:突然。——俄文本注
③ 普列谢耶夫在写给契诃夫的信上说:"……奥尔迦·米哈依洛芙娜跟村妇一起关于分娩的谈话,以及她丈夫的后脑壳突然扑进她的眼帘这个细节,有点模仿《安娜·卡列尼娜》的味道,在那个长篇小说里杜丽也在怀孕的情况下同村妇们谈话,而且安娜突然发现她丈夫的难看的耳朵。"——俄文本注

不得。

有一点您也说得对:一个人刚刚哭过是不会作假的。不过这话只有一部分对。作假好比酒瘾。喜欢作假的人就是到死也要作假。前几天有一个贵族出身的军官,我们熟识的一位小姐的未婚夫,开枪自杀而没有死。这个未婚夫的父亲是一位将军,他没有到医院里去看望他的儿子,一直到弄明白上流社会对他儿子的自杀抱什么态度以后才去……

我得到普希金奖金[①]了!哎,要是今年夏天我玩得高兴的时候得到这五百个卢布就好了,而在冬天,这笔钱就都花光了。

明天我要坐下来写一个短篇小说供迦尔洵的集子用。我要尽力而为。等它成了形,我就通知您,我保证履行我的诺言。大概至早要在下一个星期日这篇小说才能写完。现在我心情激动,工作很差。

请您给林特瓦烈娃订一本那个集子,给演员连斯基也订一本……不过,我会把我的订户开列一个名单,寄给您。这个集子多少钱一本?

您给斯威特洛夫的答复我早已送去了。

苏木巴托夫的《链条》[②]挺好。连斯基扮演普罗波利耶夫,演得精彩。祝您健康、快活。奖金弄得我晕头转向。我的思想愚蠢地乱转,这是从来也没有过的。我们全家问候您,我问候您家里的人。天冷了。

您的安·契诃夫
一八八八年十月九日
于莫斯科

---

① 1888年10月俄国科学院以普希金奖金的一半授予契诃夫。
② 苏木巴托夫-尤仁的正剧;在莫斯科的小剧院公演,初次上演是在1888年10月5日。——俄文本注

难道在最近这个短篇小说①里竟然看不出"思想倾向"吗②？有一回您对我说我的短篇小说里缺乏抗议的因素，其中没有同情和恶感……可是在这个短篇小说里我不是从头到尾都在对虚伪提出抗议吗？难道这不是思想倾向？不是？好，那么这是说我不会咬人，或者我只算得是个跳蚤……

我怕书报检查官。他会删去我描写审判长彼得·德米特利奇的那个地方。要知道现在法庭里的审判长都是这个样子啊！

啊，我啰啰唆唆，惹得您厌烦透了！

安·契诃夫

一四〇

致叶·米·林特瓦烈娃③

请您原谅，尊敬的同事，我用普通的纸张给您写信了。我的桌子上一张信纸也没有，至于派人到商店里去买，我等不及了。

我谈一谈花条布。在价钱方面请您不要操心。我给您指定过一个数字，那是因为我对价钱根本就没有什么概念。您去选购这种花条布时，请您最好挑选深一点的、不鲜艳的颜色。请您原谅我这样麻烦您，亲爱的大夫！要是您生气，您就给我写一封痛骂一顿的信，我会把它读一遍，温顺地把它按在我的心上。

---

① 《命名日》。
② 普列谢耶夫在写给契诃夫的信上说："……您有一封信上对我提到'思想倾向'，可是讲到思想倾向，我在您这个短篇小说里却看不出任何思想倾向。在原则的态度上，这篇小说既没有一点反对自由主义的地方，也没有一点反对保守主义的地方。"——俄文本注
③ 契诃夫的别墅的房东林特瓦烈娃的第二个女儿，医师。参看第一一九封信。——俄文本注

迦尔洵的集子要在十二月出版。这种迟延是小说作家们造成的,他们恐怕不会拿出什么像样的东西来。我也拿出一篇①。

有一个占两个半印张的短篇小说②寄到《北方通报》去了。这篇小说的开头和结尾读起来倒还有趣,可是中间部分冗长乏味。力量不够啊!

风在我的炉子里凄凉地哀号。这个坏蛋,它在说话,可是究竟说的是什么,我就怎么也听不懂了。

我得到消息,说科学院授予我五百卢布的普希金奖金。这个消息您大概从报纸的电讯里知道了。这件事要在十月十九日科学院的群众大会上正式宣布,并且会有这种场合所应有的庄严隆重。这一定是因为我捉到过许多虾吧。

奖金啦、电报啦、祝贺啦、男演员啦、女演员啦、剧本啦,所有这些弄得我晕头转向。往事在我的头脑里模糊起来,我呆头呆脑了;城里的乌烟瘴气、文学界的浮华纷扰,像章鱼那样抓住了我。什么都完了!再见吧,夏天;再见吧,鱼虾、尖头的小船;再见吧,我的懒散;再见吧,浅蓝色的服装。

> 再见吧,安息吧,别了,我的满足!
> 一切,一切,都再见吧!
> 再见,我那长嘶的骏马、响亮的号角、
> 隆隆的战鼓、呼啸的长笛、皇家的锦旗,
> 一切尊崇,一切荣耀,一切威仪,
> 以及光荣战争的暴风雨般的惊恐!
> 再见吧,你们这些杀人的武器,
> 你们的声音曾经响遍大地,

---

① 短篇小说《精神错乱》。——俄文本注
② 《命名日》。——俄文本注

> 好比不朽的宙斯发出的雷声霹雳!①

如果以前有过一种热烈的爱情使得您同过去和现在隔离,那么现在我所感到的正是这样。唉,这可不妙,大夫,这可不妙啊!要是已经开始引证诗句了,那就可见事情不妙了!

不过我担心我在惹得您厌烦了。祝您健康、快活。

我尊敬地吻亚历山德拉·瓦西列芙娜②的手,向所有其他的人热诚地致意。

苏沃林把他的眼镜忘在我这儿了。我把它跟普列谢耶夫的衬衫和巴兰采维奇的裤子放在一起。慢慢地我这儿可以办起一个博物馆来了。

您的安·契诃夫
一八八八年十月九日
于莫斯科

我已经写信叮嘱他们把迦尔洵的集子给您寄去。

一四一

致阿·谢·苏沃林

奖金的消息起了震动人心的作用。它像不朽的宙斯的隆隆雷声一样滚过我的住处,滚过莫斯科。这些天来我走来走去,像是一个热恋的人;我的母亲和父亲胡言乱语,说不出的高兴;我的妹妹带着宫廷贵妇的严峻而烦琐的态度保护我们的名声,她功名心重,坐卧不宁,老是到她的朋友家里和各处去传播消息。让·谢格洛

---

① 摘自威因别尔格译成俄语的莎士比亚悲剧《奥赛罗》。——俄文本注
② 叶·米·林特瓦烈娃的母亲。

夫大谈文学界的亚戈①，大谈我因为得到五百个卢布而招来的五百个仇人。连斯基夫妇遇到我，一定要我答应到他们家里去吃饭；有一位太太是个爱才的人，遇到我，也约我去吃饭；平民学校的校长到我家里来道喜，他花二百个卢布买下我的《卡希坦卡》，为的是"发一点小财"……我认为就连平时像拉斯特雷京那样不承认我和谢格洛夫的安娜·伊凡诺芙娜现在也该约我吃饭才是。那些为《闹钟》《蜻蜓》《小报》写稿的无名作家都大吃一惊，并对自己的前途抱有希望了。我要再说一遍：那些报纸上的二流和三流作家应当给我立一块纪念碑，或者至少送给我一个银烟盒；我给他们铺平了一条通到大杂志去、通到桂冠去、通到正派人心里去的道路。目前，这是我唯一的功劳，至于我以前所写的以及我因而得到奖金的作品，在人们的记忆里是连十年也不会留存的。

我走运极了。夏天我过得挺好，幸福，几乎花光了所有的钱而又没有欠下特别大的债。普肖尔也好，海洋也好，高加索也好，农庄也好，卖书的情况也好（我每个月收到《在昏暗中》的稿费），都在向我微笑。九月间我写稿偿还了我的一半债务，写了一个短短的、占两个半印张的中篇小说，这篇小说使我得到三百多个卢布。而且《昏暗》出了第二版。忽然间，仿佛从天上下的冰雹似的，又来了这笔奖金！

我的运气这么好，弄得我都开始怀疑地斜眼看起天空来了。我要赶紧藏到桌子底下去，安静温顺地坐在那儿，不提高我的嗓音。趁我还没有下定决心迈出重大的一步，也就是说没有写长篇小说时，我要安静谦虚地躲到一旁去，写些不装腔作势的小小说和小戏，不爬上山去，也不往下走，而是平稳地工作，就像布烈宁的脉搏的跳动一样平稳。我要听从那个乌克兰人的话，他说："如果我

---

① 莎士比亚的悲剧《奥赛罗》中的人物，怀忌妒心的阴谋家。——俄文本注

当了皇上,我就偷它一百个卢布,一走了事。"目前我在我的蚂蚁窝里当了小皇上,我就偷它一百个卢布,逃之夭夭。不过,我好像胡说起来了。

如今人们正在纷纷议论我。要趁热打铁。应当在现在和正式宣布奖金的本月十九日那天给我那两本书一连登三次广告才好。那五百个卢布我要留起来去买农庄。书的收入也用到那上面去。

我拿我的哥哥有什么办法呢?简直愁死人了。在不喝酒的情况下,他是聪明,腼腆,老实,温和的,可是一喝酒就叫人受不了。他喝下两三杯酒就极其兴奋,说起假话来了。他写东西是由于他热烈地希望说假话,写假话,或者做出一件无害的而又耸人听闻的假事。他还没有达到神经错乱的地步,因为他喝得还不算多。我能从他的来信看出他是没有喝酒还是喝了酒:有些信非常正派,诚恳;有些信却从头到尾说假话。他害着狂饮症,这是毫无疑问的。什么叫作狂饮症呢?这种精神病类似吗啡瘾、手淫、求雄狂等。最常见的情形是狂饮病从父母那儿遗传下来,或者从祖父祖母那儿遗传下来。可是在我们这个家族里没有酒徒。我的祖父和父亲有时陪着客人开怀畅饮,可是这并不妨碍他们到时去干正事,或者睡醒一觉去做晨祷。酒使得他们心肠发软,说话俏皮;酒使得他们心情愉快,激发他们的智慧。我和我那做教员的弟弟从来也不 solo①喝酒,对酒不内行,可以爱喝多少就喝多少,可是酒后睡觉醒来,头脑很健康。这年夏天我和一个哈尔科夫的教授②有一天起意大喝一通。我们喝啊喝的,后来就把酒丢开了,因为我们什么事也没有发生;早晨醒来就像根本没有喝过酒一样。另一方面,亚历山大和

---

① 意大利语:单独。——俄文本注
② 哈尔科夫工学院的化学教授季莫费耶夫,林特瓦烈娃家的朋友。——俄文本注

画家①喝下两三杯酒就会神志不清,有时非常想喝酒……他们究竟是从谁那儿得来这种病的,那就只有上帝才知道了。我只知道亚历山大不无缘无故喝酒,而是在感到自己不幸或者受了什么挫折的时候才灌酒。我不知道他的住址。要是您不嫌麻烦,那么劳驾,请您把他的家庭地址寄给我。我要给他写一封又婉转、又斥骂、又温柔的信。我的信对他是起作用的。

我高兴,因为我的论文②合用。我跟您谈过的那个关于一个年轻人和关于卖淫现象的短篇小说③寄给迦尔洵的集子了。

我心神不宁。不过,这都是小事。问候您的全家,向他们致意。医师的名单我已经寄给日历④了。我不得不把它大改一下。如果您允许的话,那么明年我来承担日历上的全部医学工作。今年夏天我要去打猎。祝您健康和安宁。

您的安·契诃夫

一八八八年十月十日

于莫斯科

马斯洛夫写信给我说:"您两次托人转达您的意见,要我结婚。这个意见究竟是什么意思呢,高尚的先生?"

附上教员叶若夫的短篇小说一篇⑤。这个短篇小说像它的女主人公列丽雅那样天真烂漫,在这方面他是很行的。所有那些像木头般呆笨的东西我已经统统删掉了。

---

① 指契诃夫的二哥尼古拉·巴甫洛维奇·契诃夫,画家。——俄文本注
② 《莫斯科的伪君子》,发表在 1888 年 10 月 9 日《新时报》第 4531 号上。——俄文本注
③ 指由苏沃林印行的《俄罗斯日历》。——俄文本注
④ 《精神错乱》,发表在由普列谢耶夫等人编纂、1889 年在彼得堡出版的《纪念迦尔洵》文集内。——俄文本注
⑤ 指的是叶若夫的短篇小说《列丽雅》,发表在 1888 年 10 月 15 日《新时报》第 4537 号上。——俄文本注

如果这个短篇小说不合用,那么请您不要丢掉。不然,这个托我帮忙的人会伤心的。

一四二

致阿·谢·苏沃林

剧本①的开端收到了。谢谢您。勃拉果斯威特洛夫写得像他应有的那样完整。这个人物您写得好:他从头一句话起就惹人厌倦和生气;要是观众听他一连讲三五分钟的话,那就会产生一种恰恰合乎需要的印象。观众会想:"哎呀,你闭嘴吧,劳驾了!"这个人,也就是勃拉果斯威特洛夫,对观众所起的作用应当既像是一个聪明而又害着痛风症的好唠叨的人,又像是一个演奏冗长的、乏味的乐剧。这个人物您写得成功到什么程度,等我写出第一幕寄给您的时候,我想,您就会看出来了。

关于阿努钦,我留下了他的姓和他的口头语"诸如此类",可是他讲的话得略为润色一下。阿努钦是个吊儿郎当、婆婆妈妈、心地善良的人,他的话也是吊儿郎当、婆婆妈妈的,可是您把他的话写得太不连贯,也不够温和。必须让这个教父冒出苍老和懒散的气息。他懒得听勃拉果斯威特洛夫的话;他不会吵架,宁可打个盹儿,或者听人讲彼得堡,讲沙皇,讲文学,讲科学,或者跟一些好伙伴一起吃点冷菜……

我要提醒您我们这个剧本的人物表如下:

(一)亚历山大·普拉托内奇·勃拉果斯威特洛夫,参议院议

---

① 契诃夫和苏沃林打算共同写剧本《树精》。这个剧本的计划已经由契诃夫详细拟定。苏沃林写成了开端,可是不久就推掉了这个工作。——俄文本注

员,得过"白鹰"勋章,每年领养老金七千二百卢布;出身教士家庭,在宗教学校读书。他所占据的地位是通过个人的努力取得的。他的过去,一个污点也没有。他害着痛风症、风湿病、失眠症、耳鸣症。他的不动产是作为他妻子的陪嫁而得到的。他有实干的智慧。他不能容忍神秘主义者、幻想家、狂信苦行的基督徒、抒情诗人、虔信者,他不信仰上帝,习惯于从事务的观点看待全世界。事务、事务、事务,其他的一切都是胡说八道或者招摇撞骗。

(二)包利斯,他的儿子,大学生,年轻人,很温柔,很正直,可是一点也不了解生活。有一次他自以为是民粹派,异想天开,穿上农民的衣服,打扮成土耳其人。他钢琴弹得好,唱歌有感情,私下里写剧本,容易钟情,花掉大量的钱,老是说废话。他学习成绩差。

(三)勃拉果斯威特洛夫的女儿,不过,千万不要给她起名字叫萨霞。这个名字在《伊凡诺夫》里已经惹得我讨厌了。既然他的儿子叫包利斯,那就让他的女儿叫娜斯嘉吧。(让我们给包利斯和娜斯嘉立一个永恒的纪念碑吧……)娜斯嘉二十三四岁。她受过很好的教育,善于思考……她觉得彼得堡乏味,乡下也一样。她有生以来一次也没恋爱过。她懒散,喜欢发哲学性的议论,躺着看书,只因为想换一换花样,因为不愿意做老处女才打算出嫁。她说她只能爱上有趣味的人。普希金或者爱迪生,她倒是乐意嫁的,她也会爱上他们,至于好人,那她就只有为了摆脱生活的无聊才肯嫁;她会尊敬她的丈夫,爱她的子女。她跟树精见过面,听过他的话以后,满腔热情,达到了 nec plus ultra①,甚至浑身痉挛,无缘无故地傻笑。火药,本来被彼得堡的冻土带浸湿了,如今在阳光下晒干,带着可怕的力量爆发了……我想出了一个罕见的谈情说爱的场面。

---

① 拉丁语:极点。——俄文本注

（四）阿努钦，老人。他认为自己是世界上最幸福的人。他儿子已经有了社会地位，女儿出嫁了，他自己成了一只自由的鸟。他从来也不看病，从来也不打官司；他不戴勋章，总忘记给怀表上发条，跟所有的人交朋友。他晚饭吃得饱，睡得香，喝很多酒而不发酒疯，对自己的年老生气，不肯想到死。从前他心情忧郁，怨天尤人，食欲不振，对政治感兴趣，可是有一件事救了他：十年前有一次，由于某种原因，他不得不在地方自治局会议上请求大家原谅，这以后他忽然觉得兴高采烈，想吃东西，并且由于为人主观而十分喜欢交游，终于得出结论：像公开认罪这样的绝对真诚，是医治百病的药方。他把这个药方向所有的人推荐，也向勃拉果斯威特洛夫推荐。

（五）维克托·彼得罗维奇·柯罗文，一个三十岁到三十三岁的地主，树精。他是诗人，风景画家，对大自然非常富于感情。以前他还是中学生的时候，有一次，在花园里栽下一棵小桦树；等到这棵树生了绿叶，开始在风中摇摆，发出飒飒声，而且铺开一个小小的树荫，他的心就充满了骄傲：他帮助上帝创造了一棵新桦树，他亲手给大地多添了一件东西！从这件事他就建立了他的独特的创造原则。他不是把他的思想体现在画布上，也不是在稿纸上，而是在大地上；不是用死的颜料来体现，而是用生物来体现……树木美丽，可是不仅如此，它是有权利生存的，它像水，像太阳，像星星那样地需要。人世间的生活缺了树木是不可想象的。树林决定气候，气候影响人的性格，等等，等等。如果树林被斧子砍光，如果气候严酷冷峻，如果人也严酷冷峻，那就不会有文明，不会有幸福……未来就可怕了！娜斯嘉喜欢他，倒不是着眼于他的思想，这种思想在她是陌生的；她是着眼于他的才能，着眼于他的热情，着眼于他的思想的广阔的气魄。她喜欢的是他的脑筋伸展到全俄罗斯，伸展到十个世纪以后。当他跑到她的父亲跟前，含着眼泪，泣不成声地恳求他不要把树林卖掉,要供人采伐的时候,她又是兴奋,又是幸福,哈哈大笑,因为她终于看见了以前她在梦想中和长篇小说里见到时不敢信以为真的那个人。

（六）加拉霍夫是一个跟树精同年龄的人,可是已经做了五品文官,是个很有钱的人,跟斯卡尔科甫斯基共事。他是个彻头彻尾的官僚,无论如何也不肯丢掉他的官职,因为这种官瘾是他从祖父那儿连同血肉一起继承下来的……他有意凭他的心灵生活下去,可是办不到。他极力要了解风景和音乐,然而还是不了解。他是个正直诚恳的人,明白树精比他高明,而且公开承认这一点。他想通过爱情结婚,认为自己在恋爱,让自己的心情带上抒情的调子,可是一无结果。他看中娜斯嘉只是因为她是一个美丽而聪明的姑娘,可以做一个好妻子,如此而已。

（七）瓦西里·加甫里洛维奇·沃尔科夫是勃拉果斯威特洛夫的去世的妻子的弟弟。他掌管勃拉果斯威特洛夫的田产（很久以前他就把自己的田产卖光用掉了）。他懊悔他没有贪污。他没有料到他的彼得堡的亲戚这样糟糕地理解他的功绩。人家不了解他,也不愿意了解他,他懊悔他没有贪污。他喝矿泉水,满腹牢骚。他爱面子,着重指出他不怕将军。他哇哇地喊叫。

（八）柳芭,他的女儿。她操心世俗的事。鸡鸭、刀叉、畜栏、必须配镜框的《田地》杂志增刊①、待客、午餐、晚餐、茶,这些就是她的活动范围。要是有人替她给大家斟茶,她就认为这是对她的个人侮辱:"那么,这样看起来,这个家里已经不需要我了吧?"她不喜欢那些挥霍钱财,不务正业的人。她崇拜加拉霍夫,因为他有实干的精神。您没有把她写好。必须写她从花园深处激动地走出来,高声喊叫:"玛丽雅和阿库丽娜怎么敢把火鸡雏丢在露水底下

---

① 指这个杂志赠送订户的画片。

过一夜?"或者诸如此类的情形。她永远严格。对人也罢,对鸭子也罢,她一律严格。真正的女管家永远不欣赏自己所做的工作,而且刚好相反,极力证明她们过的是苦役犯的生活,求上帝宽恕,她们连休息一下的工夫也没有,大家都揣着手坐着,唯独她这个可怜虫忙得要死。她把娜斯嘉和包利斯看作寄生虫,她怕勃拉果斯威特洛夫。

(九)谢苗,农民,树精家里的管事。

(十)费多西,朝圣的香客,八十岁的老人,不过头发还没有白。他是沙皇尼古拉时代的兵,在高加索服过兵役,会讲列兹金①话。他是个活泼伶俐的人。他喜欢故事和畅快的谈话;他见着人就下跪叩头,吻人的肩膀,见着女人也硬要吻。他是阿丰修道院的见习修士。他一生积攒了三十万,统统送给修道院,自己却穷得像叫花子。他骂人傻瓜和坏蛋,却不管对方的官品和地位,也不管是在什么地方。

这就是人物表的全部。至迟不过圣诞节,您就会收到我为第一幕所写的材料。我不碰勃拉果斯威特洛夫。他和加拉霍夫是您的,我不管;娜斯嘉的一大半也是您的。要我一个人写她,我应付不了。包利斯不大要紧,要降伏他并不难。树精在第四幕以前全归您写,第四幕中在他跟勃拉果斯特威洛夫谈话之前的那一部分也归您写。我写这场谈话时要用这个人物的一般口吻来写,您不理解这种口吻。

第二幕(客人)又是由您来开头写。

费多西是一个我认为必不可少的插曲人物:我打算让树精在舞台上不致孤单,让勃拉果斯威特洛夫感到自己的周围满是狂热的信徒。我在人物表里漏写了艾米尔小姐,她是一个年老的法国

---

① 高加索的一个少数民族。

女人,也喜爱树精。应当表现树精之类的先生们对女人所发生的影响。艾米尔是个善良的老女人,是个家庭教师,还没失去她的魅力。每逢她兴奋起来,她的法国话就夹杂着俄国话。她是勃拉果斯威特洛夫的有耐性的护士。她是您的。在第一场里我给她留下了空白……

我每天跟阿历克塞·阿历克塞耶维奇见面。他从建筑师变成钦差大臣了。包果列波夫①变得越发像是塑造神像的②了……今天一个统计员在跟我谈话当中把他叫作"星期六"……

假如耶稣基督更彻底些,说:"爱敌人要像爱自己一样",那么他所说的跟他所想说的并不一样。一般人是一个总的概念,敌人是一个局部的东西。要知道,糟糕的不是我们痛恨敌人,因为我们的敌人很少;糟糕的是我们不十分爱一般人,而一般人在我们却是很多的,多得不得了。"爱敌人要像爱自己一样"这句话,假如基督是女人,那他倒也许会说的。女人总喜欢从总的概念里抽出鲜明夺目的局部的东西。然而基督站在敌人之上,没有把敌人放在眼里,他是一个男子气概的、平稳的人,思路广阔,未必重视"一般人"这个概念中各种局部东西之间所有的差别。您和我是主观的。比方说,如果别人对我们泛泛地讲到动物,我们就会立刻想起狼和鳄鱼,或者想起夜莺和美丽的母鹿;可是对动物学家说来,狼和母鹿之间并不存在区别,在他心目中那点区别太不足道了。您是在广阔的程度上了解"报纸工作"这个概念的;那些使得公众激动的局部的东西在您看来是微不足道的……您了解了总的概念,因此您把报纸事业办成功了,而那些只能够领会局部的东西的人就失败了……在医学方面也一样。凡是不善于照医学那样思考,

---

① 莫斯科的苏沃林书店的职员。——俄文本注
② "包果列波夫"和"塑造神像的"在俄语里读音相近。

而凭局部的东西下判断的人，就否定医学；可是包特金①、扎哈林②、维尔霍夫③、皮果罗夫④无疑地是聪明而有才能的人，相信医学不亚于相信上帝，因为他们终生终世同"医学"的概念血肉相连了。文学方面也是一样。"思想倾向"这个术语正是以人们不善于升高到局部之上这一事实作为它的基础的。

不过我已经写满三张信纸了。现在是深夜。请您原谅。问候您的全家。

我十分健康。

您的安·契诃夫
一八八八年十月十八日
于莫斯科

关于这个剧本请您不要向任何人提起。

一四三

致亚·谢·拉扎烈夫-格鲁津斯基

多承来信致贺，最善良的亚历山大·谢苗诺维奇，谢谢您。按我所记得的来说，我在任何地方也没骂过您是阿谀的人，也没反驳过您；我只向您说过就连伟大的作家也往往会遭到文思枯竭、厌倦写作、胡乱成篇，于是书的销路大减的危险。我个人更容易在最强烈的程度上遭到这种危险；您既是一个头脑清醒的人，我想您对这

---

① 俄国医学临床学奠基人之一。
② 俄国医学内科专家。
③ 德国病理学家。
④ 俄国医学外科专家。

一点是不会否认的。第一,我是"出身寒微的幸运儿"①,在文学界我是从《娱乐》和《波浪》的深处跳出来的波将金,我是一个做了贵族的平民,这样的人是支持不久的,就跟一下子绷紧的琴弦一样。第二,最容易出轨的是那种不顾天气怎样、不顾燃料多少、天天开动、不得休息的火车……

当然,奖金是大事,而且不只对我一个来说是大事。我很快乐,因为我给许多人指出一条通到大杂志去的道路;现在我更幸福,因为多亏我,那许多人才能指望科学院的桂冠。过上五年到十年,我写出来的全部作品会被人忘记;我铺平的这条道路却会完整无缺,这才是我唯一的功劳。

叶若夫是好样的。他已经给《星期六副刊》寄去第二篇东西了。

您为《星期六副刊》所写的那篇东西②我喜欢,特别是其中母亲教导女儿的那一段。

您不该把邮票附来。

您为《星期六副刊》所写的那篇东西我面交小苏沃林了,目前他正在莫斯科。

为什么您不署名拉扎烈夫了?

我喜欢您的小说;您一年年地写得好起来了,也就是说越写越有才气,越隽永了。然而您写得慢。应当加快才成。要是您不来个强行军,那您就会错过时机;您的位子就给别人占去了。

您的缺点是这样:您在您那些短篇小说里不敢让自己的气质尽情发挥,您害怕冲动和错误,也就是说害怕那种显出才能的地

---

① 摘自普希金的诗《波尔塔瓦》,指彼得大帝的宠臣孟什科夫公爵。——俄文本注
② 短篇小说《第一课》,发表在1888年11月12日《新时报》第4565号上,署名亚·拉。——俄文本注

方。您过分谨慎,过分推敲;凡是您觉得大胆和尖锐的地方,您统统加上括弧和引号(例如《在庄园里》)。看在造物主的分上,丢掉那些括弧和引号吧!用插句的时候有很好的符号,那就是破折号(——插句——)。有两种作家使用引号:胆小的和没有才能的。胆小的害怕自己的大胆和独创性,没有才能的(涅菲多夫是这样,包包雷金部分地是这样)把一些字加上引号,是想借此说道:看啊,读者们,我想出了多么独创、大胆、新颖的字!

您也不必模仿比里宾!应当刚强有力,可是您在描写蜜月之类的事情的时候,却落进感伤、轻浮、婆婆妈妈的调子里去了,而这种调子是比里宾才用的。不应当这样……您的风景描写很不错;您怕琐碎和俗套头,这您做得对。不过在这方面您仍旧没有让您的气质尽情发挥。因此您缺乏手法方面的独创精神。描写女人的时候应当让读者感到您敞开着您的坎肩,没有系领带,描写风景的时候也应当这样。要让自己自由自在。

祝您健康。问候您的妻子。我活着而且健康。

您的安·契诃夫
一八八八年十月二十日
于莫斯科

一四四

致阿·谢·苏沃林

尊敬的阿历克塞·谢尔盖耶维奇,我受了感动,写了一篇札记[①],

[①] 论1888年10月20日逝世的俄国旅行家普尔热瓦尔斯基,于10月26日发表在《新时报》第4519号上,无题名,未署名。——俄文本注

随信附上。题材很好,可是这篇札记似乎迟了,写得也太短。这样的东西应当一口气写成,不出五分钟,可是我屡次被打断,时而是有人来访,时而是家人打岔。

我给《卡希坦卡》订了插图①。马上我就要到我的一个朋友,一个画家那儿去,他是个打猎迷,彻底研究过狗。我要请求他画一条狗做封面。

《树精》②适合于写长篇小说,这我自己也清楚地知道。不过我没有力量写长篇小说。适当的时机还没有到。写小小的中篇小说倒是可以的。

假如我写喜剧《树精》,那么占首要地位的就不是演员,也不是舞台,而是文学味。要是这个剧本有文学的意义,那我也就心满意足了。

我们全家问候您。祝您健康。我十一月间去彼得堡。

您的安·契诃夫
一八八八年十月二十四日
于莫斯科

阿历克塞·阿历克塞耶维奇还在莫斯科。

---

① 契诃夫的中篇小说《卡希坦卡》,内容描写狗、鹅、猫等动物,由画家斯捷潘诺夫插图,于1892年出版单行本。——俄文本注
② 契诃夫准备写的一个剧本,参看第一四二封信。——俄文本注

一四五

致阿·尼·普列谢耶夫

我为《天鹅歌》①向您道谢②,亲爱的阿历克塞·尼古拉耶维奇!您那里是谁抄写第二个稿本的?不管这个神秘的恩人是谁,请您转达我的谢意和诺言:我会从莫斯科带些糖果去送他。

叶连娜·阿历克塞耶芙娜③到我们这儿来过两次:白天和傍晚。白天她坐了六分钟,傍晚坐了二十二分钟。她答应再来第三次,可是她没有履行她的诺言。我倒完全同情她,我们这儿乏味得死气沉沉。真正的冬季还没有到来,使人快活的因素正在打盹儿,使人烦闷的因素却在唠唠叨叨地抱怨,闹得人烦闷无聊。我家里的热闹照例要从十一月底开始。

您在信上嘱咐我关于《北〔方〕通〔报〕》的事要保守秘密。两三个星期以前我接到某文学工作者④的来信,他对我极详细地叙述了《北〔方〕通〔报〕》所遭到的危机⑤;他写道,在波列契卡⑥的葬礼上大家都在高声谈论这个危机。这还要保守秘密呢!

---

① 契诃夫的独幕剧。
② 1888年10月22日普列谢耶夫在写给契诃夫的信上讲起文学戏剧委员会开会的情况(普列谢耶夫是这个委员会的一个成员),说:"今天我们读了您的《天鹅歌》,通过了。我家里有人甚至抄写了第二个稿本,因为上交委员会的稿本必须是两个。"——俄文本注
③ 普列谢耶夫的女儿。——俄文本注
④ 列依金,《花絮》杂志的主编。——俄文本注
⑤ 普列谢耶夫在写给契诃夫的信上讲到《北方通报》,说:"在目前这个时刻它正遭到非常非常严重的危机。必须想方设法拯救这个杂志才行,因为吝啬的女发行人准备停办这个杂志(在有四千个订户的条件下!),只求不再出钱就行。"——俄文本注
⑥ 俄国工程师和报刊工作者。——俄文本注

如果《北〔方〕通〔报〕》有四千个订户,那么,当然,用不着胆怯!四千是一个很好的数目,经过一定的努力和慎重,靠这些订户就可以既发一笔财而又不犯法。至少可以不必举债。为了得到五千或者六千个订户,那就得做广告。缺了广告,我们一切事都要像乌龟爬似的慢慢走了。

请您务必浏览一下《时代》第一期①!多么幼稚的胡闹啊!所有这些《时代》的先生们都成了胡闹的小孩,简直叫人看了害臊。

柔尔任卡②是个有才能的人。在我生平所认识的一切钢琴家、提琴家、乐队指挥、鼓手、喇叭手当中,我觉得柔尔任卡是唯一的一个艺术家。他有灵魂,有敏感性,有见解,很少沾染上他命中注定生活在其中的那些小圈子的偏见。他的主要不幸在于懒惰和胆怯。他不相信自己。我不够严肃,音乐才能也不足,因而没有力量说服他。幸好他相信您,您设法启发他,这可能会有好结果。我一心希望聪明可爱的林特瓦烈夫一家人不致虚度一生。林特瓦烈夫一家人是极好的素材;他们都聪明,正直,有学识,满腔热爱,可是这一切都会白白地毁灭,一点用处也没有,好比阳光射在沙漠上一样。

现在谈一谈嫉妒。要是他们给我奖金不是由于我有成绩,那

---

① 《时代》杂志第一期,也就是仅有的一期,是在1888年10月底出版的。在这个杂志的第一期出版以前,1888年10月17日的《俄罗斯新闻》报186号上发表了俄国作家兹拉托甫拉特斯基和民粹派经济学家B.B.(瓦·巴·沃龙佐夫)写给编辑部的一封信,他们在信里声明他们不再参与《时代》杂志的工作了:"……我们请求那些经我们约请为上述刊物撰稿的人原谅我们为他们惹来了无端的烦扰。"在该杂志的第一期上,杂志发行人卡拉切斯基发表一篇前言:《公开的声明》,讲到这个杂志的纲领,对"不请自来的保姆和监护人",对"文学方面的保护人"提出抗议。这个杂志由于发行人的突然死亡而停刊。——俄文本注

② 指盖奥尔吉·林特瓦烈夫,音乐院学生;柔尔任卡是盖奥尔吉的爱称。——俄文本注

么这奖金所引起的嫉妒就不真实。只有比我高明或者跟我相等的人才有道义上的权利嫉妒和烦恼,至于列曼先生之流却根本没有这种权利,我为他们费尽气力开辟了一条通到大杂志去,遇到这种奖金去的道路!这些狗崽子应当高兴,不应当嫉妒。他们缺乏爱国精神,缺乏对文学的热爱,所有的就只是虚荣心。他们看见我和柯罗连科获得成功就恨不得把我们绞死。假如我和柯罗连科是天才,假如我和他拯救了祖国,假如我们造了一座所罗门宫殿,那我们反而会更加被痛恨,因为列曼先生之流根本看不见祖国,根本看不见文学,所有这些对他们来说都是扯淡;他们只注意别人的成就和自己的没有成就,别的一概不在心上。凡是不会做仆人的,那就不能容许他做主人;谁不能够为别人的成就高兴,谁就对社会生活的利益漠不关心,那就不能把社会生活交在他的手里。

我们全家向您致意。

您的安·契诃夫

一八八八年十月二十五日

于莫斯科

一四六

致阿·谢·苏沃林

叶若夫不是麻雀,而宁可说(用猎人的高尚语言说)他是一条还没长好毛的小狗。它还刚刚在这里跑跑,那里闻闻,乱咬一阵,时而往鸟身上扑过去,时而往青蛙身上扑过去。要确定它的品性和能力是困难的。对他非常有利的是他年轻、正派,还没沾染上莫斯科报界的恶习。

我有时候传播异端邪说,不过对于艺术中的问题,我还一次也没有绝对否定过。我跟写作的同行们谈话的时候,总是主张解决狭小的专门问题不是艺术家的事。要是艺术家去过问自己所不懂的事,那是不好的。专门的问题自有我们的专家去管;他们的工作就是评断公社,评断资本的命运,评断酗酒的害处,评断靴子,评断妇女病……艺术家呢,应当只评断他自己懂得的事;他的圈子跟其他任何专家一样有限制,这是我反复说过而且永远这样主张的。至于在艺术家的领域里没有问题,一概都是答案,那是只有从没写作过,跟形象没打过交道的人才会说出口的。艺术家观察、选择、推测,光是这些活动就要求一开头必须有问题;如果一开头没有给自己提出什么问题,那就没有什么可推测的,也没有什么要选择的。为了把话说得简短一点,我要用精神病学来结束我的话:如果否认创作中包含着问题和意图,那就得承认艺术家事先没有意图,没有预谋,只是一时着了魔而进行创作;因此,假如有个作家对我夸耀说他写小说并没有事先想好的意图,而只是凭一时的兴趣,那我就要说他是个疯子。

您要求艺术家对自己的工作要有自觉的态度,这是对的,不过您混淆了两个概念:**解决问题和正确地提出问题**。只有正确地提出问题,才是艺术家必须担承的。在《安娜·卡列尼娜》里,在《奥涅金》里,一个问题也没有解决,然而这些作品充分使您感到满足,这只是因为书中所有的问题都提得正确罢了。审判官应当正确地提出问题,然后让陪审员①各按各的口味去解决问题。

叶若夫还没成长起来。我向您推荐的另一个作家亚·格鲁津斯基(拉扎烈夫)比他有才气,聪明,强壮。

我跟阿历克塞·阿历克塞耶维奇闲谈时,对他做过一番开导:每天睡觉至迟不要过午夜。夜间工作和谈话是有害的,如同夜间

---

① 指读者。

吸烟一样。他在莫斯科比在费奥多西亚①显得快活些；我们相处得又和睦又阔绰：他请我看歌剧，我请他吃很差的午饭。

我的《蠢货》②明天在柯尔希上演。我又写了一个轻松喜剧③：两个男角，一个女角。

您写道我的《命名日》的男主人公是一个应当细写的人物。主啊，我毕竟不是一头没有感觉的牲口，这一点我是明白的。我明白我在宰割我的人物，破坏它们，我的好素材白白糟蹋了……凭良心说，我很愿意为《命名日》花上半年工夫。我喜欢从容不迫，至于仓促发表作品，对我并没什么吸引力。我会心甘情愿、很有乐趣、带着感情、慢条斯理地描写我的**整个**主人公，描写他妻子临盆的时候他的灵魂怎么样，描写他怎样受审，描写判决无罪开释后他有多么卑俗不堪的感觉，描写医生和接生婆晚间怎样喝茶，描写怎样下雨……这只会给我快乐，因为我喜欢挖掘和忙碌。可是我有什么办法呢？我九月十日开始写这篇小说，心里想着我得在十月五日完成它，那是最后的期限；要是我误了期限，我就骗了人，而且自己手头也没钱用了。开头我还写得心平气和，不拘束自己，可是一写到中间部分，我就开始胆怯，担心我的短篇小说太长了。我得记住《北方通报》钱少，而我是一个稿费高的撰稿人。就是因为这个缘故，我的小说的开头才总是给人很大希望，中间部分就忙乱，胆怯，结尾如同短小的短篇小说一样，像是烟火④了。人在写小说的时候，总是不由自主地先忙着搭好它的架子；从一群主人公和半主人公里只取出一个主人公，妻子或者丈夫，把这个人物放在背景

---

① 这年夏天阿历克塞在费奥多西亚避暑时，契诃夫跟他见过面。
② 契诃夫的一个轻松喜剧。这是在莫斯科的柯尔希剧院初次公演。——俄文本注
③ 《求婚》，发表在1889年5月3日《新时报》第4732号上。——俄文本注
④ 意思是"很短，一闪就过去了"。

上,专门描写它,使它突出,把其余的人物随便撒在像小小的铜币一样背景上,结果就成了一种像是天空的东西;孤零零一个大月亮,四周是一群很小的星星。可是,月亮没有获得成功,因为只有在其他的星星被人理解的时候,月亮也才能被人理解,可是星星没有写好。结果我写出来的就不成其为文学作品,倒像是补缀过的特里希卡长衫了①。这可怎么办呢?我不知道,我不知道。我只好指望那医治一切的时间了。

如果再凭良心说一句,那么,我虽然已经获得奖金,可是我的文学活动还没开始。我的脑子里有许多题材,够写五个中篇小说和两个长篇小说的,它们在憔悴。有一个长篇小说已经构思很久,以致其中有些人物还没来得及写出来就老了。我脑子里的人物足足有一个队伍那么大,他们纷纷要求出世,正在等待命令。这以前我写过的一切作品跟我现在打算写而且会热心地写出来的作品相比,简直不足道。写《命名日》也好,写《灯光》也好,写通俗喜剧也好,给朋友写信也好,在我都是一样,所有这些都是枯燥无味,信手写来,软弱无力的;我看到批评家把我的作品,例如《灯光》,看得很有意义,我就烦恼,觉得好像用我的作品骗了他,犹如我用我的过分严肃或者过分快活的脸相骗过许多人似的……我获得成功,却并不喜欢;那些关在我的脑子里的题材懊恼地嫉妒那些已经写出来的东西;它们生气,因为无聊的东西倒写出来了,好东西反而搁在仓库里,像是滞销的存书。当然,这种抱怨有许多夸大的地方,有许多地方只是我**觉得**如此而已,不过其中也有一部分真理,而且是很大的一部分。我所说的好东西是什么呢?就是那些我认为最好的形象,我喜爱这些

---

① 意思是"支离破碎的东西"。这个典故出自克雷洛夫的《寓言》:特里希卡发现自己的长衫的肘部磨破,就剪下一段袖子补上去。人们嘲笑他。他为了补救袖子,又剪下底襟来缝到袖子上。

形象,而且把它们严密地珍藏起来,免得胡乱用掉,为了那篇赶工的《命名日》而加以宰割……如果我的这种喜爱出了错,那我就不对了,不过话说回来,我这种喜爱很可能不错!我要么是傻瓜和过于自信的人,要么真是一个能够成为好作家的人;凡是我现在写出来的东西都不中我的意,使我感到乏味,然而凡是关在我脑子里的东西却使我发生兴趣,打动我的心,惹得我兴奋;由这一点我就得出结论:大家所做的都不是应该做的,只有我一个人知道应该怎样做的秘密。多半所有写作的人都这样想吧。不过,在这些问题上就连魔鬼都会摔断脖子的①。

在解决我该怎么办,该做些什么的时候,**钱是无济于事的**。多有一千个卢布并不能解决问题,至于多有十万,那就好比用叉子在天上写字了②。再者,每逢我有钱(也许这是因为我不习惯有钱也未可知),我就变得极其吊儿郎当,懒懒散散,在这种时候我就对什么事都满不在乎了……我需要孤单和时间。

请您原谅我用个人的私事打搅您。我管不住我的笔了。不知什么缘故目前我没有写作。

谢谢您发表了我那篇小文章③。看在造物主的分上,请您不要对这类文章客气,自管删削、加长、大改、丢掉,想怎么办就怎么办吧。我像柯尔希说的那样,给您 carte blanche④。如果我的文章没有占据别人的位子,那我就高兴了。

请您读一下《文萃》⑤里的邮政规则:如何汇款。这些规则是阿历克塞·阿历克塞耶维奇拟出来的。他的医疗栏目简直毫无可

---

① 意思是"这些问题谁都没法解决"。
② 意思是"那就更靠不住了"。
③ 指一篇纪念俄国探险家普尔热瓦尔斯基的文章,1888年10月24日契诃夫把它寄给苏沃林,26日发表在《新时报》上,未加标题,没有署名。——俄文本注
④ 法语:空白卡片。在此借喻"全权处理"。——俄文本注
⑤ 苏沃林印行的每年的日历。——俄文本注

取之处;您可以把专家的这个意见转告他!

请您写信告诉我,安娜·伊凡诺芙娜的眼病在拉丁文里叫什么名字。那我就写信告诉您这种病是不是严重。如果医生给她开的药方是散瞳剂,那就严重,不过也不是无条件的。娜斯嘉怎么样?如果您认为在莫斯科会医好烦闷的病,那就不对了:这儿烦闷得不得了。许多文人被捕,其中还有《第九交响乐》①的作者,到处受审的戈尔采夫②。符·斯·马梅谢夫③正在为其中的一个文学工作者奔走,他今天到我家里来过。

问候您的全家。

您的安·契诃夫
一八八八年十月二十七日
于莫斯科

我的房间里有蚊子飞来飞去。它是从哪儿来的呢?多承为我的书登出显眼的广告,谢谢。

一四七

致叶·米·林特瓦烈娃

大夫,您忘了写那些花条布值多少钱④。这种秘而不宣使我

---

① 俄国作家戈尔采夫的短篇小说,发表在1888年《俄罗斯思想》第9期上。——俄文本注
② 1888年10月10日戈尔采夫被捕,因为有一个从西伯利亚流放地逃回的不法分子向他谋求工作。他在巴斯马纳亚地区监禁三个星期以后被放出来。——俄文本注
③ 兹维尼戈罗德城的法院侦察官。——俄文本注
④ 契诃夫曾经委托林特瓦烈娃买一些花条布。

有点发窘。请您务必写信告诉我,而且,如果您有心托我办什么事,那就请您不要客气,尽管托付,我是愿意为您效劳的。

奖金具有所谓精神上的意义。如果从官品的观点来看待它,它就类似三等斯坦尼斯拉夫勋章。它是官方的。日后如果在战争中召我去服役,奖金就会登记在我的履历表上;军团的主任医师读完这张表,就会深思地搔着耳朵背后,嘟哝道:"嗯,是啊。"就是这样的。

我的身体状况我自己也弄不懂。我咳血有四天之久,可是现在,除了微微有点咳嗽以外,什么毛病也没有……您劝我采取措施,可是又没有说出是什么措施。吃拉维尔药粉吗?喝茴香药水吗?到尼斯去吗?不要写作吗?大夫,让我们来一言为定,从此我们绝口不提措施,不提《时代》……

整个十月我什么事也没做。我整理我那些舞台上的小东西,写了些长信和论文,可是没写小说。今天《新时报》上(星期三,十月二十六日)有我的一篇短短的痛悼去世的普尔热瓦尔斯基①的文章,这就是我的论文的一个样品。像普尔热瓦尔斯基这样的人,我是无限热爱的。

您说的那句"指导着高贵的、崇高的灵魂的动机"的话,我不懂。假如这话是指着我说的,我就要向您担保:在我的由于烦闷而空虚的脑子里,任什么动机也没有。不过呢,倒是也只有两个动机:(一)不要借债。(二)巴望春天快点来,好离开莫斯科到别的什么地方去,以便什么事也不干。其他的动机、任务、愿望,我都没有。

十一月间我要到彼得堡去。我向您的全家热诚地致意。祝您

---

① 俄国旅行家,长年在西伯利亚工作。

健康,求上帝把黄金般的美梦送到您的床头!

衷心忠实于您的

安·契诃夫
一八八八年十月二十七日
于莫斯科

丽吉雅·费多罗芙娜①是个极其善良的人。现在谈一谈您的钢琴家②:要是他在彼得堡正经地干,他就会大有出息。我这种预感不论在生活方面或在行医方面都没有欺骗过我。过一个钟头我就要出诊去了。天冷了。

一四八

致玛·符·基谢廖娃

尊敬的玛丽雅·符拉季米罗芙娜:玛霞③接到您的一封信,偷偷把它的内容告诉我了。您的精神状态要求我严肃而直率地跟您谈一下,所以我就严肃地**用名誉**向您担保:谢辽查④十分健康,快活,不咳嗽,他照旧是个好孩子,学习成绩不错;总之,不论他的健康也好,他的品行也好,他的生活方式也好,都看不出有什么能够使人生出哪怕极小的疑心和担忧的迹象。我再说一遍,我**用名誉**担保。他照旧玩玩闹闹,亲切、诚恳,想起巴布肯诺就愁闷,热烈地期待着您到我们这儿来时的雪橇路和我们到您那儿去时的圣

---

① 米哈依洛娃,莫斯科的女学生,曾经在林特瓦烈娃家里做客。——俄文本注
② 林特瓦烈娃的弟弟盖奥尔吉·米哈依洛维奇·林特瓦烈夫,在彼得堡的音乐学院学习钢琴。——俄文本注
③ 指契诃夫的妹妹玛丽雅·巴甫洛芙娜·契诃娃。
④ 基谢廖娃的儿子,入莫斯科中学读书,1888年和1889年住在契诃夫家里。——俄文本注

407

诞节。

我答应您,要是出了什么事,我就一点也不隐瞒,马上通知您。反正您知道得很清楚:任何足以这样那样地威胁谢辽查的事情我都没有权利瞒住您,瞒住阿历克塞·谢尔盖耶维奇。

我每天早晨躺在床上总是听见有个笨重的东西像球似的滚下楼梯,另一个人发出一声惊叫:这就是谢辽查去上学,奥尔迦①去送他。每天中午我都在窗子里看见他穿一件长大衣,背上背一节货车②,脸上笑嘻嘻,红喷喷,放学回家。我看见他吃午饭,温课,调皮;到现在为止,凡是能够促使我严肃地考虑他的健康或者其他方面的现象,我连影子都没有看见。

情况就是这样。

我们全家都平安。钱却没有,不过我在等彼得堡寄来大约一千卢布,不久就要收到了。我略为行一点医。我写成了一个荒唐的轻松喜剧③,这出戏正因为荒唐而获得了惊人的成功。瓦西里耶夫在《莫斯科新闻》上骂了一通④,可是其余的评论家和观众都登上了七重天。剧院里一片哄笑声。这一下子人就明白该拿什么去投其所好了!

为什么您不给《泉源》⑤写稿了?写作是消愁解闷的绝妙方法。

祝您健康,请您只要有一点点可能就来吧:我们是乐于跟您见面的。

---

① 契诃夫家的女仆。
② 指书包。
③ 《蠢货》。——俄文本注
④ 指瓦西里耶夫(福列罗夫)关于《蠢货》的演出的评论,发表在1888年10月31日《莫斯科新闻》第302号上。——俄文本注
⑤ 一个儿童文学杂志。

问候老爷①、瓦西丽萨②、米哈依尔·彼得罗维奇③、叶丽扎威达·亚历山德罗芙娜④。

热诚地忠实于您的
安·契诃夫
一八八八年十一月二日
于莫斯科

一四九

致阿·谢·苏沃林

您好,阿历克塞·谢尔盖耶维奇!我马上就要穿上燕尾服,去参加"艺术文学协会"的开幕式,我是以客人的资格应邀参加的。那儿要举行一次隆重的舞会。究竟这个协会具有什么目标,有多少经费,会员都是什么人,等等,我都不知道。我只知道它的领导人是费多托夫,一个写过许多剧本的作家。他们没有选我做会员,这我倒很高兴,因为缴纳二十五个卢布的会员费以取得烦闷无聊的权利,这在我是很不乐意的。如果那边有什么有趣的或者可笑的事,我就写信告诉您;连斯基要朗诵我的短篇小说。

《北方通报》(十一月号)上有诗人美烈日科甫斯基所写的一篇论述我的文章⑤。那是一篇长文章。我推荐您读一下那篇文章的结尾。这个结尾有特色。美烈日科甫斯基还很年轻,是个大学

---

① 指基谢廖娃的丈夫。
② 基谢廖娃的女儿。
③ 疑是符拉季米尔·彼得罗维奇之误,即基谢廖娃的父亲别吉切夫。
④ 基谢廖娃的儿女的家庭教师。
⑤ 指评论契诃夫的书《在昏暗中》和《故事集》的文章:《新才能的老问题》,发表在1888年《北方通报》第11期上。——俄文本注

生,多半是学自然科学的。凡是通晓科学方法奥妙的人,凡是由于这个缘故善于按科学方法思考的人,总会经历到不少迷人的诱惑。阿基米德打算把地球翻一个身,现代的发热的头脑想要理解不能理解的东西,想要探索创作的物理学的规律,找到那些被艺术家本能地感觉到以后用来写出乐曲、风景画、长篇小说等的一般规律和公式。这样的公式在自然界大概是存在的。我们知道在自然界有 а、б、в、г、д,有多、来、米、发、索(音符),有曲线、直线、圆形、方形,有绿色、红色、蓝色……我们知道这类东西在一定的组合下就产生旋律,或者诗句,或者图画,犹如简单的化学元素在一定的组合下产生树木,或者石头,或者海洋;不过我们只知道这种组合是有的,可是这种组合的方法我们却不知道。凡是精通科学方法的人就会在心里感觉到一出乐剧和一棵树有一种共同的东西,两者都是按照同等准确的简单规律创造出来的。由此就产生一个问题:这些规律到底是什么? 由此也就产生一种诱惑:写出一本创作的生理学(如包包雷金),比较年轻胆怯的人就引用科学,引用自然规律(如美烈日科甫斯基)。创作的生理学在自然界大概是存在的,可是打算探索它的热望却应该从一开头就加以制止。如果批评家立足于科学的土壤,那是得不出什么好结果的,他糟蹋掉几十年光阴,写成许多废话连篇的文章,反而把问题搅得更乱,如此而已。按科学方法思考是处处都好的,然而问题在于关于创作的科学思考到头来总会不由得归结于寻求那种管理创作能力的"细胞"或者"中枢",然后就会有个愚鲁的德国人在人脑的颞颥部一个什么地方发现这种细胞,又会有另一个德国人不同意他的见解,而第三个德国人却同意,于是就会有一个俄国人把论述那种细胞的文章草草看完,立刻写出一篇论文,发表在《北〔方〕通〔报〕》上,《欧洲通报》就开始评断这篇论文,在俄国空中就会一连三年弥漫着扯淡的瘟疫,这就给蠢材带来收入和名望,而在聪明人当中只会引起激愤。

依我看来,那些对科学方法入迷的人,那些经上帝赐予稀有的才能而善于用科学方法思考的人,只有一条出路:创作的哲学。他们可以把各个时代艺术家创作出来的一切优秀作品搜集在一起,使用科学方法探索使得它们彼此相近、决定它们的价值的那种共同的东西。这种共同的东西也就是规律。那些被称为不朽的作品是有很多的共同点的;如果从其中每一个作品里把这类**共同点**剔除干净,那么这种作品就会丧失它的价值的魅力。这是说那些共同点是必不可少的,是一切希望不朽的作品的 conditio sine qua non①。

对年轻人来说写批评文章比写诗有益。美烈日科甫斯基写得流畅而富于青春的气息,不过他在每一页上都胆怯,总是预先声明,留下退步,这是一种征象,表明他自己也没有把问题弄明白……他称我为诗人,把我的短篇小说叫作 novelli②,把我的主人公叫作失意的人,这是说,全是陈腔滥调。现在应该丢开什么失意的人,什么多余的人,等等,应该想出点自己独创的东西来了。美烈日科〔甫斯基〕把我那个写赞美歌的修士③叫作失意的人。然而他怎么会是失意的人呢?求上帝让每个人都能像他那样生活才好:又信仰上帝,又吃得饱饱的,又善于写作……把人分成得意的人和失意的人,只不过是用先入为主的狭隘观点来看待人的性格罢了……您是不是得意的人呢?那么我呢?拿破仑呢?您的瓦西里④呢?那么标准在哪儿呢?人真得成为上帝,才能区别得意的

---

① 拉丁语:必要条件。——俄文本注
② 法语:短故事。
③ 契诃夫在1886年所写的短篇小说《复活节之夜》中的一个人物。——俄文本注
④ 苏沃林的一个仆人。——俄文本注

人和失意的人而不致犯错误……我要去参加舞会了。

我从舞会回来了。这个协会的目标是"团结"。一个有学问的德国人教会一只猫、一只老鼠、一只红脚隼、一只麻雀凑着同一个碟子吃东西。这个德国人有办法,可是那个协会却什么办法也没有。那儿烦闷得要死。大家都在各个房间里闲逛,装出不烦闷的样子。有一位小姐唱歌。连斯基朗诵我的短篇小说(这时候有一位听众说:"这篇小说相当差!"可是列文斯基①又愚蠢又残忍,拦住他的话说:"作者本人就在这儿!请容许我向你们介绍。"那个听众窘得恨不得找个地缝钻进去)。大家跳舞,吃很坏的午餐,仆役算错账而少找钱……如果演员、艺术家、文学工作者确实是社会中最优秀的一部分人,那就叫人叹惜了。要是社会中最优秀的一部分人尚且在光彩、愿望、意图方面这样苍白,在审美的趣味、美丽的女人、主动的精神方面这样苍白,那么这个社会一定糟糕透了……他们在前厅放一个日本的假人,在墙角张开一把中国的雨伞,在楼梯栏杆上挂一块地毯,认为这有艺术味道。中国的雨伞倒有,可是报纸却没有。如果艺术家在布置房间方面只不过是屋里放一个博物馆的假人,墙上挂些长柄斧、盾牌、扇子,如果这些都不是出于偶然,而是精心设置,特别强调的,那么这种人就算不得艺术家,而是装得一本正经的猴子罢了。

我今天收到列依金的来信。他说他到您那儿去过。这是一个好心肠的、没有恶意的人,然而他是个彻头彻尾的市侩。如果他到什么地方去,或者说什么话,那他一定暗藏着什么用意。他所说的每一个字都是经过周密思考的;您所说的每一句话,不管怎样出于无心,他也总要记在心里,十足地相信他列依金必须这样做,要不

---

① 莫斯科幽默杂志《闹钟》的主编。

然他的书就不会畅销,敌人就会得胜,朋友就会离去,信用①就会完蛋……狐狸随时为自己的毛皮担心,他就是这样。这是一个心细的外交家!要是他谈到我,那就是说他要骂那些损害我的"虚无主义者"(如米哈依洛夫斯基),要骂他所痛恨的我的哥哥亚历山大。他在写给我的信上警告我、吓唬我、劝我,对我透露种种秘密……这是个不幸的、瘸腿的殉教徒!他本来可以安安静静活到死,可是不知什么缘故魔鬼搅得他不能这样活下去……

我的家里发生了一场小小的灾难,等我们见面的时候我再讲给您听。一声响雷落在我的一个弟兄的脑袋上,这个响雷不让我工作,不让我消停。造物主啊,做个家长可真麻烦!

要卖弄风情的法国女人为了让自己的眼珠大一些,往往把散瞳剂滴在眼睛里,结果也没出什么事。

彼契巴在读马斯洛夫的剧本②。柯尔希剧院闹得乌烟瘴气。一个蒸汽的咖啡壶爆炸,烫伤了雷勃钦斯卡雅③的脸。格拉玛-美谢尔斯卡雅④到彼得堡去了。索洛甫佐夫⑤的妻子格列包娃⑥病了,等等。没有人演戏,谁也不听话,大家喊叫,吵架……大概这个讲究布景的化装剧会被惊慌地推掉……我倒希望《诱惑者》排演出来。我并不是为马斯洛夫张罗,而只是出于对舞台的惋惜,出于虚荣心罢了。我们应当用尽全力使得舞台从食品杂货商人的手里转到文学界人的手里,要不然剧院就完蛋了。

---

① 指"相互信用社"(类似银行),列依金是该社管理处的成员。——俄文本注
② 柯尔希剧院女演员彼契巴选定俄国作家马斯洛夫(笔名别热茨基)的剧本《谢威尔斯基诱惑者》作为她的纪念演出。——俄文本注
③ 柯尔希剧院女演员,在契诃夫的剧本《伊凡诺夫》里扮演萨霞,在契诃夫的轻松喜剧《蠢货》里扮演叶连娜·伊凡诺芙娜。
④ 柯尔希剧院的女演员。
⑤ 柯尔希剧院的演员。
⑥ 柯尔希剧院的女演员。

那个咖啡壶打死了我的《蠢货》。雷勃钦斯卡雅病了,就没有人演了。

我们全家问候您。我向安娜·伊凡诺芙娜、娜斯嘉、包利亚热诚地致意。

您的安·契诃夫
一八八八年十一月二日
于莫斯科

轻松喜剧可以在夏天发表出来,在冬天发表是不妥当的。夏天我可以每个月给您一个轻松喜剧,冬天却应当拒绝这种快乐。

请您在文学协会①里登记我为会员。我到了彼得堡就去那儿访问。

一五〇

致阿·谢·苏沃林

我不认为,阿历克塞·谢尔盖耶维奇,我的散瞳剂是一个谜。有一次您写信给我,说格利果罗维奇不准**任何东西**滴在他的眼睛里;我在回信上好像对您说过法国女人为了卖弄风情而往往把散瞳剂滴在眼睛里,结果也没出什么事。什么能够比街上的、房间里的和别的灰尘更坏呢?什么能够比如同海和河那样与视觉器官关联着的神经系统和血液循环系统出了毛病更有害呢?遇到这类故障,滴一些药水是一件没有害处的事⋯⋯

灾难落在画家②的头上。问题是这样:五年前他在绘画学校

---

① 指"俄罗斯文学协会",1886年在彼得堡成立。——俄文本注
② 契诃夫的二哥尼古拉·巴甫洛维奇·契诃夫。

里没有毕业就出来了,这五年来他没有身份证。他时而住在我这儿,时而住在他的 femme① 那儿,时而住在他的朋友那儿……这种非法的生活既使他痛苦,也使他的家人痛苦……这五年当中他随时准备着"明天"处理这件事,可是明天来了,他又满不在乎了。我不懂俄国法律,不过身份证这种麻烦事简直是一个你无从下手的蜘蛛网……有的人劝我的哥哥到塔甘罗格去,有的人劝他去找总督,有的人劝他去做教师,有的人吓坏了,恐吓他……鬼都闹不清该怎么办才对!有一种情况弄得这面蜘蛛网越发纠缠不清,那就是这位画家如今将近三十一岁,却没有应征入伍过,没有服过兵役,没有抓过阄②,一句话,有种种理由叫他坐在被告席上,因逃避兵役而受审,判他坐监狱,把他发出去当兵,取消任何优待③。简直是大出丑!要不是一声霹雳,来了一个警察,问他要身份证,而我那画家糊里糊涂竟派人把他的出生证送到警察段上去,那么他那种马马虎虎的脾气,推延到明天去的习气,巴克斯④,瞎忙,空想,就还会持续下去,没个了结。现在该怎么办,我不知道。有一个国民学校的校长是个有势力的人,答应在十一月底把这个画家带到德米特罗夫去,叫他在那儿参加教师考试,发给他一个证件,这个证件既给他合法的地位,又使他免得去打仗。不过在十一月底以前还可能发生许多事情……一句话,糟透了。这件事暂时要保守秘密。

讲到我们的剧院的糟糕,这不该责难公众。公众在任何时候和任何地方都是一样的:又聪明又愚蠢,又心善又残酷,这要依当时的心情而定。它永远是一群羊,需要好牧人和看羊狗;牧人和狗

---

① 法语:女人。
② 指服兵役前的抓阄。
③ 指免服兵役。
④ 罗马神话中的酒神,在此借喻酗酒。

把它领到哪儿去,它总是跟到哪儿去。您愤慨,因为它对肤浅无味的插科打诨哈哈大笑,对响亮的高调拍手;不过话说回来,它,也就是这批愚蠢的公众,遇到《奥赛罗》上演总把剧院挤得满满的,听到歌剧《叶甫盖尼·奥涅金》中达吉雅娜写信的那一段,总是流泪。

公众无论怎样愚蠢,然而整个说来总比柯尔希、演员们、剧作家们聪明、诚恳、善良,可是柯尔希和那些演员却自以为比公众聪明。这是双方的误会。

叶若夫刚才到我这儿来过。他有点不痛快。我想劝他继续为《新时报》写作一两年。他虽然结婚了,却还年轻。

有一个运水工人不知在哪儿偷到一只西伯利亚种的小猫,送到我们这儿来了,这只猫生着又长又白的毛和漆黑的眼睛。这只小猫把人当作耗子;它一看见人就把肚皮贴在地上,做出进攻的姿势,猛扑到脚跟前来。今天早晨我在房间里从这个墙角走到那个墙角,它有好几次盯住我,ala[①]一只老虎,扑到我的皮靴上来。我认为它一想到它比这所房里的一切东西都可怕,强大,它就感到极大的快乐。

大家都劝我把《蠢货》送到亚历山大剧院去。我就送去了。在柯尔希剧院里,虽然索洛甫佐夫和雷勃钦斯卡雅[②]演得缺乏艺术味,可是观众的大笑声连绵不断。换了我和我的妹妹,都能演得比他们强呢[③]。

请您给我寄一个单子来,开列您写过的并且经您和书报检查

---

① 法语:好比。
② 柯尔希剧院的男演员和女演员,在《蠢货》里分别扮演男女主人公。
③ 根据契诃夫的小弟米·巴·契诃夫的回忆录和德罗西的《契诃夫的青年时代》一书,契诃夫年轻时在业余演出中成功地扮演过幽默的角色如《钦差大臣》中的市长等。——俄文本注

官准许公演过的剧本。这是必要的,否则"戏剧协会"就不肯登记您为会员。如果您愿意的话,您也可以只限于写上《美狄亚》①。

我把戏剧协会看作一个商业机构。它只有一个目标:极力让会员们的收入多一些。这倒是一个挺好的目标,其他的一切目标相形之下都一文不值了。维克托·克雷洛夫②是个大狗崽子,可是看在那个目标分上我却会头一个投票赞成他当主席。在圣像们而不是工作者们担任主席的时候,这个协会是不会有什么正常秩序的。

问候您的全家。我们这儿的天气坏极了。

您的安·契诃夫
一八八八年十一月七日
于莫斯科

一五一

致阿·尼·普列谢耶夫

亲爱的阿历克塞·尼古拉耶维奇,这个短篇小说③简直将近

---

① 苏沃林同布烈宁合写的一个四幕剧。美狄亚是希腊神话中取得金羊毛的英雄伊阿宋的妻子,因伊阿宋不忠于她而做了残忍的报复。——俄文本注
② 俄国当时的一个剧作家。在写这封信的三天以前,契诃夫在另一封信上谈到这个剧作家:"我认为维·克雷洛夫对舞台生活、楼座观众、男演员、女演员是满腔痛恨的,因此才会获得那样的成功。他冷冰冰,死硬,严厉……他说自己是狗崽子,这话不实在,不过他说他用简单冷淡的态度对待戏剧工作以及在那工作四周生活的人,那却是深刻的实话。当代的剧院是疹子,是城市的恶性病。应当用扫帚把这病扫掉,喜欢它就不正常了……现在的剧院并不比公众高,正好相反,公众的生活倒比剧院高,比它合理,可见它算不得学校,而是一种别的东西……"——俄文本注
③ 契诃夫为《纪念迦尔洵》文集所写的短篇小说《精神错乱》。——俄文本注

结束了。明后天我就写完,誊清,星期一下午三点钟您就会收到了。我在写,而且随时极力写得朴素,彻底地朴素。我觉得这个题材十分微妙,一点点小问题就显得是一头大象。

我认为这个短篇小说不会跟那个集子的总风格迥然不同。我把它写得忧郁、枯燥、严肃。

请您把订购的小书寄来,然而不要忘记写上那个集子值多少钱。

您看过《日报》①上叶〔甫盖尼〕·加〔尔欣〕的那篇大言不惭的论文②吗?有一个做好事的人把这篇文章寄给我了。要是您没看过,那就请您看一遍吧。

要是您回想先前他怎样骂我③,那您就估量得出这个倒霉的叶甫盖尼的真诚有多少价值了。这类文章所以可憎,是因为它们如同狗叫。这个叶甫盖尼对着什么东西叫呢?对创作自由、信仰自由、人身自由……必须说千篇一律和老生常谈的废话,严格地墨守成规;只要一个杂志或者一个作家敢于哪怕在小事上表现一点自己的自由,狗叫声马上就来了。

这个叶甫盖尼说我是《新时报》里的人,又称赞我"保持独立见解"。看来《日报》没有好好付给他稿费,这个人就兴致勃勃地向《新时报》送秋波了。

这也真是怪事!法庭采访记者描写被告的时候,总是极力用一般通用的文雅口吻;可是批评家先生们申斥我们这些既非强盗

---

① 指报纸《交易所新闻》,大概在文学界这家报纸被称为《日报》。
② 指叶·加尔欣的文章《文学谈话》,发表在1888年11月6日《交易所新闻》304号上。加尔欣批评《北方通报》杂志,只是撇开了契诃夫,照他说来契诃夫"以自己的才华遮盖了那一帮到现在为止混进了《北方通报》的坏蛋"。他还批评了美烈日科甫斯基的论文《新才能的老问题》。——俄文本注
③ 大概契诃夫指的是叶·加尔欣评论中篇小说《草原》的文章《文学谈话》,发表在1888年3月11日《交易所新闻》第70号上。——俄文本注

又非窃贼的人的时候,竟然使出这么可爱的辞藻,如坏蛋、小狗、小娃娃等……我们在哪方面不如一个被告呢?

我把我的小东西《蠢货》寄给让·谢格洛夫,预备交到"威尼斯共和国首领的议院"去,你们彼得堡人就是这样称呼"戏剧委员会"的,而您是在那儿开会的。

我的《蠢货》在莫斯科上演,获得巨大的成功,其实男蠢货和女蠢货①演得不怎么样。

向您的全家和安娜·米哈依洛芙娜致意。柯罗连科不在莫斯科。

祝您健康。求上帝赐给您好胃口、安稳的睡眠、成堆的金钱。

您的安·契诃夫

一八八八年十一月十日

于莫斯科

要是您见到符·尼·达维多夫,请您代为问候。

一五二

致阿·谢·苏沃林

谢谢您,阿历克塞·谢尔盖耶维奇,多承您讲起萨维娜②,也就是讲起她的消息。我认为她会把女蠢货③演得出色。可是请您设想一下我的小小的困境吧!我已经把《蠢货》的两个稿本寄给让·谢格洛夫,送交戏剧文学委员会审查,他今天写信告诉我说他

---

① 扮演《蠢货》的男、女主人公的演员。
② 彼得堡的亚历山大剧院的女演员,在契诃夫的戏里演过《伊凡诺夫》中的萨霞和《海鸥》中的阿尔卡津娜。
③ 指契诃夫的轻松喜剧《蠢货》的女主人公波波娃。——俄文本注

遵照布烈宁的意见把我的《蠢货》拿给阿巴利诺娃①,作为她的福利演出。让·谢格洛夫的口气很高兴,仿佛在说:幸运儿,这下子你可交好运啦！我担心会出问题。关于萨维娜我听到过很多的好话,而阿巴利诺娃我根本不了解,所以我没有理由同意谢格洛夫的高兴口气。我在写给他的回信上说;我已经答应过萨维娜了。让这个可怜的人去摆脱困境吧。

今天我写完了那个供迦尔洵的集子刊登的短篇小说②,好比从肩膀上卸下了一座山。在这个短篇小说里,我说出了我自己对迦尔洵这样稀有的人的看法,而这种看法是谁也不需要的。我滔滔不绝地写了大约两千行。关于卖淫现象我说了许多,可是什么也没解决。为什么您的报纸上没有写过卖淫现象呢？要知道这是一种极其可怕的坏事啊。我们的索包列夫巷③就是奴隶主的市场。

明天和后天我要把这个短篇小说誊清,再润色一下,然后就动手给《新时报》写东西了。题材是有的。

我在写给谢格洛夫的信上述说了我对剧院的厌恶。我打算把这种厌恶灌输到他的心里去,要不然他就会在后台完全入迷了。

在柯尔希剧院里格拉玛④掀起一场革命。无论如何也弄不清楚马斯洛夫的戏⑤究竟上演不上演。那儿乱得叫人看不下去。柯尔希在一个星期里公演了两个新戏。前些日子我看了《鳄鱼的眼泪》,这是一个姓卡尔波夫的人所写的最平庸的、只值十五个小钱

---

① 彼得堡的亚历山大剧院的女演员,在契诃夫的《海鸥》里演过波丽娜。——俄文本注
② 《精神错乱》,1889年刊登在《纪念迦尔洵》文集上。——俄文本注
③ 莫斯科的一条巷名,那里开设许多家妓院。
④ 柯尔希剧院的女演员。
⑤ 《谢维尔斯基诱惑者》。——俄文本注

的、乱七八糟的东西,这人就是《在地方自治局的田地上》《自由的小鸟》等的作者。整个剧本除了粗鲁的幼稚以外尽是十足的谎话和对生活的诽谤。一个贪污成性的乡长把一个年轻的常任委员*抓在手心里,要他娶自己的女儿,而那个女儿爱上了一个写诗的文书员。在举行婚礼以前,一个正直年轻的土地丈量员打开了常任委员的眼睛,这位委员发现了舞弊行为;鳄鱼,即村长,哭了;有一个人物就叫起来:"那么,恶受到惩罚,善胜利啦!"剧本就此结束。

呸!散戏以后,卡尔波夫遇见我,说:

"在这个戏里我把乳臭未干的自由主义者骂了一顿,因此这个戏不招人喜欢,挨了骂……我才不在乎呢!"

要是有一天我也写出这类东西,或者说出这类话,那就请您痛恨我,跟我绝交就是。

我为我那个大部头的长篇小说写了大约三百行关于农村失火的情景:在庄园里人们夜间醒来,看到一片火光——印象、谈话、赤脚在铁皮房顶上的走动声、忙碌……

我不打算去把您登记为戏〔剧〕协〔会〕的会员,暂时请您不要委托我。向您的家人致意。

您的安·契诃夫
一八八八年十一月十一日
于莫斯科

在拉索兴①的目录里有剧本《安娜·卡列尼娜》。

---

* 契诃夫注:他是地主和贵族。——俄文本注
① 《戏剧丛书》的出版人。——俄文本注

一五三

致阿·尼·普列谢耶夫

喝！我总算把这个短篇小说①抄完,打了包,寄给您了,亲爱的阿历克塞·尼古拉耶维奇。您收到了吗？看过了吗？恐怕生气了吧？这个短篇小说完全不适合供家庭阅读用的文选,不优雅,冒出排水管里的那种潮气。可是我的良心至少平静了:第一,我履行了诺言;第二,我做出合乎我的希望和能力的贡品,献给了去世的迦尔洵。我觉得,我作为医生把精神病写得挺确切,符合精神病学的一切规定。讲到那些姑娘,那么在这方面我从前是一个大专家〔……〕。

乔治·林特瓦烈夫在哪儿？他在干什么？

收到这个短篇小说后,请您务必通知我；如果您觉得它不合用,我就把它寄到另一个地方去,标明"纪念迦尔洵"。求上帝保佑,别不合用才好。我为它忙了很久呢。

我这儿一点钱也没有,简直要喊救命了。科学院的奖金,他们应许过五六个星期寄来,至于稿费,也没有一个地方给我寄来,因为我没有给任何地方写过东西。等到女发行人②寄钱到编辑部来,就请您说一声马上给我汇钱来,也就是用电报汇来。上帝啊,你们是些多么不识趣的人啊,为什么你们把萨巴希尼科娃嫁给那个怪物叶甫烈伊诺夫③呢？为什么你们不等着我呢？为了文学的利益我是愿意跟她结婚的。到那时我的《北方通报》就会有一万

---

① 《精神错乱》,供《纪念迦尔洵》文集刊登。——俄文本注
② 《北方通报》发行人萨巴希尼科娃。——俄文本注
③ 《北方通报》杂志主编叶甫烈伊诺娃的弟弟。——俄文本注

到一万五千个订户了。我要把陪嫁钱的一半用到广告上去。萨巴希尼科娃不会生气的。

柯罗连科没有到我这儿来过。他把中篇小说寄来了吗？如果寄来了，那我很高兴，否则我就要讨厌契诃夫的小说，要恶心了。

讲到美烈日科甫斯基的论文①，如果把它看作从事严肃的批评工作的愿望的表现，那它就是非常可喜的现象。它的主要缺点是缺乏朴素。第二个缺点是作者没有把问题弄清楚，信心不足；这可以从下面一点看出来：他差不多在每一页上都做出让步，混淆不同的概念；有的地方极其紧张，含混。第三个缺点是"编者按"②；就是打死我，我也全然弄不明白这个按语是什么意思。这里所说的撰稿人指的是哪些人呢？那么在普罗托波波夫③的每一篇论文下面都请加上一个按语，说"这篇论文虽然契诃夫不喜欢，我们还是发表了"。编者是同作者一起为每一行文字负责的；他和作者要负责任，第三者在这儿是多余的。谁不同意，谁就可以另写一篇文章，而不应该从峡谷里钻出来进行突然袭击。编者不管怎样，应当绝对**独立自主**，至少在公众眼睛里应当是这样，这也就是他何以是编者的缘故。

我有心到彼得堡去看望您，可是我没有钱。萨维娜打算上演我的《蠢货》；她到苏沃林家里去过，取走我的地址和登载《蠢货》的那张报纸④。在莫斯科这个戏演得大获成功，在内地也演得很

---

① 《新才能的老问题》，发表在1888年《北方通报》第11期上；这个反动批评家当时在大学里读书。
② 《北方通报》杂志在发表美烈日科甫斯基的论文的时候附了一段"编者按"："美烈日科甫斯基先生的论文同我们某些撰稿人的意见的分歧仅仅在艺术的美学观点的细节方面，而在基本原则方面却跟上述的意见十分接近，因此我们认为可以让它在《北方通报》的篇幅里占一个地位。"——俄文本注
③ 俄国当时的一个批评家和政论家。
④ 剧本《蠢货》登载在1888年8月30日《新时报》第4491号上。——俄文本注

多。这简直弄得人飘飘然了。

小剧院的演员们争先恐后地读我的《命名日》①。他们喜欢它。女性特别满意,觉得合她们的口味。

多承您愿意看我的小说的校样,谢谢。不过要知道,就是最好的、最理想的校对者也不能避免出错。问题并不在于个别的字母印错。应当让作者自己看自己的文章的校样。如果将来您把我的校样寄给我,那我就应许您:我不会把校样扣留到一天以上。向您的全家热诚地致意。求上帝以及他所有的天使保佑您。

您的安·契诃夫
一八八八年十一月十三日
于莫斯科

一五四

致阿·谢·苏沃林

亲爱的阿历克塞·谢尔盖耶维奇,随信附上《卡希坦卡》②的一张画,请您费神保存。这是供封面用的。我这本书的封面要用白色,封面上有一块地方坐着这条狗。那样会简单,然而会很好。这是画家斯捷潘诺夫画的,他是个打猎迷,对狗有彻底的研究。要画一条达克斯狗③和看家狗的混合种狗,那是一个不容易的工作,可是您看得出来,斯捷潘诺夫把这个问题解决得很出色。请看它的腿和胸。给一张狐狸样的脸添上一种

---

① 契诃夫的中篇小说,发表在1888年《北方通报》第11期上。
② 这是契诃夫的一个中篇小说,但这里指的是这篇小说里的狗的插图;苏沃林把这篇小说印成了单行本。
③ 一种短毛歪腿的狗。

忠厚的狗的神情,也是不容易的,可是就连这一点也表现出来了。您把这张画拿给娜斯嘉和包利亚看一看吧。如果他们喜欢它,那就说明画得好。其余的画还没画成。我不好意思催他:彼此都是朋友嘛。

我的《命名日》很中太太们的意。不管我上哪儿去,到处都受到太太们的称赞。真的,做一个医生而又了解自己所写的东西,那倒不坏呢。太太们说我把分娩描写得**准确**。在那个寄给迦尔洵的集子刊登的短篇小说里,我描写了精神病。

您的短篇小说怎么样?我很想读一遍。我并不认为您会写得很成功,不过我知道我会带着很大的兴趣读完它。您有许多不必要的紧张,您怀疑自己,您忠实,您极力在绳子上站稳,这是说您不自由;比方,您担心写得不够准确,担心读者不懂您的意思,就认为必须说明每个情节和动作的原因。列宾娜①说:"我服毒了!"可是您觉得这还不够,您又逼着她说了两三句多余的话;这样,您为满足自己的忠实感而牺牲了真实。我不会说这是您天性中的根本的特点。这是因为您惯于用政论家的眼睛看一切东西。老兵不管说什么,总是把话引到战争上去,同样您也总是把话引到政论上去。要是您写了十来个短篇小说,再加上五个剧本,局面就会不同,习惯让位给经验了。要是讲到您的天性,那么您的天性是与众不同的。您有别人所没有的东西。趁我们现在还没有分手或者还没有死,我是乐于利用您的力量的;我要把您搁置不用的东西偷过来。为什么您拒绝共同写《树精》呢?要是这个剧本不好,或者要是由于某种缘故它不合您的口味,那我就向您约定绝不上演它,也不发表它。如果《树精》不行,您就另外提供一个题材好了。我们不妨

---

① 苏沃林的剧本《达吉雅娜·列宾娜》中的女主人公。——俄文本注

根据歌剧《尤姬福》①的情节写一个悲剧《奥洛费尔恩》②，让尤姬福爱上奥洛费尔恩；这个好统帅死于犹太人的诡诈……题材是很多的。可以写《所罗门》③，可以表现拿破仑三世和叶夫根尼雅④，或者写厄尔巴岛上的拿破仑一世⑤。……

我正在给《新时报》写一个短篇小说⑥。我在描写一个恶劣的女人。

昨天柯尔希剧院的一个演员要求我代他在您的书店里说一说情：买屠格涅夫的作品的时候打个折扣。我说屠格涅夫不是由您出版的，我说情也没有什么用处。我做得对吗？

向您的全家热诚地致意。

您的安·契诃夫

一八八八年十一月十五日

于莫斯科

一五五

致阿·谢·苏沃林

……啊，我在开始写一篇什么样的小说啊⑦！我会带去，请您

---

① ② 《尤姬福》是基督教《圣经》中的一部伪经，女主人公是尤姬福，在亚述的统帅奥洛费尔恩进攻威契路亚城时拯救了这个城，她潜入奥洛费尔恩的帐篷，砍掉了他的头。歌剧《尤姬福》由作曲家谢罗夫编剧，于1888年秋季在彼得堡小剧院上演。——俄文本注
③ 所罗门是《圣经》中的人物。契诃夫曾动笔写这个剧本，至今留存着它的一个片断：所罗门的独白。——俄文本注
④ 拿破仑三世的妻子。
⑤ 拿破仑一世被迫退位以后，流放到厄尔巴岛，囚禁于此。
⑥ 《公爵夫人》发表在1889年3月26日《新时报》第4696号上。——俄文本注
⑦ 这篇小说没有发表。——俄文本注

看一遍。我在写一篇以爱情为题材的东西。我选了夹叙夹议的体裁。一个正派人把另一个正派人的妻子拐跑了,他就对这个问题写下了他自己的看法;他跟她同居,又有他自己的看法;他跟她分手,还是有他自己的看法。我时而谈到剧院,时而谈到"信念的不同"的偏颇,时而谈到格鲁吉亚的军用大道,时而谈到家庭生活,时而谈到当代知识分子不适应这种生活,时而谈到毕巧林①,时而谈到卡兹别克②……简直是大杂烩,求上帝保佑才好。我的脑子张开了翅膀,至于飞到哪儿去,我却不知道。

您写道,作家是上帝的选民③。我不来跟您争论。谢格洛夫说我是文学界的波将金,因为这个缘故我就没有资格说到坎坷的道路、失望等等。我不知道我以往受过的若是不是比鞋匠、数学家、乘务员重,我也不知道用我的嘴说话的是上帝呢,还是别的什么坏得多的人。我只容许我自己指出一种小小的不愉快的事,这是我亲身经历过,大概您凭经验也熟悉的。事情是这样:您和我都喜爱普通人;别人之所以喜爱我们,却是因为他们把我看作不平凡的人。比方,到处请我去做客,到处请我吃喝,倒好像我是婚礼上的将军一样;我妹妹很生气,因为到处都请她去只是因为她是一个作家的妹妹。谁都不打算把我们当作普通人那样爱我们。由这一点势必会造成这样的后果:如果明天我们在那些好心的熟人眼里变得是普通的凡人,他们就会不再爱我们,光是怜悯我们了。这实在糟糕。再者,人家在我们身上所爱的往往倒是我们自己不爱的而且不尊重的东西,这也是糟糕的。我写过一个短篇小说《头等客车的

---

① 莱蒙托夫的小说《当代英雄》的主人公,一个"多余的人"的典型。
② 高加索的地名。
③ 意谓"得天独厚的特种人物"。

乘客》①，在那篇小说里我的工程师和教授谈论名望，而我是写对了的，这真糟糕。

我要动身到农庄去了。滚他们的吧！您有费奥多西亚。

顺便谈一谈费奥多西亚和鞑靼人。人们不断侵吞鞑靼人的土地，可是谁也不考虑他们的福利。需要开办鞑靼学校。您该写一篇文章，说明我国内阁应当把用在爱吃腊肠的、让那些无益的德国人学习的杰尔普特大学的金钱拨给有益于俄国的鞑靼人，去开办学校。我自己很想写这样一篇文章，可又不会写。

列依金寄给我一个十分逗笑的通俗喜剧②，那是他自己写的。这个人在他那一类作家当中是独一无二的。

祝您健康和幸福。

　　　　　　　　　　　　您的安·契诃夫
　　　　　　　一八八八年十一月二十日至二十五日
　　　　　　　　于莫斯科

请您告诉马斯洛夫，就说他的剧本③的命运正在决定中：他们举棋不定，时而这样，时而那样。他们上演过一个西班牙的戏④，失败了，至于上演另一个戏，却还没做出决定。

---

① 契诃夫的短篇小说，发表在1886年8月23日《新时报》第3765号上。——俄文本注
② 《身为消防队员的教父》，1888年在彼得堡出版。——俄文本注
③ 指俄国作家马斯洛夫（笔名别热茨基）的剧本《谢维尔斯基诱惑者》，预备交莫斯科的柯尔希剧院排演。——俄文本注
④ 西班牙剧作家霍节·艾切盖拉伊的剧本《伟大的加列奥托》，在柯尔希剧院上演。——俄文本注

一五六

致阿·谢·苏沃林

亲爱的阿历克塞·谢尔盖耶维奇,《幸福的思想》①不大妥当。读者习惯于在这个题目下寻找贝尔纳德②式的作品。其次,这个题目已经不止一次被小报滥用过了。

我正在结束我给您写的那个短篇小说③;如果《新时报》觉得它合用,那我会很高兴。我本来早就可以把它写完,可是不断有人来打岔,像这么厉害的打岔以前还从来没有过。客人不断地来……简直要命!这么多的不必要的谈话,而且尽谈些鬼才知道的事,这就把我弄得昏昏沉沉,渴望彼得堡像渴望天国乐土一样了。等我到了彼得堡,我就要在您的房间里坐着,再也不出去了。

这个短篇小说写得相当枯燥。我正在学着写"议论",极力避开口语。在我着手写长篇小说以前,必须让我的手在故事形式中自由地表达思想。我现在就是在进行这种训练。我会把这篇小说给您看一遍。如果我的试验还有点合用,那就请您拿去,如果不合用,那么请您对我直说就是。我有许多不合用的货色;我并没有因为它们没发表出来而觉得不舒服。这个短篇小说的情节是这样的:我给一个年轻的太太治病,因而认识了她的丈夫,他是一个正派人,没有信念和世界观;由于他处在城里人、情夫、丈夫、有思想的人的地位,他就势必碰到一些无论如何非解决不可的问题。可

---

① 苏沃林的一个短篇小说的篇名。——俄文本注
② 契诃夫指的应是英国幽默作家贝尔南德的短篇小说。——俄文本注
③ 这个短篇小说没有发表。它付排以后,契诃夫读了校样,可是他把校样留下来,预备继续写下去。——俄文本注

是没有世界观,怎么能解决呢?怎么能解决呢?我们的结交后来结束了,他给我一份手稿:《我的生平简述》,是由许多短短的章节组成的。我从中选出一些我认为最有趣的章节,献给好心的读者。我的短篇小说直接从第七章开始,用一种大家早已熟悉的情形结束,那就是自觉的生活如果缺乏明确的世界观,就不成其为生活,而是一副重担,一件可怕的事。我写的是一个健康、年轻、多情的人,既会喝酒,又会欣赏自然,好幻想,没有书呆子气,也不绝望,而是一个十分平常的人。

结果我写出来的不是小说,却成了小品文。

莫斯科剧院的经理①我知道得很清楚。关于女人他的话有一大半是胡说。

艾切盖拉伊的剧本②可以在市民的客厅里上演,可是对马斯洛夫的剧本③来说,却必须建造大教堂和墓园。差别是很大的。即使马斯洛夫的剧本坏到无可再坏,可是只要那是一个普通的、描写日常生活的或者执拗的剧本,它就早已在柯尔希剧院上演了。要知道,问题不在于这个剧本好不好!马斯洛夫认为彼契巴④是个猎艳家,他是从哪儿听来的?这个人是个死板的、外表挺中看的法国人,仅此而已。

向您的家人致意。您的信封好得很!等我娶了一个有钱的女人,我就买它一百个卢布的信封和一百个卢布的香水⑤。

您的安·契诃夫

一八八八年十一月二十八日

于莫斯科

---

① 指别吉切夫,女作家基谢廖娃的父亲。——俄文本注
② 指在柯尔希剧院上演而失败的《伟大的加列奥托》。参看上一封信(第一五五封)的注。——俄文本注
③ 《谢维尔斯基诱惑者》,当时准备交柯尔希剧院排演。
④ 柯尔希剧院的一个男演员。
⑤ 这香水用来洒在信封上。

您岂不是可以用《无题》来代替《幸福的思想》吗？

一五七

致亚·巴·连斯基[1]

尊敬的亚历山大·巴甫洛维奇：

请您转告丽吉雅·尼古拉耶芙娜[2]，就说我为那个故事[3]对她**无限感激**。这个故事有双重的价值：（一）它好，（二）从我同批评家们和诗人们的谈话中可以下个断语，这个故事还没有被人利用过。我十分喜欢它，所以反倒心中无主，不知道该拿它怎么办：是把它插在一个中篇小说里好呢，还是把它写成一篇独立的小小说好，再不然索性把它送给一个什么诗人。我大概会采取头一个办法，也就是把它插在一个中篇小说里，让它成为一种装饰品[4]。讲到"雄辩术的范文"，那么说来也真惭愧，我连一篇合适的范文也没找到……

应当编纂一本文选才对，也就是专门着手选择范文。据彼得堡的人说，魏恩贝格的文选[5]编得不好，不能使教师们满意。再者，这本文选贵得厉害。为什么您在莫斯科不可以凑上五六个人，

---

[1] 亚历山大·巴甫洛维奇·连斯基，莫斯科小剧院的男演员。——俄文本注
[2] 连斯基的妻子。
[3] 收信人的妻子丽·尼·连斯卡雅，按照契诃夫的请求，记录下她在别尔马梅特高原听到的鞑靼的传播者讲的"关于高加索上游起源的高加索故事"。——俄文本注
[4] 1889年2月15日契诃夫写信给连斯基，说到这个故事："我把它插在一个小小的中篇小说里了，这篇小说要在夏天发表。"这个中篇小说没有发表。——俄文本注
[5] 《舞台艺术的实践》，彼得·伊·魏恩贝格著，1888年在彼得堡出版。——俄文本注

组织一个委员会呢？为什么这个委员会不编出一本文选呢？您是个有经验的人,这件事是能够做成的。编这样一本文选用不了一年的工夫。要是您不嫌弃这个想法,那就请您记住这件事,等我回去以后谈一谈,把这件事商量一下。我**相信**这本文选编得出来,而且书价不会高于一个卢布零二十五个戈比。

星期一我要到"文学协会"去朗诵我那新的短篇小说①。讨论一定会很有趣。我得把我的脖子放在像安德烈耶夫斯基②和乌鲁索夫公爵③之类的律师和所向披靡的雄辩家的打击之下。不过,求主保佑我们吧!

我握您的手,再一次请求您向丽吉雅·尼古拉耶芙娜转达我的诚挚的谢意。

您的安·契诃夫

一八八八年十二月八日

于彼得堡

一五八

致阿·谢·苏沃林

亲爱的阿历克塞·谢尔盖耶维奇,这个剧本④我是在昨**晚八点钟**收到的,而不是像您所应许的那样,像应当的那样,早两天收

---

① 12月12日俄罗斯文学协会举办契诃夫的短篇小说《精神错乱》朗诵会。起初由契诃夫朗诵,后来由达维多夫朗诵。朗诵以后,大家交换意见,气氛活跃。——俄文本注
② 俄国律师和诗人。——俄文本注
③ 俄国律师和作家、戏剧家。——俄文本注
④ 指苏沃林的剧本《达吉雅娜·列宾娜》。契诃夫参与了这个剧本在小剧院排演的组织工作。——俄文本注

到。尼库林娜①像发了疯似的着急,每延误一个小时都会耗掉她一普特的血。昨天她没有派人来。这是个坏兆头。我担心她沉不住气,吩咐人照旧稿本抄台词了。

昨天我派人把稿本给她送去了,不过我把旧稿本留下了,我怕他们会弄混。今天她派人到我这儿来,约我五点钟去找她。昨天我写信告诉她说:"如果演员先生们愿意做一些删改,那么作者(也就是您)是给他们以行动的充分自由的。他只要求某几处不要更改,这几处他已经在写给我的信上指明了。"我只想救出阿达谢夫②,这样就足以使得整个剧本免于毁灭。阿达谢夫一开口说话,列宾娜③就不得不回答他。

我把您的剧本读了一遍。其中有许多富于独创性的好东西,那是以前戏剧文学里所没有的,不过也有许多不好的东西(例如语言)。如果我们有批评家的话,这个剧本的优点和缺点就成为一笔大家可以沾光的资本了。可是这笔资本却会空放着,不事生产,一定要弄到陈旧了,成为废物了事。批评家是没有的。尽说些陈腔滥调的达契谢夫④、笨驴米赫涅维奇⑤、冷漠的布烈宁,俄罗斯的批评界的全部力量就是这些。为这个力量写作是不值得的,好比不值得让一个伤风的人去闻花香一样。有些时候我简直灰心了。我写作是为了谁,是为了什么目的呢?为公众吗?可是我没有看见它,也不相信它,就跟不相信鬼一样:他们缺乏教育,教养很差,其中的优秀分子在对待我们的态度上不老实,不诚恳。这个公众需要不需要我,我没法知道。布烈宁说谁也不需要我,我尽写些

---

① 小剧院的女演员。——俄文本注
② 《达吉雅娜·列宾娜》剧中的男主人公。——俄文本注
③ 《达吉雅娜·列宾娜》剧中的女主人公。——俄文本注
④ 历史学家和政论家。——俄文本注
⑤ 新闻记者。——俄文本注

无聊的东西；而科学院却给了我奖金，连鬼也弄不明白这是怎么回事。为钱而写作吗？可是我素来没有钱，而且由于不习惯有钱，对钱就差不多冷淡了。我为钱工作就不起劲。为了博得称赞而写作吗？可是称赞反而惹得我生气。文学协会、大学生、叶甫烈伊诺娃、普烈谢耶夫、姑娘们，等等，拼命称赞我的《精神错乱》，可是只有格利果罗维奇一个人注意到初雪的描写①，等等，等等。不过，如果我们有批评家，那我就会知道我是一种材料（至于是好材料还是坏材料，那没关系），我就会知道那些致力于研究生活的人需要我，就跟天文学家需要星星一样。那我就会努力工作，就会知道为了什么目的工作。现在呢，我、您、穆拉甫林②等，都像疯子似的为个人的快乐而写书，写剧本。当然，个人的快乐是好东西；人在写作的时候是感到这种快乐的，不过这以后又怎么样呢？可是……我要打住了。总之，我为达吉雅娜·列宾娜抱屈，我惋惜的倒不是她服毒自尽，而是她活了一辈子，痛苦地死掉，被人白费气力地写出来，对人们没有任何益处。有许许多多的种族、宗教、语言、文化消灭得无影无踪了，它们所以会消灭，就是因为没有历史学家和生物学家。许许多多的生命和艺术作品由于完全缺乏批评家也就这样在我们的眼前消灭了。据说我们的批评家没事可做，当代的一切作品都不足道，都差。然而这是狭隘的看法。生活不应当只从正面而也应当从反面加以研究。单是八十年代连一个作家也没产生这个信念，就可以成为写出五本书的材料。

　　这个剧本的改动不太明显。那段独白，如果将来由连斯基念，

---

① 《精神错乱》发表以前在俄国文学协会里朗诵过。格利果罗维奇写信给契诃夫，讲到他对这篇小说的印象，他在指出这篇小说的高度成就的时候特别指出小说里的初雪的描写："第296页从第6行到第11行，可爱极了！我很生气，因为谁也没注意到第308页上的第6行；而且人家告诉我说，文学协会朗诵的时候还有诗人在场呢。"——俄文本注

② 俄国作家德·彼·戈里曾的笔名。——俄文本注

就没有特别的必要删掉,不过列宾娜倒也许因此沾光了。对厌倦生活的青年人来说,任何道理,任何引证上帝、母亲等的话都缺乏说服力。厌倦是一种不可小看的力量。再者,列宾娜还害着严重的胃病。她能一声不响,也不皱眉地听这段冗长的独白吗?不能。她那句话:"您说得不对头,不对头……"写得很真实,可是第一百三十九页上的那句话:"为了生活,为了生活……"我却不懂。不必让她同意阿达谢夫的意见。如果痛苦逼得她打算生活下去,那我能懂,然而我不相信阿达谢夫的话的力量。再者也用不着他来说服什么人。关于母亲的温存的插话:"……我孤孤单单,孤孤单单",这写得好。Merci①。那段拿着花的独白(第一场)太短,可以长一点,生动一点。在您的剧本里,列宾娜的话差不多都缺乏生动性。第三幕的结尾全在叶尔莫洛娃②的手里。达吉雅娜不该常用"该死的"三个字:该死的欺压者,该死的犹太人……第一幕里列宾娜说到自己宽宏大量的那些新颖的话很好,而且合适,然而阿捷尔尼科夫讲的金牛故事却是任意添出来的,成为多余的装饰品了。

我刚才收到您的来信。第四幕结尾③去掉了萨霞,您觉得极其刺眼。其实这样做是应当的。让所有的观众都看出萨霞不在场吧。您主张要她出场,说舞台的法则要求这样做。好,那就让她出场,可是她会说些什么呢?说出什么样的话呢?这样的姑娘(她不是一个天真烂漫的少女,而是一个端庄的姑娘)不会说话,也不应当说话。先前萨霞能说话,而且动人,可是新的萨霞一出场反而惹得观众生气。要知道她不能够搂住伊凡诺夫的脖子,说:"我爱您!"要知道她不爱他,而且承认这一点了。为了让她在结尾出场,那就得把她整个从头改写才成。您说一个女人也没有,这就弄

---

① 法语:谢谢。
② 莫斯科小剧院的女演员。
③ 指契诃夫对他的剧本《伊凡诺夫》所作的修改。——俄文本注

得结尾干巴巴了。我同意。只有两个女人可以在结尾出场,帮伊凡诺夫说话,那就是他的亲娘和犹太女人,她们确实爱他。可是她俩都死了,因此不能说话了。就让孤儿做孤儿吧,随她去好了。

《蠢货》出第二版了①。您还说我不是一个优秀的作家呢。我已经为萨维娜、达维多夫和别的大臣们想出了一个轻松喜剧,名字叫《雷与电》②。一天晚上,在暴风雨中,我叫地方自治局医师达维多夫坐车到一个姑娘萨维娜那儿去。达维多夫正在闹牙痛,而萨维娜有一种难缠的性格。他们的有趣的谈话屡次被雷声打断。结局,他们结了婚。等我文思枯竭了,我就写轻松喜剧,靠它们生活。我觉得我一年能写它一百篇。轻松喜剧的题材从我心里直往外冒,就跟石油从巴库的地底下往外冒一样。为什么我不能把这个矿藏区让给谢格洛夫呢?

我给胡杰科夫寄去一个短篇小说③,换来一百个卢布,请您不要读那篇小说,我为它害臊呢。昨天我坐下来为《新时报》写一篇童话④,可是来了一个女人,把我拉到普留希哈,到诗人巴尔明家里去,这个诗人喝醉酒,跌一跤,碰伤额头,连骨头都摔坏了。我就为他,为这个醉汉,忙了一个半小时到两个小时,筋疲力尽,弄得满身是碘酒的气味,一肚子气,疲乏地回到家里。今天再写已经迟了。一般说来我的生活乏味,有时我开始有一种痛恨的心情了,而这是以前从来也没有过的。冗长愚蠢的谈话、客人们、来请托事情的人、一两个或两三个卢布的周济、为病人用掉而得不到补偿的马车费,一句话,乱七八糟,弄得人恨不能逃出这个家才好。有些人

---

① 指拉索兴的《戏剧丛书》的石印本。——俄文本注
② 这个轻松喜剧没有写成。——俄文本注
③ 《鞋匠和魔鬼》,发表在1888年12月25日《彼得堡报》第355号上。——俄文本注
④ 《童话》。——俄文本注

在我这儿借了钱不还,随意拿走我的书,往往不爱惜我的东西……只缺倒霉的恋爱了。

我从尼库林娜那儿回来了。奥列宁娜①的角色交给列希科甫斯卡雅②演的时候,费多托娃③声明她愿意演这个角色,可是已经迟了。您看,大家对您多么尊敬!就连憎恨您的人也想法向您讨好。萨多甫斯基④演柯捷尔尼科夫。这已经决定了。戈烈夫⑤正在让步,可是还没有完全让步。您那几行对他起了作用。尤仁⑥打入冷宫了,可是女士们倒高兴。您太过分了!他演萨比宁会比达尔玛托夫⑦好一千倍。普拉甫津⑧演松年希捷英。美德威杰娃⑨演拉伊萨。萨多甫斯卡雅⑩不会演犹太女人,美德威杰娃在这方面却是一个行家。您喜欢她。阿芙多嘉交给雷卡洛娃⑪扮演。尼库林娜伤心了,因为她的台词对她的福利演出来说未免太少。这是真的。福利演出定在一月十六日。您给尼库林娜加点台词吧!在十六日以前您还来得及添写两三段,寄来。请您为尼库林娜扩大第二幕、第三幕、第四幕吧。让她在第二幕里同萨比宁谈一谈爱情,谈一谈男人,稍微谈一下,用一种活泼而幽默的形式。您改写几场,送到书报检查官那儿去审查就行了,过了福利演出以后不妨丢掉。我应许尼库林娜说我会请求您的。让她在第四幕结尾有个说话的机会。让她长吁短叹之类的。

我希望您在一月十六日以前来到此地。要是您不来,演员们会生气的。他们对您抱着良好的感情,就连恨您的人也尊敬您,重视您。他们表演得比亚历山大剧院好。至少他们的合作比它好。第二次彩排以后我要到连斯基那儿去,谈一谈剧本的删削,如果演员们要求这样做的话。

---

①②③④⑤⑦⑧⑨⑩⑪　莫斯科小剧院的演员。
⑥　即苏木巴托夫-尤仁,小剧院的演员。

我这封信您会在圣诞节的头一天收到。因此我庆贺您过节好。您休息一下吧。我妹妹问候您、安娜·伊凡诺芙娜、孩子们。我也深深地鞠躬,想念您。

安·契诃夫
一八八八年十二月二十三日
于莫斯科

《孩子们》的材料①我在节日寄上。那会是一本挺好的小书。我也在为第三个小说集收集材料。那些可恶的画家和朋友使得我为《卡希坦卡》为难。到现在为止插图还没画好。

我要到三月间才给《北方通报》一个短篇小说,而在三月以前我只给您写稿。我说话算话。我很不好意思。新年以前我寄上一篇神话,一月间寄上《公爵夫人》。

一五九

致阿·谢·苏沃林

我难过,因为您生气了,因为《新时报》上没有我的小说,可是有什么办法呢?要我给您一个依我看来十分差的短篇小说,那是不论给我多大的好处,我也不肯干的,要不然我倒会每个星期都在您的报纸上露面,挣下不少钱了。不管您怎样想都由您,可是将来我还是要采取这种策略,也就是不把我讨厌的东西寄给您。要知道,至少应该顾全一家报纸,再者也得爱惜我在《新时报》上的名声。至于对《彼得堡报》,那就可以马马虎虎了。

您写道,不应该为批评家写作,而应该为公众写作;您还说,发

---

① 在《孩子们》小说集中契诃夫收入六个给儿童看的短篇小说。——俄文本注

牢骚还嫌太早。当然,自以为在为公众工作,那是愉快的,然而,我从哪儿知道我确实是在为公众工作呢?由于我的工作渺小得可怜以及其他一些原因,我自己并没有从我的工作里感到快乐,可是公众(我没有说它下贱)在对待我们的态度上不老实,不诚恳,从来也没听它说过真话,因此也就弄不明白它到底需要不需要我。发牢骚对我来说还嫌太早,然而我干的究竟是正经事还是无聊事呢?对自己提出这样一个问题绝不能说嫌早。批评家沉默,公众说谎,我的感觉告诉我说我干的是无益的事。我在发牢骚吗?我不记得我上封信的口气怎样了,不过假如真是这样的话,那我也不是在为自己抱怨,而是为我们所有的同行抱怨,我为他们无限地惋惜。

我整整一个星期脾气很坏,像个狗崽子。痔疮发痒而且出血,客人不断地来,跌伤额头的巴尔明①需要我诊治,烦闷无聊。在这个节期的头一天傍晚我忙于给一个病人看病,而他就在我眼前死了。总之,心绪闷闷不乐。脾气坏,实际上是一种懦弱。我承认这一点,骂我自己。最使我懊恼的是我向您透露了我的忧郁,这种忧郁是毫无趣味的,并且在我这种被诗人们歌颂的壮年是丢脸的。

在新年以前我要极力把那篇供您刊登的神话写完,元旦以后我很快就会把《公爵夫人》寄上。

轻松喜剧只能在夏天而不是在冬天发表。

您要我无论如何让萨霞出场②。可是要知道,《伊凡诺夫》未必会上演③。如果它会上演,那么,遵命,我就照您的主意做,只是请您原谅,我要整她一下子,这个坏女人!您说女人是出于怜悯而

---

① 俄国诗人,因酒醉而跌伤额头。
② 萨霞是契诃夫剧本《伊凡诺夫》中的一个人物,当时契诃夫在修改这一剧本,准备再度上演,剧本结尾没有让萨霞出场。
③ 说的是打算在亚历山大剧院演出《伊凡诺夫》,契诃夫为此改写了剧本。——俄文本注

爱人,出于怜悯而嫁人……那么男人呢?那些现实主义者和浪漫主义者诽谤女人,这我是不喜欢的,不过我也不喜欢把女人抬得比尤仁这样的人高;我极力要证明如果女人比男人差,那么男人也仍旧是坏蛋,而女人是天使。女人也好,男人也好,无非是半斤八两,只是男人聪明一点,公平一点。今天连斯基会从剧院里来找我。我们会谈到《达吉雅娜》。我会把您的修改稿托他转交萨多甫斯基。

我的画家情况照旧①。

明年秋天我要搬到彼得堡去。我带着母亲和妹妹一起去。必须认真干工作了。

为什么您那么不喜欢您的那个片断②呢?您的一切东西都好。我正在等待尼·拉甫列茨基③再写出一个短篇小说。您写吧!在您的《一个夜晚的故事》④里,有那么多各式各样的好东西乱放着,堆积着,有时简直要绊得人跌跤,然而它使人读得津津有味,对作者抱有很大的好感。只是您务必要写得乱堆乱放,不要光滑扁平。我讨厌那些光滑的小说了,而且读者也读厌那种小说了。

请您不要生我的气,原谅我的忧郁,连我自己也对它反感。这种忧郁是不能由我做主的各种不同情况在我心中引起的。

请您给我一通教训而不必道歉。啊,但愿您知道我在自己的信里多么经常地向年轻人发出教训来!这甚至养成了习惯。我的句子又长又啰唆,您的句子就短得多。还是您的好。

---

① 指契诃夫的二哥尼古拉·巴甫洛维奇·契诃夫当时由于缺少身份证而受到警察局的盘查,苦于无法摆脱这种困境。参看第一五〇封信。——俄文本注
② 苏沃林的剧本《伊凡雷帝的母亲》的一个场面,以《上帝的人》为名发表在1888年12月25日《新时报》第4608号上。——俄文本注
③ 苏沃林的笔名。——俄文本注
④ 苏沃林的短篇小说,发表在1888年12月20日《新时报》第4603号上,署名尼·拉甫列茨基。——俄文本注

连斯基同他的妻子到我这儿来过。他说叶尔莫洛娃①愉快地承担达吉雅娜这个角色了。头一幕演得不及彼得堡的剧院,不过我相信其余三幕好得多。叶尔莫洛娃演喜剧不如人意,否则头一幕也会精彩的。请您务必光临。这会使您散一散心。剧本的上演、它的成功、评论、修改等等,会使您疲劳,惹您生气,然而这是正常的,到夏天您就会愉快地回想这些了。

现在是为外省印行剧本的时候了。请您寄二十五个稿本来,我把它们交给拉索兴②。您加入协会③吧。您给达维多夫写独白了吗?您写好以后不要发表在报纸上,而要拿去石印。演员们不善于读印刷体,他们习惯于读石印体。您嘱咐尼·拉甫列茨基写独白吧。到夏天再把它发表在报纸上。

彩排要在过节以后开始。在尤利耶夫的葬礼上④我大概会跟叶尔莫洛娃相识,跟她随意谈一谈。关于剧本已经几乎没有什么可谈的了,因为一切已经安排就绪。我的全权处理也不大必要。就是没有我,一切也安排得不错。演员们和他们的妻子把我对彼得堡和您的剧本的偏爱、我的彼得堡之行,都解释为您有一个大女儿,我打算跟她结婚。

再见。问候安娜·伊凡诺芙娜和您的全家。

亲密地忠实于您的安·契诃夫

一八八八年十二月二十六日

于莫斯科

---

① 莫斯科小剧院的女演员。
② 《戏剧丛书》的主编。
③ 指俄罗斯话剧作家及歌剧作曲家协会。——俄文本注
④ 俄罗斯话剧作家及歌剧作曲家协会的主席尤利耶夫的葬礼定于1888年12月29日举行。——俄文本注

一六〇

致阿·谢·苏沃林

尼库林娜①因为您修改剧本②而向您道谢。萨比宁由戈烈夫③扮演。彩排还没有开始。这个剧本会获得成功,这我是相信的,因为演员们的眼睛明亮,脸色也不阴险,这就是说他们喜欢这个剧本,一心相信它会成功。尼库林娜约我去吃饭。谢谢您。

导演认为《伊凡诺夫》④是一个带有屠格涅夫的味道的多余的人;萨维娜⑤问道:为什么伊凡诺夫是坏蛋?您写道:"必须给伊凡诺夫添上点东西,好让人明白为什么会有两个女人吊在他的脖子上,为什么他是坏蛋,而医生是个伟大的人。"如果你们三个人都是这样理解我的作品,那么可见我的《伊凡诺夫》写得不行。我大概昏了头,写出了完全不是我想写的东西。如果我的伊凡诺夫变成了坏蛋或者多余的人,而医生变成了伟大的人,如果萨拉和萨霞何以爱上伊凡诺夫变得无法理解,那么我的剧本显然没有写透,那就谈不到拿来公演了。

我是这样理解我的人物的。伊凡诺夫是贵族,是读过大学的人,没有什么特别出众的地方;他生性容易冲动、激昂,极容易入迷,他诚实、直率,如同大部分受过教育的贵族一样。他住在自己

---

① 莫斯科小剧院的女演员。
② 尼库林娜曾要求苏沃林修改他的剧本《达吉雅娜·列宾娜》,以增加她的台词。
③ 莫斯科小剧院的演员。
④ 苏沃林在写给契诃夫的信上讲到彼得堡的亚历山大剧院的导演和演员们对于准备上演的《伊凡诺夫》做出了什么样的解释。——俄文本注
⑤ 彼得堡亚历山大剧院的女演员。

的庄园里,在地方自治局工作。他做什么工作,为人如何,什么事使他发生兴趣,吸引他,这可以从下面他对医生所说的话(第一幕第五场)里看出来:"您不要跟什么犹太女人,什么神经病女人,什么女学者结婚……不要孤身一个人跟千千万万的人斗争,不要跟风车作战,不要用脑门子去撞墙……求上帝保佑,您千万别去搞各式各样的合理化的农业经营,开办不同寻常的学校,发表激烈的言论……"这正是他的过去。萨拉亲眼看见过他的合理化的农业经营和其他种种计划,对医生讲到他的时候说:"大夫,这是一个了不起的人,可惜您没有在两三年前认识他。现在他心情忧郁,不肯讲话,什么也不干,可是以前……他是多么可爱啊!"(第一幕第七场)。他的过去美好,如同俄罗斯大多数知识分子一样。没有一个或者几乎没有一个俄罗斯上流人或者读过大学的人不夸耀自己的过去。现在永远比过去糟。为什么呢?因为俄罗斯的冲动有一种独特的性质:它很快就被厌倦代替了。这种人刚离开学校的凳子,就莽撞地担起自己的力量所不能胜任的担子,一下子又办学校,又做农民工作,又搞合理化的农业经营,又读《欧洲通报》,还发表演说,给大臣写信,跟恶势力搏斗,对好事鼓掌,讲起恋爱来绝不简简单单,也绝不随随便便,一定要爱上一个女学者,或者一个神经病女人,或者一个犹太女人,或者一个自己救出来的妓女,等等,等等……不过,他刚刚活到三十岁或三十五岁,就已经开始感到厌倦和烦闷了。他的嘴唇上还没留下像样的小胡子,就已经老气横秋地说:"老兄,别结婚……相信我的经验吧。"或者:"自由主义究竟是什么东西呢? 咱们背地里说一句,卡特科夫[①]倒常常是正确的。"他已经打算否定地方自治局,否定合理化的农业经营,否定科学,否定爱情……我的伊凡诺夫对医生说(第一幕第五

---

① 俄国 19 世纪的反动政论家,《俄罗斯通报》和《莫斯科新闻》的主编。

场):"您,亲爱的朋友,去年刚从大学毕业,还年轻,有朝气,我呢,已经三十五岁了。我有权利忠告您……"这就是那些过早厌倦的人的口吻。接着他就老气横秋地叹一口气,忠告他说:"您不要如此这般地结婚(请参看上引的一段),要选择那种平淡而灰色的东西,没有鲜明的色彩,没有多余的响声……总之,要照着老一套来安排全部生活。背景越是灰色,越是单调,就越好……而我所经历过的生活,它是多么叫人厌倦啊!……唉,那是多么叫人厌倦啊!"

他从生理上感到疲倦和烦闷,不明白自己起了什么变化,出了什么问题。他害怕,对医生说(第一幕第三场):"您刚才说她快要死了,可是我既没感到爱恋,也没感到怜惜,而只感到一种空虚,厌倦……要是有人在一旁看着我,这种情形多半很可怕,可是我自己也不明白我的灵魂起了什么变化……"胸襟狭隘而不老实的人落到这步田地,照例就把全部责任推到环境上去,或者把自己算在多余的人和哈姆莱特的队伍里去,就此心安理得了。然而伊凡诺夫是个直率的人,公开对医师和观众宣布他不了解自己:"我不明白,不明白……"从第三幕的大段独白里可以看出来他是真正地不明白自己,他在那一幕里跟观众面对面地讲话,当着他们的面忏悔,甚至哭了!

他内心所起的变化侮辱了他的正直感。他在外界寻找理由而没有找到,就开始在自己的内心寻找,却只找到一种模糊的负疚的感觉。这是俄罗斯人的感觉。俄罗斯人碰到家里有人死了,或者病了,或者他欠了别人的债,或者他借给别人钱,总是感到自己有罪。伊凡诺夫时时刻刻讲到自己的某种罪过,在每一次震动中他的负疚感都在滋长。在第一幕里他说:"多半我犯了大罪,不过我的思想乱了,我的灵魂给某种懒惰锁住了,我没有力量了解我自己了……"在第二幕里他对萨霞说:"我的良心白日黑夜地痛苦,我感到自己深深地有罪,不过我究竟在哪方面犯下了罪,却连我自己也不明白……"

在厌倦、烦闷、负疚感以外,还添上另一个敌人。这就是孤独感。假如伊凡诺夫是文官,是演员,是教士,是教授,那他就会习惯于他的处境。然而他住在庄园里。他住在县里。四周的人要么是酒徒,要么是牌迷,要么是像医师那样的人……他们都不关心他的感情和他内心的变化。他孤单。漫长的冬天、漫长的傍晚、空旷的花园、空洞的房间、发牢骚的伯爵、生病的妻子……他没有地方可去。因此他每一分钟都被一个问题困扰着:怎么办呢?

现在出现了第五个敌人。伊凡诺夫厌倦了,不明白自己,可是生活根本不顾到这些。它对他提出种种合法的要求,他呢,不管愿意不愿意,却非解决这些问题不可。生病的妻子是一个问题,一大堆债务又是一个问题。萨霞吊在他的脖子上,也是一个问题。他怎样解决这种种问题,从第三幕的独白和后两幕的内容里应当可以看出来。像伊凡诺夫这样的人是不能解决问题而只能倒在这些问题的重压下面的。他们茫然失措,摊开两只手,神经紧张,到处诉苦,做些蠢事,到头来就放纵他们的松脆软弱的神经,脚下失去土地,跨进"沉沦的"和"不被人理解的"人们的行列中去了。

幻灭、冷漠、神经脆弱、疲倦,这正是极端的冲动的必然后果,这样的冲动正是我们的青年所固有的,而且程度非常严重。拿文学来说吧。拿现在来说吧……社会主义就是冲动的形式之一。它在哪儿呢?它在季霍米罗夫写给沙皇的信[①]里。那些社会主义者结了婚,就批评地方自治局了。自由主义在哪儿呢?连米海洛夫

---

① 叛徒列·亚·季霍米罗夫原是俄国民意革命组织的执行委员会委员,它的杂志的主编,暗杀沙皇亚历山大二世的一系列行动的组织者,侨居国外,但1888年他发表一本小册子:《为什么我不再做革命者》,表明他对沙皇效忠的态度。——俄文本注

斯基都说现在所有的棋子都乱了……一切俄国醉心的事值几个钱呢？战争①使它厌倦了，保加利亚②使它厌倦了，祖基③使它厌倦了，小歌剧也使它厌倦了……

厌倦（这一点连别尔千松④医师也承认）不仅仅表现为沮丧的心情和烦闷的感觉。厌倦的人的生活不能图解为，它很不平衡。一切厌倦的人并没有丧失最强烈程度的冲动的能力，只是时间不长，而且每次冲动以后紧跟着就是更大的冷漠……这种情形可以图解如下：

您看得出来，这种下降不是急转直下，而是有所不同。萨霞说穿了她对他的爱。伊凡诺夫兴奋地叫道："新生活来了！"可是到第二天早晨他就不相信这种生活，如同不相信鬼一样了（第三幕的独白）；他的妻子侮辱他，他冒火，冲动起来，狠狠地侮辱她一番。大家骂他是坏蛋。如果这没有毁掉他那脆弱的头脑，他就冲动起来，把自己痛骂一顿。

为了免得使您过于劳累，我就转换题目来谈医师利沃夫。这是个诚实、坦率、激烈的人，然而胸襟狭隘，头脑简单。关于这样的人，聪明的人总是说："他愚蠢，不过他有正直的感情。"凡是见解

---

① 指1887年至1888年的俄土战争。
② 指德国亲王费尔季南德·柯布尔斯基占据保加利亚的王位而使得保加利亚和俄国的关系复杂化了。——俄文本注
③ 意大利芭蕾舞女演员，维尔德日尼雅·祖基自1885年起在彼得堡小剧院剧团里一连演了三年，自1888年起组成以她为首的私人剧团，到莫斯科和其他城市演出。——俄文本注
④ 彼得堡的医师，写过一系列的医学著作。

的广阔和感情的直率之类的东西,在利沃夫都是陌生的。这是化成肉身的公式主义,能够走路的思想倾向。他通过一个狭窄的框框看每个现象和每个人,凭先入为主的成见评断一切。要是有人喊道:"为诚实的劳动让出一条路来!"他就崇拜这个人;谁不喊这句话,谁就是坏透了的坏蛋。中间道路是没有的。他受过米哈依洛夫①的长篇小说的熏陶,在剧院里看见过舞台上的"新人",也就是新剧作家们所描写的为富不仁的人和这个时代的儿子,"暴发户"(普罗波里耶夫、奥赫利亚比耶夫、纳瓦雷京②等)。他把这些都记在心里,而且记得那么牢,一读到《罗亭》,就必定要问自己:"罗亭是不是坏蛋?"文学和舞台把他教导得在生活里和文学里一见到人就要提这个问题……要是他有机会看到您的戏,他就会怪您没有写清楚柯捷尔尼科夫、萨比宁、阿达谢夫、马特威耶夫③等先生们是不是坏蛋。这个问题在他是重要的。至于所有的人都是有罪的,这在他却不够。您得给他写出圣徒和坏蛋来!

他到县里来的时候,他的成见已经形成了。他立刻把所有富裕的农民都看成为富不仁的人,而且把他所不理解的伊凡诺夫立刻看成坏蛋。这个人的妻子有病,他却坐车到一个有钱的女邻居那儿去,那他岂不是一个坏蛋吗?显然他要折磨死他的妻子,好娶那个有钱的……

利沃夫诚实,率直,有什么说什么,即使牺牲性命也在所不惜。如果必要,他就会往马车底下扔炸弹,打督察官的脸,骂人坏蛋。在任何事情面前他都不会迟疑。他从来也没有感到过良心的责备。他既是"诚实的工作者",就一定要打击"黑暗的力量"!

这样的人是需要的,他们大多数都可爱。即使为舞台的利益

---

① 俄国作家亚·康·谢列尔的笔名。——俄文本注
② 俄国剧作家和演员苏木巴托夫-尤仁的剧本中的人物。——俄文本注
③ 苏沃林的剧本《达吉雅娜·列宾娜》中的人物。——俄文本注

而把他们漫画化,那也是不正直的,而且也没有必要。不错,漫画比较尖锐,因而比较容易理解,不过与其玷污他们,宁可写得含蓄一点……

现在来谈那些女人。她们为了什么缘故爱他呢?萨拉爱伊凡诺夫,是因为他是一个好人,因为他热烈,他发光,他讲话跟利沃夫一样激昂(第一幕第七场)。当初他冲动、有趣,她就爱上了他;等到他在她的眼睛里开始变得模糊,失去明确的面貌,她就再也不能理解他,到第三幕的结尾就率直而尖锐地说出来了。

萨霞是一个具有最新气质的姑娘。她受过教育,聪明,诚实,等等。俗语说得好,缺鱼的时候虾也可以将就,因此她才挑中三十五岁的伊凡诺夫。他比所有的人都好。她从小就认识他,在他还没厌倦的那段时期里密切注意过他的活动。他是她的父亲的朋友。

像这样的女性,男性是不能用羽毛的鲜艳、坚韧、勇敢来征服的,然而用抱怨、叹息、失意却能征服她们。这样的女人只在男人走下坡路的时候才会爱上他们。伊凡诺夫刚一泄气,这个姑娘立刻就来了。她一心在等这个。我的天,她有多么高尚神圣的工作要做啊!她要救活倒下去的人,扶他站稳,给他幸福!她所爱的并不是伊凡诺夫,而是这个工作。都德的阿尔让东①说:生活可不是小说啊!萨霞不明白这一点。她不知道爱情在伊凡诺夫反而是多余的纠葛,反而是从背后来的一个额外打击。结果怎样呢?萨霞在伊凡诺夫身上花了整整一年的工夫,而他仍旧没有活过来,越堕落越深了。

我的手指头痛了,我要结束了……如果上述的一切都没有表现在剧本里,那就根本谈不到把它上演了。那是说我没有写出我

---

① 法国作家都德的长篇小说《雅克》中的一个人物。——俄文本注

要写的东西。那就请您把剧本收回吧。我不打算在舞台上胡说八道。要是观众从剧院里出来,认定伊凡诺夫是坏蛋,医师利沃夫是伟大的人,那我只好从此辞职,把我的笔丢给魔鬼。修改和增补都无济于事。任何修改都没法把一个伟大的人从高台上拉下来,任何增补也不能把一个坏蛋变成一个普通的、有罪的人。在剧本的结尾让萨霞出场倒还可以办到,可是给伊凡诺夫和利沃夫再添点什么,我却做不到。我没有这个本事。如果真的添上了一点什么,那我觉得会把这个剧本弄得越发糟。请您相信我的感觉,要知道这是作者的感觉啊。

我要向波捷兴①和尤尔科甫斯基②道歉,因为我平白无故打搅了他们。请他们原谅才好。老实说,上演这个戏,对我有吸引力的倒不是名望,也不是萨维娜……我指望着挣来一千个左右卢布。可是我宁可去借这一千个卢布,也不愿意冒这种干蠢事的危险。您不要用成功来引诱! 要是我不死,我的成功还在前面。我敢打赌,早晚我会从剧院的管理处捞到六七千的。您愿意打这个赌吗?

无论如何也不要让基塞列甫斯基演伯爵③! 当初在莫斯科我的剧本给他带来不少痛苦! 他到各处去抱怨,说人家硬逼着他扮演像我的伯爵那样的狗崽子。我何必再惹他伤心呢?

人家会说,这样是不妥当的,他已经演过这个角色了。可是为什么把伊凡诺夫交给萨左诺夫或者达尔玛托夫扮演就妥当呢? 要知道,伊凡诺夫原是由达维多夫扮演的啊!

嘿,我写了这么些,可把您看得累坏了! 够了,打住!
祝贺您过新年! 呜啦—啦!
幸运的人啊,您会喝到,或者已经喝到真正的香槟了,我呢,只

---

① 彼得堡的国家剧院的剧目审查处处长。——俄文本注
② 即费多罗夫-尤尔科甫斯基,彼得堡的亚历山大剧院的导演。——俄文本注
③ 契诃夫剧本《伊凡诺夫》中的一个人物。

449

能喝些劣等饮料!

我妹妹病了。浑身酸痛,发高烧、头痛等等。我家里的厨娘也是这样。这两个人都躺下了。我担心是伤寒。

请原谅我这封长得要命而惹人厌烦的信吧,我的好人。问候您的全家,吻安娜·伊凡诺芙娜的手。祝您健康。

您的安·契诃夫

一八八八年十二月三十日
于莫斯科

如果观众不了解"血里的铁",那就叫它见鬼去吧,也就是叫没有铁的血见鬼去吧。

我把这封信读了一遍。在伊凡诺夫的性格分析中常会碰到"俄罗斯的"这几个字。请您不要为这个生气。当初我写剧本的时候,我所注意的只是必要的东西,也就是专门注意典型的俄罗斯特征。例如,过分的冲动、负疚的感觉、厌倦,就纯粹是俄国人的特色。德国人从来不冲动,因此德国没有幻灭的人、多余的人、厌倦的人……法国人的冲动经常保持在一个固定不变的高度上,不是大起大落,因此法国人直到衰老始终只有正常的冲动。换句话说,法国人不必把自己的力量消耗在过分的冲动上;他们聪明地消耗自己的力量,因而不懂什么叫精神崩溃。

当然,在剧本里我没有使用像俄罗斯的、冲动、厌倦之类的专门名词,我十分希望读者和观众会注意到,不必为他们做出招贴:"这不是西瓜而是李子。"我极力朴素地表现我的人物,毫不怀疑读者和观众会从一句话当中了解我的人物,会重视关于陪嫁钱的谈话等等。

我没有能够把戏写好。当然,这是可惜的。伊凡诺夫和利沃夫在我的脑海里是活人。我凭良心对您诚恳地说,这些人不是由海水的泡沫,不是由先入为主的思想,不是由"聪明才智",不是出于偶然才在我的脑子里诞生的。他们是我对生活的观察和研究的成果。他们在我的脑子里站着,我觉得我一丁点的谎话也没说,一丁点的聪明也没卖弄。如果他们到了纸上变得不生动,不鲜明,那么责任不在他们,而在于我自己不善于表达自己的思想。这是说写剧本在我还为时过早。

一八八九年

一六一

致亚·巴·契诃夫

聪明绝顶的秘书①:

我祝贺你这个光辉的人物和你的儿女新年新禧。祝你中二十万的彩票,做四品文官,而最要紧的是祝你身体健康,有起码的而且足够像你这样的大肚汉吃的口粮。

在我最近这次的彼得堡之行中,按我们见面和分手的情形看来,似乎我们中间发生了误会。我不久还要去彼得堡;为了消除这种误会,我认为有必要诚恳地、出于良心地对你说出下列的话来。我认真生了你的气,而且是生着气离开彼得堡的,关于这一点我现在对你直认不讳。我头一次到你家拜访的时候,你对娜〔达丽雅〕·亚〔历山德罗芙娜〕②和你家厨娘的那种**可怕**的、太不像样的态度使得我离开了你。请你宽宏大量地原谅我的直率,像这样对待女人,不管怎样,总是同一个正派的、有爱心的人不相称的。哪里有什么天上的或者地上的权威赐给你权利,让你把她们变成你的女奴呢?经常的极下流的辱骂、大声的叫嚷、责难、吃早饭和吃午饭时的发脾气、老是数说生活苦和抱怨工作累,难道这些不就是粗暴的专制的表现吗?不管女人多么渺小,多么有罪,不管她跟

---

① 亚·巴·契诃夫在《新时报》担任编辑部秘书。
② 亚·巴·契诃夫的第二个妻子。——俄文本注

你多么亲近,你也没有权利不穿长裤坐在她面前,或者在她面前露出醉态,说些连工厂的工人看见身旁有女人的时候也说不出口的难听话。礼貌和教养你认为是偏见,可是要知道,至少有些东西是要照顾的,至少女人的弱点和孩子要照顾,至少生活的诗意要照顾,如果生活的散文已经消除的话。没有一个正派的丈夫或者情夫允许自己〔……〕粗暴地同女人谈话,为了取笑而讥剌床上的事〔……〕。这使得女人道德败坏,使得她离开她信仰的上帝。一个尊敬女人、有教养、有爱心的人不容许自己不穿着长裤见使女的面,扯大嗓门叫喊:"卡契卡,拿夜壶来!"……晚上丈夫同妻子睡觉的时候在谈吐和态度方面都要彬彬有礼,一到早晨丈夫就赶紧系上领带,免得用自己的不中看的模样,也就是衣冠不整的模样侮辱女人。这些都似乎迂腐,然而在根底上却有一种你在回想起环境和小事在人的生活中往往有多么巨大的教育作用时你就会了解的东西。一个睡在干净的被单上的女人同一个躺在脏地方、遇到情夫〔……〕时就开心地大笑的女人之间的差别,是不下于一个客厅和一个小酒馆之间的差别的。

孩子神圣而纯洁。就连在强盗和鳄鱼家里,孩子也是属于天使之列的。我们自己爬到什么泥坑里去都可以,但是在他们周围却必须有一种适合他们的天使身份的空气。不能当着他们的面任意说下流话,辱骂女仆,或者恶狠狠地对娜达丽雅·亚历山德罗芙娜说:

"滚你娘的!我才不要你呢!"不能把孩子当作玩具来发泄自己的情绪:一会儿温柔地亲一亲他们的脸,一会儿又发疯般地对他们顿脚。与其用专制的爱去爱他们,宁可不爱的好。痛恨,远比纳色尔-艾津的爱情好,那个人时而把热爱的波斯人提升为总督,时而又把他们插在一根木橛子上①。不能平白无故地滥用孩子的名

---

① 古时的一种死刑。

义,而你却有一种习惯,喜欢把你给别人或者打算给别人的每一个小钱都说成是"从孩子那儿抢来的"。如果这是抢来的,那就无异于说这原是**给过**他们的,而说自己的善行和馈赠,却是不大体面的。这近似责难。大多数人都是为家庭生活的,可是很少有人敢于把这说成是自己的功劳,除了你以外未必还会有这样的勇士一面借给人一个卢布,一面说:"这是我从我孩子那儿抢来的。"人必须不尊重孩子,不尊重他们的神圣,才能衣食饱暖,每天喝得醉醺醺的,同时却又说什么**全部**收入都用在孩子身上了!够了!

我请求你记住专制和虚伪残害了你母亲的青春。专制和虚伪把我们的童年毁伤到了每一回想就要恶心和毛骨悚然的地步。你应该回想当初我们的父亲在吃饭时因为菜汤太咸而大吵大闹,或者骂我们的母亲是蠢货的时候,我们感到多么可怕,多么可憎。现在我们的父亲再也不能原谅自己干过这些事了。

专制是罪恶滔天的。如果"最后审判"①不是空想,那么在那一天你就会受到比巧诃夫和伊·叶·加甫利洛夫厉害得多的公审。有一件事在你并不算是秘密,那就是一百个人当中倒有九十九个人缺乏的东西,上苍却赐给你了:在天性方面你原是无限地慷慨和温柔的。因此对你的要求也就严格一百倍。再者你又是上过大学的人,而且自认为是新闻工作者。

困苦的景况、跟你共同生活的女人的不好的性格、呆笨的厨娘、苦役般的工作、该诅咒的生活,等等,都不能成为你的专制的理由。与其做刽子手,宁可做牺牲品。

娜〔达丽雅〕·亚〔历山德罗芙娜〕、厨娘和孩子都是无力自卫的弱者。她们没有任何权利支配你,而你却每分钟都有权利把她们赶出门外,任意嘲笑她们的软弱。不应当让人家感到你的这种

---

① 指基督教圣书中所说的在"世界末日"时神对世人的审判。

权利。

我尽我的能力干预了这件事,我的良心是清白的。希望你宽宏大量,认为这件事已经结束了。如果你是诚实的而不是狡猾的人,你就不会说这封信有恶劣的目的,例如这封信充满了不好的感情。在我们的关系里我仅仅追求诚恳。此外我什么也不需要。我和你没有什么闹纠纷的理由。

请你写信告诉我说,你也不生气了,并认为黑猫①是不存在的。

问候你的全家。

你的安·契诃夫
一八八九年一月二日
于莫斯科

一六二

致阿·谢·苏沃林

附上文件一张,请您签名后寄给我。从一月七日起到您死后五十年止,您被认为是协会②的会员了。而这种愉快只破费十五个卢布就行了。

今天我寄给您《伊凡诺夫》的两处修改。假如伊凡诺夫由一个灵活善变而又精力充沛的演员扮演,我就会大加增补和改动。我的手有劲头了。可是,呜呼!伊凡诺夫是由达维多夫扮演。这就等于说,必须写得短一点,灰色一点,要记住所有的细腻描写和

---

① 指"嫌隙"。
② 指俄罗斯话剧作家及歌剧作曲家协会,在莫斯科。——俄文本注

"有细微差别的色彩"都会溶合成一个灰色的圆圈,变得枯燥乏味。难道达维多夫能够时而温和,时而暴跳如雷吗?他演严肃的角色时,喉咙里就仿佛有一个小小的风磨,发出单调而微弱的响声,代替他演戏……我为萨维娜歉然,这个可怜的人扮演的是干瘪的萨霞。我倒是满心乐于为萨维娜效劳的,然而,如果伊凡诺夫讲话有气无力,那么不管我怎样在萨霞这个人物身上加工,也还是无济于事的。我想到萨维娜要在我的剧本里演一个鬼才知道是什么玩意儿的角色,就简直害臊了。要是我早知道她演萨霞而达维多夫演伊凡诺夫,那我就会把我的剧本起名叫《萨霞》,把所有的力量用在这个人物身上,对伊凡诺夫只轻描淡写一下就算了,可是谁能够未卜先知呢?

伊凡诺夫有两段对这个剧本说来关系重大的长篇独白:一段在第三幕,一段在第四幕结尾……头一段必须用歌唱的音调念,第二段要念得激昂。这两种念法对达维多夫来说都是办不到的。他会把这两段独白念得"文绉绉的",也就是念得疲沓极了。

费多罗夫[①]的全名是什么?

我会十分乐意地在文学协会念一遍论文,讲一讲我是怎样起意写《伊凡诺夫》的。我会公开地说出我的心里话。我抱着一个大胆的梦想,打算对这以前人们写过的有关灰心和愁闷的人们的所有作品做一个总结,用我的《伊凡诺夫》为那些作品做一个结束。依我看来似乎俄国所有的小说家和剧作家都感到一种要描绘那些灰心的人的要求,可是他们都凭着直觉在写,在这方面并没有明确的形象和见解。我在构思方面差不多击中了要害,然而在表现方面却一败涂地!我本来应当等一个时期再写

---

① 指彼得堡的亚历山大剧院的导演费多尔·亚历山德罗维奇·费多罗夫-尤尔科甫斯基。参看第一六〇封信的注。——俄文本注

才是！我暗自庆幸两三年前我总算没听格利果罗维奇的话写长篇小说！我想象假如我当时听了他的话，我会毁掉多少好东西啊。他说："才能和朝气征服一切。"才能和朝气能够毁掉许多东西，这样说更确切些。除了丰富的素材和才能以外，有些同等重要的东西也是需要的。需要成熟，这是一；第二，**个人自由的感觉**是必不可少的，这种感觉不久以前才在我心里燃起来。早先我是没有这种感觉的，那时我对工作的轻率、粗心、不尊重，顺利地代替了这种感觉。

贵族作家从自然界毫不费力地取得的东西，平民作家却要用整个青春的代价去买来。您该写一个短篇小说，描写一个青年人，原是农奴的儿子，做过店员和唱诗班的歌手，读过中学和大学，所受到的教育是要尊重上级，要吻牧师的手，要崇拜别人的思想，要为每一小块面包感激涕零，挨过许多次打，出去教学馆的时候没有雨鞋穿，常常打架，虐待动物，喜欢在阔亲戚家里吃饭，只因为感到自己渺小就毫无必要地在上帝和人们面前假充正经；请您描写这个青年人怎样把自己身上的奴性一点一滴地挤出去，怎样有一天早晨醒来，觉得自己血管里流着的已经不是奴隶的血，而是真正的人的血了。

莫斯科有一个诗人巴尔明，是个很吝啬的人。不久以前他摔破了头，我给他治好了。今天他来换绷带，送给我一瓶真正的"伊兰-伊兰"牌香水，价钱是三个卢布五十个戈比。这使我感动。

好，祝您健康，请您原谅这封信写得那么长。

            您的安·契诃夫
一八八九年一月七日
于莫斯科

一六三

致费·亚·费多罗夫－尤尔科甫斯基

极其尊敬的费多尔·亚历山德罗维奇：

玛·加·萨维娜同意在我的戏里扮演萨霞，然而萨霞这个角色非常苍白，是一种贫乏的舞台素材。一年半以前我写她的时候，并没有对她赋予特别的意义。现在，由于玛〔丽雅〕·加〔甫利洛芙娜〕对我的戏赐予光荣，我就决定从根本上重写这个角色，有些地方已经在这个剧本所许可的范围里做了极大的改动。我恳切地请求您不要忙于抄写台词，而且尽快寄给我一份我的剧本的稿本。第三幕的台词差不多已经准备好了，可是第四幕的台词我只能在手头有剧本的时候才能够写。所有的修改和变动您会在我接到这个剧本的两天以后收到。例如，要是我十五日收到稿本，那么修改稿您就会在十七日收到，不会再迟。不过，最好还是在十五日以前收的稿本。

所有的修改和变动都会及时地经书报检查机关审查通过。在这方面您可以完全放心。我不会耽搁。

我的住址：莫斯科，库德林斯卡亚－萨多瓦亚，柯尔涅耶夫寓所。稿本请费神按挂号印刷品邮件寄到上述地址，或者寄交阿·谢·苏沃林，标明"尽快转交安·巴·契诃夫"。

尊敬您的安·契诃夫
一八八九年一月八日
于莫斯科

一六四

致阿·尼·普列谢耶夫

您好,亲爱的阿历克塞·尼古拉耶维奇!我总算干完了苦役般的工作,给您写信了。唉,为什么您在委员会①里赞同我的《伊凡诺夫》呢?究竟是什么不聪明的魔鬼弄得费多罗夫异想天开,要拿我的剧本作为他的纪念演出呢?我累得筋疲力尽,任什么稿费都不能补偿我上个星期经历到的苦役般的紧张。以前我对我这个剧本没有赋予任何意义,用一种鄙夷的讥诮态度对待它,心里说:好,我把你写出来了,你见鬼去吧。现在呢,突然,它出人意外地要上演了,我才明白它写得多么糟。最后一幕糟得惊人。上星期我一直为这个剧本忙碌,有的地方改写,有的地方修改,有的地方增补,写出了一个新的萨霞(这是为了萨维娜),把第四幕改到了认不出原来面目的地步,就连伊凡诺夫这个人物也加以润饰了;我累得要命,而且把我的剧本恨得要命,弄得我简直打算用金②的话来结束它了:"给伊凡诺夫一顿乱棒,一顿乱棒!"

不,我不羡慕让·谢格洛夫③。我现在才明白为什么他发出那么悲惨的笑声。要给剧院写出好剧本来,必须有特殊的才能(一个人可以是优秀的小说作家,而同时又可能写出糟透了的剧本);可是写出坏剧本,然后极力把它改成好剧本,玩种种花招,删

---

① 指彼得堡的文学戏剧委员会,主管剧目审查,普列谢耶夫是这个委员会的委员。
② 法国作家大仲马的剧本《金,又名放荡和天才》中的一个人物——英国悲剧演员金。这个戏曾在莫斯科的柯尔希剧院公演。——俄文本注
③ 契诃夫的朋友,俄国作家和剧作家伊凡·列昂捷夫的笔名;让是法国人名,相当于俄语中的伊凡。

削,增补,插进独白,把死人救活,把活人埋进坟墓里,这却需要有大得多的才能。这真困难,不下于买来一条士兵的旧裤子,无论如何一定要把它改成一件燕尾服。这不但会弄得人悲惨地发笑,甚至还会逼得人像马那样长嘶起来呢。

我会在一月二十一日或者二十二日到达彼得堡。头一件事就是去看望您。我们应该消磨一个傍晚,喝一阵克列拉特①。我现在能没完没了地喝这种克列拉特。白酒一天天地惹得我讨厌,啤酒我是不喝的,红葡萄酒我又不喜欢,剩下来就只有香槟了,可是在我还没娶到有钱的巫婆以前,我要用克列拉特之类的酒代替香槟。

等我弄完我的《傻瓜伊凡》②,我就要坐下来为《北方通报》写东西了。写小说是一种安静而神圣的工作。故事体裁是合法的妻子,而戏剧体裁却是装腔作势、吵闹不休、厚皮厚脸、使人厌倦的情妇。

我**不预备**在《北方通报》上发表《伊凡诺夫》③。

我一个钱也没有了。我现在全靠我的《蠢货》和苏沃林的慈悲活着,苏沃林花一百个卢布在我这儿买了些短篇小说供《廉价丛书》采用④。求上帝保佑他们俩吧!

苏沃林目前在莫斯科。他在排演他的《达尼雅》⑤。连斯基扮演阿达谢夫,十分精彩。我相信莫斯科所有的太太们看了连斯基

---

① 法国波尔多出产的一种葡萄酒。
② 指《伊凡诺夫》。——俄文本注
③ 后来,契诃夫一直到《伊凡诺夫》在亚历山大剧院上演,获得巨大的成功以后才同意发表,这个剧本发表在1889年《北方通报》3月号上。——俄文本注
④ 即契诃夫的小说集《孩子们》,收在苏沃林的《廉价丛书》内,1889年出版。——俄文本注
⑤ 苏沃林的剧本《达吉雅娜·列宾娜》(达尼雅是达吉雅娜的爱称),准备在莫斯科的小剧院上演。——俄文本注

扮演的阿达谢夫以后都要给自己弄一个新闻工作者来做情夫了。连斯基热情、激昂、动人,非常可爱。这很好。观众不应当在讽刺画里,也不应当在达维多夫式的文绉绉得使人厌倦的外壳里,而应当在悦目的玫瑰色里看新闻工作者。叶尔莫洛娃的达吉雅娜演得好。

我正在慢慢地写我的长篇小说。究竟会不会写出什么好东西来,我不知道,然而我写它时,却觉得我仿佛在吃过一顿丰美的午餐以后躺在花园里一个刚刚收割下来的干草堆上一样。那是一种美妙的休息。啊,要是我昏了头,干起我不该干的工作来,那就请您开枪打死我吧!

柔日任卡在哪儿?请您告诉他说,我很想于一月二十六日在剧院里见到他。让他学习一下为什么不应该写剧本。顺便他也可以为夏天的谈话储备一点材料。戏票我会送给他。

拉索兴收到迦尔洵的集子了。我收到三个卢布。我是个诚实的人,把钱退还给他了。热诚地向您的全家致意。如果尼古拉·阿历克塞耶维奇①仍旧在坐牢②,那么请向我的囚徒致意!我的全家问候您。

您的安·契诃夫
一八八九年一月十五日
于莫斯科

---

① 普列谢耶夫的儿子,军官。——俄文本注
② 他因醉后失态而被关禁闭。——俄文本注

一六五

致符·阿·季洪诺夫①

亲爱的剧作家,尽管我满腔热情,可是要适当地祝贺批评家季洪诺夫的头一篇文章②,我却连一句热情的话也没法对您说,因为在莫斯科《周刊》是一种少见的珍品,不下于白象。我到处都找不到这个刊物。您能费神把刊登您的评论的那一期刊物寄给我吗?我会把它读一遍,然而把它归并到那一大堆在我的档案里称之为"伊凡诺夫一案"的评论里去。

凭我在舞台上看到的您的剧本来下判断,您恐怕不会成为一个戏剧批评家。您是一个脆弱的人,敏感,不倔强,容易犯懒,善于感受,而所有这些品质都不适合于做一个严峻的、不偏不倚的审判官。为了能够写批评文章,人的灵魂里就得多少有一个能够无情地打您的麻脸女人才成。苏沃林看到坏剧本就**痛恨**作者,可是我跟您只会生气和叹息;因为这个缘故我就断定苏沃林适合于做审判官,做猎狗,而我们(我、您、谢格洛夫等)却天生只适合于做被告和兔子。月亮有月亮的光荣,太阳有太阳的光荣……

您最好还是写一篇论文,拿到戈罗霍瓦亚③去宣读一下。题材是很多的。

由于我在彼得堡时纵情饮酒,我的全部痔疮都发作了,为此我

---

① 符拉基米尔·阿列克谢耶维奇,作家。——俄文本注
② 符·阿·季洪诺夫写了一篇评论《伊凡诺夫》演出的文章,题为《札记》,发表在1889年2月5日《周刊》杂志上,没有署名。——俄文本注
③ 指彼得堡的俄罗斯文学协会。——俄文本注

失掉不少的鲜血。呜呼,桂冠和酗酒是不饶人的!

好,祝您健康和快活。问候您的哥哥①和我们的熟人。

您的安·契诃夫
一八八九年二月十日
于莫斯科

信纸没有了!

一六六

致玛·符·基谢廖娃

我怒气冲冲,像是一条被魔鬼踩住尾巴的毒蛇。我没有权利离开这个地方了。《北方通报》的那些可爱的女士们没有在上个星期日把《伊凡诺夫》的校样②给我寄来,却在谢肉节的整整一个星期里零零碎碎地寄来。由于三月份的杂志必须至迟在二月二十日付印,她们就要求我"不要留住校样不放"。我写去一封骂街的信,可是并没有因此而轻松一点。于是整个冬天就因为这个可爱极了的剧本,我一次也没有到巴布肯诺去过。这可真叫人感激不尽呢。

优秀的儿童文学女作家③!请您不要陶醉于斜眼的沃依纳霍甫斯基④的谀辞和奥廖尔的厨师们的赞扬,请您丢开文学吧!做一个文学工作者,就意味着不得消停,吃不到薄饼,老是等着稿费,

---

① 亚·阿·季洪诺夫(卢戈沃伊),俄国作家。——俄文本注
② 契诃夫本来不准备发表《伊凡诺夫》,一直到这个剧本在亚历山大剧院公演而获得巨大成功后才同意发表,它发表在 1889 年 3 月《北方通报》杂志上。——俄文本注
③ 基谢廖娃是儿童文学作家。
④ 莫斯科的中学校长,基谢廖娃的儿子谢辽查在这个中学读书。——俄文本注

口袋里永远一个小钱也没有。这是一条真正的荆棘丛生的道路啊!

我的《伊凡诺夫》继续获得巨大的、异乎寻常的成功。如今彼得堡有两个行时的英雄:一个是谢米拉德斯基①的裸体的福利娜,一个是穿着衣服的我。我们俩轰动一时。然而,尽管这样,我却感到多么乏味,多么乐于飞到可爱的巴布肯诺去啊!

我向吃到薄饼的老爷②、漂亮的瓦西里萨③、最亲爱的柯达费·柯达费依奇④深深鞠躬,祝他们食欲良好。

叶里扎威达·亚历山德罗芙娜⑤如果还没有忘记我,那就也向她鞠躬。

祝您健康,快活,阔绰。

请您告诉头戴呢帽、手拿猎枪的狄谢奇科⑥说,从今以后我到巴布肯诺去再也不走沃斯克列先斯克那条路,而走杜霍尼诺那条路了。我不愿意冒生命危险。被那管一俄尺长的枪打死,那可是不大愉快的,特别是在壮年。

热诚地忠实于您的
安·契诃夫
一八八九年二月十七日
于莫斯科

---

① 俄国画家,当时他的画《福利娜在艾列津的波赛当处度假日》在彼得堡的美术学院的大厅展出。——俄文本注
② 指基谢廖娃的丈夫,阿·谢·基谢廖夫。——俄文本注
③ 基谢廖娃的女儿,萨莎·基谢廖娃。——俄文本注
④ 基谢廖娃的儿子谢辽查·基谢廖夫。——俄文本注
⑤ 基谢廖娃的孩子的女家庭教师。
⑥ 狄希科的戏称,契诃夫的在兹维尼戈罗德城的熟人。

一六七

致伊·列·列昂捷夫(谢格洛夫)

亲爱的让,《常看戏的先生们》①我已经收到,谢谢您。其中的一本我送给我那教书的弟弟,另一本送到我的公共图书室里去了(这图书室所以叫作公共的,是因为大家很热心地偷那里面的书)。

您在信上谈到《伊凡诺夫》,安慰我一番②。谢谢您,不过我用名誉向您担保,我心绪平静,对于我所做的工作以及我所得到的结果十分满意。我尽其所能地做了这个工作,俗语说得好:眼睛不会长得比额头高;而我所得到的却跟我的劳绩不相称,超过了应得的程度。连莎士比亚也未必听到过我所听到的那些话。那么此外我还需要什么呢?如果在彼得堡有百把人耸肩膀,鄙夷地冷笑,摇头晃脑,唾星四溅,或者假充好人地说谎话,那么要知道,这些我都没看见,这些都不可能惊扰我。在莫斯科简直闻不到彼得堡的空气。我每天看到百把人,可是一句谈到《伊凡诺夫》的话也没听到,倒好像我根本没写过这个剧本似的;彼得堡的喝彩和成功在我像是一场不安宁的梦,而我已经从这个梦里完全清醒过来了。

顺便谈一谈成功和喝彩。这些东西吵吵嚷嚷,很少使人感到满足,于是它们产生的后果没有别的,只有疲劳,使人一心想跑掉,跑掉……

---

① 列昂捷夫的剧本,由拉索兴主编的《戏剧丛书》出版。——俄文本注
② 1889年2月14日列昂捷夫写信给契诃夫说:"我个人保留着一种见解,认为《伊凡诺夫》的题材是一种供中篇小说用的题材,《伊凡诺夫》的一切缺点都来自它不适合戏剧的框框。"——俄文本注

我的头脑里装满了关于夏天和别墅的想法。我白天黑夜地巴望着农庄。我不是波将金,而是辛辛纳图斯①。躺在干草堆上,用钓竿钓到一条鲈鱼,远比那些评论和楼座观众的喝彩更能满足我的感觉。显然,我是个怪人,是个平民。

我正在写一篇博士学位论文,题目是《论如何使伊凡·谢格洛夫憎恨剧院的方法》。

您写道,布烈宁起了使您苦恼的作用……就算是这样吧,可是看在造物主分上,您千万不要向这种感觉让步,不要在大批评家面前低头。不管他怎样用权威的口气唠叨,说我们这班人没有益处,说写作的人都是为了混饭吃,可是他素来也没有说对过。这个世界并不窄小,各人都有各人的容身之地;我们没有妨碍布烈宁生活,他也没有妨碍我们生活。至于谈到在这个世界上谁有益,谁无益,那么这个问题布烈宁解答不了,我们也解答不了。您不要把您的神经和精神力量耗费在鬼才知道的事情上。

您动手写小说吧。它是您的合法的妻子,戏剧却是您的涂脂抹粉的情妇。要么您变成奥斯特洛夫斯基,要么您就丢开戏剧。对您来说中间地位是没有的。中间地位被剧作家们占去了,至于小说作家们,例如我、您、马斯洛夫、柯罗连科、巴兰采维奇、阿尔包夫等,都是文学界的校官,不适宜于跟戏剧界的尉官们进行生存竞争。小说作家一走进专业的戏剧家队伍就应当做将官,要不然就干脆不要进去。

您说您写戏的本心是闹着玩的,那就是另一回事了。闹着玩也未尝不可。可是您闹着玩的时候不应当做出很严肃的脸相,用很严肃的思想苦恼自己。

---

① 古罗马贵族,公元前460年为执政官。据传,古罗马人把他看作谦虚、英勇、忠于职责的典范。——俄文本注

您看,我成了一个多么喜欢教训人的人!我甚至把上尉①也不放在眼里,骂起他们来了。可是话说回来,我什么官衔也没有啊!

我要动身去参加舞会了。祝您健康。求上帝保佑您。

您的安·契诃夫

一八八九年二月十八日

于莫斯科

《常看戏的先生们》的书价一个卢布,太贵了。应当定二十五个到三十个戈比才对。

向您的太太致意。我家里的人由于您的问候而向您鞠躬,道谢。

一六八

致亚·巴·契诃夫

我的无法无天地活着而且会无法无天地死掉的哥哥!② 苏沃林答应代我向你道歉,因为我没有与你告辞就逃出彼得堡了。如果他没有履行他的诺言,那我就亲自向你道歉。我临走的那天在彼得堡飞快地跑来跑去。连一秒钟的空闲工夫也没有。我向娜〔达丽雅〕·亚〔历山德罗芙娜〕和你的孩子们道歉,我像父亲那样祝福这些孩子,可是心里却用鞭子抽他们。

季节③结束了。请你去找苏沃林,问他怎样到剧院的经理处

---

① 列昂捷夫以前做过上尉军官。
② "无法无天地活着而且会无法无天地死掉"是契诃夫的父亲斥责亚·巴·契诃夫的话。——俄文本注
③ 指演剧的季节,每年的秋末和冬初。

去取钱。他会对你解释一番。你听到解释后就到经理处去要《伊凡诺夫》和《蠢货》的钱。要是他们不给,或者故意少给,那你就说你要到市长伏科夫那儿去告状。钱用电报汇出,账单用信寄来。你会取到一千左右。我希望你被凶恶的嫉妒活活地闷死,要不然就由于嫉妒索性在桌子旁边坐下来写出一个剧本,而写剧本是不难的。你得写出两三个剧本。这对孩子们有益。剧本无异于养老金。

今年春天我要从各处筹集一批钱,为的是夏天买下一个农庄,作为契诃夫一家人在亲人团聚的环境中工作的地方。

全家人都健康。尼古拉不在,下落不明。伊凡仍旧是真正的伊凡。

祝你健康。问候你的全家。

你的安·契诃夫
一八八九年二月二十一日
于莫斯科

一六九

致阿·谢·苏沃林

亲爱的阿历克塞·谢尔盖耶维奇,随信附上《公爵夫人》①一篇。滚它的吧,它惹得我厌烦了:它躺在我的桌子上,老是要求我把它写完。好,我算是把它写完了,然而文气不畅。如果您不急于把它发表,那就请您把校样寄来。我要把它润饰一下。

---

① 契诃夫的短篇小说,发表在1889年3月26日《新时报》第4606号上。——俄文本注

我在写另一个短篇小说。它把我吸引住,我几乎离不开桌子了。顺便要提到,我给自己买了一张新桌子。

谢谢您应许把那本字典寄来。……为了报答这本字典,我要寄给您一个很便宜的、没什么用处的礼物①,不过,像这样的礼物是只有我才能送给您的。您等着吧。我斗胆向您提一提您的大照片和沙皮罗②给我拍的小照片。如果沙皮罗把它们送到您那儿,那就请您寄给我……

斯沃包津到我这儿来了一趟,他顺便讲到您似乎接到一封信,是由一个做父母的人寄来的,说是他的儿子看了我的《伊凡诺夫》以后开枪自杀了。如果这封信不是无稽之谈,那么劳驾,请您把它寄给我。我要把它归并到我这里有关我的《伊凡诺夫》的那些信件里去。《公民》我没有读到③,因为(一)我没有收到这份报纸,(二)《伊凡诺夫》惹得我腻味透了;我不能再读评论它的文章,每逢人家文绉绉地、有条有理地评论这个剧本,我往往觉得很不自在。

昨天傍晚我出城去听茨冈女人唱歌。这些野蛮的刁滑女人唱得真好。她们的歌声近似猛烈的大风雪中一列火车从高坡上翻下来:呼啸声、尖叫声、碰撞声很多……

---

① 契诃夫寄给阿·谢·苏沃林一篇由他自己写的剧本《达吉雅娜·列宾娜》(苏沃林的《达吉雅娜·列宾娜》的续篇)。契诃夫在写给苏沃林的一封信上说:"我会想念您的字典,您也会想念我的礼物。我是一口气写成的,赶出来的,所以它便宜由于我使用您的作品的名字,您就把我告到法院去吧。请您不要把这篇东西给外人看,而且您看完以后就丢到壁炉里去吧。您也可以不看就丢到壁炉里去。您爱怎么干,我都答应。您甚至不妨在读它的时候说:鬼才知道这是什么东西!"苏沃林把这个剧本印了两份,一份寄给契诃夫。——俄文本注

② 彼得堡的一个摄影师。

③ 1889年2月1日和23日《公民》报纸第32和第54号上发表了两篇否定《伊凡诺夫》的演出的评论。——俄文本注

请您不要相信列依金的话。我没吐血,没犯忧郁病,也没精神失常。要是相信如今在彼得堡流传的关于我的那些话,那么我正在咯血,神志失常,娶了西比里亚科娃①,得了两千万陪嫁钱。

我在您的书店里买了陀思妥耶夫斯基的书,目前正在读它。这书写得好,可是未免太长,太不朴实。有许多装腔作势的地方。

请您说说看,为什么要把奥斯特洛夫斯基的《大雷雨》拿给法国人,去受他们的嘲笑?② 这是谁想出来的?这个剧本的上演纯粹是为了让法国人再一次装模作样,老气横秋地批评说,这种戏在他们是乏味得要命,没法理解的。我恨不得因为那些翻译家先生缺乏爱国心和轻举妄动而把他们流放到西伯利亚去。

《树精》我要在五月间或者八月间写。每逢吃饭时,我总是从这个墙角走到那个墙角,结果把前三幕的构思非常满意地完成了,可是第四幕还描不出来。前三幕出了不少丑事,弄得您日后看到这三幕的时候会说:"这是个精明而无情的人写出来的。"

我向安娜·伊凡诺芙娜和孩子们深深鞠躬。祝他们健康。

您的安·契诃夫

一八八九年三月五日

于莫斯科

可是三月一日波将金没有中彩票!

---

① 俄国大财主西比里亚科夫死后留下的寡妇。——俄文本注
② 奥斯特洛夫斯基的《大雷雨》经美捷涅和亚科甫列夫译成法文,在巴黎的包玛尔谢剧院上演。由1889年2月27日和3月3日《新时报》上的简讯来看,这个剧本的社会意义没有得到理解。法国戏剧界把《大雷雨》评价为"不好的、描写悲欢离合的话剧"或者爱情剧。——俄文本注

一七〇

致符·阿·季洪诺夫

最亲爱的朋友符拉季米尔·阿历克塞耶维奇：

您的评论①使我微微吃了一惊：我根本没有想到您这样精通报纸的语言。您的报纸语言非常严谨、流畅、扼要、中肯。我甚至嫉妒您了，因为这种报纸语言我是一向写不来的。

谢谢您那些亲切的词句和热烈的同情。我从小就很少受到亲切的爱抚，现在我成了大人，就把亲切看作一种不习惯的、素来很少经历的东西。因此我自己就很想对别人亲切，可是又不会这样做：我变得粗野懒散了，虽然我自己也知道我们这班人缺了亲切是无论如何也不行的。

柯尔希的新闻我不知道。我只知道索洛甫佐夫②走了，就连波尔达甫切夫老头③似乎也要走了。导演是阿格拉莫夫。

求主保佑那个使您费尽心血的喜剧得到成功，把您所想望的东西带给您。成功越大，对我们这一代的作家就越好。尽管瓦格涅尔那么说④，我却相信我们每个人不会单独成为"我们当中的大

---

① 在1889年2月5日《周刊》杂志第6期上季洪诺夫发表了一篇评论契诃夫的剧本《伊凡诺夫》演出的文章，题名是《札记》，没有署名。请参看第一六五封信的注。——俄文本注
② 原是柯尔希剧院的演员，这时到阿勃拉莫娃主办的一个新剧院去了。——俄文本注
③ 柯尔希剧院的演员。
④ 1889年3月6日符·阿·季洪诺夫写信给契诃夫说，动物学教授瓦格涅尔认为契诃夫的才能"高于古往今来俄罗斯的一切作家"，"他把屠格涅夫所说的关于列夫·托尔斯泰的话应用到您的身上，您总还记得那句话：'列·托尔斯泰是我们当中的大象'。"——俄文本注

象",也不会成为别的什么野兽,我们不能凭别的方式,而只能借整整一代人的努力起作用。将来人们提到我们大家的时候,不会单单提出契诃夫,也不会单单提出季洪诺夫,也不会单单提出柯罗连科,也不会单单提出谢格洛夫、巴兰采维奇、别热茨基,而会称之为"八十年代"或者"十九世纪末叶"的作家们。我们或多或少像是一个团体。

我什么新作品也没有。我准备写一个像长篇小说那样的东西,而且已经写开头了。我没有写剧本,一时也不会写,因为没有题材和兴致。要为剧院写作,就得热爱这个事业;缺了这种热爱,那是什么像样的东西也写不出来的。在缺乏这种热爱的时候,即使获得成功也不会使自己满意。从下一个季节起,我要开始按时地到剧院去,学一下舞台方面的东西。

问候您的哥哥。我的全家向您致意,我友爱地握您的手,向您致以最热诚的祝愿。请您来信。

您的安·契诃夫
一八八九年三月七日
于莫斯科

— 七 —

致阿·尼·普列谢耶夫

我很久没有给您写信了,亲爱的阿历克塞·尼古拉耶维奇,而且也很久没有接到您的信了。我感到寂寞。您生活怎样?您身体怎样?您有什么新消息吗?

我照例生活得闷闷不乐。什么新消息也没有,我在焦急地等待春天,以便把我的《伊凡诺夫》挣来的钱一股脑儿花掉。

顺便要谈到《伊凡诺夫》。从内地，从个人，大家纷纷向拉索兴的丛书要书，可是不知什么缘故杰玛科夫①没有给我寄打印本来。拉索兴不停地给我写信。要是您，好朋友，见到杰玛科夫，您就对他说要他赶快寄来。

我在写短篇小说。有一篇几天以前已经寄给苏沃林了②，另一篇我正在慢慢地写，仔细推敲。今年夏天我要埋头写我的长篇小说。我把这个长篇献给您，这是我的灵魂嘱咐我这样做的。我还没有把我发表过的任何东西献给您，不过在我的幻想里，在我的计划里，我要把最好的作品献给您。

剧本我没开始写。要是有闲暇，就该 пур манже③ 干点什么，可是秋天和冬天我只会送出小说去。不要笑我剧作家的名望。

我的全家问候您。我的妹妹向叶连娜·阿历克塞耶芙娜④致意，并且邀请她夏天到我们家里来。我们要带着音乐家⑤到路卡去，生活不会枯燥的。

祝您健康。求上帝保佑您。

您的安·契诃夫
一八八九年三月七日
于莫斯科

请看这张信纸的背面。

我在中学的时候，有一个名叫彼·阿·谢尔盖延科的人跟我同学。他写诗，常常发表作品。昨天他寄给我两首诗，要求我送到《北方通报》去发表，我照办了，而且写信给作者，向他预告了可能

---

① 彼得堡的一个印刷厂厂主，《北方通报》杂志就在那里排印。——俄文本注
② 指短篇小说《公爵夫人》。——俄文本注
③ 法语的俄语音译，意为：为了谋生。
④ 普列谢耶夫的女儿。
⑤ 契诃夫的朋友，大提琴家谢玛希科和长笛音乐家伊瓦年科。——俄文本注

会完完全全地失败。

一七二

致安·米·叶甫烈伊诺娃

尊敬的安娜·米哈依洛芙娜：

稿费收到了，谢谢。我收到的比我预料的多，因而担心您没有扣除我的债款。要知道我欠着会计处一点债呢。

昨天我写完一个短篇小说，把它誊清了，不过这个短篇小说是供我的长篇小说用的，目前我正在忙于写这个长篇小说。啊，这是一个什么样的长篇小说啊！要不是因为该死的书报检查的条件作梗，我就会应许您在十一月初把它寄给您了。在这个长篇小说里煽动革命的东西是一点也没有的，不过书报检查官仍旧会毁掉它。人物当中有一半都在说："我不信上帝"；有一个父亲，他的儿子由于持枪抵抗而被判终身劳役；有一个县警察局长为自己的警察制服害臊；有一个首席贵族遭人痛恨，等等。为红铅笔准备下的材料①是颇为丰富的。

钱，现在我有很多，足够生活到九月份了；我没有答应给任何报刊写稿……这对长篇小说（当然这是指文学方面的长篇小说，而不是指婚嫁方面的恋爱②）是最适当的时候了。要是现在还不写，那要到什么时候再写呢？话是这么说，不过我又几乎相信不出两三个星期这个长篇小说就会惹得我厌烦，我又会把它搁在一边了。

---

① 指"书报检查官会删掉的材料"。
② 俄语长篇小说"роман"又可作恋爱解。

477

我有个题材,可以写一个篇幅不大的短篇小说。我极力要写好这篇小说,在五月号或者六月号的杂志上发表。不过,如果可以等到七月或者八月,我的长篇小说就会大大地感激您了。

看在造物主分上,您把书报检查官丢掉吧①!虽然他至今还没有删掉我的什么东西,可是我仍旧怕他,不喜欢他。对大杂志和报纸来说,书报检查官就是在土耳其②也不应该存在。对剧院来说,那就是另一回事了。

您等着瞧吧,我要买下所有的大杂志,叫它们关门,只留下《北方通报》。到那时,我就安装电灯,雇来极其庄严的看门人,开办自己的印刷厂,添置编辑部专用的橡皮轮子马车,邀请米兰③来合作(为外国栏写稿),雇阿希诺夫④做看门人……而且我们会有四万个订户。不过,我还一次也没有见过我那阔绰的未婚妻⑤。她也没有见过我。我会给她写信这样说:"不要爱我而要爱思想"⑥……这种话会感动她的。

我正在焦急地等待《伊凡诺夫》的打印本。莫非要我派一个办理决斗的助手到杰玛科夫先生那儿去吗?

我要在莫斯科住到五月,写作。我来了写作的兴致。我不出家门,一直写啊写的。

问候玛丽雅·德米特利耶芙娜和阿历克塞·尼古拉耶维奇。

---

① 指事先的书报检查制度,当时有许多杂志已经摆脱了这个制度。——俄文本注
② 借喻"最专制的国家"。
③ 米兰·奥布雷诺维奇(1854—1901),塞尔维亚大公,雷诺维奇王朝国王(1882—1889),退位后出国。——俄文本注
④ 俄国冒险家,自称是自由的哥萨克的头目。当时报上正在刊载他的事。——俄文本注
⑤ 指俄国大财主西比里亚科夫死后留下的寡妇(契诃夫是说着取笑的)。——俄文本注
⑥ 摘自屠格涅夫的长篇小说《处女地》。——俄文本注

我家里的人问候您,我祝您身体健康,万事如意。

       真诚地忠实于您的
       安·契诃夫
       一八八九年三月十日
       于莫斯科

您那儿有吉里亚罗甫斯基的一个短篇小说,那里面讲到木筏的航行。现在正是把它发表的时候了。

一七三

致阿·谢·苏沃林

  您列举哈尔科夫那个庄园的种种美妙,却没有提到河。没有河是不行的。如果附近有顿涅茨河,您就买下。可是如果只有洛潘湖或者池塘,您就别买。我们有一个医学外科教授,是个身材矮小、头发剪短的人,生着招风耳朵,眼睛像尤节罗维奇①一样;他有一个庄园。他总是请那些为他所喜欢的人在他附近买庄园。他通常会搂住他所喜欢的人的腰,多情地瞧着他的脸,叹口气说:"我和您会生活得多么畅快啊!"我也要多情地瞧着您,说:我和您会生活得多么痛快啊!总之,您不买一个庄园,对我是有很大害处的。

  我只要您的照片②,至于我的照片,需要的不是我,而是那些装得非常非常需要我的照片的人。要知道我也有崇拜者呢!古语说,各有所好嘛。

---

① 大约指哈尔科夫的《南方边区报》的主编。——俄文本注
② 契诃夫在上一封写给苏沃林的信上要求他把他们俩在彼得堡照的照片寄来。

您猜怎么着！我在写长篇小说啦！！我一个劲儿地写，写，而且看不出会写到什么时候为止。我已经把它的开头，也就是这个长篇小说的开头重写了一遍，把已经写出来的那部分大加修改和缩短了。我已经清楚地画出九个人物的面貌。什么样的情节啊！我给它起了这样的一个名字：《我的朋友们的生活故事》，我把它写成一个个各自成篇的短篇小说的形式，各个短篇小说之间由情节、思想、人物的共同性紧密结合起来。每一个短篇小说都有一个单独的标题。您不要以为这个长篇小说是由一个个片断拼成的。不，它是真正的长篇小说，是一个完整的整体，其中每一个人物都跟整个小说血肉相连，不可缺少。您把头一章的内容转告格利果罗维奇，他担心我写的那个大学生，因为那个大学生死了，于是不能贯穿在整个长篇小说中，也就是变为多余的了。不过我那个大学生其实是一只大靴子上的一枚钉子。他是个细节而已。

技巧问题我有点应付不了。在这方面我还差，我觉得我在造成一大堆粗糙的错误。这个长篇小说会有许多冗长的地方，会有许多荒唐的地方。小说有不忠实的妻子，有自杀，有为富不仁的人，有道德高尚的农民，有忠实的奴隶，有说教的老太婆，有好心的保姆，有县里的好说俏皮话的人，有红鼻子的上尉；我尽力避免"新人"①，然而有些地方我仍旧走上歪路，写起俗套头来了。

《公爵夫人》的校样刚才收到，明天直接寄到印刷厂去。

为了助兴，特寄上《俄罗斯新闻》的广告一则如下：

征人启事

兹征求一个中年女人，到一个居住在莫斯科附近的庄园

---

① 契诃夫在以前的一封信上解释所谓"新人"就是"新剧作家们所描写的为富不仁的人和这个时代的儿子，'暴发户'"。

上的家庭去帮助操持家务和教育儿童。此人必须熟悉当代作家如波克罗甫斯基医师、戈尔采夫、西科尔斯基、列夫·托尔斯泰等人的人生观和教育观。此人既然信服上述作家的观点,了解体力劳动的必要以及智力过度疲劳的害处,则必须以自己的教育活动使儿童心灵中的严峻的真理、善心、对人们的爱得到发展。应征者请写信寄到莫斯科彼得罗夫卡二一八三号卡巴诺夫寓所米列尔经纪事宜及咨询事宜办公处①。

这就是所谓的信仰自由。这位照管伙食和住宅的小姐必须信服戈尔采夫之流的观点,孩子们必须感激他们有十分聪明的、具有自由主义思想的父母,必须一天到晚监督自己的智力不要过度疲劳,要爱人们。

说来奇怪,人们竟然害怕自由。

顺便提到,不久以前《新时报》上报刊评介栏②内摘录某报的一篇文章,那篇文章称道德国的使女,因为她们**整天像苦役犯那样工作**,每月为此只得到两三个卢布。《新时报》同意这种称道,而且自己又补充说,我们的问题在于我们养着许多多余的仆人。依我看来,德国人是流氓,是很坏的政治经济学者。第一,不可以在谈到仆人的时候用谈论犯人的那种口气;第二,仆人是法律上承认有能力的人,是和俾斯麦③用同一种血肉造成的;他们不是奴隶,而是自由的工人;第三,劳动的报酬越高,这个国家就越幸福;我们每个人都应当极力造成劳动报酬高的局面。至于基督教的观点,那就更不用说了。讲到多余的仆人,那只有在钱多的地方才养得

---

① 这是契诃夫从3月10日《俄罗斯新闻》第68号上剪下来的。——俄文本注
② 指1889年3月3日的《新时报》第4673号的报刊评介栏。——俄文本注
③ 俾斯麦(1815—1895),公爵,德意志帝国首相(1871—1890)。

起,而且挣的钱比一个科长还多。不应当把这种仆人计算在内,因为这是一种偶然的、并不是必然的现象。

为什么您不到莫斯科来呢?我们会多么痛快地过一阵啊!

您的安·契诃夫

一八八九年三月十一日

于莫斯科

一七四

致阿·谢·苏沃林

祝您、安娜·伊凡诺芙娜、娜斯丘霞、包利亚①节日好②,祝您获得财富、名望、荣誉、安宁,一辈子快活。

莫斯科的天气糟得很:泥泞、寒冷、雨水。画家仍旧病情不减,体温有三十九度。我每天到他那儿去两次。我的心绪类似这儿的天气。我没有写作,而是在看书,或者从这个墙角走到那个墙角。不过,我并不因为我有时间看书而惋惜。看书比写作快活。我暗想要是我能再活四十年,而在这四十年里不断地看书,看书,看书,学会写得有才气,也就是写得简练,那么四十年后我就会用一尊大炮向你们大家放它一炮,震得天空发抖。现在呢,我却是个侏儒,跟大家一样。

我们家的人正在打扫、清洗、烤面包、煮果酱、擦抹、拍打灰尘,楼上楼下跑来跑去。空中一片吵嚷声。我要到画家那儿去了。祝您健康。您来吧,我们一块儿到伏尔加河去或者到波尔

---

① 苏沃林的妻子、女儿、儿子。
② 这时恰逢基督教的复活节。

塔瓦去。

您的安·契诃夫
一八八九年四月八日
于莫斯科

一七五

致阿·尼·普列谢耶夫

基督复活了,亲爱的和宝贵的阿历克塞·尼古拉耶维奇!我祝贺您以及您的全家,祝你们一切一切都顺遂,不过主要的是祝好人的愿望都能实现。我有很久没有给您写信了!我一直在等您到莫斯科来,斯沃包津在写给我的信上说到过这一点;可是您没有来,欺骗了我的期望。我会很高兴地跟您聊一聊。而且也确实有话可谈。近来我脑子里积累了一大堆乱七八糟的东西,我的灵魂深处乱哄哄,所以谈话的材料不下一百个。我会惹得您厌烦,弄得您疲乏不堪;您预先感到了这一点,所以没有来。

我在行医。我那个做画家的哥哥得了肠伤寒,他的病床成了我这倒霉鬼的、非常不愉快而且劳累的行医的中心了。

我是个懦弱的人,不会正视事情,因此,假如我对您说我简直没法写作,您就会相信我的话。是啊,我已经有三个星期一行文字也没有写,我所有的题材已经忘光,凡是您感兴趣的东西我都根本不去想了。我烦闷乏味到了不像话的地步。

我那个长篇小说向前进展了一大段路,搁了浅,静等涨潮了。我想把它献给您,关于这一点我已经写信告诉过您了。我把一些好人的生活、面貌、工作、话语、思想、希望等作为我的长篇小说的基础;我的目标是一箭双雕:一方面真实地描绘生活,一方面顺便表明这种生活多么不正常。正常是什么样子,我不知道,如同我们任何人都不知道一样。我们都知道不正直的行为是什么,然而什么是正直,我们就不知道了。我要守住那个小框框,这个小框框比较贴近我的心,而且已经由一些比我有力量、比我聪明的人尝试过了。这个小框框就是人类的绝对的自由,免于暴力,免于偏见、愚昧、魔鬼的自由,免于情欲等等的自由。

不过,这些话乏味得很。今年夏天您要到哪儿去?柔日任卡·林特瓦烈夫如果能说会道,说服您到苏梅去,哪怕只去一个星期,那我就会十分感激他。现在那边的生活比去年舒服多了。那座厢房全部修理过,今年夏天天气会温暖。

下星期一要开剧作家大会。大家要把我选入委员会①。我一点也不了解那个委员会,也没为它出过什么力。他们至少应当考虑到我有九个月不住在莫斯科。显然,这次会议会不安静。人们会坚持给尤里耶夫②的寡妇五百或六百卢布,而不是像彼得堡所表决的那样只给三百。这个协会为自己的办公室花了一万五千多卢布,羞于给自己的主席的寡妇三百个卢布。总之,我的舌头发痒,想聊一聊。

我家里的人向您的全家致意。我的妹妹嘱咐我代她问候您,向您祝贺节日,约您到路卡去。

莫斯科的天气很坏:寒冷,泥泞,阴霾。看不见太阳。

祝您健康,幸福,心灵安宁。

热诚地忠实于您的

安·契诃夫
一八八九年四月九日
于莫斯科

---

① 1889年4月10日在俄罗斯话剧作家及歌剧作曲家协会的大会上契诃夫当选为该协会的委员会委员。——俄文本注
② 俄国文学界和戏剧界的活动家,自1885年起担任俄罗斯话剧作家及歌剧作曲家协会的主席,于1888年12月26日去世。——俄文本注

问候安娜·米哈依洛芙娜。布烈宁的杂文①有的地方可笑,不过总的说来浅薄得很。我讨厌批评了。每逢读到批评的文章,我总会感到有点害怕:难道人世间的聪明人就那么少,连批评文章都没有人写了吗?所有的文章都愚蠢,浅薄,意气用事到了庸俗的程度。《北方通报》上的批评文章我简直不想看。有的时候我甚至认为我们所以没有批评文章,是因为它不需要,就跟小说(当然,现代的小说)不需要一样。

一七六

致亚·巴·契诃夫

新的维克托·克雷洛夫②:

我这样久没有给你写信,纯粹是由于拿不定主意。我不愿意把一个不愉快的消息通知你。地平线上出现了乌云;会不会起风暴,只有上帝才知道了。事情是这样:我们的柯索依③在三月二十五日左右得了肠伤寒,病情不重,可是被肺部的问题弄得复杂化了。右肺令人不安地有点衰退,还听得见湿罗音。我把柯索依运回家里来,给他看病。今天会诊,得出了这样的诊断:病势是严重的,然而还不能做出明确的预言。一切都在上帝手里。

应当到克里米亚去才对,可是他没有身份证④和钱。

---

① 《批评随笔》,发表在1889年4月7日《新时报》第4708号上。在这篇杂文里布烈宁抨击《北方通报》杂志,讥诮纳德松、斯塔索夫以及列宾和谢米拉德斯基的画。——俄文本注
② 俄国当时一个流行的剧作家。契诃夫的大哥亚·巴·契诃夫正在写剧本,契诃夫就用了这个称呼,意在取笑。
③ 契诃夫的二哥尼古拉·巴甫洛维奇·契诃夫。——俄文本注
④ 亚·巴·契诃夫的身份证。——俄文本注

485

你写完剧本了吗①?要是你打算知道关于这个剧本的有价值的意见,你就拿给苏沃林看一遍。今天我给他写信,提到你的剧本,那你就不必扭扭捏捏,给他送去吧。在你没有做完你跟有经验的人谈过以后一定会做的修改以前,不要把这个剧本送到书报检查官那儿去。由苏沃林一个人看一遍就完全够了。我的忠告:在剧本里你得极力独创一格,尽量地聪明,然而也不必担心自己会显得愚蠢。自由思想是需要的,可是只有不怕写出愚蠢的东西的自由思想家才是需要的。你不必战战兢兢地修改,推敲,自管显得笨拙和莽撞好了。简练是才能的姊妹。顺便你要记住:求爱啦,妻子和丈夫的变心啦,寡妇的、孤儿的以及种种其他的眼泪啦,都早已被人写过了。题材必须新颖,情节倒可以没有。不过主要的是爸爸和妈妈得吃饭。你写吧。苍蝇使得空气干净,剧本使得性灵干净。

向你的上尉库科②和娜达丽雅·亚历山德罗芙娜③热诚地致意。很可惜,节前也好,现在也好,我都没有能够为他们做一件什么愉快的事。我的命运奇怪得很。我一个月花三百个卢布,为人也不恶毒,可是我不论对自己还是对别人,都没有做过什么愉快的事。

祝你健康。

Tuus magister bonus Antonius XⅢ④
一八八九年四月十一日
于莫斯科

---

① 1889年4月9日亚·巴·契诃夫写信告诉契诃夫说,他正在写他的剧本《扑满》。——俄文本注
② 指的是亚·巴·契诃夫的儿子。——俄文本注
③ 亚·巴·契诃夫的妻子。
④ 拉丁语:你的好导师安东尼十三世。——俄文本注

一七七

致伊·列·列昂捷夫(谢格洛夫)

您好,上尉! 我母亲说,《住别墅的丈夫》①也好,《求婚》②也好,准会垮台,因为您在十三日③使它们上演④。不过我相信您的导演天才会战胜这种预言,您会成为胜利者。只是,老兄,您是个什么样的啄木鸟⑤啊! 您从十月起就差不多天天在各报上反复讲我的《求婚》。这是何苦呢? 在一个小作品上是写不出很多东西来的;人应当谦虚,不要让自己的名字像水洼里的气泡那样一闪就过去了。

看来,我的《求婚》不再在国家剧院上演了。您要拿它怎么办就拿它怎么办吧。当然,越能多叫它上演越好,因为有钱可赚嘛。为国家剧院得另写东西了。要是新的轻松喜剧(为国家剧院)写成功,我就把它献给您。

目前您在写什么? 写吧,好朋友,不要偷懒,不要灰心。

比里宾写信告诉我说,您常跟他见面。他是个可爱的人,不过略略有点枯燥乏味,略略有点官气。他很正派,而且有才能,这我是早就深信不疑的。他的才华横溢,可是生活知识却一点儿也没有,而缺乏知识的地方就一定也缺乏勇气。我敢用一瓶香槟酒跟您打赌:您已经向他预言过,说他会成为俄罗斯头一个轻松喜剧作

---

① 谢格洛夫的喜剧。
② 契诃夫的喜剧。
③ 基督教的迷信,认为十三是个不吉利的数字。
④ 在首都演员小组上演。——俄文本注
⑤ 借喻"唠叨不停的人"。

家。您是个十分善良慷慨的人,不过请您不要这样预祝他,也不要用您的剧作家的权威在他心中加强他在轻松喜剧方面的希望。他是个优秀的小品文作家;他的弱点是那种法国轻松喜剧式的,甚至〔……〕的调子。不过,要是他开始生出些不成熟的孩子①,那他就永生永世也离不开这个调子,那就只好对这个小品文作家唱《永恒的悼念》②了。您得教他培养严谨的风格和高尚的感情,至于轻松喜剧,那反正是跑不了的。

我那做画家的哥哥病得很重。我的地平线上布满了很不吉利的乌云。

苏沃林写信告诉我说,您到他那儿去过,谈起剧院〔……〕好样的彼得堡,努力吧!凡是缺乏心灵纯洁的地方,您就不要在肉体上去找纯洁。

请您给我来信。祝您健康和快活。多承拜节,我家里的人向您道谢,而且也向您拜节。

您的安·契诃夫

一八八九年四月十二日

于莫斯科

为什么您不写正剧呢?中篇小说比正剧好,不过要是戏剧热已经抓住您,那么您与其写一个三幕喜剧,还不如写一个正剧。工作总是快活得多,也有利得多。

请您不要忘记向您的妻子转达我的问候。

---

① 指比里宾的轻松喜剧《不成熟的孩子》,署名符·霍洛斯托夫。——俄文本注
② 俄国葬礼上的悼歌。

一七八

致阿·谢·苏沃林

您羡慕我年轻,我呢,羡慕您要到蒂罗尔①去旅行。那我们就互相调换一下吧。

看来,今年夏天我们见不到面了。到十一月为止,我既见不到您,也见不到安娜·伊凡诺芙娜,而且我也不会在费奥多西亚游泳了。这是不愉快的,因为今年夏天我就会烦闷得要命了。我做了一个梦,梦见我接受了斯坦尼斯拉夫三级勋章。我母亲说我不久就会举着十字架了②。这个梦大概会应验,因为画家的病情糟透了③。

我当选为剧作家协会委员会的委员了。您不要期望新的制度。在那些对协会的事务毫不关心的人专门大发议论,大提抗议的时候,您是期望不到这种制度的。寄上一篇短小的荒唐东西,这篇东西是针对那些反对分子的,要是由着他们的性子去干,他们就会把协会弄垮。如果这篇东西合用,您就拿去发表,代替一篇为《星期六副刊》而写的作品,或者按您的意思去处置;不过,如果它不合用,我就把它寄到《彼得堡报》去④。

昨天我收到阿历克塞·阿历克塞耶维奇从库尔斯克寄来的《春天通报》,那上面除了别的话以外有这样一句话:"空气中充满

---

① 在奥地利西部,位于阿尔卑斯山区。
② 意谓"家里要死人了"。
③ 契诃夫的二哥尼古拉·巴甫洛维奇·契诃夫得肠伤寒,病重。——俄文本注
④ 指小品文《逼不得已的声明……马的暴亡或者俄罗斯人民的慷慨》,发表在1889年4月20日《新时报》第4721号上。——俄文本注

暖意、朝气和爱抚"……

我没有可能写长篇小说,于是由于闷得慌而开始写《树精》。这个作品写得十分乏味,类似《智者纳丹》①。不过我仍旧要向您保证,早晚我会在一个戏剧季节里从剧院经理处拿到五六千。嘿,到那时我会多么高傲地瞧着您啊。

您的《达吉雅娜》在莫斯科上演,做了改动。例如,在第三幕里美德威杰娃就没有出现。

我该结婚了吧?要不然,就到"义勇舰队"上去做医师?

您跟谢格洛夫谈一谈布纳科夫杀害沙尔沙文娜的姑娘一案②吧。那是个有趣的案子,小品文也会有趣。谢格洛夫没有给我写信。显然,他为《天空的仙鹤》③生气了。

祝您健康。

鄙人是戏剧业务部门的常务委员,您的上司

契诃夫

一八八九年四月十七日

于莫斯科

一七九

致阿·谢·苏沃林

我不相信我的眼睛了。不久以前还是雪和寒冷,现在呢,我却

---

① 德国作家莱辛(1729—1821)的诗剧。——俄文本注
② 彼得堡各报在这几个月中不断报道一个讼案:乌法的地主布纳科夫杀死一个为他所犯的罪作证的女证人。——俄文本注
③ 这是契诃夫对俄国剧作家列昂捷夫(笔名谢格洛夫)的剧本的戏称。——俄文本注

坐在敞开的窗口,听苍翠的花园里那些夜莺、戴胜、金莺和其他的鸟雀不住声地啼鸣。普肖尔河壮丽而亲切,天空和远方的情调是热烈的。苹果树和樱桃树正在开花。大鹅带着小鹅在散步。一句话,春色烂漫。

斯契瓦没有把小船送来①,我没法坐船了。房东家的小船在树林里一个什么地方的守林人家里。因此我只能在岸边和小岛上散步,嫉妒那些渔夫,因为他们坐着他们的独木舟在普肖尔河里来来往往。我起床早,睡觉早,吃很多东西,写作,阅读。画家咳嗽,发脾气。他的情况糟得很。我因为没有新书可读,就重理旧课,把已经读过的东西再读一遍。我顺便读了冈察洛夫的作品,而且吃了一惊。我暗自纳闷:为什么这以前我一直把冈察洛夫看作第一流作家呢?他的《奥勃洛摩夫》是一个根本不重大的作品。伊里亚·伊里奇②本人是一个夸大失实的人物,还没有重大到值得为他写一本大书的程度。他是一个松懈的懒人,像这样的人是很多的,性格并不复杂,司空见惯,而且浅薄;把这个人物提高成为社会的典型,未免大而失当。我问我自己:如果奥勃洛摩夫不是懒人,那他会是什么样的人呢?我只能回答说:他什么也不是。既是这样,那就让他去睡觉吧。其余的人物都渺小,颇有列依金的味道,写得草率,而且有一半是捏造的。他们没有显出时代的特征,也没有提供什么新的东西。希托尔兹③一点也没有引起我的信任。作者说他是一个优美的人,可是我不相信。这人是个狡黠之徒,把自己想得极好,对自己满意。他有一半是捏造的,有四分之三装腔作

---

① 斯季瓦是契诃夫对奥布隆斯基的戏称(斯季瓦·奥布隆斯基是列夫·托尔斯泰的长篇小说《安娜·卡列尼娜》中的人物)。1888年夏天阿·谢·苏沃林在奥布隆斯基家里住过,把自己的小船留在那儿,托奥布隆斯基送到契诃夫那儿去。——俄文本注
② 《奥勃洛摩夫》的主人公。
③ 《奥勃洛摩夫》的一个重要人物。

势。奥尔迦①是捏造出来的,简直牵强得很。不过主要的问题却在于整个长篇小说充满了冷漠,冷漠,冷漠……我在我那半人半神②的名单上勾掉了冈察洛夫的名字。

可是另一方面,果戈理却是多么直率,多么强大有力,他是一个什么样的艺术家啊!单是他的《马车》这篇作品就值二十万卢布。这篇作品简直让你入迷。他是俄罗斯最伟大的作家。《钦差大臣》里,第一幕写得最好;《婚事》里,第三幕最坏。我要对我家里的人朗诵一遍。

您什么时候动身③呢?目前,我会多么乐于到比亚里茨④去啊,那儿又有音乐,又有很多的女人。要不是因为画家作梗,那么,说真的,我就会追着您去了。钱倒是有。我向您保证:明年要是我还活着,身体健康,就一定到欧洲去。我只要从剧院经理处拿到三千,而且写完我的长篇小说就行了。

在苏梅的火车站上,您的书架⑤上既没有《昏暗》⑥,也没有《故事集》⑦,而且是早就没有了。另一方面,我这个流行的作家又住在苏梅附近。要是米哈依尔·阿历克塞耶维奇⑧寄五十本来,那就会一售而空。

夜间狗叫得厉害,不让人安睡。

我的《树精》写下去了。

请向安娜·伊凡诺芙娜、娜斯嘉、包利亚热诚地致意。昨天晚

---

① 《奥勃洛摩夫》的另一个人物。
② 指"伟大的作家"。
③ 苏沃林正准备出国旅行。
④ 法国地名。
⑤ 苏沃林经营着出版事业,这里指陈列着他的书店所出版的书籍的专架。
⑥ 即契诃夫的短篇小说集《在昏暗中》。
⑦ 契诃夫的另一短篇小说集。
⑧ 苏沃林的儿子,管理苏沃林的书店。——俄文本注

上我梦见了艾米尔小姐①。为什么?我不知道。

祝您健康,在您的神圣的祷告词中不要忘记我。

您的阿卡基依·达兰土洛夫②

一八八九年五月初

于苏梅,林特瓦烈娃庄园

一八〇

致阿·谢·苏沃林

我给您写信,亲爱的阿历克塞·谢尔盖耶维奇,正当我游猎回来:我去捕虾了。天气好极了。一切都在歌唱,开花,美不胜收。花园里已经是一片苍翠,连橡树也开花了。苹果树、梨树、樱桃树的树干上布满软虫而变成白色,所有这些树又都开着白花,因此惊人地近似那些在举行婚礼中的新娘,她们身穿白色连衣裙,拿着白花,带着圣洁的神情,仿佛因为人们瞧着她们而羞答答似的。每天都有千千万万的生物出世。夜莺、公牛、布谷鸟以及其他的飞禽白天黑夜不停地叫唤,由青蛙给它们伴奏。白天和夜间,每一个小时都有自己的特色。例如,夜晚八点多钟花园里的小金虫简直发出一片吼声。夜间月色晶莹,白天阳光普照。由于这个缘故,我的心情好了;要不是咳嗽的画家以及连艾尔彼的处方也无济于事的蚊子的捣乱,我就成了十足的波将金了。大自然是一种很好的镇静剂。它使人容忍,也就是使人冷漠。在这个世界上,冷漠是必不可少的。只有冷漠的人才能看清事物,才能公正,才能工作,当然这

---

① 苏沃林儿女的家庭教师。——俄文本注

② 契诃夫的笔名,用在1889年4月22日在《新时报》上发表的小品文《马的暴亡,或者俄罗斯人民的慷慨》上。参看第一七八封信。——俄文本注

只是对聪明高尚的人来说的,至于利己主义者和浅薄无聊的人,他们本来就够冷漠的了。

您写道,我懒了。这并不意味着我比从前懒。我现在工作跟三五年前一样多。我已经养成工作或者外表看来像是在工作的习惯,每天总是从早晨九点钟起工作到吃午饭的时候,再从傍晚起工作到睡觉的时候,在这方面我成了一个文官。不过,要是我的工作没有做到每月写出两个中篇小说,或者每年有一万的收入,这却不能怪我懒,而只能怪我心理方面和生理方面的特点:在医学上我不够爱财,在文学上我的热情又不足,因而才能也不足。我内心的火燃得均匀而微弱,不冒火苗,不出爆声,所以我从没在一夜之间一口气写出三四个印张,也没有在工作中入迷,以致在想睡的时候不让自己躺上床去。由于这个缘故,我就没有写出什么一塌糊涂的荒唐东西,也没有写成什么出色的聪明作品。我担心在这方面我很像我不喜欢的冈察洛夫①,其实在才能方面他比我高出十个头呢。我的热情太少,除此以外我还有这么一种精神病:已经有两年了,我无缘无故地不再喜欢看见自己发表出来的作品,而且对评论冷淡,对有关文学的谈话冷淡,对诽谤、成功、挫折冷淡,对巨额稿费冷淡,一句话,我变成十足的傻瓜了。我的灵魂有一种停滞状态。我用我个人生活的停滞来解释这种停滞。我并没有幻灭,也没有厌倦,更没有害忧郁病,而只是忽然间不知什么缘故一切东西都变得不那么有趣了。必须在我身子底下放上点炸药了②。

您再也想象不到,我的《树精》的第一幕已经写成。这一幕虽然写得长,倒还不错。我觉得我自己比写《伊凡诺夫》时有力量多了。到六月初这个剧本就可以写完了。当心啊,剧院经理处!五

---

① 契诃夫认为冈察洛夫不能算是第一流的作家,请参看上一封信。
② 意谓"我必须振作起来了"。

千卢布归我啦。这个剧本古怪透了,我不由得暗自惊奇:我的笔下居然会写出这么古怪的作品。只是我担心书报检查官不放过它。我也在写那个长篇小说,我觉得它比《树精》更可爱,更贴近我的心,而在《树精》里我却不得不耍花招,装傻相。昨天傍晚我想起来,我应许过瓦尔拉莫夫①,为他写一个轻松喜剧。今天我就把它写好,寄出去了。② 您看,我正交收获时令!您还说我懒了呢。

您终于注意到所罗门③了。以前我跟您谈起他,您每次都是冷淡地敷衍一下。依我看来,使歌德起意写《浮士德》的正是《传道书》④。

我非常喜欢您那封论李哈切夫⑤的信⑥的风格。这封信可以作为各种论战的范文。

我到苏梅城里的剧院去看了《第二个青春》⑦演员们穿着那样的裤子,在那样的客厅里演戏,简直不是在演《第二个青春》,而是在演《下房》了。在最后一幕,后台不停地敲鼓。他们要上演《达吉雅娜·列宾娜》和《伊凡诺夫》。我会去看的。我想象得出阿达谢夫⑧会是什么样子!

---

① 彼得堡的亚历山大剧院的演员。
② 指《并非自愿的悲剧演员(摘自别墅的生活)》。——俄文本注
③ 1888年11月15日契诃夫在写给苏沃林的信上向他建议合伙写一个剧本。契诃夫在提到种种可能的题材时,也提到犹太国王所罗门;在契诃夫的《札记》里保存着所罗门的独白的草稿。参看第一五四封信和注。——俄文本注
④ 《圣经·旧约》中的传道书。——俄文本注
⑤ 俄国诗人、剧作家、翻译家。
⑥ 苏沃林的《致编辑部的信》,发表在1889年4月30日《新时报》第4729号上。——俄文本注
⑦ 俄国剧作家涅威仁的剧本("第二个青春"指人到中年精力充沛,如同青年人一样)。——俄文本注
⑧ 苏沃林的剧本《达吉雅娜·列宾娜》中的人物。

请您把我的《达吉雅娜·列宾娜》寄来,如果它已经印好的话①。

我哥哥来信写道,他为他的剧本②累得要命。我倒很高兴。让他去累得要命吧。他十分傲慢地瞧着在剧院上演的《达吉雅娜·列宾娜》和我的《伊凡诺夫》,到剧场休息时间就去喝白兰地,老气横秋地批评一番。大家都用那么一种口气评论剧本,倒好像剧本很容易写似的。他们却不知道好剧本是难写的,而坏剧本加倍地难写,加倍地可怕。我巴不得所有的观众合成一个人,写出一个剧本来,让我和您坐在某一号包厢里,把这个剧本嘘一通才好。

亚历山大在为大改特改而吃苦。他很缺乏经验。我深怕他搞出许多虚假的效果,要降伏它们,结果在徒劳无益的斗争中垂头丧气。

请您从国外带些被查禁的书籍和报纸回来。要不是画家作梗,我就会跟您一块儿去了。

上帝做得聪明:他把托尔斯泰③和萨尔蒂科夫④带到另一个世界去了,因而把我们认为不能调和的东西调和了。现在这两个人都在朽烂,这两个人同样漠不关心了。我听到人们为托尔斯泰的死亡高兴,这种高兴依我看来是极大的野蛮。那些基督徒痛恨宪兵,同时又欢呼别人的死亡,在这种死亡中看到救星,我不相信这类基督徒的前途。您再也不能想象女人们为这种死亡高兴是多

---

① 1889年3月契诃夫写信告诉苏沃林说,他要送给苏沃林一个礼物,就是契诃夫所写的《达吉雅娜·列宾娜》的续篇;苏沃林就把这个续篇印了两份,一份送给契诃夫。
② 契诃夫的大哥亚历山大·巴甫洛维奇·契诃夫正在写他的剧本《扑满》。
③ 指德·阿·托尔斯泰,俄国沙皇政府内务大臣,极端的反动分子,于1889年4月25日死亡。——俄文本注
④ 即俄国民主主义作家萨尔蒂科夫-谢德林,于1889年4月28日去世。——俄文本注

么惹人讨厌。

您什么时候从国外回来？回来以后您又到哪儿去？

难道我一直要在普肖尔的岸边坐到深秋吗？啊，这多么可怕呀！要知道春天不要很久就会过去的。

连斯基叫我陪他到第比利斯去旅行表演。要不是画家作梗，我就去了，画家的情形颇为不妙。

请您告诉安娜·伊凡诺芙娜，我满心祝愿她这次旅行极其愉快。

如果您玩轮盘赌，那就请您为我的幸运押上二十五个法郎的赌注。

好，求上帝赐给您健康，万事如意。

> 您的安·契诃夫
> 一八八九年五月四日
> 于苏梅

一八一

致阿·谢·苏沃林

我在您的叙述①中和俄语的译文(《北方通报》)②中读了布尔热的《学生》。这件事依我看来是这样的。布尔热是个有才能、极聪明、有教养的人。他十分熟悉自然科学的方法，对它充满感情，似乎在自然科学系或者医学系方面努力学习过。他在他打算主宰

---

① 苏沃林写了一篇文章，叙述布尔热的长篇小说《学生》的内容，发表在1889年5月2日、7日、8日、9日的《新时报》上。——俄文本注
② 布尔热的长篇小说《学生》的俄语译文发表在《北方通报》杂志1889年第4期、第6期、第7期、第8期上。——俄文本注

的那个领域里并不生疏,这个长处却是俄罗斯的新旧作家都欠缺的。至于书本上的、学术上的心理学,他却了解得很差,如同那些优秀的心理学家一样。懂得心理学和不懂得心理学是完全一样的,因为它不是科学,而是虚构,有点像是应当交档封存的炼金术。因此,我不打算谈布尔热究竟是好心理学家还是坏心理学家。这个长篇小说是有趣的。我读了它,才明白它为什么那样吸引您。它隽永、有趣,有些地方富有机智,有些地方富有幻想……如果要讲它的缺点,那么其中主要的一点就是对唯物主义流派的猖狂攻击。对不起,这类攻击我是不能理解的。这类攻击决不会得出什么结果,只会给思想领域带来不必要的混乱罢了。这是在对谁攻击?为什么攻击?敌人在哪儿?他有什么危险的地方?首先,唯物主义流派不是一个学派,也不是在报章的狭隘意义上的一个流派;它是必不可少的,不能避免的,不是人力所能左右的。凡是在地球上生存着的东西必然是唯物的。在动物身上,在野蛮人身上,在莫斯科商人身上,凡是高级的、非兽性的东西,都受不自觉的本能的制约;他们身上其余的一切东西都是物质的,当然不以他们的意志为转移。高级的生物,有思想的人,也必然是唯物主义者。他们在物质里寻求真理,因为他们在别的地方找不到,因为他们所看到的,所听到的,所感觉到的,只有物质。他们必然只能在用得上显微镜、探针、刀子……的地方去寻求真理。禁止人们具有唯物主义思想无异于禁止寻求真理。在物质之外既没有经验,也没有知识,因而也就没有真理。西克斯特先生①看起来可能像是把鼻子伸到他生疏的领域里去,大胆根据细胞方面的学理研究人的内部,这也许不好吧?可是这怎么能怪他呢?因为心理现象原就和生理现象惊人地相似,人没法辨别心理现象从哪儿开始,生理现象在哪

---

① 《学生》中的人物。

儿告终。我想,在解剖尸体的时候,就是中毒最深的唯灵论者也**必然**会产生一个问题:灵魂在哪儿呢?不过,如果人知道肉体的疾病和精神的疾病何等酷似,如果人知道这两种病是用同一类的药来治疗,人就会不由自主地不把灵魂和肉体分开了。

讲到"心理学的实验"、把恶习移植到儿童身上去、西克斯特本人的形象等,那么这些都夸张得不像话了。

唯灵论者不是学术上的称号,而是荣誉的称号。他们作为学者是不需要的。不过在他们所做的和力求达到的一切事情方面,他们也必然是唯物主义者,跟西克斯特本人一样。如果他们战胜了唯物主义者,把他们从地球表面上一扫而空(这是不可能的),那么单是这个胜利就表明他们是最伟大的唯物主义者,因为他们破坏了一个完整的教派,几乎是破坏了一个宗教。

论述唯物主义思潮的害处和危险,尤其是对它作战,至少也是一件为时过早的事。我们没有充分的论据来构成控诉。理论和假说倒有许多,然而事实却没有,我们所有的反感并没有超出荒唐的地狱之火①。商人老婆厌恶热松香,可是为什么呢?谁也不知道。教士们常常引证缺乏信仰、道德败坏等。其实并没有什么缺乏信仰的现象。人们总是在信仰什么,就连西克斯特也一样。讲到道德败坏,那么以彻底的腐败者、荒淫者、酒徒闻名的倒不是西克斯特之流,也不是门捷列夫之辈,而是诗人、修道院长以及那些按时到大教堂去的人。

一句话,布尔热的攻击在我是不能理解的。要是布尔热在进攻的时候肯费一下神对唯物主义者指出天上的无实体的上帝在哪儿,使人们可以看见他,那就是另外一回事,我也就会理解他的攻击了。

---

① 按照基督教的说法,这是在地狱里用来惩罚罪人的燃烧的硫黄、松香。

请您原谅我大谈哲学。我要到邮局去了。问候您的全家,祝您健康。

您的安·契诃夫

一八八九年五月七日

于苏梅

一八二

致亚·巴·契诃夫

因忌妒我的辉煌成就而无法安睡的伪剧作家①!

先从尼古拉谈起。他害着肺部的慢性病,而且是一种医不好的病。他在病中往往有暂时的好转、恶化、in statu②。他的问题应当这样提:这个过程会延续多久?却不可以这样提:他什么时候会痊愈?尼古拉倒比平时有生气。他在院子里散步、吃东西,常向母亲唠唠叨叨。他成了一个任性的人,而且是一个可怕的爱挑剔的人。

我们让他坐着头等客车到此地来,目前不论他要什么东西,我们都不拒绝他。凡是他想要的以及必要的东西,他都得到了。大家都叫他将军,他自己呢,似乎也相信自己是将军。他瘦极了。

你问起你能在哪方面帮助尼古拉。你想怎样帮助他就怎样帮助他吧。最好的帮助是金钱方面的接济。要是没有钱,尼古拉如今就躺在一个什么地方的医院里,由那些干粗活的工人把他抬走了③。所以主要的是钱。不过,如果你没有钱,那也只好算了。再

---

① 契诃夫的大哥亚·巴·契诃夫当时写了一剧本《扑满》。
② 拉丁语:停滞状态。——俄文本注
③ 意思是"草草下葬了"。

者,需要的是大宗的钱,五个或者十个卢布是不顶事的。

我在苏梅已经给你写过一封信。在那封信上,除了别的话以外,我要求你给我寄《新罗西斯克电讯报》来。现在呢,我不是出于差遣,而是出于友情,想请求你把五月一日起到五月十五日止的基辅报纸①给我寄来。你先寄五月一日到五月七日的,再寄五月七日到五月十五日的。请按挂号印刷品投递。别的我就不再麻烦你了。

现在来谈一谈你的剧本②。你抱定目标描写不灰心丧气的人,可是心里害怕。依我看来,这个任务是清清楚楚的。只有淡漠的人才不灰心丧气。淡漠的人要么就是哲学家,要么就是浅薄的、利己主义的人。对待后者应当采取否定的态度,对待前者应当采取肯定的态度。当然有些淡漠到了麻木程度的人,就是用烧红的铁去烫也是不会觉得痛的,那么关于他们也就无话可说了。不过,如果你把不灰心丧气的人理解为对周围的生活不冷淡,勇敢而有耐性地接受命运的打击,带着希望瞩望未来的人,那么这个问题也就明明白白了。改动很多不应当使你慌张,因为工作越细致越好。剧本里的人物反而会因此得益。要紧的是你得提防个人的因素。要是剧本里所有的人物都像你,这个剧本就一无是处了。在这方面你的《扑满》简直不像话,惹得人心烦。为什么写娜达霞、柯里亚、托夏? 倒好像你的外界没有生活似的?! 谁高兴知道我的和你的生活,我的和你的思想呢? 要把别人写成别人,不要写成自己。

你得提防雕琢的语言。语言得朴素而优美。听差说话得简单,不要夹杂土话。红鼻子的退役上尉、醉酒的新闻记者、挨饿的

---

① 契诃夫大概对基辅各剧院的剧目发生了兴趣,当时基辅正在公演他的多幕剧《伊凡诺夫》和轻松喜剧《求婚》。——俄文本注
② 指亚·巴·契诃夫的剧本《扑满》。亚·巴·契诃夫写信告诉契诃夫,他为了和《伊凡诺夫》对立而抱定目标描写"不灰心丧气"的人。——俄文本注

作家、害痨病的女工、正直到连一个毛病也挑不出的青年人、高尚的少女、好心肠的保姆,都已经被人写了又写,应当把他们当作陷坑似的绕过去才行。另外还有一个忠告:到剧院去三次,仔细观察舞台。你可以比较一下,而这是重要的。第一幕可以拖长到甚至一个钟头,不过其余几幕不能超过三十分钟。剧本的关键在第三幕,然而也不要过分渲染,压倒了最后一幕。最后,你得记住书报检查官。他可是严厉而细心的。

对这个剧本我想劝你采用一个笔名:赫鲁晓夫、谢烈勃里亚科夫之类。这样对你方便些,在内地也不致跟我相混,而且顺便也避免了跟我做比较,我对这种比较是讨厌极了的。你是你,我是我,可是人家不管这些,忍不住要比一比。假如你的剧本好,我就倒霉了;假如不好,你就倒霉了。

不要急于送到书报检查机关那儿去审查,也不要急于上演。如果在国营剧场上演办不到,那就在柯尔希剧院上演。至早也要在十一月公演。

如果我来得及为舞台写出什么东西,那就再合适也没有了:你索性把你的剧本和我的剧本一起拿去送审。检查机关知道我,所以不会扣住剧本不放。我的剧本照例只经过三五天就放行了,而偶然送去的剧本往往一连几个月卡在那儿不放行。

我从心灵深处向库克上尉[1]和娜〔达丽雅〕·亚〔历山德罗芙娜〕致意。祝你身体健康,灵魂得救。

你的安·契诃夫
一八八九年五月八日
于苏梅,林特瓦烈娃庄园

---

[1] 对亚·巴·契诃夫的儿子的戏称。

一八三

致阿·尼·普列谢耶夫

我们一家人向您问候,亲爱的阿历克塞·尼古拉耶维奇!您生活得怎么样?有什么新消息吗?您的身体怎么样?我每天都打算对您提出这些问题,可是总也没有工夫:有时是懒,有时是去捉虾,有时是为我那害病的画家闷闷不乐,有时是天热得连墨水都干了;这儿早就天热了,而且会热得很久很久……蚊子多得不得了,这些坏蛋把人咬得很痛,不让人好好地生活。整个路卡早已一片苍翠,紫丁香和稠李正在开花,香气扑鼻,普肖尔河的两岸动人,亲切,以致到了多愁善感的地步,夜晚温暖而美妙,夜莺不计其数,林特瓦烈夫一家人都发胖,变得越发和善,比去年有过之而无不及。在这儿可以生活得不错,要不是画家老咳嗽,我就会十分满意了。我在路卡要一直住到六月,然后到巴黎去看法国女人,再从巴黎到第比利斯去看格鲁吉亚女人,照这样一直忙到秋天,穷得一个钱也没有为止。

由《伊凡诺夫》①和那些小书②挣来的钱,我快要花完了。不预支稿费不行了。我要在各编辑部预支稿费,胡乱花掉,然后抬起眼睛望着天空,开始大声呼号:"亚伯拉罕、以撒、雅各和震惊世人的歌利亚的上帝啊,你用五块面包喂饱五千人,请倾听我祷告的声音,叫土地张开大口,把我的债主吞没吧;光荣、骄傲、尊崇归于你,圣父圣子圣灵,阿门。"

---

① 指契诃夫的剧本《伊凡诺夫》在彼得堡公演而酬劳作者的上演税。
② 指契诃夫的短篇小说集《在昏暗中》《故事集》等。

缺了您,我就有点寂寞;我找不到一个可以跟我谈一谈和听我谈一谈的人。青年人大都喜爱争吵和辩论,不过我懒于用嘴巴去比赛,安静的谈话才更合我的心意。一般说来,在乡下生活而缺乏自己的心灵所习惯的人,那是乏味的。如果我娶了西比利亚科娃,我就要买一个大庄园,拨给我喜欢的几十个人去支配。不过,既然我没有娶西比利亚科娃,而且绝不会中二十万的彩票,那我就只好安于我的命运,靠幻想活着了。

难道您不到南方来吗?我呢,只巴望我能到波尔塔瓦省去拜访斯玛京才好!马车平稳,马很不错,道路平坦,人在各方面都好。我情愿牺牲许多东西,只求能够跟您一块儿坐车到乌克兰去,让您凭着亲眼所见来相信乌克兰人住的地方确实值得优秀的诗人注意。你们北方恐怕很冷,下雨,阴天……可了不得!

斯沃包津答应到我这儿来。要是他不骗我,那就好了。我现在的住处很大。我租了两间厢房。

柔日席克回来了,正在用音乐款待我们。不久那个大提琴家①就到我这儿来了。他们的合奏会很好听。

我悼惜萨尔蒂科夫②。这是一个坚强有力的人。俄罗斯那些浅薄的、欺诈成性的中等知识分子当中存在着一种卑鄙恶劣的习气,如今这种习气因为他去世而失去了一个最顽强固执的敌人。暴露是每个报纸工作者都做得来的,嘲笑就连布烈宁也办得到,可是能够公然蔑视的只有萨尔蒂科夫一个人。读者有三分之二不喜欢他,然而大家都相信他。谁也不会怀疑他的蔑视的真诚。

我亲爱的,请您给我来信吧。我喜欢您的笔迹;每逢我在纸张上看到您的字迹,我心里就快活。此外,不瞒您说,我跟您通信,这

---

① 玛·罗·谢玛希科。
② 见第496页注④。

使得我的自尊心得到满足。您的信和苏沃林的信我都要保存起来,传给我的子孙,让这些狗崽子读一读,知道一下早已过去的事情……我要把这些信封存起来,立下遗嘱,过五十年再公开发表,àla① 加耶甫斯基②,因而不致违反冈察洛夫发表在《欧洲通报》上的戒条③,其实我不懂为什么不可以违反。请您来信告诉我您的健康情况。

让·谢格洛夫写完了一个戏④。我呢,闲来无事,草草写出了一个喜剧⑤。我们给文学委员会⑥找出活来干了!

十一月间我要把我的长篇小说带到彼得堡去出售。一个印张至少二百五十个卢布,再低我就不卖。我卖出这个长篇小说以后就到国外去,在国外 à la⑦ 胡杰科夫,为爱国人士联盟大办宴席,款待卡尔洛斯先生⑧吃早饭,当然报上会有专门的电讯来发表这个消息。

向您的家人和安娜·米哈依洛芙娜热诚地致意。我们那个委员会的最后一次会议开得融洽而顺利。协会的事情依我看来会很好地进行。我在信封上不想写"阁下"了;请您准许我的请求。对

---

① 法语:宛如。
② 俄国图书学家。——俄文本注
③ 冈察洛夫在1889年《欧洲通报》第3期上发表一篇文章:《违反意志》。冈察洛夫对他的继承人和新闻记者提出一个要求:"让我的信成为那些收到我信的人的财产,不要转到外人手里,然后予以销毁。"随后他又要求不要发表任何"我生前没有发表过的和临死没有指定要发表的东西"。"这就是执行了我的意志,这会是对我的劳动的奖赏,会是放在我的坟墓上的最好的花环"。——俄文本注
④ 指《娜斯嘉》,根据他自己的长篇小说《不可解的谜》改编而成。——俄文本注
⑤ 指《树精》。——俄文本注
⑥ 指文学戏剧委员会,审查和批准国营剧院上演的剧本,普列谢耶夫是这个委员会的委员。——俄文本注
⑦ 法语:模仿。
⑧ 俄国作家包包雷金的小说《卡尔洛斯先生》中的人物。

我来说您不是阁下而是殿下。我的全家问候您,奉上种种的祝愿。请您来信。

您的安·契诃夫

一八八九年五月十四日

于路卡

一八四

致阿·谢·苏沃林

谢谢,我的《达吉雅娜·列宾娜》①收到了。纸张很好。我在校样上删掉了我的姓,我不懂这个姓是怎么会保留下来的。我还删掉了许多也保留下来的错字,也就是说把它们改正了。不过,这都是小事。为了造成很大的错觉②,应当在封面上不印彼得堡而印 Leipzig③。

我的画家再也不会痊愈了。他害的是肺痨病。问题应当这样提:这个病会延续多久?在这种情形下,您会同意,我丢下他而走开是不行的。再者,要是我走掉,我家里的人就会处在一种您可以设想的困难局面中,您不妨想象这样一群人:我的母亲,我的妹妹,以及每一分钟都在咳嗽、发牢骚、不断地下命令的画家。我走掉而撇下他们,那是不行的……

谢格洛夫不是我的敌手。我没有看过他的戏④,不过我预感

---

① 《达吉雅娜·列宾娜》是苏沃林的剧本,契诃夫为它写了一个续篇,赠给苏沃林。苏沃林印了两份,送给契诃夫一份。
② 意谓"为了使人们错以为契诃夫的《达吉雅娜·列宾娜》在俄国被查禁而在国外印行"。——俄文本注
③ 莱比锡,德国地名。
④ 谢格洛夫的剧本《娜斯嘉》,根据他自己的长篇小说《不可解的谜》改编而成。

到我在我的前两幕①里所做的事比他所有的五幕加在一起还要多十倍。他的戏可能比我的戏获得更大的成功,可是这样的竞争我不害怕。我对您说这些话是为了表明我对自己的工作怎样满意。这个剧本写得乏味、琐碎,不过仍旧使我觉得这是一个真正的作品。从我这个剧本里涌出全新的人物;整个剧本里没有一个听差,没有一个硬插进去的喜剧人物,没有一个寡妇。人物一共有八个,其中只有三个是插曲式的。总之我极力避免多余的东西,在这点上我觉得我已经办到了。一句话,我是个聪明的孩子,这是不消说的。如果剧本审查机关不给它当头一棒,那您今年秋天就会领略到一种美景,那是连您站在埃菲尔铁塔上俯瞰巴黎全城的时候也领略不到的。请您告诉布烈宁,我不会送戏票给他的②,请您告诉别热茨基说,如果他愿意,他可以不去看我的戏。不过,如果剧本审查机关给我的剧本当头一棒,那就好吧,我明年夏天再写出一个新剧本来,不过布烈宁那儿我仍旧不送戏票。

您那位科学家艾尔彼③建议用五分钟的时间喝下一杯牛奶。这对工作的人可太方便了。〔……〕

十一月间我要到彼得堡去拍卖我的长篇小说。我卖完了,就到比利牛斯山去。

斯沃包津答应到我这儿来。他又会因为我没有读莱辛的著作而大吃一惊的。

布尔热④的新的长篇小说⑤的结局我不满意。它还可以写得

---

① 《树精》的初稿。——俄文本注
② 布烈宁本来在生气,因为契诃夫的剧本《伊凡诺夫》在亚历山大剧院初次公演的时候,契诃夫没有送给他戏票。——俄文本注
③ 俄国新闻工作者拉·康·波波夫的笔名,在《新时报》主持科学栏。
④ 当时的一个法国作家。
⑤ 《学生》,参看第一八一封信的注。——俄文本注

更好一点。这不是一个隽永的长篇小说的结尾,而是从加博里欧①那儿撕下来的一块女衣长后襟,用别针别在这个隽永的长篇小说上面的。审判、法官们的"官场的麻木"等等,这些已经不再能打动人心了。西克斯特②念祷告辞"我们在天之父"的时候,会使得叶甫盖尼·柯切托夫③感动,然而我却读得厌烦。如果必须大胆地从头到尾说真话,那么像西克斯特这样有学问的幻想家在念完"我们在天之父"以后就应该像伽利略那样叫道:"可是地球仍旧在旋转!"霞尔洛蒂④献出自己的那一章倒是写得精彩而动人的。

您想知道那位女医师是不是在继续恨您⑤。唉!她发胖了,变得十分随和,而这是我非常不喜欢的。在这个世界上,女医师留下来的不多了。她们正在消亡,绝迹,如同比亚沃维扎荒漠⑥上的欧洲野牛⑦一样。有的人害肺结核而死,有的人落入神秘主义的罗网,有的人嫁给丧偶的骑兵连长,有的人还在坚持,然而已经明显地灰心丧气了。大概在人世间,头一批裁缝,头一批星相家,都很快就死绝了……一般说来,那些有胆量首先走上不熟悉的道路的人,生活都是艰难的。带头的人总是倒霉的。

叶甫盖尼雅·康斯坦丁诺芙娜⑧怎么样?阿历克塞·阿历克塞耶维奇大约在战战兢兢吧?求上帝保佑他们,这是一件好事。

---

① 法国作家,写过许多侦探小说。
② 《学生》中的一个人物。
③ 《新时报》的撰稿人,新闻工作者。——俄文本注
④ 《学生》中的一个人物。
⑤ 1888年夏天苏沃林到契诃夫的别墅所在地路卡做客,认识了叶连娜·米哈依洛芙娜;这位女医师把苏沃林看作反动分子,毫不掩饰她对他的敌视态度。——俄文本注
⑥ 在欧俄北部。
⑦ 这种体态庞大的动物在世界上已经很少。
⑧ 苏沃林的儿媳,正在准备分娩。——俄文本注

我问他们好。

村子里在闹白喉。我在捕虾。有一个鞋匠米希卡,年纪十二三岁,跟我一块儿捕虾,他非常喜欢瞎扯。

祝您健康,无限幸福。

您的波将金

一八八九年五月十四日

于苏梅

一八五

致阿·谢·苏沃林

如果您还没有出国,那我就来回答您那封关于布尔热的信。我要写得短。除了别的话以外,您写道:"让物质的科学自管走它的路,不过也要留下一些东西好让人能够借此避开那种无所不在的物质。"物质的科学正在走自己的路,至于可以用来躲避无所不在的物质的地方也安然存在着,似乎没有人去侵犯它。如果有谁倒霉,那也只是自然科学,而不是那些躲避自然科学的神圣地方。在我的信里,问题提得比您的信里正确,也少带伤人的意味,而且我比您更接近"精神生活"。您说到这种或者那种知识的权利,然而我说的却不是权利,而是和平。我希望人们不要在没有战争的地方也看见战争。各种知识永远是和平共存的。解剖学也好,文学也好,都有同等显赫的出身、同一个目标、同一个敌人——魔鬼,它们根本没有任何理由互相作战。它们之间并没有生存竞争。如果一个人知道血液循环的知识,他就丰富了;如果此外他还学习了宗教史和情歌《我记得那美妙的一瞬》,那他就不是变得更贫乏,而是变得更丰富了,因此这纯粹是有百利而无一弊的事。正是因为这个缘故,天才们才决不作战,在歌德身上诗人和博物学家才美妙地并存着。

互相作战的不是各种知识,不是诗学和解剖学,而是各种错误,也就是人。人在不理解的时候总是觉得自己出了毛病;他不是照应该做的那样在自己内部去找这种毛病的原因,而是到外界去找,因而跟他不理解的东西打起仗来。在整个中世纪,炼金术渐渐经过自然而和平的方式被培养成化学,占星术被培养成天文学;僧侣不理解,看见了战争,就互相厮杀起来。我们六十年代的皮萨烈夫①也就是这样一个好斗的西班牙僧侣。

布尔热也在打仗。您说他不是在打仗,可是我说他是。请您想象一下他的长篇小说落在一个有子女在自然科学的系科读书的人手里,或者落在一个为星期日传道寻找材料的主教手里。在它所产生的效果上会有什么近似和平的东西吗?不会有。请您想象一下这个长篇小说被解剖学家或者生理学家等看到。它不会往任何人的灵魂里吹进和平的空气去,它只会激怒明白人,而把虚伪的概念赠给糊涂人,如此而已。

您也许会说他不是跟物质作战,而是跟反常作战。我同意,一切作家都应当跟反常作战,可是为什么应当连带损害物质本身呢?西克斯特是一头鹰,然而布尔热把他画成了一幅漫画。"心理学派的实验"是对人类和对科学的诽谤。假使我写成一个长篇小说,其中有一个解剖学家为了科学而解剖自己的活老婆和婴儿,或者一个有学问的女医师到尼罗河流域去,为科学的目标跟一条鳄鱼,跟一条响尾蛇同居,难道这个长篇小说不是诽谤吗?话说回来,我倒真能把它写得隽永有趣呢。

布尔热对俄国读者来说是有吸引力的,就像干旱以后的雷雨

---

① 俄国民主主义批评家。

一样,而这是可以理解的。读者在这个长篇小说里看见一些比自己聪明的人物和作者,看见一种比自己的生活丰富得多的生活;而俄罗斯的小说作家却比读者愚蠢,他们的人物苍白渺小,他们轻视生活而把它写得枯燥乏味。俄罗斯作家生活在排水管里,吃蠓,爱粗鄙的女人和洗衣女工;他既不懂历史,也不通地理,更不知道自然科学,也不了解祖国的宗教、行政机关、诉讼手续……一句话,什么也不懂。跟布尔热相比,他只是一只蠢鹅,别的什么也不是。为什么布尔热一定会受到喜爱,这是可以理解的,不过毕竟不能因此得出结论,说西克斯特在读祷告辞"我们在天之父"的时候是对的,或者他在那时是真诚的。

好,我不再为布尔热啰啰唆唆,惹得您讨厌了。讲到您用紧凑的形式转述像《Disciple①》这样的长篇小说的才能,我读到以后为您高兴。这很好。您出色地分析了这个长篇小说的哲学的和科学的一面,我本来并不知道您有这样的本事。换了是我,就会把一切弄乱,结果我写出来的倒会比布尔热还要长。

我闷得慌。普列谢耶夫不会到我这儿来了,要是他来,那就好了。他是个很好的老人。

我不久会寄给您一封用法语和德语②写的信。问候安娜·伊凡诺芙娜、娜斯嘉、包利亚。

祝您旅行快乐。

您的安·契诃夫
一八八九年五月十五日
于苏梅

---

① 法语:学生。——俄文本注
② 当时契诃夫正在研究法语和德语。——俄文本注

一八六

致尼·亚·列依金

您好,尼古拉·亚历山德罗维奇,多少个冬天,多少个夏天啊①!我很久没给您写信,也没接到您的来信了。我缄默的原因要归之于我的性格的一贯性;我素来很懒,这是始终如一,没有改变的,我的脑子总是被一种什么事占据着;您缄默,是因为您指望我去拜望您,而且等着我给您写信。

目前我住在去年所住的地方。我的通信地址简短:苏梅城。我哪儿也没去,而且在今年秋天以前大概也不会到哪儿去,因为我得照料尼古拉,他害了肺痨病,被这种病折磨得奄奄一息。他的情形不妙,这就是说,我的事情不妙,您想象得到我的处境。我就不详细写了。

今年二月间我有将近一千五百个卢布。我原来希望整个夏天,一直到十月为止,我可以逍遥自在地度过,不做什么事情,我可以周游全世界,不必写作。我还没逍遥自在地生活过一天,而且什么地方都还没去过,可是我那一千五,如今只剩下三百四十个卢布了。

我略为写一点东西。我在写一些小小的短篇小说,这些短篇小说用号码连在一起,我再给它们起一个总题名,交给《欧洲通报》去发表。我想一下子收到一大笔钱。我有心写一个喜剧,然而只写了两幕②就厌烦起来,丢下了。再者我的脑子也顾不到这

---

① 意谓"我们有好久不通信息了"。
② 指契诃夫的多幕剧《树精》。——俄文本注

些。我目前的环境不是作家的环境,而是医院的环境。

比里宾在干什么?我听说他为舞台写了很多东西。这挺好,不过做一个优秀的小品文作家远比做一个出色的轻松喜剧作家有利。这有利得多,安静得多,稳妥得多。

我在报上读到彼得堡天气很热。我们这儿整个春天也热。阴凉的地方都超过三十度了。我们不得不一天洗两次澡,晚上开着窗子睡觉也只盖一层被单。天不下雨,土地发干,树叶凋萎,小红萝卜生了虫子;一般说来,软虫、蛾子、蚜虫很多,所有这些坏东西都提早出现了;根据这一点来判断,只能认为今年不会丰收了。蚊子很折磨人。

您到瓦拉姆去过了吗?要是画家身体健康,我就会到高加索或者巴黎去;我在巴黎会写一些幽默的小品文。我觉得等到我像人那样生活,也就是等到我有了自己的窝,有了自己的而不是别人的妻子,一句话,等到我摆脱了俗事和纷扰,我就会又动手写幽默作品,我甚至做梦都梦见了幽默作品。种种题材在我的脑子里沸腾,好比深水里的鱼一样。

您目前住在伊万诺夫斯科耶吗?我这封信就是寄到那儿去的。

我问候普拉斯科维雅·尼基福罗芙娜和费佳。

祝您健康,请您不要忘记您的

安·契诃夫

一八八九年五月二十二日

于哈尔科夫省,苏梅城

一八七

致符·阿·季洪诺夫

亲爱的俄国的萨尔杜①,我不是住在巴黎,也不是住在君士坦丁堡,而是像您在信封上正确地写出的那样住在苏梅城林特瓦烈娃夫人的庄园里。我倒乐于跑到巴黎去,从埃菲尔铁塔的高处俯瞰全世界,可是,唉!我被捆住了手脚,没有权利离开我住的地方一步。我那做画家的哥哥害了肺痨病,他现在住在我这儿。

天气好极了。外面暖和,鸟雀齐鸣,鳄鱼呱呱地叫。普肖尔河宽广而漂亮,好比将军的马车夫。然而由于上述的情况,我却生活得乏味而灰色。多亏有些好人来看望我,排遣我的寂寞,要不然就会很糟了。苏沃林在我这儿做了六天客,今天斯沃包津来了,邻居们也常来,于是一天连着一天,一场谈话连着一场谈话,等到定下心来一看,不料春天已经过去,六月就在眼前了。

我在工作,然而并不起劲。我很想工作,然而偏不是文学工作,文学工作已经惹得我腻味了。我在写长篇小说。我似乎会写成功的;我不会写得快,只能磨磨蹭蹭,所以我不知道您什么时候才会荣幸地第一百次相信:我并不是像在那次宴会上索科甫宁②所预言的那样的伟大的人。这个长篇小说我要过两三年才能写完。

我已经给一个喜剧开了个头,可是我写了两幕就丢开了。这个剧本写得乏味。再也没有比乏味的剧本更乏味的了,可是现在

---

① 法国剧作家,在此借喻"剧作家"。——俄文本注
② 索科甫宁是一个住在彼得堡的地主,对契诃夫极其崇拜;有一次契诃夫到彼得堡去,索科甫宁为了表示敬意而大摆筵宴。——俄文本注

我似乎只会写乏味的东西,所以还是丢开的好。

我理解您的厌倦。这会过去的,到时候您自会写出剧本来。

您的《没有扁担和熨斗》①不久以前在敖德萨公演了。可见您不该那么鄙薄地批评这个剧本。一切都不错。您得死心塌地地明白,戏剧创作是您的职业,您必须每年写出一两个剧本来,所以不管您愿意不愿意,反正您的剧本不可能个个都是杰作。十个剧本里难免有七个不大好,而这是一切职业的命运。您了解了这一点,自然也就会了解一切都挺好,应该谢天谢地才是。

您希望我影响让·谢格洛夫,把他拉回到小说创作的道路上来。我在我的信里每一次都努力地斥责他,然而我那些无力的箴言碰在他的癖好上面,如同海浪碰在悬岩上面一样,都粉碎了。癖好只能由癖好来打退,箴言和逻辑是无济于事的。最好是不要去管让,等着他的戏剧热渐渐平息,那他就会自然而然地回到正轨上来。

在我离开莫斯科以前,我以剧作家协会委员会新上任的委员资格去开过会。我得到这样一种印象:协会的事情进行得很好。

要是报纸上的话可以相信,那么你们北方目前很冷。我们这儿却热。

要是您不偷懒,要是您没有娶一个老是打您,不让您写东西的麻脸女人,那么请您常来信。

关于唯灵论,您的看法怎么样?您是拥护呢,还是否定?

好,祝您健康和幸福。我一家人为您的问候道谢,也问候您。

您的安·契诃夫

一八八九年五月三十一日

于苏梅

---

① 这是契诃夫对季洪诺夫的剧本《没有船舵和船桨》的戏称。——俄文本注

如果我哥哥的病情减轻,我就到高加索去旅行一趟。

一八八

致阿·尼·普列谢耶夫

您好,我宝贵的和亲爱的阿历克塞·尼古拉耶维奇!您的信是在尼古拉死后的第九天,也就是在我们大家开始走上生活正轨的时候收到的;现在我来答复您的信,感到确实已经恢复正常,现在什么东西也不能妨碍我跟您认真地通信了。

可怜的画家死了。① 在路卡,他像蜡烛似的熔化;对我来说,没有一分钟我能摆脱大祸临头的感觉。究竟尼古拉会在**什么时候**死,这是没法说的,然而他**不久**就会死,在我却是明明白白的。结局是在下列情形下发生的。斯沃包津到我家里来做客。恰巧我的大哥也来了,他可以替我值班,我就趁这机会打算休息一下,出外五天,呼吸另一种空气;我说服斯沃包津和林特瓦烈夫家里的人,然后跟他们一块儿到波尔塔瓦省去拜访斯玛京。作为对我这次出行的惩罚,一路上北风凛冽,天色十分阴沉,只有冻土带才会这样。半路上大雨倾盆。我们夜间到达斯玛京家里,浑身湿透,冷得要命,在冰凉的床上睡下,在冷雨的哗哗声中昏昏睡去。到早晨仍旧是那种可恶的沃洛格达的天气;我一辈子也忘不了那泥泞的道路、那灰色的天空,树上的泪珠;我说我忘不了,那是因为这天早晨从米尔哥罗德城里来了一个乡下人,送来一张淋湿的电报:"柯里亚②去世。"您想象得到我的心情。我只好坐上马车回到火车站

---

① 契诃夫的二哥尼古拉·巴甫洛维奇·契诃夫,画家,于1889年6月17日因肺结核在路卡去世。
② 契诃夫的二哥尼古拉的爱称。

去,然后再坐火车;我在火车站上等了八个小时……在罗姆内,我又等火车,从傍晚七点钟起等到夜间两点。我心里烦闷,就到城里去逛荡。我记得,我在一个公园里坐下来;四下里黑沉沉,天气非常冷,我心里烦闷得要命,我坐在一道棕色的围墙旁边,围墙的那一边有些演员在排演一个什么传奇剧。

到家里我正赶上办丧事。我们一家人还没见过死人,这是我们头一次在自己家里看到棺材。

我们给这位画家举行了体面的葬礼。我们亲手抬着他的棺材,有人打着神幡,等等。我们把他葬在乡村墓园里,四周是含蜜的花草;他的十字架从远处的田野上就可以看见。看样子,他躺得很舒服。

大概我要出外走一趟。到哪儿去呢?不知道。

苏沃林叫我到国外去。很可能我也会出国,其实呢,我根本不想到国外去。目前我无意于体力劳动,只想休息,可是要知道,在那些博物馆里走来走去,爬上埃菲尔铁塔,从这列火车跳到那列火车上,每天遇见夸夸其谈的德米特利·瓦西里耶维奇①,半饥半饱的饭食,不住地喝葡萄酒,追逐强烈的印象,这些都是繁重的体力劳动。我倒更情愿到克里米亚的一个什么地方去,固定地住下来,以便动手写作。

我的剧本冻结②了。我没有工夫去写完它,再者我看也没有特殊的必要写完它。我略为写了一点那个长篇小说,不过涂掉的倒比写的多。

您在写剧本吗?您倒不妨写一个别出心裁的小喜剧。您写出来,委托我在莫斯科把它上演。我会去看排演,去领稿费,办妥种

---

① 俄国老作家格利果罗维奇。——俄文本注
② 意谓"写到一半,没有再写下去"。

种事情的。

要是我出外去旅行,我就会在每一个大站上给您寄一张明信片,到了大城市就给您写信。

林特瓦烈夫一家人身体健康。他们好得很。他们一天天地变得越来越好,而且谁也不知道他们会沿着这个方向发展到什么程度。讲到慷慨和善良,在整个哈尔科夫省没有一个人比得上他们。斯玛京身体健康,也越来越好。

我祝贺《北方通报》,因为普罗托波波夫和柯罗连科回到这个刊物上来了①。讲到普罗托波波夫,谁也不会因为他的批评文章而感到温暖或者冷酷,因为当代一切的批评家先生连一个小钱也不值,他们是在最高程度上毫无益处的人。不过柯罗连科回来,却是一件令人欣慰的事,因为这个人还会写出许多好东西。柯罗连科有点保守;他守住过时的形式(指描写手法),而且他的思想像一个四十五岁的新闻工作者;他缺乏青春和朝气;不过所有这些缺点都不那么重要,而且我觉得似乎是从外界感染来的;在时间的影响下,他会丢开它们。我妹妹为您的问候道谢,并且吩咐我问候您。我母亲也问候您。我呢,吻您,拥抱您,愿您万事如意。祝您幸福和健康。

您的安·契诃夫
一八八九年六月二十六日
于苏梅

---

① 1889年6月21日阿·尼·普烈谢耶夫写信给契诃夫说:"编辑部只有一个新消息,那就是安·米〔《北方通报》主编叶甫烈伊诺娃〕又把普罗托波波夫拉回来了,'为了使这个刊物活泼起来',从下一期起他又要开始在书报评介栏里骂人了。不久以前柯罗连科写信告诉她说:他正准备给《北方通报》写点东西,然而究竟是什么东西,我就不知其详了。"——俄文本注

一八九

致玛·巴·契诃娃

我住在雅尔塔(法尔勃希捷因①的别墅)②。我不敢约你和娜达丽雅·米哈依洛芙娜到这儿来,因为我究竟在这儿住多久,离开此地又到哪儿去,我简直一点概念也没有。这儿烦闷极了,可能我明天或者后天就离开此地。我要回到苏梅,再从苏梅回到莫斯科去,不等到九月了。我讨厌这个夏天,不下于讨厌小红萝卜。

我住在一个很体面的别墅里,占一个半房间,租金每昼夜一个卢布。大海只有两步远。雅尔塔的植物不像样子。大受赞扬的柏树生得不及林特瓦烈夫家小花园里门廊左边那棵杨树高;它们乌黑,坚硬,布满灰尘。

公众当中,大多数是希木列③之流和歌剧演员的剃光胡子的脸。女人有奶油冰激凌的气味。

可惜我这儿有很多熟人。我的屋里难得只剩下我一个人。我只好听种种聪明的废话,再冗长地回答他们。大学生们纷纷来找我,带来很重的草稿要我阅读。那些诗稿真叫人讨厌。所有那些稿子都装腔作势、聪明、高尚,缺乏才气。

谢尔盖延科④没有跟我在一起,他在敖德萨,这倒是我很庆幸的。

---

① 雅尔塔的一个房产主。
② 契诃夫的二哥尼古拉死后不久,契诃夫就决定到国外去。在路上他顺便到敖德萨去一趟,因为莫斯科小剧院旅外演出的演员们打电报约他去。契诃夫在敖德萨住了十天以后,改变原来出国的意图,到雅尔塔去了。——俄文本注
③ 犹太人名,在此借喻"犹太人"。
④ 俄国小说作家和政论家,契诃夫的中学同学。

游泳好极了。

我坐船从塞瓦斯托波尔到雅尔塔来的时候,船身不停地摇晃。女人们和男人们纷纷呕吐。我也挺难受,不过还算轻;我甚至大胆吃了一顿饭,可是我吃饭时一直担心会把肚子里的东西呕吐到我的邻座的碟子里去,这个邻人是敖德萨市长的女儿。

饭食糟透了。半生不熟的白菜汤、像鞋底那么硬的煎牛排、糖煮水果,价钱是一个卢布。昨天傍晚我在公园里大声抱怨雅尔塔的伙食之糟;有一个当地的税务官①是个很可爱的、软心肠的人,听出我的话音,就胆怯地约我到他家里去吃饭。我今天就要去了。

我很想出国,可是苏沃林下落不明②。

你接到这封信后,过一个星期会收到康德拉契耶夫③汇给你的一笔钱。那你就收下这笔钱。如果你想到什么地方去,你就去好了。

我回家不会迟于八月十日,这是确定了的。

单身一个人住在雅尔塔,每月有六十到七十五卢布就能够生活得很好。说此地生活费用高,那是言过其实的。

我惦记路卡。有暴风雨的时候,此地海岸上的大小石头就互相碰撞,乒乓乱响,时而滚到这边,时而滚到那边;它们那种清脆的响声使我联想到娜达丽雅·米哈依洛芙娜的笑声;海浪的哗哗声近似那位可爱的医师的歌唱声。我一连几个小时坐在海岸上,贪婪地倾听这些声音,暗自想象我自己像是待在路卡。

把我那件黑色上衣拿去洗一洗吧。让米沙送到洗染店里去。要是那件秋大衣上有污斑,就也送去吧。不妨把它熨平。

亚历山大在哪儿?

---

① 亚·伊·兹维亚京。——俄文本注
② 当时苏沃林在国外旅行,并且约契诃夫出国。
③ 莫斯科的俄罗斯话剧作家及歌剧作曲家协会的秘书。——俄文本注

在雅尔塔可以工作。要不是那些好人为我操心,怕我闷得慌,我就会写出许多东西来了。

向亚历山德拉·瓦西里耶芙娜、医师、娜达丽雅·米哈依洛芙娜、作曲家、谢玛谢契卡以及我们家里所有的人转达我热诚的问候。如果可能的话,你别烦闷。不要舍不得花钱,叫它见鬼去吧。

我身体健康。

你们的安·契诃夫
一八八九年七月十八日
于雅尔塔

问候伯爵夫人丽嘉①和她那不道德的上校②。

一九〇

致阿·尼·普列谢耶夫

亲爱的和宝贵的阿历克塞·尼古拉耶维奇,您再也想象不到,我不是在国外,也不是在高加索,而是在这个满是鞑靼人和理发师的雅尔塔城里,独自一个人坐在租金一个半卢布的房间里,而且住了有两个星期了。我原是要出国的,可是无意间到了敖德萨③,在那儿住了十天左右,把我的家当的一半都用来买冰激凌吃了(那儿十分热),然后从那儿到雅尔塔来了。我不该到此地来,也不该住在此地。我每天早晨游泳,白天热得死去活来,傍晚喝葡萄酒,夜里睡觉。海洋壮观,植物不像样子,公众大都是〔……〕和病人。我每天都打算走掉,可是一直也没有走成。不过呢,应该走了。我

---

① 即丽·费·米哈依洛娃,乡村女教师。——俄文本注
② 米哈依洛娃的儿子。——俄文本注
③ 当时莫斯科小剧院的演员在那儿演出,打电报约契诃夫去。

的良心在刺痛。家里乱糟糟的,而我却在这儿享福,未免有点羞愧。我临走的时候,家里正处在一种灰心丧气的郁闷和恐惧中,我却丢下他们走了。

这封信有双重目的:(一)问您好,并且使您记起我的罪孽深重的存在,(二)请您通知安娜·米哈依洛芙娜①,就说那个短篇小说②至迟九月一日她就会收到。这是一件确定无疑的事,因为这个短篇小说几乎已经写成了。尽管天热,尽管雅尔塔富于诱惑,我却在写作。我已经写出二百个卢布,也就是整整一个印张了。

那个剧本③我在家里写开了头,可是后来丢下了。我厌恶演员了。去他们的!

今天我有一件喜事。在游泳的时候,一个农民的一根又长又重的杆子差点打死我。我之所以得救,只是因为我的头离那根杆子有一公分远。这个奇迹般的免于一死的情形在我的头脑里引起了各种不同的、适合于当时情况的思想。

在雅尔塔,小姐很多,可是一个漂亮的也没有。写作的人很多,可是一个有才气的人也没有。葡萄酒很多,可是一滴上品的也没有。这儿的好东西只有海洋和那些小走马④。人骑着这种马,就会摇摇晃晃,像躺在一个摇篮里一样。生活费是便宜的。单身一个人住在此地,每个月有一百个卢布就能过得挺好。

当地的一个老住户,一个印刷厂主彼得罗夫,向您致意。他是个唐璜式的人物,诗歌爱好者,目前正坐在我的身旁,准备请我去吃饭。他耳朵有点聋,所以说起话来嗓音响得吓人。总之在此地

---

① 《北方通报》主编叶甫烈伊诺娃。
② 即契诃夫的中篇小说《没意思的故事》,在初稿上它的题名是《我的名字和我》。——俄文本注
③ 契诃夫的多幕剧《树精》。——俄文本注
④ 用溜蹄步法行走的马,这种马行走时,同侧两腿同时提起,同时放下。

怪人是很多的。

要是您有意给我写信,那就请您寄到苏梅去,我至迟八月十日就回到那儿去。

由于天热,并且我的心境恶劣而忧郁,这个短篇小说写得有点乏味。不过主题是新的。这篇东西很可能读起来有趣味。

有一个当地的诗人告诉我说叶连娜·阿历克塞耶芙娜要到雅尔塔来。请您劝她等到葡萄成熟的时候,也就是至早八月十五日或二十日再来。

问候您的全家。我紧紧地拥抱您,我像往常一样是真诚地爱您的**安土昂·波将金**(这是让·谢格洛夫给我起的绰号)。

顺便提一句:让在干什么?他还在强奸墨尔波墨涅①吗?要是您见到他,请您代我问候他。

您的安·契诃夫

一八八九年八月三日

于雅尔塔

一九

致尼·亚·列依金

最善良的尼古拉·亚历山德罗维奇,我远行归来,在我的家里看到您寄来的信。谢谢您的惦记。我把我的 curriculum vitae② 写在下面。尼古拉的最后的日子③、他的痛苦和葬礼,在我和一家人

---

① 希腊神话中司悲剧的女神,在此指戏剧。全句的意思是"他还在拼命地写剧本吗?"
② 拉丁语,原意是"履历",在这里指"最近的一段生活经历"。——俄文本注
③ 契诃夫的二哥尼古拉·巴甫洛维奇·契诃夫,画家,于六月十七日因病去世。

523

的心上留下了苦恼的印象。我的心绪恶劣极了,不论是夏天也好,别墅也好,普肖尔也好,都惹得我讨厌。唯一的排遣就是那些好人的来信,他们在报上知道尼古拉去世的消息后,就赶紧写信来对我表示同情。当然,信是空洞的东西,不过人在看信的时候,就不觉得自己孤零零了,而孤独的感觉是最坏的、最沉闷的感觉。

举行葬礼以后,我就把我的全家送到阿赫台尔卡①去,然后跟他们一块儿住了一个星期,让他们有时间住惯那个地方,随后我就出国去了。我在去维也纳的路上,从日梅林卡火车站起,我稍稍离开正路,到敖德萨去了一趟;在那儿我住了十天到十二天,在海里游泳,用自己的汁水,也就是汗水,熬自己②。在敖德萨,由于某些情况我花掉了不少钱;关于出国的打算,我就不得不置诸脑后,只好到雅尔塔去旅行一趟。在这个满是鞑靼人和女人的城里我住了将近三个星期,沉湎在安闲和美妙的懒散里。所有的钱都花光,只剩下回家的盘缠了。在那种有很多好葡萄酒和骏马的地方,在那种二十个女人当中只有一个男人的地方,要节俭是困难的。终于我回家来了,身边带着四十个卢布。

我在内地漫游的时候,略为考察一下书的生意。我发现这种生意做得糟透了。这是叫花子的买卖。书商有一半是敲竹杠的家伙,或者简直就是骗子;买主没有教育程度,很容易上当,在选书的时候公然只问书的厚薄而不问书的质量。在京城的书商没有在各城里开设分店以前,这种生意休想迈进一步。对本地的人是无法指望的。

在本地人当中我只遇见一个可靠的、十分正派的书商和出版商,特意向您推荐。他的通信地址是"雅尔塔,丹尼尔·米哈依洛

---

① 哈尔科夫省的一个小城,契诃夫的别墅就在哈尔科夫省。——俄文本注
② 意谓"热得一天到晚地出汗"。但是"用自己的汁水熬自己"是俄国的一个成语,意谓"独行其是"。

维奇·戈罗杰茨基"。他开办一家印刷厂,出版克里米亚的各种乱七八糟的东西,编辑《雅尔塔小报》,卖书,而且今年夏天在克里米亚和高加索沿岸一带,从敖德萨起到巴统止,都开设了分店。他,我再说一遍,是个正派人,有教养,不愚蠢。他经验不多,然而这个缺点是可以补救的。别人的出版物他只代售,按月结账或者按对方的愿望办理。他要求您把您所有的出版物每一种寄二十五本去。如果您寄去,您是一点也不会吃亏的。我完全能替他担保,而且万一他的生意不行,那我就在来年的七月路过雅尔塔的时候在他那儿取走所有的书。他的条件是他按书价得四成,对于价值一卢布的书他得三成。请您给他寄去《形形色色的故事》二十五本,巴尔明的书也寄去二十五本。至于巴兰采维奇的书,我会单独给他写信。如果您愿意的话,那我就自己跟他立一本账。不管怎样,请您给我来信,我好通知他。

顺便谈一谈《形形色色的故事》。在稿费方面,是您欠着我的呢,还是我欠着您的?假如是您欠着我的,那么您能不能为了拯救您的灵魂而给我稍稍寄一点来呢?我成了叫花子,穷光蛋。假如是我欠着您的,那您就自认晦气,只好拖一拖了。

问候您的全家。祝您健康,顺遂。我在九月二三日到莫斯科去。

您的安·契诃夫
一八八九年八月十三日
于苏梅

请您来信。

一九二

致安·米·叶甫烈伊诺娃

您的电报弄得我茫然失措,尊敬的安娜·米哈依洛芙娜。我给您寄去那一封信①后,就定下心来,着手修改我的作品②,把它大涂大改,删掉中间的一小部分和全部结尾,决定把它们重新写过。那么现在我该怎么办呢?我不能把我认为没有完工的而且我不喜欢的东西寄给您。这个作品本身,由于它的性质而有点枯燥乏味,如果不仔细推敲,结果就会像法国人所常说的那样,成为一种鬼才知道是什么样的东西了。

只有一个办法可以做,而这个办法对我以及对编辑部都是很不方便的,只有在迫不得已的场合下才可以应用。我把我的小说分成相等的两部分,一部分赶紧在九月十二日或十五日之前写好,交十月份的杂志发表,以后另一部分交十一月份的杂志发表。这篇小说有三四个印张,是可以拆开的。

如果您同意这个办法,那就请您通知我。

这篇小说的题材是新颖的:这是一个老教授,一个三品文官的生活故事。写起来很困难。往往要把一连若干页重新写过,因为整个小说被一种我全身所不能摆脱的可恶的情绪破坏了。这篇小说大概不会惹人喜爱,不过它会惹出一片叫嚣,《俄罗斯思想》会痛骂它,对这一点我是深信不疑的。

---

① 这封信没有保存下来。在这封信里,契诃夫要求叶甫烈伊诺娃把他的小说推迟到十一月在《北方通报》上发表。——俄文本注
② 契诃夫的中篇小说《没意思的故事》。

柯罗连科怎么样了?①

请您看在上帝分上原谅我给您惹出这么多的麻烦。下一次我要按时交稿。请代问候玛丽雅·德米特利耶芙娜②和阿历克塞·尼古拉耶维奇③。我家里的人为您的问候(在电报上)道谢,并且向您热诚地致意。

衷心地忠实于您的　安·契诃夫

一八八九年九月七日

于莫斯科

一九三

致阿·尼·普列谢耶夫

求天上的霹雳和鳄鱼的牙齿落在您的仇人和债主身上,宝贵的和亲爱的阿历克塞·尼古拉耶维奇! 我对您献上这种东方的和优雅的祝词作为开场白以后,就回答您的来信如下。我收到安娜·米哈依洛芙娜的电报以后,就回了一封信,要求把我的作品推延到十一月号发表;我接到这样一封回电:"悉听尊便。决定延期。"如果您想象契诃夫先生一面写作一面冒汗,不停地修改,却又看出这个中篇小说④虽然在他的笔下遭到革命性的大变和恐怖,然而又丝毫没有变得好一点,那您就能了解这个回电的全部价值和魅力了。我不是在写作,而是在捣乱。在这种情绪下,您会同

---

① 柯罗连科曾经脱离《北方通报》,而这时候又开始为它写稿,契诃夫关心这件事,所以提出这个问题。——俄文本注
② 即费多罗娃,《北方通报》撰稿人。
③ 即普列谢耶夫,《北方通报》文学栏主编。
④ 契诃夫的中篇小说《没意思的故事》。——俄文本注

意,这个作品是不大适合于急忙发表的。

在我这个中篇小说里不是有两种情绪①,而是有整整十五种情绪;非常可能的是您也会骂它一声粪堆。它也确实是粪堆。不过我用一种希望安慰自己,那就是在这个作品里您会看到知识界的一切读者都发生兴趣的两三个新人物,您会看到一两个新的情节。我还用另一种希望安慰自己,那就是这个粪堆会引起一片叫嚷声,招得敌对的阵营破口大骂。缺了这种诟骂是不行的,因为在我们这个时代,在这个充斥着电报、戈烈娃剧院②、电话的时代,诟骂正是广告的亲姊妹。

讲到柯罗连科③,要对他的前途做出某种结论,那还为时过早。我和他目前正好处在这样一个阶段:幸运之神正在抉择把我们送到哪儿去才好,上坡呢,还是下坡。摇摆不定是十分自然的。照事物的常规来说,就是暂时的停滞也会有的。

我愿意相信柯罗连科会成为胜利者,会找到他的支点。在他那方面他有强壮的身体、清醒的头脑、坚定的见解、明朗优秀的智慧,他虽然也不免有偏见,不过毕竟没有为偏见所拘囿。我呢,也不肯活生生地让命运之神随意摆布。虽然我缺乏柯罗连科所有的那些东西,不过我另外也有些别的东西。我过去犯过一大堆错误,这是柯罗连科没有经历过的,而凡是犯过错误的地方,也就取得了经验。此外我的战线比较广阔,体裁的选择比较丰富;除了长篇小

---

① 1889年9月12日普列谢耶夫在写给契诃夫的信上讲起柯罗连科,提到美烈日科甫斯基的论文(1889年《北方通报》第五期)所指出的柯罗连科的两种"情绪"。——俄文本注
② 戈烈娃是俄国的话剧女演员,她所创办的剧院只存在了一个戏剧季节。在那几个月当中,俄国作家包包雷金在剧院里担任剧目审查的主管人。——俄文本注
③ 普列谢耶夫在上述的9月12日的信上谈到他对柯罗连科最近的作品的印象:"您要知道,我觉得他不会再向前发展了。他老是在原地踏步,这已经有多少时间了啊。"——俄文本注

说、诗篇、告密信以外,样样东西我都试过一遍。中篇小说啦、短篇小说啦、轻松喜剧啦、论文啦、幽默作品啦,以及种种荒唐的东西,我都写过,其中包括给《蜻蜓》写的《蚊子和苍蝇》①。中篇小说写不下去,我就可以写短篇小说;要是短篇小说写不好,我就可以抓住轻松喜剧,依此类推无穷无尽,直到老死。所以,尽管我有意用悲观主义者的眼睛看我自己和柯罗连科,尽管我打算垂头丧气,我仍旧一分钟也不灰心,因为我至今还没看出正面或者反面的理由。再等五年就看得出来了。

昨天彼[得]・尼[古拉耶维奇]・奥斯特洛夫斯基到我这儿来过,正碰上彼得堡的地主索科甫宁在我家里。彼[得]・尼[古拉耶维奇]是个聪明善良的人;跟他谈话是愉快的,不过要跟他争论,那就困难了,就像跟招魂术士争论一样。他对道德,对政治等的见解,简直是一堆乱麻,叫人弄不清楚。你从右边看他,他是个唯物主义者;你从左边看他呢,他又是个共济会会员②了。这样的混乱常常可以在那些思考得很多而教育程度很差、不习惯于准确的定义、也不习惯于那些教导人们用来阐明自己思想和话语的方法的人们身上观察到。

戈烈娃的剧院是个多么无聊的东西啊!简直是空空洞洞的一个零。在这个剧院中活动的天才们都是脱了毛的,好比包包雷金的脑袋;而讲到包包雷金,那么一个星期以前我还认为他是个可敬的大人物,现在依我看来却成了一个小时候挨过保姆打的怪人。我跟他谈过话,看清了他干的事以后,大失所望,不亚于一个未婚夫看见他的未婚妻在大庭广众中无意间发出一种不体面的响声。

---

① 契诃夫早期的一个幽默小作品。
② 共济会是18世纪在欧洲各国产生的宗教神秘运动,号召人们修养品德,在友爱的基础上团结起来;参加者大半是特权贵族或资产阶级社会上层人物。在俄国,该会出现于18世纪,19世纪20年代遭到官方查禁。

据说阿勃拉莫娃的工作开展得很好。我遇见过一些天才的人,他们已经从她的钱夹子里发了点横财。她在预先发放酬劳费。

让在干什么?他活着吗?他没有在后台被人掐死吗?① 他听到在他的《住别墅的丈夫》里上演的不是培席科娃夫人而是迪木斯卡雅-斯土尔斯卡雅第二夫人以后,没有活活吓死吗?要是您有机会见到他,而且听到他的悲惨的笑声,那就请您对他提到我的存在,顺便代我问候他。

我向您的全家热诚地致意。

祝您健康。求上帝赐给您幸福以及一切最好的东西。

您的安东尼,即波将金
一八八九年九月十四日
于莫斯科

我的地址:塔夫里达,叶卡特琳娜二世的寝宫。

一九四

致阿·尼·普列谢耶夫

亲爱的阿历克塞·尼古拉耶维奇,这封信连同我的小说一并交邮寄上。我终于对这篇小说摆一摆手,说:"躲开我,该死的!到枯燥乏味的批评论文以及读者的冷眼相待的烈火中去吧!"我为它忙得烦透了。我给它起了这样的一个名字:《没意思的故事(摘自一个老人的札记)》,这篇小说里最没意思的地方,您看得出来,就是那些冗长的议论,而说来可惜,这些地方又不能删掉,因为我那个写札记的主人公缺了它们就不行。这些议论是注定要有,

---

① 列昂捷夫当时热衷于戏剧。

不可缺少的,犹如大炮少不了沉重的炮架子。它们表明了这个主人公、他的心情、他在自己面前的摇摆不定等等的特征。请您看一遍,好朋友,并且给我写一封信。这篇小说的毛病和缺陷您会看得清楚一点,因为它还没有惹得您厌烦,没有把您的眼睛磨出老茧,像我似的。

包包雷金离开戈烈娃了①,这一点他做得聪明。一个像他那样在文学界有声望的人不应该加入那个剧院,再者他也不宜于给各种坏蛋和小人的嘲笑和毁谤做靶子。对我来说他仍旧是个可爱的人;我在写给您的信上说过,依我看来他是一个在最高程度上的怪人,而他也确实是个怪人。他在戈烈娃剧院的任职、他的《卡尔洛斯先生》②以及由鞋匠们装扮的《厌世主义者》③,这些如果不是胡闹,就是怪癖。

奥斯特洛夫斯基根本不是一个保守分子。他只不过是个心地狭窄的人,过着离群索居的生活,愤恨自己的现在,喜爱自己的过去,不知道该拿什么东西出一出气才好。他是个善良的,品行端正的人;然而要跟他争论却是困难的。其所以困难,倒不是因为他抱着相反的见解,而是因为他的争论方法是属于奥恰科夫时代和征服克里米亚的时代④的。

我现在要去参加委员会的会议了,这是这个戏剧季节里的头一次会议。

人人都当面对我说或者写信对我说,我应该写一个大剧本。小剧院的演员们要我保证一定写成。哎,要是抽得出时间来就好

---

① 俄国作家包包雷金原在俄国话剧女演员戈烈娃创办的剧院里担任剧目审查的主管人(参看第一九三封信)。——俄文本注
②③ 包包雷金的作品。
④ 奥恰科夫是乌克兰的一个城,原属鞑靼人,后归土耳其,18世纪被俄国攻占,克里米亚也经历过类似的争夺过程。全句意谓"他的争论方法是蛮不讲理的"。

了！好的剧本我是写不出来的，不过倒可以足足地赚一笔钱呢。

说来可笑，《伊凡诺夫》和那些小书弄得我成了一个食利者。如果我是单身一个人，我倒可以躺在长沙发上，朝天花板上吐唾沫，颇不穷酸地过上两三年呢。

请您来信。您见到格利果罗维奇了吗？

祝您活泼、健康、安宁、富足。紧紧地拥抱您，吻您。向您家里的人深深致意。

您的安·契诃夫

一八八九年九月二十四日

于莫斯科

一九五

致阿·尼·普列谢耶夫

您好，亲爱的阿历克塞·尼古拉耶维奇！谢谢您的来信，谢谢您的指教①，我看校样的时候一定要利用您这些指教。我只在很少的几点上不同意您的意见。例如，这个中篇小说的名字不应当更换；按照您的预言，有些混蛋会拿《没意思的故事》讪笑一番，其实这并不见得俏皮，因此用不着怕他们；可是，假如有人能够讪笑得有道理，我倒也情愿给他这样一个机会。教授②不能描写卡嘉③的丈夫，因为他不认识他，卡嘉也绝口不提他；此外，我这个主

---

① 普列谢耶夫在写给契诃夫的信上指出中篇小说《没意思的故事》的巨大的优点："在您的笔下从来也没有一个作品像这个作品那么强烈，那么深刻"，同时他指出第二章中有两处疏忽。契诃夫的原稿上写着："他很少而且不是每天去"和"他到小饭馆去喝啤酒"。——俄文本注

②③ 《没意思的故事》的男女主人公。

人公过于不关心他周围的人的内心生活,而这正是他的一个主要特征,正当他周围的人哭泣,犯错误,作假的时候,他却平心静气地谈论剧院,谈论文学;假使他是另一种气质的人,丽扎①和卡嘉也许就不会灭亡了。

是的,关于卡嘉的过去写得又冗长又乏味。不过要知道,另外也没有别的办法。如果我极力把这一部分写得有趣味些,那么您会同意,我这个中篇小说可就要因而加长一倍了。

讲到米哈依尔·费〔多罗维奇〕②的信以及那几个零碎的字"热烈……",这并没有什么牵强的地方。

中篇小说像舞台一样有自己的条件。例如,我的感觉告诉我说:在中篇小说或者短篇小说的结尾我得人为地把整个小说集中起来好在读者心中留下一个总印象,为此我就得把前面叙过的事略略提一下,哪怕只是轻轻带过一笔。或许我做得不对也未可知。

您发愁,怕批评家会骂我。那有什么关系呢?礼尚往来。要知道,我的教授也骂了他们呀!

目前我在休息。为了散步,我选择了墨尔波墨涅的热闹的辖区,如今我就正在那儿进行游览。③ 您再也想象不到,我正在写一个篇幅很大的、长篇小说式的喜剧,已经一口气写成了两幕半。在写完那个中篇小说以后,喜剧就很容易写了。我在这个喜剧里安排了一些身体健康的好人,其中有一半是招人喜欢的;结局是美满的。总的格调纯粹是抒情诗。它的名字是《树精》。

我要求把稿费④分批寄来,倒不是出于您过分夸张的客气,而是出于慎重的计算。要是一下子把稿费都给我寄来,我就会一下

---

① 《没意思的故事》的一个人物,教授的女儿。
② 《没意思的故事》的另一个人物,也是大学教授,他爱上了卡嘉。
③ 意谓"我正在写剧本"。
④ 《没意思的故事》的稿费。

子花个精光。每逢我知道我的桌子抽屉里有钱,我总是心里发痒,生出一种诺兹德烈夫的冲劲。您到会计处去的时候,请对他们说:我在十月一日等待第一批稿费,在十一月一日等待第二批,依此类推。我在每个月的一号还清我家在杂货铺里和肉铺里赊的账。

我们全家都健康,问您好。我在十月二十日左右写完《树精》,寄到彼得堡去①,然后我休息一个星期,再坐下来继续写我的长篇小说。

在我的信里提起过的委员会的那次会议上,解决了许多事情,然而那些事情都琐碎,没有什么趣味,不过也挺离奇可笑。它所管理的业务进行得不错,康德拉契耶夫是一个谁都难以替代的人。

亚历山大罗夫②表现得很好。他是个律师,在解决各种具有小纠葛性质的事情的时候对我们很有帮助。

问候您家里的人。祝您健康,再一次向您大大地道谢。

您的安·契诃夫

一八八九年九月三十日

于莫斯科

一九六

致彼·伊·柴可夫斯基③

十分尊敬的彼得·伊里奇:

这个月我准备开始排印一本我的短篇小说的新的小册子④,

---

① 契诃夫准备把《树精》寄给亚历山大剧院的演员斯沃包津,作为他的福利演出的剧目。——俄文本注
② 俄国剧作家。——俄文本注
③ 俄国作曲家。
④ 《闷闷不乐的人们》,1890年由苏沃林出版,附有献给柴可夫斯基的题词。——俄文本注

道谢。我会去的,不过要大大地迟于十月或者十一月。

我这儿是万事大吉。我的身体几乎可以说是健康,我的家人也这样,我的心绪颇佳,钱也有,足够用到新年,我没有偷懒。今年夏天我倒是游手好闲,不过近几个月里我所做的,却比人们对于我这样的文学界的海豹所能期望的要多。第一,我写了一个中篇小说①,有四个半印张之多;我故意给自己找了一个力不胜任的任务,白天黑夜地为它忙碌,流了许多汗水,紧张得差点变成了呆子,结果呢,又是愉快,又无异于对今年夏天的逍遥进行了一次纪律处分。这个中篇小说将发表在《北方通报》十一月号上。

第二,我刚刚写完这个中篇小说,累得筋疲力尽,不料收不住缰,由于惯性而又写成一个四幕剧《树精》,这是把今年春天写出来的全部取消而重新写成的②。我工作得很是愉快,甚至津津有味,其实我写得胳膊肘酸痛,眼睛昏花,看见了鬼才知道是什么的东西。斯沃包津为这个剧本到我这儿来过一趟,把它取走,作为他的纪念演出的剧目(十月三十一日)。这个剧本读给符塞沃洛日斯基③、格利果罗维奇之流听过了。关于这个剧本的后来的命运,您可以从当事人斯沃包津那儿,从审判我以及我的《树精》的那个军事战地法庭的原任审判长格利果罗维奇那儿打听出来。这个剧

---

① 《没意思的故事》。——俄文本注
② 1898年9月底,契诃夫写信给斯沃包津提起《树精》的新稿,说前两幕的旧稿同新稿相比,简直是"婴孩的呻呀乱语",而且第三幕会"因为它的激烈和奇突而使人震惊"。这个剧本的第四幕在10月6日写完。——俄文本注
③ 彼得堡皇家剧院的经理。

这些短篇小说乏味,平淡,如同秋天一样,它们的格调千篇一律,其中的艺术成分同医学成分浓重地混合在一起,然而这仍旧没有消除我的勇气,我斗胆向您提出最恭顺的恳求:请允许我把这本小册子献给您。我十分希望得到您的肯定的答复,因为,第一,这个呈献会给我很大的愉快;第二,它可以至少略略满足那种促使我每天想起您的深刻敬意。自从那天我同您一起在莫杰斯特·伊凡诺维奇①家里吃早饭,我听您说起您读我的小说以后,把这本小册子献给您的想法就在我的脑子里深深地扎下了根。

如果您在回信里除了答应我的要求以外还寄给我一张您的照片②,那我得到的就比应得的多,永生永世都会满意了。请您原谅我打搅您,并且允许我祝愿您一切都好。

热诚地忠实于您的
安·契诃夫
一八八九年十月十二日
于莫斯科

一九七

致阿·谢·苏沃林

祝您顺利归来③!!

您邀我到您那儿去住,当然,我是十分乐于应约的。我一千次

---

① 笔误,应是莫杰斯特·伊里奇,柴可夫斯基的弟弟,剧作家和翻译家。——俄文本注
② 彼·伊·柴可夫斯基寄给契诃夫一张自己的照片,附有题词:"赠给安·巴·契诃夫。热烈的崇拜者彼·柴可夫斯基。1889年10月14日。"——俄文本注
③ 苏沃林刚从国外旅行回来。

本被淘汰了①。究竟是仅仅不准这个剧本供斯沃包津作为纪念演出的剧目(大公们要观看这次福利演出),还是一般地不准它在国营剧院里演出,我不知道,而且他们并不认为把这个决定通知我是必要的。

第三,我在仔细地为第三本短篇小说集②准备材料。当然,这本小书我又要交您出版,这要在十一月一日或二日,不会更早。现在我趁休息时修改这些短篇小说,有些地方则是重新写过的。

我的话都说完了。一点有趣的地方也没有。

要说一说为什么我没出国吗?假如您不嫌枯燥乏味,那好吧。七月一日我在心绪极为恶劣的情形下撇下我的家人,出国了,而我的家人心绪也极为恶劣。当时我的心情是无所谓:去蒂罗尔③也罢,去别尔切夫也罢,去西伯利亚也罢,都未尝不可。我知道您在蒂罗尔要住一个月之久,就决定顺路到敖德萨去一趟,因为连斯基打电报约我去。在敖德萨我见到小剧院的剧团。在那儿,我懒洋洋地谈哲学,热得不知该怎么办才好;我想到我的路费不够,可是仍旧决定到蒂罗尔去。然而这当儿出了一件事,弄得我手足失措,没了主意:您的电报我收到了,而我的电报却没送到您的手里,我收到这样一封回电(原件俱在):"Souvorin inconnu Depeche en

---

① 1889年10月9日《树精》在非正式的戏剧委员会上宣读(常设的文学戏剧委员会已在1889年9月撤销),其成员是格利果罗维奇、符塞沃洛日斯基、波捷兴(剧作家,国家剧院剧目审查主管人)和萨左诺夫(亚历山大剧院演员)。委员会认为这个剧本不宜于在舞台上演出。斯沃包津向这个委员会朗诵了这个剧本,第二天写信告诉契诃夫说:"关于生动的人物、性格;作者的才能等的意见同对于缺乏行动、冗长等的批评混杂在一起。"用斯沃包津的话来说,这个剧本公认的优点"以一种不可理解的方式变成了这个剧本在上演方面的缺点"。——俄文本注
② 《闷闷不乐的人们》,1890年由苏沃林出版,这以前他已经出版过契诃夫的两本小说集《在昏暗中》和《故事集》。参看第一九六封信的注。——俄文本注
③ 奥地利的一个城名,当时苏沃林夫妇正旅居该地。

depôt-direction①。"于是种种的诱惑,钱财上的考虑,都来了,这些合在一起简直弄得我昏头昏脑,心绪不宁,我就从敖德萨到雅尔塔去了,口袋里的钱不到四百个卢布。到了那儿,我就住下不走了。要描写我在克里米亚的经历,我办不到,因为我缺乏英国幽默作家贝尔纳德的才能。

我后悔没有到国外去,我在自己面前和您面前都觉得羞愧,我给您惹了那么多的麻烦,不过同时我又有点暗自高兴。真要是我去了,我就会负债累累,而且直到现在才回来,什么工作也没做,所有这些在我这样的懦夫是比伊戈尔的死亡还要吓人的。

我常常想起您。您的身体怎么样?您写了些什么新东西,或者有什么新的构思?您带回一些什么东西?您把叶丽扎威达·扎哈罗芙娜②从图书馆借来的巴尔扎克作品丢在我家里,忘记拿走了。该怎么处置呢?关于奥包龙斯基的船③,出了不少周折。以后再谈吧。

请您向安娜·伊凡诺芙娜转达我热诚的问候。也问候娜斯嘉和包利亚。

祝您健康,请您不要气恼

您的安·契诃夫
一八八九年十月十三日
(开头就不吉利的日子)
于莫斯科

我在喝鱼肝油和 Obersalzbrunnen。真难吃!

---

① 法语:苏沃林地址不明。来电保存在指定地点。——俄文本注
② 此人不详。——俄文本注
③ 1888年夏天苏沃林曾到地主奥包龙斯基的庄园上去住过,把他的船留在那儿,托奥包龙斯基交给契诃夫。——俄文本注

一九八

致彼·伊·柴可夫斯基

我非常非常感动,亲爱的彼得·伊里奇,我无限地感激您①。我也寄给您一张照片②,还寄给您一本书③,如果太阳归我所有的话,我甚至把太阳也给您寄去。

您把您的烟盒忘在我这儿了。我把它随信奉上。这个烟盒里缺了三支烟,被一位大提琴家、一位长笛音乐家、一位教师拿去吸了。

再一次向您道谢,请您允许我做一个热诚地忠实于您的

安·契诃夫

一八八九年十月十四日

于莫斯科

一九九

致阿·谢·苏沃林

现在,亲爱的阿历克塞·谢尔盖耶维奇,请您容许我谈几件枯燥乏味的正事:

---

① 柴可夫斯基随信赠给契诃夫一张照片。参看第一九六封信的注。——俄文本注
② 契诃夫在照片上题词:"彼·伊·柴可夫斯基留念。热诚地忠实于您的、心怀感激的崇拜者契诃夫。"——俄文本注
③ 契诃夫的短篇小说集《在昏暗中》,1889年彼得堡第三版,附有题词:"赠给彼得·伊里奇·柴可夫斯基。深深尊敬您的作者安·契诃夫。"——俄文本注

（一）巴甫连科夫①把《俄罗斯日历》②医药栏的校样寄给我，要求我仔细修改。如果巴甫连科夫骂我太慢，那就请您告诉他说我只能明年满足他的愿望。现在收集必要的材料，已经嫌迟了。病床的数量、医疗费等等，所有这些是没有一种日历能知道的，而要想知道，只能通过两条道路：或者按官方的手续查问，这是我力所不及的；或者向医师等人一个个打听，我目前就在这样逐步地做。

（二）今年一月间我住您家里时，收到从莫斯科寄来的一封信，那是去世的亚〔历山大〕·尼〔古拉耶维奇〕·奥斯特洛夫斯基的弟弟写来的。这个人托我问您：您肯出版他妹妹娜杰日达·尼古拉耶维奇·奥斯特洛夫斯卡雅，一个儿童杂志撰稿人的儿童小说吗？我把那封信拿给您看了，您这样回答我说：

"好吧，我来出版。只是现在不是出版儿童小说的时候。让他今年秋天寄来吧。"

今天奥斯特洛夫斯基到我这儿来过，问我他该怎么办，该做些什么。这以前他已经来找过我，可是我说您在国外，就推脱了。现在您回来了。我该对他怎么说呢？要是去年冬天您给我的回答仍旧保持原来的效力，那么应该把稿子寄到哪儿去，寄给您还是寄给涅乌波科耶夫呢？

顺便还要谈到我所推荐的一个人。从前，有一天傍晚，您、安娜·伊凡诺芙娜和我一同谈起我们在早已过去的时代有机会读过

---

① 苏沃林印刷厂的职员。
② 由苏沃林的书店出版。

的那些长篇小说。我们顺带想起一个叫拉依斯基①的所写的《斯涅仁一家》;这个长篇小说,要是可以相信我的记忆的话,是写得很不错的。当我和安娜·伊凡诺芙娜凭回忆讲起这个长篇小说的内容时,您就说把这个长篇小说找来出版倒也不坏,我就答应去寻访这位作者。我的寻访一无所获,因为拉依斯基原来是个没有公民证的人,没有登记过户口,过漂泊生活。后来我就把他和他的长篇小说统统忘掉了,然而前几天他却来找我了。他穿得破破烂烂,满面病容,萎靡不振……原来今年夏天他遭了一场火灾,这场火灾烧掉了唯一的一本他本来保存着的他那长篇小说,同时也烧掉了他的全部财产和手稿,烧死了他所喜爱的一条贵重的狗。在火灾以后他害了一场神经性的热病。他答应到旧书店去找一找他的长篇小说,不过他显然忘了他的诺言,因为他没有再到我家里来,而且一点消息也没有了。

(三)此外没有别的什么事情了。

昨天彼·柴可夫斯基到我家里来了,这使我的自尊心得到很大的满足,第一,他是个大人物,第二,我非常喜爱他的音乐,特别是《奥涅金》②。我们打算写歌剧的歌词③。

波特金④怎么样了?他的病情的消息使人很不高兴。就才能而论,他在俄国医学界犹如屠格涅夫在文学界。……(我把扎哈林⑤比之于托尔斯泰。)

---

① 俄国作家,笔名勃里日涅夫。他的长篇小说《斯涅仁一家》发表在1871年《欧洲通报》第9期至第12期上,用笔名勃里日涅夫署名。这个长篇小说在1875年出单行本,改名《在深渊的边沿上(斯涅仁一家)》,全书共四卷,在莫斯科出版,仍署名勃里日涅夫。——俄文本注
② 1878年柴可夫斯基根据普希金的原作编成的歌剧《叶甫盖尼·奥涅金》。
③ 柴可夫斯基打算根据莱蒙托夫的《贝拉》的题材编为歌剧,要契诃夫写歌词。——俄文本注
④ 俄罗斯临床医学的奠基人之一。
⑤ 俄罗斯卓越的内科学家。

问候您家里的人,祝您健康和幸福。

您的安·契诃夫

一八八九年十月十五日

于莫斯科

二〇〇

致阿·谢·苏沃林

关于日历的医药栏①我昨天在写给您的信上已经说过了。奥斯特洛夫斯基的事②我也已经在信上说过,今天他带来一大捆他妹妹的短篇小说。

人家攻击和辱骂戈烈娃③,这当然是不公平的,因为公开攻击和辱骂的对象只应当是坏事,就连这样也得区别对待。可是,戈烈娃也真差得很。我到她的剧院里去过一次,沉闷得要死。那是一批灰色的演员,他们那种装腔作势真叫人难受。

您不要因为猜中了我的剧本④而高兴。小鸟唱得太早了⑤。轮到您倒霉的时候还在前头。如果我能够活下去,我就要描写我们在费奥多西亚谈天中度过的那些夜晚,我还要描写您在林特瓦烈娃的磨坊附近那块低地上走来走去捕鱼的情形,此外我目前对您没有什么别的需要。至于在我那剧本里,我却没有描写您,也不可能描写,虽然格利果罗维奇凭着他固有的敏锐看到了相反的情

---

①② 参看上一封信(第一九九封)。
③ 俄国话剧女演员,当时正创办一个剧院。
④ 契诃夫的剧本《树精》被彼得堡的戏剧审查机关否定了。
⑤ 俄谚:"小鸟叫得太早,恐怕会给猫吃掉。"警告人不要高兴得太早。

形。那个剧本里讲的是一个乏味的、自私自利的、死板的人①,在大学里教了二十五年的艺术,却对艺术一窍不通;这个人弄得所有的人都垂头丧气,闷闷不乐,他不容许有笑声和音乐,等等,等等,可是尽管这样,他却异常幸福。请您看在上帝分上不要相信那些在一切事情里首先寻找坏处、用自己的尺度衡量一切、把自己的狐狸和獾的特征②归之于别人的先生们。嘿,这个格利果罗维奇多么高兴啊!要是我在您的茶里偷偷放上些砒霜,或者我被揭发出来,原来我是第三厅的一个暗探,他们这些人会多么高兴啊!当然,您会说这都是小事。不,这不是小事。如果我这个剧本上演,所有的观众就会跟在这班喜欢胡说的捣蛋鬼后头,瞧着舞台说:"哦,原来苏沃林是这个样子啊!瞧,他的老婆干出这号事!嗯……你瞧,我们以前一点也不知道呢……"

这是无聊,我同意,不过由于这样的无聊事,世界都会毁灭。前几天我在剧院里遇到一个彼得堡的文学工作者。我们闲谈起来。他听我讲到今年夏天普列谢耶夫、包兰采维奇、您、斯沃包津以及其他的人在不同的时间到我的别墅里去过,就表示同情地叹一口气,说:

"您不应该认为这是很好的广告。如果您把希望放在他们身上,您就完全错了。"

这就是说,我邀您到我那儿去,是为了要人家写文章宣扬我;我邀斯沃包津来是为了要把我的剧本硬塞给人家。跟这个文学工作者谈过话以后,我的嘴里就此有了一种滋味,倒好像我喝的不是白酒,而是一杯有苍蝇的墨水似的。这些都是无聊的事,都是小事,可是如果没有这些无聊的事,人类的全部生活就会彻底充满欢

---

① 《树精》中的一个人物,教授。
② 指"狡猾"。

乐,现在它却有一半是可憎的。

要是人家端给您的是咖啡,那就不要极力在咖啡里找啤酒。如果我献给您的是教授①的思想,那就请您相信我,而不在那里面寻找契诃夫的思想。多谢多谢。在这个中篇小说里从头到尾只有一个思想是我也有的,那就是教授的女婿,骗子格涅凯尔脑子里的想法:"这老家伙昏了头啦!"至于其余的思想,却都是臆想出来,硬造出来的……您怎么能认为这是政论呢?难道您这样重视不管什么样的见解,只把这类见解本身看作重心,而不把它们的表现形式、它们的根源等等看作重心吗?那么,连布尔热的《学生》也是政论吗?对于作为作家的我来说,所有那些见解就其内容而论,一点价值也没有。问题不在于它们的内容,这种内容是容易变换的,而且也不新鲜。症结在于这些见解的性质,在于它们对外界影响的依赖性,等等。应当把它们当作一种实物,当作一种病症来考察,要完全客观,既不打算赞同它们,也不打算驳倒它们。要是我描写圣维达舞蹈,您总不至于从舞蹈家的观点来看待它吧?不是吗?那么对待见解也应该这样。我完全没有那种狂妄的抱负,想用我在剧院、文学等方面的惊人见解来使您震惊;我只打算运用我的知识,描写一种绝境:这里有一个和善而聪明的人,尽管存心要接受上帝所创造的目前这种生活,像基督徒那样思考一切,可是一旦陷进这种绝境,就会不由自主地发牢骚,出怨言,像一个奴隶一样,甚至在他强制自己善意地评论人们的时候也会辱骂他们。他打算为大学生说几句好话,可是除了伪善和席捷尔②式的谩骂以外,什么结果也没有……不过,这方面说起来就话长了。

您的儿子们显得很有希望。他们把《百篇》③的定价提高,把

---

① 《没意思的故事》里的教授。
② 《新时报》的反动政论家佳科夫的笔名。
③ 苏沃林出版的日历的名字。

篇幅加大。他们答应为那些小说①送给我一大桶葡萄酒,可是骗了我;他们为了要我不生气,就在我的照片的 vis a vis② 放上一张波斯国王的照片。顺便谈一谈波斯国王。不久以前我读到一首诗:《政治音乐会》,其中写到波斯国王,大致是这样说的:波斯国王啊,是个始终一贯的怪人,他到巴黎去,为的是把〔……〕跟埃菲尔铁塔相比。您到莫斯科来吧。我们一块儿到剧院去。

您的安·契诃夫
一八八九年十月十七日
于莫斯科

二〇一

致伊·列·列昂捷夫(谢格洛夫)

亲爱的、悲惨的让努希卡③!由于偷猎,由于在您的树林里猎捕住别墅的丈夫④,我已经遭到命运的足够的惩罚:我的《树精》啪的一声摔在地下,完蛋了⑤。请您安定您那金翅雀⑥的神经,求上苍保佑您吧!

---

① 1889年的日历《百篇》重登了契诃夫的短篇小说《逃亡者》,1890年重登了《香槟(无赖汉的故事)》。——俄文本注
② 法文:对面。
③ 列昂捷夫的名字是伊凡,相当于法国人名让,契诃夫为了开玩笑而给法国人名让造了一个俄国爱称让努希卡。列昂捷夫常发出悲惨的笑声,因而契诃夫说他是"悲惨的"。
④ 契诃夫写了一个轻松喜剧《并非自愿的悲剧(摘自别墅的生活)》,主人公是一个住别墅的丈夫;在这以前列昂捷夫的喜剧《住别墅的丈夫》已经上演,故契诃夫戏称之曰"偷猎"。——俄文本注
⑤ 契诃夫的四幕剧《树精》被彼得堡的戏剧审查机关否定了,参看第一九七封信的注。——俄文本注
⑥ 在俄语里,谢格洛夫这个姓的原意就是金翅雀。

新的消息一点也没有。我读了您的《穿皮衣的演员》①,我很高兴我能向您敬礼。这个短篇小说精彩。特别优美生动的是那个穿熟皮短皮袄的家伙出现的地方。您真了不起,让努希卡。只是在这个温暖亲切的短篇小说里您何苦用席捷尔所常用的字眼,例如"**狗血喷头**""**夹肉面包**"等等？这类流氓腔是完全不适合于温柔而神经质的人的,而我素来就认为您是这样的人。您把它们丢得远远的,让它们遭到三次诅咒〔……〕

"你加油啊"那句话很好,那个巡回演员的嘴脸也勾得好。

您写出十个这样的剧院生活的短篇小说,合成一个集子吧。那会获得充分的成功。

我非常非常高兴,因为戏剧审查机关查禁了由《不可解的谜》②改编而成的剧本③。您是活该！这就是个教训；下回您就不会再在您的长篇小说和中篇小说上面打主意了。

季洪诺夫④到莫斯科来过。

谢格洛夫还没有到莫斯科来。不过人家在焦急地等他。他什么时候才来呢？

好,祝您幸福。请您赶快再生出一个穿皮衣服的演员来。

问候您的太太。请容许我友好地握一下您的金翅雀的爪子。

您的安·契诃夫

一八八九年十月二十一日

于莫斯科

---

① 谢格洛夫的短篇小说,发表在 1889 年 10 月 10 日《新时报》第 4891 号上。——俄文本注
② 列昂捷夫把自己的长篇小说《不可解的谜》改编成剧本《娜斯嘉》。
③ 列昂捷夫写信告诉契诃夫说,他的剧本被戏剧审查机关查禁了,因为"谁想得到呢,戏剧审查机关把贵族对美貌女仆的爱情看成真正的革命的起点,损害了俄罗斯贵族的威信"。——俄文本注
④ 俄国剧作家。

说正经的,您什么时候来啊?

我家里的人为您的惦记道谢,问候您。

二〇二

致阿·尼·普列谢耶夫

向您致意,亲爱的阿历克塞·尼古拉耶维奇!多谢您那封信。多承您问起我的身体和心绪,我不能说它们不好。我生活得还可以,偶尔也有些短暂的好时光,大体上我的心绪,照证券交易所经纪人的说法,是疲沓的。

有一位医师①是个很可爱的人(要么是因为魔鬼用嫉妒心折磨他,要么是医疗的桌子惹得他厌烦了),请我无论如何把他的两首诗寄给《北方通报》,现在随信附上。他要求把这些诗务必发表,并且不能迟于十二月。然而因为您出于一切诗人所固有的竞争精神而不会愿意发表这些诗,那就麻烦您给我写一封信,说这些诗挺好,不过由于堆积着很多约来的以及轮到应该发表的材料,这些诗就只能到明年八月再发表了,然后我就把您的信对他读一遍。

斯沃包津是一点错处也没有的②。如果那个剧本确实不合用,如果上司不准演出,那又有什么办法呢?他只错在他太不精明:他来找我一趟而花掉的路费不下于一百个卢布。

关于我的剧本,一丁点消息也没有。究竟它是被耗子啃光了

---

① 奥包龙斯基。
② 1889年10月18日普列谢耶夫在写给契诃夫的信上表白了这样一种意见:尽管戏剧委员会做出那样的结论,斯沃包津仍旧应当坚持演出《树精》。按契诃夫的剧本《树精》,是在彼得堡的戏剧委员会上被否决的,斯沃包津由于打算以《树精》作为他的纪念演出的剧目而出席了那次会议。——俄文本注

呢,还是由剧院经理处捐给公共图书馆了,还是由于爱我如同爱亲儿子的格利果罗维奇说了谎话①,我那剧本就羞得烧光②了?这些都是可能的,然而我是**什么**也不知道。我没有收到任何人寄来的通知书和说明理由的信,我任何事情也不知道,而且我也没有提出任何质问,这是出于慎重,深怕我的质问会被解释为我的要求,或者我硬要让自己戴上亚历山大桂冠③。要知道,我这个人可是非常爱面子的啊。

审判我的《树精》的那个军事战地法庭的法官先生们保持着顽强的沉默,我没法解释这种沉默,而只能解释为他们热烈地同情我的才能,有意拖长这种愉快的闷葫芦会给我带来的天堂般美妙的快乐。谁知道呢?也许我的剧本被公认为天才横溢吧……这种揣测岂不令人舒服吗?

《彼〔得堡〕报》报道说,我的剧本被公认为"一个出色的、戏剧化的中篇小说"④。这真愉快得很。这是说,事实不外乎下面这两种情形:要么我是个很差的剧作家,我是乐于把自己归到这种人里面去的;要么那些爱我如同爱亲儿子一般的先生们都是伪君子,因为他们原先要求我在剧本里无论如何要保持自己的本色,避免陈规旧套,做出复杂的构思。

尤扎科夫走了吗?⑤ 不要紧,他会回来的。要是米哈依洛夫

---

① 普列谢耶夫在同一封信上说"心口不一的格利果罗维奇"对苏沃林称赞契诃夫的《树精》。另一方面,在戏剧委员会里他又赞同否决《树精》。参看第一九七封信的注。——俄文本注
② 在俄语里,"羞得烧光"是说"羞得要命",在此却真有"烧光"的意思。
③ 《树精》原定在亚历山大剧院公演。
④ 1889年10月19日《彼得堡报》第287号刊登一个简讯,报道戏剧委员会关于契诃夫剧本《树精》的讨论,说"这个剧本在公演方面遇到某种犹豫。据说,似乎大家认为这是一个出色的、戏剧化的中篇小说,而不是一个戏剧作品"。——俄文本注
⑤ 俄国民粹派政论家尤扎科夫当时脱离《北方通报》。——俄文本注

斯基和尤扎科夫之流终于没有做成保加利亚的大臣,那他们迟早都会回到《北方通报》来的。我敢打赌。尤扎科夫的脱离,只有那些在夏天被苍蝇闹得不能休息的读者才会认为是一种无可替代的巨大损失。尤扎科夫的论文作为催眠的麻醉剂,那要比毒蝇蕈灵验得多。

您别放走斯塔索夫①。他的文章读着舒服,而且激起人们的议论。他那篇关于巴黎画展的论文②是一篇确实十分好的文章。

在目前这种连很好的人也喜欢造谣诽谤的情况下,什么东西都休想逃脱不纯洁的怀疑。这就是我对于您提出的关于遭到不正确理解的卡嘉和教授③之间的关系的问题④的答复。要是大家不再相信友谊,不再相信尊敬,不再相信人们在两性范围之外的无限热爱,那么他们至少不要把这种低级趣味归之于我。要知道,假如卡嘉爱上了一个半死不活的老头子,那么您还会同意,这是"性变态",这是只有精神病学家才会发生兴趣的怪事,而且即便如此也只是一个不重要的和不值得相信的奇闻。如果这仅仅是性欲倒错,那么值得为它写一个中篇小说吗?

莫斯科的天气坏得很,比性欲倒错还要糟。我不久要出版一

---

① 俄国艺术与音乐的批评家和美术史家。
② 指批评家斯塔索夫的艺术和音乐的论文《关于全世界的画展》,发表在1889年《北方通报》第9期和第10期上。——俄文本注
③ 契诃夫的中篇小说《没意思的故事》的男女主人公。
④ 1889年10月13日普列谢耶夫在写给契诃夫的信上说:"某些读过您的《没意思的故事》的读者,例如玛·德〔《北方通报》的女编辑费多罗娃〕和苏沃林,都肯定地说卡嘉爱上了写札记的老人。我在这个中篇小说里根本看不出这一点。"——俄文本注

本新的小书①。我正在收集短篇小说,并且花了几天时间把某些作品**重新**写过②。

问候您的全家。祝您幸福,求上帝保佑您。

整个心灵属于您的安·契诃夫

一八八九年十月二十一日

于莫斯科

二〇三

致阿·谢·苏沃林

再谈几件正事。

苏木巴托夫-尤仁公爵恳切地要求您答复他的信。他把《麦克白》③作为他的纪念演出的剧目,他在写给您的信上谈到上演这出戏的事,请求指教,等等。

奥斯特洛夫斯基④又来了。他请求您按照您认为必要的和最好的方法处理他妹妹的书。他和她对一切条件都同意,只求奥斯特洛夫斯卡雅的名声响遍整个欧洲就行。

瓦〔西里〕·谢〔苗诺维奇〕·马梅谢夫⑤,兹维尼戈罗德的列科克⑥到我家里来过。他大大地消瘦,苍老,背都有点驼了。他的

---

① 契诃夫为新的短篇小说集(标题为《闷闷不乐的人们》)收集短篇小说,1890年由苏沃林出版。——俄文本注
② 《闷闷不乐的人们》共收十个短篇小说,都经契诃夫重加校订。——俄文本注
③ 莎士比亚的剧本。——俄文本注
④ 俄国剧作家奥斯特洛夫斯基的弟弟彼得·尼古拉耶维奇,批评家;他托契诃夫把他妹妹的儿童文学作品的集子交苏沃林出版。
⑤ 兹维尼戈罗德城的法院侦察官。——俄文本注
⑥ 法国作家加博里奥的长篇小说《列科克先生》的主人公,侦探。——俄文本注

两条腿酸痛,有点瘫痪;显然他的脊髓出了一点什么毛病。

您写道,再也想不出还有比我们文学界的反对派更可鄙的人了。哦,那么那些不是反对派的人呢?这些人也未必更好。俄罗斯的万恶之母乃是粗鄙的愚昧,这在一切派别和倾向都是同等具有的。由于您称道德国的文化,强调普及教育,您日后是会进天堂的,而我也因此尊敬您。

我没有把《树精》交给您看一遍,是因为怕您会同格利果罗维奇谈起它。一个月以前(或者二十天以前,我记不清了),我费了很大的劲才按捺住自己没有在信上跟您谈起我这个剧本,现在呢,我倒完全定下心来,可以心平气和地不谈它了。如今,冒出来很多灰心丧气、为真理受难的剧作家。他们惹人讨厌,简直像是些娘们儿,我甚至懊悔不该卷进他们这一伙里去,写出这个完全可以不写的剧本。

今年夏天,有一次您在写给我的信上提起您在蒂罗尔观察到的普遍的礼貌。您把这一点写成文章登在报上吧。关于法国您也写得很少。您建议在游泳的时候使用的杆子,我一想起来就打哆嗦。在雅尔塔,我差点被它打死①。

问候您家里的人。

请您要求席捷尔不要用"食欲"这两个字。

您的安·契诃夫

一八八九年十月二十八日

于莫斯科

---

① 1889年夏天契诃夫在雅尔塔,有一次正在海里游泳,一个农民的一根又粗又重的杆子落下来,几乎打中他的头部。

二〇四

致亚·谢·拉扎烈夫-格鲁津斯基

最善良的亚历山大·谢苗诺维奇！您的轻松喜剧①我收到了,马上看了一遍。它写得挺好,可是它的结构不妙。它完全不合舞台条件。您自己来判断吧。达霞的头一段独白完全不必要,因为它成了瘤子。要是您打算把达霞写成一个不单纯是穿插一下的角色,要是那段使读者生出很大希望的独白跟剧本的内容或者效果有点关系;那段独白就恰到好处了。不可以把装好子弹的枪放在舞台上,除非有人要放枪。不能让读者生出很大的希望。索性让达霞一声不响,这样倒好些。

戈尔希科夫说很多的话,多到了卡沙洛托夫有一千次的机会可以把他拉到一旁去,小声对他说:"闭嘴,老畜生!我的老婆在这儿哪!"可是他没有这样做……为什么这样大意呢?这是性格的特征吗?如果是,那就应当写明白……其次,那个妻子,如果把她看作女人的角色的话,是十分贫乏的。她很少说话,少到了达霞和她可以由哑巴女演员来演。戈尔希科夫挺好,只是在他追述往事的方式上令人感到有点单调……必须多添一点热情,多添一点变化。例如,关于卡沙洛托夫追求的那个女演员,他讲起来好比讲到纸牌和监狱,口气的变换如同等差级数。他本来可以这样说:"从前女演员是什么样子啊!比方,就拿列波烈诺娃来说吧!那才气,那风度,那漂亮,一团火!求上帝保佑我的记性,我记得有一回我到你住的旅馆房间里去,那时你跟她住在一块儿,她正在背台

---

① 《老朋友》。——俄文本注

词……"等等。这就是另一种方式了。

换了一个精明的人处在您的地位,在剧本里放上四个人物时,就会这样做:他会放上一个有力的男角色和一个有力的女角色,其余两个角色则做穿插和陪衬用。在您那里,有力的男角色是现成的,那就是戈尔希科夫。把那妻子写成女角色是容易的,应当把那丈夫和达霞放在一旁。换了是我,就会这样办:那个丈夫走进来,对他的妻子介绍他在里沃尔诺饭馆遇见的老朋友,说:"请他喝咖啡吧,好太太;我要跑到银行里去一下,一会儿就回来。"那个妻子和戈尔希科夫就留在舞台上。戈尔希科夫开始追述往事,滔滔不绝地说出一切该说的话;归来的丈夫看见打破的盘盏和吓得躲在桌子底下的老朋友;结局是戈尔希科夫又感动又兴奋地瞧着他那怒气冲冲的妻子,说:"太太,您会成为一个了不起的悲剧演员!瞧,美狄亚①有人演了!"夫妻俩就相骂起来,于是他念《李尔王》②里那段可怕的独白,仿佛在暴风雨下面一样……或者干点诸如此类的事……这以后就不是我的事了。

这就是我的意见。我要等您来信。请您选择任何一个办法:要么我把这个剧本原封不动地交出去,它就是这样也能上演,因为它比成百个轻松喜剧都好;要么我把它寄还您以便修改。无须着急,您和您的妻子反正会饱听鼓掌声的。

您的钱真的在津盖尔③那儿完蛋了吗?您可别开玩笑啊。

我很高兴,因为您准备为《星期六副刊》写东西了。我是等不到那一天了,我的孙子会等到,为此多谢多谢。

---

① 公元前5世纪古希腊剧作家欧里庇得斯的悲剧《美狄亚》中的女主人公,美狄亚是希腊神话中取得金羊毛的英雄伊阿宋的妻子,是一个会魔术的女人,因伊阿宋不忠于她而进行了残忍的报复。——俄文本注
② 莎士比亚的悲剧。
③ 俄国一个银行的经理,在这不久以前破产了。拉扎烈夫-格鲁津斯基在写给契诃夫的信上开玩笑地讲到他的钱被津盖尔吞没了。——俄文本注

祝您健康。

即使您不寄邮票来,我和文学也不会因而受难。这算是什么朋友的义气呢?倒好像我是泼留希金,或者穷得跟第欧根尼①一样。莫非您顺便还要寄来信纸和信封吗?

我在读您那些短篇小说。我发觉进步是巨大的。只是您得丢开库齐亚、谢苗这个名字以及您的人物那种庸人、市侩、小官的腔调。要多一点花边、白芷香、丁香花,多一点管弦乐和响亮的话语……也就是您要写得有光彩一点。您的面貌已经形成了,我为此祝贺您。这是好的,我为您的成就高兴。

祝您健康。问候您的妻子。

> 您的安·契诃夫
> 一八八九年十一月一日
> 于莫斯科

您什么时候到莫斯科来?

请您来信。

巴拉甘斯克城是在西伯利亚。

二〇五

致安·米·叶甫烈伊诺娃

十分尊敬的安娜·米哈依洛芙娜:

谢谢您寄来的钱,谢谢您应许给我介绍那个女财主。顺便要提到,她真有一百万的家当吗?如果真有,而不是吹牛皮,那她为什么至今没有出嫁呢?我是个多疑的人啊……

---

① 古希腊哲学家。

剧本呢,我倒真是有一个①,可是我只能犹疑不定地讲到它……按照我的看法,剧本只有在特殊的情形下才能发表。如果剧本在舞台上取得了成功,如果人们在议论它,那就应当把它发表;可是假如它像我那剧本似的还没有在舞台上公演,而是温顺地躺在作者的桌子上,那么对杂志来说,它是一点价值也没有的。

我大概会在十二月间到彼得堡去。

客人们一个接一个地到我这儿来,不容我写完这封信。一般说来,我是很受来访之害的,我真想搬到北极去住,大家知道,那儿的人是不兴串门的。

我的弟弟②,初出茅庐的法学家,到您那儿去过了吗?如果您愿意知道的话,他就会对您讲一讲对他进行过考试的国家委员会。对我们来说应考就困难得多了。

我的一家人为您的问候道谢,而且问您好。他们常常回想怎样跟您一起到伊瓦宁去。

在莫斯科,有个彼丹柯菲尔③的学生,费多尔·费多罗维奇·艾利斯曼④教授,在大学里讲授卫生学,他是个学识渊博、很有才能、文笔不差的人。您约他到《北方通报》来工作吧。为了减轻他的任务(编辑部的约稿照例会使人手足失措,被约者总得花一年以上的时间选择适当的材料),您索性直截了当地约他写《墓园的卫生意义》,或者《自来水》,或者《通风设备》,或者这一类的文章。您还可以约卡依果罗多夫⑤教授,约我们彼得大学的教授斯捷布

---

① 四幕剧《树精》。——俄文本注
② 契诃夫的小弟米哈依尔·巴甫洛维奇·契诃夫,当时毕业于莫斯科大学的法学系。——俄文本注
③ 德国卫生学家。
④ 俄国卫生学家兼医师。
⑤ 俄国教授,物候学家。

特,他写过出色的《田间栽植》①。请您约请真正的科学家和真正的实践家,而不要惋惜并非真正的哲学家和真正的麻醉社会学家的脱离②。

问候玛丽雅·德米特烈芙娜和阿历克塞·尼古拉耶维奇。祝您健康! 您那位女财主在克里米亚有庄园吗? 要是有,嘿,那才合适呢! 我就会把她挤出那个庄园,而找一个女演员什么的一块儿住在那个庄园里。

再见。

您的

安·契诃夫

一八八九年十二月七日

于莫斯科

二〇六

致尼·亚·列依金

最善良的尼古拉·亚历山德罗维奇,新近一期的《花絮》③的第一页,我认为不是别的,而是编辑部对我特别关切的表示。我感激不尽。等我将来出版我的幽默杂志的时候,我就要登出一张画:

---

① 斯捷布特的书《田间栽植》共两本,在1882年至1884年共印行两版。——俄文本注
② 脱离《北方通报》的有下列一批人:反动的哲学家列塞维奇,民粹派批评家米哈依洛夫斯基,民粹派政论家尤扎科夫。——俄文本注
③ 1889年11月4日《花絮》杂志第45期的封面上登着一张达尔凯维奇的画,画着契诃夫坐在一辆由《伊凡诺夫》《蠢货》《树精》组成的三套马的马车上,这辆马车停在一个十字路口:一条路是"小说路",一条路是"戏剧路"。——俄文本注

您站在埃菲尔铁塔的顶上,而这座塔是用您的书造成的。

对于我偏爱舞台和背弃小说体裁的责备,我是接受的,其实这种责备同我的关系远比,例如,同比里宾或者格涅吉奇①的关系小得多。我在我这一辈子里为舞台工作的时间,加在一起也不过一个月,而现在我对舞台活动的热望只赶得上我对昨天的剩粥的热望②。同目前为舞台写作的五百三十六个剧作家③竞争,并不使我感到光彩,而如今所有好的和坏的剧作家所取得的成就也丝毫不能引诱我。

有一个人,似乎就是比里宾吧,写信告诉我说,仿佛您生了我的气,因为我收到了一百个卢布④而没有通知您。我不明白我没通知有什么不好。第一,俄国的邮政是规规矩矩的;第二,要是我没收到钱,这笔钱就会退还到您那儿去;第三,我认为不必通知您,因为安娜·伊凡诺芙娜把钱汇给我的时候,写信告诉我说这笔钱是按照戈里凯的委托汇来的;第四,我的脑子里乱糟糟的,我又那么忙,应该得到体谅才是。

我没有给戈罗杰茨基⑤写信。他的事业是新颖的,他要求支援,而把您所希望的条件⑥告诉他就无异于断然拒绝他。我不认为书商得四成对出版者和作者不利。目前书的生意这么坏,如果我是我的书的主人,而且如果我不懒,我就会把我的一切已经收回成本的书按书价的五折卖出去。收回成本的书可以比之于自由的

---

① 俄国小说作家和剧作家。——俄文本注
② 意思是"我并不热衷于写戏",因为"昨天的剩粥"是不好喝的。
③ 当时在俄罗斯话剧作家及歌剧作曲家协会里登记的共有五百三十六个剧作家。——俄文本注
④ 指由列依金出版的契诃夫短篇小说集《形形色色的故事》的稿费。
⑤ 雅尔达的书商和出版商。契诃夫曾经要求列依金把他出版的书委托此人代销,条件是代销人得到书价的四成。——俄文本注
⑥ 1889年8月24日列依金在写给契诃夫的信上开列了他同意把他的书委托戈罗杰茨基代销的种种条件。——俄文本注

鸟;它越早离开库房,它的地方就可以越早地由新的出版物来占据。我再说一遍,如果我是我的书的主人,那么我的《在昏暗中》和《故事集》目前就不是在卖第三版,而是在卖第十八版了。

您这次旅行怎么样?为什么您在国外的时间这样短?我还没来得及打个喷嚏,您就已经回来了。

听说比里宾病了。他得的是什么病?他写信告诉我说他的心脏痛。多半是他的神经支持不住了,因为在他这种年纪,心脏是不会痛的。要知道,他不会得心绞痛,不会得心血管病变症,不会得动脉瘤。他应该到南方去走一走,到海里去游泳一下。有二百个卢布就可以在克里米亚的南岸住上整整一个月;这点钱不但足够应付住房和伙食方面的开支,甚至也足够应付姑娘方面的开支,如果他在老年愿意有个姑娘的话。

格鲁津斯基已经完全写出了头,定型了;他站稳了脚跟,而且大有希望。叶若夫也写出了头,他的才能也许比格鲁津斯基大,可是智慧不足。他俩已经都不写鲑鱼了。我为他们的口语的小市民腔调以及他们的描写的单调黯淡而把他俩略略数说了一下。甚至他们的最好的小说也由于黯淡无光而使我联想到巴尔明住处的那道木头楼梯。顺便提一句,这个喜爱天神的人目前在哪儿?他住在什么地方,或者更确切地说,他搬到哪儿去了?您能把他的七重天的地址①告诉我吗?我很久没有到他家里去了,多半他目前在骂我:

"调皮的孩子!鬼东西!"

莫斯科下雪了。

代我向普拉斯科维雅·尼基福罗芙娜和费多尔·列依金深切致意。

---

① 按照迷信的传说天神住在七重天上,契诃夫开玩笑地把巴尔明说成天神。

祝您健康。

您的安·契诃夫
一八八九年十一月七日
于莫斯科

二〇七

致阿·谢·苏沃林

随信附上当小品文用的短篇小说一篇①。这是一篇不严肃的小东西,写的是内地那些豚鼠的生活。请您原谅我的胡闹……顺便要说一下,这个短篇小说有它的一段可笑的历史。我原打算在结束这个作品的时候出尽我那些人物的洋相,可是魔鬼跟我捣乱,叫我把这个作品对我家里的人朗诵了一遍;大家都哀求说:你笔下留情吧!笔下留情吧!我就对我那些人物留了情面,所以这个短篇小说显得那么瘟。它变成一篇小品文了,如果不能当小品文用,那我就得把它删削一下……

谢谢您把剧本看了一遍。我自己也知道第四幕不行,要知道当初我交出这个剧本时,原就附带一个条件,说明我要把这一幕重写一遍。您的意见有一大半我日后一定会用上。阿勃拉莫娃正在非常有利地要买我的剧本②。我也许会卖给她。如果这个剧本要上演,我就会大加改动,弄得您认不出它的本来面目了。

我是乐于到彼得堡去跟您见面的,不过一想到我在彼得堡必得拜访三百四十三个人,我就吓坏了。

---

① 《庸人》,发表在1889年11月28日《新时报》第4940号上。——俄文本注
② 俄国话剧女演员阿勃拉莫娃在莫斯科开办的剧院当时正在要求契诃夫把他的剧本《树精》交给这个剧院,以便公演。——俄文本注

我的住宅里大笑的声音连绵不断。

我要赶紧把这个邮包送到邮局去。

祝您健康。为什么您头痛？这大概得怪天气。

Influenza① 是一种医师们早已知道的病，由于这个缘故医师们就不认为有必要为这种病大喊大叫了。这是流行性感冒；不管是人还是马，都能得这种病。

您的安·契诃夫
一八八九年十一月十二日
于莫斯科

如果您不嫌麻烦，那么请您把校样②寄给我。

二〇八

致阿·谢·苏沃林

……③速写、小品文、游戏文字、轻松喜剧、乏味的故事、许许多多的错误和荒谬、几普特重的写满文字的纸张、科学院的奖金、波将金的生活，尽管这样，在我的眼睛里具有严肃的文学意义的文字却连一行也没有。被迫赶工的工作倒有一大堆，而严肃的劳动却连一分钟也没有。前几天我把别热茨基的《家庭悲剧》④读了一遍，这个短篇小说在我心里勾起一种对于作者的类似怜悯的感觉；我看到我的小书的时候，也恰好生出这样的感

---

① 意大利语：流行性感冒。
② 即这封信提到的那个作品的校样。
③ 这封信的开头没有保存下来。——俄文本注
④ 短篇小说，发表在1889年12月12日和18日《新时报》第4954和第4955号上。——俄文本注

觉。这种感觉含有像苍蝇那么小的真理,可是我的多疑以及我对别人劳动的嫉妒却把这点真理吹胀起来,有象那么大了。我热切地巴望躲到一个什么地方去,住上五年,致力于精细而严肃的劳动。我必须学习,一切都得从头学起,因为我作为一个文学工作者,是个彻头彻尾没有知识的人;我必须认真写作,写得有感情,有条理,不是一个月写出五个印张,而是五个月写出一个印张。我必须离开家庭,必须每年花七百到九百卢布过日子,而不是像现在这样花三四千,我得丢开许多东西,然而在我身上,乌克兰人的那种懒惰却多于勇气。

我把《树精》卖给阿勃拉莫娃了①,而这是不应该的。可是,我的萎靡不振的灵魂说:这样一来就有一笔够花三四个月的钱了。这就是我的乌克兰人的逻辑。唉,如今的青年人变得多么糟糕啊!

我们一家人的健康都恢复了。我也不再咳嗽。我非常想跟您见面。我大概会在一月初到彼得堡去。

白昼变长了。时令转向春天了,而冬天却还没有来。

一月份我就满三十岁了。糟得很。我的心情却像是刚二十二岁。

希望您不要生病才好,请您告诉安娜·伊凡诺芙娜,要她把她的病送给另外的什么人吧。

我要不要到彼得堡去迎接新年?

您的安·契诃夫
一八八九年十二月十八日至二十三日
于莫斯科

---

① 1889年12月20日契诃夫签署契约,把他的剧本《树精》交由女演员阿勃拉莫娃在莫斯科开办的剧院上演,直到1890年2月15日为止。——俄文本注

二〇九

致阿·谢·苏沃林

年轻的姑娘和纯洁温顺的人常常把他们的作品拿到我这儿来;从这一大堆废物里我选出一个短短的短篇小说,删削一番,寄给您了。请您读一遍。它篇幅短小,没有矫揉造作。多半它合于"星期六副刊"采用。它的名字是《公证人戈尔希科夫的早晨》。

我要用谢格洛夫请求您跟他谈剧院的口气要求说:"请容许我跟您谈一谈文学吧!"我在最近写给您的一封信上讲起布尔热和托尔斯泰,当时我根本没有想到美丽的姬妾,也没有想到作家必须专门描写恬静的快乐。我所想说的仅仅是我所喜爱的当代优秀作家都在为恶服务,因为他们在起破坏作用。其中有的人〔……〕。有的人则〔……〕,肉体方面还没有厌烦的感觉,可是精神方面已经有厌烦的感觉,就把自己的幻想发挥到极点,臆造出一个根本不存在的半人半神的西克斯特和"心理学派的实验"①。不错,布尔热安上一个美满的结局,然而这个庸俗的结局不久就会被人忘掉,留在记忆里的只有西克斯特和"实验",它们一下子就杀死一百只兔子②:它们在群众的心目中损害科学,而科学是像恺撒的妻子一样不应该受到怀疑的;它们又从作家的庄严的高度蔑视良心、自由、爱情、荣誉、道德,使得公众相信凡是遏制人的兽性,使人跟狗有所区别,跟自然界经过长期斗争得来的东西,可以很容易地被实验弄得丑态百出,这种事如果不是在今天,那就会在明天发

---

① 《学生》中的情节。
② 俄谚:同时捉两只兔子就一个也捉不到。全句意谓"同时达到许多目的"。

生。难道这样的作家"在促使人们寻求好东西,促使人们思索而且承认坏的确实是坏的"吗?难道它们在促使人们"新生"吗?不,他们在促使法国退化,他们在俄国帮助繁殖我们称之为知识分子的软骨头和土鳖。这些软弱的、淡漠的、冷酷的、懒洋洋发空论的知识分子甚至没有能力为自己想出一个像样的钞票图案;他们缺乏爱国心,唉声叹气,没有光彩;他们喝一杯酒就醉,常去逛那种收费十五个戈比的妓院;他们常发牢骚,乐于否定**一切**,因为对懒惰的脑筋说来否定比肯定容易;他们不结婚,拒绝教育孩子,等等。软弱的灵魂、软弱的肌肉、活动的缺乏、思想的不稳定,所有这些都是因为生活没有意义,因为女人有〔……〕,因为金钱是坏东西。

凡是有退化和冷漠的地方,就一定有性变态、冷酷的放荡、堕胎、未老先衰、抱怨的青年,就一定有艺术的堕落、对科学的漠不关心,就一定有各种形式的**不公平**现象。一个社会既不信仰上帝,而又害怕预兆和魔鬼,既否定**一切**医师,同时又伪善地哀悼波特金①,崇拜扎哈林,就不敢明明白白说出来它熟悉种种不公平现象。

德国没有布尔热和托尔斯泰之类的作家。它又有科学,又有爱国心,又有优秀的外交家,要什么有什么。它打败了法国,将来它的同盟者就是法国作家。

人们妨碍我写信,要不然我今天就会给您写满五个印张了。以后有机会再谈。

今天《树精》上演了。第四幕是全新的。这新的一幕的存在得力于您②和符〔拉季米尔〕·涅米罗维奇-丹钦科,他读过剧本以后,对我做出了一些非常实际的指示。男演员不熟悉台词,可是

---

① 俄国临床医学奠基人之一,于1889年12月12日去世。——俄文本注
② 苏沃林读过《树精》以后,指出第四幕不行。

演得不坏;女演员熟悉台词,却演得很差。关于我的剧本上演的情形,平淡无味的菲里波夫①会写信告诉您,前几天他要求我提供他一些给您写信的材料。尽是些乏味的人。

您的安·契诃夫
一八八九年十二月二十七日
于莫斯科

我从心灵深处向您的全家致意。

---

① 俄国剧评家和小说家。——俄文本注